U0513569

近現代名家講義叢刊

中國文學批評史大綱

校補本

上海古籍出版社

圖書在版編目(CIP)數據

中國文學批評史大綱(校補本)/朱東潤撰；陳尚君整理. —
上海：上海古籍出版社，2016.11（2022.9重印）
（近現代名家講義叢刊）
ISBN 978-7-5325-8246-4

Ⅰ.①中⋯　Ⅱ.①朱⋯　②陳⋯　Ⅲ.①中國文學—文學批評
史　Ⅳ.①I206.09

中國版本圖書館CIP數據核字 (2016) 第 239404 號

中國文學批評史大綱 （校補本）

朱東潤撰　陳尚君整理

責任編輯　劉　賽

裝幀設計　黃　琛

技術編輯　富　强

出版發行　上海古籍出版社出版發行
　　　　　（上海市閔行區號景路159弄1-5號A座5F　郵政編碼201101）
　　　　　(1) 網址：www.guji.com.cn
　　　　　(2) E-mail：gujil@guji.com.cn
　　　　　(3) 易文網網址：www.ewen.co

印　　刷　上海展强印刷有限公司印刷

開　　本　890×1240　1/32

印　　張　15.5

字　　數　415千字

版　　次　2016 年 11 月第 1 版　2022 年 9 月第 5 次印刷

書　　號　ISBN 978-7-5325-8246-4/I·3088

定　　價　68.00 元

如發生質量問題，請與承印公司聯系
電話：021-66366565

　　朱東潤先生與夫人鄒蓮舫、次子朱君遂合影於 20 世紀 30 年代, 時方任教武漢大學

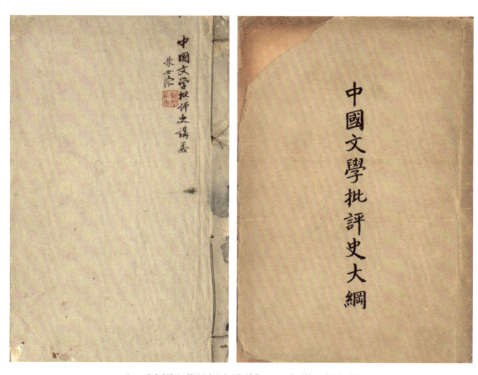

左：《中國文學批評史講義》1939 年樂山版書影
右：《中國文學批評史大綱》初版重印本（1946）書影

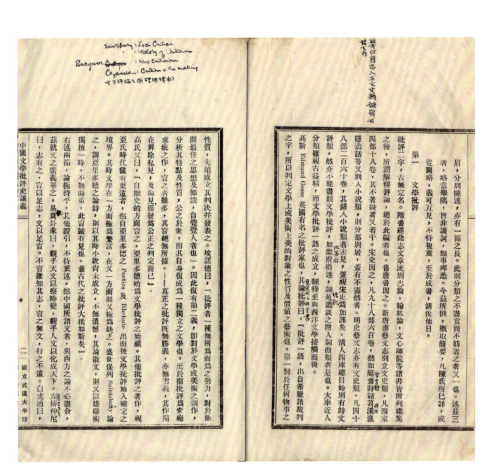

眉，分別陳述，亦有一簡之長。此則分類之不盡當而不妨留之者又一也。述茲三者，略當舉隅，無事殫悉。今茲所撰，概取簡要，凡陳氏所已詳，或從闕略，義可互見，至於成書，請俟他日。

第一　文學批評

批評二字，古無定名。隋書經籍志文章流別志論，翰林論，文心雕龍等諸書皆附列總集之後，所謂解釋評論，總於此編書也。舊唐書藝文志別立文史類，凡四家四部十八卷。其不著錄者又幾千。宋史因之，凡九十八部六百卷，如經籍志立文史類，凡四十隱叢話等又別入小說類，則分部別居，蓋有不盡然者。明史藝文志亦有文史類，凡四十入部二百六十卷，其錯入小說類者未見，蓋視宋史為加詳矣。比來書目，亦皆不能盡賅文學批評，如樂府指迷，詞苑叢談之附入詞曲類者是也。大率近人分類雖祖古益精，而文學批評一語之成立，翻持至與西評文學接聲而後。

高斯 Edmund Gosse 英國有名之批評家也，其論批評曰「批評一語，出自希臘語判裁之字，所以判定文學上或美術上美的對象之性質及價值之藝術也。第一對於任何物事之

性質，先須成立其判決并發表之。埃諾德曰，「批評者一種無所為而為之勞力，對於世間最佳之思想及知識，自覺覺人者也。」因此復有第二義，即對於文學或美術之創作，分析其特點及性質，而其自身復成為一種獨立之文學也。至於指批評為要緊求挑之作，言之者雖多，其言絕無所據。……真正之批評既無勝義，其作用在屏除私見，及偏見而發為公正之判定已。」

高氏又曰，「自歷史的方面言之，亞里多德之 Poetics 及 Rhetoric 出面後文學批評始入確定之境界。其時文學在一方面極為繁富，在又一方面則又稍為缺乏。盛世保列 Steinbeltg 論之，謂亞里多德之論詩，則以其時小說尚未成立，不無遺憾，其論散文，則又以雄辯術獨擅一時，不無偏重，此言誠有見也。薈古代之批評大抵如斯矣。於中國所謂文者，與西方之論不必盡合，右遂兩節，其他證引，不待更遠。易貴卦彖曰，觀乎天文以察時變，觀乎人文以化成天下。左傅仲尼茲就交之廣義粟之曰，志有之，言以足志，文以足言。不言誰知其志，言之無文，行之不遠。白虎通曰

中國文學批評史講義

二　國立武漢大學印

《中國文學批評史講義》1932 年版題記後段及第一章

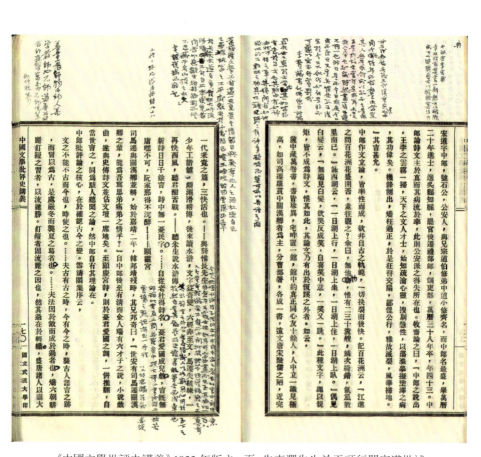

《中國文學批評史講義》1933 年版之一頁，朱東潤先生於天頭行間寫滿批補

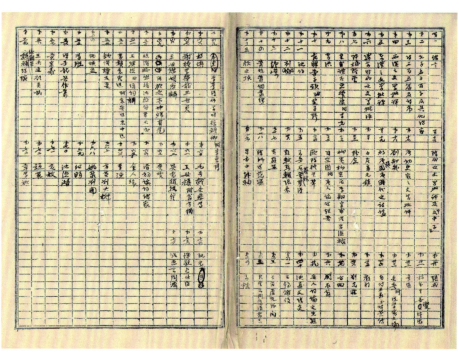

《中國文學批評史講義》1937年修訂本之寫定目錄，最後兩章未寫入

《中國文學批評史講義》1937 年修訂本殘稿之一頁，改動不多的部分據 1933 年本剪貼

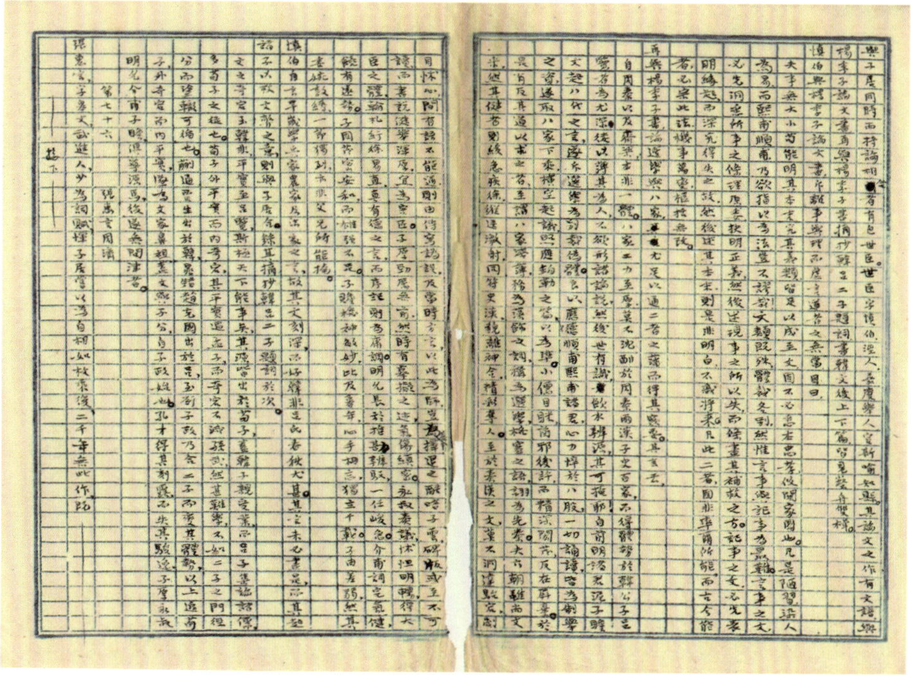

《中國文學批評史講義》1937年修訂本殘稿之一頁

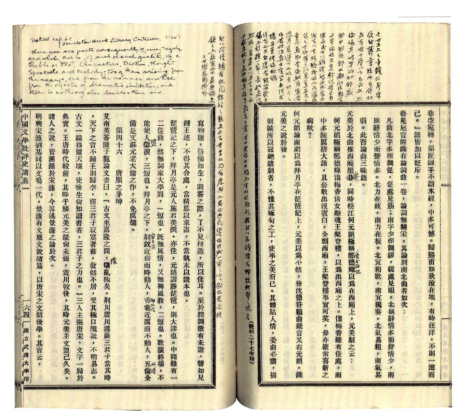

《中國文學批評史講義》1939年樂山版之一頁，有朱東潤先生中英文批注。書角括注首字"樂"指印於樂山，二十七年當作二十八年

整 理 説 明

　　朱東潤先生撰《中國文學批評史大綱》，1944 年出版于重慶開明書店，雖然此前已經有郭紹虞先生《中國文學批評史》和羅根澤先生《中國文學批評史》的出版，但都僅涉及唐以前的部分，完整地勾勒出從上古到清季文學批評史的專著，朱書是第一部。今人多將郭、朱、羅三家視爲中國文學批評史學科的奠基學者。朱先生早年有良好的舊學訓練，又留學英國，系統介紹西方的文學觀念與研究方法，曾長期教授英語與英國文學，專治文學批評史，有獨到的觀察與建樹。該書特點，正如朱先生《自序》所言，一是全部以個人立目，盡量規避作時代或宗派的叙述；二是對於每個批評家，常把論詩論文的主張放在一起討論，避免割裂；三是特別注重近代的批評家，即明清兩代的文學批評，幾占全書之半。章培恒先生曾總結本書的成就，一是"中國文學批評史框架的奠定"，二是"新穎文學觀念的貫徹"。

　　朱先生早年任教于梧州廣西第二中學和南通師範學校，均授英文。1929 年移教席至武漢大學，初仍授英文，因文學院院長聞一多教授之建議，從 1931 年始授中國文學批評史，至次年完成講義初稿，凡四十六章，止于明季錢謙益。1933 年續寫完成，凡七十五章，除續寫錢謙益以後二十四章，以前部分另新寫五章，其他部分也多有改動。以上二稿均有武漢大學校内鉛排綫裝本，先生自存本且多有詳密批校，可以看到授課當時的準備細節,也可以見到在閱讀思考中不斷增訂的痕迹。這一時期,先生在武漢大學《文哲季刊》上連續發表文學批評史專題研究論文九篇,後結集爲《中國文學批評論集》(開明書店,1940 年)。在此基礎上,先生從 1936 年到 1937 年間,對前此講義作了大幅度增補修改,準備正式出版,但抗戰的全面爆發,改變了他的原有計劃。從先生自傳和今見文本分析,他的定稿工作在 1937 年末已經全部完成,其中前半部即至第三十三《朱熹附道學家文論》止,已經排出校樣,先生自存兩份,估計是該年末歸泰興時攜歸;下半部,先生《大綱・自序》云留在武漢,但他在抗戰後取歸存寄書稿,且保存至今者,祇有最後十八章,即從第六十章末段到書末,中間部分之寫定本已經無從尋覓。先生於 1939 年 1 月到西遷樂山的武漢大學任教,該年所引講義即將 1937 年本之前半和 1933 年本之後半併合,略作修訂,以應教學之需。1943 年往中央大學任教後,感到留滯武漢的手稿已經"沒有收回的希望",乃以樂山本爲基礎付印。戰爭造成學術之殘缺,于此可見。

先生 1937 年寫定本,一是重新調整了全書的篇目,二是將前此講義作了較大幅度增删。周興陸教授曾將全稿前半部的講義和《大綱》作了比讀,揭示其改動幅度之大。後半部分目前僅存最後十八章手稿,爲先生據 1933 年講義原本剪貼,新增改寫部分則全爲手定。目前分析,大約先生在 1937 年末離開武漢時,將下半部較早完成的部分已經送往印刷廠排印,最後完成的部分則仍留行篋,寄存武漢。九年後再到武漢,交廠的部分已經無從覓跡,而偶存的部分則因生活動蕩(其後他曾頻繁轉換學校),再加上鼎革後的風氣變化,不免意興闌珊,再無重新補緝的興趣。

目前要瞭解先生 1937 年修訂本全貌,特別是已經殘缺的下半部全貌,僅有兩個綫索。一是先生自存 1933 年講義卷首目録有較多批改的記録,大約主要是 1937 年定稿前陸續修訂的思慮之記録;二是前述最後十八章前有兩葉章節目録(比照 1937 年修訂本殘稿正文知,該目缺寫最後兩目),應該是修訂期間逐漸寫定。

　　從先生《大綱·自序》中,可以看到他對 1937 年增訂寫成稿之珍惜,當年因戰爭沒能收回手稿,祇能把"第三稿的上半部和第二稿的下半部併合"後出版,留下長久的遺憾。《大綱》1944 年問世,在 50 年代和 80 年代曾兩度再版,始終沒有作大的修改,但先生一直保存 30 年代在武漢大學的授課講義,以及最後十八章的改定稿。

　　2014 年在編訂出版《朱東潤文存》的同時,我多次託武漢大學的朋友調查校史檔案,希望當年交稿付排的講義第三稿下半卷或可有特殊的機緣得到保存,務使全書終成全璧,也爲次年的民族戰爭勝利紀念留一特殊記錄。但友人寄示存檔目錄,并沒有這樣的機緣。

　　但我仍然希望就目前能夠見到的文本,盡最大可能地反映朱先生當年最後定稿的面貌,也希望能夠將目前能夠見到在先生保存的四份講義中涉及學術增删的部分,給以適當的揭示和保存。我特別想強調的是,即便《大綱》出版時,"一切的形式和内容,無疑的都流露了講義的氣息",而歷次講義中這些特徵當然更加顯著。但我在很仔細地對讀了先生各本講義後發現,覺得全書要旨儘管有所微調,對引證文獻也有新增(如涉及聲律論初取疑偽書《二南密旨》,後改較早而可靠的《文鏡祕府論》),涉及時代、文風、作家、批評家的評價,也都有一些變化。前期講義的叙述可能有些不精密處,但也包含許多坦率而真誠的論述。最後定稿中因以批評史爲主,將講義中涉及時代風氣、文學論述、作家人品以及中外比較的内容有較多的删除,其中有許多論述極其精彩。而現代學術史的研究,尤其重視一部學術著作成書過程中的文本變化。我偶得機緣見到這些文本,家屬也授權可以作充分的展示,雖然知道這樣未必完全符合朱先生本人的意願,仍願意以月餘之辛勞,完成這一份工作。

　　述本次整理體例如下。

　　全書以《大綱》1944 年初版爲依據(我自藏工作本爲開明書店民國三十六年 3 月第 3 版),最後十八章則據先生自存 1937 年修訂本原稿。

　　《大綱》定稿時删棄之原講義内容,凡具有學術參考價值者,皆節錄加注於相關内容之下。凡前二次講義皆有之内容，以 1932 年本爲主。1937 年定稿已失去部分，涉及章節調整和内容增删部分，在歷次講義批語中有綫索可尋者，也都有所記録，存於書末附録二。

整理所據參校訂補的依據爲先生自存歷次講義和修訂稿本，具體文本詳附録四之拙文。

《大綱》及講義叙述或引證文獻之筆誤，或因當年所見文本未能盡善而有出入者，均曾作過技術處理，全書標點和書名號也多有調整，均未一一説明。若有誤失，責任在我。

先生歷次講義，在後來之教學準備和授課實踐中，留下數量鉅大的批注，内容一是補充文獻，二是糾正愆失，三是提示講授中的細節。本次僅採據極少數涉及糾誤和篇章調整的内容，其他皆不涉及，祇能留待異日。

書末增加幾個附録，一是《〈大綱〉與歷次講義章節異同表》，以見成書過程中章節之調整；二是《歷次講義删存及〈大綱〉再版後記》，包括三次講義的題記和删改幅度較大的部分及《大綱》先後兩次再版的後記；三是講義中保存的三次授課試題，可見開課考績的實施情況；四是 2013 年拙撰，這是一篇根據先生自存講義分析研治批評史歷程的論文。

謝謝朱邦薇女士信任并授權我完成上述工作，也謝謝上海古籍出版社長期以來對出版朱先生遺著的堅定支持，謝謝責編劉賽君的認真審讀與糾訂。整理誤失處，敬請方家賜教。

　　　　　　受業　陳尚君　2016 年 6 月 15 日於復旦大學光華樓

自　序

　　民國二十年，我在國立武漢大學授中國文學批評史，次年夏間，寫成《中國文學批評史講義》初稿。二十一年秋間，重加訂補，二十二年完成第二稿。二十五年再行刪正，經過一年的時間，完成第三稿。二十六年的秋天開始排印。這時對外的抗戰爆發了，烽火照遍了全國，一切的機構發生障礙，第三稿印成一半，只得擱下，其餘的原稿保存在漢口。二十七年春間，武漢大學西遷。就在這一年，放棄武漢，整個的戰局起了變化。這部《中國文學批評史講義》第三稿也只剩了上半部。

　　在這幾年的中間，自己曾經幾次想把這部書重行寫定，但是手邊的書沒有了，手鈔的筆記也沒有了，連帶想把第二稿的下半部重行刪正，也不可得。承朋友們的好意，要我把這部書出版，我總是遲疑。我想待第三稿的下半部收回以後，全部付印，因此又遷延了若干時日。事實終於顯然了，我的大部的書籍和手寫的稿件都沒有收回的希望。所以最後決定把第三稿的上半部和第二稿的下半部併合，略加校定，這便是這部《中國文學批評史大綱》的前身。在這裏，一切的形式和內容，無疑的都流露了講義的氣息。

　　講義便有講義的特點。因爲授課的時間受到限制，所以每次的講授不能太長，也不能太短，因爲講授的當中不能照本宣讀，所以講授的材料不能完全攔入講義。因爲在言論中要引起必要的注意，同時因爲引證的語句,不能在口頭完全傳達;所以講義中間勢必填塞了許多的引證,而重要的結論有時不盡寫出。因爲書名人名的目錄,無論如何的重要,都容易引起聽眾的厭倦;所以除了最關緊要的批評家和著作以外,一概不輕闌入。這些都是講義的特點,姑不必問其是優點或是劣點。

然而講義確有講義的劣點。因爲要避免掉書袋的批評,所以引書不一定注明篇卷。因爲校對的疏忽,所以字句的誤植,標點的錯排,有時多至驚人。這裏的責任,有些屬於我自己,也有些不屬於我。在出版的時候,當然應該全部改定,責無旁貸。在平時,本來應當如此的,然而現在是戰時。戰爭增加了無限的光榮,然而也發生了不少的困難。戰時的書肆,貧乏到怎樣的程度,戰時的圖書館,凌亂到怎樣的程度,在太平了以後,大家也許不易想像,但是身經戰時的我們,正在抗戰的當中,必然會加以體認。我相信寬恕的讀者對於這本書的疏忽,也許會加以格外的優容。我也希望還有書籍湊手、重新寫定的一日。然而我對於這本書的疏忽,衹有負責,衹有引咎。

在我的初稿寫成以前,陳鐘凡先生的《中國文學批評史》已經出版了;在初稿完成以後,郭紹虞先生的和羅根澤先生的《中國文學批評史》也陸續出版。此外還看到許多關於中國文學批評的著作。諸位先生治學的熱忱和撰述的價值,深刻地引起我的欽服。但是我對於我這本書的責任,一切由我自己負擔。在和諸位先生的著作顯然相同的地方,我不曾作有心的抄襲;在和諸位先生的著作顯然不同的地方,我也不曾作故意的違反。討論一切事物的時候,有一般的局勢,有各殊的立場。因爲局勢相同,所以結論類似,同時也因爲立場不一,所以對於萬事萬物看出種種不同的形態。這本書的内容,和諸位先生的著作有異同的地方,只是事理的當然,原不足怪。我需要特別指出的,就是不同的地方衹是看法的不同,不敢抱自是的見地。

第一個不同的地方,是這本書的章目裏只見到無數的個人,沒有指出這是怎樣的一個時代,或者這是怎樣的一個宗派。寫文學史或文學批評

史的人,忘去了作者的時代或宗派,是一種不能辯護的疏忽。在全書中,
我曾經指出劉勰、鍾嶸所處的時代,我也曾指出對於當時的潮流劉勰如何
地順應,鍾嶸如何地反抗。我曾經指出元祐以後江西派幾度的革新,我也
曾指出反江西派的批評者如何地奮鬥。至於明代秦漢派和唐宋派的遞
興,清代神韻、性靈兩宗的迭起,桐城、陽湖兩派的相關,我相信我也曾經
指出。但是我不曾對於每個時代加以特殊的標幟,而對於每個批評家,縱
使大眾指爲某宗某派,甚至自己也承認是某宗某派,我很難得在姓名之上
加以特別的名稱。一切都是出於有意。我認爲偉大的批評家不一定屬於
任何的時代和宗派。他們受時代的支配,同時他們也超越時代。這是一
個矛盾,然而人生本來是矛盾的。劉勰承受宋齊以來的潮流,然而劉勰不
滿意宋齊以來的現實。嚴羽承受南宋以來的潮流,然而嚴羽不滿意南宋
以來的現實。假如我們承認劉勰、嚴羽的超越時代只是一種特例罷,但是
鍾嶸較之劉勰更加超越,方回較之嚴羽也何嘗不超越?我們怎樣解釋呢?
就宗派而論,偉大的批評家也和偉大的政治家一樣,他們的抱負往往是指
導宗派而不受宗派的指導。宗派會有固定的規律,甚至也會有因襲的恩
怨,然而偉大的人生常會打破這些不必要的規律和不可理喻的恩怨。韓
愈和李翱不同,黃庭堅、陳無己和韓駒、呂本中不同,李攀龍和王世貞不
同,方苞、劉大櫆和姚鼐、曾國藩不同,我們又怎樣解釋呢?也許有人指出
他們之間大同小異,所以不妨承認宗派的存在。倘使他們的中間只是大
同小異,原不妨這樣說;但是誰能保證他們的中間不會是小同大異呢?因
此,在這些情形之下,就時代或宗派立論,有時固然增加了不少的便利,有
時也不免平添了若干的困難。所以,我決然放棄時代和宗派的標題,在章
目裏只見到無數的個人。這是一個嘗試,也許可以得到讀者的容許。

　　第二個不同的地方,是對於每個批評家,常把論詩論文的主張放在一
篇以內而不給以分別的敘述。批評家論詩論文,有時採取不同的立場:
韓愈是一個例,袁枚自稱論文嚴而論詩寬,更是顯然的一個例。所以分門
別類的敘述,確實有一種便利;但是這裏,和上面一樣,也有相當的困難。

蘇軾論詩論文論詞，都有他的主張，我們不便把整個的蘇軾分隸於三個不同的篇幅。在一部比較詳密的中國文學批評史裏，困難還要增加。劉熙載的《藝概》，論詩，論文，論賦，論詞曲，論經藝，我們更不便把整個的劉熙載分隸於五六個不同的篇幅。中國文學批評史究竟不是文論史、詩論史、詞曲論史的聯合的組織，所以我決意放棄分門別類的敘述；除了僅有的例外，在這本書裏所看到的，常常是整個的批評家，而不是每個批評家的多方面的組合。

第三個不同的地方，是這本書的敘述特別注重近代的批評家。中國是一個富於古代歷史的國家，整個的知識界彌漫了"信而好古"的氣氛。五四運動以前，一般的知識分子固然是好古；五四運動以後，除了打開窗戶，吸收一些外來的空氣以外，仍然是好古。大學課程裏，文學史的講授，祇到唐宋爲止；專書的研討，看不到宋代以後的作品——並不是罕見的實例。因此即是討論到中國文學批評，一般人只能想起劉勰《文心雕龍》和鍾嶸《詩品》，最多祇到司空圖《二十四詩品》。十一世紀以後的著作，幾乎逸出文學界的視野，這不能不算是駭人聽聞！有人會說文學批評的原理，劉勰、鍾嶸已經説盡，其餘只剩一些枝葉，用不着過分注意。在言論自由的社會裏，每人有發表意見的自由，這當然是一種意見。但是我的意見，是應當根據遠略近詳的原則，對於近代的批評家加以詳密的敘述。也許這裏講得太多一點，但是我們對於一千年以來的歷史既然無法加以"革除"，我們的生活同樣地也無法超越近代的階段，遙接一千年以上的古人，那麼即使多知道一點近代文學批評的趨勢，似乎也不算精力的浪費。何況縱使這本書"遠略近詳"，其他主張"遠詳近略"的著作原自不乏。一切的事物，相反亦可相成，廣博的讀者當然可以得到必要的補償。

這本書的出版雖遲，但是看見講稿的人已經不少。從各個不同的方面來的批評，我是一概地接受，一概地感激。除了幾種極端的評論以外，這裏可以提出一點。有人說這本書雖然是"史"，但是還有些"文"的意味。有人說這是"文學批評之批評"。假如我的猜測不錯，他們的意見也同樣地認爲這本書不完全是史實的叙述，而有時不免加以主觀的判斷。這一點我當然承認，但是我願意聲明，一切史的叙述裏，縱使我們盡力排除主觀的判斷，事實上還是不能排除净盡。"大學之道，在止於至善。"什麼是"至"？《中庸》説過，君子之道，"及其至也，雖聖人亦有所不知焉"，"及其至也，雖聖人亦有所不能焉"。我們的目標，不妨完全是史實的叙述，然而事實上不能辦到，這是一點。還有，既然是史，便有史觀的問題。作史的人總有他自己的立場，他的立場所看到的，永遠是事態的片面，而不是事態的全面。固然，我們也説要從許多不同的角度，觀察事態，但是一個事態的許多片面的總和，仍舊不是事態的全面。這是又一點。還有，歷史的記載當然是史，文學批評史也是史，但是和歷史的史究竟還有些許的不同。在已往的許多著作裏，什麼是文學批評，什麼不是文學批評呢？在取材的時候，不能不有一個擇別，擇別便是判斷，便不完全是史實的叙述。在叙述幾個批評家的時候，不能不指出流變，甚至也不能不加以比較，這也是判斷，更不是史實的叙述。文學批評史的本質，不免帶着一些批評的氣息。這是第三點。事態上無可避免的現實，祇有請求讀者的原諒。

　　這本簡陋的著述在國難中付印，更減少了請求訂正和自行修改的機會。叙述的錯誤和判斷的不正確，都在所不免，一切請求讀者不吝指示，俾得訂正。

　　在本書的創始和出版中，得到許多朋友的指導，我都十分感激。對於協同搜集材料的任戆忱先生，提議付印的馬文珍先生，和贊助出版的葉聖陶先生，尤其應當藉此機會，表示深切的感謝。

三十二年二月重慶柏溪

目　　次

第一　緒言

　　文學批評一語，古無定名。《隋書·經籍志》於《文章流別志論》、《翰林論》、《文心雕龍》等諸書，皆附列總集之後，所謂解釋評論，總于此編者也。《舊唐書》因之。《新唐書·藝文志》始立文史類，凡四家四部十八卷，其不著録者又若干。《宋史》因之，凡九十八部六百卷，然如《艇齋詩話》、《苕溪漁隱叢話》等，又別入小説類，則分部別居，蓋有未盡者。《明史·藝文志》亦有文史類，凡四十八部二百六十卷，其錯入小説類者未見，蓋視《宋史》爲加謹矣。《四庫總目》始別有詩文評類，然亦不能盡賅文學批評，如《樂府指迷》、《詞苑叢談》之附入詞曲類者是也。

　　凡一民族之文學，經過一發揚光大之時代者，其初往往有主持風會，發蹤指使之人物，其終復恒有折衷群言、論列得失之論師，中間參伍錯綜，辨析疑難之作家，又不絶於途。凡此諸家之作，皆所謂文學批評也。得其著而讀之，一代文學之流變，了然於心目間矣。

　　文學批評與批評文學，二名並懸，詁訓兩異。文學批評之義，略如前陳，批評文學則指其中之尤雅飭整齊者而言。隻詞單句不成片段者，固無論矣，即摭拾剩語，勉成完書者，亦非其倫。舉此以繩，自《文心雕龍》、鍾嶸《詩品》、《史通》、《原詩》、《文史通義》等諸書以外，可得而數者，蓋無幾矣。今兹所論，固不限此。

　　或者謂文學批評之盛衰，每視文學之升降爲轉移，斯又不然。魏晉六朝之文學,以太康間爲極盛,而劉、鍾成書,翻在齊梁。唐人之詩,標新領異,恢廣疆土,包毓靈異,而唐人論詩,自司空圖《詩品》以外,未中肯綮。妙觀逸響之句,獨標奧義,詩眼響字之論,備言音律,此皆出自宋人,遠邁唐代。宋人之詞,千年獨擅,然宋人論詞,或造詩餘之說,辭而闢之,翻在近日。至於東坡之空靈,碧山之沈鬱,推少游爲詞心,闢劉、蔣爲外道,此論惟于後人得之。戲曲肇自金元,小說盛於明代,而評論戲曲,批判小說,則探幽鈎深,出色當行者,蓋猶有待。然則,謂文學批評之與文學同時升降者,誤矣。

　　然於此中有當知者,則對於某項文學之批評,其成熟之時,必在其對象已經完成以後。有違此例,必多乖舛。昔摯虞持論,謂雅音之韻,四言爲正,其餘雖備曲折之體而非音之正,至於五言七言,但俳諧倡樂用之。此言若令六朝以後聞之,寧不成爲笑柄。英人高斯嘗言:“自今觀之,昔日之批評家建樹規律,執一繩萬,其病常在所不免,正規之批評中,常爲此規律太嚴之病所乘,而創造的想象所成之作品,常以不合當代之規律而見斥,如勃萊克、基慈,乃至彌爾敦之詩是矣。”此言可以證也。

　　至於中國文學批評之分類,《四庫總目·詩文評類提要》云:“文章莫盛於兩漢,渾渾灝灝,文成法立,無格律之可拘。建安、黃初,體裁漸備,故論文之說出焉,《典論》其首也。其勒爲一書傳於今者,則斷自劉勰、鍾嶸。勰究文體之源流而評其工拙,嶸第作者之甲乙而溯厥師承,爲例各殊。至皎然《詩式》,備陳法律;孟棨《本事詩》,旁採故實;劉攽《中山詩話》,歐陽修《六一詩話》,又體兼說部。後所論著,不出此五例中矣。”舉此五端以當文學批評,範圍較狹,而詩話詞話雜陳瑣事者,尤非文學批評之正軌。然前代文人評論之作,每每散見,爬羅剔抉,始得其論點所在,正不可以詩文評之類盡之也。至若東坡之論蘇李贈答,晦庵之辨《詩》大、小《序》,此則自爲考訂一派,逸出文學批評之常軌,今茲所述,蓋從略焉。

　　今欲觀古人文學批評之所成就,要而論之,蓋有六端。自成一書,條理畢具,如劉勰、鍾嶸之書,一也。發爲篇章,散見本集,如韓愈論文論詩諸篇,二也。甄採諸家,定爲選本,後人從此去取,窺其意旨,如殷璠之《河嶽英靈集》,高仲武之《中興間氣集》,三也。亦有選家,間附評注,雖繁簡異趣,語或不一,而望表知裏,情態畢具,如方回之《瀛奎律髓》,張惠言之《詞選》,四也。他若宗旨有在,而語不盡傳,照乘之光,自他有耀:其見於他人專書,如山谷之説,備見《詩眼》者爲五;見於他人詩文,如四靈之論,見於《水心集》者,六也。此六端外,或有可舉,蓋不數數覯焉。

讀中國文學批評,尤有當注意者,昔人用語,往往參互,言者既異,人心亦變。同一言文也,或則以爲先王之遺文,或則以爲事出沈思、功歸翰藻之著作。同一言氣也,而曹丕之説,不同于蕭繹,韓愈之説,不同于柳冕。乃至論及具體名詞,亦復人各一説,如晚唐之稱,或則以爲上包韓柳元白,或則以爲專指開成而後。逐步換形,所指頓異,自非博綜於始終之變者,鮮不爲所瞀亂,此則分析比較,疏通證明之功之所以貴也。

第二　孔子、孟子、荀子及其他諸家[①]

　　文學者，民族精神之所寄也。凡一民族形成之時期，其哲人鉅子之言論風采，往往影響於其民族精神，流風餘韻，亘千百年。故於此時期中，能深求一代名哲之主張，于其民族文學之得失，思過半矣。此其人雖不必以文學批評家論，而其影響之大，往往過一般之批評家遠甚。

　　《虞書》曰：“詩言志，歌永言，聲依永，律和聲。”舊説以爲虞舜之言，説《詩》者多稱道之，所托雖古，實不足信。求古人之言論，要不出春秋以來，其時實爲吾民族形成之時代。自周之興，宗族勳舊，分佈東方，及犬戎進逼，幽王失國，於是全民族東徙，復與東方固有之諸族混合，文化進展。今日吾人所讀之古籍，《詩》《書》《春秋》，皆此時期以來之産物也。其時之思想家，與後代以最大之影響者，則有孔子。

　　孔子論文，皆指學問而言，與後世之言文學者不同。《論語·雍也》：“君子博學于文，約之以禮，亦可以弗畔矣夫。”其意可見。他如《論語》所記，皆可舉證：

　　　　行有餘力，則以學文。(《學而》)何晏《集解》引馬融説：“馬曰：

<hr>

① 以下二章，1932 年本、1933 年本講義均有較多不同，已録前本收入書末附録二，可參看。

文者古之遺文。"

子以四教,文行忠信。(《述而》)邢昺疏:"文謂先王之遺文。"

子曰:從我于陳蔡間者,皆不及門也。德行,顏淵、閔子騫、伯牛、仲弓;言語,宰我、子貢;政事,冉有、季路;文學,子游,子夏。(《先進》)邢昺疏:"若文章博學,則有子游、子夏二人也。"

後人或據四科之序,文不在上,以證孔子重德行而輕文學之旨;以文行忠信之次論之,其說不可盡信。然《論語·憲問》謂"有德者必有言,有言者不必有德"。《述而》亦謂"志於道,據於德,依於仁,游於藝"。其旨可見。大抵孔子言文,要在應用,《左傳》襄公二十五年:"仲尼曰:'志有之,言以足志,文以足言。不言,誰知其志?言之無文,行而不遠。'"其言可證也。

《論語》論《關雎》曰:"《關雎》樂而不淫,哀而不傷。"古人以爲言其音律諧適,使人聞之中和且平,而不至於淫且傷焉。此論蓋爲音律而發。至云:"《詩》三百,一言以蔽之,曰:思無邪。"又云:"《詩》可以興,可以觀,可以群,可以怨,邇之事父,遠之事君,多識於鳥獸草木之名。"此論所重,蓋在《詩》義,與前不同。

孔子論《詩》,亦主應用,蓋春秋之時,朝聘盟會,賦詩言志,《詩》三百五篇,在當時固有其實用上之意義,此又後世論《詩》者所不可不知也。孔子之言見於《論語》者如次:

子曰:"誦《詩》三百,授之以政,不達,使于四方,不能專對,雖多亦奚以爲?"(《子路》)

不學《詩》,無以言。(《季氏》)

子謂伯魚曰:"女爲《周南》《召南》矣乎?人而不爲《周南》《召南》,其猶正牆面而立也與。"(《陽貨》)

古人言詩，有作詩者之志，有賦詩者之志，故往往有言在於此而意喻於彼者。《野有蔓草》，説人之詩也，子太叔賦之，而趙孟曰："吾子之惠也。"子蠆賦之而韓宣子曰："孺子善哉。"《褰裳》，亦説人之詩也，子太叔賦之，而韓宣子曰："起在此，敢勤子至於他人乎？"凡朝聘盟會之間，他人賦詩而不知其指，或不及答者，皆以爲深恥。故言《詩》者必重體會，孔子論《詩》屢及之，其意仍主于應用，如《論語》言：

> 子貢曰："貧而無諂，富而無驕，何如？"子曰："可也，未若貧而樂，富而好禮者也。"子貢曰："《詩》云：'如切如磋，如琢如磨。'其斯之謂與？"子曰："賜也始可與言《詩》已矣，告諸往而知來者。"（《學而》）
>
> 子夏問曰："'巧笑倩兮，美目盼兮，素以爲絢兮。'何謂也？"子曰："繪事後素。"曰："禮後乎？"子曰："起予者商也，始可與言《詩》已矣。"（《八佾》）

自孔子後，百餘年而有孟子。孟子之時，上去春秋已遠，朝聘盟會之禮久廢，賦詩之事已失其實用上之價值，而儒家者流，則以孔子之倡導，每每引《詩》以證其説，於是《詩》三百五篇之應用一變，而以展轉附會，去《詩》之本義亦日遠。

《史記·孟軻列傳》謂孟子"退而與萬章之徒，序《詩》《書》，述仲尼之意，作《孟子》七篇"。孟子自稱知言，其告公孫丑曰："詖辭知其所蔽，淫辭知其所陷，邪辭知其所離，遁辭知其所窮。"至其論《詩》《書》，則有知人論世之説：

> 以友天下之善士爲未足，又尚論古之人。頌其詩，讀其書，不知其人，可乎？是以論其世也，是尚友也。（《萬章》）

然其知人論世之説，不可盡信。《離婁》："王者之跡息而《詩》亡，《詩》亡然後《春秋》作。"後之述者其説多端，而終與事實不合。至若《滕文公》引《魯頌·閟宫》"戎狄是膺，荆舒是懲"，以爲周公方且膺之，殊不知《閟宫》正言"周公之孫，莊公之子"，所指明爲僖公，與周公無涉。此則應用之未盡合者歟。

孔子論《詩》，好言體會，所稱述者往往言喻而意得。孟子始言以意逆志，始挾數百年後之意，求數百年前之志，其運用更進一步，然其不能盡合，亦可想見。《孟子》云：

咸丘蒙曰："舜之不臣堯，則吾既得聞命矣。《詩》云：'普天之下，莫非王土，率土之濱，莫非王臣。'而舜既爲天子矣，敢問瞽瞍之非臣如何？"曰："是詩也，非是之謂也，勞于王事而不得養父母也。曰：'此莫非王事，我獨賢勞也。'故説詩者不以文害辭，不以辭害志。以意逆志，是爲得之。如以辭而已矣，《雲漢》之詩曰：'周餘黎民，靡有孑遺。'信是言也，是周無遺民也。"（《萬章》）

今按《吕氏春秋·孝行覽》謂舜"登爲天子，賢士歸之，萬民譽之，丈夫女子，振振殷殷，無不戴説。舜自爲詩曰：'普天之下，莫非王土，率土之濱，莫非王臣。'所以見盡之也。"《韓非子》亦謂"《詩》云：'普天之下，莫非王土，率土之濱，莫非王臣。'信是言也，是舜出則臣其君，入則臣其父，妾其母，妻其主女也。"大抵戰國之間，説《詩》者不盡如儒家言，故有謂《北山》爲虞舜之詩者。咸丘蒙之問，正與《吕氏春秋》《韓非子》之説同出一源。孟子以意逆志，推定此詩爲勞於王事而不得養父母之作，自爲巨識，今《毛詩序》本此。後人徒知《詩序》之多出附會，不知戰國之間，其附會之離奇不可究詰，有如此者。

知人論世，以意逆志之法，確爲當世一大進步，今觀孟子論《北山》《小弁》《凱風》諸詩，其見地之卓絶，自可想象。然推求過甚，轉有不可信者,如孟子見齊宣王,舉《公劉》之篇,則謂公劉好貨,舉《綿》之篇,則謂大王好色,皆不可信。或者孟子意在勸勉,語別有故,讀者不以辭害志可也。

荀子論《詩》,嘗言:“善爲《詩》者不説,善爲《易》者不占,善爲《禮》者不相,其心同也。”見《大略》篇。楊倞注:“皆言與理會者,至於無言説者也。”其言蓋爲附會《詩》義者而發。至其論及《詩》《樂》之關係,言獨警辟,如云:

> 夫樂者,樂也,人情之所必不免也。故人不能無樂,樂則必發於聲音,形於動靜,而人之道,聲音動靜性術之變盡是矣。故人不能不樂,樂則不能無形,形而不爲道,則不能無亂。先王惡其亂也,故制《雅》《頌》之聲以道之,使其聲足以樂而不流,使其文足以辨而不諰,使其曲直繁省,廉肉節奏,足以感動人之善心,使夫邪汙之氣無由得接焉。是先王立樂之方也。(《樂論》)

> 《國風》之好色也,傳曰:“盈其欲而不愆其止,其誠可比于金石,其聲可内於宗廟。”《小雅》不以於汙上,自引而居下,疾今之政以思往者,其言有文焉,其聲有哀焉。(《大略》)

荀子又嘗推論《詩》《書》《禮》《樂》之歸,《風》、大小《雅》、《頌》之別,其言見於《儒效》篇:

> 聖人也者,道之管也,天下之道管是矣,百王之道一是矣,故《詩》《書》《禮》《樂》之歸是矣。《詩》言是其志也,《書》言是其事也,《禮》言是其行也,《樂》言是其和也,《春秋》言是其微也。故《風》之所以爲不逐者,取是以節之也。《小雅》之所以爲《小雅》者,取是以文之也。《大雅》之所以爲《大雅》者,取是而光之也。《頌》之所以爲至者,取是而通之也。

　　荀子論文,其意仍主於學問,與孔子之説相似。《大略》篇云:" 人之
于文學也,猶玉之於琢磨也。《詩》曰'如切如磋,如琢如磨',謂學問也。
和之璧,井里之厥也,玉人琢之,爲天子寶,子贛、季路故鄙人也,被文學,
服禮義,爲天下列士。"要其論文之旨,尚質尚用。《樂論》篇又云:" 亂世
之徵,其服組,其容婦,其俗淫,其志利,其行雜,其聲樂險,其文章匿而
采。"即此以觀,其不崇尚文辭可知矣。

　　大抵吾國先哲之論文學,不尚玄想,不重辭采。文學中之所表現者,
其事不出於家國身世,其歸不出於興觀群怨。至若先哲之稱道《詩》
《書》,其旨亦不外于修身淑世而已。儒家如此,尚質之墨家更可知。《墨
子·公孟》篇稱"誦《詩》三百,弦《詩》三百,歌《詩》三百,舞《詩》三百",
三百篇之數與儒家之言《詩》同,而墨子所引詩篇章句,與儒家所傳,略有
出入,今不贅,然其言文學之旨歸,則與儒家相同。《墨子·非命》篇云:
"是故子墨子曰:今天下之君子之爲文學出言談也,非將勤勞其惟舌而利
其唇呡也,中實將欲爲其國家邑里萬民刑政者也。"

　　先秦顯學,首推儒、墨,凡其所論,略見上述。道家之論,頗涉玄妙,於
後世之文學,良多影響,至於評騭文學,固無可述。獨法家者流,詆訶文
學,《商君書》謂"農戰之民千人,而有《詩》《書》辨慧者一人焉,千人者皆
怠于農戰矣"。又謂"國用《詩》《書》《禮》《樂》孝悌善修治者,敵至必削
國,不至必貧國"。《韓非子》亦謂"喜淫而不周於法,好辯説而不求其用,
濫于文麗而不顧其功者,可亡也"。法家之論,大抵如此,不待盡述。

第三 《詩》三百五篇及《詩序》

詩爲文學之大宗,《詩》三百五篇尤爲中國詩之祖,故言中國文學者,不可不知《詩》三百五篇之起源,及古代《詩》説之遞嬗。《詩》三百五篇之結集,大約在孔子之前,當時朝聘盟會,以賦《詩》爲常事,樂工肆習,亦自有其通行之本,此三百五篇之《詩》,殆其時統治階級詠歌之作,而樂工之所通習也。此三百五篇之本,因流行於各地,篇幅章句之間,容有異同,按之古籍,尚可得其端倪。然其大數,要必不異,故孔子言《詩》三百,墨子亦言《詩》三百,至於篇章之異者,亦不多見,則當時之有通行本可知矣。

此三百五篇之《詩》,大別之有二。言鬼事者,則有周、魯、商三《頌》。言人事者,則有十五《國風》、大小《雅》。觀《崧高》之詩,而曰“其風肆好”,與夫《大戴記・投壺》所謂八篇可歌之《雅》,包括《鵲巢》《采蘩》《采蘋》《騶虞》《伐檀》諸篇,則知《雅》固不妨稱《風》,而《風》詩諸篇,以其出於夏(與雅通)民族諸國,亦正不妨稱《雅》。故求其本義,則《風》《雅》之間,原無截然之別,凡所謂“風土之音曰《風》,朝廷之音曰《雅》”者,其實皆不可信。《周南》《召南》《邶》《鄘》《衛》《王》《鄭》《齊》《魏》《唐》《秦》《陳》《檜》《曹》《豳》《小雅》《大雅》,爲名十七,實則皆以詩之産地而言,其爲言人事者則一也。《論語・子罕》:“子曰:‘吾自衛反魯,然後樂正,《雅》《頌》各得其所。’”言《雅》《頌》而不言《風》者,蓋以《雅》可包《風》,大別有二,人事、鬼事之辨也。此種觀念,至《詩序》成立而後,已不復見。

《禮記·經解》篇云："孔子曰:'入其國,其教可知也。其爲人也溫柔敦厚,《詩》教也。……《詩》之失愚。……其爲人也溫柔敦厚而不愚,則深於《詩》者也。'"《正義》曰:"《經解》一篇總是孔子之言,記者錄之以爲經解者。……溫柔敦厚《詩》教也者,溫謂顏色溫潤,柔謂性情和柔,《詩》依違諷諫,不指切事情,故云溫柔敦厚是《詩》教也。……《詩》之失愚者,《詩》主敦厚,若不節制,則失在於愚。"按《禮記》出自漢初經生,所述孔子之言,不可盡信。然溫柔敦厚之說,則深中于人心,此則以儒家思想支配中國社會,人人不敢有所違異故也。中國詩詞每作委婉之辭,不敢有所指斥,兢兢焉恐失詩人忠厚之旨,皆出於《禮記》一語也。

《樂記》一篇,論詩歌與音律之關係,其言極深入,今《三百篇》遺音不可復知,即此猶可得其梗概,如云:

> 凡音者生人心者也,情動於中,故形於聲,聲成文謂之音。是故治世之音安以樂,其政和;亂世之音怨以怒,其政乖;亡國之音哀以思,其民困:聲音之道,與政通矣。……鄭衛之音,亂世之音也,比於慢矣。桑間濮上之音,亡國之音也,其政散,其民流,誣上行私而不可止也。
>
> 德者性之端也,樂者德之華也,金石絲竹,樂之器也。詩言其志也,歌詠其聲也,舞動其容也,三者本於心,然後樂器從之。是故情深而文明,氣盛而化神,和順積中而英華發外,唯樂不可以爲僞。

今《詩》三百五篇傳世者,獨有《毛詩》。《毛詩》相傳出於毛公,與後人輯佚所得之齊、魯、韓《詩》,字句間略有出入,獨其所謂《詩序》者,于後代之影響至大。其文作於何時,出於何人,今皆不可得考。《毛詩》自謂出於子夏,後人不復置信,然遽執《後漢書·儒林傳》衛宏作《毛詩序》一語,謂爲宏作,亦嫌武斷。善乎葉夢得之言曰:"使宏鑿空爲之乎,雖孔子亦不能,使宏誦師說爲之,則雖宏有餘矣。"(見《文獻通考》卷一百七十八)葉氏又謂其序"有專取諸書之文而爲之者,有雜取諸書而重複互見者,有委曲宛轉附經而成其書者"。

漢初立於學官者,《魯詩》、《齊詩》、《韓詩》,所謂《詩》今文之學也。《毛詩》未立學官,至東漢而後盛,及鄭玄作《箋》,《毛詩》大行,而三家《詩》乃漸亡。《齊詩》亡于魏,《魯詩》亡於西晉,《韓詩》雖存無習者,至宋而《韓詩》亦亡,僅存《外傳》。爲《毛詩》者之言,謂三家《詩》不見古序,無以總測篇意。宋程大昌《詩論》云:"毛氏之傳,固未能悉勝三家,要之有古序以該括章指,故訓詁所及,會一詩以歸一貫,且不至於漫然無統。"程氏持論,爲有宋名家,而其論如此。然三家《詩》實不可謂之無序,語見魏源《詩古微》,今不贅。

《毛詩·關雎序》一篇,總論詩旨,後人或謂之《大序》,其言爲吾國論詩諸作中有名之篇幅,而其爲雜糅而成之作品,則有可以指者:

一、詩者志之所之也,在心爲志,發言爲詩。(《詩序》)
　　詩言是其志也。(《荀子》)
二、情動於中而形於言,言之不足,故嗟歎之,嗟歎之不足,故永歌之,永歌之不足,不知手之舞之,足之蹈之也。(《詩序》)
　　故歌之爲言也,長言之也,說之故言之,言之不足故嗟歎之,嗟歎之不足,故不知手之舞之,足之蹈之也。(《樂記》)
三、情發於聲,聲成文謂之音。治世之音安以樂,其政和;亂世之音怨以怒,其政乖;亡國之音哀以思,其民困。(《詩序》此節與《樂記》類似,見前。)
四、故《詩》有六義焉:一曰風,二曰賦,三曰比,四曰興,五曰雅,六曰頌。(《詩序》)
　　大師教六詩:曰風,曰賦,曰比,曰興,曰雅,曰頌。(《周禮·春官》)

《毛詩大序》又創爲變風、變雅，與乎《雅》有小大即政有小大之説如次：

> 上以風化下，下以風刺上，主文而譎諫，言之者無罪，聞之者足以戒。至王道衰，禮義廢，政教失，國異政，家殊俗，而變風、變雅作矣。國史明乎得失之跡，傷人倫之廢，吟詠情性以風其上，達於事變而懷其舊俗者也。故變風發乎情，止乎禮義。發乎情，民之性也；止乎禮義，先王之澤也。是以言一國之事，繫一人之本，謂之《風》。言天下之事，形四方之風，謂之《雅》。《雅》者正也，言王政之所由廢興也，政有小大，故有《小雅》焉，有《大雅》焉。《頌》者，美盛德之形容，以其成功告於神明者也。是謂四始，《詩》之至也。

《詩序》之説，影響後世，爲學者所不可不知，而其實不可信者，蓋有數端：

一、風雅頌之説。《詩序》釋三者之異別，其實不能成立，辨已見前。

二、風刺之説。《毛序》謂吟詠情性以風其上，於是於《詩》三百五篇之中强分美刺，除《頌》詩不計外，《風》詩百六十篇之中，美詩僅十六篇，刺詩七十八篇。《小雅》七十四篇之中，美詩僅四篇，刺詩四十五篇。《大雅》三十一篇之中，美詩七篇，刺詩亦六篇。總計《風》《雅》二百六十五篇而刺詩得一百二十九篇，直欲目古人吟詠之詞，多爲怨曲，其不可信明矣。《朱子語類》云：“大率古人作詩，與今人作詩一般，其間亦自有感物道情，吟詠情性，幾時盡是譏刺他人。”（卷八十）其語指此。然正以有《毛序》風刺之説，後人作詩，遂多寄託，言在於此而意在於彼，直欲並古代作詩之志與賦詩之志於一身，讀之者自不得捨棄比興，專求賦旨。於是詩之旨趣愈迷離而其意境乃愈沈鬱，遂成爲中國詩詞之特性，此又古人序《詩》之時所不及料也。

三、變風變雅之説。《毛序》謂王道衰而後有變風變雅，今就相傳變風、變雅之別論之，皆不可通。即如《風》詩，相傳謂二《南》爲正，十三《國風》爲變，然《甘棠》之作，決不在召伯生前，《何彼穠矣》更在東周以後，其他如《漢廣》之説人，《野有死麕》之惡無禮，又不必在所謂禮義政教尚未廢失之際，此其説已誤矣。故程大昌攻之，《詩論》云："夫同名《風》《雅》，中分正變，是明以'璵璠'命之，而曰'其中實雜砥砆'，不知何以名爲也！"又云："信四詩而分美惡，雖甚善附會者，愈鑿而愈不通。"後人作詩，自命爲正，力避其變，乃一見人作詩，稍變古貌，輒動色相戒，自有數之論師以外，咸不敢爲變體張目，以致造成吾國文壇因襲模擬之風氣，此亦蔽也。

　　四、政有小大，故《雅》有小大之説。毛説誤。論者以爲《雅》之大小不繫於政之大小，有謂其以腔調不同而分者，有謂純乎《雅》之體者爲雅之大，雜乎《風》之體者爲雅之小者。按雅與夏通，《大雅》爲大夏之詩，《小雅》爲小夏之詩，以地得名，與政治腔調體格皆無涉。語別見，不贅（詳拙著《讀詩四論》）。

第四　西漢之文學批評

　　《毛詩》相傳出於毛公，《詩序》雜糅秦漢間之遺説，其中出於漢人者若干，今不可考。欲求漢人之文學批評，當知武帝以前，學術未統於一家，故論文者，張皇幽眇，各出所見，及武帝罷黜百家而後，立論之士必折衷于儒術，文學與道始合而爲一，故武帝時代，實爲古今斷限，不可不知也。

　　漢人文學，賦爲大宗，而司馬相如之才爲最。相如之説，見於《西京雜記》者如次：

　　　　司馬相如爲《子虛》《上林賦》，意思蕭散，不復與外事相關，控引天地，錯綜古今，忽然如睡，煥然如興，幾百日而後成。其友人盛覽，字長通，牂牁名士，嘗問以作賦。相如曰："合綦組以成文，列錦繡而爲質，一經一緯，一宮一商，此賦之跡也。賦家之心，苞括宇宙，總覽人物，斯乃得之於内，不可得而傳。"

　　《西京雜記》又引揚雄之説云："司馬長卿賦，時人皆稱典而麗，雖詩人之作不能加也。揚子雲曰：'長卿賦不似從人間來，其神化所至耶！'子雲學相如而弗逮，故雅服焉。"相如論賦，推重賦心，後人或以之爲神化，此一説也。司馬遷論《離騷》，本淮南王安之説，推賾索隱，直攄作者之情意于紙上，此又一説也。《史記·屈原傳》云：

屈平疾王聽之不聰也,讒諂之蔽明也,邪曲之害公也,方正之不容也,故憂愁幽思而作《離騷》。《離騷》者,猶離憂也。夫天者人之始也,父母者人之本也,人窮則反本,故勞苦倦極,未嘗不呼天也,疾病慘怛,未嘗不呼父母也。屈平正道直行,竭忠盡智,以事其君,讒人間之,可謂窮矣。信而見疑,忠而被謗,能無怨乎?屈平之作《離騷》,蓋自怨生也。《國風》好色而不淫,《小雅》怨悱而不亂,若《離騷》者可謂兼之矣。上稱帝嚳,下道齊桓,中述湯武,以刺世事,明道德之廣崇,治亂之條貫,靡不畢見。其文約,其辭微,其志潔,其行廉,其稱文小而其指極大,舉類邇而見義遠。其志潔,故其稱物芳。其行廉,故死而不容自疏。濯淖污泥之中,蟬蛻於濁穢,以浮游塵埃之外,不獲世之滋垢,皭然泥而不滓者也。推此志也,雖與日月爭光可也。

史公論文,多重情感,故稱《離騷》則言憂愁幽思,其稱《詩》《書》亦然。《史記·自序》曰:"夫《詩》《書》隱約者,欲遂其志之思也。"又曰:"《詩》三百篇,大抵賢聖發憤之所爲作也,此人皆意有所鬱積,不得通其道也。"即此二語觀之,其意可見矣。

史公之後,至元、成之間而有劉向。成帝中,向領校中五經秘書,今流傳者有向所校書錄[1],皆以儒家者言爲立場。《管子書錄》云:"凡《管子》書,務富國安民,道約言要,可以曉合經義。"《晏子書錄》云:"其書六篇,皆忠諫其君,文章可觀,義理可法,皆合六經之義;又有複重,文辭頗異,不敢遺失,復列以爲一篇。又有頗不合經術,疑後世辯士所爲者,故亦不敢失,復以爲一篇。凡八篇。其六篇可常置旁御觀。"《孫卿書錄》:"其書比於記傳,可以爲法。"《列子書錄》:"其學本于黃帝老子,號曰道家。道家者流,秉要執本,清虛無爲,及其治身接物,務崇不競,合於六經,而《穆王》

---

[1] 1933 年講義列劉向存世書錄九種之名,下云:"或疑劉歆作,或疑僞託。"

《湯問》二篇，迂誕恢詭，非君子之言也。"凡所論列，皆以合于經傳爲則①。

漢代文人，自相如外，當推揚雄。子雲之論，雖於長卿神化之説有所發明，然論學賦之法，已嫌着跡。桓譚《新論》云："揚子雲工于賦，王君大習兵器，余欲從二子學。子雲曰：'能讀千賦則善賦。'君大曰：'能觀千劍則曉劍。'諺曰：'伏習象神，巧者不過習者之門。'"

子雲論賦，前後主張不一。《法言·吾子》篇云：

> 或問："吾子少而好賦？"曰："童子雕蟲篆刻。"俄而曰："壯夫不爲也。"或曰："賦可以諷乎？"曰："諷則已，不已，吾恐不免於勸也。"……或問："景差、唐勒、宋玉、枚乘之賦也益乎？"曰："必也淫。""淫則奈何？"曰："詩人之賦麗以則，辭人之賦麗以淫。如孔氏之門用賦也，則賈誼升堂，相如入室矣。"②

尚麗之説，以賦爲限，至於他作，固不爾也。《吾子》篇云："或曰：'女有色，書亦有色乎？'曰：'有。女惡華丹之亂窈窕也，書惡淫辭之淈法度也。'……或曰：'君子尚辭乎？'曰：'君子事之爲尚。事勝辭則伉，辭勝事則賦，事辭稱則經，足言足容，德之藻矣。'"

揚雄之論，亦以六經爲本，與劉向同。《法言·問神》篇云："書不經，非書也，言不經，非言也，言書不經，多多贅矣。"《吾子》篇亦言："好書而不要諸仲尼，書肆也；好説而不要諸仲尼，説鈴也。"又曰："不合乎先王之法者，君子不法也。觀書者譬諸觀山及水：升東嶽而知衆山之峛崺也，況介丘乎？浮滄海而知江河之惡沱也，況枯澤乎？"此皆以雄爲儒家，故其言如此。然雄謂經可損益，見《法言·問神》篇，則心胸之廣博，固非經生者

---

① 1933年講義下云：至於不合經術者，亦不輕棄，其慎重有足法者。

② 1933年講義節引此節文字，下云："二語皆常爲後人所引，曹植、楊修，往復辯難，裴子野有《雕蟲論》，皆以揚雄之言而發也。"

流可得並論,此雄所以有《太玄》《法言》之書也。

　　雄之評論諸書者,見《法言・重黎》篇:"或問《周官》,曰'立事'。《左氏》,曰'品藻'。太史遷,曰'實錄'。"《君子》篇云:"《淮南》説之用,不如太史公之用也。太史公聖人將有取焉,《淮南》鮮取焉耳。必也儒乎。乍出乍入,《淮南》也;文麗用寡,長卿也;多愛不忍,子長也。仲尼多愛,愛義也;子長多愛,愛奇也。"

　　《問神》篇又言:"故言心聲也,書心畫也。聲畫形,君子小人見矣。聲畫者,君子小人之所以動情乎。聖人之辭渾渾若川;順則便,逆則否者,其惟川乎。"惟其論文,主于君子小人之別,故《太玄經》曰:"雕籤之文,徒費日也。雕文刻鏤,傷農事也。"又曰:"大文彌樸,質有餘也。鴻文無範,恣意往也。"子雲之所謂大文、鴻文者,即此聖人之辭也。《淵鑒》又引子雲之説云:"或曰:'辭達而已矣,聖人以文。其陬也有五,曰玄、曰妙、曰包、曰要、曰文。幽深謂之玄,理微謂之妙,數博謂之包,辭約謂之要,章成謂之文。聖人之文,成此五者,故曰不得已。'"

第五　東漢之文學批評

　　東漢一代,文學論者,首推桓譚、班固,其後則有王充。譚、固皆盛稱
子雲,充之論出於君山,故謂東漢文論,全出於揚雄可也。譚字君山,成帝
初爲郎,歷事王莽、更始,至建武中始卒,其年輩略後於雄,所著有《桓子新
論》十七卷。①《論衡·超奇》篇云:"君山作《新論》,論世間事,辨照然
否,虛妄之言,僞飾之辭,莫不證定。"其後王充著書,志在黜虛妄,即此辨
照然否之遺意也。惜全書久佚,惟見輯本,原書有《道賦》篇,今惟存四條,
未易得其梗概矣。就譚書中可見者論之,要以其推崇揚雄,足見其對於作
家之認識:

　　　王公子問:"揚子雲何人耶?"答曰:"揚子雲才智開通,能入聖
　　道,卓絶於衆,漢興以來,未有此人也。"國師子駿曰:"何以言之?"答
　　曰:"才通著書以百數,惟太史公廣大,其餘皆叢殘小論,不能比之子
　　雲所造《法言》《太玄經》也。《玄經》數百年,其書必傳。世咸尊古卑
　　今,貴所聞,賤所見也,故輕易之。《老子》其心玄遠而與道合,若遇上
　　好事,必以《太玄》次五經也。"(《新論·閔友》)

----

　　① 1933年講義下云:"論者至謂論説之徒君山爲甲,則其書漢時已有定論矣。《文心雕
龍·序志篇》亦及之。"

　　大司空王邑、納言嚴尤聞雄死，謂桓譚曰："子嘗稱揚雄書，豈能傳於後世乎？"譚曰："必傳，顧君與譚不及見也。凡人賤近而貴遠，親見揚子雲祿位容貌不能動人，故輕其書。昔老聃著虛無之言兩篇，薄仁義，非禮樂，然後世好之者過於五經，自漢文景之君及司馬遷皆有是言。今揚子之書文義至深，而論不詭於聖人，若使遭時君，更閱賢知，爲所稱善，則必度越諸子矣。"（《漢書‧揚雄傳》）

譚又謂："賈誼不左遷失志，則文采不發；淮南不貴盛富饒，則不能廣聘駿士，使著文作書；太史公不典掌書記，則不能條悉古今；揚雄不貧，則不能作《玄》《言》。"此皆言文學與環境之關係者。

　　班固字孟堅，生東漢初，其論大抵本諸揚雄。《漢書‧藝文志‧詩賦略》曰：

　　　　傳曰："不歌而誦謂之賦，登高能賦，可以爲大夫。"言感物造耑，材知深美，可與圖事，故可以爲列大夫也。古者諸侯卿大夫交接鄰國，以微言相感，當揖讓之時，必稱《詩》以諭其志，蓋以別賢不肖而觀盛衰焉。故孔子曰"不學《詩》，無以言"也。春秋之後，周道寖壞，聘問歌詠不行於列國，學《詩》之士逸在布衣，而賢人失志之賦作矣。大儒孫卿及楚臣屈原，離讒憂國，皆作賦以風，咸有惻隱古詩之義。其後宋玉、唐勒，漢興枚乘、司馬相如，下及揚子雲，競爲侈麗閎衍之詞，没其風喻之義。是以揚子悔之曰："詩人之賦麗以則，辭人之賦麗以淫，如孔氏之門人用賦也，則賈誼登堂，相如入室矣，如其不用何？"

太史公稱《離騷》，以爲與日月爭光，及孟堅序《離騷》，乃云："今若屈原露才揚己，競乎危國群小之間，以離讒賊，然責數懷王，怨惡椒蘭，愁神苦思，强非其人，忿懟不容，沈江而死。亦貶絜狂狷景行之士，多稱崑崙冥婚、宓妃虛無之語，皆非法度之政，經義所載，謂之兼《詩》風雅而與日月爭光，過矣。然其文弘博麗雅,爲辭賦宗,後世莫不斟酌其英華,則象其從容,自宋玉、唐勒、景差之徒,漢興枚乘、司馬相如、劉向、揚雄,騁極文辭,好而悲之,自謂不能及也,雖非明智之器,可謂妙才者也。"觀遷、固立論之異,知漢初之與東漢,其間思想之轉變大矣。

漢人之文,西京爲盛,而論評文字,僅見端倪,至於摭論文字,獨具主張,則自王充始。充字仲任,會稽上虞人,生於東漢建武三年,嘗師事扶風班彪,好博覽不守章句,著《論衡》八十五篇,二十餘萬言。袁山松《後漢書》云:"充所作《論衡》,中土未有傳者,蔡邕入吳始得之,恒秘玩以爲談助。其後,王朗爲會稽太守,及還許下,時人稱其才進。或曰:'不見異人,當得異書。'問之,果以《論衡》之益。其爲後人所重如此。"《論衡》一書,推重平實樸直之作,而於才華豐縟之文,深致不滿。① 東漢文風以平實見稱,此則一代風尚使然,而充實爲時代之先覺矣。其論大抵見於《超奇》《佚文》《書解》《案書》《對作》《自紀》諸篇。《書解》篇於文之立場,言之至明,其辭曰:

> 或曰:"士之論高,何必以文?"答曰:"夫人有文,質乃成。物有華而不實,有實而不華者。《易》曰:'聖人之情見乎辭。'出口爲言,集札爲文,文辭施設,實情敷烈。夫文德世服也,空書爲文,實行爲德,著之於衣爲服。故曰:'德彌盛者文彌縟,德彌彰者人彌明,大人德擴其文炳,小人德熾其文斑,官尊而文繁,德高而文積。'"

惟其盛稱文辭,故《佚文》篇直稱"孔子周之文人也"。又曰:"文人之休,國之符也。望豐屋,知名家,睹喬木,知舊都,鴻文在國,聖世之驗也。"此言推重文人可知。然仲任論文,指文章博學言,與古說近,而與漢人之說

---

① 1933 年講義下云:"西漢文學趨重詞賦,賦則必求工麗,揚雄、班固所不能免,至充始奮然反之。"

略異。

《超奇》篇於文人外復有鴻儒之稱。其言云：

故夫能説一經者爲儒生，博覽古今者爲通人，採掇傳書以上書奏記者爲文人，能精思著文，連結篇章者爲鴻儒。故儒生過俗人，通人勝儒生，文人逾通人，鴻儒超文人。故夫鴻儒，所謂超而又超者也。以超之奇，退與儒生相料，文軒之比於敝車，錦繡之方於緼袍也，其相過遠矣。

儒生鴻儒之説，又見於《書解》篇。篇中析儒者爲二，著作者爲文儒，説經者爲世儒。其論曰：

世儒當時雖尊，不遭文儒之書，其跡不傳。周公制禮樂，名垂而不滅，孔子作《春秋》，聞傳而不絶。周公、孔子，難以論言，漢世文章之徒，陸賈、司馬遷、劉子政、揚子雲，其材能若奇，其稱不由人。世傳《詩》家魯申公，《書》家千乘歐陽公孫，不遭太史公，世人不聞。夫以業自顯，孰與須人乃顯？夫能紀百人，孰與廑能顯其名？

文儒之重，據上可知，而各種文字之中，仲任所尤重者，則在造論著説。《佚文》篇云：

文人宜遵五經六藝爲文，諸子傳書爲文，造論著説爲文，上書奏記爲文，文德之操爲文。立五文在世，皆當賢也，造論著説之文，尤宜勞焉。何則？發胸中之思，論世俗之事，非徒諷古經，續故文也。論發胸臆，文成手中，非説經藝之人所能爲也。

造論著説，其旨在於申説宗旨，敷陳事實，而虛妄華飾之説，自爲所疾視。

故《佚文》篇云：“《詩》三百，一言以蔽之，曰‘思無邪’；《論衡》篇以十數，亦一言也，曰‘疾虚妄’！”其他亦有可見者，如云：

虚妄之語不黜，則華文不見息；華文放流，則實事不見用。（《對作》）

世俗所患，患言事增其實，著文垂辭，辭出溢其真，稱美過其善，進惡没其罪。（《藝增》）

儒家信而好古，此種精神在文學界中亦常有其影響，仲任之論，不恤與此立異。故《佚文》篇有諷古經、續故文之議，至《案書》篇更云：

夫俗好珍古不貴今，謂今之文不如古書。夫古今一也，才有高下，言有是非，不論善惡而徒貴古，是謂古人賢今人也。案東番鄒伯奇、臨淮袁太伯、袁文術，會稽吳君高、周長生之輩，位雖不至公卿，誠能知之囊橐，文雅之英雄也。觀伯奇之《玄思》，太伯之《易章句》，文術之《咸銘》，君高之《越紐録》，長生之《洞歷》，劉子政、揚子雲不能過也。蓋才有淺深，無有古今，文有真偽，無有故新。廣陵陳子迴、顔方，今尚書郎班固，蘭臺令楊終、傅毅之徒，雖無篇章，賦頌記奏，文辭斐炳。賦象屈原、賈生，奏象唐林、谷永，並比以觀好，其美一也。當今未顯，使在百世之後，則子政、子雲之黨也。

上論諸人，有其書失傳，今無可考者，以班固、傅毅論之，固知仲任之評不謬也。又《超奇》篇謂：“周有郁郁之文者，在百世之末也，漢在百世之後，文辭論説，安得不茂？”此則直謂文章之事，今實勝古，而更推其所以勝古之故，其意與信而好古者異矣，至其歷論漢代諸家者，亦見於《案書》篇：

董仲舒著書不稱子者，意殆自謂過諸子也。漢作書者多，司馬子長、揚子雲,河漢也,其餘涇渭也。然而子長少臆中之說,子雲無世俗之論,仲舒說道術奇矣,北方三家尚矣。

仲舒之言道德政治,可嘉美也。質定世事,論說世疑,桓君山莫尚也。故仲舒之文可及而君山之論難追也。

兩刃相割,利鈍乃知,二論相訂,是非乃見,是故韓非之《四難》,桓寬之《鹽鐵》,君山《新論》之類也。

《論衡》最後有《自紀》一篇,體例與《史記》之《自序》等,要皆論其所以作書之故也。篇中於其文體,多所辯護,正所以自申其說,略列於此,仲任論文之旨,可以見矣:

一、不必艱深。"故口言以明志,言恐滅遺,故著之文字。文字與言同趨,何爲猶當隱閉指意? ……經傳之文,賢聖之語,古今言殊,四方談異也。當言事時,非務難知,使指閉隱也。後人不曉,世相離遠,此名曰'語異',不名曰'材鴻'。淺文讀之難曉,名曰'不巧',不名曰'知明'。秦始皇讀韓非之書,歎曰:'朕獨不得此人同時。'其文可曉,故其事可思。如深鴻優雅,須師乃學,投之于地,何歎之有! 夫筆著者欲其易曉而難爲,不貴難知而易造;口論務解分而可聽,不務深迂而難睹。"

一、不必從俗。"論貴是而不務華,事尚然而不高合。論說辯然否,安得不譎常心,逆俗耳? 衆心非而不從,故喪黜其僞而存定其真。如當從衆順人心者,循舊守雅,諷習而已,何辯之有?"

一、不必純美。"夫養實者不育華,調行者不飾辭,豐草多華英,茂林多枯枝,爲文欲顯白其爲,安能令文而無譴毀? 救火拯溺,義不得好;辨論是非,言不得巧;入澤隨龜,不暇調足;深淵捕蛟,不暇定手。"

一、不必合古。"飾貌以强類者失形,調辭以務似者失情,百夫之子,不同父母,殊類而生,不必相似,各以所稟,自爲佳好。文必有與合,然後稱善,是則代匠斲不傷手,然後稱工巧也。文士之務,各有所從,或調辭以巧文,或辯僞以實事,必謀慮有合,文辭相襲,是則五帝不異事,三王不殊業也。"

　　一、不嫌文重。"蓋寡言無多而華文無寡,爲世用者百篇無害,不爲用者一章無補。如皆爲用,則多者爲上,少者爲下。累積千金,比于一百,孰爲富者? 蓋文多勝寡,財寡愈貧,世無一卷,吾有百篇,人無一字,吾有萬言,孰者爲賢?"①

---

　　① 1933 年講義下云:"論者謂自漢而後,有詩賦家之文,有縱橫家之文:縱橫家之文,於論説之中,尤爲顯著。今即《論衡》之文體觀之,固其類也,要皆爲散體之適用者。而仲任之論,又足以自張其説,觀其力破謬談,勇往直前之精神,求之後代,不易得也。"

第六　建安時代之文學批評

　　自獻帝以上,大一統之時代,蓋四百年。獻帝初平四年,興平二年,此六年間,國中混亂,迄無定日。及建安改元,曹操遷獻帝於許昌,自是威柄下移,天子守府而已。以至析爲三國,亂於五胡,南北分立,群雄割據,中間西晉楊隋,不過數十年事,而自初平迄於唐武德六年中國大定,其間紛擾割裂之局,共四百三十二年於茲,此則言文學者所不可不知也。

　　西漢中葉而後,中國社會,完全爲儒家思想所支配,迄於漢末,君主屢遷,中國分裂,而儒家尊君大一統之說皆不行,至是其支配社會之勢力中衰矣。於是向者受儒教思想支配之文學,始嶄然特出,不復受其羈勒,附庸蔚爲大國,至蕭梁而極盛。迄至唐宋之間,國家統一以後,儒家之焰復盛。又以爲文學之士,畔經背道,淫靡忘返,遂肆詆誹,不遺餘力。觀其因果相嬗,概可知矣。

　　開此四百年之局者爲建安時代,而曹氏父子兄弟實主持之。曹操《敕有司毋廢偏短令》云:"今夫有行之士,未必能進取,進取之士,未必能有行也。陳平豈篤行,蘇秦豈守信耶? 而陳平定漢業,蘇秦濟弱燕。由此言之,士有偏短,庸可廢乎?"此才行不相掩之論既發,至曹丕始有文行不相掩之說。丕《與吳質書》云:"觀古今文人,類不護細行,鮮能以名節自立。"自是而後,文學始與儒術歧途。

　　王夫之《薑齋詩話》云:"子桓精思逸韻,以絕人攀躋,故人不樂從,反爲所掩。子建以是壓倒阿兄,奪其名譽。實則子桓天才駿發,豈子建所能壓倒耶。"又:"曹子建之於子桓,有仙凡之隔,而人稱子建,不知子桓,俗論大抵如此。"此言若就文學批評方面論之,殆不可廢。子桓識力精絶,辨別明晰,皆出子建之上,可比較得之也。

曹丕之論,見於《典論・論文》篇,及《與吳質書》,皆案頭習見,不更絮引,兹擇要述之。

第一論文章之重要:

　　蓋文章經國之大業,不朽之盛事。年壽有時而盡,榮樂止乎其身,二者必至之常期,未若文章之無窮。是以古之作者,寄身於翰墨,見意於篇籍,不假良史之詞,不托飛馳之勢,而聲名自傳於後。故西伯幽而演《易》,周旦顯而制禮,不以隱約而弗務,不以康樂而加思。夫然,則古人賤尺璧而重寸陰,懼夫時之過已。而人多不强力,貧賤則懾于饑寒,富貴則流于逸樂,遂營目前之務而遺千載之功。日月逝於上,體貌衰於下,忽然與萬物遷化,斯志士之大痛也。(《典論・論文》)①

　　生有七尺之形,死惟一棺之土,惟立德立名,可以不朽,其次莫如著篇籍。疫癘數起,士人凋落,余獨何人,能全其壽? 故論撰所著《典論》詩賦,蓋百餘篇,集諸儒於肅城門內,講論大義。(《與王朗書》,見《魏志・文帝紀》注引《魏書》)

《與王朗書》作于建安二十二年冬,因知曹氏兄弟論文,皆發于東漢之末,無關黃初也。觀丕之言,一再期於不朽,謂詩賦之長,足以垂令名於千古,此固與古人立言之意已異,其重視文辭,良可見矣。

---

① 1933 年講義此下尚引《與吳質書》:"偉長獨懷文抱質,恬淡寡欲,有箕山之志,可謂彬彬君子者矣。著《中論》二十餘篇,成一家之言,辭義典雅,足傳於後,此子爲不朽矣。"

第二論文氣：

> 文以氣爲主，氣之清濁有體，不可力强而致。譬諸音樂，曲度雖均，節奏同檢，至於引氣不齊，巧拙有素，雖在父兄，不能以移子弟。（《典論·論文》）

此爲自古以來論文氣之始，然子桓之所謂氣，指才性而言，與韓愈之所謂文氣者殊異。又《典論》稱"徐幹時有齊氣"，"孔融體氣高妙"，《與吳質書》言"公幹有逸氣"，其所指者，皆不外才性也。劉勰《文心雕龍·風骨》篇，論本於此。

第三論文體：

> 夫文本同而末異：蓋奏議宜雅，書論宜理，銘誄尚實，詩賦欲麗。此四科不同，故能之者偏也，唯通才能備其體。（《典論·論文》）

自子桓起，始於各種文體之異宜，加以論述，其後有陸機之十分法，則視子桓更進一步者也。

子桓批評當世文人者，見《典論》及《與吳質書》，於王粲、徐幹、陳琳、阮瑀、孔融、應瑒、劉楨諸人，皆絜長比短，得其窾要。其尚論古人者如次：

> 或問："屈原、相如之賦孰優？"曰："優遊案延，屈原之尚也。窮侈極妙，相如之長也。然原據托譬喻，其意周旋，綽有餘度矣。長卿、子雲，意未能及已。"（《北堂書鈔》引）
>
> 余觀賈誼《過秦論》，發周、秦之得失，通古今之滯義，洽以三代之風，潤以聖人之化，斯可謂作者矣。（《御覽》引）

當東漢末對於屈原、相如之優劣，論猶未定，曹丕先述其所長，而後以其意之有餘與否,判其優劣,皆足以見其持論之精密,固非子建之籠統,可得而比也。

曹植對於文章之重要,顯然未能認識。《與楊德祖書》云:"辭賦小道,固未足以揄揚大義,彰示來世也。昔揚子雲,先朝執戟之臣耳,猶稱壯夫不爲也。吾雖德薄,位爲藩侯,猶庶幾戮力上國,流惠下民,建永世之業,留金石之功,豈徒以翰墨爲勳績,辭賦爲君子哉?"此論薄視文辭,謂不足爲,其見與子桓異。又書中備論當時作者,茫無定評,雖語本泛泛,不在甄別,果以分析之密論之,固在子桓下也。①

楊修《答臨淄侯牋》,於植之言,多所辨正,其謂"今之賦頌,古詩之流,不更孔公,《風》《雅》無別耳"。深悉古今詩體之遞嬗,不爲經生所劫持。又云:"修家子雲,老不曉事,强著一書,悔其少作。若此仲山、周旦之儔,爲皆有愆耶? 君侯忘聖賢之顯跡,述鄙宗之過言,竊以爲未之思也。若乃不忘經國之大美,流千載之英聲,銘功景鐘,書名竹帛,斯自雅量素所畜也,豈與文章相妨害哉?"②

---

① 1932年講義下云:"或謂子建《與楊德祖書》,備述當時作者,茫無定評,此或語本泛泛,意非評論,遽加譏彈,寧能盡當。然植之論文,確有籠統之病,如云:'得所來訊,文采委曲,曄若春榮,瀏若清風。'(《與吳季重書》)'故君子之作也,儼乎若高山,勃乎若浮雲,質素也如秋蓬,摛藻也如春葩,氾乎洋洋,光乎皜皜,與雅頌爭流可也。'(《前錄序》)此種春榮清風,高山浮雲,秋蓬春葩,洋洋皜皜之辭,託義若甚高,案之于實,不得其命意所在。後來文家撰述,多用此例,徒見辭采,無裨論斷,皆曹植爲之厲階也。"

② 1932年講義下云:"其言尤婉而多風。"

第七　陸機　陸雲

　　太康之初，中國復由分裂而歸於一統。聲教文物，一時稱盛，迨夫機、雲入洛以後，三張二陸，兩潘一左，集於都下，遂成當時文人一大結集。在此期中負重望者，要當以陸機爲最，自文學史方面論之，繼兩漢之風雅，開六代之聲色，卓犖復絕，一人而已。

　　機之成就，在文學批評方面，亦擅一代。自機以前，先秦兩漢之斷章散句者無論矣；子桓《典論》、《論文》特其一篇，持論雖高，其說未盡；子建之書，殊嫌凡近。獨機《文賦》爲能深得文義，蕭梁以前，莫能方駕，茲摘其要點言之：

　　一、論文學之重要：

　　　　伊茲文之爲用，固衆理之所因。恢萬里而無閡，通億載而爲津，俯貽則於來葉，仰觀象乎古人。濟文武於將墜，宣風聲於不泯。

　　二、論理爲文幹：

　　　　罄澄心以凝思，眇衆慮而爲言。籠天地於形內，挫萬物於筆端，始躑躅於燥吻，終流離於濡翰。理扶質以立幹，文垂條而結繁。

三、論文之聲色：

> 其會意也尚巧，其遣言也貴妍。暨音聲之迭代，若五色之相宣。

四、論文之剪裁：

> 或仰逼於先條，或俯侵于後章。或辭害而理比，或言順而義妨。離之則雙美，合之則兩傷。考殿最於錙銖，定去取於毫芒。苟銓衡之所裁，固應繩其必當。

五、論文繁者重在扼要：

> 或文繁理富，而意不指適，極無兩致，盡不可益，立片言而居要，乃一篇之警策，雖衆辭之有條，必待茲而效績。

六、論文必己出：

> 必所擬之不殊，乃暗合乎曩篇。雖杼柚於予懷，怵他人之我先，苟傷廉而愆義，亦雖愛而必捐。

此中文之聲色一節，開沈約之音韻論；文必己出一節，開韓愈之文章論。至其論文章之病，列舉唱而靡應、應而不知、和而不悲、悲而不雅、雅而不豔五者，尤深得評文之真義。其言云：

> 或託言於短韻，對窮跡而孤興，俯寂寞而無友，仰寥廓而莫承，譬偏弦之獨張，含清唱而靡應。
> 或寄辭於瘁音，言徒靡而弗華，混妍蚩而成體，累良質而爲瑕，象

下管之偏疾，故雖應而不和。

　　或遺理以存異，徒尋虛以逐微，言寡情而鮮愛，辭浮漂而不歸，猶弦幺而徽急，故雖和而不悲。

　　或奔放以諧合，務嘈囋而妖冶，徒悅目而偶俗，固聲高而曲下，寤防露與桑間，又雖悲而不雅。

　　或清虛以婉約，每除煩而去濫，闕大羹之遺味，同朱弦之清泛，雖一唱而三歎，固既雅而不豔。

賦中論及神感，備言文思之開塞，語特警闢，如云：

　　方天機之駿利，夫何紛而不理，思風發於胸臆，言泉流於唇齒，紛葳蕤以馺遝，唯毫素之所擬，文徽徽以溢目，音泠泠而盈耳。及其六情底滯，志往神留，兀若枯木，豁若涸流，攬營魂以探賾，頓精爽於自求，理翳翳而愈伏，思乙乙其若抽。是以或竭情而多悔，或率意而寡尤，雖茲物之在我，非餘力之所戮，故時撫空懷而自惋，吾未識夫開塞之所由。

《文賦》之論文體，列舉詩、賦、碑、誄、銘、箴、頌、論、奏、說十項，在當時未必求其盡備，然後代論者每滋紛紜，或以未列傳記，疑其自成史體，不在文內，此則言者之過矣。十體之說云：

　　詩緣情而綺靡，賦體物而瀏亮，碑披文以相質，誄纏綿而悽愴，銘博約而溫潤，箴頓挫而清壯，頌優遊以彬蔚，論精微而朗暢，奏平徹以閑雅，說煒曄而譎誑。

詩爲文之支流，然派別既分，泱漭浩渺，遂與幹流爭趨，故緣情綺靡之說，後人于此遂多論述。言中國詩者，大抵可分爲二：温柔敦厚者爲一派，其説出於《戴記》;緣情綺靡者爲一派,其説出於陸賦。中國一統,儒教思想足以支配全社會之時,則温柔敦厚之説盛,兩漢之間,唐代以後是也。國家分裂,儒教思想不足支配全社會之時,則緣情綺靡之説盛,晉宋六代之間是也。然人情所在,出乎天性,自有爲名教所不能盡者,緣情之作,遂見之于樂府,於五代北宋之詞,於元明之散曲,此則又廣義之詩也。機之言詩,其影響亦巨矣。清朱彝尊譏之,以爲“專以綺靡爲事,一出乎閨房兒女子之思,而無恭儉好禮、廉靜疏達之遺”。此則拘墟之見,無足論也。①

陸雲與兄機同時入洛,俱以文采爲當時所重,然二人性情迥別。機之爲人,體氣清剛,雲則温厚弘靜,文弱可愛,故時人比之顏回。今《陸士龍文集》中,有《與兄平原書》若干則,其中論文者大半,往復迴環,足以想見其爲人。

機、雲兄弟論文,首貴清綺,故雲書云:“文章當貴輕綺。”其推重乃兄,亦云:“省《述思賦》,流深情至言,實爲清妙,《文賦》甚有辭,綺語頗多。”《文賦》亦言:“藻思綺合,清麗芊眠,炳若縟繡,淒若繁弦。”

雲之論文,其初先辭而後情,故曰:“往日論文,先辭而後情,尚勢而不取悦澤。”然論《述思賦》則歎其至情,其後論《答少明詩》則云:“亦未爲妙,省之如不悲苦,無惻然傷心言。”一則以情深而歎其工,一則以無惻然之言而怪其拙,則其重視文辭與情感之關係,概可見矣。

《與平原書》中,稱揚阿兄之處極多,比之王粲,則云:“仲宣文如兄言,實得張公力。……兄詩多,勝其思親耳。”比之蔡邕,則云:“蔡氏所長,唯銘頌耳,銘之著者亦復數篇,其餘平平耳,兄詩賦自與絶域,不當稍與比較,張公昔亦云,兄新聲多之,不同也。”比之古今作者,則云:“古今文兄所未得與校者,亦惟兄所道數都賦耳,其餘雖有小勝負,大都自皆爲雌耳。張公父子亦語云,兄文過子安……雲謂兄作《二京》,必得傳無疑。”此則

① 1932年講義下云:“機於時人之評,有與弟雲書一則云:‘此間有傖夫欲作《三都賦》,須其成,當以覆酒甕耳。’此言以譏左思,失於貌取,固無當也。”

皆就比較立言,自見精核。

陸機之文,病在蕪累,故後世有披沙簡金之譏。士龍於此,一再爲指出之,皆足以見其識力:

> 兄文章之高遠絕異,不可復稱,然猶皆欲微多,但清新相接,不以此爲病耳。
>
> 兄文方當日多,但文實無貴於爲多,多而如兄文者,人不厭其多也。
>
> 兄文章已顯一世,亦不足復多自困苦,適欲白兄,可因今静,盡定昔日文,但當鉤除,自易爲功力。

士衡文辭之長,在於清綺,在於新奇。士龍之評,尤執定"新"之一字稱之。又云:

> 《漏賦》可謂清工,兄頓作爾多文而新奇乃爾,真令人怖,不當復道作文。
>
> 古今之能爲新聲絕曲者,無有過兄。兄往日文雖多瓌瓅,至於文體,實不如今日。

綜機、雲二人之論觀之,其重在文辭之聲色情思者,大致可見。雲之所論,雖無專篇,而與乃兄諸書,足以見其見解之縝密。度士衡當日定有往復之論,然機集久佚,今之所存,出於綴輯,固不得與士龍之全集尚存者爲比也。

第八　皇甫謐　左思　摯虞　附李充

　　機、雲之論，重在新綺，南朝文學之先聲，實導於此。其時持反對之論者，則有質實之説，其言見於皇甫謐、左思《三都賦序》：

　　玄晏先生曰："古人稱不歌而頌謂之賦。然則，賦也者，所以因物造端，敷弘體理，欲人不能加也。引而申之，故文必極美，觸類而長之，故辭必盡麗。然則，美麗之文，賦之作也。昔之爲文者，非苟尚辭而已，將以紐之王教，本乎勸戒也。"（皇甫謐《三都賦序》）
　　蓋《詩》有六義焉，其二曰賦。揚雄曰："詩人之賦麗以則。"班固曰："賦者古詩之流也。"先王采焉以觀土風，見"綠竹猗猗"，則知衛地淇澳之産，見"在其板屋"，則知秦野西戎之宅，故能居然而辨八方。然相如賦《上林》而引盧橘夏熟，揚雄賦《甘泉》而陳玉樹青葱，班固賦《西都》而歎以出比目，張衡賦《西京》而述以遊海若，假稱珍怪以爲潤色，若斯之類，匪啻於兹。考之果木則生非其壤，校之神物則出非其所，於辭則易爲藻飾，於義則虛而無徵。且夫玉巵無當，雖寶非用，侈言無驗，雖麗非經，而論者莫不詆訐其研精，作者大氐舉爲憲章，積習生常，有自來矣。余既思摹《二京》而賦《三都》，其山川城邑則稽之地圖，其鳥獸草木則驗之方志，風謡歌舞，各附其俗，魁梧長者，莫非其舊。何則？發言爲詩者，詠其所志也，升高能賦者，頌其所

見也,美物者貴依其本,贊事者宜本其實,匪本匪實,覽者奚信。(左思《三都賦序》)

　　晉代所撰總集,爲後世並稱者,曰仲洽《流別》,弘範《翰林》。摯虞字仲洽,京兆長安人也,泰始中舉賢良,元康中歷太常卿。《晉書》本傳稱虞撰《文章志》四卷,又撰《文章類聚》,區分爲三十卷,名曰《流別集》,各爲之論,辭理愜當,爲世所稱。《隋書·經籍志》有虞《文章流別集》四十一卷,《文章流別志論》二卷,注稱梁時有《集》六十卷,《志》二卷,《論》二卷。是其書歷梁及隋,迨貞觀中《晉書》成時,卷帙之數,代有不同,今並散佚,無得而詳矣。仲洽之論文章,黜今揚古,於文體流變之義,未能盡悉,其言曰:

　　　　文章者所以宣上下之象,明人倫之叙,窮理盡性,以究萬物之宜者也。王澤流而詩作,成功臻而頌興,德勳立而銘著,嘉美終而誄集,祝史陳辭,官箴王闕。《周禮》:“大師掌教六詩,曰風,曰賦,曰比,曰興,曰雅,曰頌。”“言一國之事,繫一人之本,謂之風。言天下之事,形四方之風,謂之雅。頌者美盛德之形容。”賦者,敷陳之稱也。比者,喻類之言也。興者,有感之詞也。後世之爲詩者多矣,其功德者謂之頌,其餘則總謂之詩。頌,詩之美者也,古者聖帝明王,功成治定而頌聲興,於是史錄其篇,工歌其章,以奏於宗廟,告於鬼神,故頌之所美者,聖王之德也,則以爲律呂。或以頌形,或以頌聲,其細已甚,非古頌之意。昔班固爲《安豐戴侯頌》,史岑爲《出師頌》、《和熹鄧后頌》,與《魯頌》體意相類,而文辭之異,古今之變也。揚雄《趙充國頌》,頌而似《雅》;傅毅《顯宗頌》,文與《周頌》相似而雜以《風》《雅》之意。若馬融《廣成》、《上林》之屬,純爲今賦之體,而謂之頌,失之遠矣。

　　仲洽之論詩者又言:

　　《書》云：“詩言志，歌永言。”言其志之謂詩。古有采詩之官，王者以知得失。古之詩有三言、四言、五言、六言、七言、九言。古詩率以四言爲體，而時有一句二句雜在四言之間，後世演之，遂以爲篇。古詩之三言者，“振振鷺，鷺于飛”之屬是也，漢郊廟歌多用之。五言者，“誰謂雀無角，何以穿我屋”之屬是也，於俳諧倡樂多用之。六言者，“我姑酌彼金罍”之屬是也，樂府亦用之。七言者，“交交黃鳥止于桑”之屬是也，於俳諧倡樂世用之。古詩之九言者，“泂酌彼行潦挹彼注兹”之屬是也，不入歌謠之章，故世希爲之。夫詩雖以情志爲本，而以成聲爲節。然則雅音之韻，四言爲正，其餘雖備曲折之體，而非音之正也。

　　古詩以四言爲體，此事無容辨，然謂雅音之韻，四言爲正，五言七言屬之俳諧，論古雖至切，衡今則大誤。《古詩十九首》，後人或稱樂府，姑不置論，然如仲宣《七哀》、公幹《贈答》、子桓《雜詩》、陳思《贈白馬王彪》諸篇，皆托體五言，鬱爲高響，至於嗣宗《詠懷》，開合頓挫，神光離合，詎可名以俳諧倡樂，斥爲非音之正耶？泰始、太康之間，仲洽身在洛下，親與張、潘諸人酬對，而持論如此，其暗于當代文學之趨勢，固可知矣。

　　舉其大概論之，摯虞之在當日，與時代精神，適相背馳。自建安以降，迄于太康，文體變遷，趨勢已定，仲洽之論，乃欲一一取而質之于古，故論賦則列舉四過曰：“夫假像過大則與類相遠，逸辭過壯則與事相違，辯言過理則與義相失，麗靡過美則與情相悖。此四過者，所以背大體而害政教，是以司馬遷割相如之浮説，揚雄疾辭人之賦麗以淫。”論詩則推崇四言，斥五言、七言爲俳諧，論文則引“不免於勸”之誡。以至箴、銘、碑、誄、哀辭、哀册之類，莫不舉古衡今，備見其旨，雖本書久佚，後代輯録僅得若干條，然舉其大凡，仲洽在批評史中之位置，略可知矣。

　　李充字弘度，或作弘範，江夏人，少辟丞相王導掾，轉記室參軍，累遷中書侍郎卒。《隋書·經籍志》著録充《翰林論》三卷，較之梁時五十四

卷,亡逸已多。今時只存八條,具見《全晉文》:

　　或問曰:"何如斯可謂之文?"答曰:"孔文舉之書,陸士衡之議,斯可謂成文矣。"

　　潘安仁之為文也,猶翔禽之羽毛,衣被之綃縠。

　　容象圖而贊立,宜使辭簡而義正,孔融之贊楊公,亦其義也。

　　表宜以遠大為本,不以華藻為先,若曹子建之表,可謂成文矣;諸葛亮之表劉主,裴公之辭侍中,羊公之讓開府,可謂德音矣。

　　駁不以華藻為先,世以為傅長虞每奏駁事,為邦之司直矣。

　　研核名理而論難生焉,論貴於允理,不求支離,若嵇康之論,文矣。

　　在朝辨政而議奏出,宜以遠大為本,陸機議晉斷,亦名其美矣。

　　盟檄發于師旅,相如《喻蜀父老》,可謂德音矣。

　　鍾嶸《詩品》卷中論郭璞云:"憲章潘岳,文體相輝,彪炳可玩,始變永嘉平淡之體,故稱中興第一,《翰林》以為詩首。"雖未見弘度原論,意旨已曉然共喻。凡斯九條,具見李充所重,不分今古,對於近人所作,尤能得其優點所在,至其論及南渡以後,獨推郭璞之詩,隻眼獨具,千秋定論,雖吉金片羽,彌自足珍矣。

第九　葛洪

　　王充《論衡》出入儒墨，陸機《文賦》商榷辭藻，至若揚仲任之餘波，接士衡之緒論，熟諳文學之源流，不爲儒教所拘束，用能當兹南渡之始，發爲崇閎之論，此則葛洪一人而已。《晉書》本傳稱洪博聞深洽，江左絶倫，著述篇章，富於班馬，又精辯玄賾，析理入微。其言良有以也。

　　洪字稚川，丹陽句容人，少以儒學知名，惠帝時，吳興太守徵爲將兵都尉，元帝爲丞相，辟爲掾，咸和初，求爲勾漏令，行至廣州，刺史鄧嶽留不聽去，卒時年八十一。所著自詩賦方技外，有《抱朴子》一百一十六篇。《自叙》云："其《内篇》言神仙方藥，鬼怪變化，養生延年，禳邪却禍之事，屬道家；其《外篇》言人間得失，世事臧否，屬儒家。"然《全晉文》有《抱朴子内篇》逸文若干條，所述不盡言鬼神方藥事，疑其間又有舛奪，莫得而明也。

　　稚川之説，遠宗《論衡》，《抱朴子》逸文有云：

　　　　王充所作《論衡》，此方都未有得之者，蔡伯喈嘗到江東見之，歎爲高文，度越諸子，恒愛玩而獨秘之。及還中國，諸儒覺其談論更遠，嫌得異書，搜求其帳中，至隱處果得《論衡》，捉取數卷將去。伯喈曰：

“惟與爾共之，勿廣也。”①

《外篇·喻蔽》篇推王充爲冠倫大才。同門魯生設爲三難：（一）王充著書兼箱累帙，（二）屬辭比義，又不盡美，（三）乍出乍入，或儒或墨。葛洪答之以（一）作者之謂聖，述者之謂賢，徒見述作之品，未聞多少之限也。（二）諸侯訪政，弟子問仁，仲尼答之，人人異辭，蓋因事托規，隨時所急，豈可詣者逐一，道如齊楚而不改路。（三）數千萬言，雖有不豔之辭，事義高遠，足相掩也。

逸文之中論及陸機者亦有二條：

稽君道問二陸優劣，抱朴子曰：“吾見二陸之文百餘卷，似未盡也。朱淮南嘗言‘二陸重規沓矩，無多少也’。一手之中，不無利鈍，方之他人，若江漢之與潢汙，及其精處，妙絶漢魏之人也。”

陸君之文，猶玄圃之積玉，無非夜光。吾生之不別陸文，猶侏儒測海，非所長也。却後數百年，若有幹跡如二陸，猶比肩也，不謂疏矣。

觀上三條，洪之推重仲任、士衡者可見。考其説所出，蓋有二源。其一出於《論衡》，故有今實勝古之説。其一出於《文賦》，故有文非餘事之論②。

或者謂洪之論，尊子書而忽文藝，此言未碻。《尚博》篇所稱，以詩賦淺近之細文，與深厚富博之子書對比，其間勝負，固無待言。洪之重視文

① 1933年講義又引一則：“謝堯卿東南書士，説王充以爲一代英偉，漢興以來，未有充比。若充著文時有小疵，若鄧林之枯枝，又若滄海之流沫，未易貶者也。”
② 1933年本講義下云：“自其外觀之，王充、陸機之説，若冰炭之不可以同爐，自其内者觀之，則秦越一家，此其中自有可以融會貫通者在，此則在讀者之深思矣。”

字,在《尚博》篇中即可舉證,無待他求。至於重視子書,此自爲魏晉以來
風氣使然,故徐幹著《中論》二十餘篇,曹丕許以不朽,稱爲"成一家之言,
辭義典雅,足傳於後"。《抱朴子》逸文亦稱:"陸平原作子書未成,吾門生
有在陸君軍中,常在左右,説陸君臨亡曰:'窮通時也,遭遇命也,古人貴立
言以爲不朽,吾所作子書未成,以此爲恨耳。'余謂仲長統作《昌言》未竟
而亡,後繆襲撰次之,桓譚《新論》未備而終,班固爲其成瑟道。今才士何
不贊成陸公子書?"皆足見此期中重視子書之風。

《抱朴子·鈞世》篇謂"古書之多隱,未必昔人故欲難曉,或世異語
變,或方言不同,經荒歷亂,埋藏積久,簡編朽絶,亡失者多,或雜續殘缺,
或脱去章句,是以難知,似若至深耳"。語與《論衡》合。篇中又有古不如
今之説,此亦出自仲任,而其言尤深切:

> 且夫《尚書》者,政事之集也,然未若近代之優文詔策、軍書奏議
> 之清富贍麗也。《毛詩》者,華彩之辭也,然不及《上林》《羽獵》《二
> 京》《三都》之汪濊博富也。……若夫俱論宫室,而奚斯路寢之頌,何
> 如王生之賦《靈光》乎? 同説游獵,而叔畋、盧鈴之詩,何如相如之言
> 《上林》乎? 並美祭祀,而《清廟》、《雲漢》之辭,何如郭氏《南郊》之
> 豔乎? 等稱征伐,而《出車》、《六月》之作,何如陳琳《武軍》之壯乎?
> 則舉條可以覺焉。近者夏侯湛、潘安仁,並作《補亡詩》,《白華》《由
> 庚》《南陔》《華黍》之屬,諸碩儒高才之賞文者,咸以古詩三百,未有
> 足以偶二賢之所作也。

《尚博》篇中確立文體精妙之論,今備録之:

> 或曰:"著述雖繁,適可以騁辭耀藻,無補救於得失,未若德行不
> 言之訓,故顔、閔爲上,而游、夏乃次。四科之格,學本而行末,然則,
> 綴文固爲餘事,而吾子不襃重其源而獨貴其流,可乎?"抱朴子答曰:

"德行爲有事,優劣易見,文章微妙,其體難識。夫易見者粗也,難識者精也,夫唯粗也,故銓衡有定焉;夫唯精也,故品藻難一焉。吾故捨易見之粗,而論難識之精,不亦可乎?"或曰:"德行者本也,文章者末也,故四科之序,文不居上。然則,著紙者糟粕之餘事,可傳者祭畢之芻狗,卑高之格,是可識矣。文之體略,可得聞乎?"抱朴子答曰:"筌可以棄,而魚未獲則不得無筌。文可以廢,而道未行則不得無文。若夫翰跡韻略之宏促,屬辭比事之疏密,源流至到之修短,蘊藉汲引之深淺。其懸絕也,雖天外毫内,不足以喻其遼邈;其相傾也,雖三光熠耀,不足以方其巨細;龍淵鉛鋌,未足譬其銳鈍,鴻羽積金,未足比其輕重。清濁參差,所稟有主,朗昧不同科,强弱各殊氣。而俗士惟見能染毫畫紙者,便概之一例,斯伯牙所以永思鍾子,郢人所以格斤不運也。……且文章之與德行,猶十尺之與一丈,謂之餘事,未之前聞。……且夫本不必皆珍,末不必悉薄,譬若錦繡之因素地,珠玉之居蚌石,雲雨生於膚寸,江河始於咫尺爾。則文章雖爲德行之弟,未可呼爲餘事也。"

《詩》《書》二經,儒家奉爲聖典,數百年來,莫之敢論,稚川生於千載之後,不恤世人之非難,公然指其中篇什爲"間陌拙詩,軍旅鞠誓,詞鄙喻陋"。此皆依據其特有之精神,故敢對於儒宗之經典,從文學上批評之。《因明入正理門論》稱"善自他宗,能立能破",洪早習儒宗,晚事神仙,故能獨樹一義,摧堅陷固,有自來矣。

《尚博》篇又言:"百家之言,與善一揆;譬操水者,器雖異而救火同焉;猶針灸者,術雖殊而攻疾均焉。漢魏以來,群言彌繁,雖義深于玄淵,辭贍于波濤,施之可以臻徵祥於天上,發嘉瑞於后土,召環雉於大荒之外,安圍堵于函夏之内,近弭禍亂之階,遠垂長世之祉,然時無聖人,目其品藻,故不得騁驊騄之跡於千里之塗,編近世之道於三墳之末也。"洪之此論,推崇當代文字,以爲徒以未遇聖人,不得與經籍相衡。昔揚雄謂經可損益,雖爲儒生所譏,要之與葛洪同爲通人之見,不可誣也。至若才力不贍,妄欲有所論列,此則誠如稚川所言,"騁驥於詩論之中,周旋於傳記之間,而以常情覽巨異,以褊量測無涯,以至粗求至精,以甚淺揣甚深,雖始自髫齓,訖於振素,猶不得也"。

《抱朴子外篇》卷四十《辭義》,亦爲其批評論之一部,然辭不完整,疑有舛亂。首言著作所貴,不在立異。繼則又曰:"五味舛而並甘,衆色乖而皆麗。近人之情,愛同憎異,貴乎合己,賤於殊途。夫文章之體,尤難詳賞,苟以入耳爲佳,適心爲快,鮮知忘味之九成,《雅》《頌》之風流也。"則文辭之貴,又不在强同。

《辭義》篇又云:"屬筆之家,亦各有病。其深者則患乎譬煩言冗,申誡廣喻,欲棄而惜,不覺成煩也。其淺者則患乎妍而無據,證援不給,皮膚鮮澤,而骨鯁迥弱也。"《畏廬論文》嘗評之曰:"嗚呼,是言也,悉文中甘苦矣。"其爲人所傾倒如此。①

---

① 此節文字,1933 年講義作:"《行品篇》論文人曰:'摛銳藻以立言,辭炳蔚而清允者,文人也。'此言與《辭義篇》所稱文貴豐贍之説,皆出於《文賦》。其論文辭則曰:'繁華瑋曄,則並七曜以高麗;沉潛淪妙,則儕玄淵之無測。人事靡細而不浹,王道無微而不備,故能身賤而言貴,千載彌彰焉。'"

第十 范曄 蕭子顯 附裴子野

聲律之説,與中國詩體之完成,其關係至爲密切,而其説之大盛,在齊永明中,此時詩體一變,世所稱爲"永明體"者是也。在齊梁之間,詮論文學,足爲時代之中心者,以沈約爲最。約之前則有范曄,與約同時則有蕭子顯,其論多與約相出入,今述二人之論於此。裴子野《雕蟲論》在當時亦有名,附載於後。

曄字蔚宗,順陽人,少好學,博涉經史,善爲文章,曉音律,元嘉初左遷宣城太守,不得志,乃删衆家《後漢書》爲一家之作。後官至左衛將軍、太子詹事,二十二年以事被殺。有《獄中與甥侄書》,自序其論文之旨,節錄如次:

> 常恥作文士文,患其事盡於形,情急於藻,義牽其旨,韻移其意,雖時有能者,大較多不免此累。……常謂情志所託,故當以意爲主,以文傳意。以意爲主,則其旨必見;以文傳意,則其詞不流。然後抽其芬芳,振其金石耳。……性别宮商,識清濁,斯自然也。觀古今文人,多不全了此處,縱有會此者,不必從根本中來。言之皆有實證,非爲空談。年少中謝莊最有其分。手筆差易,文不拘韻故也。……本未關史書,政恒覺其不可解耳,既造後漢,轉得統緒。詳觀古今著述及評論,殆少可意者,班氏最有高名,……唯志可推耳,博贍不可及

之,整理未必愧也。吾雜傳論皆有精意深旨,既有裁味,故約其詞句,至於《循吏》以下,及《六夷》諸序論,筆勢縱放,實天下之奇作,其中合者,往往不減《過秦篇》,嘗共比方班史所作,非但不愧之而已。……贊自是吾文之傑思,殆無一字空設,奇變不窮,同含異體,乃自不知所以稱之。此書行,故應有賞音者。紀傳例爲舉其大略耳,諸細意甚多。自古體大而思精,未有此也。恐世人不能盡之,多貴古賤今,所以稱情狂言耳。

蔚宗此書,略分三節。首論文章以意爲主,以文傳意,蓋有鑒於當時文人之作,辭不達意,故有此言。晉宋以降,駢儷漸繁,拘牽對偶,轉形餖飣,蔚宗所謂情急於藻、韻移其意者是也。次言宮商清濁,此則蔚宗性所素習,其自負可見。音律之長,形於文字,唇吻遒會,固不待言,自是以降,迄于沈約,而其論遂大定。最後一節,則舉前、後《漢書》比較其得失,讀《後漢書》諸贊,固知其言不誣也。

宋時文人,顏延之、謝靈運爲最。延年《庭誥》有論詩一章,語多佚落,不可詳矣。康樂有《擬魏太子鄴中集詩序》,論建安諸人,略得端倪,亦嫌未盡。至齊梁間,文士雲起,蕭子顯其一也。子顯,齊豫章王子,梁大同三年官至仁威將軍、吳興太守,未幾卒,有《南齊書》。其評論文字者,見於書中之《文學傳論》。

太康以後,文章之士好言情性,士衡之言緣情,即其一也。陸氏兄弟又好言新綺,士龍書中嘗稱乃兄清新相接。子顯立論,遠紹此意,故曰:

　　文章者,蓋情性之風標,神明之律呂也。蘊思含豪,遊心内運,放言落紙,氣運天成,莫不稟以生靈,遷乎愛嗜,機見殊門,賞悟紛雜。
　　屬文之道,事出神思,感召無象,變化無窮。俱五聲之音響,而出言異句;等萬物之情狀,而下筆殊形。吟詠規範,本之雅什,流分條散,各以言區。

習玩爲理，事久則瀆，在乎文章，彌患凡舊。若無新變，不能代雄。

上述二論要爲六代之恒言，惟新變代雄之説，言之清切，一至於此，要推子顯。至其論及南齊作家者，大抵分爲三派，而曰：

今之文章，作者雖衆，總而爲論，略有三體。一則啓心閑繹，托詞華曠，雖存巧綺，終致紆迴。宜登公宴，本非準的。而疏慢闡緩，膏肓之病，典正可采，酷不入情。此體之源，出靈運而成也。次則緝事比類，非對不發，博物可嘉，職成拘制。或全借古語，用申今情，崎嶇牽引，直爲偶説，唯睹事例，頓失精采。此則傅咸五經，應璩指事，雖不全似，可以類從。次則發唱驚挺，操調險急，雕藻淫豔，傾眩心魂。亦猶五色之有紅紫，八音之有鄭、衛，斯鮑照之遺烈也。

明遠文辭清贍，樂府遒麗，擬跡顏、謝之間，然頗以險仄爲累。鍾嶸《詩品》亦謂其"貴尚巧似，不避危仄，頗傷清雅之調，故言險俗者多以附照"。子顯之言，亦此意也。至其結論，則舉文家準則云：

三體之外，請試妄談。若夫委自天機，參之史傳，應思悱來，勿先構聚。言尚易了，文憎過意，吐石含金，滋潤婉切。雜以風謠，輕脣利吻，不雅不俗，獨中胸懷。輪扁斲輪，言之未盡，文人談士，罕或兼工。

裴子野字幾原，河東聞喜人，齊時官至江夏王參軍，梁天監二年，范縝爲國子博士，上表讓之，謂其家傳素業，世習儒史，苑囿經籍，遊息文藝，著《宋略》二十卷，彌綸首尾，勒成一代，屬辭比事，有足觀者。後官至鴻臚卿，領步兵校尉，中大通二年卒。以范縝之言觀之，《宋略》成書，蓋在齊代，作《雕蟲論》，當亦同時，顏、謝之餘風未泯，沈、范之新焰初張，而幾原以片言揥拄其間,亦可謂有識之士矣。其後簡文《與湘東王書》曰:"裴氏乃是良史之才,了無篇什之美。"頗加譏評,或于幾原之論,亦有所不足耶? 蓋當時文質之殊途如此。

宋明帝時,每有燕集,輒陳詩展義,且以命朝臣,戎士武夫,或買以應詔,於是天下向風,人自藻飾,雕蟲之藝,於斯大盛。裴氏之論,緣此而作,其辭曰:

古者四始六義,總而爲詩,既形四方之風,且章君子之志,勸美懲惡,王化本焉。後之作者,思存枝葉,繁華蘊藻,用以自通。若悱惻芳芬,楚騷爲之祖;靡漫容與,相如和其音。由是隨聲逐景之儔,棄指歸而無執,賦詩歌頌,百帙五車。蔡邕等之俳優,揚雄悔爲童子。聖人不作,雅鄭誰分? 其五言爲家,則蘇、李自出,曹、劉偉其風力,潘、陸固其枝柯。爰及江左,稱彼顏、謝,箴繡鞶帨,無取廟堂。宋初迄於元嘉,多爲經史。大明之代,實好斯文,高才逸韻,頗謝前哲,波流相尚,滋有篤焉。自是閭閻年少,貴遊總角,罔不擯落六藝,吟詠情性。學者以博依爲急務,謂章句爲"專魯",淫文破典,斐爾爲功,無被於管弦,非主乎禮義,深心主卉木,遠致極風雲,其興浮,其志弱,巧而不要,淫而不深,討其宗途,亦有宋之遺風也。

第十一　沈約

陸機《文賦》云："暨音聲之迭代，若五色之相宣。"首論聲律。范曄云："性別宮商，識清濁，斯自然也。"鍾嶸《詩品》云："齊有王元長者，嘗謂余云：'宮商與二儀俱生，自古詞人不知之，惟顏憲子乃云："律吕音調。"而其實大謬，唯見范曄、謝莊，頗識之耳。'常欲進《知音論》未就，王元長創其首，謝朓、沈約揚其波，三賢或貴公子孫，幼有文辯，於是士流景慕，務爲精密，襞積細微，專相陵架，故使文多拘忌，傷其真美。"準是以論，則晉之陸機，宋之范曄、謝莊，齊之王融、謝朓、沈約，皆爲是道宗主，而約最老壽，歷齊入梁，爲後進模楷，又值江左文運最盛之日，遂以此享大名。

《梁書‧王筠傳》，沈約《報王筠書》云："覽所示詩，實爲麗則，聲和被紙，光影盈字。夒、牙接響，顧有餘慚，孔翠群翔，豈不多愧。古情拙目，每佇新奇，爛然總至，權輿已盡。會昌昭發，蘭揮玉振，克諧之義，寧比笙簧。思力所該，一至於此，歎伏吟研，周流忘念。"又《劉杳傳》，沈約《報劉杳書》云："君愛素情多，惠以二贊。辭采妍富，事義畢舉，句韻之間，光影相照，便覺此地自然十倍。故知麗辭之益，其事宏多。"二書推崇光影聲和，足以見其持論之大旨矣。沈約所作《謝靈運傳論》，尤爲論文巨著，移録於後：

史臣曰："民稟天地之靈，含五常之德，剛柔迭用，喜愠分情。夫志動於中,則歌詠外發。六義所因,四始攸繫,升降謳謠,紛披風什。雖虞夏以前,遺文不睹,稟氣懷靈,理無或異。然則歌詠所興,宜自生民始也。周室既衰,風流彌著,屈平、宋玉,導清源于前,賈誼、相如,振芳塵于後,英辭潤金石,高義薄雲天。自茲以降,情志愈廣。王褒、劉向、楊、班、崔、蔡之徒,異軌同奔,遞相師祖,雖清辭麗曲,時發乎篇,而蕪音陋氣,固亦多矣。若夫平子豔發,文以情變,絕唱高蹤,久無嗣響。至於建安,曹氏基命,三祖陳王,咸蓄盛藻,甫乃以情緯文,以文被質。自漢至魏,四百餘年,辭人才子,文體三變。相如工為形似之言,二班長于情理之說,子建、仲宣以氣質為體,並標能擅美,獨映當時。是以一世之士,各相慕習,原其飆流所始,莫不同祖《風》《騷》。徒以賞好異情,故意製相詭。降及元康,潘、陸特秀,律異班、賈,體變曹、王,縟旨星稠,繁文綺合,綴平臺之逸響,採南皮之高韻,遺風餘烈,事極江右。在晉中興,玄風獨扇,為學窮於柱下,博物止乎七篇,馳騁文辭,義殫乎此。自建武暨於義熙,歷載將百,雖比響聯辭,波屬雲委,莫不寄言上德,托意玄珠,遒麗之辭,無聞焉爾。仲文始革孫、許之風,叔源大變太元之氣。爰逮宋氏,顏、謝騰聲,靈運之興會標舉,延年之體裁明密,並方軌前秀,垂範後昆。若夫敷衽論心,商榷前藻,工拙之數,如有可言。夫五色相宣,八音協暢,由乎玄黃律呂,各適物宜。欲使宮羽相變,低昂舛節,若前有浮聲,則後須切響,一簡之內,音韻盡殊,兩句之中,輕重悉異。妙達此旨,始可言文。至於先士茂製,諷高歷賞,子建函京之作,仲宣灞岸之篇,子荊零雨之章,正長朔風之句,並直舉胸情,非傍詩史,正以音律調韻,取高前式。自靈均以來,多歷年代,雖文體稍精,而此秘未睹,至於高言妙句,音韻天成,皆暗與理合,匪由思至。張、蔡、曹、王,曾無先覺,潘、陸、顏、謝,去之彌遠,世之知音者,有以得之,此言非謬。如曰不然,請待來哲。"

此篇首論歌詠所興,自生民始;次言漢魏之間,文體三變;中論東晉以來,文體中衰之故。鍾記室亦云:"爰及江表,微波尚傳,孫綽、許詢、桓、庾諸公詩,皆平實似《道德論》,建安風力盡矣。"語與之合。最後更暢論音律,休文平生自負在此。其後陸厥致書,有所商榷,沈約復書辯之。今往復二書,爲言文者所常稱,然論難所及,不過措詞之末節,無關宏旨也。

休文之論"前有浮聲,則後須切響",二語實爲音律論之骨幹。究竟浮聲切響,所指何物,後之言者,迄無定論。《文心雕龍·聲律》篇,首言"聲有飛沈",釋之云:"沈則響發而斷,飛則聲揚不還。"沈字蓋指切響,飛字則指浮聲。[1] 何義門《讀書記》云:"浮聲切響即是輕重,今曲家猶講陰陽清濁。"即諸家之言論之,浮聲切響之指如是。明李夢陽《與何景明書》,亦論及此點,今略。

沈約八病之説,于後代詩體,影響至巨,然於約書,無可考證。《文鏡秘府論》引休文《答北魏甄琛書》云:"作五言詩者,善用四聲,則諷詠而流靡;能達八體,則陸離而華潔。"其意或即在此。舊籍中論及八病者,語不詳密,[2]今獨唐時日本有遍照金剛,著《文鏡秘府論》備述之,且有文病二十八種之説,蓋自梁陳迄唐,推演益密,其説益完,而唐時日僧來吾國求學者,遂得而存之,亦禮失而求諸野之意也。兹約舉其説於下:

一、平頭

平頭詩者,五言詩第一字不得與第六字同聲,第二字不得與第七字同聲,同聲者不得同平上去入四聲,犯者名爲犯平頭。詩曰:"芳時

---

① 1933 年講義此下尚引《蔡寬夫詩話》:"聲韻之興,自謝莊、沈約以來,其變日多,四聲中又別其清濁以爲雙聲,一韻者以爲疊韻,蓋以輕重爲清濁爾,所謂前有浮聲,則後有切響是也。"

② 1933 年講義此間云:"約書無可考證,後人所引,見王應麟《困學紀聞》,及梅堯臣《續金針詩格》。梅書出於依託,然所述較爲詳盡,附錄於此,以資印證。"後錄該書八病部分,文繁不存。

淑氣清,提壺臺上傾。"又詩曰:"朝雲晦初景,丹池曉飛雪,飄枝聚還散,吹揚凝且滅。"

或曰:"上句第一字與下句第一字同平聲不爲病,同上去入聲一字即病。若上句第二字與下句第二字同聲,無問平上去入,皆是巨病。"

或曰:"沈氏云:'第一第二字不宜與第六第七同聲,若能參差用之則可矣。'謂第一與第七,第二與第六同聲,如'秋月照綠波,白雲隱星漢',此即與理無嫌也。"

四言七言及詩賦頌,以第一句首字與第二句首字不得同聲,不復拘以字數次第也。如曹植《洛神賦》云"榮曜秋菊,華茂春松"是也。銘誄之病,一同此式,乃疥癬微疾,不爲巨害。

二、上尾

上尾詩者,五言詩中第五字不得與第十字同聲,名爲上尾。詩曰:"西北有高樓,上與浮雲齊。"又陸機詩云:"衰草蔓長河,寒木入雲煙。"

此上尾,齊梁巳前,時有犯者,齊梁巳來,無有犯者。此爲巨病,若犯者,文人以爲未涉文途者也。唯連韻者非病也,如"青青河畔草,綿綿思遠道"是也。

或曰:"其賦頌以第一句末,不得與第二句末同聲。如張然明《芙蓉賦》云'潛靈根於玄泉,濯英耀於清波'是也。其銘誄等病,亦不異此耳。斯乃辭人痼疾,特須避之,若不解此病,未可與言文也。"

沈氏亦云:"上尾者文章之尤病。"自開闢迄今,多慎不免,悲夫。

凡詩賦之體,悉以第二句末與第四句末以爲韻端。若諸雜筆不束以韻者,其第二句末即不得與第四句同聲,俗呼爲隔句上尾,必不得犯之。

劉滔云:"下句之末,文章之韻,手筆之樞要,在文不可奪韻,在筆不可奪聲。"且筆之兩句,比文之一句,文事三句之內,筆事六句之中,第二第四第六,此六句之末,不宜相犯,此即是也。

三、蜂腰

蜂腰詩者,五言詩一句之中,第二字不得與第五字同聲,言兩頭粗,中央細,似蜂腰也。詩曰:"聞君愛我甘,竊獨自雕飾。"又曰:"徐步金門出,言尋上苑春。"

或曰:"君與甘非爲病,獨與飾是病。所以然者,如第二字與第五字同去上入皆是病,平聲非病也。此病輕於上尾、鶴膝,均於平頭,重於四病。"

沈氏云:"五言之中,分爲兩句,上二下三,凡至句末,並須要煞,即其義也。"

其諸賦頌,皆須以斟酌避之,如阮瑀《止欲賦》云:"思在體爲素粉,悲隨衣以消除。"即體與粉,衣與除同聲是也。

四、鶴膝

鶴膝詩者,五言詩第五字,不得與第十五字同聲,言兩頭細,中央粗,似鶴膝也。詩曰:"撥棹金陵渚,遵流背城闕,浪蹙飛舼影,山掛垂輪月。"

或曰:"如班姬詩云:'新裂齊紈素,皎潔如霜雪,裁爲合歡扇,團團似明月。'素與扇同去聲是也。"此云第三句者,舉其大法耳,但從首至末,皆須以次避之,若第三句不得與第五句相犯,第五句不得與第七句相犯,犯法準前也。

凡諸賦頌,一同五言之式,如潘安仁《閑居賦》云:"陸攎紫房,水掛赬鯉,或宴于林,或禊于汜。"即其病也。其諸手筆,第一句末不得犯第三句末,其第三句末復不得犯第五句末,皆須鱗次避之。其詩賦銘誄,言有定數,韻無盈縮,必不得犯。且五言之作,最爲機妙,既恒充口實,病累尤彰,故不可不事也。自餘手筆,或賒或促,任意縱容,不避此聲,未爲心腹之病。

五、大韻

大韻詩者,五言詩若以新爲韻,上九字中,更不得安人津鄰身陳等字,既同其類,名犯大韻。

詩曰:"游魚牽細藻,鳴禽弄好音,誰知遲暮節,悲吟傷寸心。"元氏曰:"此病不足累文,如能避者彌佳,若立字要切,于文調暢,不可移者,不須避之。"

六、小韻

小韻詩者,除韻以外而有迭相犯者,名爲犯小韻病也。詩曰:"搴簾出戶望,霜花朝澣日,晨鶯傍野飛,早燕排軒出。"

元氏曰:"此病輕於大韻,近代咸不以爲累文。"或云:"凡小韻居五字內忌,九字內少緩。"然此病雖非巨,宜避爲義。劉氏曰:"小韻者,五言詩十字中,除本韻以外,自相犯者,若已有梅,更不得複用開來才臺等字。"

七、傍紐

傍紐詩者,五言詩一句之中有月字,更不得安魚元阮願等字,此即雙聲,雙聲即犯傍紐。亦曰:"五字中犯最忌,十字中犯稍寬,如此之類,是其病。"詩曰:"魚游見風月,獸走畏傷蹄。"如此類者,是名犯傍紐病。又曰:"元生愛皓月,阮氏願清風,取樂情無已,賞玩未能同。"

元氏云:"傍紐者,一韻之內,有隔字雙聲也。"

元兢曰:"此病更輕於小韻,文人無以爲意者。"又若不隔字而是雙聲,非病也,如清切從就之類是也。

八、正紐

正紐者,五言詩壬衽任入四字爲一組,一句之中已有壬字,更不得安衽任入等字,如此之類,名爲犯正紐之病也。詩曰:"撫琴起和曲,疊管洗鳴驅,停軒未忍去,白日小踟躕。"又曰:"心中肝如割,腹哀氣便焦,逢風回無信,早雁轉成遙。"

或曰:"正紐者謂正雙聲相犯,其雙聲雖一,傍正有殊,從一字紐之,得四聲是正也,若元阮願月是。若從他字來會成雙聲,是傍也,若元阮顧月是正,而有牛魚妍硯等字來會元月等字成雙聲,是也。"

　　元氏云:"正紐者,一韻之內,有一字四聲,分爲兩處是也。如梁簡文帝詩云:'輕霞落暮錦,流火散秋金。'金錦禁忌,是一字之正四聲,今分爲兩處,是犯正紐也。"

　　元兢曰:"此病輕重,傍紐相類,近代咸不以爲累,但知之而已。"

第十二　劉勰

　　吾國文學批評，以齊、梁之間爲最盛，劉勰之《文心雕龍》，鍾嶸之《詩品》，皆成於此期中，並爲文學批評之傑作。此時批評之精神極爲發展，不獨文學批評而已也。《全梁文》武帝有《答陶弘景書》一首，論書法大旨，又有《觀鍾王書法十二意》，論鍾、王筆法。沈約有《棋品序》云：“今撰録名士，隨品詳書，俾粹理深情，永垂芳于來葉。”度其篇目，當與鍾嶸《詩品》仿佛。陶弘景有《與梁武帝啓》數則，皆平定書法真跡者。袁昂有《古今書評》。庾肩吾有《書品》，分古今書家爲九品，立上之上、上之中等名，則視鍾嶸之評爲更詳密。庾元威亦有《論書》一則。要之梁代之批評精神，可謂極盛者矣。批評文學于此期中獨盛，豈偶然哉。

　　在此期中之文學批評家，當然以沈約爲先驅，其後之偉大作者，則有（一）劉勰，（二）鍾嶸，（三）蕭統，（四）顏之推。至於蕭綱、蕭繹，則與其稱爲批評家，無寧稱爲作家，其主張亦與上列四人有顯著之異勢。

　　此四人者，主張固不盡同，然有一共同之特點，即對於當時文壇之趨勢，皆感覺有逆襲狂瀾之必要。《文心雕龍》之作，其中心思想，實在於此。必能知此，然後對於劉勰，方有真實之認識，否則例《雕龍》于齊梁，終成爲不辨是非也。

　　《南史》本傳稱勰字彥和，梁天監中東宮通事舍人，撰《文心雕龍》五十篇，論古今文體。初成未爲時流所重，欲取定于沈約，無由自達，乃負書候約于車前,狀若貨鬻者,約取讀,大重之,謂深得文理,常置諸几案。其後出家,改名慧地。案《文心雕龍‧時序》篇稱"皇齊馭寶,運集休明",度其成書,必在天監以前,今書題"梁劉勰撰"者,蓋追記也。勰究心佛典,故長於持論,《文心雕龍》一書,其主旨見於《總術》篇,所謂"圓鑒區域,大判條例"者是,二句皆佛家語,又《論說》篇稱"般若絕境",亦由佛經來也。

彥和對於宋、齊以來之文學趨勢,深感不滿,故有《文心雕龍》之作,其對於彼時作品之評論,一言以蔽之曰,"訛"而已矣,見於書中者如次:

唯文章之用,實經典枝條,五禮資之以成,六典因之致用,君臣所以炳煥,軍國所以昭明,詳其本源,莫非經典,而去聖久遠,文體解散,辭人愛奇,言貴浮詭,飾羽尚畫,文繡鞶帨,離本彌甚,將遂訛濫。(《序志》)

榷而論之,則黃、唐淳而質,虞、夏質而辨,商、周麗而雅,楚、漢侈而豔,魏、晉淺而綺,宋初訛而新,從質及訛,彌近彌澹。何則?競今疏古,風昧氣衰也。今才穎之士,刻意學文,多略漢篇,師範宋集,雖古今備閱,然近附而遠疏矣。(《通變》)

自近代辭人,率好詭巧,原其為體,訛勢所變,厭黷舊式,故穿鑿取新。察其訛意,似難而實無他術也,反正而已。故文反正為乏,辭反正為奇,效奇之法,必顛倒文句,上字而抑下,中辭而出外,回互不常,則新色耳。夫通衢夷坦而多行捷徑者,趨近故也;正文明白而常務反言者,適俗故也。然密會者以意新得巧,苟異者以失體成怪,舊練之才,則執正以馭奇,新學之銳,則逐奇而失正。勢流不反,則文體遂弊,秉茲情術,可無思耶?(《定勢》)①

---

① 1933年講義引此節前云:"永明以後,文體日訛,詭製雜篇,一時並起,劉勰身丁斯世,一方深知體製之不得不變,一方又鑒於風會之日趨淫濫,故論及當世,輒多微辭。"

其他語意,不滿於時人文辭者尚多,不更繁引。《樂府》篇云:"若夫豔歌婉變,怨志訣絕,淫辭在曲,正響焉生。然俗聽飛馳,職競新異,雅詠溫恭,必欠伸魚睨,奇辭切至,則拊髀雀躍,詩聲俱鄭,自此階矣。"此言自為當時樂府而發,紀昀云:"此乃折出本旨,其意為當時宮體競尚輕豔發也。觀《玉臺新詠》,乃知彦和識高一代。"按宮體之説,起自徐摛,摛,梁人,為晉安王綱侍讀,中大通三年昭明太子薨,綱立為太子,摛轉太子家令兼管記,文體既別,春坊盡學之,宮體之號,自斯而起。《文心雕龍》成于齊末,不應其中議論,乃為三十年後之宮體而發。紀氏號稱敏給,乃有此過,固知疏忽之失,不易免也。

推原時弊,劉氏認為文不宗經,遂致於此,故《宗經》篇云:

> 夫文以行立,行以文傳,四教所先,符采相濟。勵德樹聲,莫不師聖,而建言修辭,鮮克宗經,是以楚豔漢侈,流弊不還。

惟其如此,故彦和折而言通變,通變之道,則托於復古。復古之旨,其意實在革新,而必以復古為名者,所謂假物以為濟者也。自非勘破此點,則于劉氏之旨,仍不能盡明。既言復古,必樹準的,為之規繩,是以《文心雕龍》即以《原道》《徵聖》《宗經》三篇冠之,對於各項文體,亦分別門類,溯其本源,説見《宗經》。今先錄《原道》之説:

> 文之為德也大矣,與天地並生者,何哉?夫玄黄色雜,方圓體分,日月疊璧,以垂麗天之象,山川焕綺,以鋪理地之形,此蓋道之文也。仰觀吐曜,俯察含章,高卑定位,故兩儀既生矣,惟人參之。性靈所鍾,是謂三才,為五行之秀,實天地之心,心生而言立,言立而文明,自然之道也。傍及萬品,動植皆文,龍鳳以藻繪成瑞,虎豹以炳蔚凝姿,雲霞雕色,有逾畫工之妙,草木賁華,無待錦匠之奇,夫豈外飾,蓋自然耳。至於林籟結響,調如竽瑟,泉石激韻,和若球鍠。故形立則章

成矣,聲發則文生矣。夫以無識之物,鬱然有彩,有心之器,其無
文歟。

彦和因文言道之説,與昌黎因文見道之説不同,昌黎所言者爲堯、舜、
禹、湯、文、武、周、孔之道,而彦和所言者爲天地自然之道,故昌黎所言者
爲文之中心思想,而彦和所言者僅藉以説明文體應爾而已。以是藻繪炳
蔚,言文之采,竽瑟球鍠,言文之聲,自然之道,義盡於此。其言《徵聖》
《宗經》者如次:

　　先王聖化,布在方策,夫子風采,溢于格言。是以遠稱唐世,則煥
乎爲盛,近褒周代,則鬱哉可從,此政化貴文之徵也:鄭伯入陳,以文
辭爲功,宋置折俎,以多文舉禮,此事迹貴文之徵也:褒美子産,則云
"言以足志,文以足言";泛論君子,則云"情欲信,辭欲巧",此修身貴
文之徵也。然則,志足而言文,情信而辭巧,乃含章之玉牒,秉文之金
科矣。(《徵聖》)
　　故論説辭序,則《易》統其首;詔策章奏,即《書》發其源;賦頌歌
贊,則《詩》立其本,銘誄箴祝,則《禮》總其端;紀傳銘檄,則《春秋》爲
根。並窮高以樹表,極遠以啓疆,所以百家騰躍,終入環內者也。若
稟經以製式,酌雅以富言,是仰山而鑄銅,煮海而爲鹽也。故文能宗
經,體有六義:一則情深而不詭,二則風清而不雜,三則事信而不誕,
四則義直而不回,五則體約而不蕪,六則文麗而不淫。(《宗經》)

劉氏立論宗旨如此,故《序志》篇云:"蓋文心之作也,本乎道,師乎
聖,體乎經,酌乎緯,變乎騷。文之樞紐,亦云極矣。"又謂"若乃論文叙筆,
則囿別區分,原始以表末,釋名以章義,選文以定篇,敷理以舉統:上篇以
上,綱領明矣。至於割情析采,籠圈條貫,摛神性,圖風勢,苞會通,閲聲
字,崇替于時序,褒貶于才略,怊悵于知音,耿介於程器,長懷序志,以馭群

篇：下篇以下，毛目顯矣。"此則於其上下分篇之旨，略加概述。彥和又云："夫銓序一文爲易，彌綸群言爲難，雖復輕采毛髮，深極骨髓，或有曲意密源，似近而遠，辭所不載，亦不勝數矣。及其品列成文，有同乎舊談者，非雷同也，勢自不可異也；有異乎前論者，非苟異也，理自不可同也。同之與異，不屑古今，擘肌分理，唯務折衷，按轡文雅之場，環絡藻繪之府，亦幾乎備矣。"蓋其所以自處者如此。

《文心雕龍》論文，先破當時文、筆之界劃，《總術》篇云：

今之常言，"有文有筆"，以爲無韻者筆也，有韻者文也。夫文以足言，理兼《詩》《書》，別目兩名，自近代耳。顏延年以爲"筆之爲體，言之文也，經典則言而非筆，傳記則筆而非言"。請奪彼矛，還攻其楯矣。何者，《易》之《文言》，豈非言文？若筆不言文(《文心雕龍札記》曰，若"筆不言文"，不字爲"爲"字之誤)，不得云經典非筆矣。將以立論，未見其論立也。予以爲發口爲言，屬筆曰翰，常道曰經，述經曰傳。經傳之體，出言入筆，筆爲言使，可強可弱，分(疑作六)經以典奧爲不刊，非以言筆爲優劣也。昔陸氏《文賦》，號爲曲盡，然泛論纖悉，而實體未該，故知九變之貫匪窮，知音之選難備矣。

上段爲劉氏立論大綱，紀昀以爲文有訛誤，語多難解，未諦。阮福《學海堂文筆對》，節引篇首二十字，屬諸劉勰，以爲文筆之義，此最分明。按阮氏治經有家法，而節引所得，適爲劉勰攻擊之點，殊屬憒憒，不可解也。詳其立義，第一節破文筆之界；以韻律劃分文筆，此說起於音韻論既興以後，范曄《與甥姪書》，謂"手筆差易，文不拘韻故也"，實此說之中堅，而劉勰非之。第二節破顏延之言筆之界，延之有《庭誥》，書已佚，《全宋文》所載者無幾，未知所說何若，疑其納文於筆，別立言之一名，謂言優於筆，故勰復破之。第三節攻陸機《文賦》之短，稱爲實體未該，此則二人論文之對象不同，故有此說也。

　　《文心雕龍》上篇,備稱文體,《辯騷》《明詩》《樂府》《詮賦》《頌贊》
《祝盟》《銘箴》《誄碑》《哀吊》《雜文》《諧隱》諸篇所論,皆有韻之文;《史
傳》、《諸子》、《論說》、《詔策》、《檄移》、《封禪》、《章表》、《奏啓》、《議
對》、《書記》諸篇所論,皆無韻之文。《書記》篇稱筆札雜名,古今多品,計
所舉者共二十四品;譜籍簿錄,方術占式,律令法制,符契券疏,關刺解諜,
狀列辭諺,此中如不成句語之譜籍,字形半分之券判,皆在不棄之列。故
知劉氏論文之義界,其範圍極廣大。《原道》篇稱“文之爲德也大矣”,蓋
文之含義既廣,則文之爲德自大。近人章炳麟《國故論衡》言:“以有文字
著於竹帛,故謂之文。”對於文學,則分爲有句讀文及無句讀文,有句讀文
復析爲有韻文、無韻文,其説蓋本于劉勰。①

　　劉氏宗旨本諸六經,至於“馭文之首術,謀篇之大端”,則獨標“神思”
二字,其篇爲全書中聚精會神,結構完密之作:

　　　　文之思也,其神遠矣! 故寂然凝慮,思接千載,悄然動容,視通萬
　　里。吟詠之間,吐納珠玉之聲,眉睫之前,卷舒風雲之色,其思理之致
　　乎。故思理爲妙,神與物游,神居胸臆而志氣統其關鍵,物沿耳目而
　　辭令管其樞機,樞機方通則物無隱貌,關鍵將塞則神有遁心。是以陶
　　鈞文思,貴在虛靜,疏瀹五藏,澡雪精神,積學以儲寶,酌理以富才,研
　　閲以窮照,馴致以繹詞,然後使玄解之宰,尋聲律而定墨,燭照之匠,
　　窺意象而運斤,此蓋馭文之首術,謀篇之大端。夫神思方運,萬塗競
　　萌,規矩虛位,刻鏤無形。登山則情滿於山,觀海則意溢於海,我才之
　　多少,將與風雲而並驅矣。

此段拈出“虛靜”二字,深得文心。“寂然凝慮,悄然動容”兩句,皆所以申
述靜義。至於積學儲寶,不外博一。《神思》篇云:“博見爲饋貧之糧,貫

---

① 1932 年講義下云:“千載孤紹,説者認爲獨創,誤矣。”

一爲拯亂之藥，博而能一，亦有助乎心力矣。"此之謂也。《事類》篇云：
"綜學在博，取事貴約。"義亦相同。

勰評論文字，標三準六觀之說。何謂三準？《鎔裁》篇云："是以草創
鴻筆，先標三準：履端於始，則設情以位體；舉正於中，則酌事以取類；歸
余於終，則撮辭以舉要。"此列舉情事辭三項言之。何謂六觀？《知音》篇
云："是以將閱文情，先標六觀：一觀位體，二觀置辭，三觀通變，四觀奇
正，五觀事義，六觀宮商。"此節於情、事、辭三者以外，別出通變、奇正、宮
商三義。又《附會》篇云："夫才量學文，宜正體製，必以情志爲神明，事義
爲骨髓，辭采爲肌膚，宮商爲聲氣，然後品藻玄黃，摛振金玉，獻可替否，以
裁厥中，斯綴思之恒數也。"此節則於六觀之中，略去通變、奇正二義。合
此三者觀之，彥和論文準的，大致可知矣。

情性二字，爲六朝論文之士所常言，全書于此，尤爲詳盡。《體性》篇
云："吐納英華，莫非情性。"又云："夫情動而言形，理發而文見。"《情采》
一篇，申論爲情造文，爲文造情之別，論極朗暢：

> 夫鉛黛所以飾容，而盼倩生於淑姿；文采所以飾言，而辯麗本於
> 情性。故情者文之經，辭者理之緯，經正而後緯成，理定而後辭暢，此
> 立文之本源也。昔詩人什篇，爲情而造文，辭人賦頌，爲文而造情。
> 何以明其然？蓋《風》《雅》之興，志思蓄憤，而吟詠情性，以諷其上，
> 此爲情而造文也。諸子之徒，心非鬱陶，苟馳誇飾，鬻聲釣世，此爲文
> 而造情也。故爲情者要約而寫真，爲文者淫麗而煩濫。而後之作者，
> 采濫忽真，遠棄風雅，近師辭賦，故體情之製日疏，逐文之篇愈盛。故
> 有志深軒冕而泛詠皋壤，心纏幾務而虛述人外，真宰弗存，翩其反矣。

齊梁以還，文風日漓，徒尚矯飾，莫貴真情，故劉氏以爲文造情短之。宋李
格非論文章嘗曰："諸葛孔明《出師表》，劉伶《酒德頌》，李令伯《乞養親
表》，皆沛然如肝肺中流出，殊不見斧鑿痕。是數君子在後漢之末，兩晉之

間,初未嘗欲以文章名世,而其詞意超邁如此。是知文章以氣爲主,氣以誠爲主。老杜詩過人在誠實耳。誠實著見,學者多不曉。"元熊鉌論詩亦云:"靈均之騷,靖節、子美之詩,痛憤憂切,皆自其肝肺流出,故可傳也。不然,雖嘔心冥思,極其雕鏤,冥冥何益。"二人之説,皆與劉氏符合,然《文心雕龍》此論,對於齊、梁作者,其影響甚微。

　　劉、鍾等諸人之中,受時代影響較大者,則推劉氏。雖稱述情性,義主寫真,然《原道》篇則云"雕琢情性,組織辭令";《徵聖》篇則云"志足而言文,情信而辭巧";《章句》篇則言"控引情理,送迎際會。"志不忘於雕琢,義必歸乎巧辭。又《徵聖》一篇,稱"聖文雅麗,銜華佩實",《明詩》篇述詩之體裁,但言"雅潤清麗"。若斯之類,與當世諸家持論,相去亦不甚遠。故當王融、范曄聲律論既興之後,潮流所被,漸漬愈廣,緫宗述所聞,加以引申,衡之常情,蓋在意中,其論有足與沈約互相發明者,逐錄於下:

　　　　凡聲有飛沈,響有雙疊,雙聲隔字而每舛,疊韻雜句而必睽,沈則響發而斷,飛則聲揚不還,並轆轤交往,逆鱗相比。迂其際會,則往蹇來連,其爲疾病,亦文家之吃也。夫吃文爲患,生於好詭,逐新趣異,故喉唇糾紛。將欲解結,務在剛斷,左礙而尋右,末滯而討前,則聲轉於吻,玲玲如振玉,辭靡於耳,累累如貫珠矣。是以聲畫妍蚩,寄在吟詠,滋味流於字句,氣力窮於和韻。異音相從謂之和,同聲相應謂之韻;韻氣一定,故餘聲易遣;和體抑揚,故遺響難契。屬筆易巧,選和至難,綴文難精,而作韻甚易。雖纖意曲變,非可縷言,然振其大綱,不出兹論。(《聲律》)

此處文筆並列,猶是沿習常言,而"屬筆易巧,選和至難"八字,深得散文韻律之神髓,爲言者所未及。又《章句》篇論及句末用韻者,亦有折衷之論:

　　　昔魏武論賦,嫌於積韻而善於資代;陸雲亦稱四言轉句以四句爲佳。觀彼製韻,志同枚、賈,然兩韻輒易,則聲韻微躁;百句不遷,則脣吻告勞。妙才激揚,雖觸思利貞,曷若折之中和,庶保無咎。

六觀之説,第三曰通變,變則通,通則久,斯有光景常新之喻,此意劉氏特於《通變》篇論之,故曰:"名理有常,體必資於故實;通變無方,數必酌於新聲。故能騁無窮之路,飲不竭之源,然綆短者銜渴,足疲者綴塗,非文理之數盡,乃通變之術疏耳。"又曰:"是以規略文統,宜宏大體,先博覽以精閱,總綱紀而攝契,然後拓衢路,置關鍵,長轡遠馭,從容按節,憑情以會通,負氣以適變,采如宛虹之奮鬐,光若長離之振翼,乃穎脱之文矣。若乃齷齪于偏解,矜激乎一致,此庭間之回驟,豈萬里之逸步哉。"《風骨》篇亦云:"若夫熔鑄經典之範,翔集子史之術,洞曉情變,曲昭文體,然後能莩甲新意,雕畫奇辭。昭體故意新而不亂,曉變故辭奇而不黷。若骨采未圓,風辭未練,而跨略舊規,馳鶩新作,雖獲巧意,危敗亦多。"①紀昀評《通變》篇云:"齊梁間風氣綺靡,轉相神聖,文士所作,如出一手,故彦和以通變立論。然求新奇于俗尚之中,則小智師心,轉成纖仄,明之竟陵、公安,是其明徵,故挽其返而求之古。蓋當代之新聲,既無非濫調,則古人之舊式,轉屬新聲,復古而名以通變,蓋以此爾。"紀氏此言,得其窾要,然與其謂爲復古而名以通變,無寧謂爲通變而取徑復古。《易》曰"擬議以成其變化",此其義歟。

《體性》篇論及文章歸塗,數窮八體:

一曰典雅,二曰遠奥,三曰精約,四曰顯附,五曰繁縟,六曰壯麗,七曰新奇,八曰輕靡。典雅者,熔式經誥,方軌儒門者也。遠奥者,馥采典文,經理玄宗者也。精約者,核字省句,剖析毫釐者也。顯附者,辭直義暢,切理厭心者也。繁縟者,博喻釀采,煒燁枝派者也。壯麗者,高論宏裁,卓爍異采者也。新奇者,擯古競今,危側趣詭者也。輕靡者,浮文弱植,縹緲附俗者也。故雅與奇反,奧與顯殊,繁與約舛,壯與輕乖。文辭根葉,苑囿其中矣。

此節列舉八體,相互對稱,略與後人言陰陽剛柔之説,有可以比類並觀者。

自來論劉氏者,多舉下篇,而於上篇分論文體者每多忽視,其實立言完整,自具精義,今略舉數例,以資隅反。《辨騷》曰:"楚辭者,體慢于三代,而風雅于戰國,乃雅頌之博徒,而詞賦之英傑也。觀其骨鯁所樹,肌膚所附,雖取熔經意,亦自鑄偉辭。"論樂府曰:"詩爲樂心,聲爲樂體,樂體在聲,瞽師務調其器,樂心在詩,君子宜正其文。"頌曰:"敷寫似賦而不入華侈之區,敬慎如銘而異乎規戒之域。"《銘箴》曰:"箴全御過,故文資確切,銘兼褒贊,故體貴弘潤。"論曰:"義貴圓通,辭忌枝碎,必使心與理合,彌縫莫見其隙,辭共心密,敵人不知所乘,斯其要也。是以論如析薪,貴能破理,斤利者越理而橫斷,辭辨者反義而取通,覽文雖巧而檢跡如妄,惟君子能通天下之志,安可以曲論哉。"議曰:"文以辨潔爲能,不以繁縟爲巧,事以明核爲美,不以深隱爲奇,此綱領之大要也。"凡斯諸論,皆出自沈思,故能陶熔百世,樹茲準繩,"大判條例",此之謂矣。

佛家經論,每有樹立宗旨,宏博圓融,而過事精微,翻成繁苛者。此種現象,在佛教盛行期之文學批評中,每每見之。沈約之論音律,卓然名家,而八病猥煩,貽議後代,此一例矣。《文心雕龍》亦不免此,《麗辭》篇列舉言對、事對、正對、反對之別,而判其難易優劣,已爲辭煩,《練字》篇復有論字四擇:

　　是以綴字屬篇,必須練擇:一避詭異,二省聯邊,三權重出,四調單複。詭異者,字體瓌怪者也,曹攄詩稱"豈不願斯遊,褊心惡䀜呀",兩字詭異,大疵美篇,況乃過此,其可觀乎?聯邊者,半字同文者也,狀貌山川，古今咸用，施于常文，則齟齬爲瑕，如不獲免，可至三接，三接之外，其字林乎。重出者，同字相犯者也，詩騷適會，而近世忌同，若兩字俱要，則寧在相犯。故善爲文者，富於萬篇，貧於一字，一字非少，相避爲難也。單複者，字形肥瘠者也，瘠字累句，則纖疏而行劣，肥字積文，則黯黕而篇暗，善酌字者參伍單複，磊落如珠矣。

右之所言，頗病煩碎，聯邊單複之論，尤出意外，以意度之，殆爲揮毫落紙之時而發。字體文林之説，行劣篇黯之譏，即此已可窺其消息。蓋南朝人士，崇尚美感，故義則求其精密，聲則求其調暢，及下筆之際，又必求其純美無疵如此。

第十三　鍾嶸

論文之士，不爲時代所左右，不顧事勢之利鈍，與潮流相違，卓然自信者，求之六代，鍾嶸一人而已。嶸字仲偉，潁川長社人，齊永明末司徒參軍，入梁官晉安王記室。《南史·鍾嶸傳》稱："嶸嘗求譽于沈約，約拒之，及約卒，嶸品古今詩爲評言其優劣云：'觀休文衆製，五言最優。齊永明中，相王愛文，王元長等皆宗附約，于時謝朓未遒，江淹才盡，范雲名級又微，故稱獨步，故當辭弘于范，意淺于江。'蓋追宿憾，以此報約也。"宿憾之説，今無可考，休文辭密意淺，豈有虛誣，不得以此反責鍾嶸也。[①]

《文心雕龍·明詩》篇云："人稟七情，應物斯感，感物吟志，莫非自然。"其言略涉藩籬，未加深論。仲偉《詩品》總論詩義，始云："氣之動物，物之感人，故搖盪性情，形諸舞詠，照燭三才，暉麗萬有，靈祇待之以致饗，幽微借之以昭告，動天地，感鬼神，莫近於詩。"此則學有專攻，立論自異。

仲偉論詩，以五言爲斷限，故曰"嶸今所録，止乎五言"。其論五言詩之成立，則云："夏歌曰：'鬱陶乎予心。'楚謠曰：'名余曰正則。'雖詩體未全，然是五言之濫觴也。逮漢李陵，始著五言之目矣。"至其論及四言詩五

---

① "宿憾"數句，1933 年講義作："鍾、沈宿憾之説，今無可考，以嶸之爲人論之，齊明帝躬親細務則諫以恭己南面，梁武帝名號冗濫則諫以嚴斷澆競，其人固一骨鯁之士，或不至求譽沈約，至休文衆製，後代自有公論，辭密意淺，豈有虛誣，不得以此反責鍾嶸也。"

言詩之別,則云:

　　夫四言文約義廣,取效風騷,便可多得,每苦文繁而意少,故世罕習焉。五言居文詞之要,是衆作之有滋味者也,故云會於流俗,豈不以指事造形,窮情寫物,最爲詳切者耶?

按魏、晉而後,五言轉繁,至於齊、梁,遂稱極盛,然詩體雖定,而評論之士,或眷戀故昔,不忍違棄,歷隋及唐,至開元間,李白尚有"興寄深微,五言不如四言,七言又其靡也"之説。無他,一部《詩經》橫亘胸中而已。《文心雕龍‧明詩》篇云"若夫四言正體,則雅潤爲本,五言流調,則清麗居宗",雖二者並重,而正體流調之別,不無軒輊於其間。仲偉直斥爲文繁意少,其見解自迥別。
　　仲偉立言,與沈約等大相違迕者,在聲律論之方面,略曰:

　　昔曹、劉殆文章之聖,陸、謝爲體貳之才,鋭精研思,千百年中,而不聞宫商之辨,四聲之論,或謂前達偶然不見,豈其然乎?嘗試言之,古曰詩頌,皆被之金竹,故非調五音,無以諧會。若"置酒高堂上","明月照高樓"爲韻之首,故三祖之詞,文或不工,而韻入歌唱,此重音韻之義也,與世之言宫商異矣。今既不被管弦,亦何取於聲律耶?……余謂文製本須諷讀,不可蹇礙,但令清濁通流,口吻調利,斯爲足矣,至平上去入,則余病未能,蜂腰鶴膝,閭里已具。

按聲律論興以後,王融、范曄、謝莊、沈約爲一派;陸厥非難沈約,自成一派;然厥之詩論,首先承認聲律之説,但謂發自魏文、劉楨,迤及陸機,而斥沈約所稱"自靈均以來,此秘未睹"者爲近誣,其論與聲律論之大本,不相抵觸。獨仲偉特起異軍,與約爲敵,然影響甚微,未能建樹。曹丕之言"氣有清濁",此言與聲律之關係何若,陸厥、鍾嶸,各執一辭。至陸機之言"音聲迭代,五色相宣",此則所謂宮商之辨矣,沈約指爲未睹此秘,言實近誣,鍾嶸稱曰未之前聞,固亦疏矣。又嶸謂不被管弦,無取聲律,乃又云:"清濁通流,口吻調利。"倘排斥聲律,則所謂"通流""調利"者,于義云何?大抵風會既成,譬如彈丸走阪,駿馬注坡,聞者傾心,觀者束手,雖有明智,無如之何矣。

自有比興之説,而吾國之詩義乃愈複雜,往往有言在此而意在彼者。《文心雕龍・比興》篇云:"比者附也,興者起也,附理者切類以指事,起情者依微以擬義。"仲偉則云:

> 文已盡而意有餘,興也。因物喻志,比也。直書其事,寓言寫物,賦也。宏斯三義,酌而用之,干之以風力,潤之以丹采,使味之者無極,聞之者動心,是詩之至也。若專用比興,患在意深,意深則詞躓;若但用賦體,患在意浮,意浮則文散,嬉成流移,文無止泊,有蕪漫之累矣。

六代之詩,乍見似重情感,然而爲文造情,誠如劉勰之譏,所謂"遠棄風雅,近師辭賦,故體情之製日疏,逐文之篇愈盛"者也,鍾嶸深明由情生文之義,故曰:

> 若乃春風春鳥,秋月秋蟬,夏雲暑雨,秋日祁寒,斯四候之感諸詩者也。嘉會寄詩以親,離群托詩以怨。至於楚臣去境,漢妾辭宮;或骨橫朔野,或魂逐飛蓬,或負戈外戍,殺氣雄邊;寒客衣單,孀閨淚盡;或士有解佩出朝,一去忘反;女有揚蛾入寵,再盼傾國:凡斯種種,感盪心靈,非陳詩何以展其義,非長歌何以騁其情?故曰:"《詩》可以群,可以怨。"使窮賤易安,幽居靡悶,莫尚於詩矣。

仲偉之説既專重情感,勢不得不與用典用事者立異,此爲鍾嶸與時代潮流力争之第二點,樹義精確,不可破也。史稱沈約嘗侍宴,會豫州獻栗徑寸半,武帝奇之,問栗事多少,與約各疏所憶,少帝三事,約出謂人曰:"此公護前,不讓即羞死。"當時之所貴重蓋在此。嶸直詰之曰:

> 若乃經國文符,應資博古,撰德駁奏,宜窮往烈;至乎吟詠情性,亦何貴於用事?"思君如流水",既是即目;"高臺多悲風",亦惟所見;"清晨登隴首",羌無故實;"明月照積雪",詎出經史。觀古今勝語,多非補假,皆由直尋。顏延、謝莊,尤爲繁密,于時化之,故大明、泰始中,文章殆同書抄。近任昉、王元長等詞不貴奇,競須新事,爾來作者,寖以成俗,遂乃句無虛語,語無虛字,拘攣補衲,蠹文已甚。但自然英旨,罕值其人,詞既失高,則宜加事義,雖謝天才,且表學問,亦一理乎!

"古今勝語","皆由直尋"二句,判定文字秘密,至於"雖謝天才,且表學問"之論,菲薄時人,固已甚矣。仲偉論詩又云:"今之士俗,斯風熾矣,纔能勝衣,甫就小學,必甘心而馳騖焉。於是庸音雜體,人各爲容,至使膏腴子弟,恥文不逮,終朝點綴,分夜呻吟,獨觀謂爲警策,衆睹終淪平鈍。次有輕薄之徒,笑曹劉爲古拙,謂鮑照羲皇上人,謝朓今古獨步,而師鮑照終不及'日中市朝滿',學謝朓劣得'黃鳥度青枝',徒自棄于高明,無涉于文流矣。"觀仲偉之論,于齊梁以來作家,其意可見。彦和監于南齊文士,日趨新詭,故有《文心雕龍》之作,而品題所及,則稱之曰"宋初訛而新"。仲偉亦監于齊梁之作,或則補衲蠹文,或則靡冶傷雅,故有《詩品》之作,而言外之旨,一若不滿於鮑照、謝朓。二人用心,若合符契也。

　《詩品》所列,共百二十二人,分爲三品,上品十一人,中品三十九人,下品七十二人,所謂預此宗流,便稱才子者也。序稱"昔九品論人,七略裁士,校以賓實,誠多未值。至若詩之爲技,較爾可知,以類推之,殆均博弈"。博弈之説,出自沈約,約有《棋品序》,見《全梁文》。然仲偉此語,殊爲未當。博弈之技,可較而知,至於詩才高下,豈能遽爲定論乎?

嶸稱詩家淵流,動稱某出於某,今總其大略,列表如下:

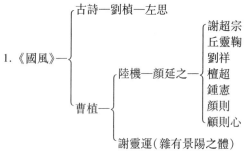

2.《小雅》—阮籍

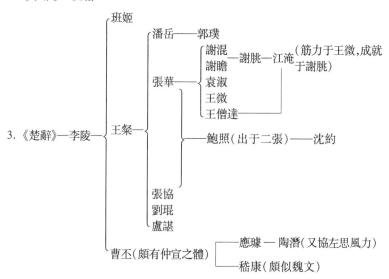

仲偉立論,特以曹植、陸機、謝靈運、顏延之一系爲正統,故立爲三宗,而以時代之先後論之云:

　　故知陳思爲建安之傑,公幹、仲宣爲輔;陸機爲太康之英,安仁、

景陽爲輔;謝客爲元嘉之雄,顏延年爲輔;斯皆五言之冠冕,文詞之命
世也。

《詩品》論陳思云:"其源出於《國風》,骨氣奇高,詞彩華茂。"論陸機云:
"其源出於陳思,才高詞贍,舉體華美。"論謝靈運云:"其源出於陳思,雜
有景陽之體,故尚巧似而逸蕩過之,頗以繁蕪爲累。嶸謂若人興多才高,
寓目輒書,内無乏思,外無遺物,其繁富宜哉。然名章迥句,處處間起,麗
典新聲,絡繹奔會,譬猶青松之拔灌木,白玉之映塵沙,未足貶其高潔也。"
綜仲偉之言觀之,似其宗旨所在,特重高華。至若顏延之"體裁綺密,情喻
淵深……雖乖秀逸,是經綸文雅才"。檀謝七君之"祖襲顏延,欣欣不倦,
得士大夫之雅致"。要之皆得詩人雅正之遺意,雖才謝前賢,品居中下,而
仲偉猶推以爲正統之嗣響,意在斯乎。

　　齊梁以後,正統之詩,日就式微,其餘諸派,多無替人,而同時競起,擅
譽當代者,獨爲謝朓、江淹,及鮑照、沈約兩系而已。仲偉論謝朓云:"微傷
細密,頗在不倫";論江淹云:"詩體總雜,善於摹擬。"未嘗以作家許之也。
至論鮑照則謂爲"貴尚巧似,不避危仄,頗傷清雅之調";論沈約則謂爲
"不閑于經綸而長於清怨"。又言"約所著既多,今翦除淫雜,收其精要,
允爲中品之第矣"。其詞皆若深有憾焉。蓋詩至齊梁,高華淵密(曹、陸、
顏、謝一系,説見《詩品》),氣勢(劉楨、左思一系),幽遠(阮籍一系),絢爛
(潘岳、郭璞一系),清剛(劉琨、盧諶一系),古直(曹丕、應璩、陶潛一系),
諸系皆不復振,所餘者特此細密及妍冶之兩系。仲偉言外之旨,可以推
求,"衆作等蟬噪",固不待唐人始言之也。

　　仲偉持論,歸於雅正,故對於諸家,雖各有定評,恒以能雅與否,爲之
乘除。論阮籍曰:"洋洋乎會于《風》《雅》,使人忘其鄙近,自致遠大。"應
璩、顏延之詩皆平實,然稱璩曰:"指事殷勤,雅意深篤,得詩人激刺之旨。"
稱顏延之曰:"雖乖秀逸,是經綸文雅才,雅才減若人,則蹈於困躓矣。"二
人之詩皆列中品,蓋以此乎。至論白馬王彪、徐幹,則曰:"白馬與陳思答

贈,偉長與公幹往復,雖曰'以莛扣鐘',亦能閑雅矣。"張欣泰、范縝之詩,
皆無可稱,亦以不失雅宗之故,與彪、幹同列下品。自又一方面言之,嵇康
雖稱托諭清遠,未失高流,徒以訐直露才,傷淵雅之致,列入中品。至於鮑
照之詩,仲偉稱爲"總四家而擅美,跨兩代而孤出",以有傷清雅之調,仍列
中品。總是以論,其貴尚淵雅,可以見矣。

　　對於仲偉之言品第派別,後世反響至多,今列葉夢得、王世貞、王士禎
三家之論於後:

> 　　梁鍾嶸論陶淵明,乃以爲出於應璩,此語不知其所據。應璩詩不
> 多見,惟《文選》載其《百一詩》一篇,所謂"下流不可處,君子慎厥初"
> 者,與陶詩了不相類。(《石林詩話》)
> 　　吾覽鍾記室《詩品》,折衷情文,裁量事代,可謂允矣,詞亦奕奕發
> 之。第所推源出於何者,恐未盡然。邁、凱、昉、約,濫居中品,至魏文
> 不列乎上,曹公屈第乎下,尤爲不公,少損連城之價。(《藝苑卮言》)
> 　　鍾嶸《詩品》,余少時深喜之,今始知其蹖謬不少。嶸以三品銓叙
> 作者,自譬諸九品論人,七略裁士,乃以劉楨與陳思並稱,以爲文章之
> 聖。夫楨之視植,豈但斥鷃之與鯤鵬耶?又置曹孟德下品,而楨與王
> 粲反居上品。他如上品之陸機、潘岳,宜在中品;中品之劉琨、郭璞、
> 陶潛、鮑照、謝朓、江淹,下品之魏武,宜在上品;下品之徐幹、謝莊、王
> 融、帛道猷、湯惠休,宜在中品。而位置顛錯,黑白淆訛,千秋定論,謂
> 之何哉?建安諸子,偉長實勝公幹,而嶸譏其"以莛扣鐘",乖反彌甚,
> 至以陶潛出於應璩,郭璞出於潘岳,鮑照出於二張,尤陋矣,不足深辨
> 也。(《漁洋詩話》)

　　按嶸序稱"至斯三品升降,差非定制,方申變裁,請寄知者爾",必欲尺
寸較量,自多舛異。即如原書綜論,重在五言,曹公之作,必改列上品,寧
能舉五言之詩,爲之佐證。又如彭澤之詩,仲偉稱爲"古今隱逸詩人之

宗",推許至此,殆難復過。劉勰論文,《才略》一篇,不聞言及陶公。昭明之序,雖盛稱彭澤,此又後起之論,以斯而言,嶸之巨眼,固可知矣,翻以一節見罪,豈得曰平。錢謙益《與遵王書》云:"古人論詩,研究體源,鍾記室謂李陵出於《楚辭》,陳王出於《國風》,劉楨出於《古詩》,王粲出於李陵,莫不應若宫商,辨同蒼素。"《四庫全書提要》論及士禎之説,謂"梁代迄今,邈逾千祀,遺篇舊製,十九不存,未可以掇拾殘文,定當日全集之優劣",其言皆確有所見,不可誣也。《提要》又謂"嶸論某人源出於某,若一一親見其師承者,不免附會",此語似與謙益不同,然兩論所指,或偏或全,語似相反,義無乖違,二説並存可矣。

第十四　蕭統　蕭綱　蕭繹

　　東晉、宋、齊以後，至於梁代，中國南部，始自干戈擾攘之中，復享升平，同時國家威力，一再北向發展，雖未克奠定中原，固與魏太武帝臨江之時迴異矣。太清二年，侯景請降，武帝曰："我國家承平若是，今便受地，詎是事宜，脱致紛紜，悔無所及。"自天監開國以來承平狀況，概可想見。

　　承平之代，每爲文學滋長之時，證之東西各國文學史，莫不如是。重以梁武篤意典籍，即位之初，即搜求群書。觀梁阮孝緒《古今書最》：東晉南渡，得書僅三百五帙，三千一十四卷；迄梁天監四年《文德正御四部及術數書目録》，合二千九百六十八帙，二萬三千一百八卷；而孝緒總集衆家更爲《新録》，凡内外篇八千五百四十七帙，四萬四千五百二十六卷。此時文物之盛，遠軼前代，承學之士，所能共喻也。①

　　蕭氏兄弟對於文學之評論，可分二派。蕭統之論，較爲典正，持文質彬彬之説。蕭綱、蕭繹，則衍謝朓、沈約之餘波，創爲放蕩紛披之論，與乃

---

　　① 1933 年講義下云："在此時期中批評之精神極爲發展，不獨文學批評而已也。《全梁文》武帝有《答陶弘景書》一首，論書法大旨，又有《觀鍾王書法十二意》，論鍾、王筆法。沈約有《棋品序》云：'今撰録名士，隨品詳書，俾粹理深情，永垂芳於來葉。'度其篇目，當與鍾嶸《詩品》仿佛。陶弘景有與梁武帝啓數則，皆評定書法真迹者。袁昂有《古今書評》。庾肩吾有《書品》，分古今書家爲九品，立上之上、上之中等名，則視鍾嶸之評爲更詳密。庾元威亦有論書一則。要之梁代之批評精神，可謂極盛者矣，批評文學於此期中獨盛，豈偶然哉！"

兄迥別矣。

　　一、昭明太子蕭統，引劉孝威、庾肩吾等，討論墳籍，成《文選》三十卷。就總集中，論其簡擇之勤，成就之大，影響之巨，莫與京矣。統《答湘東王求文集及詩苑英華書》云：

　　　　夫文典則累野，麗亦傷浮。能麗而不浮，典而不野，文質彬彬，有
　　　　君子之致，吾嘗欲為之，但恨未逮耳。

　　“麗亦傷浮”之論，為昭明對於乃弟及時人之鍼砭，乃至衡論古人，亦復爾爾，故序《陶淵明集》則曰：“白璧微瑕，惟在《閑情》一賦，揚雄所謂‘勸百而諷一’者，卒無諷諫，何足搖其筆端？惜哉亡是可也。”其《文選序》一篇，首述文隨世變之論，極為條暢：

　　　　若夫椎輪為大輅之始，大輅寧有椎輪之質；增冰為積水所成，積
　　　　水曾無增冰之凜。何哉？蓋踵其事而增華，變其本而加厲。物既有
　　　　之，文亦宜然，隨時變改，難可詳悉。

　　《文選序》中簡別經史諸子之文，不使與其餘之一般文學相混。清阮元亟稱其言，以為得論文宗旨。然昭明之序，亦稱碑碣志狀，此亦史家之流也，與阮氏所謂“子史正流，終與文章有別”者，語不盡合。錄昭明之說於次：

　　　　若夫姬公之籍，孔父之書，與日月俱懸，鬼神爭奧，孝敬之準式，
　　　　人倫之師表，豈可重以芟夷，加以剪截？老、莊之作，管、孟之流，蓋以
　　　　立意為宗，不以能文為本，今之所撰，又以略諸。若賢人之美辭，忠臣
　　　　之抗直，謀夫之話，辨士之端，冰釋泉湧，金相玉振，所謂坐狙丘，議稷
　　　　下，仲連之却秦軍，食其之下齊國，留侯之發八難，曲逆之吐六奇，蓋
　　　　乃事美一時，語流千載，概見墳籍，旁出子史，若斯之流，又亦繁博，雖

傳之簡牘,而事異篇章,今之所集,亦所不取。至於記事之史,繫年之書,所以褒貶是非,紀別異同,方之篇翰,亦已不同;若其讚論之綜輯辭采,序述之錯比文華,事出於沈思,義歸乎翰藻,故與夫篇什,雜而集之。①

東坡《志林》論《文選》"編次無法,去取失當"。朱彝尊《書玉臺新詠後》,更指摘"昭明優禮儒臣,容其作偽"。迨章學誠作《文史通義》,乃譏其改子爲集,目次蕪亂,又云:"《文選》者辭章之圭臬,集部之準繩,而淆亂蕪穢,不可殫詰,則古人流別,作者意指,流覽諸集,孰是深窺而有得者乎?"諸家之言,皆有爲而發,然昭明論文,文質相濟之說,究不可没。又其所作《陶淵明集序》一篇,稱述作者宗旨,深得其個性所在。序云:

> 有疑陶淵明詩,篇篇有酒,吾觀其意不在酒,亦寄酒爲跡者也。其文章不群,辭采精拔,跌宕昭彰,獨超衆類,抑揚爽朗,莫之與京。横素波而旁流,干青雲而直上。語時事則指而可想,論懷抱則曠若且真。加以貞志不休,安道苦節,不以躬耕爲恥,不以無財爲病,自非大賢篤志,與道汙隆,孰能如此乎?

二、簡文帝蕭綱之論,具見於其《誡當陽公大心書》、《答張纘謝示集書》、《與湘東王書》三篇。昭明太子薨于大通三年,簡文是年立爲太子,

---

① 1932年講義此段文字節引於劉勰一章,其前云:"近人立論,對于劉勰頗多貶辭,或謂祖述漢人,獨持廣義,使文學進行,爲之中阻,或謂其書初成,將欲取定沈約,不得不枉道從人以期見譽。平心論之,其言過矣。第一《文心雕龍》雖爲不朽之名作,然廣義文學説之在當世,其影響所及,幾於絶無,獨顔之推遠宗其説,有《顔氏家訓》之作,然其事已在數十年後。昭明太子主張文質相濟之説,似與劉勰相近。"引"姬公""記事"二節後云:"此皆大反劉氏之説,故謂其力足以中阻文學之進行者,非也。六代之時,三謝、范、沈、蕭梁父子,皆主持風會之人,而文體之轉變,趨勢既成,雖有批評家如劉勰、鍾嶸、裴子野者,皆無能爲役于其間也。"

年二十七歲，次年子大心封爲當陽公。《誡大心書》題稱當陽；《答張纘書》稱"少好文章，於今二十五載"；《與湘東王書》見《梁書·庾肩吾傳》，稱簡文爲太子時作。三篇之作，皆在昭明下世後矣。①

　　昭明《陶淵明集序》云："嘗謂有能觀淵明之文者，馳競之情遣，鄙吝之意祛。貪夫可以廉，懦夫可以立，豈止仁義可蹈，抑乃爵禄可辭，不必傍游泰華，遠求柱史，此亦有助於風教也。"論甚切至，與後世文以載道之論，遙相映合，此則《答湘東王求文集書》中所謂"君子之致"者也。簡文則不然，《誡當陽公大心書》云："立身之道，與文章異。立身先須謹重，文章且須放蕩。"此種見地，真近代論文所稱浪漫之極致也。至其《答張纘謝示集書》更言：

　　不爲壯夫，揚雄實小言破道；非謂君子，曹植亦小辯破言。論之科刑，罪在不赦。至如春庭落景，轉蕙承風；秋雨朝晴，簷梧初下；浮雲生野，明月入樓；時令嘉賓，乍動嚴駕；車渠屢酌，鸚鵡驟傾；伊昔三邊，久留四戰，胡霧連天，征旗拂日，時聞塢笛，遙聽塞笳；或鄉思淒然，或雄心憤薄。是以沈吟短翰，補綴庸音，寓目寫心，因事而作。

科刑不赦之語，較之楊修所謂"修家子雲老不曉事"，雖所見略同而語氣迥異，自非信之極篤，不能爲此語也。《與湘東王書》一篇，爲簡文批評論之骨幹，對於當時文學，力加非難。書云：

　　比見京師文體，懦鈍殊常，競學浮疏，爭事闡緩，玄冬修夜，思所不得，既殊比興，正背風騷。若夫六典三禮，所施則有地，吉凶嘉賓，用之則有所。未聞吟詠情性，反擬《內則》之篇，操筆寫志，更摹《酒誥》之作。遲遲春日，翻學《歸藏》；湛湛江水，遂同《大傳》。

① 1933 年講義下云："簡文之論，未必有意與昭明立異，而自有不得不異者在。"

此節指當時文體之摹擬經史者而言。又其攻擊時人者則云：

> 但以當世之作，歷方古之才人，遠則揚、馬、曹、王，近則潘、陸、
> 顏、謝，而觀其遣詞用心，了不相似。若以今文爲是，則古文爲非，若
> 昔賢可稱，則今體宜棄。

書中又謂謝康樂吐言天拔，出於自然，時有不拘，是其糟粕；裴子野乃是良
史之才，了無篇什之美。"謝故巧不可階，裴亦質不宜慕。"①至其對於齊
梁作者，簡文所重，亦見於書：

> 至如近世謝朓、沈約之詩，任昉、陸倕之筆，斯實文章之冠冕，述
> 作之楷模。張士簡之賦，周升逸之辯，亦成佳手，難可復遇。

　　三、元帝蕭繹之論，見於《金樓子序》及《立言》篇。觀簡文《與湘東
王書》云："文章未墜，必有英絕，領袖之者，非弟而誰？ 每欲論之，無可與
語，思吾子建，一共商榷，辨茲清濁，使如涇渭，論茲月旦，類彼汝南。"二人
聲氣相應可見。《梁書·何遜傳》稱元帝論詩曰："詩多而能者沈約，少而
能者謝朓、何遜。"與簡文書中所稱者，大致亦合。
　　《金樓子·立言》篇，首稱古今學者派別之異：

> 古人之學者有二，今人之學者有四。夫子門徒，轉相師受，通聖
> 人之經者謂之儒。屈原、宋玉、枚乘、長卿之徒，止於辭賦，則謂之文。

---

① 自"又其攻擊時人者"至此，1933 年講義云："又其攻擊時人之摹擬近人者，則云：'又
時有效謝康樂、裴鴻臚文者，亦頗有惑焉。何者，謝客吐言天拔，出于自然，時有不拘，是其糟
粕，裴氏乃是良史之才，了無篇什之美。是爲學謝則不屆其精華，但得其冗長，師裴則蔑絕其
所長，惟得其所短。謝故巧不可階，裴亦質不宜慕。'此則一稱天才之不可輕學，一稱文質之
截然兩途，條例極明。"

今之儒博窮子史，但能識其事，不能通其理者謂之學。至如不便爲詩
如閻纂，善爲章奏如柏松，若此之流，泛謂之筆。吟詠風謠，流連哀思
者謂之文。而學者率多不便屬辭，守其章句，遲於通變，質於心用。
學者不能定禮樂之是非，辨經教之宗旨，徒能揚榷前言，抵掌多識，然
而把源知流，亦足可貴。筆退則非謂成篇，進則不云取義，神其巧惠，
筆端而已。至如文者，惟須綺縠紛披，宮徵靡曼，唇吻道會，情靈
搖盪。

元帝立論，文筆對舉，其論文義界，直抉文藝之奧府，聲律之秘鑰，然動稱
流連哀思，範圍至隘，魏徵《梁論》謂哀思之音遂移風俗，蓋慨乎言之矣。

　　《立言》篇對於晉宋以來文士，略加評論如次：

　　　　潘安仁清綺若是，而評者止稱情切，故知爲文之難也。曹子建、
　　陸士衡，皆文士也，觀其辭致側密，事語堅明，意匠有序，遣言無失，雖
　　不以儒者命家，此亦悉通其義也。遍觀文士，略盡知之。至於謝玄暉
　　始見貪小，然而天才命世，過足以補尤。任彥升甲部闕如，才長筆翰，
　　善輯流略，遂有龍門之名，斯亦一時之盛。

此節立論，較之簡文之説，尤爲親切。

　　《金樓子序》云："曹子桓云：'立德著書，可以不朽。'杜元凱言：'立德
者非可企及，立言或可庶幾。'故戶牖懸刀筆而有述作之志矣。……蓋金
樓子爲文也，氣不遂文，文嘗使氣，材不值運，必欲師心。霞間得語，莫非
撫臆，松石能言，必解其趣，風雲玄感，儻或見知。"此論足以見其對於文章
之重視。史稱江陵之敗，元帝焚古今圖書十四萬卷，以寶劍折柱斷之，歎
曰："文武之道，今夜盡矣。"蓋建武以來二百四十年間，詞人才士殷勤締造
之南朝文化，亦隨之以俱盡，此誠中國文學史上之損失，未可以數量計也。

第十五　顔之推

持論之士,或以南北文化對稱,而尊顔之推爲北方文章宗主,以與南朝文士相抗,質之事實,固無當矣。史家論正統,於三國、六朝、五代、兩宋之際,多所爭執,自今視之,其説之迂,固不待論,然自民族文化之立足點言之,則固有統。東晉渡江,中原盡陷,衣冠文物之邦,淪于戰伐,世家大姓,相率南遷,傳及子孫,才德相繼,於是有此二百四十年之南朝文化,此則當時吾國文化之中心正統,不得更別樹一幟,與兹抗衡者也。隋承周統,奄有東南,然牛弘上表,猶稱"衣冠軌物,圖書記注,播遷之餘,皆歸江左。晉、宋之際,學藝爲多;齊、梁之間,經史彌盛。"固知實證具在,無從諱飾矣。先時劉漢石趙,苻姚慕容,羯胡鮮卑,相繼稱兵,及拓拔奠宇,太和南遷,始慕華風,稍資軌範,然相去猶遠,未可遽以南北並稱也。既而爾朱肆虐,高歡稱霸,重以東西分裂,中原鼎沸,則生民多艱,益稱塗炭,至若庾信、顔推,此皆江左舊人,流離中土,感物興悲,惻然神往,豈能攄兹流寓,例彼宗邦乎? 隋、唐之際,妄興南北之論,自珍砥砆,遽比璵璠,後有識者,宜從割棄。

北魏文人,温子昇、邢邵、魏收稱首。《魏收傳》曰:"收每議陋邢邵文,邵云:'江南任昉文體本疏,魏收非直模擬,亦大偷竊。'收聞乃曰:'伊常于沈約集中作賊,何意道我偷任昉。'任、沈俱有重名,邢、魏各有所好。武平中,黄門郎顔之推以二公意問僕射祖珽,珽答曰:'見邢、魏之臧否,即是任、沈之優劣。'"温子昇本爲温嶠之後,祖恭之始北徙。準是以論,三人文字,皆本江南,固可知矣。北齊之時,散騎常侍劉逖薦辛德源表曰:"枕藉六經,漁獵百氏,文章綺豔,體調清華。……實後進之詞人,當今之雅器。"其時文學亦重清綺可知。至庾信之序《趙國公集》,則曰:"逸態横生,新情振起,風雨争飛,魚龍各變。"蓋其文章直接學之南人,尤非故步矣。《隋書·文學傳序》云:"江左宫商發越,貴於清綺,河朔詞義貞剛,重夫氣質。"非定論也。

世論顏之推者,謂爲代表北朝,因與蕭梁諸人並舉,目爲南北分野,此言非也。之推南人,仕梁爲湘東王國左常侍,元帝即位,爲散騎侍郎,江陵陷後入周,尋奔北齊,齊亡復入周,隋開皇中太子召爲學士,身世大抵與庾子山相類。至其持論,略有異同。然蕭梁之初,昭明、簡文議論懸殊,即分兩派,皆性習使然,不關地域之南北也。之推少仕湘東王府,于時群彦咸集,勝友如雲。《顏氏家訓·序致》篇云:"雖讀《禮》傳,微愛屬文,頗爲凡人之所陶染,肆欲輕言,不備邊幅。年十八九,少知砥礪,習若自然,卒難洗蕩。"所言當指斯時。然之推于其時諸人,實不能沆瀣一氣,《觀我生賦》云:

> 方幕府之事殷,謬見擇于人群,未成冠而登仕,財解屨以從軍。……濫充選於多士,在參戎之勝列,慚四白之調護,廁六友之談説,雖形就而心和,匪余懷之所説。

《顏氏家訓·勉學》篇云:"武皇、簡文,躬自講論。……元帝在江荆間復所愛習,召致諸生,親爲教授,廢寢忘食,以夜繼朝,至乃倦劇愁憤,輒以講自釋。吾時頗預末筵,親承音旨,性既頑魯,亦所不好。"同時顏氏文字亦以與世相違,不蒙時譽。《家訓·文章》篇云:"吾家世文章,甚爲典正,不從流俗。梁孝元在藩邸時撰《西府新文記》,無一篇見録者,亦以不偶於世,無鄭衛之音故也。"之推持論,與簡文、孝元,截然不同,故所著《顏氏家訓》,亦常有特殊之見地。

之推爲學,自是通人一流,不當僅以文士目之,觀《家訓·書證》篇、《音辭》篇、《雜藝》篇等,皆可見其淹博。《文章》篇云:"學問有利鈍,文章有巧拙,鈍學累功,不妨精熟,拙文研思,終歸蚩鄙。但成學士,自足爲人,必乏天才,勿强操筆。"《勉學》篇云:"夫學者貴能博聞也。"此種重視學問之見,爲之推所獨具。加以身經亂離,則更以致用爲先,故《涉務》篇云:"吾見世中文學之士,品藻古今,若指諸掌,及有試用,多無所堪。居承平之世,不知有喪亂之禍;處廊廟之下,不知有戰陣之急;保俸祿之資,不知有耕稼之苦;肆吏民之上,不知有勞役之勤,故難可以應世經務也。"

宗經之説,劉勰始言之,故紀昀以爲本經術以爲文,非六代文士所知。《顏氏家訓·文章》篇云:"夫文章者原出五經:詔命策檄,生於《書》者也;序述論議,生於《易》者也;歌詠賦誦,生於《詩》者也;祭祀哀誄,生於《禮》者也;書奏箴銘,生於《春秋》者也。"其言大抵與《文心雕龍》同貫,至於枝節,乃微有差異耳。其他顏氏持論,與劉勰之説可以映證者甚多,故疑其説蓋本於勰。①

之推論文,首重理致,故推重古人之製裁,然亦不廢後人之辭調,《文章》篇又曰:

> 凡爲文章,猶乘騏驥,雖有逸氣,當以銜策制之,勿使流亂軌躅,放意填坑岸也。文章當以理致爲心腎,氣調爲筋骨,事義爲皮膚,華麗爲冠冕。今世相承,趨末棄本,率多浮豔。辭與理競,辭勝而理伏;事與才爭,事繁而才損。放逸者流宕而忘歸,穿鑿者補綴而不足。時俗如此,安能獨違?但務去泰去甚爾。必有盛才重譽,改革體裁者,實吾所希。古人之文,宏材逸氣,體度風格,去今實遠,但緝綴疏樸,未爲密緻爾。今世音律諧靡,章句偶對,趨避精詳,賢於往昔多矣。

---

① 1933年講義此節在劉勰一章内,文字微異。

宜以古之製裁爲本，今之辭調爲末，並須兩存，不可偏棄也。

至其評論文體者，《文章》篇云："文章之體，標舉興會，發引性靈。"此則直舉性靈，與《金樓子》所稱"情靈搖盪"者何異？ 獨之推以爲文章"使人矜伐，故忽於持操，果於進取。今世文士，此患彌切，一事愜當，一句清巧，神屬九霄，志凌千載，自吟自賞，不覺更有傍人"。因謂"自古文人，多陷輕薄"，而以"砂礫所傷，慘於矛戟，諷刺之禍，速乎風塵"爲戒。此則飽經世故，遂有此言，未可以爲定論也。

《文章》篇又云：

> 或問揚雄曰："吾子少而好賦？"雄曰："然，童子雕蟲篆刻，壯夫不爲也。"余竊非之曰："虞舜歌《南風》之詩，周公作《鴟鴞》之詠，吉甫、史克，《雅》《頌》之美者，未聞皆在幼年累德也。孔子曰：'不學《詩》，無以言'，'自衛反魯，樂正，《雅》《頌》各得其所'。大明孝道，引詩證之。揚雄安敢忽之也，若論'詩人之賦麗以則，辭人之賦麗以淫'，但知變之而已，又未知雄自爲壯夫何如也。著《劇秦美新》，妄投于閣，周章怖慴，不達天命，童子之爲爾。"

此言亦與簡文之論同趨。其論詩二則云：

> 王籍《入若耶溪詩》云："蟬噪林逾靜，鳥鳴山更幽。"江南以爲文外斷絕，物無異議。簡文吟詠，不能忘之。孝元諷味，以爲不可復得，至《懷舊志》載於籍傳。范陽盧詢，鄴下才俊，乃言"此不成語，何事於能"。魏收亦然其論。《詩》云："蕭蕭馬鳴，悠悠旆旌。"《毛傳》曰："言不喧嘩也。"吾每歎此解有情致，籍詩生於此意爾。
>
> 蘭陵蕭愨，梁室上黃侯之子，工於篇什，嘗有《秋》詩云："芙蓉露下落，楊柳月中疏。"時人未之賞也。吾愛其蕭散，宛然在目，潁川荀

仲舉,琅琊諸葛漢,亦以爲爾,而盧思道之徒,雅所不愜。

上述二則,皆極得詩致,吟玩諷昧,自具會心,稱述簡文、孝元之語,尤見淵源所自,惟是之推本爲學人,故論訂文字,間以學人之語出之,略錄於次:

　　(一) 談説製文,援引古昔,必須眼學,勿信耳受。……莊生有乘時鵲起之説,故謝朓詩曰:"鵲起登吳臺。"吾有一親表作《七夕詩》云:"今夜吳臺鵲,亦共往填河。"《羅浮山記》云:"望平地樹如薺",故戴暠詩云:"長安樹如薺。"又鄴下有一人詠樹詩云:"遙望長安薺。"又嘗見謂矜誕爲"夸毗",呼高年爲"富有春秋",皆耳學之過也。(《勉學》)

　　(二) 陳思王《武帝誄》"遂深永蟄之思",潘岳《悼亡賦》"乃愴手澤之遺",是方父于蟲,譬婦爲考也。蔡邕《楊秉碑》云"統大麓之重",潘尼《贈盧景宣詩》云"九五思飛龍",孫楚《王驃騎誄》云"奄忽登遐";陸機《父誄》云"億兆宅心,敦叙百揆",《姊誄》云"倪天之和",今爲此言,則朝廷之罪人也。王粲《贈楊德祖詩》云"我君餞之,其樂泄泄",不可妄施人子,況儲君乎?(《文章》)

　　(三) 文章地理,必須愜當。梁簡文《雁門太守行》乃云:"鵝軍攻日逐,燕騎蕩康居,大宛歸善馬,小月送降書。"蕭子暉《隴頭水》云:"天寒隴水急,散漫俱分瀉,北俎注黃龍,東流會白馬。"此亦明珠之纇,美玉之瑕,宜慎之。(《文章》)

綜觀之推之論,蓋衍蕭梁緒餘,而充之以學人理解者,其立足點在此,然與北朝固無涉。觀其論詩則薄魏收、盧詢,又譏北方儒士不涉群書,經緯之外,義疏而已。斯則之推固不樂與北人爲伍者,或指爲代表北方,不亦過乎?

第十六　隋代之文學批評及“文中子”

《周書·蘇綽傳》：“自有晉之季，文章競爲浮華，遂成風俗。太祖欲革其弊，因魏帝祭廟，群臣畢至，乃命綽爲《大誥》奏行之。自是之後，文筆皆依此體。”然《王褒傳》稱江陵之陷：“褒與王克、劉轂、宗懍、殷不害等數十人，俱至長安。太祖喜曰：‘昔平吳之利，二陸而已，今定楚之功，群賢畢至，可謂過之矣。’”《庾信傳》又稱：“陳氏與朝廷通好，南北流寓之士，各許還其舊國，陳氏乃請王褒及信等十數人，高祖唯放王克、殷不害等，信及褒並留而不遣。世宗、高祖並雅好文學，特蒙恩禮，至於趙、滕諸王，周旋款至，有若布衣之交，群公碑誌，多相請託。唯王褒頗與信相埒，自餘文人莫有逮者。”由此論之，所謂自綽之後，文筆皆依此體者，爲期極短。及滕、趙同游，文學翩翩，遂能步武子山，觀庾信《趙國公集序》，及滕王逌《庾信集序》二篇可知，則周代風會，略可見矣。

隋開皇四年，普詔天下，公私文翰並宜實録。李諤承旨上書，評論前代文體曰：

> 魏之三祖，更尚文詞，忽君子之大道，好雕蟲之小藝，下之從上，有同影響，競騁文華，遂成風俗。江左齊梁，其弊彌甚，貴賤賢愚，惟務吟詠，遂復遺理存異，尋虛逐微，競一韻之奇，爭一字之巧。連篇累牘，不出月露之形；積案盈箱，惟是風雲之狀。……至如羲皇、舜、禹

之典，伊、傅、周、孔之說，不復關心，何嘗入耳。以傲誕爲清虛，以緣
情爲勳績，指儒素爲古拙，用辭賦爲君子。故文筆日繁，其政日亂，良
由棄大聖之軌模，構無用以爲用也。

然諤書中猶稱"外州遠縣，仍踵敝風，選吏擇人，未遵典則"，是開皇四年之
詔不能盡行，蓋亦可見。又秦王俊遣人撰集字書，名爲《韻纂》，潘徽爲之
序，稱王"質潤珪璋，文兼黼黻，以李登《聲類》，呂靜《韻集》，全無引證，過
傷淺局，詩賦所須，卒難爲用，遂躬紆睿旨，……創立新意。"仁壽元年，陸
法言序《切韻》，稱"凡有文藻，即須明聲韻"，雖序論所及，不過韻書，原其
致用，實在文藻。固知文章流變，自有步趨，初非科條所能逆挽，君不能得
之于臣，父不能得之於子也。

《中說》十卷，題稱隋王通撰。按舊說或以爲實無王通其人，其書出阮
逸僞撰。《四庫全書提要》云："考《楊炯集》，有《王勃集序》，稱祖父通，隋
秀才高第，蜀郡司户書佐，蜀王侍讀。大業末，退講藝于龍門。其卒也，門
人諡之曰文中子。炯爲其孫作序，則記其祖事必不誤。杜牧《樊川集》首，
有其甥裴延翰序，亦引文中子曰：'言文而不及理，王道何從而興乎'二語，
亦與今本相合。知所謂文中子者實有其人；所謂《中說》者，其子福郊、福
疇等，纂述遺言，虛相誇飾，亦實有其書。"清姚際恒《古今僞書考》，亦無
由確定其作者，然其書盛行唐世，則爲事實，不待辨也。書中論文之處，顯
然爲儒家思想所籠罩，然論及《詩》《書》二經，其見解與經生之言亦不
盡同：

　　子曰："白黑相渝，能無微乎，是非相擾，能無散乎。故齊、魯、毛、
韓，《詩》之末也。大戴、小戴，《禮》之衰也。《書》殘於古今，《詩》失
于齊魯。"
　　子曰："詩有天下之作焉，有一國之作焉，有神明之作焉。吳季札
曰：'《小雅》其周之衰乎，《豳》其樂而不淫乎！'"子曰："孰謂季子知

樂?《小雅》烏乎衰,其周之盛乎。《幽》烏乎樂,其勤而不怨乎。"

其論《詩》,一破齊、魯、毛、韓之師說,認爲白黑相渝,是非相擾,又舉季札之言,力攻其失。此種識力,正自不凡。其論漢魏以來諸作家者如下:

> 子謂荀悦史乎史乎,陸機文乎文乎,皆思過半矣。子謂文士之行可見。謝靈運小人哉,其文傲,君子則謹。沈休文小人哉,其文冶,君子則典。鮑照、江淹,古之狷者也,其文急以怨。吳筠(當作均)、孔珪,古之狂者也,其文怪以怒。謝莊、王融,古之纖人也,其文碎。徐陵、庾信,古之誇人也,其文誕。或問孝綽兄弟,子曰:鄙人也,其文淫。或問湘東王兄弟,子曰:貪人也,其文繁。謝朓淺人也,其文捷。江總詭人也,其文虛。皆古之不利人也。子謂顏延之、王儉、任昉,有君子之心焉,其文約以則。
>
> 子曰:"陳思王可謂達理者也,以天下讓,時人莫之知也。"子曰:"君子哉思王也,其文深以典。"
>
> 太原府君曰:"溫子昇何人也?"子曰:"險人也,智小謀大。"
>
> 子曰:"《大風》安不忘危,其霸心之存乎。《秋風》樂極哀來,其悔志之萌乎。"

《文中子》之書出於何人,無從確定,然其說既屢爲後人所引用,則其在文學批評史上之價值,自不可盡廢。其論文獨重約以則、深以典二者;至於急以怨、怪以怒,此則狂狷之文,亦非所棄;若夫傲冶碎誕,淫繁捷虛,此則小人之文,概所勿取矣。要而言之,蓋以儒家宗旨,評論文學者也。《天地》篇云:

> 李伯藥見子而論詩,子不答。伯藥退謂薛收曰:"吾上陳應、劉,下述沈、謝,分四聲八病,剛柔清濁,各有端序,音若塤篪,而夫子不

應,我其未達歟?"薛收曰:"吾嘗聞夫子之論詩矣,上明三綱,下達五
常,於是徵存亡,辯得失,故小人歌之以貢其俗,君子賦之以見其志,
聖人采之以觀其變。今子營營馳騁乎末流,是夫子之所痛也,不答則
有由矣。"(《天地》)

　　子曰:"學者博誦云乎哉,必也貫乎道;文者苟作云乎哉,必也濟
乎義。"(《天地》)

合上二者觀之,文中子言文言詩之説可見。唐韓愈之言文,元、白之言詩,
其義先發於此。

第十七　唐初史家之文學批評

隋開皇十三年五月癸亥詔，人間有撰集國史臧否人物者，皆令禁絕。自是以來，私家撰史之風漸息。唐初官家修史，於是有晉、梁、陳、北齊、周、隋諸史之作。李延壽躬與其役，退而撰《南北史》上之，是爲通史，性質略異。當時文學批評之論，皆于此數史中窺之。

《舊唐書·令狐德棻傳》，德棻言于高祖曰："近代都無正史，梁、陳及齊，猶有文籍，周、隋遭大業離亂，多有遺闕，當今耳目猶接，尚有可憑，如更十數年後，恐事迹湮没，如臣愚見，並請修之。"詔下數年，竟不能就。貞觀三年，太宗敕德棻與岑文本修《周史》，李百藥修《齊史》，姚思廉修《梁》《陳史》，魏徵修《隋史》，與房玄齡總監其事。當時所稱爲《五代史記》者也。諸人中唯姚思廉貞觀二年起功，多於諸史一年，餘皆貞觀三年創造，至十八年方就。其中十志出于志寧、李淳風、韋安仁、李延壽等手，至高宗時始就，編入《隋書》，其實別行。又貞觀十八年，玄齡與褚遂良受詔重撰《晉書》，太宗自著四論，總題曰御撰。又《史通》稱顯慶中，符璽郎李延壽抄撮近代諸史，南起自宋終於陳，北始自魏卒于隋，合一百八十篇，號《南北史》。總斯以論，《梁書》《陳書》，起功最先，其次《北齊書》《周書》《隋書》，其次新撰《晉書》，最後《南北史》，至於作者則以北人居多，南人領史事者姚思廉一人而已。

姚思廉父察，陳吏部尚書，嘗修梁、陳二史未就，臨終令思廉續成其

志。唐貞觀三年,思廉受詔與魏徵同撰梁、陳二史,徵雖裁其總論,其編次
筆削,皆思廉之功也。《梁書·文學傳》,述姚察之言作贊,大旨謂文者
"妙發性靈,獨拔懷抱"。至《陳書·文學傳叙》則云:

> 自楚漢以降,辭人世出,洛汭江左,其流彌暢,莫不思侔造化,明
> 並日月。大則憲章典謨,裨贊王道;小則文理清正,申紓性靈。至於
> 經禮樂,綜人倫,通古今,述美惡,莫尚乎此。
> 　贊曰:夫文學者,蓋人倫之所基歟,是以君子異乎衆庶。昔仲尼
> 之論四科,始乎德行,終於文學,斯則聖人亦所貴也。

　　思廉本爲南人,故論述文學,妙推性靈,言及梁簡文帝,亦不過稱其
"時以輕華爲累"。至於其餘諸史,論調皆異,考其原因,不外二途。一則
梁、陳覆亡,近在眉睫,遂謂文章爲人禍福。昔荀卿謂亂世之文匿而采,
《詩序》亦稱亡國之音哀以思,得斯兩語,奉爲科律,遂輕於醜詆,此蔽於聯
想之謬者一也。次則,隋人代周,唐人代隋,自許朔土,薄彼南人,故譏彈
梁、陳,嘲弄徐、庾,此蔽于方域之見者又一也。雖以魏徵、令狐德棻、李百
藥、李延壽之才識博通,皆爲偏見所蔽,惜哉。
　　李百藥《北齊書·文苑傳叙》,首稱"文之所起,情發於中",次言文章
之成,或本天資,或出學力,語皆平實。及其評論南北朝文學,則言:

> 江左梁末,彌尚輕險,始自儲宮,刑乎流俗,雜滓滯以成音,故雖
> 悲而不雅。爰逮武平,政乖時蠱,唯藻思之美,雅道猶存,履柔順以成
> 文,蒙大難而能正。原夫兩朝叔世,俱肆淫聲,而齊氏變風,屬諸弦
> 管,梁時變雅,在夫篇什。莫非易俗所致,並爲亡國之音,而應變不
> 殊,感物或異。何哉? 蓋隨君上之情欲也。

《舊唐書·令狐德棻傳》稱魏徵修《隋史》;《徵傳》則稱孔穎達、許敬宗撰

《隋史》,其《隋史·叙論》,皆徵所作。按徵有《梁論》,稱簡文帝"文豔用寡,華而不實,體窮淫靡,義罕疏通,哀思之音,遂移風俗",持論已可概見。其《隋書·文學傳叙》云:

> 江左宮商發越,貴於清綺,河朔詞義貞剛,重乎氣質。氣質則理勝其詞,清綺則文過其意。理深者便於時用,文華者宜於詠歌。此其南北詞人得失之大較也。若能掇彼清音,簡茲累句,各去所短,合其兩長,則文質彬彬,盡善盡美矣。梁自大同之後,雅道淪缺,漸乖典則,爭馳新巧,簡文、湘東,啓其淫放,徐陵、庾信,分路揚鑣,其意淺而閑,其文匿而采,詞尚輕險,情多哀思,格以延陵之聽,蓋亦亡國之音乎! 周氏吞併梁、荊,此風扇于關右,狂簡斐然成俗,流宕忘反,無所取裁。高祖初統萬機,每念斲雕爲樸,發號施令,咸去浮華。然時俗詞藻,猶多淫麗,故憲臺執法,屢飛霜簡。煬帝初習藝文,有非輕側之論,暨乎即位,一變其風。其《與越公書》《建東都詔》,《冬至受朝》詩,及《擬飲馬長城窟》,並存雅體,歸於典制,雖意在驕淫,而詞無浮蕩。故當時綴文之士,遂得依而取正焉。所謂能言者未必能行,蓋亦君子不以人廢言也。

南北對舉之論,此篇言之最詳,然鄙薄蕭梁,動稱輕險,則李百藥、魏徵、令狐德棻三人之論,如出一手。《周書·王褒庾信傳贊》云:

> 子山之文,發源于宋末,盛行于梁季,其體以淫放爲本,其詞以輕險爲宗,故能誇目侈於紅紫,蕩心逾于鄭、衛。昔揚子雲有言:"詩人之賦麗以則,詞人之賦麗以淫。"若以庾信方之,斯又詞賦之罪人也。

德棻之詆子山,可稱不遺餘力,然詞賦罪人之語,豈可曰平。至其尚論文章,頗有折衷之言,如云:

　　原夫文章之作,本乎情性,覃思則變化無方,形言則條流遂廣。詩賦與奏議異吟,銘誄與書論殊塗,而撮其旨要,舉其大抵,莫若以氣爲主,以文傳意。考其殿最,定其區域,撫六經百代之英華,探屈宋卿雲之秘奧,其調也尚遠,其旨也在深,其理也貴當,其辭也欲巧。然後瑩金璧,播芝蘭,文質因其宜,繁約適其變,權衡輕重,斟酌古今,和而能壯,麗而能典,煥乎若五色之成章,紛乎猶八音之繁會。夫然,則魏文所謂通才,足以備體矣,士衡所謂難能,足以逮意矣。

　　以上所述,五史之論已盡。李延壽《南北史》,本合諸史而成,《南史·文苑傳序》,首采《陳書》,次采《梁書》,間加補輯,不及百字。《北史·文苑傳序》,首采《周書》,次《北齊書》,次更采《周書》,而以《隋書》終之,所補輯者亦不過百字。延壽之書,原以通史爲體,不諱抄撮,其中論議,既出自他人,不待繁述。

　　《晉書》之成,在五史後,文采工麗,于諸史中特異。《文苑傳序》謂:"當塗基命,文宗鬱起,三祖叶其高韻,七子分其麗則,《翰林》總其菁華,《典論》詳其藻絢,彬蔚之美,競爽當年,獨彼陳王,思風遒舉,備乎典奧,懸諸日月。及金行纂極,文雅斯盛,張載擅銘山之美,陸機挺焚研之奇,藩夏連輝,頡頑名輩,並綜采繁縟,杼軸清英,窮廣内之青編,緝平臺之麗曲。"此言于魏、晉之文學,略述一斑。《文苑傳贊》則歷述諸家,加以詮評,語涉繁碎,今兹略之。

第十八　劉知幾

　　初唐史家對於文學之批評，已見上篇，今當更述唐代史家之論史者。案史學與文學，其中界限，本難盡釐，《文心雕龍》有《史傳》篇，備論紀傳編年之體，此則納史學于文學之中者也。然史家重在敘述縝密，詳略有節，與純文學之體裁不盡同，故蕭綱稱裴子野爲良史之才，了無篇什之美，其言與劉勰異矣。今擇劉知幾之論與文學關係較切者，著於此。

　　劉知幾字子玄，以善文詞知名，擢進士第，武后在位時，累遷鳳閣舍人，兼修國史，開元初遷左散騎常侍，以功封居巢縣子。知幾領國史垂三十年，自負史才，著《史通》內外四十九篇，譏評今古。徐堅讀之歎曰："爲史氏者，宜置此坐右也。"鄭惟忠嘗問知幾："自古文士多，史才少，何耶?"對曰："史有三長；才、學、識，世罕兼之，故史才少。夫有學無才，猶愚賈操金，不能殖貨。有才無學，猶巧匠無楩柟斧斤，勿能成室。善惡必書，使驕主賊臣知懼，此爲無可加者。"時以爲篤論。

　　《史通·載文》篇首言文之與史，其流一致，在乎不虛美，不隱惡，是以"宣僖善政，其美載于周詩，懷襄不道，其惡存乎楚賦"。故曰"文之將史，其流一焉，固可以方駕南董，俱稱良直者矣"。其次則曰：

　　　至如史氏所書，固當以正爲主，是以虞帝思理，夏后失御，《尚書》

載其元首禽荒之歌;鄭莊至孝,晉獻不明,《春秋》録其大隧狐裘之什。其理讜而切,其文簡而要,足以懲惡勸善,觀風察俗者矣。若馬卿之《子虛》《上林》,揚雄之《甘泉》《羽獵》,班固《兩都》,馬融《廣成》,喻過其體,詞没其義,繁華而失實,流宕而忘返,無裨勸獎,有長奸詐,而前後《史》《漢》,皆書諸列傳,不其謬乎?①

文體與史體,本不相同,故知幾于《叙事》篇之末論之曰:

> 昔夫子有云:"文勝質則史。"故知史之爲務,必藉於文。自五經已降,三史而往,以文叙事,可得言焉。而今之所作,有異於是,其立言也,或虛加練飾,輕事雕彩,或體兼賦頌,詞類俳優,文非文,史非史,譬夫烏孫造室,雜以漢儀,而刻鵠不成,反類於鶩者也。②

史家立言,其要在於能簡,能簡之法,在於扼要。《雜識》篇稱:"直筆者不掩惡、不虛美,書之有益於褒貶,不書無損於勸誡,但舉其宏綱,存其大體而已,非謂絲毫必録,瑣細無遺者也。"言即指此。《叙事》篇之論,尤爲盡致,其言曰:

> 夫國史之美者,以叙事爲工,而叙事之工者,以簡要爲主。簡之

---

① 1933 年講義引文尚有以下一節:"且漢代詞賦,雖云虛矯,自餘他文,大抵猶實,至於魏晉以下,則譌謬雷同,榷而論之,其失有五:一曰虛設,二曰厚顏,三曰假手,四曰自戾,五曰一概。"

② 1933 年講義下云:"練飾雕彩,誠爲不可,至若過事鄙樸,其蔽亦同。二者之病,知幾皆能灼見,《正史》一篇歷評諸家得失,最後論唐長壽中春官侍郎牛鳳及《唐書》曰:'鳳及以暗聾不才,而輒議一代大典,凡所撰録,皆素責私家行狀,而世人叙事,罕能自遠,或言皆比興,全類詠歌,或語多鄙樸,實同文案,而總入編次,了無釐革。'其言有感而發也。"

時義大矣哉。歷觀自古,作者權輿,《尚書》發蹤,所載務於寡事,《春秋》變體,其言貴於省文。斯蓋澆淳殊致,前後異跡。然則,文約而事豐,此述作之尤美者也。始自兩漢,迄乎三國,國史之文,日傷煩富。逮晉以降,流宕愈遠,尋其冗句,摘其煩詞,一行之間,必謬增數字,尺紙之內,恒虛費數行。夫聚蚊成雷,群輕折軸,況於章句不節,言詞莫限,載之兼兩,曷足道哉?①

篇中又論"叙事之省,其流有二焉,一曰省句,二曰省字。如《左傳》宋華耦來盟,稱其先人得罪于宋:'魯人以爲敏。'夫以鈍者稱敏,則明賢達所嗤,此爲省句也。《春秋經》曰:'隕石于宋五。'夫聞之隕,視之石,數之五,加以一字太詳,減其一字太略,求諸折中,簡要合理,此爲省文也"。史家之作貴在簡要,此義既立,以視唐初所修諸史,其爲冗濫,固已太甚。《晉書》之蕪,在諸史中爲最,宜乎知幾譏其編字不隻,捶句皆雙,修短取均,奇偶相配,故應以一言蔽之者,輒足爲二言,應以三句成文者,必分爲四句,彌漫重遝,不知所裁矣。

《叙事》篇論顯晦之義,於晦之爲體,得其深致,其言曰:

然章句之言,有顯有晦。顯也者,繁詞縟説,理盡於篇中;晦也者,省字約文,事溢於句外。然則晦之將顯,優劣不同,較可知矣。……昔古文義,務却浮詞。《虞書》云:"帝乃殂落,百姓如喪考

---

① 1933年講義下云:"劉氏此篇,論紀事之體,其別有四:一、《尚書》稱帝堯之德,標以允恭允讓,《春秋左傳》言子太叔之狀,目以美秀而文,所稱如此,更無他説,所謂直紀其才行者。二、左氏載申生爲驪姬所譖自縊而死,班氏稱紀信爲項籍所圍,代君而死,此則不言其節操而忠孝自彰,所謂惟書其事迹者。三、《尚書》稱武王之罪紂也,其誓曰焚炙忠良,刳剔孕婦,《左傳》紀隨會之論楚也,曰篳路藍縷,以啓山林,此則才行事迹莫不闕如,而言有關涉,事便顯露,所謂因言語而可知者。四、《史記·衛青傳》後太史公曰:蘇建嘗責大將軍不薦賢待士,《漢書·孝文紀》末其讚曰:吳王詐病不朝,賜以几杖,此則傳之與紀,並所不書,而史臣發言,别出其事,所謂假讚論而自見者。"

妣。"《夏書》云:"啓呱呱而泣,予不子。"《周書》稱:"前徒倒戈,血流漂杵。"《虞書》云:"四罪而天下咸服。"此皆文如闊略,而語實周贍,故覽之者初疑其易,而爲之者方覺其難,固非雕蟲小技所能斥非其說也。既而丘明受經,師範尼父,夫經以數字包義,而傳以一句成言,雖繁約有殊,而隱晦無異。故其綱紀而言邦俗也,則有士會爲政,"晉國之盜奔秦","邢遷如歸,衛國忘亡"。其款曲而言人事也,則有"使婦人飲之酒,以犀革裹之,比及宋手足皆見","三軍之士,皆如挾纊"。斯皆言近而旨遠,辭淺而義深,雖發語已殫,而含意未盡,使夫讀者望表而知裏,捫毛而辨骨,睹一事於句中,反三隅於字外。晦之時義,不亦大哉!

《六家》篇歷論諸史之作,不恒厥體,別而言之,其流有六:一曰《尚書》家,二曰《春秋》家,三曰《左傳》家,四曰《國語》家,五曰《史記》家,六曰《漢書》家,其言上下古今,剖析明審,而終之曰:"朴散淳銷,時移勢異,《尚書》等四家其體久廢,所可祖述者,唯《左氏》及《漢書》二家而已。"

《春秋》一書,孔子所述,自古以來,莫敢置議。然劉知幾立論,悍然不顧,故《惑經》篇有十二未諭之論。又《晉書》之成,太宗自著四論,題稱"御撰",然知幾評論,不爲少却,故曰:

晉世雜書,諒非一族,若《語林》《世說》《幽明錄》《搜神記》之徒,其所載或詼諧小辯,或神鬼怪物,其事非聖,揚雄所不觀,其言亂神,宣尼所不語,皇朝新撰《晉史》,多采以爲書。夫以干、鄧之所糞除,王、虞之所糠秕,持爲逸史,用補前傳,此何異魏朝之撰《皇覽》,梁世之修《遍略》,務多爲美,聚博爲功,雖取說於小人,終見嗤于君子矣。(《采撰》)

《史記》《漢書》爲史家不刊之作,後世所共祖,知幾於茲二家,非難較多而持論則甚核。① 攻擊《班書·五行志》，條其紕謬，定爲四科：一曰引書失宜，二曰叙事乖理，三曰釋災多濫，四曰古學不精，兹不贅述。《編次》《因習》二篇，責難尤切，雖班固復生，度亦無以自解也。②

表志所重，尤在斷限，《班書》於此，殊多未思，故知幾譏其"紀傳所存，惟留漢日，表志所録，乃盡犧年。"又《題目》篇謂"班固撰《人表》，以古今爲號，尋其所載也，皆自秦而往，非漢之事，古誠有之，今則安在？"此亦不易置答者。《書志》篇又稱"古之天猶今之天也，今之天即古之天也，必欲刊之國史，施于何代不可也。但《史記》包括所及，區域綿長，故書有《天官》，讀者竟忘其誤。榷而爲論，未見其宜。班固因循，復以《天文》作志，志無漢事而隷入《漢書》，尋篇考限，睹其乖越者矣。"

後人撰述之作，知幾于宋孝王《風俗傳》、王邵《齊志》，頗多許與，稱爲叙述當時，務在審實。然持論之士，往往謂二人之書，述當時方言世語，文多滓穢，頗傷淺俗。知幾於《言語》篇駁之曰："夫本質如此而推過史臣，猶鑒者見嫫姆多媸，而歸罪於明鏡也。"又舉《左傳》"役夫"，《史記》"豎儒"，《魏略》"老奴"，《晉書》"寧馨"四語而曰："世人皆以爲上之二言，不失清雅，而下之兩句，殊爲魯朴者，何哉？蓋楚、漢世隔，事已成古，

---

① 1932年講義下云："《史記》以天子爲本紀，諸侯爲世家，知幾首難之曰：'姬自后稷至於西伯，嬴自伯翳至於莊襄，爵乃諸侯而名歷本紀。若以西伯、莊襄以上，別作周秦世家，持殷紂以對武王，拔秦始以承周赧，帝王傳授，昭然有別，不亦善乎！'又稱項籍僭盜而死，號止霸王，不得遽稱本紀，陳勝六月而亡，子孫不嗣，不得稱爲世家。又謂項紀上下同載，君臣交雜，紀名傳體，所以成嚾。馳策本非人名，不得遽冠傳首。凡此諸論，庶幾司馬之諍臣矣。"

② 1932年講義下云："其言曰：'自古王室雖微，天命未改，故臺名逃責，尚書周王，君未繫頸，且云秦國。況神璽在握，火德猶存，而居攝建年，不編平紀之末；孺子主祭，咸書莽傳之中。遂令漢餘數歲，湮没無覿，求之正朔，不亦厚誣？'（《編次》）'《史記》者，事總古今，勢無主客，故言及漢祖，多爲漢王，斯亦未爲累也。班氏既分裂《史記》，定名《漢書》，至於述高祖爲公王之時，皆不除沛漢之字，凡有異方降欵者，以歸漢爲文。肇自班書，始有此失。……又《史記·陳涉世家》稱其子孫至今血食，《漢書》復有涉傳，乃具載遷文。案遷之言今，實孝武之世也，固之言今，當孝明之世也，事出百年，語同一理，即如是，豈陳氏苗裔祚流東京者乎？斯必不然。（《因習》）'"

魏、晉年近,言猶類今。已古者即謂其文,猶今者乃驚其質。夫天地長久,風俗無恒,後之視今,亦猶今之視昔,而作者皆怯書今語,勇效昔言,不其惑乎。"①知幾此種主張,散見書中,附識於次:

> 案裴景仁《秦記》,稱苻堅方食,"撫盤而詬"。王劭《齊志》述受紇洛干感恩,"脫帽而謝"。及彥鸞撰以《新史》,重規刪其舊録,乃易"撫盤"以"推案",變"脫帽"爲"免冠"。夫近世通無案食,胡俗不施冠冕,直以事不類古,改從雅言,欲令學者何以考時俗之不同,察古今之有異。(《叙事》)
> 亦有荆楚訓多爲夥,盧江目橋爲圯,南呼北人曰傖,西謂東胡曰虜。渠們底箇,江左彼此之辭,乃若君卿,中朝汝我之義。斯並因地而變,隨時而革,布在方策,無假推尋,足以知甿俗之有殊,驗土風之不類。(《雜説中》)

1933 年講義無後引二節引文,下云:"此論與《雜説》中論北齊諸史者大旨相同。知幾之言,不嫌俗語,揆其宗旨,略同王充,豈史家尚直,故與闇合乎! 觀《史通》之論,於史家述作,明闡科條,批判諸史,出顯入深,不愧批評中之傑作矣。"

第十九　初唐及盛唐時代之詩論

　　有唐一代,詩體極盛,然唐人論詩之作,今傳於世者,實不多見。①　明胡應麟嘗綜計之,共分三類,(一)唐人自選詩,(二)唐人詩話,(三)唐人詩圖,語見《詩藪‧外篇》。

　　陳子昂當武后朝,以文章擅名。盧藏用爲子昂文集序,稱其"崛起江漢,虎視函夏,卓立千古,橫制頹波,天下翕然,質文一變"。子昂論詩之說,見其《與東方左史虬修竹篇序》,嘗謂"文章道弊,五百年矣,漢魏風骨,晉宋莫傳,然而文獻有可徵者。僕嘗暇時觀齊梁間詩,采麗競繁,而興寄都絕,每以永歎。竊思古人,常恐逶迤頹靡,風雅不作,以耿耿也"。其言蓋以推倒齊梁,力追漢魏爲宗旨。

　　子昂既歿而李白復暢其說,《古風》五十九首之首章曰:"《大雅》久不作,吾衰竟誰陳。王風委蔓草,戰國多荊榛。龍虎相啖食,兵戈逮狂秦。正聲何微芒,哀怨起騷人。揚馬激頹波,開流蕩無垠。廢興雖萬變,憲章亦已淪。自從建安來,綺麗不足珍。"其論大抵與陳子昂仿佛,要之皆承唐初史家之批評,未見特色。後此論者,自詩圖、詩格等之作家以外,大都可分兩派。

---

　　① 1933 年講義下云:"唐人論詩之作,以元白二公往復論詩,司空表聖《與李生書》等篇,較爲完整,錢謙益與遵王書,稱之爲作者之津涉,後人之鍼藥,良不誣也。"

一、爲藝術而藝術,如殷璠、高仲武、司空圖等。

二、爲人生而藝術,如元結、白居易、元稹等。

大抵主張爲藝術而藝術者,其論或發于唐代聲華文物最盛之時,如殷璠是;或發于戰事初定,人心向治之時,如高仲武是;或發於亂離既久,忘懷現實之時,如司空圖是。惟有在天下大亂之際,則感懷悵觸,哀弦獨奏,而爲人生而藝術之論起:元結丁天寶之亂,故有《篋中集序》;[①]元、白在元和間,目睹藩鎮割據,國事日非,故有論詩二書。至於杜甫,則其詩雖爲人生而作者居多,而其論則偏於爲藝術而藝術,元、白推重其詩,不取其論也。

殷璠,丹陽人,所選《河岳英靈集》,皆盛唐詩人之作。自叙謂起甲寅(開元二年),終癸巳(天寶十二載),恰在安史大亂以前二年。此四十年,正當唐代全盛之時,亦即唐詩全盛之時。集中所載,凡二十四人,常建、李白、王維、李頎、高適、岑參、崔顥、孟浩然、儲光羲、王昌齡皆與焉,獨杜甫不與其列。

殷璠自稱"璠今所集,頗異諸家,既閑新聲,復曉古體,文質半取,風騷兩挾,言氣骨則建安爲傳,論宮商則太康不逮"。語見《集論》,于盛唐詩體,得其要領。自叙又云:

　　夫文有神來、情來、氣來,有雅體、野體、鄙體、俗體,編紀者能審覽諸體,委詳所來,方可定其優劣,論其取捨。至如曹劉詩多直致,語少切對,或五字並側,或十字俱平,而逸駕終存。然挈瓶庸受之流,責古人不辨宮商徵羽,詞句質素,恥相師範,於是攻乎異端,妄爲穿鑿,

---

① 1933年講義有述元結一段云:"元結詩文,在唐代中雖未足稱大家,然氣厚神古,自不可忽。其論詩見於《篋中集序》,其言曰:'風雅不興,幾及千歲,……近世作者,更相沿襲,拘限聲病,喜尚形似,且以流易爲辭,不知喪於雅正然哉,彼則指詠時物,會諧絲竹,與歌兒舞女,生污惑之聲於私室可矣。'其言亦與陳、李同趣。"《大綱》移至下節之首。

理則不足，言常有餘，都無興象，但貴輕豔，雖滿篋笥，將何用之。自蕭氏以還，尤增矯飾。武德初微波尚在，貞觀末標格漸高，景雲中頗通遠調，開元十五年後，聲律風骨始備矣。

璠于同時詩人，所下評斷，見地精刻，意之所在，大都在於意興之表，如云：

> 建詩似初發通莊，却尋野徑，百里之外，方歸大道，所以其旨遠，其興僻，佳句輒來，惟論意表。（評常建）
> 維詩詞秀調雅，意新理愜，在泉爲珠，著壁成繪，一字一句，皆出常境。（評王維）
> 浩然詩文采丰茸，經緯綿密，半遵雅調，全削凡體。（評孟浩然）

盛唐詩人中，王、孟一系自爲大宗，璠所推崇，固在於此。其他如論張謂詩“在物情之外，但衆人未曾説耳”；王季友“愛奇務險，遠出常情之外”；綦毋潛“善寫方外之情”；儲光羲“格高調逸，趣遠情深，削盡常言”，其語皆從意興立論。

盛唐之詩，高談氣骨，遠紹建安，中唐以後，不作此言，盛唐、中唐之別在此。就高仲武選集，即可得其消息。仲武渤海人，所選有《中興間氣集》，自序起自至德元首，終於大曆暮年，集中作家凡二十六人，錢起、李嘉祐、戴叔倫、皇甫冉、郎士元、韓翃、崔峒、劉長卿、張繼皆與。又有杜誦之詩一首而無杜甫。

仲武自序云：“古之作者因事造端，敷弘體要，立義以全其制，因文以寄其心，著王政之興衰，表國風之善否，豈其苟悅權右，取媚薄俗哉。今之所收，殆革前弊，但使體狀風雅，理致清新，觀者易心，聽者竦耳，則朝野通取，格律兼收，自鄶以下，非所敢隸焉。”要其所重，蓋在於此，評及詩人，亦可略見，如云：

員外詩體格新奇,理致清贍。(評錢起)

袁州自振藻天朝,大收芳譽,中興高流,與錢、郎別爲一體,往往涉于齊梁,綺靡婉麗,蓋吳均、何遜之敵也。(評李嘉祐)

冉詩巧於文字,發調清新,遠出情外。(評皇甫冉)

兩君(錢起、郎士元)體調,大抵欲同,就中郎公稍更閑雅,近於康樂。(評郎士元)

其於爲文,不雕自飾,及爾登第,秀發當時,詩體清迥,有道者風。(評張繼)

杜甫之詩,與當時諸家,體調皆不相合,盛唐中唐詩選,不及杜公,良以此也。然少陵語極自負,故曰:“詩是吾家事。”其會心處,獨在魏晉六朝之間,故詩曰“熟知《文選》理”,又曰“文章曹植波瀾闊”,又曰“庾信文章老更成”,又曰“熟知二謝將能事,頗學陰何苦用心”。至其評論詩人,亦往往以六朝諸人方之,①故《贈李白》則曰:“清新庾開府,俊逸鮑參軍。”《與李白同尋范十隱居》則曰:“李侯有佳句,往往似陰鏗。”《簡薛華》則曰:“何劉沈謝力未工,才兼鮑照愁絕倒。”《遣興》則曰:“吾憐孟浩然,短褐即長夜,賦詩何必多,往往凌鮑謝。”《八哀》論張九齡則曰:“綺麗玄暉擁,箋誅任昉騁。”《贈畢曜》則曰:“流傳江鮑體,相顧免無兒。”《遣興》論薛據則曰:“沈范早知何水部,曹劉不待薛郎中。”少陵論評時人,推獎不無過分,故葉適《讀杜詩絕句》云:“絕疑此老性坦率,無那評文太世情。若比乃翁增上慢,諸賢那得更垂名。”錢謙益《與遵王書》則云:“少陵論太白詩,比論于庾、鮑、陰鏗,又云:‘何劉沈謝力未工,才兼鮑照愁絕倒。’稱量古人,尺寸銖兩,不失針芒,此等細心苦心,恐坡老尚有未到處。”②

---

① 1932 年講義云:“皆足見其落眼與陳、李、元結諸人不同處。至其評論時人,往往以六朝諸人方之。縱推獎同輩,不無過分,而偶舉古昔,語極篋心。”

② 1932 年講義下云:“此論亦足見杜甫評詩之意旨。”

少陵《遣興》詩云："李陵蘇武是吾師。"《戲爲六絶句》云："王楊盧駱當時體,輕薄爲文哂未休。爾曹身與名俱滅,不廢江河萬古流。""縱使盧王操翰墨,劣于漢魏近風騷。龍文虎脊皆君馭,歷塊過都見爾曹。""才力應難跨數公,凡今誰是出群雄。或看翡翠蘭苕上,未掣鯨魚碧海中。""不薄今人愛古人,清辭麗句必爲鄰。竊攀屈宋宜方駕,恐與齊梁作後塵。"諸詩於少陵論詩見地,皆可窺見,然少陵會心之處,似尤在句法。《寄高三十五書記》云："美名人不及,佳句法如何?"《簡薛華》云："近來海内爲長句,汝與山東李白好。"《解悶》十二首云："最傳秀句寰區滿,未絶風流相國能。"又云："復憶襄陽孟浩然,新詩句句俱堪傳。"《奉贈嚴八閣老》云："新詩句句好,應任老夫傳。"

至其自負之處,則在於律,而所重者尤在於細。《遣悶戲呈路十九曹長》:"晚節漸於詩律細,誰家數去酒杯寬。"《敝廬遣興奉寄嚴公》云："把酒宜深酌,題詩好細論。"《贈李白》云："何時一尊酒,重與細論文。"語皆可見。至若少陵所謂細者何指,後人所論,不無懸揣,考之杜集,迄少明證,今從略。

第二十　白居易　元稹

　　唐人爲人生而藝術之詩論，發於元結，元結詩文，在唐代中氣厚神古，自不可忽。其論詩見於《篋中集序》，其言曰："風雅不興，幾及千載。……近世作者，更相沿襲，拘限聲病，喜尚形似，且以流易爲辭，不知喪於雅正然哉。彼則指詠時物，會諧絲竹，與歌兒舞女，生汙惑之聲於私室可矣。"後乃有白居易、元稹。

　　白居易字樂天，其先太原人，元和初爲翰林學士，遷左拾遺，累官蘇州刺史，河南尹，會昌中以刑部尚書致仕。居易論詩，見其《與元九書》。大抵元白之論，皆謂詩須有爲而作。故居易云："文章合爲時而著，歌詩合爲事而作。"元稹亦言目擊貞元十年以後，天下大亂已萌，心體震悸，若不可活，遂發之於詩。二人之言，多相合矣。居易之論，大略如次：

　　　　人之文，六經首之。就六經言，《詩》又首之。何者？聖人感人心
　　而天下和平。感人心者莫先乎情，莫始乎言，莫切乎聲，莫深乎義。
　　詩者，根情苗言，華聲實義。…… 未有聲入而不應，情交而不感
　　者。……故聞"元首明""股肱良"之歌，則知虞道昌矣。聞五子洛汭
　　之歌，則知夏政荒矣。……洎周衰秦興，采詩官廢，上不以詩補察時
　　政，下不以歌泄導人情，乃至於謅成之風動，救失之道缺，于時六義始
　　刓矣。《國風》變爲騷辭，五言始于蘇、李。蘇、李、騷人，皆不遇者，各

繫其志，發而爲文。故河梁之句止於傷別，澤畔之吟歸於怨思，彷徨
抑鬱，不暇及他耳。雖去詩未遠，梗概尚存，故興離別則引雙鳧一雁
爲喻，諷君子小人則引香草惡鳥爲比，雖義類不具，猶得風人之什二
三焉。于時六義始缺矣。晉、宋已還，得者蓋寡，以康樂之奧博，多溺
於山水，以淵明之高古，偏放于田園，江、鮑之流，又狹於此，如梁鴻
《五噫》之例者，百無一二焉。於時六義寖微矣，陵夷矣。至扵梁陳
間，率不過嘲風雪，弄花草而已。……於時六義盡去矣。唐興二百
年，其間詩人不可勝數，所可舉者，陳子昂有《感遇詩》二十首，鮑防有
《感興詩》十五首。又詩之豪者世稱李、杜。李之作才矣奇矣，人不逮
矣，索其風雅比興，十無一焉。杜詩最多，可傳者千餘首，至扵貫穿今
古，覼縷格律，盡工盡善，又過扵李。然撮其《新安》《石壕》《潼關吏》
《塞蘆子》《留花門》之章，“朱門酒肉臭，路有凍死骨”之句，亦不過三
四十首，杜尚如此，況不逮杜者乎？

　　居易之論主于風雅，而其所謂風雅者，不外於教化。準是以論，故晉、宋、
齊、梁，迄無合作，李白之詩，十不得一，杜甫之詩，上者亦不過三四十首。
用是居易對於自身之創作，其所最得意者，在其諷諭詩，所謂“自拾遺來，
凡所識所感，關於美刺興比者，又自武德訖元和，因事立題，題爲《新樂府》
者，共一百五十首”者是也。至《長恨歌》及雜律詩，居易則云：“時之所
重，僕之所輕。”見《與元九書》。
　　元稹字微之，河南人，元和元年拜左拾遺，其後擢祠部郎中、知制誥，
終於武昌軍節度使，其評論之作，見於《叙詩寄樂天書》《唐故工部員外郎
杜君墓系銘并序》及《樂府古題序》三篇。
　　《寄樂天書》作於微之爲通州司馬時，約元和五年間。樂天《與元九
書》，作於爲江州司馬時，則元和十年事，後於微之之書約五六年。稹之持
論，雖與居易大旨相同，而所見之範圍較大，作詩之母題較多，故其對人之
批評，亦不若居易之苛。書中言作詩之題旨曰：

　　每公私感憤,道義激揚,朋友切磨,古今成敗,日月遷逝,光景慘舒,山川勝勢,風雲景色,當花對酒,樂罷哀餘,通滯屈伸,悲歡合散,至於疾恙窮身,悼懷惜逝,凡所對遇,異于常者,則欲賦詩。又不幸年三十二時,有罪譴棄,今三十七矣,五六年之間,是丈夫心力壯時,常在閑處,無所役用。性不近道,未能淡然忘懷,又復懶於他欲,全盛之氣,注射語言,雜糅精粗,遂成多大。

　　此中所謂公私感憤、古今成敗之處,與居易風雅之說合。而居易所譏之田園山水,風雪花草,元稹亦不能廢,此則二人之論,相同中有不盡同處。居易之論隘,故于杜詩有不過三四十首之說。元稹之論寬,故于杜詩推重甚至,觀于下文可知。

　　《寄樂天書》中,叙稹少時“得杜甫詩數百首,愛其浩蕩津涯,處處臻到,始病沈、宋之不存寄興,而訝子昂之未暇旁備矣”。至其對於杜詩作縝密之評論,則見於《墓系銘》:

　　唐興,官學大振,歷世之文,能者互出,而又沈、宋之流,研煉精切,穩順聲勢,謂之爲律詩,由是而後,文變之體極焉。然而莫不好古者遺近,務華者去實,效齊梁則不逮于魏晉,工樂府則力屈於五言,律切則骨格不存,閑暇則纖穠莫備。至於子美,蓋所謂上薄風騷,下該沈、宋,古傍蘇、李,氣奪曹、劉,掩顏、謝之孤高,雜徐、庾之流麗,盡得古今之體勢,而兼人人之所獨專矣。使仲尼考鍛其旨要,尚不知其貴多乎哉,苟以爲能所不能,無可不可,則詩人以來,未有如子美者。時山東人李白,亦以奇文取稱,時人謂之李杜。予觀其壯浪縱恣,擺去拘束,模寫物象,及樂府歌詩,誠亦差肩於子美矣。至若鋪陳終始,排比聲韻,大或千言,次猶數百,詞氣豪邁而風調清深,屬對律切而脫棄凡近,則李尚不能歷其藩翰,況堂奧乎。

元稹之論杜詩,以李、杜齊名,則舉二人之詩較其異同,揭出老杜排律,推爲豪邁而能清深,律切而不凡近,爲非李白所能及。其言雖有軒輊,其論則極完密,亦不專以排比鋪張推重老杜也。元好問《論詩》三十首之一曰:"排比鋪張特一途,藩籬如此亦區區,少陵自有連城璧,爭奈微之識碔砆。"其言誠不免爲大言欺人矣。姚鼐《今詩選》特爲微之張目,謬哉言乎。① 至於少陵排律,自是擅場。明高棅曰:"排律之盛,至少陵極矣,諸家皆不及。諸家得其一覊,少陵獨得其兼善者,如《上韋左相》、《贈哥舒翰》、《謁先主廟》等篇,其出入始終,排比聲韻,發斂抑揚,疾徐縱橫,無所施而不可也。"論蓋出自微之。

微之《樂府古題序》,於古來詩及樂府之分野,言之極明:

> 《詩》迄于周,《離騷》迄于楚,是後詩之流爲二十四名,賦頌銘贊、文誄箴詩、行詠吟題、怨歎章篇、操引謠謳、歌曲詞調,皆詩人六義之餘而作者之旨。由操而下八名,皆起於郊祭軍賓吉凶苦樂之際,在音聲者因聲以度詞,審調以節唱,句度短長之數,聲韻平上之差,莫不由之準度。而又別其在琴瑟者爲操引,采民氓者爲謳謠,備曲度者總得謂之歌曲詞調,斯皆由樂以定辭,非選調以配樂也。由詩而下九名,皆屬事而作,雖題號不同,而悉謂之爲詩可也。後之審樂者往往採取其辭,度爲歌曲,蓋選詞以配樂,非由樂以定詞也。

繼此則言"後世文人達樂者少,不復如是配別,但遇興紀題,往往兼以句讀短長,爲歌詩之異。……近代唯詩人杜甫《悲陳陶》、《哀江頭》、《兵車》、《麗人》等,凡所歌行,率皆即事名篇,無復依傍。余少時與友人白樂天、李公垂輩,謂是爲當,遂不復擬賦古題"。此節叙出新樂府之起源。唐人之新樂府,別開生面,擺脱古題,縱橫恣肆,自有其新辟之意境,元稹身豫其間,故言之詳盡如此。

---

① 1933 年講義此句作:"雖顯違遺山,有所不恤,偉哉言乎。"

第二十一　韓愈

《唐書·文藝傳序》曰："唐有天下三百年，文章無慮三變。高祖太宗，大難始夷，沿江左餘風，綺句繪章，揣合低卬，故王、楊爲之伯。玄宗好經術，群臣稍厭雕篆，索理致，崇雅黜浮，氣益雄渾，則燕、許擅其宗。是時唐興已百年，諸儒爭自名家。大曆、貞元間，美才輩出，擩嚌道真，涵泳聖涯，於是韓愈倡之，柳宗元、李翱、皇甫湜等和之，排逐百家，法度森嚴，抵轢晉、魏，上軋漢、周，唐之文完然爲一王法，此其極也。"

古文之稱，至韓愈而大盛，然唐人之爲古文，不始於愈。唐初有陳子昂，開元間有蕭穎士、李華，其後有獨孤及、梁肅，皆以古文得名。李華序《蕭穎士文集》，稱"君謂六經之後，有屈原、宋玉，文甚雄壯而不能經。厥後有賈誼，文詞詳正，近於理體。枚乘、司馬相如，亦瓌麗才士，然而不近風雅。揚雄用意頗深，班彪識理，張衡宏曠，曹植丰贍，王粲超逸，嵇康標舉。此外皆金相玉質，所尚或殊，不能備舉。左思詩賦有《雅》《頌》遺風，干寶著論近乎王化根源，此外皆寥絕無聞焉。近時陳拾遺子昂文體最正"。獨孤及《集序》稱其"發論措辭，皆王霸大略"，梁肅《集序》稱其"敦古風，閱傳記，硜硜然以此導引於人"。此數人之議論，皆與韓愈之論相出入。

韓愈字退之，鄧州南陽人，史稱其每言文章自漢司馬相如、太史公、劉向、揚雄後，作者不世出。故愈深探本源，卓然樹立，成一家言。其《原道》

《原性》《師説》等數十篇,皆奧衍閎深,與孟軻、揚雄等相表裏,而佐佑六經。韓愈言文,認定文與道之關係,此爲其立脚點所在。《原道》篇云:"堯以是傳之舜,舜以是傳之禹,禹以是傳之湯,湯以是傳之文、武、周公,文、武、周公傳之孔子,孔子傳之孟軻,軻之死,不得其傳焉。"此爲道統之説所自出。《題歐陽生哀辭後》云:"愈之爲古文,豈獨取其句讀不異於今者邪? 思古人而不得見,學古道則欲兼通其辭,通其辭者,本志乎古道者也。古之道不苟譽毁於人,然則吾之所爲文,皆有實也。"此則並古文與古道論之,而以一身兼荷二者之重,故愈《答尉遲生書》,自稱所能言者,皆古之道。

韓愈之意,文與道雖爲一體而分内外,在内者謂之道,發之於外則爲文。故《答尉遲生書》稱"夫所謂文者,必有諸其中,是故君子慎其實"。《答李翊書》亦云:"生之書辭甚高,而其問何下而恭也,能如是,道德之歸也有日矣,況其外之文乎?"

文道既相表裏,則有道者自然有文,不必學文,亦不必更言能文。然韓愈因學文而求道,始有所得,故伊川謂其學道爲倒學。其實退之之論,仍重在論文,《答劉正夫書》論文章之能者曰:

> 夫百物朝夕所見者,人皆不注視也,及睹其異者,則共觀而言之。夫文豈異於是乎? 漢朝人莫不能爲文,獨司馬相如、太史公、劉向、揚雄爲之最。然則,用功深者其收名也遠,若皆與世浮沉,不自樹立,雖不爲當世所怪,亦必無後世之傳也。足下家中百物,皆賴而用也,然其所珍愛者,必非常物。夫君子之于文,豈異於是乎? ……若聖人之道不用文則已,用則必尚其能者,能者非他,能自樹立,不因循者是也。

韓愈此言,似謂能自樹立之文,始爲聖人所用,然以怪異非常爲喻,理論實未盡當。要之退之之學,因文見道,其言見於《上兵部李侍郎書》:

性本好文學,因困厄悲愁,無所告語,遂得究窮于經傳史記百家之說,沈潛乎訓義,反復乎句讀,磨礱乎事業,而奮發乎文章。

至其自稱學文之程序,見於《答李翊書》中段:

愈之所爲,不自知其至猶未也。雖然,學之二十餘年矣。始者非三代兩漢之書不敢觀,非聖人之志不敢存,處若忘,行若遺,儼乎其若思,茫乎其若迷。當其取於心而注於手也,惟陳言之務去,戛戛乎其難哉!其觀於人,不知其非笑之爲非笑也。如是者亦有年,猶不改!然後識古書之真僞,與雖正而不至焉者。昭昭然白黑分矣,而務去之,乃徐有得也。當其取於心而注於手也,汩汩然來矣。其觀於人也,笑之則以爲喜,譽之則以爲憂,以其猶有人之說者存也。如是者亦有年,然後浩乎其沛然矣。吾又懼其雜也,迎而距之,平心而察之,其皆醇也,然後肆焉。雖然,不可以不養也,行之乎仁義之途,游之乎詩書之源,無迷其途,無絕其源,終吾身而已矣。氣,水也,言,浮物也,水大而物之浮者大小畢浮,氣之與言猶是也,氣盛則言之短長與聲之高下者皆宜。

去陳言之意,退之于《樊紹述墓誌銘》中亦論之。氣盛言宜之論,則後代言古文者所宗述,凡文家之氣勢浩瀚者,皆從此入。

韓愈自評其文者,見於《進學解》中,其自負處,有不可抹殺者:

抵排異端,攘斥佛老,補苴罅漏,張皇幽眇,尋墜緒之茫茫,獨旁搜而遠紹,障百川而東之,回狂瀾於既倒,先生之于儒,可謂勞矣。沈浸釀郁,含英咀華,作爲文章,其書滿家,上規姚姒,渾渾無涯,周誥殷盤,佶屈聱牙,《春秋》謹嚴,《左氏》浮誇,《易》奇而法,《詩》正而葩,下逮《莊》《騷》,太史所錄,子雲、相如,同工異曲,先生之于文,可謂閎其中而肆其外矣。

韓愈於文章方面，推崇司馬相如、太史公、劉向、揚雄，然對於諸家，評論尚未深切，獨對於李、杜之詩，則言之極詳盡，語亦捶幽鑿險，至其所謂"不知群兒愚，那用故謗傷"者，舊說謂其爲元稹之言而發，不盡諦。蓋時人對於二公之詩，妄加貶黜，退之始以所見駁正之也：

> 李杜文章在，光焰萬丈長。不知群兒愚，那用故謗傷。蚍蜉撼大樹，可笑不自量。伊我生其後，舉頸遙相望。夜夢多見之，晝思反微茫。徒觀斧鑿痕，不矚治水航。想當施手時，巨刃磨天揚。垠崖劃崩豁，乾坤擺雷破。惟此兩夫子，家居率荒涼。帝欲長吟哦，故遣起且僵。剪翎送籠中，使看百鳥翔。平生千萬篇，金薤垂琳琅。仙官敕六丁，雷電下取將。流落人間者，太山一豪芒。我願生兩翅，捕逐出八荒。精誠忽交通，百怪入我腸。刺手拔鯨牙，舉瓢酌天漿。騰身跨汗漫，不著織女襄。顧語地上友，經營無太忙。乞君飛霞珮，與我高頡頏。（《調張籍》）

與韓愈並世之人，孟郊之詩，最爲愈所傾倒。韓、孟聯句，工力悉敵，東野之詩，縱橫桀驁，其見推許，良有以也。呂氏《童蒙訓》述徐師川問山谷云："人言退之、東野聯句，大勝東野平日所作，恐是退之有所潤色。"山谷云："退之安能潤色東野，若東野潤色退之，即有此理也。"山谷之語，不知何所據，然東野自有使人傾倒之處，故愈《送孟東野序》稱其詩高出魏晉，不懈而及于古，其他浸淫漢氏。《薦士》詩云：

> 周詩三百篇，雅麗理訓誥。曾經聖人手，議論安敢到。五言出漢時，蘇李首更號。東都漸彌漫，派別百川導。建安能者七，卓犖變風操。逶迤抵晉宋，氣象日凋耗。中間數鮑謝，比近最清奧。齊梁及陳

隋，衆作等蟬噪。搜春摘花卉，沿襲傷剽盜。國朝盛文章，子昂始高
蹈。勃興得李杜，萬類困凌暴。後來相繼生，亦各臻閫隩。有窮者孟
郊，受才實雄驁。冥觀洞古今，象外逐幽好。橫空盤硬語，妥帖力排
奡。敷柔肆紆餘，奮猛卷海潦。榮華肖天秀，捷疾愈響報。

第二十二　柳冕　柳宗元　李翱　皇甫湜　李德裕

　　貞元、元和之間，文風極盛，分道揚鑣，途徑不盡似，派別不盡同也。柳宗元《與楊京兆憑書》曰："自古文士之多莫如今。今之後生爲文，希屈、馬者可得數人，希王褒、劉向之徒者又可得十人，至陸機、潘岳之比，累累相望。若皆爲之不已，則文章之大盛，古未有也，後代乃可知之。"其言足令人想象當時之盛矣。今録其時文學批評之論於後，自韓愈外，凡四家，柳冕、柳宗元、李翱、皇甫湜，附以李德裕之論。

　　一、柳冕字敬叔，河東人，博學富文辭，累官太常博士，德宗朝罷爲婺州刺史，兼福建觀察使。敬叔之論，好言文章與道之關係，與韓愈同，然有根本不同者，愈之所重在文，而冕之所重在道。故愈推重司馬相如、揚雄之文，而冕則認爲文多用寡，是爲一技，君子不爲。合而觀之，可以知矣。

　　柳冕之論，首言文章之本，本於教化，教化所發，系於性情。此言于《與盧大夫書》《答鄭使君書》《與徐給事書》等屢言之：

　　　　夫文生於情，情生於哀樂，哀樂生於治亂，故君子感哀樂而爲文章，以知治亂之本。(《與盧大夫書》)
　　　　文章本於教化，形於治亂，系於國風，故在君子之心爲志，形君子之言爲文，論君子之道爲教。(《與徐給事書》)

　　蓋言教化發乎性情，系乎《國風》者謂之道，故君子之文，必有其道。道有深淺，故文有崇替，時有好尚，故俗有雅鄭，雅之與鄭，出乎心而成風。(《答鄭使君書》)

敬叔所懸之鵠的，在乎文與道合，至於文多道寡，則斥之爲藝，斯爲下矣：

　　故在心爲志，發言爲詩，謂之文，兼三才而名之曰儒。儒之用，文之謂也。言而不能文，君子恥之。及王澤竭而詩不作，騷人起而淫麗興，文與教分而爲二。以揚、馬之才則不知教化，以荀、陳之道則不知文章，以孔門之教評之，非君子之儒也。夫君子之儒必有其道，有其道，必有其文。道不及文則德勝，文不及道則氣衰，文多道寡，斯爲藝矣。語曰："文質彬彬，然後君子。"兼之者斯爲美矣。昔游、夏之文章，與夫子之道通流，列於四科之末，此藝成而下也。(《答裴尚書書》)

冕之論文，所重在道，故批評標準以此爲轉移，遂與韓愈之説相左：

　　屈、宋以降，則感哀樂而亡雅正，魏、晉以還，則感聲色而亡風教，宋、齊以下，則感物色而亡興致。教化亡則君子之風盡，故淫麗形似之文，皆亡國哀思之音也。自夫子至梁、陳，三變以至衰弱。(《與盧大夫書》)

　　自屈、宋以降，爲文者本於哀豔，務於恢誕，亡於比興，失古義矣。雖揚、馬形似，曹、劉骨氣，潘、陸藻麗，文多用寡，則是一技，君子不爲也。昔武帝好神仙，而相如爲《大人賦》以諷，帝覽之，飄然有凌雲之氣。故揚雄病之曰："諷則諷矣，吾恐不免於勸也。"蓋文有餘而質不足則流，才有餘而雅不足則蕩。流蕩不反，使人有淫麗之心，此文之病也。雄雖知之，不能行之，行之者惟荀、孟、賈生、董仲舒而已。

（《與徐給事書》）

敬叔《答楊中丞書》，亦稱"形似豔麗之文興而雅頌比興之義廢，豔麗而工，君子恥之，此文之病也"。大抵敬叔之論，重道而不重文，重質雅而不重豔麗。皇甫湜爲《韓文公墓銘》，稱其"淩紙怪發，鯨鏗春麗"，自敬叔觀之，正其所病也。唐代之古文家，其議論之不相同者如此。

柳冕論文亦及氣字。《答楊中丞書》首言學文而不知道，爲有才者之病，繼之即曰："故無病則氣生，氣生則才勇，才勇則文壯，文壯然後可以鼓天下之道。"此言與退之所謂氣盛言宜者近似，而敬叔之言較爲深入。

二、柳宗元字子厚，河東人，與韓愈齊名。宗元《答韋中立書》，亦以此自許。韓愈評其文曰："雄深雅健似司馬子長，其餘不足多也。"

宗元《答韋中立書》，稱文者所以明道，與愈説同，《楊評事文集後序》稱文有二道：

> 作於聖，故曰經，述於才，故曰文。文有二道：辭令褒貶，本乎著述者也；導揚諷諭，本乎比興者也。著述者流，蓋出於《書》之謨訓，《易》之象繫，《春秋》之筆削，其要在於高壯廣厚，詞正而理備，謂宜藏于簡册也。比興之流，蓋出於虞、夏之詠歌，殷、周之《風》《雅》，其要在於麗則清越，言暢而意美，謂宜流於謠誦也。玆二者考其旨義，乖離不合，故秉筆之士，恒偏勝獨得，而罕有兼者焉。厥有能而專美，命之曰藝成。①

宗元對於古代之文，尤推重西漢，與弟宗直搜討排比，爲《西漢文類》，宗元爲之叙曰：

---

① 1933 年講義下云："序中對于唐代文人，獨推重陳子昂，以爲足以稱是選而不作，次則稱燕文貞以著述之餘，攻比興而莫能極，張曲江以比興之隙，窮著述而不克備。"

殷、周之前，其文簡而野，魏、晉以降，則蕩而靡，得其中者漢氏，漢氏之東，則既衰矣。當文帝時，始得賈生，明儒術，武帝尤好焉，而公孫弘、董仲舒、司馬遷、相如之徒作，風雅益盛，敷施天下，自天子至公卿大夫士庶人咸通焉。於是宣於詔策，達於奏議，諷於辭賦，傳於歌謠，由高帝訖于哀平，王莽之誅，四方之文章，蓋爛然矣。

《答韋中立書》于文章之途徑，言之至爲詳贍，宗元文章之所自出，於此可以見之：

> 故吾每爲文章，未嘗敢以輕心掉之，懼其剽而不留也；未嘗敢以怠心易之，懼其弛而不嚴也；未嘗敢以昏氣出之，懼其昧没而雜也；未嘗敢以矜氣作之，懼其偃蹇而驕也。抑之欲其奧，揚之欲其明，疏之欲其通，廉之欲其節，激而發之欲其清，固而存之欲其重，此吾所以羽翼夫道也。本之《書》以求其質，本之《詩》以求其恒，本之《禮》以求其宜，本之《春秋》以求其斷，本之《易》以求其動，此吾所以取道之原也。參之《穀梁氏》以厲其氣，參之《孟》《荀》以暢其支，參之《莊》《老》以肆其端，參之《國語》以博其趣，參之《離騷》以致其幽，參之《太史公》以著其潔，此吾所以旁推交通而以爲之文也。

三、李翱字習之，元和初爲國子博士，後官至山南東道節度使，嘗從韓愈學爲文章，辭致渾厚，見推當時。唐人稱習之退之侄婿，似不肯相下，雖退之强毅，亦不敢屈以從己，弟子之者，惟籍、湜而已。

翱之持論，見於《寄從弟正辭書》，及《答朱載言書》。《寄從弟書》中，力辟輕視文章之論：

> 汝勿信人號文章爲一藝。夫所謂一藝者，乃時世所好之文，或有盛名於近代者是也。其能到古人者，則仁義之辭也，惡得以一藝而名

之哉。仲尼、孟軻没千餘年矣，吾不及見其人，吾能知其聖且賢者，以爲讀其辭而得之者也。後來者不可期，安知其讀吾辭也，而不知吾心之所存乎？亦未可誣也。夫性於仁義者，未見其無文也。有文而能到者，吾未見其不力於仁義也。由仁義而後文者性也，由文而後仁義者習也，猶誠明之必相依爾。貴與富在乎外者也，吾不能知其有無也，非吾求而能至者也，吾何愛而屑屑於其間哉？仁義與文章生乎内者也，吾知其有也，吾能求而充之者也，吾何懼而不爲哉？

習之此論，分由文章而仁義，與由仁義而文章爲二層，而以性、習分别系之，其言較韓愈爲醇正。宋人謂習之學識，實過韓退之，其言指此。《答王載言書》，首分别六經之旨與六經之辭言之：

> 列天地，立君臣，親父子，别夫婦，明長幼，浹朋友，六經之旨也。浩乎若江海，高乎若丘山，赫乎若日火，包乎若天地，綴章稱詠，津潤怪麗，六經之詞也。創意造言，皆不相師。故其讀《春秋》也，如未嘗有《詩》也；其讀《詩》也，如未嘗有《易》也；其讀《易》也，如未嘗有《書》也；其讀屈原、莊周也，如未嘗有六經也。故義深則意遠，意遠則理辯，理辯則氣直，氣直則辭盛，辭盛則文工。

當時之言文章者六説，習之於書中列舉之："其尚異者，則曰'文章辭句奇險而已'。其好理者，則曰'文章敘意苟通而已'。其溺于時者，則曰'文章必當對'。其病于時者，則曰'文章不當對'。其愛難者，則曰'文章宜深不當易'。其愛易者，則曰'文章宜通不當難'。"習之於此六者，皆認爲"情有所偏，滯而不流，未識文章之所主"。其所立爲文章之準則者凡三。其言曰：

> 故義雖深，理雖當，詞不工者不成文，宜不能傳也。文、理、義三

者兼併，乃能獨立于一時，而不泯滅于後代，能必傳也。

四、皇甫湜字持正，睦州新安人，仕至工部郎中。持正之論本於退之，其言文章以奇麗爲尚，與李翱之説異，大指見於《答李生》兩書中：

夫意新則異于常，異于常則怪矣。詞高則出於衆，出於衆則奇矣。虎豹之文不得不炳於犬羊，鸑鳳之音不得不鏘于烏鵲，金玉之光不得不炫于瓦石，非有意先之也，乃自然也。（《答李生書》）

夫謂之奇，則非正矣，然亦無傷於正也。謂之奇即非常矣，非常者謂不如常者，謂不如常乃出常也。無傷于正而出於常，雖尚之亦可也。此統論奇之體耳，未以文言之失也。夫文者非他，言之華者也，其用在通理而已，固不務奇，然亦無傷於奇也，使文奇而理正，是尤難也。……夫言亦可以通理矣，而以文爲貴者非他，文則遠，無文即不遠也。以非常之文，通至正之理，是所以不朽也。（《答李生弟二書》）

持正評論時人，亦多見精彩，評元結詩文，則曰："次山有文章，可惋只在碎，然長於指叙，約結多餘態。"《韓文公墓銘》曰："茹古涵今，無有端涯，渾渾灝灝，不可窺校，及其酬放，豪曲快字，凌紙怪發，鯨鏗春麗，驚耀天下，然而栗密窈眇，章妥句適，精能之至，入神出天。"其他評論，具見《諭業》一篇，文繁不備。

五、李德裕字文饒，敬宗時爲浙西觀察使，武宗時由淮南節度使入相。文饒不以文名家而其持論有特出者。著《文章論》言文氣，其語較韓柳諸家爲深入：

魏文《典論》稱"文以氣爲主，氣之清濁有體"，斯言盡之矣。然氣不可以不貫，不貫則雖有英辭麗藻，如編珠綴玉，不得爲全璞之寶矣。鼓氣以勢壯爲美，勢不可以不息，不息則流宕而忘返，亦猶絲竹繁奏，必有希聲窈眇，聽之者悦聞；如川流迅激，必有洄洑逶迤，觀之者不厭。從兄翰常言"文章如千兵萬馬，風恬雨霽，寂無人聲"，蓋謂是矣。

篇中又論聲律之蔽曰："夫荆璧不能無瑕，隋珠不能無纇，文旨既妙，豈以音韻爲病哉！"其言得之。文饒復有光景常新之説，其言曰：

　　世有非文章者曰："辭不出於《風》《雅》，思不越於《離騷》，模寫古人，何足貴也！"余曰："譬諸日月，雖終古常見而光景常新，此所以爲靈物也。"

文饒嘗舉其《文箴》云："文之爲物，自然靈氣，惚恍而來，不思而至，杼軸得之，淡而無味，琢刻藻繪，彌不足貴，如彼璞玉，磨礱成器，奢者爲之，錯以金翠，美質既雕，良寶斯棄。"要之自其見地論，文饒之言，不可忽視也。

第二十三　司空圖 附唐人論詩雜著^①

司空圖字表聖，河中虞鄉人，咸通末進士，僖宗時用爲知制誥、中書舍人，後歸隱中條山，唐亡，不食而卒。表聖有《與王駕論詩書》《與李生論詩書》，及《詩品》二十四則。表聖詩文迥然與唐末諸人不同，故蘇軾稱其淵雅有承平之遺風。又云：“表聖自列其詩之有得於文字之表者二十四韻，恨當時不識其妙。”《四庫提要》亦稱其持論非晚唐所及，《詩品》亦深解詩理。

表聖《與王駕論詩書》，明胡應麟論爲“擷重概輕，緫巨約細，品藻不過十數公，而初盛中晚，肯綮悉投，名勝略盡”。至《與李生論詩書》，則後人所論味外味之説所自出也。録表聖之論於次：

國初，主上好文雅，風流特甚，沈、宋、始興之後，傑出于江寧，宏肆于李、杜，極矣。右丞、蘇州，趣味澄敻，若清風之出岫。大曆十數公，抑又其次焉。元、白力勍而氣孱，乃都市豪估耳。劉公夢得、楊公

---

① 1932 年講義此節題作《皎然詩式及司空圖詩品》，首節云：“唐人詩話著録於《四庫總目》者，有孟棨《本事詩》、司空圖《詩品》及《樂府古題要解》、皎然《詩式》、《詩法源流》，《二南密旨》諸書。《本事詩》旁採故實，涉及文學批評者極少，姑不置論。《樂府古題要解》題吴兢撰，《詩法源流》不著姓名，《二南密旨》題賈島撰，皆出依託，亦不論。”

巨源,亦各有勝會。閬仙、東野、劉得仁輩,時得佳致,亦足滌煩。厥後所聞,逾褊淺矣。(《與王駕論詩書》)

文之難而詩之難尤難,古今之喻多矣,而愚以爲辨於味而後可以言詩也。江嶺之南,凡足資於適口者,若醯非不酸也,止於酸而已,若鹺非不鹹也,止於鹹而已。中華之人,所以充饑而遽輟者,知其鹹酸之外,醇美者有所乏耳。彼江嶺之人習之而不辨也,宜哉。詩貫六義,則諷諭抑揚,渟蓄淵雅,皆在其間矣。然直致所得,以格自奇,前輩諸集,亦不專工於此,矧其下者耶!王右丞、韋蘇州,澄澹精緻,格在其中,豈妨於遒舉哉?賈閬仙誠有警句,然視其全篇,意思殊餒,大抵務於蹇澀,方可致才,亦爲體之不備也,矧其下者哉!噫,近而不浮,遠而不盡,然後可以言韻外之致耳。(《與李生論詩書》)①

《詩品》一書,可謂爲詩的哲學論,于詩人之人生觀,以及詩之作法,詩之品題,一一言及,驟觀似無端緒可尋,今將《二十四詩品》,排比於次:

一、論詩人之生活:《疏野》《曠達》《沖淡》。

二、論詩人之思想:《高古》《超詣》。

三、論詩人與自然之機關:《自然》《精神》。

四、論作品陰柔之類:《典雅》《沈著》《清奇》《飄逸》《綺麗》《纖穠》。陽剛之美:《雄渾》《悲慨》《豪放》《勁健》。

五、論作法:《縝密》《委曲》《實境》《洗煉》《流動》《含蓄》《形容》。

---

① 1933 年講義下云:"表聖此論,以味外之味、韻外之致爲極則,其論衍爲嚴羽之羚羊掛角,無迹可求,衍爲王士禎之神韻論,斯皆其遺胤也。"

　　盛唐詩人身處太平之時，胸中之趣，自有得於意言之表者。元白之時，天下已亂，發而爲新樂府，譏刺諷諫，猶冀得邀當局之垂聽，謀現狀之改進。及于表聖，時則大亂已成，哀歌楚調，同爲無補，於是抹殺現實而另造一詩人之幻境，以之自遣，《二十四詩品》之作，蓋以此也。《曠達》云："生者百歲，相去幾何？歡樂苦短，憂愁實多，何如樽酒，日往煙蘿？"即指示此出路。在此虛幻之境地，遂有虛幻之人生，如云：

　　　　窈窕深谷，時見美人。——《纖穠》
　　　　畸人乘真，手把芙蓉。——《高古》
　　　　幽人空山，過雨采蘋。——《自然》
　　　　高人惠中，令色絪縕。御風蓬葉，泛彼無垠。——《飄逸》

　　此虛幻之人生，又皆有虛幻之人生觀，如云：

　　　　素處以默，妙機其微。——《沖淡》
　　　　黄唐在獨，落落玄宗。——《高古》
　　　　體素儲潔，乘月返真。——《洗煉》
　　　　少有道氣，終與俗違。——《超詣》

　　王士禛《香祖筆記》云："表聖論詩，有《二十四品》，余最喜'不著一字，盡得風流'八字。"又云："'采采流水，蓬蓬遠春'二語，形容詩境亦絶妙。""詩境"二字，漁洋特爲拈出。趙執信《談龍録》則云："觀其所第二十四品，設格甚寬，後人得以各從其所近，非第以'不著一字，盡得風流'爲極則也。"今以表聖之書考之，知漁洋所云之詩境，僅爲表聖所舉種種幻境之一部。《綺麗》云："月明華屋，畫橋碧陰，金樽酒滿，伴客彈琴。"《高古》云："月出東斗，好風相從。太華夜碧，人聞清鐘。"《勁健》云："巫峽千尋，走雲連風。"《豪放》云："天風浪浪，海山蒼蒼。"何一而非詩境，惜漁洋之未及知也。①

　　漁洋論詩，獨主神韻，擷取《詩品》諸語，張其宗風，一若表聖之言，與漁洋若合符契者。考之表聖集中，則又不然，今録其《詩賦贊》於次，亦可見其持論之不主一格矣：

　　　　知道非詩，詩未爲奇，研昏練爽，戛魄淒肌。神而不知，知而難狀，揮之八垠，卷之萬象。河渾沈清，放恣縱横，濤怒霆蹴，掀鼇倒鯨。鏡空擢壁，琤冰摋戟，鼓煦呵春，霞溶露滴。鄰女有嬉，補袖而舞，色絲屢空，續以麻絇。鼠革丁丁，燉之則穴，蟻聚汲汲，積而成垤。上有日月，下有風雅，歷眩自是，非吾心也。

唐人論詩雜著，今存於世者，有《二南密旨》（題賈島撰），《文苑詩格》（題白樂天撰），《詩格》、《詩中密旨》（題王昌齡撰），《評詩格》（題李嶠撰），《詩議》、《詩評》、《詩式》（題僧皎然撰），《緣情手鑒詩格》（題李洪宣撰），《風騷要式》（題徐衍撰），《風騷旨格》（題齊己撰），《詩格》（題僧文彧撰），《流類手鑒》（題僧虛中撰），《詩評》（題僧景淳撰），《詩中旨格》（題王玄撰），《詩格》（題王叡撰），《詩要格律》（題王夢簡撰），《雅道機要》（題徐寅撰），《金針詩格》（題白樂天撰）等諸編，大抵出於假託，然其爲唐末之作，則似可信，宋蔡寬夫《詩話》所謂“唐末五代俗流以詩自名者，多

<hr/>

　　① 1933年講義述《詩品》一節，較此有很大不同，在列舉二十四品目後云：“《提要》謂其諸體畢備，不主一格，然表聖論詩，意境清遠，自有其宗旨所在，不可不知也。”後據王士禛說，全録《沖淡》《纖穠》《自然》《含蓄》《清奇》五品，“以見嚴、王一派所祖，非謂表聖之論盡於此也”。又云：“表聖《詩品》立論高遠，造語清妍，後代文人爲之傾倒者至衆，起而模仿之作亦極多，故有《續詩品》《詞品》《續詞品》《補詞品》《文品》《文頌》《賦品》之作，表聖之爲後人景慕可知矣。袁枚《續詩品》自序曰：‘余愛司空表聖《詩品》，而惜其衹標妙境，味寫苦心，爲若干首續之。陸士衡云：雖隨手之妙，良難以詞論，要所能言者，盡於是耳。’枚之此論，殆欲爲表聖靜臣，然妙境既具，無待贅論也。”

好妄立格法,取前人詩句爲例,議論鋒出"者也。①

　　就諸書論之,皎然《詩式》之論較高,嘗謂詩有四不,四深,二要,二廢,四離,六迷,六至,七德,五格,十九體。其言四不,二要,七德,十九體者,語尤有見②。附錄於次③:

　　　氣高而不怒,怒則失於風流。力勁而不露,露則傷於斤斧。情多
　　而不暗,暗則蹶於拙鈍。才贍而不疏,疏則損於筋脈。

　　　要力全而不苦澀。要氣足而不怒張。

　　　詩有七德:一識理;二高古;三典麗;四風流;五精神;六質幹;七
　　體裁。

----

　　① 1932年本講義此節云:"晚唐論詩在元白及司空圖外別有一派,其論極平凡,其引喻極鄙陋,然在當時則極盛行。其書僅存齊己《風騷旨格》,餘則散佚久矣。蓋立論淺陋,雖盛於一世而終歸泯沒,亦自然之理也。宋《蔡寬夫詩話》有一則記此者,附識於此:'唐末五代俗流以詩自名者,多好妄立格法,取前人詩句爲例,議論鋒出,甚而有師子跳擲、毒龍顧尾等勢,覽之每使人拊掌不已。大抵皆宗賈島輩,謂之賈島格,而於李、杜特不少假借。李白"女娲弄黃土,摶作幾下人。散在六合間,濛濛若塵埃",目曰調笑格,以爲談笑之資;杜子美"冉冉谷中寺,娟娟林外峯。欄干更上處,結締坐來重",目爲病格,以爲言語突兀,聲勢塞澀,此豈韓退之所謂"蚍蜉撼大樹,可笑不自量"者邪?'"
　　② 此節,1932年本講義作:"皎然,長城謝氏子,名晝,靈運十世孫,居湖州杼山,中年了心地法門,文章雋麗,顏真卿、韋應物皆重之。《書錄解體》有《詩式》五卷、《詩議》一卷。陳氏曰:'唐僧皎然撰,以十九字括詩之體。'今所傳本非五卷,可疑者一。又一十九體乃末一條,故《總目提要》疑陳氏不應舉以概全書。《提要》又云:'皎然與顏真卿同時,乃天寶、大歷間人,而所引諸詩舉以爲例者,有賀知章、李白、王昌齡,相去甚近,亦不應遽與古人並推。疑原書散佚,而好事者摭拾補之也。'今按原書'文章宗旨'條,稱康樂公作詩,得空王之助,其他稱康樂公者凡三,又書中稱人,或分擧名字,如陸機、景純者是,或沿襲俗稱,如陳王、陶公者是,獨於康樂標致獨異,疑其確出謝氏子孫學佛者所爲。《總目》稱其摭拾輯補,語近平允,竊意此書蓋後人摘錄而成,今若稱爲原書,面目固非,列之僞撰,亦未盡當也。《詩式》之論,語簡而言賅,如所擧六迷、六至、十九體之語,皆有意義,較之齊己《風騷旨格》,其雅俗相去遠矣。"
　　③ 1932年本講義所錄尚有二節:"詩有六迷:以虛誕而爲高古,以緩慢而爲澹泞,以錯用意而爲獨善,以詭怪而爲新奇,以爛熟而爲穩約,以氣少力弱而爲容易。詩有六至:至險而不僻,至奇而不差,至麗而自然,至苦而無迹,至近而意遠,至放而不迂。"

辨體有一十九字：高(風韻切暢曰高)。逸(體格閑放曰逸)。貞
(放詞正直曰貞)。忠(臨危不變曰忠)。節(持節不改曰節)。志(立
志不改曰志)。氣(風情耿耿曰氣)。情(緣情不盡曰情)。思(氣多
含蓄曰思)。德(詞溫而正曰德)。誡(檢束防閑曰誡)。閑(情性疏
野曰閑)。達(心跡曠誕曰達)。悲(傷甚曰悲)。怨(詞理淒切曰
怨)。意(立言曰意)。力(體裁勁健曰力)。靜(非如松風不動、林狖
未鳴,乃謂意中之靜)。遠(非謂森森望水、杳杳看山,乃謂意中
之遠)。①

《風騷旨格》論詩有六義,十體,十勢,二十式,四十門,六斷,三格。其
言勢者有獅子返擲勢,猛虎踞林勢,丹鳳銜珠勢,毒龍顧尾勢,孤雁失群
勢,洪河側掌勢,龍鳳交吟勢,猛虎投澗勢,龍潛巨浸勢,鯨吞巨海勢。詞
鄙喻陋,真蔡寬夫所謂"覽之每使人拊掌不已"者也。其書未必出於齊己,
然唐末人之荒陋,則由此可見。

唐末江南詩人張爲,有《詩人主客圖》一卷。共立六主,其下各有上入
室、入室、升堂,及門之殊,宋人詩派之説,實本於此。所謂六主者如次：

廣大教化主白居易。高古奧逸主孟雲卿。清奇雅正主李益。清

---

① 1932年講義下云："《詩式》文章宗旨一條,論謝靈運之詩得學佛之助,於詩家境界,
頗有見地。其他之論,雖稱述祖烈不無過譽,然熟讀諸詩,自抒己見,過而存之可也。'康樂
公早歲能文,性穎神徹,及通内典,心地更精,故所作詩,發皆造極,得非空王之道助邪? 夫文
章天下之公器,安敢私焉。曩者嘗與諸公論康樂爲文,真於情性,尚於作用,不顧詞彩而風流
自然。彼清景當空,天地秋色,詩之量也。慶雲從風,舒卷萬狀,詩之變也。不然,何以得其
格高,其氣正,其體貞,其貌古,其詞深,其才婉,其德宏,其調逸,其聲諧哉! 至如《述祖德》
一章、《擬鄴中》八首、《經廬陵王墓》、《臨池上樓》,識度高明,蓋詩中之日月也,安可攀援哉!
惠休所評謝詩如芙蓉出水,斯言頗近矣。故能上躡風騷,下超魏晉,建安製作,其椎輪乎!'三
偷之説發自《詩式》,所謂偷語、偷意、偷勢者是。然黄庭堅亦言：'詩意無窮而人才有限,以
有限之才追無窮之意,雖淵明、少陵不得工也,不易其意而造其語,謂之換骨法。規摹其意形
容之,謂奪胎法。'換骨奪胎,即《詩式》偷意偷勢之謂也。"

奇僻苦主孟郊。博解宏拔主鮑溶。瓌奇美麗主武元衡。

此中所指六主及其標名，皆不盡可解，晚唐詩人之論，有如此者。至謂白居易之"升堂"則有盧仝、顧況；孟雲卿之"上入室"則有韋應物，"入室"則有李賀、杜牧；李益之"入室"則有張籍、姚合，"升堂"則有馬戴、賈島；武元衡之"上入室"則有劉禹錫，"入室"、"升堂"則有趙嘏、許渾。尤比擬不倫，無從索解，既常俗所推稱，附記於此。

第二十四　歐陽修　曾鞏

　　五代文體薄弱,宋興而後,柳開始致力於古文。① 開字仲塗,大名人,開寶六年進士,少慕韓愈、柳宗元爲文,因名肩愈,字紹元,既又改名改字,以爲能開聖道之塗也。嘗著《應責》一篇云:"吾之道,孔子、孟軻、揚雄、韓愈之道;吾之文,孔子、孟軻、揚雄、韓愈之文也。"柳開雖有志於復古,然其影響所及則甚微。及楊億代興,天下靡然從風。石介作《怪説》,謂"楊翰林欲以文章爲宗於天下,憂天下未盡信己之道,於是盲天下人目,聾天下人耳,使不知有周公、孔子、孟軻、揚雄、文中子、吏部之道,唯見己之道,唯聞己之道",斯時楊億之説,盛行可知矣。楊億之後,穆修、尹師魯,及蘇舜欽兄弟致力古文,皆視歐陽修爲略前。穆修有《唐柳先生文集後序》云:

　　　　唐之文章,初未去周隋五代之氣,中間稱得李杜,其才始用爲勝,而號專雄歌詩,道未極其渾備。至韓、柳氏起,然後能大吐古人之文,其言與仁義相華實而不雜。如韓《元和聖德》《平淮西》,柳《雅》章之類,皆辭嚴義偉,制述如經。能卓然聳唐德于盛漢之表,蔑愧讓者,非

二先生之文則誰歟。

歐陽修字永叔，廬陵人，嘉祐間官至參知政事，熙寧初以太子少師致仕，晚號六一居士，歿諡文忠。其子發等《先公事迹》云：“嘉祐二年先公知貢舉時，學者爲文以新奇相尚，文體大壞，僻澀如‘狼子豹孫，林林逐逐’之語，怪誕如‘周公伻圖，禹操畚鍤，傅說負版築，來築太平之基’之説。公深革其弊，一時以怪誕知名在高等者，黜落幾盡。二蘇出於西川，人無知者，一旦拔在高等。榜出，士人紛然驚怒怨謗，其後稍稍信服。而五六年間，文格遂變而復古，公之力也。”永叔知貢舉事，爲北宋文風轉移之一大關鍵，其門下士如曾鞏、蘇氏兄弟等，皆爲中國文學史上不可多得之人物。

永叔之文淵源於韓愈，少時家漢東，得《昌黎先生文集》六卷于州南大姓李氏，見其言深厚而雄博，舉進士及第後，與尹師魯等學爲古文，而韓文遂行於世。修《記舊本韓文後》曰：“嗚呼，道固有行於遠而止於近，有忽於往而貴於今者，非惟世俗好惡之使然，亦其理有當然者。故孔孟惶惶于一時，而師法于千萬世，韓愈之文没而不見者二百年，而後大施於今，此又非特好惡之所上下，蓋其久而逾明，不可磨滅，雖蔽於暫而終耀於無窮者，其道當然也。”

古文家好言道，永叔亦言道，然細味之，其言與前人異。《六一題跋》斥柳子厚甚至，其《讀李翱文》一篇，更揚習之而抑昌黎，至云：

最後讀《幽懷賦》，然後置書而歎，歎已復讀不自休，恨翱不生於今，不得與之交，又恨予不得生翱時，與翱上下其論也。凡昔翱一時人有道而能文者，莫若韓愈，愈嘗有賦矣，不過美二鳥之光榮，歎一飽之無時爾，此其心使光榮而飽，則不復云矣。若翱獨不然，其賦曰：“衆囂囂而雜處兮，咸歎老而嗟卑，視予心之不然兮，慮行道之猶非。”又怪神堯以一旅取天下，後世子孫不能以天下取河北以爲憂。嗚呼，使當時君子，皆易其歎老嗟卑之心，爲翱所憂之心，則唐之天下，豈有亂與亡哉。

此篇所述，蓋有感於時事而發，然修言道與文之關係，實較韓愈爲刻切，爲深入。《答吳充秀才書》曰：

> 夫學者未始不爲道，而至者鮮焉，非道之與人遠也，學者有所溺焉爾。蓋文之爲言，難工而可喜，易悦而自足。世之學者往往溺之，一有工焉，則曰“吾學足矣”。甚者至棄百事不關於心，曰“吾文士也，職於文而已”。此其所以至之鮮也。昔孔子老而歸魯，六經之作，數年之頃爾，然讀《易》者如無《春秋》，讀《書》者如無《詩》，何其用功少而能極其至也。聖人之文雖不可及，然大抵道勝者文不難而自至也。故孟子皇皇不暇著書，荀卿蓋亦晚而有作，若子雲、仲淹，方勉焉以模言語，此道未足而強言者也。後之惑者徒見前世之文傳，以爲學者文而已，故愈勤而愈不至。

永叔又有《與樂秀才書》，其言與《答吳充書》髣髴，大旨謂道勝者文不難而自至，故其敦勉後學，大率皆以學道爲言，而不亟亟于學文，此其與韓愈不同處。

永叔論詩之説，見於文集及《六一詩話》《筆説》所載，有《論李白杜甫詩優劣》一條云：

> “落日欲没峴山西，倒著接羅花下迷，襄陽小兒齊拍手，攔街争唱白銅鞮。”此常言也。至於“清風朗月不用一錢買，玉山自倒非人推”，然後見其横放。其所以驚動千古者，固不在此也。杜甫于白，得其一節而精强過之，至於天才自放，非甫可到也。

此節認定杜甫天才不及李白,而一節精强,亦自過之。又修自稱所爲《廬山高》及《琵琶引》,嘗曰:"《廬山高》惟韓愈可及,《琵琶前引》,韓愈不可及,杜甫可及,《後引》杜甫不可及,李白可及。"其自負如此,語見《苕溪漁隱叢話》。①

修與尹師魯、石曼卿、蘇舜欽、梅堯臣爲友,而與梅交最久,文章許與,尤見深切,其稱聖俞之詩者,見於《書梅聖俞稿後》,及《梅聖俞詩集序》,至《六一詩話》中,尤往往見之:

> 蓋詩者樂之苗裔與。漢之蘇、李,魏之曹、劉,得其正始。宋、齊而下,得其浮淫流侠。唐之時,子昂、李、杜、沈、宋、王維之徒,或得其淳古淡泊之聲,或得其舒和高暢之節,而孟郊、賈島之徒,又得其悲愁鬱堙之氣。由是而下,得者時有而不純焉。今聖俞亦得之,然其體長於本人情,狀風物,英華雅正,變態百出,哆兮其似春,凄兮其似秋,使人讀之可以喜,可以悲,陶暢酣適,不知手足之將鼓舞也。斯固得深者耶? 其感人之至,所謂與樂同其苗裔者耶?(《書梅聖俞稿後》)

> 予聞世謂詩人少達而多窮,夫豈然哉。蓋世所傳詩者,多出於古窮人之辭也。凡士之蘊其所有而不得施於世者,多喜自放於山巔水涯之外,見蟲魚草木、風雲鳥獸之狀類,往往探其奇怪,内有憂思感憤之鬱積,其興於怨刺,以道羈臣寡婦之所歎,而寫人情之難言,蓋愈窮則愈工。然則,非詩之能窮人,殆窮者而後工也。(《梅聖俞詩集序》)

《六一詩話》與司馬光《續詩話》,及劉攽《中山詩話》,在北宋詩話中,稱爲最古,雖《四庫總目提要》稱其體兼説部,然亦有深切入細之論,如所載梅

---

① 1933 年講義云:"此説出《石林詩話》,未可盡信,《苕溪漁隱叢話》嘗駁正之。"

聖俞論詩一條云：

　　聖俞嘗語余曰：“詩家雖率意而造語亦難。若意新語工，得前人所未道者，斯爲善也。必能狀難寫之景如在目前，含不盡之意見於言外，然後爲至矣。賈島云‘竹籠拾山果，瓦瓶擔石泉’，姚合云‘馬隨山鹿放，雞逐野禽棲’等，是山邑荒僻，官況蕭條，不如‘縣古槐根出，官清馬骨高’爲工也。”余曰：“語之工者固如是。狀難寫之景，含不盡之意，何詩爲然？”聖俞曰：“作者得于心，覽者會以意，殆難指陳以言也。雖然，亦可略道其仿佛。若嚴維‘柳塘春水漫，花塢夕陽遲’，則天容時態，融和駘蕩，豈不如在目前乎？又若溫庭筠‘雞聲茅店月，人跡板橋霜’，賈島‘怪禽啼曠野，落日恐行人’，則道路辛苦，羈旅愁思，豈不見於言外乎？”

《續詩話》司馬光作，自序云：“《詩話》尚有遺者，歐陽公文章名聲雖不可及，然記事一也，故敢續書之。”其論杜甫一則，尤得理解，録之於次：

　　《詩》云：“牂羊墳首，三星在罶。”言不可久。古人爲詩，貴於意在言外，使人思而得之，故言之者無罪，聞之者足以戒也。近世詩人惟杜子美最得詩人之體，如：“國破山河在，城春草木深，感時花濺淚，恨別鳥驚心。”“山河在”，明無餘物矣，“草木深”，明無人矣，花鳥平時可娛之物，見之而泣，聞之而悲，則時可知矣。他皆類此，不可遍舉。

　　劉攽字貢父，新喻人，元祐中中書舍人，在熙寧、元祐間，以博洽名一世，所著《中山詩話》，于歐陽永叔之説，頗多異同。如云：“歐公亦不甚喜杜詩，謂韓吏部絶倫。吏部于唐世文章，未嘗屈下，獨稱道李、杜不已。歐貴韓而不悦子美，所不可曉，然於李白而甚賞愛，將由李白超趠飛揚，爲感動也。"①

北宋文人,曾、王、二蘇皆出歐公門下,而論文之説,最有當于歐公者,獨爲曾鞏。鞏字子固,建昌南豐人。《上歐陽學士第一書》云:"觀其根極理要,撥正邪僻,掎挈當世,張皇大中,其深純温厚,與孟子、韓吏部之書爲相唱和,無半言片辭踦駮於其間,真六經之羽翼,道義之師祖也。"其言于永叔之文,得其深致。

子固論文,言"理當無二"。所謂理者,謂道理之理,與朱子之説近,而與東坡之説大異,其言云:

> 至治之極,教化既成,道德同而風俗一,言理者雖異人殊世,未嘗不同其指。何則?理當故無二也。是以詩書之言,自唐虞以來,至秦魯之際,其相去千餘載,其作者非一人,至於其間嘗更衰亂,然學者尚蒙餘澤,雖其文數萬,而其所發明,更相表裏,如一人之説,不知時世之遠,作者之衆也。嗚呼,上下之間,漸磨陶冶,至於如此,豈非盛哉?自三代教養之法廢,先王之澤熄,學者人人異見而諸子各自爲家。豈其故相反哉?不當於理,故不能一也。由漢以來,益遠於治,故學者雖有魁奇拔出之才,而其文能馳騁上下,偉麗可喜者甚衆,然是非取捨不當于聖人之意者,亦已多矣,故其説未嘗一而聖人之道未嘗明也。士之生於是時,其言能當於理者,亦可謂難矣。由是觀之,則文章之得失,豈不繫於治亂哉?(《王子直文集序》)

---

① 1933年講義下云:"此於歐陽之李、杜優劣説有微詞。又曰:'歐陽永叔論韓《雪詩》,以"隨車翻縞帶,逐馬散銀杯"爲不工,謂"坳中初蓋底,凸初遂成堆"爲勝,未知真得韓意否也。永叔云:知聖俞詩者莫如某,然聖俞平生所自負者,皆某所不好,聖俞所卑下者,皆某所激賞,知心賞音之難如是。其評古人之詩,得毋似之乎?'此則于其論詩處未不滿。又云:'人多取佳句爲句圖,特小巧美麗可喜,皆指詠風景形似百物者爾,不得見雄材遠思之人也。梅聖俞愛嚴維詩曰:"柳塘春水滿,花塢夕陽遲。"固善矣,細較之,夕陽遲則繫花,春水漫何須柳也。'其言亦切當。貢父又云:'詩以意爲主,文詞次之,或意深義高,雖文辭平易,自是奇作。'宋詩重理重意,此言其先驅也。"

第二十五　王安石　蔡絛　葉夢得

　　門戶之見，至宋益盛，始之則有熙寧、元祐之別，繼之則有洛黨、蜀黨、朔黨之爭。黨派之說，始之起於論政，繼之則及於論學論文，故言新政者必指摘歐蘇，游蘇門者多恥言介甫。及乎宋室南渡，舊論稍定，而詩文之中，新派又起。雖顯分左右，而質諸持論之立足點，則其根本絕異之處，無從發現，且往往同屬一派，而立論有互相矛盾者，有前後絕異者，誠令後之學者爲之却步矣。今自王安石以下，取其派別略近議論略似者，以類相屬，合爲一篇。其人數較多，篇幅較繁者，亦析爲二三，庶提挈綱領，較爲易知。

　　一、王安石字介甫，臨川人，神宗時爲相，興新法，後罷爲鎮南軍節度使，元豐中復拜爲左僕射，封荆國公。安石經義湛深，文章拗折深峭，有詩名，尤工絕句。

　　安石論文有《上人書》一首云：

　　　嘗謂文者，禮教治政云爾，其書諸策而傳之人，大體歸焉而已。而曰："言之不文，行之不遠"云者，徒謂辭之不可以已也，非聖人作文之本意也。……韓子嘗語人以文矣，曰云云，子厚亦曰云云。疑二子者，徒語人以其辭耳，作文之本意，不如是其已也。《孟子》曰："君子欲其自得之也，自得之則居之安，居之安則資之深，資之深則取諸左

右逢其原。"孟子之云爾，非直施于文而已，然亦可托以爲作文之本
意。且所謂文者，務爲有補於世而已矣，所謂辭者，猶器之有刻鏤繪
畫也。誠使巧且華，不必適用，誠使適用，亦不必巧且華。要之以適
用爲本，以刻鏤繪畫爲之容而已。不適用非所以爲器也，不爲之容，
其亦若是乎？否也。然容亦未可已也，勿先之，其可也。

此篇論文以適用爲主，而以禮教治政爲之範圍，此介甫之言文，與自古文
人不同處。介甫有詩譏韓愈曰："紛紛易盡百年身，舉世無人識道真，力去
陳言誇末俗，可憐無補費精神。"則其不滿於退之者可見。至其論詩，亦著
此識見。《字說》曰："詩者寺言也，寺爲九卿所居，非禮法之言不入，故曰
思無邪。"論詩而處處以禮法爲準，則其見解之褊，概可見矣。

　　安石有《唐百家詩選》二十卷，及《四家詩選》十卷。《百家詩選》不載
李、杜、韓詩，或可以別見《四家詩選》解之，然王、楊、沈、宋、子昂、燕公、曲
江、右丞、蘇州、東野、賓客等之詩，皆不入選，頗爲後世所疑，故嚴羽直指
序中所謂"觀唐詩者觀此足矣"之言爲誣。王士禎亦云："介甫不近人情，
於此可見。"或者又云："安石選詩，本就宋次道家爲之，疑宋未必有此諸
集。"士禎辯謂如此等著聞之集皆無之，何以稱備？有之而不取，尚得爲有
目人耶？其言亦辯。

　　《四家詩選》，首杜、次韓、次歐、而李白居下，序次頗不可解。汪汝懋
《遯齋閑覽》云，或以質之荆公，公曰："白之歌詩豪放飄逸，人固莫及，然
其格止於此而已，不知變也。至於甫則悲歡窮泰，發斂抑揚，疾徐縱橫，無
施不可，故其詩有平淡簡易者，有綿麗精確者，有嚴重威武，若三軍之帥
者，有奮迅馳驟，若聖駕之馬者，有澹泊閒靜，若山谷隱士者，有風流醞藉，
若貴介公子者。蓋其詩緒密而思深，觀者苟不能臻其閫奧，未易識其妙
處。夫豈淺近者所能窺哉？"據此則編次似出有意，以荆公《老杜詩後集
序》考之，此言近是。

　　安石詩論，其關緊處不在選詩之編次，而在對於律詩之論調。律詩既

重對仗,必忌偏枯,此爲自然之理。《欒城先生遺言》亦謂東坡律詩,最忌屬對偏枯,不容一句不善者。至於安石之論,則拘忌彌多,生趣蕭索。《詩品》有云:"拘攣補衲,蠧文已甚。"亦可爲此誦之也。録《石林詩話》及《西清詩話》各一則於次:

> 荆公詩用法甚嚴,尤精於對偶,嘗云:"用漢人語止可以漢人語對,若參以異代語,便不相類。"如"一水護田圍緑去,兩山排闥送青來"之類,皆漢人語也。此惟公用之,不覺拘窘卑凡。如"周顒宅在阿蘭若,婁約身隨窣堵波",皆以梵語對梵語,亦此意。嘗有人向公稱"自喜田園安五柳,但嫌尸祝擾庚桑"之句,以爲的對。公笑曰:"伊但知柳對桑爲的,然庚亦自是數。",蓋以十干數之也。(《石林詩話》)

> 荆公詩以故事紀實事,如《韓魏公挽詞》云:"木稼嘗聞達官怕,山頽想見哲人萎。"用孔子與唐寧王事。時熙寧中華山圮,冰成木稼,已而魏公薨。如追傷陸子履詩云:"主張壽禄無三甲,收拾文章有六丁。"用管輅及退之事。(《西清詩話》)①

二、蔡絛字約之,父京,徽宗時爲太師,京既老眊,事悉決於絛,其後京敗,絛亦流死。所著有《西清詩話》《鐵圍山叢談》等。《西清詩話》辨杜詩治瘧之誣,説詩之聲律雖成于唐,然亦多本六朝旨意,皆有見地。又云:"大抵屑屑較量屬句平仄,不免氣局寒局,殊不知詩家要當有情致,抑揚高下,使氣宏拔,快字淩紙。又用字皆破觚爲圜,挫剛成柔,如爲有功者,世

---

① 1932 年講義下云:"屬對務求精切,已嫌拘細,至於集句,其細尤甚。據《西清詩話》云,此體始於石曼卿,然至安石而益工,故當時多以爲起自荆公。黄魯直謂正堪一笑,其言雖刻,亦至論也。又《石林詩話》稱荆公作詩好用古人姓名,暗藏句中,如云:'老景春可惜,無花可留得。莫嫌柳渾青,終恨李太白。'真所謂以文爲戲者,雖葉少藴亦難於爲諱,安石言及時文,動稱禮法治政,集句嵌名,亦何益於禮法治政耶?"

人所謂縛虎手也。"其言極有得,然其精處在其詩評,元劉壎《隱居通議》曾引之如次:

> 柳子厚詩雄深閒淡,迴拔流俗,致味自高,直揖陶謝,然似入武庫,但覺森麗。王摩詰詩渾厚一段,覆蓋古今,但如久隱山林之人,徒成曠淡。杜少陵詩自與造化同流,孰可擬議,若君子高處廊廟,動成法言,恨終欠風韻。黃太史詩妙脫蹊徑,言侔鬼神,惟胸中無一點塵,故能吐出世間語,所恨務高,一似參曹洞下禪,尚墮在玄妙窟裏。東坡公詩天才宏放,與日月爭光,凡古人所不到處,發明殆盡,萬斛泉源,不是過也,然頗恨方朔極諫,時雜滑稽,故罕逢醞藉。韋蘇州詩如渾金璞玉,不假雕琢成妍,唐人有不能到,至其過處,大似村寺高僧,時有野態。劉夢得詩典則既高,滋味亦厚,然正似巧匠矜能,不見少拙。白樂天詩自擅天然,貴在近俗,恨如蘇小雖美,終帶風塵。李太白詩逸態凌雲,照映千載,然間作齊梁間人體段,略不近渾厚。韓退之詩山立霆碎,自成一法,然譬之樊侯冠服,微露粗疏。柳柳州詩若捕龍蛇,搏虎豹,急與之角而力不敢眼,非輕蕩也。薛許昌詩天分有限,不逮諸人遠矣,至合人意處,正若芻豢,時復咀嚼自佳。王介甫詩雖乏風骨,一味清新,方似學語小兒,酷令人愛。歐陽公詩溫麗深穩,自是學者所宗,然似三館畫手,未免多與古人傳神。杜牧之詩風調高華,片言不俗,有類新及第少年,略無少退藏處,固難求一唱而三歎也。

三、葉夢得字少蘊,號石林,吳縣人。徽宗時官翰林學士,南渡後累官崇信軍節度使,致仕卒。所著自《石林詩話》外,尚有多種。夢得論詩,與蔡絛不同。絛父雖爲士論所不容,然其論詩語尚持平,至夢得立論,則黨見極深。《四庫總目提要》指其推重王安石者不一而足,對於歐陽修、蘇軾,則多方指摘,備致譏訕。因曰:"夢得出蔡京之門,而其婿章沖,則章

惇之孫，本爲紹述餘黨，故於公論大明之後，尚陰抑元祐諸人。然夢得詩
文，實南北宋間之巨擘，其所評論往往深中窾會，終非他家聽聲之見，隨人
以爲是非者比。略其門户之見，而取其精核之論，分別觀之，瑕瑜固兩不
相掩矣。"其言甚允。《石林詩話》言及論詩諸語者，頗得詩中旨趣：

> 古今論詩者多矣，吾獨愛湯惠休稱謝靈運爲"初日芙渠"，沈約稱
> 王筠爲"彈丸脱手"，兩語最當人意。"初日芙渠"，非人力所能爲，而
> 精彩華妙之意，自然見於造化之妙。靈運諸詩可以當此者亦無幾。
> "彈丸脱手"，雖是輸寫便利，動無留礙，然其精圓快速，發之在手，筠
> 亦未能盡也。然作詩審到此地，豈復更有餘事。韓退之《贈張籍》云：
> "君詩多態度，靄靄春空雲。"司空圖記戴叔倫語云："詩人之詞如藍
> 田日暖，良玉生煙。"亦是形似之微妙者，但學者不能味其言耳。

夢得論老杜長篇，謂"《述懷》《北征》諸篇，窮極筆力，如太史公紀傳，此固
古今絶唱，然《八哀》八篇，本非集中高作，而世多尊稱之，不敢議，此乃揣
骨聽聲耳，如李邕、蘇源明詩中，極多累句，余嘗痛刊去，僅各取其半，方爲
盡善"。此處于老杜長篇大開大闔處，言之甚明，至《八哀》中不免蕪累，
亦無可諱也。[①]
《石林詩話》論杜詩用字，七言律句，與句中雙字之處，皆極深細，節録
於次：

> 詩人以一字爲工，世固知之，惟老杜變化開闔，出奇無窮，殆不可
> 以形跡捕。如"江山有巴蜀，棟宇自齊梁"，遠近數千里，上下數百年，

---

① 1933 年講義下云："夢得又謂杜詩有三種語。'波漂菰米沉雲黑，露冷蓮房墜粉紅。'
爲涵蓋乾坤句。'落花遊絲白日靜，鳴鳩乳燕青春深。'爲隨波逐流句。'百年地僻柴門迥，
五月江深草閣寒。'爲截斷衆流句。語頗雋。"

只在有與自兩字間，而吞納山川之氣，俯仰古今之懷，皆見於言外。《滕王亭子》："粉牆猶竹色，虛閣自松聲。"若不用"猶"與"自"兩字，則餘八言，凡亭子皆可用，不必滕王也。此皆工妙至到，人力不可及，而此老獨雍容閑肆，出於自然，略不見其用力處。

七言難於氣象雄渾，句中有力，而紆徐不失言外之意。自老杜"錦江春色來天地，玉壘浮雲變古今"，與"五更鼓角聲悲壯，三峽星河影動搖"等句之後，嘗恨無復繼者。韓退之筆力最爲傑出，然每苦意與語俱盡。《和裴晉公破蔡州回詩》，所謂"將軍舊壓三司貴，相國新兼五等崇"，非不壯也，然意亦盡於此矣。不若劉禹錫《賀晉公留守東都》云"天子旌旗分一半，八方風雨會中州"，語遠而體大也。

詩下雙字極難，須使七言五言之間，除去五字三字外，精神興致，全見於兩言，方爲工妙。……如老杜"無邊落木蕭蕭下，不盡長江滾滾來"，與"江天漠漠鳥雙去，風雨時時龍一吟"等，乃爲超絕。近世王荊公"新霜浦溆綿綿白，薄晚林巒往往青"，與蘇子瞻"渦渦爐香初泛夜，離離花影欲搖春"，皆可以追配前作也。

第二十六　蘇軾　蘇轍　張耒

　　自古論文者多矣，然其論皆有所爲而發，而爲文言文者絕少，古文家論文多愛言道，雖所稱之道不必相同，而其言道則一，韓、柳、歐、曾，罔不外此。王安石論文，歸於禮教政治，然亦有爲而作。至於蘇氏父子，始擺脫羈勒，爲文言文，此不可多得者也。蘇洵有《上歐陽内翰書》，中論孟子、韓愈，皆直論其文，不復言道，其批判亦極當：

　　　　孟子之文，語約而意盡，不爲巉刻斬絕之言，而其鋒不可犯。韓子之文，如長江大河，渾浩流轉，魚黿蛟龍，萬怪惶惑，而抑遏蔽掩，不使自露，而人望見其淵然之光，蒼然之色，亦自畏避不敢迫視。執事之文，紆餘委備，往復百折，而條達疏暢，無所間斷，氣盡語極，急言竭論，而容與閑易，無艱難勞苦之態。此三者，皆斷然自爲一家之文也。惟李翱之文，其味黯然而長，其光油然而幽，俯仰揖讓，有執事之態。陸贄之文，遣言措意，切近的當，有執事之實。而執事之才，又自有過人者。蓋執事之文，非孟子、韓子之文，而歐陽子之文也。[①]

---

　　① 1933 年講義下云：“洵之立言如此。子軾《答劉沔都曹書》曰：‘幼子過文益奇，在海外孤寂無聊，過時出一篇見示，則爲數日喜，寢食有味，以此知文章如金玉珠貝，未易鄙棄也。’《欒城先生遺言》亦云：‘讀書須學爲文，餘事作詩人耳。’蘇氏父子兄弟相傳之論文大旨如此。”

軾字子瞻，自號東坡居士，累官至翰林學士。少時讀《莊子》，歎息曰：“吾昔有見於中，口不能言，今見《莊子》，得吾心矣，乃出《中庸論》，皆古人所未喻。”語見《欒城先生遺言》。錢謙益《讀蘇長公文》云：“吾讀子瞻《司馬溫公行狀》、《富鄭公神道碑》之類，平鋪直序，如萬斛水銀，隨地湧出，以爲古今未有此體，茫然莫得其涯涘也。晚讀《華嚴經》，稱性而談，浩如煙海，無所不有，無所不盡，乃喟然而歎曰：‘子瞻之文，其有得於此乎！’”觀子瞻没後，子由爲作行狀，亦云：“後讀釋氏書，深悟實相，參之孔老，博辯無礙。”則子瞻之文，詞理精當，如水銀瀉地者，蓋有得於佛老之學也。

子瞻嘗自評其文曰：“吾文如萬斛泉源，不擇地皆可出，在平地滔滔汩汩，雖一日千里無難，及其與山石曲折，隨物賦形而不可知也。所可知者，常行於所當行，止於不可不止，如是而已矣，其他雖吾亦不能知也。”《答謝民師書》所言，與此亦同。書中又言：

> 孔子曰：“言之不文，行而不遠。”又曰：“辭達而已矣。”夫言止于達意，疑若不文，是大不然。求物之妙，如繫風捕影，能使是物了然於心者，蓋千萬人而不一遇也，而況能使了然於口與手乎？是之謂辭達，辭至於能達，則文不可勝用矣。揚雄好爲艱深之辭，以文淺易之說，若正言之，則人人知之矣，此正所謂“雕蟲篆刻”者，其《太玄》《法言》皆是類也，而獨悔于賦，何哉？終身雕篆而獨變其音節，便謂之經，可乎？

子瞻又有《與虔倅俞括》一書，其述“辭達”之義與上同，而獨推重陸宣公奏議，蓋以其文曲而能達故也。

子瞻對於古代之文，最不滿於《文選》，見《答劉沔書》及《東坡志林》：

> 梁蕭統集《文選》，世以爲工，以軾觀之，拙于文而陋於識者，莫統若也。宋玉賦高唐神女，其初略陳所夢之因，如子虛、亡是公，相與問

答，皆賦矣，而統謂之敘，此與兒童之見何異。李陵、蘇武贈別長安，而詩有江漢之語，及陵與武書，詞句儇淺，正齊梁間小兒所擬作，決非西漢文，而統不悟。（《答劉沔都曹書》）

　　淵明作《閑情賦》，所謂"《國風》好色而不淫"，正使不及《周南》，與屈、宋所陳何異，而統大譏之，此乃小兒强作解事者。（《東坡志林》）

對於同時之文，其所最不喜者，爲王安石一派，其所以抨擊之者，見於《答張文潛書》：

　　文字之衰，未有如今日者也，其源實出於王氏。王氏之文，未必不善也，而患在於好使人同己。自孔子不能使人同，顏淵之仁，子路之勇，不能以相移，而王氏欲以其學同天下！地之美者同於生物，不同於所生，惟荒瘠斥鹵之地，彌望皆黄茅白葦，此則王氏之同也。

"好使人同"，此爲王安石之深病，無間論政論文，莫不皆然。子瞻一語，正得其病根所在，然二人于對方之文字，皆確有相當之認識，故晚年會于金陵，互相推重，屢見於時人所記。

　　子瞻之詩，始學劉禹錫，晚學太白，語見《後山詩話》及《王直方詩話》。至其論詩，眼界至高，下語至切，《書黃子思詩集後》云：

　　予嘗論書，以爲鍾、王之跡，蕭散簡遠，妙在筆劃之外，至唐顏、柳，始集古今筆法而盡發之，極書之變，天下翕然以爲宗師，而鍾、王之法益微，至於詩亦然。蘇、李之天成，曹、劉之自得，陶、謝之超然，蓋亦至矣，而李太白、杜子美，以英瑋絕世之姿，凌跨百代，古今詩人盡廢，然魏晉以來高風絕塵，亦少衰矣。李、杜之後，詩人繼作，雖間有遠韻，而才不逮意，獨韋應物、柳宗元，發纖穠于簡古，寄至味於淡泊，非餘子所及也。

此段認定李、杜既興而六代之古詩中衰，此爲東坡絕大識見。明楊愼《答重慶太守劉嵩陽書》云：“竊有狂談異於俗論，謂詩歌至杜陵而暢，然詩歌之衰颯實自杜始。”李攀龍亦云：“唐無古詩而自有其古詩。”二人見地皆與東坡暗合，後人每詆明人爲狂妄，蓋不知東坡先有此論也。

子瞻于陶詩、杜詩，皆有評論極精微處，如云：

> 陶淵明詩：“采菊東籬下，悠然見南山。”采菊之次，偶然見山，初不用意，而景與意會，故可喜也，今皆作望南山。杜子美云：“白鷗沒浩蕩，萬里誰能馴。”蓋滅沒于煙波間耳。而宋敏求謂予云，鷗不解沒，改作波字。二詩改此兩字，覺一篇神氣索然也。（《東坡志林》）

> 東坡嘗云：“淵明詩初視若散緩，熟視有奇趣，如曰：‘日暮巾柴車，路暗光已夕，歸人望煙火，稚子候簷隙。’又曰：‘采菊東籬下，悠然見南山。’又曰：‘靄靄遠人村，依依墟里煙，犬吠深巷中，雞鳴桑樹顚。’大率才高意遠，則所寓得其妙，遂能如此。如大匠運斤，無斧鑿痕，不知者疲精力至死不悟。”（《冷齋夜話》）

自梅聖俞起，論詩好言平淡，《依韻和晏相公》詩云：“因吟適情性，稍欲到平淡。”又《讀邵不疑學士詩卷》云：“作詩無古今，惟造平淡難。”歐陽修《再和聖俞見答詩》云：“嗟哉我豈敢知子，論詩賴子初指迷，子言古淡有真味，大羹豈須調以齏。”此皆平淡之旨也。東坡嘗作《兩頌與明上人》云：“字字覓奇險，節節累枝葉，咬嚼三十年，轉更無交涉。衝口出常言，法度法前軌，人言非妙處，妙處在於是。”東坡宗旨如是。[①] 故評韓、柳詩云：

---

① 1932 年講義下云：“子瞻對于柳宗元之爲人，意不謂然，與江惇禮書至斥柳爲小人無忌憚者，然對於柳詩則推重備至，謂其南遷以後詩，清勁紆餘，且指其篇什有出於謝靈運上者。”

　　柳子厚詩在陶淵明下，韋蘇州上，退之豪放奇險則過之，而温麗靖深不及也。所貴乎枯淡者，謂其外枯而中膏，似淡而實美，淵明、子厚之流是也。若中邊皆枯淡，亦足何道。佛云："如人食蜜，中邊皆甜。"人食五味，知其甘苦者皆是，能分别其中邊者，百無一二也。①

　　轍字子由，與軾同登嘉祐進士科，累官至門下侍郎，晚而築室于許，號潁濱遺老。轍性沈靜簡潔，爲文汪洋澹泊，如其爲人，著述極富。至《欒城先生遺言》，則其孫籀所輯。籀侍子由於潁昌，首尾九載，未嘗去側，所録多子由晚年定論。

　　子由《上韓太尉書》，論文章貴在養氣，爲古文家所盛稱，當是子由兄

---

　　① 1932年講義下云："蘇門六君子之詩，以黄庭堅之詩爲最，當時得名幾與東坡埒，其後衍爲江西一派，則其法傳世較東坡盛。胡仔《苕溪漁隱叢話》舉東坡之言曰：'讀魯直詩，如見魯仲連、李太白，不敢復論鄙事，雖若不適用，然不爲無補於世。'仔又云：'東坡嘗云，黄魯直詩文如蟬蚌江瑤柱，格韻高絕，盤飧盡廢。然不可多食，多食則發風動氣。山谷亦云，蓋有文章高一世而詩句不逮古人者，此指東坡而言也。二公文章自今視之，豈至各如前言，蓋一時争名之詞耳。俗人便以爲誠然，遂滋譏議，所謂'蚍蜉撼大樹，可笑不自量'者耶？'"大抵宋人黨同伐異之見極盛，故議論滋多，不可究詰也。"
　　"東坡之詞，其空靈處每爲當時人所略。《王直方詩話》云：'東坡嘗以所作小詞示無咎、文潛，曰："何如少游？"二人皆對云："少游詩似小詞，先生小詞似詩。"'黄昇《唐宋諸賢絶妙詞選》記事一則，足見東坡對于小詞之批評：'少游自會稽入京，見東坡，坡云："久别，當作文甚勝，都下盛唱公山抹微雲之詞。"秦遜謝。坡遽云："不意别後公郤學柳七作詞。"秦答曰："某雖無識，亦不至是，先生之言，無乃過乎？"坡云："銷魂當此際，非柳詞句法乎？"秦慚服。又問："别作何詞？"秦舉"小樓連苑横空，下窺繡轂雕鞍驟"，坡云："十三個字，只説得一個人騎馬樓前過。"秦問先生近著，坡云："亦有一詞説樓上事。"乃舉"燕子樓空，佳人何在，空鎖樓中燕"。晁無咎在座，云："三句説盡張建封燕子樓一段事，奇哉！"東坡在當世不僅以詩文稱，其文章許與，皆一代名士。自弟轍外，交游中有黄庭堅、秦觀、張耒、晁補之稱蘇門四學士，益以陳師道、李廌稱六君子，方外之士如仲密、惠洪輩，尚不在此數。議論所被，遂成當世之文風，東坡《答李方叔書》云：'頃年於稠人中，驟得張、秦、黄、晁及方叔、履常，意謂天不愛寶，其獲蓋未艾也。比來經涉世故，間關四方，更欲求其似，邈不可得。以此知人决不徒出，不有立於先，必有覺於後也。……决不碌碌與草木同腐也。'觀於此書，其愛重文士之意可見。"

弟初入汴時所作。書云：

> 轍生好為文，思之至深，以為文者氣之所形，然文不可以學而能，氣可以養而至。孟子曰："我善養吾浩然之氣。"今觀其文章，寬厚宏博，充乎天地之間，稱其氣之小大。太史公行天下，周覽四海名山大川，與燕趙間豪俊交遊，故其文疏蕩，頗有奇氣。此二子者，豈嘗執筆學為如此之文哉？其氣充乎其中而溢乎其貌，動乎其言而見乎其文，而不自知也。

書中歷稱"過秦漢之故都，恣觀終南嵩華之高，北顧黃河之奔流，慨然想見古之豪傑"，以及天子宮闕之壯，倉廩府庫，城池苑囿之富且大，歐陽公議論之宏辨，容貌之秀偉，列舉藉以養氣之方。觀其所言，斯氣之養，乃待於外界所見，與孟子所言"集義所生"，"至大至剛，以直養而不害"之氣，有內外之別。蓋少時所作，於理未必盡當故也。

子由《欒城集》論詩病五事，頗有見地，錄二事於次：

> 《大雅·綿》九章，初誦大王遷豳，建都邑，營宮室而已，至其八章，乃曰："肆不殄厥慍，亦不隕厥問。"始及昆夷之怒，尚可也。至其九章，乃曰："虞芮質厥成，文王蹶厥生，予曰有疏附，予曰有先後，予曰有奔走，予曰有禦侮。"事不接，文不屬，如連山斷嶺，雖相去絕遠而氣象聯絡，觀者知其脈理之為一也。蓋附離不以鑿枘，此最為文之高致耳。老杜陷賊時有《哀江頭》詩曰……予愛其詞氣如百金戰馬，注坡驀澗，如履平地，得詩人之遺法。如白樂天詩詞甚工，然拙於紀事，寸步不遺，猶恐失之，此所以望老杜之藩垣而不及也。

> 詩人詠歌文武征伐之事，其於克密曰："無矢我陵，我陵我阿，無飲我泉，我泉我池。"其於克崇曰："臨衝閑閑，崇墉言言，執訊連連，攸馘安安，是類是禡，是致是附，四方以無侮。"其于克殷曰："維師尚父，

時維鷹揚，諒彼武王，肆伐大商，會朝清明。"其形容征伐之盛，極於此矣。退之作《元和盛德》詩，言劉闢之死曰："婉婉弱子，赤立傴僂，牽頭曳足，先斷腰膂。次及其徒，體骸撑拄。末乃取闢，駭汗如雨，揮刀紛紜，爭切膾脯。"此李斯頌秦所不忍言，而退之自謂無愧於《雅》《頌》，何其陋也。

《欒城先生遺言》所述，頗多衡量當代諸家者。所言皆斟酌至當而後出，惜語多簡略，未能盡致也，略舉於次：

> 子瞻諸文皆有奇氣，至《赤壁賦》，仿佛屈原、宋玉之作，漢唐諸公，皆莫及也。
> 張十二之文波瀾有餘，而出入整理骨骼不足；秦七波瀾不及張，而出入勁健簡捷過之。要知二人，後來文士之冠冕也。
> 李方叔文似唐蕭李，所以可貴。韓駒詩似儲光羲。
> 黃魯直盛稱梅聖俞詩不容口。公曰："梅詩不逮君。"魯直甚喜。

張耒字文潛，淮陰人，弱冠第進士，紹聖初知潤州，坐黨謫官，徽宗召爲太常少卿，出知潁、汝二州，復坐黨籍落職，有《宛丘集》。[1] 當二蘇及黃庭堅、晁補之輩相繼死後，文潛獨存，士人就學者衆，誨人作文，以理爲主，見於《答李推官書》。其言曰：

> 夫文何爲而設也？知理者不能言，世之能言者多矣，而文者獨傳。豈獨傳哉？因其能文也而言益工，因其言工也而理益明，是以聖人貴之。自六經下至於諸子百氏、騷人辯士論述，大抵皆將以爲寓理

---

[1] 1933 年講義以張耒與蘇轍列一章，其首云："張耒與於六君子之列，筆力雄健，於騷詞尤長。"

之具也。是故理解者文不期工而工，理愧者巧爲粉澤而隙間百出。此猶兩人持牒而訟，直者操筆不待累累，讀之如破竹，橫斜反復，自中節目；曲者雖使假詞于子貢，問字於揚雄，如列五味而不能調和，食之於口，無一可愜，況可使人玩味之乎？故學文之端，急於明理。夫不知爲文者，無所復道；如知文而不務理，求文之工，世未嘗有是也。

文潛之説，拈出理字，與前此古文家之言道者不同。道之爲言，本之聖人，故韓愈之後，直至歐陽修，無論其説之遞遷何若，要之必推原於六經，以爲立言之大本。文潛説出於蘇氏兄弟，子瞻、子由之學，本不盡出六經，旁入於佛老，泛濫於百氏，其言與聖人之道異而各有其理，故文潛立論，以爲自六經下至諸子百氏、騷人辯士之作，皆以文爲寓理之具，其言有所本也。觀子瞻之言主于辭達，即以文辭爲達理之具，其説與文潛同，概可知矣。宋人南渡後，朱晦庵論文亦曰：“但須明理，理精後文字自典實。”其言似與文潛之説“理解者文不期工而工”一語符合，然二人所舉之理字，義不相同，未可並論也。朱説見後。①

---

① 1933 年講義下有惠洪一節，另録存於書末附録二。

第二十七　黄庭堅

　　江西詩派始于北宋之黄庭堅、陳師道，大張于吕居仁，蔓延于南渡而後百五十年間，而論定于宋亡以後七年，方回《瀛奎律髓》書成之日。此二百年中，國内論文論詩之士，或主張是，若反對是，壁壘森嚴，各不相下，研究此期中之文學批評史者，不可忽也。尤有進者，則主張江西派者，其前後之議論不盡同：反對江西派者，各人之目標亦不一。分別論之，庶幾得其癥結所在。兹舉江西派述之，首黄庭堅，次陳師道、范温，次吕本中、韓駒，最後方回。諸人之論不僅於詩，叙述之際，亦不以詩爲限。

　　黄庭堅字魯直，號涪翁，分寧人，幼警悟，舉進士，官至起居舍人，紹聖中知鄂州，旋貶涪州別駕，黔州安置。初游灊皖山谷寺石牛澗，樂其泉石之勝，因自號山谷道人，有《山谷内外集》。論文之作，有《答王觀復書》《寄洪駒父書》。其言文以理爲主一語，自是蘇門公論：

　　　　所送新詩，皆興寄高遠，但語生硬不諧律吕，或詞氣不逮初造意時，此病亦只是讀書未精博耳。……好作奇語，自是文章病，但當以理爲主，理得而辭順，文章自然出群拔萃。觀杜子美到夔州後詩，韓退之自潮州還朝後文章，皆不煩繩削而自合矣。……文章蓋自建安以來，好作奇語。故其氣象茶然，其病至今猶在，惟陳伯玉、韓退之、李習之，近世歐陽永叔、王介甫、蘇子瞻、秦少游，乃無此病耳。(《答

王觀復書》)

自作語最難,老杜作詩,退之作文,無一字無來處,蓋後人讀書少,故謂韓、杜自作此語耳。古之能爲文章者,真能陶冶萬物,雖取古人之陳言,入於翰墨,如靈丹一粒,點鐵成金也。文章最爲儒者末事,然既學之,又不可不知其曲折,幸熟思之。(《答洪駒父書》)

魯直《與徐師川書》云:①"詩正欲如此作,其未至者,探經術未深,讀老杜、李白、韓退之詩不熟耳。"《與秦少章帖》又云:"文章雖末學,要須茂其根本,深其淵源,以身爲度,以聲爲律,不加開鑿之功,而自閎深矣。"其他如云"詞意高勝,要從學問中來"等語,皆足見魯直詩文淵源所自。惟《答王觀復書》,稱"好作奇語,自是文章病",此論本極平實,然魯直之詩,即以好奇得名。《後山詩話》云:"詩欲其好,則不能好矣,王介甫以工,蘇子瞻以新,黃魯直以奇,而子美之詩,奇常工易新陳,莫不好也。"語似不滿於魯直之好奇。不解魯直當日答王觀復時,意究何若。

魯直尚論古人之詩,推重淵明、子美、太白、退之,于劉夢得亦多稱道,而以論陶、杜二人者爲尤多。如云:

寧律不諧而不使句弱,用字不工,不使語俗,此庾開府之所長也,然有意于爲詩也。至於淵明,則所謂不煩繩削而自合。雖然,巧於斧斤者多疑其拙,窘於檢括者輒病其放。孔子曰:"甯武子其智可及也,其愚不可及也。"淵明之拙與放,豈可爲不知者道哉?(《題意可詩後》)

謝康樂、庾義城之於詩,爐錘之功不遺力也。然陶彭澤之牆數仞,謝、庾未能窺者,何哉?蓋二子有意於俗人贊毀其工拙,淵明直寄焉耳。(《論詩》)

---

① 1933 年講義其間云:"蘇門諸人語多徑直,獨魯直之言,較爲深入。"

觀之上論,魯直對庾開府,似不謂然,顧後人每每從寧律不諧而不使句弱,用字不工不使語俗處求魯直之詩,而往往所得即在此處,此亦不可解也。

魯直少時,即已推重杜詩,范溫《詩眼》言:"孫莘老嘗謂老杜《北征》詩勝退之《南山》詩,王平甫以謂《南山》勝《北征》,終不能相服。時山谷尚少,乃曰:'若論工巧,則《北征》不及《南山》,若書一代之事,以與《國風》《雅》《頌》相為表裏,則《北征》不可無,而《南山》雖不作未害也。'二公之論遂定。"

魯直有《大雅堂記》,推論杜詩,其略云:

由杜子美以來四百餘年,斯文委地,文章之士,隨世所能,傑出時輩,未有能升子美之堂者,況室家之好耶?余嘗欲隨欣然會意處,箋以數語,終以汨没世俗,初不暇給。雖然,子美詩妙處乃在無意於文。夫無意而意已至,非廣之以《國風》《雅》《頌》,深之以《離騷》《九歌》,安能咀嚼其意味,闖然入其門耶?故使後生輩自求之,則得之深矣。使後之登大雅堂者,能以余説而求之,則思過半矣。彼喜穿鑿者,棄其大旨,取其發興,於所遇林泉人物,草木魚蟲,以為物物皆有所托,如世間商度隱語者,則子美之詩委地矣。

《大雅堂記》作于魯直入黔以後,當是晚年定論,語極平淡而沉著。《王直方詩話》云:"山谷謂洪龜父曰:'甥最愛老舅詩中何語?'龜父舉'蜂房各自開户牖,蟻穴或夢封侯王';'黄流不解浣明月,碧樹為我生涼秋';以為深類工部。山谷曰:'得之矣。'"魯直自負之處,殆在於此,然與杜詩妙處,所謂"無意為文"者不類。

蘇、黄諸人為朝士所忌,相繼貶竄,然放跡江湖,詩文風靡當世,可謂盛矣。魯直之詩,在蘇門中自成一家,故對於子瞻,有"文章妙一世而詩句不逮古人"之譏,然其平時之論,尚多推重,如云:

余嘗評東坡文字言語，歷劫讚揚，有不能盡，所謂竭世樞機，似一滴投於巨壑者也。（《跋王介甫帖》）

東坡道人在黃州時作。語意高妙，似非吃煙火食人語。非胸中有萬卷書，筆下無一點塵俗氣，孰能至此？（《跋東坡樂府·卜算子》）

東坡《送楊孟容》詩，自云效山谷體作。山谷云：“子瞻詩句妙一世，乃云效庭堅體。蓋退之戲效孟郊、樊宗師之比，以文滑稽耳。恐後生不解，故次韻道之：‘我詩如曹鄶，淺陋不成邦，公如大國楚，吞五湖三江。赤壁風月笛，玉堂雲霧窗，句法提一律，堅城受我降。’”史繩祖《學齋占畢》謂山谷之意，蓋有所諷，以曹鄶雖小，猶入詩篇，楚國雖大，無當風雅故也。語近周內，未可盡信。

山谷論作文、作詩之法，重在識力，重在佈置，范溫云：

> 山谷言學者若不見古人用意處，但得其皮毛，所以去之更遠。如“風吹柳花滿店香”，若人復能爲此句，亦未是太白。至於“吳姬壓酒喚客嘗”，“壓酒”字他人亦難及。“金陵子弟來相送，欲行不行各盡觴”，益不同。“請君試問東流水，別意與之誰短長？”此乃真太白妙處，當潛心焉。故學者先以識爲主，禪家所謂“正法眼”，直須具此眼目，方可入道。

溫又云：“山谷言文章必謹佈置，每見後學，多告以《原道》命意曲折。”溫即從佈置處考古人法度，于老杜《贈韋見素》詩，尤詳哉言之。蓋山谷師弟間授受如此。《王直方詩話》又載：“潘惇嘗以詩呈，山谷云：‘凡作詩須要開廣，如老杜“日月籠中鳥，乾坤水上萍”之類。’惇云：‘那便到此？’山谷云：‘無此，只是初學詩一門户耳。’”山谷論詩文，其從大處立言者如此。《答洪駒父書》又云：“凡作一文，皆須有宗有趣，終始關鍵,有開有闔,如四瀆雖納百川,或匯而爲廣澤,汪洋千里,要自發源注海耳。"其意亦可見。

山谷論詩有"句中眼"之説,《題李西臺書》云:"字中有筆,如禪家句中有眼。"此論書者也。論詩之説,見《冷齋夜話》:

> 造語之工,至於荆公、山谷、東坡,盡古今之變。荆公:"江月轉空爲白晝,嶺雲分暝與黄昏。"又曰:"一水護田將緑繞,兩山排闥送青來。"東坡詩曰:"只恐夜深花睡去,高燒銀燭照紅妝。"又曰:"我攜此石歸,袖中有東海。"山谷曰:"此皆謂之句中眼,學者不知此妙,韻終不勝。"

論詩特提句中眼,此説始於此時,然山谷之言,僅指其綱要,其後言者,始加詳密。胡仔《苕溪漁隱叢話》云:"汪彦章移守臨川,曾吉甫以詩迓之曰:'白玉堂中曾草詔,水晶宫裏近題詩。'先以示子蒼,子蒼爲改兩字云:'白玉堂深曾草詔,水晶宫冷近題詩。'迥然與前不侔,蓋句中有眼也。古人煉字,只於眼上煉,蓋五字詩以第三字爲眼,七字詩以第四字爲眼也。"韓子蒼名駒,名在《江西宗派圖》中,吉甫名幾,與吕本中齊名,皆江西派人也,其言句中眼者如此。至方回言詩,其説與此又略異,詳後。

江西派之詩爲後人所訴病者,在其生硬直率,雖自稱淵源深得老杜句法,而後世譏之者至云:"學杜詩者,莫不善於魯直。"則議論之乖互可知。山谷《與元勛書》云:"文章無他,但要直下道而語不粗俗耳。"所謂"直下道"者,不善用之,則爲直率。至其去俗之説,自是至論。《書嵇叔夜詩》云:"余嘗爲諸子弟言:'士生於世,可以百爲,惟不可俗,俗便不可醫也。'或問不俗之狀,余曰:'難言也,視其平居無以異於俗人,臨大節而不可奪,此不俗人也。'"

山谷言不俗是也,求其不同流俗,折而酷摹古人,則矯枉過正之弊生矣。山谷《論作詩文帖》曰：“作文字須摹古人。”《寄洪駒父書》曰：“自作語最難。”他如“點鐵成金”“奪胎換骨”之説，不善用之，流弊極大，誠齋之言，可以鑒也。“點鐵成金”見前，“奪胎換骨”語見《冷齋夜話》：

> 　　山谷言：“詩意無窮而人才有限，以有限之才，追無窮之意，雖淵明、少陵，不得工也。不易其意而造其語，謂之換骨法；規摹其意形容之，謂之奪胎法。如鄭谷詩：‘自緣今日人心别，未必秋香一夜衰。’此意甚佳而病在氣不長。荆公《菊詩》曰：‘千花百卉凋零後，始見閑人把一枝。’東坡曰：‘萬事到頭都是夢，休休，明日黄花蝶也愁。’……凡此之類，皆換骨法也。顧況詩曰：‘一别二十年，人堪幾回别？’其詩簡緩而意精確。荆公與故人詩曰：‘一日君家把酒杯，六年波浪與塵埃，不知烏石江頭路，到老相尋得幾回？’……凡此之類，皆奪胎法也。”

魯直“點鐵成金”之論，與“奪胎換骨”之説，每爲後人所譏。金王若虚有詩云：“戲論誰知出至公，‘蜻蜓信美恐生風！’‘奪胎換骨’何多樣，都在先生一笑中。”此則爲東坡張目，排斥山谷之言也。

《江西詩社宗派圖》雖作自吕居仁，然在山谷時即隱隱有宗派之意。山谷《答王子飛書》，論陳師道“讀書如禹之治水，知天下之絡脈，有開有塞，……其作詩淵源得老杜句法，今之詩人不能當也”。此推重後山者也。《與李端叔書》稱“比得荆州一詩人高荷，極有筆力，使之凌厲中州，恐不減晁、張”。此汲引後輩者也。《書倦殻軒詩後》，述潘邠老等九人，又皆《宗派圖》中人士。總是以觀，山谷在日，江西詩派之成立，已可知矣。《書後》云：

> 　　潘邠老密得詩律於東坡，蓋天下奇才也。余因邠老故識二何，二何嘗從吾友陳無己學問，此其淵源深遠矣。洪氏四甥，才器不同，要

之皆能獨秀于林者也。師川亦予甥也,比之武事,萬人敵也。因五甥又得潘延之之孫子真,雖未識面,如觀虎皮,知其嘯于林而百獸服也。夫九人者皆可望以名世,予猶能閲世二十年,當見服周穆之箱,絶塵萬里矣。

第二十八　陳師道　范温[①]

　　陳師道字履常,一字無己,彭城人,年十六以文謁曾鞏,一見奇之,許其以文著,時人未之奇也。元祐中爲徐州教授,又爲太學博士,改潁州教授,罷歸,久之召爲秘書省正字。爲文師曾鞏,作詩自云學黃庭堅,至其高處,或謂過之。有《後山集》、《後山談叢》。陸游《跋後山居士詩話》云:"《談叢》《詩話》皆可疑,《談叢》尚恐少時所作,《詩話》決非也。意者後山嘗有詩話而亡之,妄人竊其名爲此書耳。"《四庫總目提要》亦云:"今考其中于蘇軾、黃庭堅、秦觀,俱有不滿之詞,殊不類師道語。且謂蘇軾詞如教坊雷大使舞,極天下之工,而終非本色。案蔡絛《鐵圍山叢談》,稱雷萬慶宣和中以善舞隸教坊。軾卒于建中靖國元年六月,師道亦卒於是年十一月,安能預知宣和中有雷大使,借爲譬況? 其出於依託,不問可知矣。……疑南渡後舊稿散佚,好事者以意補之耶。"按《後山詩話》中數則,見《豫章集》,則書中之論,間出高手可知。《提要》云:"法傳既久,不妨存備一家。"其言甚允,今略記數則於後:

　　　　退之以文爲詩,子瞻以詩爲詞,如教坊雷大使之舞,雖極天下之工,要非本色。今代詞手,惟秦七、黃九爾,唐諸人不迨也。

---

　　① 前兩次講義本節皆題《後山詩話及范仲溫》,首云"《後山詩話》題稱陳師道撰"。

莊、荀皆文士而有學者，其《説劍》《成相》《賦篇》，與屈騒何異。揚子雲之文，好奇而卒不能奇也，故思苦而詞艱。善爲文者因事以出奇。江河之行，順下而已，至其觸山赴谷，風搏物激，然後盡天下之變。子雲惟好奇，故不能奇也。

詩欲其好，則不能好矣，王介甫以工，蘇子瞻以新，黃魯直以奇。而子美之詩，奇常工易新陳，莫不好也。

寧拙毋巧，寧朴毋華，寧粗毋弱，寧僻毋俗，詩文皆然。①

張表臣《珊瑚鉤詩話》載後山之論，較爲可信，其言如次：

陳無己先生語余曰：“今人愛杜甫詩，一句之内，至竊取數字以髣象之，非善學者。學詩之要，在乎立格、命意、用字而已。”余曰：“如何等是？”曰：“《冬日謁玄元皇帝廟》詩，叙述功德，反復外意，事核而理長；《閬中歌》辭致峭麗，語脈新奇，句清而體好：兹非立格之妙乎？《江漢》詩言乾坤之大，腐儒無所寄其身；《縛雞行》言雞蟲得失，不如兩忘而寓於道；兹非命意之深乎？《贈蔡希魯》詩云：‘身輕一鳥過。’力在一‘過’字；《徐步》詩云‘蕊粉上蜂鬚’，功在一‘上’字：兹非用字之精乎？學者體其格，高其意，煉其字，則自然有合矣。何必規規然髣象之乎！”

山谷、後山二人，同爲江西派尊宿，乃考其議論，與其評騭古今得失者，山谷之言，往往自相違忤；《後山詩話》，雖有成書，然綴拾依附，自非定論。

----

① 1933 年講義下云：“右論文章好奇則不能奇之説，大指與張文潛《答李推官書》仿佛，稱喻江河，尤與張説相同。至於尚論詩文，推崇拙樸，此爲當時江西派之恒論，語亦有見。《提要》認爲可取者在此。又書中論文云：‘余以古文爲三等，周爲上，七國次之，漢爲下。周之文雅；七國之文壯偉，其失騁；漢之文華贍，其失緩。東漢而下無存焉。’其言皆故爲高論，未知出於何人也。”

今欲知當時詩論宗旨,舍范溫之説外,不易得也。

范溫字元實,①祖禹之子,秦觀之婿,學詩于黃庭堅,有《詩眼》,所述大抵多本師説,條緒井然。重以其人曾親聞東坡之議論,淮海之緒餘,其父亦北宋有數之名家,加之以好學深思,其有所得,不足怪也。然後世言者,於元實之論,往往忘之。

《詩眼》首先認定李、杜、韓三家之詩皆出建安,而其論建安之詩者尤確切。

> 建安詩辯而不華,質而不俚,風調高雅,格力道壯,其言直致而少對偶,指事情而綺麗,得風雅騷人之氣骨,最爲近古者也。一變而爲晉宋,再變而爲齊梁。唐詩諸人,高者學陶、謝,下者學徐、庾,惟老杜、李太白、韓退之,早年皆學建安,晚乃各自變成一家耳。如老杜"崆峒小麥熟""人生不相見",《新安》《石壕》《潼關吏》《新婚》《垂老》《無家別》《夏日》《夏夜歎》,皆全體作建安語,今所存集,第一第二卷中頗多。韓退之"孤臣昔放逐",《暮行河堤上》《重雲贈李觀》《江漢答孟郊》《歸彭城》《醉贈張秘書》《送靈師》《惠師》,並亦皆此體,但頗自加新奇。李太白亦多建安句法而罕全篇,多雜以鮑明遠體。東坡稱蔡琰詩筆勢似建安諸子。前輩皆留意于此,近來學者遂不講爾。

元實此説,大致得之山谷。山谷少時嘗因孫莘老之語,悟得老杜高雅大體。所謂高雅大體者,當從建安詩入也。元實又言老杜之詩,工拙相半,其語云:

---

① 范溫,前兩次講義均作范仲溫。1933 年講義批:"《鐵圍山叢談》作范溫。《東都紀略》作仲溫。據《宋史》祖禹有子沖字元質,則應作溫。""應作溫,見王明清《揮塵録餘話》卷二。"

　　老杜詩，凡一篇皆工拙相半，古人文章類如此。皆拙而無取，使其皆工，則峭急無古氣，如李賀之流是也。然後世學者當先學其工，精神氣骨皆在於此。如《望嶽》詩云"齊魯青未了"，《洞庭》詩云"吳楚東南坼，乾坤日夜浮"，語既高妙有力，而言東嶽與洞庭之大，無過於此。後來文士極力道之，終有限量，益知其不可及。《望嶽》第二句如此，故先云"岱宗夫如何？"《洞庭》詩先如此，故後云："親朋無一字，老病有孤舟。"使《洞庭》詩無前兩句而皆如後兩句，語雖健，終不工。《望嶽》詩無第二句，而曰"岱宗夫如何？"雖曰"亂道"可也。今人學詩，多得老杜平漫處，乃鄰女效矉耳。

此段言杜詩工拙相半，極有識，工處不易及，拙處尤不易及。《後山詩話》云"寧拙毋巧"，蓋有見也。《詩眼》又論綺麗風花云：

　　世俗喜綺麗，知文者能輕之。後生好風花，老大即厭之。然文章論當理與不當理耳，苟當於理，則綺麗風花，同入于妙，苟不當理，則一切皆爲長語。上自齊、梁諸公，下至劉夢得、溫飛卿輩，往往以綺麗風花，累其正氣，其過在於理不足而詞有餘也。老杜云"綠垂風折筍，紅綻雨肥梅"，"岸花飛送客，檣燕語留人"，亦極綺麗，其模寫景物，意自清切，所以妙絕古今。

元實之論杜詩，語皆深切著明，于老杜律詩所由出，言之亦詳。大旨云，自杜審言已自工詩，當時沈佺期、宋之問輩，同在儒館爲交遊，故老杜律詩佈置法度，全學沈佺期，更推廣集大成耳。此中言佈置法度處，皆得之山谷者。

　　宋初西崑體盛行一世，或謂西崑之流弊，使人厭讀麗詞，西江以粗勁反之，此言非也。江西派之與崑體，事雖殊途而情非冰炭，故山谷讀詩最愛唐彥謙，彥謙即以崑體得名者也。後此呂本中《紫微詩話》，亦屢稱義山，故《四庫總目提要》稱爲不主一格。研究宋詩流別者，於此點最易誤解，而實不容誤解者也。《詩眼》於義山《籌筆驛》，及《馬嵬》兩詩，分析評論，言之極細。其言云：

> 義山詩云："魚鳥猶疑畏簡書，風雲長爲護儲胥。"簡書蓋軍中法令約束，言號令嚴明，雖千百年之後，魚鳥猶畏之也。儲胥蓋軍中藩籬，言忠義貫神明，風雲猶爲護其壁壘也。誦此兩句，使人凜然復見孔明風烈。至於"管樂有才真不忝，關張無命欲何如？"屬對親切，又自有議論，他人亦不及也。馬嵬驛唐詩尤多。義山云："海外徒聞更九州，他生未卜此生休。"語既親切高雅，故不用愁怨、墮淚等字，而聞者爲之深悲。"空聞虎旅傳宵柝，無復雞人報曉籌"，如親扈明皇，寫出當時物色意味也。"此日六軍同駐馬，他時七夕笑牽牛"，益奇。義山詩世人但稱其巧麗，至與溫庭筠齊名，蓋俗學只見其皮膚，其高情遠意，皆不識也。

元實極重義山，許爲"高情遠意"，溫、李舊稱齊名，論中顯分優劣，蓋庭筠工於詞，不僅以詩擅名，力有所分，不能專意故也。又元實于柳子厚詩，亦深傾倒，其説蓋出於東坡。元實云："子厚詩尤深難識，前賢亦未推重，自老坡發明其妙，學者方漸知之。余嘗問人：'柳詩何好？'答曰：'大抵皆好。'又問：'君愛何處？'答云：'無不愛者。'便知不曉矣！識文章者。當如禪家有悟門。夫法門百千差別，要須自一轉語悟入。如古人文章，直須先悟得一處，乃可通其他妙處。"

山谷每見後學，即以文章佈置命意曲折告之，故元實於此所下工夫極深，分析《堯典》、韓退之《原道》，及杜子美《贈韋見素》詩等共三篇，皆絲絲入扣，而結之曰："自古有文章便有佈置，講學之士，不可不知也。"又於命意一層，分別言之曰：

詩有一篇命意，有句中命意，如老杜上章見素詩，佈置如此，是一篇命意也。至其道遲遲不忍去之意，則曰"尚憐終南山，回首清渭濱"，其道欲與見素別，則曰"常擬報一飯，況懷辭大臣"，此句中命意也。蓋如此然後頓挫高雅。

惟其注重命意，故論東坡則曰："東坡作文，工於命意，必超然獨立於眾人之上。"又曰："世俗所謂樂天《金針集》，殊鄙淺，然其中有可取者。'煉句不如煉意'，非老於文學不能道此。又云'煉字不如煉句'，則未安也，好句須要好字。"此語足見其對於煉句似不甚措意，然元實稱句中當無虛用字，又稱句法不當重疊，則非概行忽視可知。至其對於用事，則云：

有意用事，有語用事。李義山"海外徒聞更九州"，其意則用楊妃在蓬萊山，其語則用鄒子云"九州之外更有九州"，如此然後深穩健麗。

江西派對於煉字，特為重視，故山谷言句中眼，潘邠老言響字，呂本中言字字活則字字響，迄至方回對於詩中眼，尤為注意，此二百年中江西派之議論雖屢變，獨其對於煉字，則始終一貫，未有或違者也。范元實於此亦言。

李太白云"吳姬壓酒喚客嘗"，見新酒初熟江南風物之美，工在"壓"字。老杜《畫馬》詩"戲拈禿筆掃驊騮"，初無意於畫，偶然天成，工在"拈"字。柳詩"汲井漱寒齒"，工在"汲"字。工部又有所喜用字，如"修竹不受暑"，"野航恰受兩三人"，"吹面受和風"，"輕燕受風斜"，"受"字皆入妙。老坡尤愛"輕燕受風斜"，以謂燕迎風斜飛，乍前乍却，非"受"字不能形容也。至於"能事不受相迫促"，"莫受二毛侵"，雖不及前句警策，要自穩愜爾。

元實又舉同時人之詩，如“九十行帶索，榮公老無依”，爲之解曰：“榮啓期事近出《列子》，不言榮公可知，‘九十’則老可知，‘行帶索’則無依可知，此五字皆贅也。”其他所舉如此類者尚衆，非特塵俗之言當去，即無益之語亦當去，煉字至此，嘆觀止矣。元實之言大抵得之山谷，故覼縷述之如此。

第二十九　吕本中　韓駒

　　山谷、後山之詩，聲名既起，流傳滋廣，然江西詩派之稱，至吕本中而始大，風靡一代，自兹起也。本中字居仁，曾祖公著，祖希哲，父好問，皆有聲於世。秦檜既相，居仁爲中書舍人兼直學士院，議不合，檜諷御史劾罷之。有《東萊集》、《紫微詩話》及《吕氏童蒙訓》。《紫微詩話》多述家世舊聞，友朋新作，較之《童蒙訓》，其論詩發明處，翻不能及。《童蒙訓》今所傳者已非原本，其論詩諸條，尚可自《苕溪漁隱叢話》、《詩人玉屑》中輯出，論文諸條，見元人《修辭鑒衡》，不及論詩之精核也。

　　居仁論詩以《江西宗派圖》最得名，自豫章以降，列陳師道、潘大臨、謝逸、洪芻、饒節、僧祖可、徐俯、洪朋、林敏修、洪炎、汪革、李錞、韓駒、李彭、晁沖之、江端本、楊符、謝邁、夏倪、林敏功、潘大觀、何覬、王直方、僧善權、高荷，合二十五人以爲法嗣，謂其源流皆出豫章也。居仁爲之序，略云：

　　　　唐自李、杜之出，焜耀一世，後之言詩者皆莫能及。至韓、柳、孟郊、張籍諸人，激昂奮厲，終不能與前作者並。元和以後至國朝，歌詩之作或傳者，多依效舊文，未盡所趣。惟豫章始大出而力振之，抑揚反覆，盡兼衆體。而後學者同作並和，雖體制或異，要皆所傳者一，予故録其名字以遺來者。

　　居仁此圖，自云"少時率意而作"，語見《艇齋詩話》。胡仔駁之曰："余竊謂豫章自出機杼，別成一家，清新奇巧，是其所長，若言反覆抑揚，盡兼衆體，則非也。元和至今騷翁墨客，代不乏人，觀其英詞傑句，真能發明古人不到處，卓然成立者甚衆，若言'多依效舊文，未盡所趣'，又非也。所列二十五人，其間知名之士，有詩句傳於世，爲時所稱道者，止數人而已，其餘無聞焉，亦濫登其列。居仁此圖之作，選擇弗精，議論不公，余是以辨之。"其後宋劉克莊《江西詩派小序》，清張泰來《江西詩社宗派圖錄》，對於居仁亦持異論，今不贅。

　　居仁論詩第一重在悟入，《童蒙訓》云：

　　　　作文必要悟入，悟入必自工夫中來，非僥倖可得也，如老蘇之于文，魯直之于詩，蓋盡此理矣。

又《與曾幾吉甫論詩第一帖》亦云：

　　　　要之此事須令有所悟入，則自然越度諸子。悟入之理，正在工夫勤惰間耳，如張長史見公孫大娘舞劍，頓悟筆法。如張者專意此事，未嘗稍忘胸中，故能遇事有得，遂造神妙，使他人觀舞劍，有何干涉。非獨作文學書而然也。

山谷教人，凡作詩須要開廣，居仁亦主此說。曾吉甫以詩求正于居仁，居仁報之以《第二帖》云：

　　　　其間大概皆好，然以本中觀之，治擇工夫已勝，而波瀾尚未闊，欲波瀾之闊去，須於規模令大，涵養吾氣而後可。規模既大，波瀾自闊，少加治擇，功已倍于古矣。試取東坡黃州以後詩，如《種松》《醫眼》之類，及杜子美歌行，及長韻近體詩看，便可見。若未如此而事治擇，恐易就而難遠也。退之云："氣水也，言浮物也，水大則物之浮者大小畢浮，氣之與言猶是也，氣盛則言之長短與聲之高下皆宜。"如此則知所以爲文矣。曹子建《七哀》詩之類，宏大深遠，非後作詩者所能及，此蓋未始有意於言語之間也。近世江西之學者，雖左規右矩，不遺餘力，而往往不知出此，故百尺竿頭，不能更進一步，亦失山谷之旨也。

本中此帖論規模大、波瀾闊，與山谷之言合，深得論詩宗旨。《與曾帖》不知作於何時，度在本中中歲以後，故于江西學者有違言。胡仔《苕溪漁隱叢話前編》成於紹興二十六年，上去居仁之死不足二十年，中云："近時學詩者率宗江西，殊不知江西本亦學少陵者也，故陳無己曰，豫章之學博矣，而得法於少陵，故其詩近之。今少陵之詩，後生少年不復過目，亦失江西之意乎？"此言於本中所稱百尺竿頭不能更進一步者，直指其原因所在。蓋宗派既成，稗販依附者麕集，度居仁對此，亦無如之何也。

　　東坡云："意盡而言止者，天下之至言也。"本中《童蒙訓》述此言後，繼之曰："然而言止而意不盡，尤爲極至，如《禮記》《左傳》可見。"居仁之論重在立意，故述徐師川作詩應自立意，不可蹈襲前人之旨。又云："爲詩文常患意不屬，或只得一句，語意便盡，欲足成一章，又惡其不相稱，若未有其次句，即不若且休，養銳以待新意。若盡力須要相屬，譬如力不敵而苦戰，一敗之後，意氣沮矣。"

　　居仁論詩專主活法。方回論居仁《江梅》詩云："後人看居仁詩，專以工求，則不得其門而入，如以活求，則此詩亦可參。"深得其意。居仁之説，見《夏均父集序》者如次：

　　　學詩當識活法。所謂活法者，規矩備具而能出於規矩之外，變化不測而亦不背於規矩也。是法也，蓋有定法而無定法，無定法而有定法。知是者，則可以與語活法矣。昔謝玄暉有言，"好詩流轉圓美如彈丸"，此真活法也。

在江西派諸家中,居仁以句法最得名,其論諸家句法處,語甚卓越。《童蒙訓》云:

> 淵明、退之詩,句法分明,卓然異衆,惟魯直爲能深識之。學者若能識此等語,自然過人。阮嗣宗詩亦然。
>
> 前人文章各自一種句法,如老杜"今君起柂春江流,余亦江邊具小舟","同心不減骨肉親,每語見許文章伯"之類,老杜句法也。東坡"秋水今幾竿"之類,自是東坡句法。魯直"夏扇日在搖,行樂亦云聊",此魯直句法也。學者若能遍考前作,自然度越流輩。

句中眼之説起於山谷,前此已述,居仁於此亦有論及:

> 潘邠老云:"七言詩第五字要響,如'返照入江翻石壁,歸雲擁樹失山村','翻'字、'失'字是響字也。五言詩第三字要響,如'圓荷浮小葉,細麥落輕花','浮'字、'落'字是響字也。"所謂響者,致力處也。予竊以爲字字當活,則字字自響。

潘邠老即大臨,江西派中人,謂響字即致力處;居仁謂致力處即是活處,語皆細微入妙。後人于句眼、響字二語,每生誤解,觀此可恍然悟矣。

居仁論文,極推永叔、子固,深有得于紆徐委曲之趣,又稱蘇之于文,黃之於詩,深得悟入之妙。《童蒙訓》又云:

> 東坡長句波瀾浩大,變化不測,如作雜劇,打猛諢入,打猛諢出也。《三馬贊》"振鬣長鳴,萬馬皆喑",此皆記不傳之妙。學文者能涵泳此等語,自然有入處。

上於東坡所長,言之極精,然居仁于古人短處,知之亦甚明,如云:

學古人文字須得其短處,如杜子美詩頗有近質野處,如封主簿親事不合詩之類是也。東坡詩有汗漫處,魯直詩有太尖新、太巧處。皆不可不知。

此語與《後山詩話》所稱"詩欲其好則不能好矣,王介甫以工,蘇子瞻以新,黃魯直以奇"一條,互相證明。大抵彼時有此公論,故後山能言之,居仁亦能言之。《四庫總目提要》以《後山詩話》此條,于蘇黃俱有不滿之詞,謂其殊不類師道語,未足爲定論也。

與呂居仁同時,其議論可以互相發明者,有韓駒。駒字子蒼,蜀仙井監人,政和中進士出身,累官至中書舍人,紹興中知江州,卒於撫州,有《陵陽集》。其論詩之說,見范季隨輯《陵陽室中語》。劉克莊《江西詩派小序》云"呂公强之入派,子蒼殊不樂",此語近是,然克莊謂其學出蘇氏,與豫章不相接,殊未允。子蒼之論,有與當時江西派相同者,如其重視句眼者是。又子蒼云:"作語不可太熟,亦須令生。近人論文,一味忌語生,往往不佳。"其語可與《後山詩話》之說相證。

子蒼論詩有飽參之說,《贈趙伯魚》詩云:"學詩當如初參禪,未悟且遍參諸方。一朝參罷正法眼,信手拈出皆成章。"此詩以禪喻詩。《陵陽室中語》亦云:"詩道如佛法,當分大乘小乘,邪魔外道,惟知者可以語此。"

子蒼論詩,貴語脈連屬,意境蟬聯。如云:

凡作詩使人讀第一句知有第二句,讀第二句知有第三句,次第終篇,方爲至妙。如老杜"莽莽天涯雨,江村獨立時,不愁巴道路,恐濕漢旌旗",是也。

大概作詩要從首至尾,語脈連屬,如有理詞狀。古詩云:"喚婢打鴉兒,莫教枝上啼,啼時驚妾夢,不得到遼西。"可爲標準。

其次則重用字之法,當時詩人于此點,皆兢兢置意,子蒼亦喜言此。《陵陽室中語》云：

> 僕嘗請益曰："下字之用當如何？"公曰："正如弈棋，三百六十路
> 都有好著，顧臨時如何耳。"僕復請曰："有二字同意而用此字則穩，用
> 彼字則不穩，豈率乎平仄聲律乎？"公曰："固有二字一意而聲且同，可
> 用此而不可用彼者。《選》詩云'亭皋木葉下'，'雲中辨煙樹'，還可
> 作'亭皋樹葉下'，'雲中辨煙木'否？至此唯可默曉，未易言傳耳。"

《詩人玉屑》録《少陵詩總目》云："兩紀行詩，《發秦州》至《鳳凰臺》，
《發同谷縣》至《成都府》，合二十四首，皆以經行爲先後，無復差舛。昔韓
子蒼嘗論此詩，筆力變化，嘗與太史公諸贊並駕，學者宜常諷誦之。"子蒼
此論，評識可稱至當。[1]

子蒼論唐宋詩之分別者，如云："唐末人詩雖格致卑淺，然謂非詩則不
可。今人作詩，雖句語軒昂，但可遠聽，其理略不可究。"至其對於山谷，似
不甚謂然。《陵陽室中語》云：

> 一日，因坐客論魯直詩，體致新巧，自作格轍。次客舉魯直《題子
> 瞻伯時畫竹石牛》詩云："石吾甚愛之，勿使牛礪角，牛礪角尚可，牛鬭
> 殘我竹。"如此體制甚新。公徐云："獨漉水中泥，水濁不見月，不見月
> 尚可，水深行入沒。"蓋是李白《獨漉篇》也。

---

① 1933 年講義後云："晚年酷愛韋蘇州詩，有書與人，輒令多讀杜陵、韋、柳，其對於樂天
詩，亦不輕視。嘗曰：'白樂天詩，今人多輕易之，大可憫矣。大率不曾道得一言半句，乃輕薄
至於非笑古人，此所以不遠到。'"

第三十　張戒

　　南宋而後，論師群起，批判詩文，著有專書者，殆難盡數；然拉雜繁猥，迄無建樹者，爲數亦衆。今自江西派外，略舉數人。南渡以後，首持異論，述張戒第一。誠齋、放翁，源出豫章，三昧有窺，獨樹一幟；述楊萬里、陸游第二。水心之論，別啓四靈，述葉適第三。晦庵理學大儒，尚論詩文，識亦超卓，述朱熹第四。滄浪之論，上紹表聖，下啓漁洋，述嚴羽第五。江湖鉅子，首數後村，述劉克莊第六。白石之説與誠齋略近，亦附見焉。

　　山谷之詩，在當時雖享盛名，然時人論之，已不盡滿，東坡蝤蛑江瑤柱之喻，蓋諷之也。魏泰作《臨漢隱居詩話》，乃云：“黃庭堅作詩得名，好用南朝人語，專求古人未使之事，又一二奇字，綴葺而成詩，自以爲工，其實所見之僻也。吾嘗作詩題其篇後，略云：‘端求古人遺，琢挄手不停，方其拾璣羽，往往失鵬鯨。’蓋謂是也。”其言直攻山谷。至紹興間而有陳巖肖之《庚溪詩話》、張戒之《歲寒堂詩話》。

　　《庚溪詩話》云：“山谷之詩新奇峭拔，頗造前人未嘗到處，自爲一家，此其妙也。至古體詩不拘聲律，間有歇後語，亦清新奇峭之極也。然近時學其詩者，或未得其妙處，每有所作，必使聲韻拗捩，詞語艱澀，曰‘江西格也’。此何爲哉！”巖肖之論如此，然不及張戒之直指本源。

　　張戒正平人，登進士第，紹興間授國子監丞，累官至司農少卿，有《歲寒堂詩話》。戒雖不以詩名，論詩頗有所見。《詩話》載乙卯冬與陳去非論詩事，又在桐廬與呂居仁論魯直事，其人與江西派往還似甚密，然其持論獨不與江西派合。當豫章宗派盛行東南之際，戒持異論，直發其隱而不少諱，亦讜直之人哉。

戒之持論，首舉蘇黃並言，而謂詩壞於二人，其言如次：

> 《國風》《離騷》固不論，自漢魏以來，詩妙於子建，成于李、杜，而壞于蘇、黃。余之此論，固未易爲俗人言也。子瞻以議論作詩，魯直又專以補綴奇字，學者未得其所長而先得其所短，詩人之意掃地矣。段師教康崑崙琵琶，且遣不近樂器十餘年，忘其故態。學詩亦然。蘇、黃習氣淨盡，始可以論唐人詩，唐人聲律習氣淨盡，始可以論六朝詩，鐫刻之習氣淨盡，始可以論曹、劉、李、杜詩。

蘇、黃習氣何指，尚待詮釋。《詩話》中云："蘇、黃用事押韻之工，至矣盡矣，然究其實，乃詩人中一害，使後生只知用事押韻之爲詩，而不知詠物之爲工，言志之爲本也，風雅自此掃地矣。"又謂蘇端明專以刻意爲工，山谷只知奇語之爲詩，而不知常語亦詩也。所謂蘇、黃習氣者當指此。

法雲秀老斥魯直作豔語，蕩天下淫心，恐生泥犁，魯直頷應之，見《冷齋夜話》。《歲寒堂詩話》亦云：

> 孔子刪《詩》，取其"思無邪"者而已。自建安七子、六朝、有唐及近世諸人，思無邪者，惟陶淵明、杜子美耳，餘皆不免落邪思也。六朝顏、鮑、徐、庾，唐李義山，國朝黃魯直，乃邪思之尤者。魯直雖不多說婦人，然其韻度矜持，冶容太甚，讀之足以蕩人心魄，此正所謂邪思也。魯直專學子美，然子美詩，讀之使人凜然興起，肅然生敬，《詩序》所謂"經夫婦，成孝敬，厚人倫，美教化，移風俗"者也，豈可與魯直詩同年而語耶？

　　呂居仁論詩好言活法,其論山谷之學老杜,亦從此點落眼。《歲寒堂詩話》述張戒與居仁語,於江西派之論,加以詰難,至可味。

　　往在桐廬見呂舍人居仁,余問:"魯直得子美之髓乎?"居仁曰:"然。""其佳處焉在?"曰:"禪家所謂死蛇弄得活。"余曰:"活則活矣,如子美'不見旻公三十年,封書寄與淚潺湲,舊來好事今能否? 老去新詩誰與傳。'此等句魯直少日能之。'方丈涉海費時節,玄圃尋河知有無,桃源人家易制度,橘州田土仍膏腴。'此等句魯直晚年能之。至於子美'客從南溟來''朝行青泥上',《壯遊》《北征》,魯直能之乎? 如'莫自使眼枯,收汝淚縱橫,眼枯即見骨,天地終無情。'此等句魯直能到乎?"居仁沉吟久之曰:"子美詩有可學者,有不可學者。"余曰:"然則,未可謂之得髓矣。"

　　張戒於山谷之詩,得其深淺所在,論杜詩,因謂魯直所學但得其格律,此分析入微之論,宜居仁爲之沉吟也。又謂山谷自稱學杜,屋下架屋,愈見其小,必欲與李、杜詩爭衡,當自漢魏詩中出爾。此亦見到之論。戒論古今之詩分爲五等,而評騭歷代詩家如次:

　　國朝諸人詩爲一等,唐人詩爲一等,六朝詩爲一等,陶、阮、建安七子、兩漢爲一等,風騷爲一等。學者須以次參究,盈科而後進可也。
　　阮嗣宗詩專以意勝,陶淵明詩專以味勝,曹子建詩專以韻勝,杜子美詩專以氣勝。然意可學也,味亦可學也,若夫韻有高下,氣有強弱,則不可強矣。此韓退之之文,曹子建、杜子美之詩,後世所以莫能及也。世徒見子美詩多麤俗,不知麤俗語在詩句中最難。非麤俗,乃高古之極也。自曹、劉死至今一千年,唯子美一人能之。……近世蘇、黃亦喜用俗語,然時用之,亦頗安排勉強,不能如子美胸襟流出也。

詩多麤俗一言,北宋時語。初老杜之詩,爲蘇、黃所重,老師宿儒,猶不肯
深與。嘗有稱杜詩用事廣者,一經生忽憤然曰:"諸公安得爲公論乎? 且
其詩云:'濁醪誰造汝? 一酌散千憂。'彼尚不知酒是杜康作,何得言用
事?"語見《蔡寬夫詩話》。蓋當時確有此論,張戒之言,非無的放矢也。
又其論杜詩云:

> 杜子美、李太白、韓退之,三人才力俱不可及,而就其中,退之喜
> 奇崛之態,太白多天仙之詞,退之猶可學,太白不可及也。至於杜子
> 美,則又不然,氣吞曹、劉,固無與爲敵,如放歸鄜州而云:"維時遭艱
> 虞,朝廷少暇日,顧慚恩私被,詔許歸蓬蓽。"新婚戍邊而云:"勿爲新
> 婚念,努力事戎行,羅襦不復施,對君洗紅妝。"《壯游》云:"兩宮各警
> 蹕,萬里遙相望。"《洗兵馬》云:"鶴駕通宵鳳輦備,雞鳴問寢龍樓
> 曉。"凡此皆微而婉,正而有禮,孔子所謂"可以興,可以觀,可以群,可
> 以怨,邇之事父,遠之事君"者。如"刺規多諫諍,端拱自光輝。儉約
> 前王體,風流後代希","公若登台輔,臨危莫愛身"。乃聖賢法言,非
> 特詩人而已。

《後山詩話》始謂韓退之以文爲詩,因有教坊雷大使舞,終非本色之譏。於
是退之之詩,始爲其文所掩,論者不能得其真相。清顧嗣立《昌黎詩集注
序》云:"夫詩自李、杜勃興而格律大變,後人祖述,各得其性之所近以自名
家,獨先生能盡啓秘鑰,優入其域,非餘子可及。顧其筆力放恣橫縱,神奇
變幻,讀者不能窺究其所從來,此異論所以繁興而不自知其非也。"此論最
爲得之。《歲寒堂詩話》論退之語,頗有所見,嗣立之説所由出也。

> 韓退之詩,愛憎相半,愛者以爲雖杜子美亦不及;不愛者以爲退
> 之於詩本無所得,自陳無己輩,皆有此論。然二家之論俱過矣。以爲
> 子美亦不及者固非,以爲退之於詩本無所得者,談何容易耶! 退之詩

大抵才氣有餘，故能擒能縱，顛倒崛奇，無施不可，放之則如長江大河，瀾翻洶湧，滾滾不窮，收之則藏形匿影，乍出乍沒，恣態橫生，變怪百出，可喜可愕，可畏可服也。蘇黃門子由有云："唐人詩當推韓、杜，韓詩豪，杜詩雄，然杜之雄亦可以兼韓之豪也。"此論得之。詩文字畫大抵從胸臆中出，子美篤于忠義，深於經術，故其詩雄而正；李太白喜任俠，喜神仙，故其詩豪而逸；退之文章侍從，故其詩文有廊廟氣。退之詩正可與太白爲敵，然二豪不並立，當屈退之第三。

柳柳州詩字字如珠玉，精則精矣，然不若退之之變態百出也。使退之收斂而爲子厚則易，使子厚開拓而爲退之則難，意味可學，而才氣則不可強也。

張戒此言，語皆精核，[①]其他立論，亦多可稱者，如論李賀云："杜牧之序李賀詩云：'騷人之苗裔。'又云：'少加以理，奴僕命騷可也。'牧之語太過，賀詩乃李白樂府中出，瑰奇譎怪則似之，秀逸天拔，則不及也。"語頗切當。又謂"元、白、張籍以意爲主而失于少文，賀以詞爲主而失於少理"，亦銖兩悉稱。又論李義山《南朝》《茂陵》《景陽井》《思賢頓》諸詩，以爲世但見其詩喜說婦人，而不知爲世鑒戒，其言近而旨遠，其稱名也小，其取類也大，頗得義山用意所在。

《歲寒堂詩話》綜論唐、宋詩人，歸重杜陵，今錄其結論於次以見其宗旨：

王介甫只知巧語之爲詩，而不知拙語亦詩也。山谷只知奇語之爲詩，而不知常語亦詩也。歐陽公詩專以快意爲主；蘇端明詩專以刻意爲工。李義山詩只知有金玉龍鳳，杜牧之詩只知有綺羅脂粉，李長吉詩只知有花草蜂蝶，而不知世間一切皆詩也。惟杜子美則不然，在

① 1933 年講義此處云："張戒論廊廟氣一節，容有未當，其餘皆精核。"

山林則山林,在廊廟則廊廟,遇巧則巧,遇拙則拙,遇奇則奇,遇俗則俗,或放或收,或新或舊,一切物,一切事,一切意,無非詩者。故曰:"吟多意有餘。"又曰:"詩盡人間興。"誠哉是言。

第三十一　楊萬里　姜夔　陸游[①]

　　楊萬里字廷秀，學者稱爲誠齋先生，吉水人，紹興進士，孝宗時召爲國子監博士，後以寶文閣待制致仕，卒時年八十三。有《誠齋詩話》、《誠齋集》。詩集有《江湖集》、《荆溪集》、《西歸集》、《南海集》、《朝天集》、《江西道院集》、《朝天續集》、《江東集》、《退休集》，共四十二卷，四千餘首。周必大《跋誠齋石人峰長篇》云："今時士子見誠齋大篇短章，七步而成，一字不改，皆掃千軍，倒三峽，穿天心，透月脅之語，至於狀物姿態，寫人情意，則鋪叙纖悉，曲盡其妙，遂謂天生辨才，得大自在，是固然矣，抑未知公自志學至從心，上規賡載之歌，刻意《風》、《雅》、《頌》之什，下逮《左氏》、《莊》、《騷》、秦、漢、魏、南北朝、隋、唐以及本朝，凡名人傑作，無不推求其詞源，擇用其句法，五六十年之間，歲鍛月煉，朝思夕惟，然後大悟大徹，筆端有口，句中有眼。夫豈一日之功哉！"此中"天生辨才，得大自在"八字，論誠齋之詩，頗能得其神味。方回亦謂誠齋"雖沿江西派之末流，不免有頹唐粗俚之處，而才思健拔，包孕富有，自爲南宋一作手，非後來四靈、江

---

　　① 1932 年講義此節無陸游，首節云："南宋而後，論師群起，批判詩文，著有專書者，殆難盡數，然拉雜繁猥，迄無建樹者，爲數亦衆。今自江西派外，略舉數人。誠齋之詩，源出豫章，忽若有痼，獨樹一幟，述楊萬里第一。水心之論，别開四靈一派，述葉適第二。晦庵理學大儒，尚論詩文，識亦超卓，述朱熹第三。滄浪之論，上紹表裏，下啓漁洋，述嚴羽第四。江湖鉅子，首數後村，述劉克莊第五。白石之説與誠齋略近，亦附見焉。"

湖諸派可得而並稱”，其言亦有見。所謂“頹唐粗俚”，正指誠齋《荆溪集》以後，擺落恒蹊，不忌俚俗之作。

淳熙甲辰，誠齋有《江西宗派詩序》，其時誠齋詩體已變，於江西諸公直以神味求之，不復以一派自限，故曰：

> 高子勉不似二謝，二謝不似三洪，三洪不似徐師川，徐師川不似陳後山，而況似山谷乎！味焉而已矣。酸鹹異和，山海異珍，而調脤之妙出乎一手也。似與不似，求之可也，遺之亦可也。……唐云李、杜，宋言蘇、黄，將四家之外，舉無其人乎？門固有伐，業固有承也。雖然，四家者流，一其形，二其味；二其味，一其法者也。

誠齋繼稱列子御風，無待乎舟車；靈均之桂舟玉車，有待乎舟車而未始有待乎舟車；又曰：

> 今夫四家者流，蘇似李，黄似杜。蘇、李之詩，子列子之御風也。杜、黄之詩，靈均之乘桂舟、駕玉車也。無待者，神於詩者歟。有待而未嘗有待者，聖於詩者歟。嗟乎，離神與聖，蘇李蘇李乎爾，杜黄杜黄乎爾。合神與聖，蘇李不杜黄，杜黄不蘇李乎？然則，詩可以易而言之哉？

後二年丙午，誠齋集庚子、辛丑、壬寅三年之詩爲《南海集》，而爲之叙曰：“予生好爲詩，初好之，既而厭之；至紹興壬午，予詩始變，予乃喜；既而又厭之，至乾道庚寅，予詩又變；至淳熙丁酉，予詩又變。”序中列舉其詩體之屢變而終之曰：“予老矣，未知繼今詩猶能變否？延之嘗云，予詩每變每進。能變矣，未知猶進否？他日觀此集，其羨也乎，其亦厭也乎？”次年丁未，復裒戊戌、己亥之詩爲《荆溪集》而序之，於其變之步驟尤詳。其論詩境，恍然別開天地，此則誠齋之詩境矣，語至可玩味：

　　予之詩始學江西諸君子，既又學後山五字律，既又學半山老人七字絕句，晚乃學絕句于唐人。學之愈力，作之愈寡，嘗與林謙之屢歎之。謙之云："擇之之精，得之之艱，又欲作之之不寡乎？"予唒曰："詩人蓋異病而同源也，獨予乎哉！"……戊戌三朝，時節賜告，少公事，是日即作詩，忽若有寤。於是辭謝唐人及王陳江西諸君子，皆不敢學，而後欣如也。試令兒輩操筆，予口占數首，則瀏瀏焉無復前日之軋軋矣。自此每過午，吏散庭空，即攜一便面，步後園，登古城，採擷杞菊，翻亂花竹。萬象畢來，獻予詩材，蓋揮之不去，前者未讎而後者已迫，渙然未覺作詩之難也。蓋詩人之病，去體將有日矣。方是時不惟未覺作詩之難，亦未覺作州之難也。

　　誠齋此序最能得詩人之甘苦。觀其首言詩人之病，軋軋不能出一語，其後忽若有寤，於是杞菊花竹，盡爲詩材，而詩人之病盡去，其中心愜適，爲何如哉？誠齋晚年有《端午病中止酒》詩云："病裹無聊費掃除，節中不飲更愁予，偶然一讀《香山集》，不但無愁病亦除。"知其所樂，在平率坦易之詩也。

　　紹熙四年癸丑，誠齋有《唐李推官披沙集序》云：

　　《披沙集》……如"見後却無語，別來長獨愁"；如"危城三面水，古樹一邊春"；如"月明千嶠雪，灘急五更風"；如"煙殘偏有焰，雪甚却無聲"；如"春雨有五色，灑來花旋成"；如"雪藏山色晴還媚，風約溪聲靜又回"；如"未醉已知醒後憶，欲開先爲落時愁"。蓋征人淒苦之情，孤愁窈眇之聲，騷客婉約之靈，風物榮悴之英，所謂《周禮》盡在魯矣。讀之使人發融冶之歡於荒寒無聊之中，動慘戚之感于笑談方懌之初。《國風》之遺音，江左之異曲，其果弦絕而不可煎膠歟？然則，謂唐人自李、杜之後，有不能詩之士者，是曹丕火浣之論也；謂詩至晚唐有不工之作者，是桓靈寶哀梨之論也。

晚唐之詩，工巧精麗，誠齋所以深推之者，蓋於此獨賞其言外之味。此論非江西派諸公所願聞，亦非翁、趙諸人宗師晚唐者所能言也。誠齋又有《劉良佐詩稿序》曰：

> 夫詩何爲者也？曰，尚其詞而已矣。曰，善詩者去詞。然則，尚其意而已矣。曰，善詩者去意。然則，去詞去意，則詩安在乎？曰，去詞去意而詩有在矣。然則，詩果焉在？曰，嘗食夫飴與茶乎？人孰不飴之嗜也，初而甘，卒而酸。至於茶也，人病其苦也。然苦未既而不勝其甘。詩亦如是而已矣。昔者暴公譖蘇公而蘇公刺之，今求其詩無刺之之詞，亦不見刺之之意也。乃曰："二人從行，誰爲此禍？"使暴公聞之，未嘗指我也，然非我其誰哉，外不敢怒而其中愧死矣。《三百篇》之後，此味絶矣，惟晚唐諸子差近之。《寄邊衣》云："寄到玉關應萬里，戍人猶在玉關西。"《吊戰場》云："可憐無定河邊骨，猶是春閨夢裏人。"《折楊柳》云："羌笛何須怨楊柳，春風不度玉門關。"《三百篇》之遺味，黯然猶存，近世惟半山老人得之。

《四庫總目提要》云："《誠齋詩話》，題曰詩話，而論文之語，乃多於詩，又頗及諧謔雜事，蓋宋人所著，往往如斯，不但萬里也。"[1]其書不知作於何時，以其中論用字一則言之，度當在壬午以前，誠齋詩體未大變之時，原文所稱，尚不脫煉字習氣也。如云：

> 初學詩者，須學古人好語，或兩字，或三字。如山谷《猩猩毛筆》：

---

[1] 1933年講義下云："其言頗爲扼要，然謂誠齋論李商隱詩好爲訐激之習，非也。原書云：'近世陳克詠李伯時畫寧王進史圖云："侍宴歸來宮漏永，薛王沉醉壽王醒。"可謂微婉顯晦，盡而不汙矣。'持陳、李二詩論之，優劣顯然不得謂之訐激也。又誠齋舉晏叔原詞：'落花人獨立，微雨燕雙飛。'可謂好色而不淫；劉長卿詩'月移深殿草，春向後宮遲'，可謂怨誹而不亂，語亦允。"

"平生幾兩屐，身後五車書。""平生"二字出《論語》，"身後"二字，晉張翰云："使我有身後名。""幾兩屐"阮孚語，"五車書"《莊子》言惠施，此兩句乃四處合來。又"春風春雨花經眼，江北江南水拍天"。春風、春雨，江北、江南，詩家常用。杜云："且看欲盡花經眼。"退之云："海氣昏昏水拍天。"此以四字合三字，入口便成詩句，不至生硬。要誦詩之多，擇字之精，始乎摘用，久而自出肺腑，縱橫出沒，用亦可，不用亦可。

姜夔字堯章，鄱陽人，寓居武康，與白石洞天爲鄰，因號白石道人，工詩詞，其詩風格高勝，詞尤精深華妙。其論詩之説，見《白石道人詩集自叙》二篇。白石與楊誠齋、尤延之游，其論大抵相似。尤延之云："近世士人喜宗江西，温潤有如范致能者乎？痛快有如楊廷秀者乎？高古如蕭東夫，俊逸如陸務觀，是皆自出機軸，豈有可觀者，又奚以江西爲？"誠齋亦云："余嘗論近世之詩人，若范石湖之清新，尤梁溪之平淡，陸放翁之敷腴，蕭千巖之工致，皆余所畏也。"其議論如出一揆。白石《自叙》即引延之論評，其他如云：

> 詩本無體，《三百篇》皆天籟自鳴，下逮黄初，迄於今，人異蘊，故所出亦異。或者弗省，遂艷其各有體也。近過梁溪，見尤延之先生，問余詩自誰氏。余對以異時泛閲衆作，已而病其駁如也，三薰三沐，師黄太史氏，居數年，一語噤不敢吐，始大悟，學即病，顧不若無所學之爲得，雖黄詩亦偃然高閣矣。……余又自嘻曰，余之詩，余之詩耳，窮居而野處，用是陶寫寂寞則可。必欲其步武作者，以釣能詩聲，不惟不可，亦不敢。(《白石道人詩集自叙一》)
> 作者求與古人合，不若求與古人異。求與古人異，不若不求與古人合而不能不合，不求與古人異而不能不異。彼惟有見乎詩也，故向也求與古人合，今也求與古人異。及其無見乎詩已，故不求與古人合

而不能不合,不求與古人異而不能不異。(同上《自叙二》)

上白石言學詩自江西派入手,中不敢吐一語,已而大悟,始知詩病之所在,與誠齋之言合。白石又有《白石道人詩説》,其中辨別詩體者,如云"體如行書曰行,委曲盡情曰曲",望文生義,初非諦論。其他如論詩有四種高妙,語頗有味,逐録於次:

> 詩有四種高妙:一曰理高妙,二曰意高妙,三曰想高妙,四曰自然高妙。礙而實通,曰理高妙。出自意外,曰意高妙。寫出幽微,如清潭見底,曰想高妙。非奇非怪,剥落文采,知其妙而不知其所以妙,曰自然高妙。

陸游字務觀,孝宗時除樞密院編修,後知嚴州,在蜀時,范成大嘗奏爲參議官,以文字交,不拘禮法,自號放翁,有《劍南詩稿》《老學庵筆記》《渭南文集》。放翁之詩,爲南宋一大家,然其初實學於江西,嘗作《吕居仁集序》云:"某自童子時,讀公詩文,願學焉,稍長遠遊,而公捐館舍。晚見曾文清公,文清謂某:'君之詩殆自吕紫微,恨不一識面。'某於是尤以爲恨。"

誠齋自言自戊戌有寤以後,其詩大變,放翁則言從軍南鄭,寤詩三昧。二人之言寤同也,而其所寤者不必同。放翁之言見於《劍南詩稿》:

> 我昔學詩未有得,殘餘未免從人乞,力屏氣餒心自知,妄取虛名有慚色。四十從戎駐南鄭,酣宴軍中夜連日,打球築場一千步,閲馬列廄三萬匹,華燈縱博聲滿樓,寶釵豔舞光照席,琵琶弦急冰電亂,羯鼓手匀風雨疾。詩家三昧忽見前,屈賈在眼元歷歷,天機雲錦用在我,剪裁妙處非刀尺。世間才傑固不乏,秋毫未合天地隔!放翁老死何足論,《廣陵散》絶還堪惜。(《九月一日夜讀詩稿有感走筆作歌》)
> 我初學詩日,但欲工藻繪,中年始少悟,漸若窺宏大,怪奇亦間

出,如石漱湍瀨。數仞李杜牆,嘗恨欠領會。元白繞倚門,溫李真自
鄶,正令筆扛鼎,亦未造三昧! 詩爲六藝一,豈用資狡獪,汝果欲學
詩,工夫在詩外。(《示子》)

論詩言三昧自放翁始,其言蓋指詩人之志,所謂"工夫在詩外"者此也;清
王士禎言三昧,以清遠言詩,與放翁之旨異矣。

江西派詩人言杜,所重在字句之間,放翁破其說,蓋既得三昧而後之
論也,其語見於《劍南詩稿》及《老學庵筆記》:

城南杜五少不羈,意輕造物呼作兒,一門醞法到孫子,熟視嚴武
名挺之。看渠胸次臨宇宙,惜哉千萬不一施,空回英概入筆墨,《生
民》《清廟》非唐詩。向令天開太宗業,馬周遇合非公誰? 後世但作
詩人看,使我撫几空嗟咨! (《讀杜詩》)

今人解杜詩,但尋出處,不知少陵之意,初不如是。且如《岳陽
樓》詩:"昔聞洞庭水,今上岳陽樓,吳楚東南坼,乾坤日夜浮,親朋無
一字,老病有孤舟,戎馬關山北,憑軒涕泗流。"此豈可以出處求哉!
縱使字字尋得出處,去少陵之意益遠矣。後人元不知杜詩所以妙絕
古今者在何處,但以一字亦有出處爲工。如《西崑酬唱集》中詩,何嘗
有一字無出處者,便以爲追配少陵,可乎? 且今人作詩,亦未嘗無出
處,渠自不知,若爲之箋注,亦字字有出處,但不妨其爲惡詩耳。(《老
學庵筆記》)

大要放翁論詩,以爲詩者悲憤鬱積之所發,其所以推重杜詩者在此,
其所以與江西派異,並與誠齋之說不盡同者亦在此。放翁《澹齋居士詩
序》云:"詩首《國風》,無非變者,雖周公之《豳》亦變也,蓋人之情悲憤積
於中而無言,始發爲詩,不然,無詩矣。蘇武、李陵、陶潛、謝靈運、杜甫、李
白,激於不能自已,故其詩爲百代法。"即此以觀,放翁之論可知矣。

第三十二　葉適

　　葉適字正則,永嘉人,淳熙進士,寧宗朝累官至寶文閣待制,兼江淮制置使,學者稱水心先生,有《水心文集》及《別集》。水心文章雄贍,才氣奔逸,嘗自言爲文之道,譬如人家觴客,雖或金銀器照座,然不免出於假借,惟自家羅列者僅瓷缶瓦杯,然都是自家物色。其命意如此,故能脱化町畦,獨運杼軸,卓然爲南宋一大家。水心《題陳壽老文集後》云:

　　　　建安中,徐、陳、應、劉,爭飾詞藻,見稱于時,識者謂兩京餘澤,縣七子尚存。自後文體變落,雖工愈下,雖麗益靡,古道不復,庶幾遂數百年。元祐初,黃、秦、晁、張,各擅毫墨,待價而顯,許之者以爲古人大全,賴數君復見。及夫紛紜於紹述,埋沒於播遷,異等不越宏詞,高第僅止科舉,前代遺文,風流泯絶,又百有餘年矣。文之廢興與治消長,亦豈細故哉? ……若夫出奇叶穎,何地無材,近宗歐、曾,遠揖秦漢,未脱模擬之習,徒爲陵肆之資,所知不深,自好已甚,欲周目前之用,固難矣!

此段模擬、陵肆二句,于當時文人,不無微詞。總之水心于文,努力排除當時一般人之窠臼,固自不凡,至其于元祐諸人,意中亦不謂然。水心之學,原出於程子之門人,與蘇黃之門自別。《水心題跋》有云:“元祐之學,雖不爲群邪所攻,其所操存,亦不足賴矣。此蘇黃之流弊,當戒而不當法也。"觀此則其所以論蘇黃者可知矣。又《贈薛子長》云:"讀書不知接統緒,雖多無益也。爲文不能關教事,雖工無益也。篤行而不合于大義,雖高無益也。立志不存於憂世,雖仁無益也。"皆足以見其學問所在。

水心提倡四靈一派,實爲其論詩之大業。四靈皆永嘉人:徐照字道暉,一字靈暉,有《芳蘭軒集》;徐璣字文淵,一字靈淵,有《二薇亭集》;翁卷字續古,一字靈舒,有《西巖集》;趙師秀字紫芝,一字靈秀,有《清苑齋集》。四人之詩,皆以遠追唐人,力矯江西之弊爲旨,其學皆出於水心。周密《浩然齋雅談》云:"水心翁以抉雲漢分天章之才,未嘗輕可一世,乃於四靈,若自以爲不可及者,此即昌黎之於東野,六一之于宛陵也。惟其富贍雄偉,欲爲清空而不可得,一旦見之,若厭膏粱而甘藜藿,故不覺有契於心耳。"周氏此語未盡,觀水心《題劉潛夫南嶽詩稿》云:"徐道暉諸人,擺落近世詩律,斂情約性,因狹出奇,合于唐人,誇所未有。"此中"斂情約性,因狹出奇"八字,與水心論文之旨相合。蓋賞心契懷,意在言表,不關膏粱藜藿之別也。

四靈之中,靈暉殁於嘉定四年,最先死,水心爲之墓誌銘云:

　　有詩數百,斵思尤奇,皆橫絶歘起,冰懸雪跨,使讀者變踔慸慓,肯首吟歎不自已。然無異說,皆人所知也,人不能道爾。蓋魏晉名家,多發興高遠之言,少驗物切近之實。及沈約、謝朓,永明體出,士爭效之,初猶甚艱,或僅得一偶句,便已名世矣。夫束字十餘,五色彰施,而律呂相應,豈易工哉?故善爲是者,取成於心,寄妍于物,融會一法,涵受萬象,豨苓桔梗,時而爲帝,無不按節赴之。君尊臣卑,賓順主穆,如丸投區,矢破的,此唐人之精也。然厭之者謂其纖碎而害道,淫肆而亂雅,至於廷設九奏,廣就大福,而反以浮響疑宮商,布縷謬組繡,則失其所以爲詩矣。然則,發今人未悟之機,回百年已廢之學,使後復言唐詩自君始,不亦詞人墨卿之一快也?惜其不尚以年,不及臻乎開元、元和之盛而君既死。

後此三年靈淵亦下世，水心復爲之墓誌銘曰：

> 初唐詩廢久，君與其友徐照、翁卷、趙師秀議曰："昔人以浮聲切
> 響，單字只句計巧拙，蓋風騷之至精也。近世乃連篇累牘，汗漫而無
> 禁，豈能名家哉？"四人之語遂極其工，而唐詩由此復行矣。君嘗爲余
> 評詩及他文字，高者迴出，深者寂入，鬱流瓚中，神洞形外。余輒俛仰
> 終日，不知所言。然則，所謂專固而狹陋者，殆未足以譏唐人也。

四靈之詩，用力極深，竭畢生之力以趨向唐之作者，力有不足，必蘄至於晚
唐賈島、姚合一派而後止。故方回雖宗法江西詩派，亦謂其"非極瑩不出，
所以難"，其意亦不盡非之也。清《四庫全書·芳蘭軒集提要》曰："四靈
之詩，雖鏤心鈇腎，刻意雕琢，而取逕太狹，終不免破碎尖酸之病，照在諸
家中尤爲清瘦。"其語深得其利病。《瀛奎律髓》又云："乾、淳以來，尤、
楊、范、陸爲四大詩家，自是始降而爲江湖之詩。葉水心適以文爲一時宗，
自不工詩，而永嘉四靈從其説，改學晚唐，詩宗賈島、姚合，凡島、合同時漸
染者，皆陰撏取摘用，驟名于時，而學之者不能有所加，日厭下矣，名曰厭
傍江西籬落，而盛唐一步不能進。"虛谷此言，直併水心、四靈而一概攻擊
之，其言於南宋詩壇，關涉較多，當更爲伸引於次。

　　當南宋時，江西詩派獨盛，遠祖少陵，近宗黃陳，一若唐人規範，求之
此中而皆具，更無待於他求者。此種門户之見，其足以引起一般人之反
響，自無足異。如水心之拈出唐詩，滄浪之獨推盛唐。要皆爲打破此派壟
斷唐人之積習而發，重以江西派中，甚至有並少陵詩集束諸高閣，如胡仔
所譏者，則此中所謂籬落，度亦早爲時人所厭聞，遂不能不另求蹊徑，亦自
然之理也。水心《徐斯遠文集序》，則並江西詩人所宗，直斥爲非唐人之
學，如云：

慶曆、嘉祐以來，天下以杜甫為師，始黜唐人之學，而江西宗派章焉。然而格有高下，技有工拙，趣有淺深，材有大小。以夫汗漫廣莫，徒枵然從之而不足，充其所求，曾不如胊鳴吻映，出豪芒之奇，可以運轉而無極也。故近歲學者，已復稍趨於唐而有獲焉。

水心於少陵之詩，頗能見其深處，右所言者，特以江西派揭櫫少陵，故有此論耳。至其平日所論，則見於《松廬集序》者，如言：

杜甫《送楊六判官使西蕃》詩，直下無冒子，始末只一意，貫括刻勢，皮草皆盡，而語出卓特，非常情可測。由文人家並論，則劉向所謂"太史公辨而不華，質而不俚"者也。雖子美無詩不工。要其完重成就，不以巧拙分節奏，如此篇者為少爾。

大要水心詩論，其意趣在於補偏救弊，然其人負一代之奇才，識見遠到之處，又更迥出於補偏救弊之論以外。粗視之若矛盾，而其實確自有大家數之見地。故目擊世人陷溺之深，及見四靈之能自振拔，則誘掖獎勸，惟恐不及。然晚年《題劉潛夫詩稿》，則又勉以自進於古人，不必以四靈自限。其論杜詩亦然。江西派人以杜詩資號召，則斥為非唐人之學，而平心商榷，直欲比之史公。其於唐詩也，則提倡激導以救時人之弊，然集中如《王木叔詩序》，則於唐詩之病痛，亦知之甚深。合而觀之，而水心之議論始見，不可不知也。節錄《王木叔詩序》於次：

木叔不喜唐詩，謂其格卑而氣弱。近歲唐詩方盛行，聞者皆以為疑。夫爭妍鬭巧，極外物之變態，唐人所長也。反求於內，不足以定其志之所止，唐人所短也。木叔之評，其可忽諸。

第三十三　朱熹 附道學家文論

　　道學之説盛于兩宋，周、程、張、朱，蔚爲一代儒宗，其論文論詩，皆別具見地。周子《通書》曰：

> 文所以載道也，輪轅飾而人弗庸，徒飾也，況虚車乎？文辭藝也，道德實也，篤其實而藝者書之，美則愛，愛則傳焉。賢者得以學而致之，是爲教。故曰：“言之無文，行之不遠。”然不賢者，雖父兄臨之，師保勉之，不學也，強之不從也。不知務道德而第以文辭爲能者，藝焉而已。噫，弊也久矣！（《文辭》）
>
> 聖人之道，入乎耳，存乎心，蘊之爲德行，行之爲事業。彼以文字而已者，陋矣。（《陋》）

周子之後有程顥、程頤，頤之論文見於《二程遺書》者如次：

> 問：作文害道否？曰：害也。凡爲文不專意則不工，若專意則志局於此，又安能與天地同其大也。《書》曰：“玩物喪志。”爲文亦玩物也。吕與叔有詩云：“學如元凱方成癖，文似相如始類俳，獨立孔門無一事，只輸顏氏得心齋。”此詩甚好。古之學者惟務養情性，其他則不學。今爲文者專務章句，悦人耳目，既務悦人，非俳優而何？（《二程

遺書》卷十八)

二程弟子之最著者楊時,時有《送吳子正序》云:

> 予竊怪唐虞之世,六籍未具,士于斯時,非有誦記提筆綴文,然後
> 爲學也,而其蘊道懷德,優入聖賢之域者,何多耶?其達而位乎上,則
> 昌言嘉謨,足以亮天工而成大業;雖困窮在下,而潛德隱行,猶足以經
> 世勵俗:其芳猷美績,又何其章章也?自秦焚詩書,坑術士,六藝殘
> 缺。漢儒收拾補綴,至建元、元狩之間,文辭粲如也。若賈誼、董仲
> 舒、司馬遷、相如、揚雄之徒,繼武而出,雄文大筆,馳騁古今,沛然如
> 決江漢,浩無津涯,後雖有作者,未有能涉其波流也。然賈誼明申韓,
> 仲舒陳災異,馬遷之多愛,相如之浮侈,皆未足與議;惟揚雄爲庶幾於
> 道,然尚恨其有未盡者。積至於唐,文集之備,蓋十百前古,元和之
> 間,韓柳輩出,咸以古文名天下,然其論著不詭于聖人蓋寡矣。自漢
> 迄唐千餘載,而士之名能文者,無過是數人,及考其所至,卒未有能倡
> 明道學,窺聖人閫奧,如古人者。然則,古之時六藝未具,不害其善
> 學;後世文籍雖多,無益於得也。

大抵道學家之不屑措意文辭如此,至朱子而略異。朱熹字元晦,亦字仲
晦,婺源人,登紹興進士第,歷事高、孝、光、寧四朝,終寶文閣待制,慶元中
致仕,旋卒;嘗創草堂于建陽之雲谷,榜曰晦庵,學者稱爲晦庵先生,著書
數十種,窮性命之學。吳壽昌云:"先生每觀一水一石,一草一木,稍清陰
處,竟日目不瞬,飲酒不過兩三行,又移一處。大醉則趺坐高拱,經史子集
之餘,雖記錄雜說,舉輒成誦。微醺則吟哦古文,氣調清壯。某所聞見,則
先生每愛讀屈原《離騷》,孔明《出師表》,陶淵明《歸去來辭》,並杜子美數
詩而已。"此語于晦庵爲人,別有所明。今舉晦庵評論詩文之語於次。

晦庵對於詩文,認爲第二義,然不欲率略置之,故云:"作文何必苦留

意,又不可太頹闒,只略教整齊足矣。"又嘗因林擇之論趙昌父詩曰:"今人不去講義理,只去學詩文,已落第二義。況又不去學好底,却只學去做那不好底。作詩不學六朝,又不學李、杜,只學那嶢崎底。今便學得十分好,後把作甚麼用? 莫道更不好。"皆見《朱子語類》。其他如《答楊宋卿書》云:"某聞詩者志之所之,在心爲志,發言爲詩。然則,詩者豈復有工拙哉? 亦視其志之所向者高下如何耳。"又如《答林鸞書》云:"嘗聞之,學之道,非汲汲乎辭也,必其心有以自得之,則其見乎辭者,非得已也。"凡此數語,皆足見其不以文辭爲貴之説。

自晦庵言之,文辭之用,貴于明義理。此理字與蘇門所言之理字不同。蘇門之説,指事理而言,故其義圓融而無所止,晦庵之語,指義理而言,故其義執著而歸於一,觀于後者可知:

　　貫穿百氏及經史,乃所以辨驗是非,明此義理,豈特欲使文字不陋而已? 義理既明,又能力行不倦,則其存諸中者,必也光明四達,何施不可。發而爲言,以宣其心志,當自發越不凡,可愛可傳矣。今執筆以習研鑽華采之文務悦人者,外而已,可恥也矣。(《朱子語類》)

　　一日説作文,曰,不必著意學如此文章,但須明理,理精後,文字自典實。伊川晚年文字,如《易傳》直是盛得水住。蘇子瞻雖氣豪善作文,終不免疏漏處。(同上)

　　文字之設,要以達吾之意而已。政使極其高妙而於理無得焉,則亦何所益於吾身而何所用於斯世? (《答曾景建書》)

上舉之理字,與古文家所稱之道字相類,故《語類》亦云:"道者文之根本,文者道之枝葉,所以發之于文,皆道也。三代聖賢文章皆從此心寫出,文便是道。"然道學家之言道與古文家之言道不一致,《朱子語類》有言:

　　才卿問:"韓文李漢序,頭一句甚好。"曰:"公道好,某看來有

病。"陳曰："文者貫道之器，且如六經是文，其中所道，皆是這道理，如
何有病？"曰："不然，這文皆是從道中流出，豈有文反能貫道之理。文
是文，道是道，文只如吃飯時下菜耳。若以文貫道，却是把本爲末，以
末爲本，可乎？其後作文者皆是如此。"

要之自道學家言之，文士言道，迄無所得，故晦庵又譏永叔、東坡之失，其
言極深刻。古文家好言道而所得如此，其一切文字之根據，遂不可恃：

　　因言文士之失，曰，今曉得義理的人，少間被物欲激搏，猶自一强
　一弱，一勝一負。如文章之士，下梢頭都靠不得。如歐陽公初間做
　《本論》，其説已自大段拙了，然猶是一片好文章，有首尾。他不過欲
　封建井田，與冠婚喪祭，蒐田燕饗之禮，使民朝夕從事於此少閒，無功
　夫被佛氏引去，自然可變。其説可謂拙矣，然猶是正當議論也。到得
　晚年自做《六一居士傳》，宜其所得如何，却只説有書一千卷，《集古
　録》一千卷，琴一張，酒一壺，棋一局，與一老人爲六。更不成説話，分
　明是自納敗闕。如東坡一生讀盡天下書，説無限道理，到得晚年過
　海，做《昌化峻靈王廟碑》，引唐肅宗時，一尼恍忽升天，見上帝以寶玉
　八枚賜之云："中國有大災，以此鎮之。"今此山如此，意其必有寶云
　云。更不成議論，似喪心人説話。其他人無知，如此説尚不妨，你平
　日自視爲如何説盡道理，却説出這般話，是可怪否？觀于海者難爲
　水，游于聖人之門者難爲言，分明是如此了，便看他們這般文字不入。

晦庵嘗舉劉子澄之言以告學者："本朝只有四篇文字好：《太極圖》《西
銘》《易傳序》《春秋傳序》。"此言皆自道學家之立場言之，至其對於古文
家之文字，亦間加推許者，此則姑置其言道之未盡當而言者也。見於《朱
子語類》者如云："韓退之議論正，規模闊大，然不如柳子厚精密。……柳
文是較古，但却易學，學便似他，不似韓文規模闊。"又云："歐公文字敷腴

溫潤，曾南豐文字又更峻潔，雖議論有淺近處，然却平正好。到得東坡，便傷於巧，議論有不正當處，後來到中原，見歐公諸人了，文字方稍平。老蘇尤甚。大抵以前文字都平正，人亦不會大段巧説。自三蘇文出，學者始日趨於巧。……荆公却似南豐文，但比南豐文亦巧。"此語似于三蘇不甚滿，然亦不没其所長，如云："大抵朝廷文字，且要論事情利害，是非分曉……如論青苗，只是東坡兄弟説得有精神，他人皆説從別處去。"

晦庵論詩，推重《選》體，嘗欲鈔取漢、魏古詩以及郭璞、陶潛之作，自爲一編，附於《三百篇》《楚辭》之後，以爲詩之根本準則。對於作詩，雖規戒學者不當陷溺，亦謂"至如真味發溢，却又與平常好吟者不同"。其論詩重在情真語真，故晦庵之詩，亦多可讀，與後代道學詩人莊定山等之"一壺陶靖節，兩首邵堯夫"，"溪邊鳥哢天機語，擔上梅挑太極行"，迥不相同矣。

尚論古今之詩，晦庵分爲三等，《答鞏仲至書》云：

> 嘗間考詩之原委，而知古今之詩凡有三變。蓋自《書》傳所記，虞、夏以來，下及魏、晉，自爲一等。自晉、宋間顔、謝以後，下及唐初，自爲一等。自沈、宋以後定著律詩，下及今日，又爲一等。然自唐初以前，其爲詩者固有高下，而法猶未變，至律詩出而後詩之與法，始皆大變。以至今日，益巧益密，而無復古人之風矣。

晦庵析《選》體詩爲西晉以前及東晉以後，分別評論之。其論陶淵明處，獨具見解，未經人道。語如次：

> 古詩須看西晉以前，如樂府諸作皆佳。（《朱子語類》）
> 《選》中劉琨詩高，東晉詩已不逮前人，齊、梁益浮薄。鮑明遠才健，其詩乃《選》之變體。李太白專學之。如"腰鎌刈葵藿，倚杖牧雞豚"，分明説出個倔强不肯甘心之意。如"疾風沖塞起，沙礫自飄揚，

馬毛縮如蝟，角弓不可張"，分明説出邊塞之狀，語又俊健。（同上）

陶淵明詩，人皆説是平淡，據某看他自豪放，但豪放得來不覺耳。其露出本相者，是《詠荆軻》一篇。平淡底人，如何説得這樣言語出來？（同上）

韋蘇州詩無一字做作，直是自在，其氣象近道，意常愛之。問比陶如何？曰，陶却是有力，但語健而意閒。隱者多是帶氣負性之人爲之，陶欲有爲而不能者也，又好名，韋則自在。（同上）

論陶淵明負性好名，及其詩豪放，皆足見晦庵于詩人個性，分析入微處。又如論太白云："李太白詩不專是豪放，亦有雍容和緩底。如首篇'《大雅》久不作'，多少和緩。"論白樂天云："樂天人多説其清高，其實愛官職。詩中凡及富貴處，皆説得口津津地涎出。"皆此類。

晦庵之時，適當江西派盛行之餘。江西派推重老杜，尤推其夔州以後詩。晦庵之論，顯然與之立異。《朱子語類》評論李杜諸語見後：

李太白始終學《選》詩，所以好。杜子美詩好者，亦多是效《選》詩，漸放手。夔州諸詩，則不然也。

杜甫夔州以前詩佳，夔州以後，自出規模，不可學。蘇、黄只是今人詩。蘇才豪，然一滾説盡無餘意，黄費安排。

杜子美晚年詩都不可曉。吕居仁嘗言詩字字要響，其晚年詩都啞了，不知如何以爲好否？

當時江西派人言詩，大都以工巧有出處沾沾自喜，如盛稱山谷《猩猩毛筆》之類，晦庵即從此點與之辯難。故或言今人作詩多要有出處，則答之曰："'關關雎鳩'，出在何處？"又如譏江西派人云："今人都不識這（混成底）意思，只要嵌字，使難字，便云'好'。"其言皆有所爲而發也。至其論山谷詩文處，亦大抵從此點入手，故頗有貶詞。《語類》云：

　　蜚卿問山谷詩。曰，精絕，知他是用多少工夫。今人卒乍如何及
得，可謂巧好無餘，自成一家矣。但只是古詩較自在，山谷則刻意爲
之。又曰，山谷詩忒好了。

　　古人文章，大率只是平說而意自長，後人文章，務意多而酸澀。
如《離騷》初無奇字，只恁說將去，自是好。後如魯直恁地著力做，卻
自是不好。

《朱子語類》有言：“今人所以事事做得不好者，緣不識之故。只如個詩，
舉世之人盡命去奔做，只是無一個人做得成詩。他是不識，好底將做不好
底，不好底將做好底。這個只是心裏鬧，不虛靜之故。不虛不靜故不明，
不明故不識。若虛靜而明，便識好物事。雖百工技術做得精者，也是他心
虛理明，所以做得來精。心裏鬧，如何見得？”此語蓋有鑒於南宋詩壇之混
亂而發。若夫晦庵所重，則在《選》體古詩，其次則在李、杜，諄諄教學者以
此爲法，固可考其論著而知者。然如論古詩云：“余嘗以爲天下萬事，皆有
一定之法，學之者須循序而漸進。如學詩，則且當以此等爲法，庶幾不失
古人本分體制。向後若能成就，變化固未易量。然變亦大是難事，果然變
而不失其正，則縱橫妙用，何所不可，不幸一失其正，卻似反不若守古本舊
法以終其身之爲穩也。”語見《病翁先生詩跋》，慕古之意，昭然若揭，未必
盡當也。

第三十四　自《詩本義》至《詩集傳》

漢儒治《詩》三百五篇，以經生而論文學作品，其言往往不中窾要。宋人論《詩》，往往自出見地，今記其說於次。

自歐陽修著《詩本義》，其言已不盡遵毛，然時機尚早，故其攻擊《毛序》，不若後人之甚，永叔之言，大抵崇《序》而不盡遵《序》。論及毛、鄭，則往往以其與《詩序》違合，定其是非；毛、鄭相違，則往往申毛而絀鄭。又嘗慨然於《三家詩》之散佚，而不知鄭之間用三家以糾毛。至於持論，或就文義以求經義，此則文人論《詩》之見，不必與經生合者，其論《詩序》之言如次：

> 或問《詩》之《序》卜商作乎？衛宏作乎？非二人之作，則作者其誰乎？應之曰："《書》《春秋》皆有序而著其名氏，故可知其作者；《詩》之《序》不著其名氏，安得而知之乎？雖然，非子夏之作，則可以知也。"曰："何以知之？"應之曰："子夏親受學於孔子，宜其得《詩》之大旨，其言《風》《雅》有變正，而論《關雎》《鵲巢》，繫之周公、召公；使子夏而序《詩》，不爲此言也。"（《詩本義》卷十四）

> 孟子去《詩》世近而最善言《詩》，推其所說《詩》義，與今《序》義多同，故後儒異說爲《詩》害者，常賴《序》文以爲證。然至於二《南》，其《序》多失，而《麟趾》《騶虞》，所失尤甚，特不可以爲信！疑此二篇

之《序》，爲講師以己説汩之。不然，安得謬論之如此也！（《詩本義》
卷一）

蘇轍作《詩傳》，始去《小序》，止留序首一句，其言曰："《東漢·儒林
傳》云：'衞宏從謝曼卿受學，作《毛詩序》。'《隋書·經籍志》云：'先儒相
承，謂《毛詩序》子夏所創，毛公及衞敬仲又加潤益。'古説本如此，故予存
其一言而已，曰是詩言是事也，而盡去其餘，以爲此孔子之舊也。"至紹興
間而有程大昌、王質、鄭樵之説。大昌字泰之，徽州休寧縣人，紹興二十年
進士，有《詩論》。質字景文，興國人，紹興三十年進士，有《詩總聞》。樵
字漁仲，莆田人，紹興中，以薦召對，授右迪功郎，有《詩辨妄》，論《詩》之
作，亦間見《通志》。大昌《詩論》亦不主《序》，論《序》有古《序》、宏《序》
之分，又謂古《序》非一人之作，其言是矣，然必謂"先漢諸儒，不獨不得古
傳正説而宗之，雖古《序》亦未之見也。……毛氏之傳，固未能悉勝三家，
要之有古《序》以該括章指，故訓詁所及，會一詩以歸一貫，且不至於漫然
無統"。（《詩論》十三）其説未爲定論，蓋其時三家《詩》説已亡，輯佚之事
未盛，所謂事無兩造之詞，則獄有偏聽之惑是也。

程氏立論，謂《詩》有《南》《雅》《頌》而無《國風》，其言云：

　　《詩》有《南》《雅》《頌》，無《國風》，其曰《國風》者，非古也。夫
子嘗曰："《雅》《頌》各得其所。"又曰："人而不爲《周南》、《召南》。"
未嘗有言《國風》者。予於是疑此時無《國風》一名。……若夫邶、
鄘、衞、王、鄭、齊、魏、唐、秦、陳、檜、曹、豳，此十三國者，詩皆可采而
聲不入樂，則直以徒詩著之本土。故季札所見，與夫周工所歌，單舉
國名，更無附語，知本無《國風》也。（《詩論》一）

程氏謂《南》、《雅》、《頌》爲樂詩，而諸國爲徒詩，後世不從其説。獨論《鼓
鐘》"以雅以南"之南，爲二南之詩，季札觀樂象箾南籥之南，爲《二南》之

舞,確爲創獲。其論《風》《雅》無正變,則其説尤爲得當:

> 四者——(指《風》《小雅》《大雅》及《頌》)——立而大小高下之辨起。從其辨而推之,有不勝其駁者矣。《頌》愈於《雅》,康宣其減魯僖乎?《雅》加於《風》,則二《南》其不若幽、厲矣! 先儒亦自覺其非,又從而支離其説曰:"《風》有變風,《雅》有變雅,不皆美也。"夫同名《風》《雅》,中分正變,是明以"璵璠"命之,而曰"其中實雜碔砆",不知何以名爲也! 且其釋《雅》曰:"雅者正也。"則《雅》宜無不正矣,已而覺其詩有文武焉,有幽厲焉,則又自正而變爲政,自政而變爲大小廢興。其自相矛盾類如此。(《詩論》四)

王質著《詩總聞》,宋人稱爲以意逆志,自成一家:紀昀則謂其論穿鑿固多,而懸解亦不少。王質謂南爲樂歌名,故於《詩》爲《南》《風》《雅》《頌》之分,與大昌合。其言《風》《雅》《頌》者如次:

> 《總聞》曰:所謂大聲不入俚耳,《折楊》《皇荂》則嗑然而笑。《折楊》逸詩,《皇荂》則此詩是也。當是流傳里閭道路之間,喜爲詠歌,亦可以推他詩。凡《風》《雅》《頌》皆人間所常,侑樂寫情,如今大曲慢曲令曲,及其他新聲異調者也。《頌》特其體制差異,則人間罕行。(《詩總聞》卷九)

鄭樵之説見《詩辨妄》。其書已佚,周孚嘗舉漁仲之論,加以駁正,名其書曰《非詩辨妄》,鄭説反賴是稍存梗概。其他見於《通志》者,如云:

> 自后夔以來,樂以詩爲本,詩以聲爲用,八音六律爲之羽翼耳。仲尼編《詩》,爲燕享祀之時,用以歌,而非用以説義也。古之詩,今之辭曲也,若不能歌之,但能誦其文而説其義,可乎? 不幸腐儒之説起,

齊、魯、韓、毛四家各爲序訓，而以説相高，漢朝又立之學官，以義理相授，遂使聲歌之音，湮没無聞！（《通志樂略》）

《通志·昆蟲草木略·序》又申其説云：

　　夫樂之本在詩，詩之本在聲。竊觀仲尼初亦不達聲，至哀公十一年，自衛反魯，質正于大師氏，而後知之。故曰："吾自衛反魯，然後樂正，《雅》《頌》各得其所。"此言詩爲樂之本，而《雅》《頌》爲聲之宗也。其曰："師摯之始，《關雎》之亂，洋洋乎盈耳哉。"此言其聲之盛也。又曰："《關雎》樂而不淫，哀而不傷。"此言其聲之和也。人之情聞歌則感：樂者聞歌則感而爲淫，哀者聞歌則感而爲傷。惟《關雎》之聲和而平，樂者聞之而樂，其樂不至於淫，哀者聞之而哀，其哀不至於傷，此《關雎》所以爲美也。緣漢人立學官講詩，專以義理相傳，是致衛宏序《詩》，以樂爲樂得淑女之樂，淫爲不淫其色之淫，哀爲哀窈窕之哀，傷爲無傷善之傷。如此説《關雎》，則洋洋盈耳之旨安在乎！

漁仲認定《詩》三百五篇所重，不在義理，故推求《詩》旨，敢於立論。《將仲子》一篇，舊説以爲刺莊公，漁仲則謂"此實淫奔之詩，無與于莊公、叔段之事，《序》蓋失之，而説者又從而巧爲之説以實其事，誤亦甚矣"。（見朱子《詩序辯説》）至是而排斥《詩序》，遂成定論，其後朱子遂有《詩集傳》之作。

　　朱子《詩序辯説》云：

　　故近世諸儒，多以《序》之首句爲毛公所分，而其下推説云云者，爲後人所益，理或有之。但今考其首句，則已有不得詩人之本意而肆爲妄説者矣，況沿襲云云之誤哉！……及至毛公引以入經，乃不綴篇後而超冠篇端，不爲注文而直作經字，不爲疑辭而遂爲決辭。其後三家之傳又絕,而毛說孤行,則其牴牾之跡,無復可見。故此《序》者遂若詩人先所命題,而詩文反爲因《序》以作。於是讀者傳相尊信,無敢擬議,至於有所不通,則必爲之委曲遷就,穿鑿而附合之,寧使經之本文繚戾破碎不成文理,而終不忍明以《小序》爲出於漢儒也。愚之病此久矣!

《詩集傳》推求詩旨,往往突過前人,震懾聾俗,雖間有沿襲舊說,未及是正,而於正變大小之說,未下論定者,然其立論之勇,不易幾及也。

第三十五　嚴羽

吾國文學批評家，大抵身爲作家，至於批判今古，不過視爲餘事。求之宋代，獨嚴羽一人，自負識力，此則專以批評名家者。羽之言曰："夫學詩者以識爲主。"又曰："僕之《詩辯》，乃斷千百年公案，誠驚世絕俗之譚，至當歸一之論。"又自稱其論詩，若那吒太子，析骨還父，析肉還母。諸語皆足以見其自負處，其論亦單刀直入，旁若無人。

嚴羽字儀卿，一字丹丘，邵武人，自號滄浪逋客，有《滄浪詩集》《滄浪詩話》。《詩話》共分五篇，首《詩辯》，次《詩體》，次《詩法》，次《詩評》，次《詩證》，末附《答吳景仙書》，大旨主於妙悟。考戴復古有《贈二嚴詩》云："前年得嚴粲，今年得嚴羽，自我得二嚴，牛鐸諧鐘呂。"又《論詩十絕》云："欲參詩律似參禪，妙趣不由文字傳，個裏稍關心有悟，發爲言句自超然。詩本無形在窈冥，網羅天地運吟情，有時忽得驚人句，廢盡心機做不成。"與滄浪之言，大抵相合。①

滄浪《詩辯》，大旨爲攻擊江西派而發。《答吳景仙書》自稱"其間説

---

① 此二句，1932 年講義作"用知滄浪與戴石屏爲同時人，其議論多有相同者。滄浪之言，條理井然，又非石屏所及。"其後又云："自江西派盛行以後，有四靈體、江湖派之作，其立論大旨，與江西派相左。四靈體宗晚唐。江湖派之説見後。《滄浪詩話》云：'近世趙紫芝、翁靈舒輩，獨喜賈島、姚合之詩，稍稍復就清苦之風，江湖詩人多效其體。'然江湖派亦諱言晚唐。復古曾有詩云：'不作晚唐體，能爲大雅音。'可以想見。"

江西詩病,真取心肝劊子手"。其論首言盛唐諸人,惟在興趣,繼曰:

> 近代諸公乃作奇特解會,遂以文字爲詩,以才學爲詩,以議論爲
> 詩。夫豈不工,終非古人之詩也。蓋於一唱三歎之音,有所歉焉。且
> 其作多務使事,不問興致,用字必有來歷,押韻必有出處,讀之反復終
> 篇,不知著到何處。其末流甚者,叫噪怒張,殊乖忠厚之風,殆以罵詈
> 爲詩。詩而至此,可謂一厄也。

《詩法》又稱"不必太著題,不必多使事。押韻不必有出處,用事不必拘來
歷"。皆針對江西派之論鋒而發。然其中亦稱"下字貴響,造語貴圓,須參
活句,勿參死句"。此中除語圓一說,直至宋亡,始顯然爲江西派採用外,
其餘則潘邠老、曾茶山之論,滄浪取爲己説者也。

> 滄浪橫斷唐詩,分爲五體:
> 唐初體(唐初猶襲陳、隋之體。原注,以下同)
> 盛唐體(景雲以後開元、天寶諸公之詩)
> 大曆體(大曆十才子之詩)
> 元和體(元白諸公)
> 晚唐體

此説明高棅《唐詩品彙》主之,更推大曆爲中唐,而合元和于晚唐,於
是有初、盛、中、晚之説。論詩而必欲立時代爲斷限,其拘牽而不易自圓其
説,固可想見。錢謙益有《古詩一首贈王貽上》云:"有唐盛詩賦,貞符匯
元包,百靈聽驅使,萬象窮鎪雕,千燈咸一光,異曲皆同調。彼哉諓諓者,
穿穴紛科條,初盛別中晚,畫地成狴牢,妙悟掠影響,指注窺釐毫。"又謙益
《唐詩英華序》云:"夫所謂初盛中晚者,論其世也,論其人也。以人論世,
張燕公、曲江,世所謂初唐宗匠也。燕公自岳州以後,詩章淒婉,似得江山

之助,則燕公亦初亦盛。曲江自荆州以後,同調諷詠,尤多暮年之作,則曲江亦初亦盛。以燕公系初唐也,溯岳陽唱和之作,則孟浩然應亦盛亦初。以王右丞系盛唐也,酬《春夜竹亭》之贈,同《左掖梨花》之詠,則錢起、皇甫冉應亦中亦盛。一人之身,更歷二時,將時以人次耶? 人以時降耶?"其言亦爲滄浪而發。平情論之,詩體之變,有無形之遞嬗而無斷代之鴻溝,刻舟求劍,其爲無當明矣。

以禪喻詩,其説不始於滄浪。吕居仁《童蒙訓》云:"作文必要悟入。"此言重在悟入者也。韓子蒼亦云:"詩道如佛法,分大乘、小乘、邪魔、外道,惟知者可以語此。"見《陵陽室中語》,此以二乘喻詩者也。滄浪之論發源於此,然其攻擊所在,則爲江西詩派。録滄浪之語於次:

> 禪家者流,乘有小大,宗有南北,道有邪正。學者須從最上乘,具正法眼,悟第一義。若小乘禪、聲聞辟支果,皆非正也。論詩如論禪,漢、魏、晉與盛唐之詩,則第一義也。大曆以還之詩,則小乘禪也,已落第二義矣。晚唐之詩則聲聞辟支果也。學漢、魏、晉與盛唐詩者,臨濟下也。學大曆以還之詩者,曹洞下也。大抵禪道惟在妙悟,詩道亦在妙悟。且孟襄陽學力,下韓退之遠甚,而其詩獨出退之之上者,一味妙悟而已。惟悟乃爲當行,乃爲本色。然悟有淺深,有分限,有透徹之悟,有但得一知半解之悟。漢魏尚矣,不假悟也。謝靈運至盛唐諸公,透徹之悟也。他雖有悟者,皆非第一義也。

居仁教人悟入,尚有途徑可尋。若如滄浪之言,則悟之深淺,限於時代,是自開元、天寶以往,更無透徹之日。以此教人,難於共喻。《唐詩英華序》又云:"嚴氏以禪喻詩,無知妄論,謂漢、魏、盛唐爲第一義,大曆爲小乘禪,晚唐爲聲聞辟支果;不知聲聞辟支即小乘也。謂學漢、魏、盛唐爲臨濟宗,大曆以下爲曹洞宗;不知臨濟、曹洞初無勝劣也。其似是而非,誤入箴芒者,莫甚於妙悟之一言。彼所取于盛唐者何也? 不落議論,不涉道理,不事發露指陳,所謂玲瓏透徹之悟也。《三百篇》,詩之祖也,‘知我者謂我心憂,不知我者謂我何求’,‘我不敢效我友自逸’,非議論乎?‘昊天曰明,及爾出王’,‘無然畔援,無然歆羨,誕先登於岸’,非道理乎?‘胡不遄死’,‘投畀有北’,非發露乎?‘赫赫宗周,褒姒滅之’,非指陳乎?今仞其一知半見,指爲妙悟,如照螢光,如窺隙日,以爲詩之妙解盡在是。學者沿途覓跡,摇手目側,吹求形影,摘抉字句,曰,此第一、第二義也;曰,此大乘、小乘也;曰,是將夷而爲中、爲晚。盛唐之牛跡兔徑,俛乎其唯恐折而入也。目翳者別見空華,熱傷者傍指鬼物。嚴氏之論詩,亦其翳熱之病耳。"牧齋此論,辨析盡致。其後馮班作《嚴氏糾繆》一卷,詆滄浪爲囈語,則宗牧齋之論者也。

王士禎《蠶尾續文》云:"嚴滄浪以禪喻詩,余深契其説,而五言尤爲近之,如王、裴《輞川》絶句,字字入禪。"此則祖述滄浪者。以禪喻詩,本難求諸跡象,然充悟入之論以教人,學者可以上希王、孟而不能遠追李、杜,可爲"翡翠蘭苕",而不可爲"鯨魚碧海"。若退之所稱"巨刃磨天"之作,此固不能從悟入得之,就嚴、王二公之詩觀之,概可見矣。

滄浪論詩,重在辨別家數,故曰:"辨家數如辨蒼白,方可言詩。"《詩體》篇分析體類,雖間有未盡當處,大段詳密有則。《答吳景仙書》云:"作詩正須辨盡諸家體製,然後不爲旁門所惑。今人作詩差入門户者,正以體製莫辨也。"其言亦當。然《詩評》篇云:"大曆以前,分明別是一副言語,晚唐分明別是一副言語。"直舉漢、魏、六朝,下及開元、天寶,爲一天地,大曆、元和迄及晚唐,爲一天地,其不能無所扞格,固可見矣。

自北宋中世以後,論者推重盛唐,各就其見地之所得,以爲唐人之詩如此矣。有山谷之論,有水心之論,有晦庵之論,有誠齋之論。至於滄浪,亦就其所見而推重盛唐,故謂滄浪取盛唐爲宗者,猶未盡諦,滄浪特從另一方面以論盛唐耳。其言曰:

　　夫詩有別材,非關書也,詩有別趣,非關理也。然非多讀書、多窮理,則不能極其至。所謂不涉理路,不落言筌者,上也。詩者,吟詠情性也。盛唐諸人惟在興趣，羚羊掛角，無跡可求，故其妙處，透徹玲瓏，不可湊泊，如空中之音，相中之色，水中之月，鏡中之象，言有盡而意無窮。

滄浪論"詩之法有五，曰體製，曰格力，曰氣象，曰興趣，曰音節"。此中氣象之説，最爲不易捉摸，滄浪言之者屢屢，如云：

> 唐人與本朝詩，未論工拙，直是氣象不同。
> 漢魏古詩，氣象混沌，難以句摘，晉以還方有佳句。
> 建安之作，全在氣象，不可尋枝摘葉。靈運之詩，已是徹首尾成對句矣，是以不及建安也。
> 謝康樂擬鄴中諸子之詩，亦氣象不類。

其次論"詩之品有九，曰高，曰古，曰深，曰遠，曰長，曰雄渾，曰飄逸，曰悲壯，曰淒婉"。吳景仙論盛唐之詩，稱爲雄深雅健。滄浪答之曰："僕謂此四字但可評文，於詩則用健字不得，不若《詩辯》雄渾悲壯之語，爲得詩之體也。毫釐之差，不可不辨，……只此一字，便見我叔脚根未點地處也。"按少陵《戲爲六絶句》論庾信云："庾信文章老更成，淩雲健筆意縱橫。"《八哀》論李邕云："憶昔李公存，詞林有根柢，聲華當健筆，灑落富清製。"皆明舉健字。司空表聖《詩品》，論勁健云："行神如空，行氣如虹，巫峽千尋，走雲連風。飲真茹强，蓄素守中，喻彼行健，是謂存雄。天地與立，神化攸同，期之以實，御之以終。"觀二公之言，知滄浪之論未必盡當。[①]

———————————

① 1933 年講義下云："其他如論'用工有三，曰起結，曰句法，曰字眼'，大體本諸江西詩派，未見特識。如云：'即以李杜二集枕藉觀之，如今人之治經。'與《朱子語類》'作詩先用看李杜，如士人治本經'，語意雷同。然如其論蘇子卿詩'幸有絃歌曲'云，'今人觀之，必以爲一篇重複之甚，豈特如蘭亭絲竹管絃之語邪，古詩正不當以此論之也'。又如論古詩《青青河畔草》一首云：'一連六句皆用疊字。今人必以爲句法重複之甚，古詩正不當以此論之也。'諸語皆可見其持論不拘一格處。"

　　平情論之,滄浪之評,要不失爲名家,若遽以大家許之,殊未能稱。何則?　其議論見解,多出前人,而浮光掠影之説獨盛故也。至若謂"詩之是非不必争,試以己詩置之古人詩中,與識者觀之,而不能辨,其真古人矣"。依附影響,立論殊謬,不特誠齋、白石恥言之,即醇正如水心、晦庵,亦不爲此言也。

第三十六　劉克莊

江湖派之説,起于南宋寧宗季年。方回《瀛奎律髓》云:"史彌遠廢立之際,陳起宗之能詩,凡江湖詩人皆與之善,宗之刊《江湖集》售之,《南嶽稿》與焉。宗之賦詩有云:'秋雨梧桐皇子府,春風楊柳相公家。'哀濟邸而誚彌遠,本改劉屏山句也。敖臞庵器之爲太學生時,以詩痛丞相趙忠定之死,韓侂胄下吏逮捕,亡命,韓敗乃始登第,致仕而老矣。或嫁'秋雨春風'之句爲器之所作,言者並潛夫《梅詩》論列,劈《江湖集》板,二人皆坐罪,於是詔禁士大夫作詩。"潛夫即劉克莊字,《南嶽稿》其早歲所作詩也。敖器之有《詩評》,當時論者以爲出蔡絛上,附録於此:

> 魏武帝詩如幽燕老將,氣概沈雄。曹子建如三河少年,風流自賞。鮑明遠如餓鷹獨出,奇矯無前。謝康樂如東海揚颿,風日流麗。陶彭澤如絳雲在霄,舒卷自如。王右丞如秋水芙蓉,倚風自笑。韋蘇州如園客獨繭,暗合音徽。孟浩然如洞庭始波,木葉微脱。杜牧之如銅丸走阪,駿馬注坡。白樂天如山東父老課農桑,言言皆實。元微之如李龜年説天寶遺事,貌悴而神不傷。劉夢得如鏤冰雕瓊,流光自照。李太白如劉安雞犬,響徹白雲,核其歸存,恍無定處。韓退之如囊沙背水,唯韓信獨能。李長吉如武帝食露盤,無補多慾。孟東野如霾泉斷劍,臥壑寒松。張籍如優行鄉飲,酬獻秩如,時有恢氣。柳子

厚如高秋獨眺，晚霽孤吹。李義山如百寶流蘇，千絲鐵網，綺密瓌妍，
要非適用。宋朝蘇東坡如屈注天潢，倒流滄海，變幻百怪，終歸雄渾。
歐公如四瑚六璉，止可施之宗廟。荊公如鄧艾縋兵入蜀，要以險絶爲
功。山谷如陶弘景祇詔入宮，析理談玄，而松風之夢故在。梅聖俞如
山河放溜，瞬息無聲。秦少游如時女步春，終傷弱軟。陳後山如九皋
鶴唳，深林孤芳，沖寂自妍，不求識賞。韓子蒼如梨園按樂，排比得
倫。呂居仁如散聖安禪，自能奇逸。其他作者，未易殫陳，獨唐杜工
部如周公制作，後世莫能擬議。

　　克莊字潛夫，莆田人。少時以詩見葉水心，水心許以大將旗鼓。嘉定
間官建陽令，真德秀方里居，克莊師事之，講學問政，一變至道，益鑪奇崛
而就平實，累官至龍圖閣學士，致仕卒，自號後村居士，有《後村大全集》。
《四庫總目提要》，謂其詩話迥在南宋諸家之上，推許不無過當，然撮其旨
要，亦足以備一派之説。

　　後村早歲及見水心、翁、趙諸人，故於四靈一派，頗多心契。既而與江
湖派人遊，有《贈高九萬並寄孫季蕃》詩。其後《序瓜圃集》云："永嘉詩人
極力馳驟，纔望見賈島、姚合之藩而已。余詩亦然，十年前始自厭之，欲息
唐律，專造古體。趙南塘不謂然，其説曰：'言意深淺，存人胸懷，不繫體
格，若氣象廣大，雖唐律不害爲黃鐘大呂，否則手操雲和而驚飆駭電，猶隱
隱弦撥間也。'余感其言而止。"此足以見後村學詩之步驟矣。

　　後村從真西山遊。西山有《文章正宗》二十卷，其目凡四，曰辭命，曰
議論，曰叙事，曰詩賦。自序謂其體本乎古而指近乎經者，然後取焉，否則
辭雖工亦不録，其宗旨略可見。西山以詩歌一門屬後村編類，且約以世教
民彝爲主，如仙釋、閨情、宮怨之類皆勿取。後村有《答真侍郎論選詩書》，
略論六朝詩云：

　　　陶公是天地沖和之氣所鐘，非學力可摹擬。四言最難，韋、孟諸

人皆勉强拘急，獨《停雲》、《榮木》諸作，優遊自有風雅之趣在。五言尤高妙。其讀書考古，皆與聖賢不相詩，而安貧樂道，遯世無悶，使在聖門，豈不與曾點同傳？……世以陶、謝相配，謝功尤深，其詩極天下之工，然其品故在五柳之下，以其太工也。優遊栗里，僇死廣市，即是陶、謝優劣，惟詩亦然。顏不及謝遠甚，《五君詠》却是不易之論。鮑明遠詩體與左太沖相類，古意寖微矣。玄暉又工於靈運，《登孫權城》一篇，如錦人織錦，玉人琢玉，非年歲經緯鍛煉不能就，但陶公于短章稀句中，美刺褒貶，確乎其嚴，而此篇押了十八韻，竟無歸宿，此豈可以智力爭哉？

後村於詩，用力極深，《跋黃愷詩》云：「詩比他文最難工，非功專氣全者，不能名家。余觀他人詩及以身驗之，良然。」至於評詩原則，見於《真仁夫詩卷》，及《表弟方遇詩》兩跋：

古以王官采詩，子教伯魚學詩，詩豈小事哉？古詩遠矣，漢、魏以來，音調體制屢變，作者雖不必同，然其佳者必同。繁濃不如簡淡，直肆不如微婉，重而濁不如輕而清，實而晦不如虛而明，不易之論也。（《跋真仁夫詩卷》）

南昌徐君德夫爲方遇時父作詩評，其論甚高。蓋今之爲詩者尚語而德夫尚意，尚巧而德夫尚拙，以德夫之論，考時父之詩，往往意勝於語，拙多於巧，時父可謂善爲詩，德夫可謂善評詩矣。抑余願有獻焉。世所以寶貴古物者，非直以其古也。余嘗見人家藏盤匜鼎洗之屬，其出於周、漢以前者，其質極輕，其範鑄極精，其款識極高簡，其模擬物象，殆類神鬼所爲，此其所以貴也。苟質範無取，款識不合，徒取其風日剝裂、苔蘚模糊者而寶貴之，是土鼓瓦釜，得與清廟鐘磬並陳也。時父勉之，使語意俱到，巧拙相參，他日必爲大作者而不爲小小家數矣。（《表弟方遇詩跋》）

後村此論,直與江西派尚意尚拙者立異,推重輕清精巧,不欲苟取古人風
日剝裂、苔蘚模糊之狀而模仿之。雖充其說,未必即爲大家,然而徒爲古
人影子之病,固可免矣。後村于唐人詩,寢饋亦深,然與江西派之標榜老
杜,嚴滄浪之高談盛唐者不同。《詩話》云:

> 唐詩人與李、杜同時者,有岑參、高適、王維,後李、杜者有韋、柳,
> 中間有盧綸、李益、兩皇甫、五竇,最後有姚、賈諸人,學者學此足矣。
> 長慶體太易,不必學。王逢原題樂天墓木:"若使篇章深李杜,竹符還
> 不到君分。"豈亦病其詩之淺耶?

後村病長慶之淺易,其實後村晚歲之詩,如《老吏》《老妓》諸首,亦以頹唐
率易爲病,然作詩與論詩,自爲二事,《總目提要》謂其詩雖足資笑噱,論詩
則具有條理者是也。後村論李、杜諸人,殊無新意,其論柳州較有見地,豈
以其詩清靈,固心契所在耶? 如云:

> 韓、柳齊名,然柳乃本色詩人,自淵明没,雅道幾熄,當一世競作
> 唐詩之時,獨爲古體以矯之。未嘗學陶和陶,集中五言凡十數篇,雜
> 之陶集,有未易辨者。其幽微者可玩而味,其感慨者可悲而泣也。其
> 七言五十六字尤工。(《詩話》)
>
> 柳子厚才高,他文惟韓可對壘,古律詩精妙,韓不及也。當舉世
> 爲元和體,韓猶未能免俗,而子厚獨能爲一家之言,豈非豪傑之士
> 乎?[1] (《詩話》)

---

[1] 1932 年講義下尚引:"昔何文縝嘗語李漢老云:'如柳子厚詩,人生豈可不學他做數
百首。'漢老退而嘆曰:'得一二首似之,足矣。'文縝後從北狩,病中詩云:'歷歷通前劫,依依
返舊魂。人生會有死,遺恨滿乾坤。'雖意極忠憤,而語不刻急,亦學柳之驗。"其後云:"後村
語及韓柳二公,輒有軒輊。如云:'自唐以來,李杜之後,便到韓柳。韓詩沉着痛快,可以配
杜,但以氣爲之,直截者多,雋永者少。'以直截評退之,亦極允當。"又方虛谷每論江(轉下頁)

後村語及宋詩，大指以非本色少之，與嚴滄浪之説類似。如云：

　　　本朝則文人多，詩人少。三百年間雖人各有集，集各有詩，詩各
　自爲體，或尚理致，或負材力，或逞辨博，少者千篇，多至萬首，要皆經
　義策論之有韻者爾，非詩也。自二三鉅儒及十數大作家，俱未免此
　病。(《竹溪詩序》)①

對於山谷及江西派詩人，則極不謂：然，《後村詩話》謂：“張籍《祭韓退
之》詩云：‘而後之學者，或號爲韓張。’有抗衡之意。皇甫湜作《墓碑》云：
‘公疾諭湜曰：“死能令我躬不隨世磨滅者，惟子以爲屬。”’退之乃賴湜而
傳耶？近世推黃配蘇，亦類此。”又録張嶷《詩評》云：“魯直詩文，譽者或
過其實，毀者或損其真，皆非真知魯直者，或有所愛憎而然。大抵魯直文
不如詩，詩律不如古，古不如樂府。魯直自以爲出於《詩》與《楚辭》，過
矣，蓋規模漢、魏以下者也。佳處往往與古樂府、《玉臺新詠》中諸人所作
合。其古律詩酷學少陵，雄健太過，遂流而入於險怪。要其病在太著意，
欲道古今人所未道語爾。其文則專學西漢，惜其才力褊局，不能汪洋趁
趄，如其紀事立言，頗時有類處。”後村謂此評爲不易之論，蓋有所見。
　　《江西詩派小序》，列舉陳後山、韓子蒼等，皆非贛人，同時曾茶山乃贛
人，又與吕居仁以詩往還，致疑于吕氏作《宗派圖》時去取之意。又云：

<hr />

(接上頁)湖詩人出於許渾，觀後村之論，於渾多恕詞，與陳後山所謂‘末世無高學，舉俗愛許
渾’者，其議論大相左，此則派別之異也。後村評其詩‘如天孫之織，巧匠之斲，尤善用古事
以發新意，其警聯快句，雜之元微之、劉夢得集中，不能辨’。渾詩如《登洛陽城》云：‘水聲東
去市朝變，山勢北來宮殿高。’《凌歊臺》云：‘湘潭雲盡暮山出，巴蜀雪消春水來。’《後村詩
話》皆摘出，虚谷認爲江湖詩人宗丁卯句法者，即指此二聯也。”
　　① 1933 年講義下云：“其意中所推重在梅聖俞、陸放翁二家。《跋李賈縣尉詩卷》云：
‘謂詩道至唐猶存則可，謂詩至唐而止則不可。本朝詩自有高手。李、杜，唐之集大成者也，
梅、陸，本朝之集大成者也。學唐而不學李、杜，學本朝而不由梅、陸，是猶喜蓬户之容膝，而
不知有建章千門之鉅麗，愛葉舟之掀浪，而不知有龍驤萬斛之負載也。’”

"後來誠齋出,真得所謂活法,所謂'流轉圜美如彈丸'者,恨紫微公不及見耳。"大抵後村之論,於江西派人不甚許可,獨推誠齋。誠齋蓋出於江西,而後變化自成一家者也。

《後村詩話》中論陳簡齋一則,最見識力,逐錄於次:

> 元祐後詩人迭起,一種則波瀾富而句律疏,一種則鍛煉精而情性遠,要之不出蘇、黃二體而已。及簡齋始以老杜爲師。《墨梅》之詩,尚是少作。建炎以後,避地湖嶠,行路萬里,詩益奇壯。《元日》云:"後飲屠蘇知已老,長乘舴艋竟安歸。"《除夕》云:"多事鬢毛隨節換,盡時燈火向人明。"《記宣靖事》云:"東南鬼火成何事,終待胡烽作諍臣。"(謂方臘不能爲患,直待粘幹耳)《岳陽樓》云:"登臨吳蜀橫分地,徙倚湖山欲暮時。"又云:"乾坤萬事集雙鬢,臣子一謫今五年。"《聞德音》云:"自古安危關政事,隨時憂喜到漁樵。"五言云:"泊舟華容縣,湖水終夜明,淒然不能寐,左右菰蒲聲。窮處事多危,勝處心亦驚,三更螢火鬧,萬里天河橫。腐儒憂平世,況復值甲兵,終然無寸策,白髮滿頭生。"造次不忘憂愛,以簡嚴掃繁縟,以雄渾代尖巧,第其品格,故當在諸家之上。①

---

① 1937 年修訂本目錄此節下增"劉辰翁"一章,修訂稿不存。

第三十七　晁補之　李清照　黃昇[①]

　　詞之初起，蓋在唐之中世，至溫庭筠卓然崛起，爲有唐之大宗。自茲而後，迄於五代，小詞之盛，與詩代興。陸游《跋花間集》曰："唐自大中後，詩家日趨淺薄，其間傑出者亦不復有前輩閎妙渾厚之作。久而自厭，然梏於俗尚，不能拔出。會有倚聲作詞者，本欲酒間易曉，頗擺落俗態，適與六朝跌宕意氣差近，此集所載是也。故歷唐季五代，詩愈卑而倚聲者輒簡古可愛。蓋天寶以後，詩人常恨文不逮，大中以後，詩衰而倚聲作。……筆墨馳騁則一，能此不能彼，未易以理推也。"放翁此論，於五代中詩詞消長之際，言之至明。北宋詩人，多尚理致，麗情綺語，流爲小詞，及至南宋，詞體又異，推移流變，蓋有出於不自覺者。至於宋人論詞之作，殊不多見，幾與唐人論詩相同。今略撮諸家之言於此，首晁補之、李清照、黃昇，其他見之次篇。又宋人詩話亦間有論詞者，《後山詩話》即其一例，今兹所論，但取指要，不更瑣瑣。

　　晁補之字無咎，鉅野人。少聰明强記，善屬文。十七歲以文謁東坡，東坡先欲有所賦，讀之歎曰，吾可以閣筆矣，由是知名。舉進士，以禮部郎中出知河中府，大觀末卒。補之才氣飄逸，嗜學不倦，有《雞肋集》《晁無咎詞》。《復齋漫録》載無咎論詞一則，北宋詞論流傳極少，此則良足

貴也：

世言柳耆卿曲俗，非也，如《八聲甘州》云：“漸霜風淒緊，關河冷落，殘照當樓。”此唐人語不減高處矣。歐陽永叔《浣溪沙》云：“堤上遊人逐畫船，拍堤春水四垂天，綠楊樓外出鞦韆。”要皆絕妙，然只一“出”字，自是後人道不到處。東坡詞，人謂多不諧音律，然居士詞橫放傑出，自是曲中縛不住者。黄魯直間作小詞，固高妙，然不是當家語，自是著腔子唱好詩。晏元獻不蹈襲人語而風調閑雅，如“舞低楊柳樓心月，歌盡桃花扇底風”，知此人不住三家村也。張子野與柳耆卿齊名，而時以子野不及耆卿，然子野韻高，是耆卿所乏處。近世以來，作者皆不及秦少游，如“斜陽外，寒鴉數點，流水繞孤村”，雖不識字人，亦知是天生好言語。

無咎爲坡門四學士之一，東坡、少游于柳詞皆不滿，語見前。無咎之論與二人異。《四庫總目·樂章集提要》云：“蓋詞本管弦冶蕩之音，而永所作旖旎近情，故使人易入，雖頗以俗爲病，然好之者終不絕也。”蓋有取於無咎之言。陳振孫《書錄解題》云：“補之嘗云，今代詞手惟秦七、黄九，他人不能及也。”與無咎前說不盡同，豈一時興到之言耶？

李清照號易安居士，濟南人，禮部郎提點京東刑獄格非之女，湖州守趙明誠之妻，有《漱玉詞》五卷，今存一卷。詞格抗軼周、柳，其論詞之言，見於胡仔《苕溪漁隱叢話》：

五代干戈，四海瓜分豆剖，斯文道熄，獨江南李氏君臣尚文雅，故有“小樓吹徹玉笙寒”，“吹皺一池春水”之詞，語雖奇甚，所謂亡國之音哀以思也。逮至本朝，禮樂文物大備，又涵養百餘年，始有柳屯田永者，變舊聲作新聲，出《樂章集》，大得聲稱於世，雖協音律，而詞語塵下。又有張子野、宋子京兄弟、沈唐、元絳、晁次膺輩繼出，雖時時有妙語，而破碎何足名家。至晏元獻、歐陽永叔、蘇子瞻，學際天人，作爲小歌詞，然皆句讀不葺之詩爾，又往往不協音律者。何耶？蓋詩文分平側而歌詞分五音，又分五聲，又分六律，又分清濁輕重，且如近世所謂《聲聲慢》《雨中花》《喜遷鶯》，既押平聲韻，又押入聲韻，《玉樓春》本押平聲韻，又押上去聲，又押入聲。本押仄聲韻，如押上聲則協，如押入聲，則不可歌矣。王介甫、曾子固文章似西漢，若作一小歌詞，則人必絕倒，不可讀也。乃知別是一家，知之者少。後晏叔原、賀方回、秦少游、黃魯直出，始能知之。又晏苦無鋪叙，賀苦少典重。秦即專主情致而少故實，譬如貧家美女，雖極妍麗豐逸，而終乏富貴態。黃即尚故實而多疵病，譬如良玉有瑕，價自減半矣。①

　　宋人詞選，今存者有《樂府雅詞》《花庵詞選》《草堂詩餘》《絕妙好詞》等數種。《樂府雅詞》曾慥編，《自序》略云：“予所藏名公長短句，裒合成編，或後或先，非有銓次，多是一家，難分優劣，涉諧謔則去之，名曰《樂府雅詞》。”《草堂詩餘》不知何人編，朱彝尊《詞綜》稱草堂選詞，可謂無目，詆之極甚。《絕妙好詞》周密編，密宋末人，所選以謹嚴得名，又有《浩然齋雅談》，今輯存三卷，上卷談經史文章，中卷談詩，下卷談詞，然所選不載評論，與《花庵詞選》異。

　　黃昇字叔暘，閩人，號玉林，又號花庵詞客，早棄科舉，雅意歌詠，以詩受知游九功。閩帥樓秋房以泉石清士目之，有《散花庵詞》《中興詩話補遺》，及《花庵詞選》。按花庵淳祐甲辰爲魏慶之作《詩人玉屑序》，《詞選》成於淳祐己酉，與嚴羽、劉克莊等同時，又《中興詩話補遺》述花庵與江湖

① 1932年講義下云：“易安於南唐北宋詞家，評騭殆遍，抉取利病，得其窾要，似較無咎更高一著。胡仔評之曰：‘易安歷評諸公歌詞，皆摘其短，無一免者，此論未公，吾不憑也。其意蓋自謂能擅其長以樂府名家者。退之詩云：“不知群兒愚，那用故謗傷。蚍蜉撼大樹，可笑不自量。”正爲此輩發也。’漁隱之言，譏彈過甚，殆非公論。”

詩人往還甚繁,則其人亦嚴、劉之友也。《詩話》之說,無所發明,不錄。

《花庵詞選》凡兩種,曰《唐宋諸賢絕妙詞選》者十卷,曰《中興以來絕妙詞選》者十卷。[①]　其評語頗精核,今摭錄若干則於次:

> 温庭筠,詞極流麗,宜爲《花間集》之冠。
>
> 李後主《烏夜啼》,此詞最淒婉,所謂亡國之音哀以思。
>
> 王觀《慶清朝慢·踏青》風流楚楚,詞林中之佳公子也。世謂柳耆卿工爲浮豔之詞,方之此作,蔑矣。詞名《冠柳》,豈偶然哉。
>
> 柳永,長於纖豔之詞,然多近俚俗,故市井之人悦之。
>
> 周邦彦《花犯·梅花》,此只詠梅花而紆餘反復,道盡三年間事,昔人謂"好詩圓美流轉如彈丸",余於此詞亦云。
>
> 万俟雅言,雅言之詞,詞之聖者也,發妙旨於律呂之中,運巧思於斧鑿之外,平而工,和而雅,比諸刻琢句意而求精麗者遠矣。
>
> 吳彦高《春從天上來》,又《青衫濕》,右二曲皆精妙淒婉,惜無人拈出,今錄入選中,必有能知其味者。
>
> 姜夔,詞極精妙,不減清真樂府,其間高處,有美成所不能及,善吹簫,自製曲,初則率意爲長短句,然後協以音律云。

花庵題唐詞云:"凡看唐人詞曲,當看其命意造語工致處,蓋語簡而意深,所以爲奇作也。"

---

① 1932 年講義下云:"其書首收李白《憶秦娥》《菩薩蠻》二詞,頗失鑒別,又加誤以李璟之作屬諸後主,亦爲世所譏。"

第三十八　沈義父　張炎

　　南宋之季，夢窗、玉田之詞大盛，論者或以詞匠少之。實則吾國文學上之演進，每有一定之軌則，始出於大衆之謳歌，天然之美，于茲爲盛。及其轉變既煩，成爲文人學士之辭，組繪之美，於是代興。二美不可兼，各有所長，必謂後之嚴妝，遜於前之本色，斯又一偏之論爾。其時論詞專著，有沈義父、張炎之作，略述於次。

　　沈義父字伯時，吳江人，宋亡隱居不仕，自題稱癸卯識夢窗，暇日相與唱酬，率多填詞，因講論作詞之法。所著《樂府指迷》，共二十八則，雖無大發明，然所論有可采者。其論作詞之旨云：

　　　　詞之作難于詩，蓋音律欲其協，不協則成長短之詩；下字欲其雅，不雅則近乎纏令之體。用字不可太露，露則直突而無深長之味；發意不可太高，高則狂怪而失柔婉之意。

　　　　作詞與詩不同，縱是用花卉之類，亦須略用情意，或要入閨房之意，然多流淫豔之語，當自斟酌。如只直詠花卉而不著些豔語，又不似詞家體例，所以爲難。又有直爲情賦曲者，尤宜宛轉回互可也。如怎字，恁字，奈字，這字，你字之類，亦不可多用，亦宜斟酌，不得已而用之。

伯時論詞以清真爲宗，後人多主其説。伯時云：

　　凡作詞當以清真爲主，蓋清真最爲知音，且無一點市井氣，下字運氣，皆有法度，往往自唐宋諸賢詩句中來，而不用經史中生硬字面，此所以爲冠絶也。

　　《樂府指迷》論詞中用事，使人姓名，須委曲得不用出最好，又忌兩人名對使，如云"庾信愁多，江淹恨極"之類，其語微嫌拘執。又論煉句下語處，務避説破本意，求免鄙俗，實則轉成塗飾，誠如《四庫總目提要》所譏。如云：

　　　　煉句下語，最是緊要，如説桃不可直説破桃，須用"紅雨""劉郎"等字。如詠柳不可直説破柳，須用"章臺""灞岸"等字。又用事如曰"銀鉤空滿"，便是書字了，不必更説書字。"玉箸雙垂"，便是淚了，不必更説淚。如"綠雲繚繞"，隱然髻髮，"困便湘竹"，分明是簟，正不必分曉，如教初學小兒，説破這是甚物事，方是妙處。往往淺學俗流，多不曉此妙用，指爲不分曉，乃欲直拔説破，却是賺人與耍曲矣。如説情不可太露。①

　　張炎字叔夏，號玉田，又號樂笑翁，家于臨安，張俊五世孫也。宋亡潛跡不仕，縱遊浙東西，落拓以終。工長短句，有《山中白雲詞》及《詞源》二卷。《詞源》上卷討論音律，下卷分《音譜》《拍眼》《製曲》《句法》《字面》

----

① 1933年講義下云："伯時於四聲之中揭出去聲之要云：'腔律豈必人人皆能按簫填譜，但看句中用去聲字最爲緊要。然後更將古知音人曲一腔三兩隻參訂，如都用去聲，亦必用去聲，其次如平聲却用得入聲字替，上聲字最不可用去聲字替，不可以上去入盡道是仄聲，便用得，更須調停參訂用之。古曲亦有拗者，蓋被句法中字面所拘牽，今歌者亦以爲礙。'此説分別仄聲中上去入不可互用，原本於李易安。清代萬樹撰定《詞律》時參訂古人詞曲，立爲定律，於去聲字辨別尤嚴，其説蓋本於此。伯時立論極爲慎重，故一再言斟酌言調停，不及張炎《詞源》之議論精闢也。"

《虛字》《清空》《意趣》《用事》《詠物》《節序》《賦情》《離情》《令曲》《雜論》等，凡十五篇。

宋人言詩，好稱命意，《詞源》亦襲此説。如云："詞以意爲主，不要蹈襲前人語意。"又云："作慢詞看是甚題目，先擇曲名，然後命意。命意既了，思量頭如何起，尾如何結，方始選韻，而後述曲。最是過片不要斷了曲意，須要承上接下。"

玉田論詞，揭出"清空"二字，爲《詞源》一書最扼要處。其語云：

> 詞要清空，不要質實。清空則古雅峭拔，質實則凝澀晦昧。姜白石詞如野雲孤飛，去留無跡；吳夢窗詞如七寶樓臺，眩人眼目，碎拆下來，不成片段。此清空質實之説。

元陸輔之《詞旨》云："《詞源》云'清空'二字，亦一生受用不盡，指迷之妙，盡在是矣。學者必在心傳耳傳，以心會，當有悟入處。然須跳出窠臼外，時出新意，自成一家，若屋下架屋，則爲人之賤僕矣。"其言蓋得之玉田。然玉田評論夢窗，貶之過甚，未必盡當。清戈載云："夢窗從吳履齋諸公遊，晚年好填詞，以綿麗爲尚，運意深遠，用筆幽邃，煉字煉句，迥不猶人。貌觀之，雕繢滿眼，而實有靈氣行乎其間，細心吟繹，覺味美於回，引人入勝。既不病其晦澀，亦不見其堆垛。此與清真、梅溪、白石，並爲詞學之正宗，一脈真傳，特稍變其面目耳。猶之玉溪生之詩，藻采組織而神韻流轉、旨趣永長，未可妄譏其獺祭也。"此言頗足爲夢窗張目。

玉田長於韻律，故論詞以協音爲主，往往爲一音之安，頻加改定，不恤語意違忤，後人以此譏之。玉田云：

> 詞以協音爲先，音者何，譜是也。古人按律製譜，以詞定聲，此正"聲依永，律和聲"之遺意。
>
> 先人曉暢音律，有《寄閑集》，旁綴音譜，刊行於世。每作一詞，必

使歌者按之,稍有不協,隨即改正。曾賦《瑞鶴仙》一詞云:"……粉
蝶兒撲定花心不去,閑了尋香兩翅。……"此詞按之歌譜,聲字皆協,
惟"撲"字稍不協,遂改爲"守"字乃協。始知雅詞協音,雖一字亦不
放過,信乎協音之不易也。又作《惜花春·起早》云"瑣窗深","深"
字意不協,改爲"幽"字,又不協,再改爲"明"字,歌之始協。

江西派論詩好言句法,言詩眼,玉田論詞亦言句法,言字面。南宋人詩詞
之論,往往有可以參互印證者如此。玉田之後,至陸輔之更摘警句,摘詞
眼,則又本諸師承而變本加厲者也。《詞源》云:

> 詞中句法要平妥精粹,一曲之中,安能句句高妙,只要拍搭襯副得
> 去。於好發揮筆力處,極要用工,不可輕易放過,讀之使人擊節可也。
> 句法中有字面,蓋詞中一個生硬字用不得,須是深加鍛煉,字字敲
> 打得響,歌誦妥溜,方爲本色語。如賀方回、吳夢窗,皆善於煉字面,多
> 於溫庭筠、李長吉詩中來。字面亦詞中之起眼處,不可不留意也。

玉田論及古今詞人小令,仍以《花間集》中諸人爲則,對於清真,許與
雖深,未肯遽稱爲詞家正宗,此其與沈伯時不合處。又東坡、稼軒,自來論
者混爲一談,《樂府指迷》亦云:"近世作詞者,不曉音律,乃故爲豪放不羈
之語,遂借東坡、稼軒諸賢自諉。"乃玉田之論,則分析蘇、辛,殊有見地。
至其對於柳耆卿一派之詞,則以鄙俗薄之。此則自東坡時,固已爾矣。今
錄玉田評判前人之語於此:

> 詞之難於令曲,如詩之難於絕句,不過十數句,一句一字閑不得,
> 末句最當留意,有有餘不盡之意始佳。當以唐《花間集》中韋莊、溫飛
> 卿爲則,又如馮延巳、賀方回、吳夢窗,亦有妙處。至若陳簡齋"杏花
> 疏影裏,吹笛到天明"之句,真是自然而然。

美成負一代詞名，所作之詞，渾厚和雅，善於融化詩句，而於音調，且間有未諧，可見其難矣。作詞者多效其體制，失之軟媚而無所取，此惟美成爲然，不能學也。中間如秦少游、高竹屋、姜白石、史邦卿、吳夢窗，此數家格調不侔，句法挺異，俱能特立清新之意，刪削靡曼之詞，自成一家，各名於世。作詞者能取諸人之所長，去諸人之所短，精加玩味，象而爲之，豈不能與美成輩爭雄長哉？

詞欲雅而正，志之所之，一爲情所役，則失其雅正之音。耆卿、伯可不必論，雖美成亦有所不免。美成詞，只當看他渾成處，於軟媚中有氣魄，采唐詩融化如自己者，乃其所長，惜乎意趣却不高遠。所以出奇之語，以白石騷雅句法潤色之，真天機雲錦也。

東坡詞，如《水龍吟·詠楊花》《詠聞笛》，又如《過秦樓》《洞仙歌》《卜算子》等作，皆清麗舒徐，高出人表，《哨遍》一曲，隱括《歸去來辭》，更是精妙，周、秦諸人所不能到。

辛稼軒、劉改之作豪氣詞，非雅詞也。于文章餘暇，戲弄筆墨，爲長短句之詩耳。

詞之賦梅，惟姜白石《暗香》《疏影》二曲，前無古人，後無來者，自立新意，真爲絶唱。太白云："眼前有景道不得，崔顥題詩在上頭。"誠哉是言也。

《詞旨》，元陸輔之作，所言大抵本之玉田，無足稱者。其言玉田要訣，當有所本。語云："詞意貴遠，用字貴便，造語貴新，煉字貴響。古人詩有翻案法，詞亦然。詞不用雕刻，刻則傷氣，務在自然。周清真之典麗，姜白石之騷雅，史梅溪之句法，吳夢窗之字面，取四家之所長，去四家之所短，此翁之要訣。學者所謂刻鵠不成，尚類鶩者也。"[1]

　　[1]《講義》1932年本此下有"王鉊謝伋"一章，1937年修訂本目錄仍存，《大綱》刪去。今據《講義》1932年本附錄於本書之末。

第三十九　方回

　　自吕居仁、韓子蒼後,百有餘載而有方回。此時期中,南宋之詩壇,經過江西派及反江西派之紛爭,爲日既久,而江西派之議論亦漸變,與黃、陳、吕、韓諸人之旨趣不盡合。方回生于宋末,以詩自負,宋亡主講東南,爲此派最後之中堅,觀其所言,庶幾江西派之定論矣。回字萬里,號虛谷,又號紫陽,徽州人,景定中以別頭登第①,入元爲建德路總管。所著有《桐江集》、《文選顏鮑謝詩評》,及《瀛奎律髓》諸書。《文選顏鮑謝詩評》,爲後人摘録虛谷手册所成,殆非完本。其《瀛奎律髓》一書,成於至元二十年,上距宋亡七年矣。《四庫總目提要》云"方回之詩,專主江西,平生宗旨,悉見所編《瀛奎律髓》"者指此。虛谷自序云:"文之精者爲詩,詩之精者爲律。所選詩格也,所注詩話也,學者求之,髓由是可得也。"此書議論明晰,條貫井然,較之宋代一般詩話,堪稱上選,惟有待於後之論者爲之輯理耳。

　　方回之詩,俱見《桐江集》中,與黃、陳諸公之詩,殊不相類,以體裁言之,蓋爲江西派中之修正派。《春半久雨走筆》二首自注云:"回二十學詩,今七十六矣。七言決不爲許渾體,妄冀黃、陳、老杜,力不逮則退而爲

---

　　① 1932 年講義下云:"嘗獻詩於賈似道諛之,及似道貶,遂反上十可斬之疏,以此得知嚴州,時德祐元年也。二年蒙古兵入臨安,虛谷降虜,遂得建德路總管。"

白樂天及張文潛體。樂天詩，山谷喜之，摘其佳者在集。文潛詩自然不雕刻，山谷不敢□也。五言回慕後山，苦心久矣，亦多退爲平易，中有閬仙之敲而人不知也。”此語述盡虛谷平生詩學所在，知其詩不盡主江西故常也。

虛谷之論，第一在確定江西派“一祖三宗”之說。《瀛奎律髓》注云：

> 山谷法老杜，後山棄其舊而學焉，遂名“黃陳”，號江西派，非自爲一家也，老杜實初祖也。（卷一）

> 予平生持所見，以老杜爲祖，老杜同時諸人皆可伯仲。宋以後山谷一也，後山二也，簡齋爲三，呂居仁爲四，曾茶山爲五，其他與茶山伯仲亦有之，此詩之正派也。餘皆傍支別類，得斯文之一體者也。（卷十六）

> 嗚呼，古今詩人當以老杜、山谷、後山、簡齋爲“一祖三宗”，餘可豫配饗者有數焉。（卷二十六）

《瀛奎律髓》卷十注稱老杜之詩云：“大抵老杜集，成都時詩勝似關輔時，夔州時詩勝似成都時，而湖南時詩又勝似夔州時。一節高一節，愈老愈剝落也。”此語殊覺可味。《晦庵語録》云：“人多説杜子美夔州詩好，此不可曉，夔州詩却説得鄭重煩絮，不如他中前有一節好。魯直一時固有所見，今人只見魯直説好，便却説好，如矮人看戲耳。”虛谷祖述山谷，則云“愈老愈剝落”，意以剝落爲好，清代《四庫總目提要》稱其説“以生硬爲健筆，以粗豪爲老境，頗不諧於中聲”，而馮己蒼詆其不能知杜也。

“一祖三宗”之論，雖創自虛谷，然黃、陳（後山）並稱，則爲元祐以後之常言。《瀛奎律髓》卷三注云：“老杜詩爲唐詩之冠，黃、陳詩爲宋詩之冠，黃、陳學老杜者也。”此言推崇甚至。其論黃、陳之別者，亦能深入，如云：

> 自山谷始學老杜而後山繼之。“山谷學老杜而不爲”，此後山之

言也，未知"不爲"如何。後山詩步驟老杜而深奧幽遠。（卷十）

　　自老杜後始有後山，律詩往往精於山谷也。山谷宏大而古詩尤高，後山嚴密而律詩尤高。（卷十七）

　　虛谷推重簡齋以配黃、陳爲三宗，驟視之似不可解，細言之則虛谷論詩之特識，及其新樹之壁壘，皆於此可見。陳簡齋名與義，字去非，與呂居仁、曾茶山同時，二人論詩不及簡齋，以其派別各異故也。簡齋自言："詩至老杜極矣，蘇、黃復振之而正統不墜。東坡賦力大，故解縱繩墨之外而用之不窮。山谷措意深，故游泳玩味之余而索之益遠。要必識蘇、黃之所不爲，然後可以涉老杜之涯涘。"此言足見其立意不屑爲蘇、黃所拘束，何論後山。江西派學黃、陳而祧老杜，簡齋則直學老杜而平視蘇、黃，其不同處在此。《瀛奎律髓》注中稱簡齋處極多，如云："簡齋詩獨是格高，可及子美。"又云："去非格調高勝，舉一世莫之能及。"虛谷《秋晚雜書》詩云："堂堂陳去非，中興以詩鳴，呂曾兩從橐，殘月配長庚。"其推崇之意躍然紙上。[1]

　　江西派以外有西崑派、四靈體、江湖派等別。江西派諸人於西崑派多恕詞，故《瀛奎律髓》卷三亦云："此崑體詩，一變亦足以革當時風花雪月、小巧呻吟之病，非才高學博，未足到此，久而雕篆太甚，則又有能言之士，變爲別體，以平淡勝深刻。時勢相因，亦不可一律論也。"總之在虛谷時，西崑初焰已熄，故論及此派，語較寬恕，至於當前之四靈體、江湖派，則皆爲其攻擊之目標。

　　四靈之詩，遠宗晚唐賈島、姚合，故虛谷之語，對此立論。然以其平生所學，乃在賈島，故析賈、姚爲二，揚島抑合，說見《瀛奎律髓》：

---

[1]　1932 年講義下云："吾恒疑虛谷之論，一面直祖黃、陳，不欲移動一步，一面則儘有其創獲之見解。雖抱殘守闕，常爲一偏之論，而偶抒己見，實有自得之妙。故謂其爲江西派中之修正派者，此也。"

　　　　姚合與賈島同時而稍後，格卑于島，細巧則或過之，蓋四靈之所
宗也。（卷十）

　　　　予謂詩家有大判斷，有小結裹。姚之詩專在小結裹，故四靈學
之，五言八句皆得其趣，七言及古體，則衰落不振。又所用料不過花
竹鶴僧、琴藥茶酒，於此數物，一步不可離，而氣象小矣。是故學詩者
必以老杜爲師，乃無偏僻之病焉。（卷十）

四靈之詩，規模既小，詩料又窘，用力極深而成功極微，其爲虛谷所譏固
宜。至江湖派詩人，則虛谷輕之尤甚，《瀛奎律髓》卷四十二稱劉克莊詩：
"比四靈斤兩輕，得之易而磨之猶未瑩也。四靈非極瑩不出，所以難。"其
他以巧、以冗、以俗、以格卑攻擊克莊者，語不一見。

　　虛谷認定江湖詩人遠宗許渾，對渾加以攻擊，正與其直攻姚合以間接
攻四靈之法相同。如云：

　　　　今江湖學詩者，喜許渾詩"水聲東去市朝變，山勢北來宮殿高"，
"湘潭雲盡暮山出，巴蜀雪消春水來"，以爲丁卯句法。（卷二十五）
　　　　許用晦詩出於元白之後，體格太卑，對偶太切，近世晚進爭由此
入，所以卑之又卑也。（卷十）

江西派之詩爲世人所攻者，在其聲色枯澀。《瀛奎律髓》卷二十三注云：
"老杜詩不可以色相聲音求"，卷十六又言："讀後山詩，若以色見，以聲音
求，是行邪道，不見如來。全是骨，全是味，不可與拈花簇葉者相較量也。"
此其爲江西派迴護者一。又江西派之詩，世人每目爲生硬，虛谷遂創爲圓
熟之論以資救濟，此言亦有所本。《紫微詩話》載晁叔用嘗戲謂呂居仁：
"我詩非不如子，我作得子詩，但是子差熟耳。"居仁戲答云："只熟便是精
妙處。"《瀛奎律髓》卷二十云："夫詩莫貴于格高，不以格高爲貴而專尚風
韻，則必以熟爲貴。熟也者非腐爛陳故之熟，取之左右逢其源是也。"卷十

六亦云：“平熟圓妥，視之似易，能作詩到此地亦難也。”此其爲江西派迴護者又一也。

　　江西派之粗，此爲不可諱言者，虛谷亦知之。《瀛奎律髓》卷四十七云：“江西詩晚唐家甚惡之，然粗則有之，無一點俗也。晚唐家吟不著，卑而又俗，淺而又陋，無江西之骨之律。”此則反脣相稽之論矣。卷四十七論江西派詩僧祖可、善權詩云：“題目甚易，無一唱三歎之風，謂晚唐之雕蟲小技，不及此之大片粗抹，亦恐過矣，老杜之細潤工密，不可不參。”虛谷於江西之病，識之極真，投以“老杜之細潤工密”，正是對證下藥，其論詩可取處在此。

　　虛谷宗旨所在，約而言之，蓋有三端：一曰句活，二曰字眼，三曰格高。（一）句活之説，近法呂居仁，無所發明。（二）字眼之説，遠紹黃山谷。《瀛奎律髓》于杜甫《岳陽樓詩》“吳楚東南坼，乾坤日夜浮”之“坼”字、“浮”字下注云：“是句中眼。”陳無己《登快哉亭》詩“度鳥欲何向，奔雲亦自閑”，“欲何”、“亦自”四字亦稱句眼。虛谷所稱之眼，不限一字，更不必在第某字，與潘邠老異。（三）格高之説，此爲江西派緊要關頭，故《瀛奎律髓》云：“詩先看格高而語又到，意又工，爲上。意到語工而格不高，次之。無格無意又無語，下矣。”又云：“善學老杜而才格特高，則當屬之山谷、後山、簡齋。”[①]

　　《瀛奎律髓》中惟《變體》一卷，論獨精到。變體者不拘律詩景一聯、情一聯之體，不拘虛實對稱之體也。所選諸詩，如杜甫《屏跡》“桑麻深雨露，燕雀半生成”，及賈島《憶江上吳處士》“此地聚會夕，當時雷雨寒”，“雨露”“生成”，“聚會”“雷雨”，皆兩輕兩重自相對者。又賈島《病起》“身事豈能遂，蘭花又已開，病令新作少，雨阻故人來”，注云：“昧者必謂

----

　　① 1933 年講義下云：“其論曾茶山詩，亦以格律整峭許之。格高之對面爲格卑，爲弱格。虛谷於許渾、姚合、杜荀鶴、四靈、劉克莊等諸人，皆以此等語斥之。總上以言，則虛谷所謂格者，江西格也，要以整峭爲貴，一言盡之矣。”

‘身事’不可對‘蘭花’二字，然細味之乃殊有味，以十字一串貫意，而一情一景，自然明白。下聯更用‘雨’字對‘病’字，甚爲不切，而意極切。真是好詩，變體之妙者也。”此注極可尋味。又如陳簡齋《懷天經智者》“客子光陰詩卷裏，杏花消息雨聲中”，注云：“以‘客子’對‘杏花’，以‘雨聲’對‘詩卷’，一我一物，一情一景，變化至此，乃老杜‘即今蓬鬢改，但愧菊花開’；賈島‘身事豈能遂，蘭花又已開，’翻窠換臼，至簡齋而益奇也。”注亦極能入微，虛谷論詩真實本領在此。①

---

① 1932 年講義下云：“綜虛谷詩評言之，其人論詩蓋一極精微之人，持論往往細者入於無間，而於其大者遠者，未能遽及，疲神於字句之末，而於詩中之章法甚至亦漠然置之，如杜甫《秋興》止取首四首者是矣。其生值首鼠兩端之時代，其人爲自相矛盾之人物。故當蒙古南侵，開城降虜，而抗志古昔，自比淵明。流連杭郡，耽情聲色，而僞附道學，動稱文公。即其論詩，亦往往爲環境所迫，發爲矛盾之談。明明知老杜詩中，尚有細潤工密之途，可以藥江西之病，而祖述陳言，開宗明義，反謂剝落爲止境。明明知黃、陳以外，大有人在，而高談古今詩人，止有一祖三宗。明明知晦庵説詩與江西分道，而妄相援引，謂得後山三昧。皆可怪也。其他謬論，如言余靖直臣名士，詩當加敬，及論山谷‘酴醾’一聯：‘露濕何郎試湯餅，日烘荀令炷爐香’，以爲格律絶高，萬鈞九鼎不可移易，皆令人有莫知所云之感。又如《瀛奎律髓》卷二十二云：‘梅公之詩爲宋第一，歐公之文爲宋第一，詩不減梅。黃、陳特以詩格高，爲宋第一。而張文潛足繼聖俞。’語尤不成句法，宜紀昀誚之以爲有五第一也。然虛谷於詩人家數，歷歷在目，如數家珍。批判元白高下，以爲白詩由衷，故勝微之，一語破的。稱道賈浪仙、梅聖俞、張文潛諸人之詩，亦不拘拘一派。則以虛谷心印，本與黃、陳已隔一塵故也。以其人之精到細密，論詩往往獨抒己見，自成一家，而乃爲宗派之所誤，畢生陷於矛盾之中而不自覺，真可惜也。”

第四十　元好問[①]

　　靖康之後，女真入主中原，文物之盛，自非契丹之遠據邊陲者可比。及其晚季，詩人如李汾、元好問，皆雄肆瓌麗，其氣勢之偉岸，有非南宋諸人可及者。好問尤以論詩自負，今著其說於此。好問生在宋末諸人前，以講述所及，重在流別，遂不復詮次。

　　好問字裕之，號遺山，七歲能詩，年十四從陵川郝晉卿學，不事舉業，淹貫經傳百家。興定五年登第，累官至行省左司員外郎，金亡不仕，卒，有《遺山集》及《中州集》。郝經《遺山先生墓銘》嘗稱其詩曰："上薄《風》《雅》，中規李杜，粹然一出於正，直配蘇黃氏。天才清瞻，邃婉高古，沈鬱太和，力出意外，巧縟而不見斧鑿，新麗而絕去浮靡，造微而神采粲發，雜

_____

　　① 1937年修訂本目錄此節改題"元好問 王若虛"，修訂稿不存。1933年批語錄若虛詩說見附錄二。1939年講義元好問章眉批錄《滹南詩話》三則，存欲論王若虛之梗概，錄如下："山谷之詩，有奇而無妙，有斬絕而無橫放，鋪張學問以爲富，點化陳腐以爲新，而渾然天成，如肺肝中流出者，不足也，此所以力追東坡而不及歟。""古之詩人，雖趣尚不同，體製不一，要皆出于自得。至其詞達理順，皆足以名家，何嘗有以句法繩人哉！魯直開口論句法，此便是不及古人處，而門徒親黨以衣鉢相傳，號稱法嗣，豈詩之真理也哉？""東坡，文中龍也，理妙萬物，氣吞九州，縱橫奔放，若遊戲然莫可測其端倪。魯直區區持斤斧準繩之說，隨其後而與之爭，至謂未知句法，東坡而未知句法，世豈復有詩人，而渠所謂法者，果安出哉？老蘇論揚雄，以爲使有孟軻之書，必不作《太玄》。魯直欲爲東坡之邁往而不能，于是高談句律旁出樣度，務以自立相抗，然不免居其下也，彼其勞亦甚哉。向使無坡壓之，其措意未必是。世以坡之過海，爲魯直不幸，由明者觀之，其不幸也舊矣。"

弄金碧,糅飾丹素,奇芬弄秀,洞蕩心魄,看花把酒,歌謠跌宕,挾幽并之氣,高視一世。"

遺山之論多見於《論詩三十首》及《中州集》。是集録金一代之詩,分爲十卷,其例每人各爲小傳,詳具始末,兼評其詩。《四庫全書提要》稱其選録諸詩,頗極精密,實在宋末江湖諸派之上。卷二載李純甫之論,純甫字之純,號屏山,與遺山遊,其言足以覘遺山立論之趣向,今録於此:

> 齊、梁以降,病以聲律,類俳優然。沈、宋而下,裁其句讀,又俚俗之甚者。自謂"靈均以來,此秘未睹",此可笑者一也。李義山喜用僻事,下奇字,晚唐人多效之,號西崑體,殊無典雅渾厚之氣,反詈杜少陵爲"村夫子",此可笑者二也。黃魯直天資峭拔,擺出翰墨畦徑,以俗爲雅,以故爲新,不犯正位,如參禪著末後句,爲具眼。江西諸君子翕然推重,別爲一派,高者雕鐫尖刻,下者模影剿竄,公言"韓退之以文爲詩,如教坊雷大使舞",又云:"學退之不至,即一白樂天耳。"此可笑者三也。

屏山又謂"《三百篇》什無定章,章無定句,句無定字,字無定音,大小長短,險易輕重,惟意所適,雖役夫室妾悲憤感激之語,與聖賢相雜而無愧"。遺山《陶然集詩序》,大旨即本於此,而其論古今詩之變尤切:

> 詩之極致可以動天地,感鬼神,故傳之師,本之經,真積力久而有不能復古者。自"匪我愆期,子無良媒";"自伯之東,首如飛蓬";"愛而不見,搔首踟躕";"既見復關,載笑載言"之什觀之,皆以小夫賤婦,滿心而發,肆口而成,見取於采詩之官,而聖人刪詩,亦不敢盡廢。後世雖傳之師,本之經,真積力久,而不能至焉者,何古今難易之不相侔之如是耶?蓋秦以前民俗淳厚,去先王之澤未遠,質勝則野,故肆口成文,不害爲合理。使今世小夫賤婦,滿心而發,肆口而成,適足以

汙簡牘，尚可辱采詩官之求取耶？故文字以來，詩爲難，魏、晉以來，復古爲難，唐以來，合規矩準繩尤難。夫因事以陳辭，辭不迫切而意獨至，初不爲難，後世以不得不難爲難耳。古律歌行、篇章操引、吟詠謳謠、詞調怨歎，詩之目既廣，而《詩評》《詩品》《詩説》《詩式》，亦不可勝讀。大概以脱棄凡近，澡雪塵翳，驅駕聲勢，破碎陳敵，囚鎖怪變，軒豁幽秘，籠絡古今，移奪造化爲工。鈍滯僻澀，淺露浮躁，狂縱淫靡，詭誕瑣碎陳腐爲病。

上遺山之論出於陸龜蒙，遺山《逃空絲竹集引》稱麻知幾之詩："天隨子所謂淩轢波濤，穿穴險固，囚鎖怪異，破碎陳敵者，皆略有之。"其言即直引龜蒙之論。

遺山之詩出於少陵，故推重杜詩，《論詩絶句》云：

　　排比鋪張特一途，藩籬如此亦區區，少陵自有連城璧，争奈微之識碔砆。

此論排斥微之過甚，不足服其心也。又《杜詩學引》論杜詩之妙云：

　　竊嘗謂子美之妙，釋氏所謂學至於無學者耳。今觀其詩如元氣淋漓，隨物賦形；如三江五湖，合而爲海，浩浩瀚瀚，無有涯涘；如祥光慶雲，千變萬化，不可名狀。固學者之所以動心而駭目。及讀之熟，求之深，含咀之久，則九經百氏，古人之精華，所以膏潤其筆端者，猶可仿佛其餘韻也。夫金屑丹砂，芝朮參桂，識者例能指名之，至於合而爲劑，其君臣佐使之互用，甘苦酸鹹之相入，有不可復以金屑丹砂，芝朮參桂而名之者矣。故謂杜詩無一字無來處可也，謂不從古人來亦可也。前人論子美用故事，有著鹽水中之喻，固善矣。但未知九方皋之相馬，得天機於滅没存亡之間，物色牝牡，人所共知者爲可略耳。

先東巖君有言,近世惟山谷最知子美,以爲今人讀杜詩,至謂草木蟲魚,皆有比興,如試世間商度隱語然者,此最學者之病。

北宋詩人,至元祐間而大盛,蘇、黃兩家,兀然對峙,及宋室南渡,黃、陳之詩,衍爲江西一派,流行之廣,殆非蘇門所能及。遺山論詩,推崇東坡,歎後起之無人,而隱隱以砥柱橫流自負,故云:

金入洪爐不厭頻,精眞那計受纖塵,蘇門果有忠臣在,肯放坡詩百態新!

奇外無奇更出奇,一波纔動萬波隨,只知詩到蘇黃盡,滄海橫流却是誰?①

至遺山對江西詩派之論,見於《論詩三十首》者,如言:

古雅難將子美親,精純全失義山眞,論詩寧下涪翁拜,未作江西社裏人。

"池塘春草"謝家春,萬古千秋五字新,傳語閉門陳正字,"可憐無補費精神"。

---

① 1932 年講義下云:"《新軒樂府引》論東坡歌詞亦云:'唐歌詞多宮體,又皆極力爲之,自東坡一出,情性之外不知有文字,眞有一洗萬古凡馬空氣象。雖時作宮體,亦豈可以宮體概之。人有言,樂府本不難作,自從東坡放筆後便難作,此殆以工拙論,非知樂者。所以然者,《詩三百》所載小夫賤婦幽憂無聊賴之語,時猝爲外物感觸,滿心而發,肆口而成者爾,其初果欲被管絃,諧金石,經聖人手,以與六經並傳乎? 小夫賤婦且然,而謂東坡翰墨游戲,乃求與前人角勝負,誤矣。自今觀之,東坡聖處,非有意於文字之爲工,不得不然之爲工也。坡以來,山谷、晁無咎、陳去非、辛幼安諸公,俱以歌詞取稱,吟詠情性,留連光景,清壯頓挫,能起人妙思,亦有語意拙直,不自緣飾,因病成妍者,皆自坡發之。'此中情性之外,不知有文字一句,直抉東坡神髓。"

遺山之説,推重山谷,而於江西派中自後山以下,概加譏彈,其論與李屏山同。要之遺山之論,於南北界限,未能盡泯,故《自題中州集後》,有"北人不拾江西唾"之句。然後山以下,一味苦吟,自與山谷之奇崛兀傲不同,遺山加以簡擇,亦有所見。《論詩三十首》,爲遺山經營慘淡之作,自前舉數首以外,復録若干首,其論詩大旨,概在此矣:

曹劉坐嘯虎生風,四海無人角兩雄,可惜并州劉越石,不教橫槊建安中。

鄴下風流在晉多,壯懷猶見缺壺歌,風雲若恨張華少,温李新聲奈爾何。

一語天然萬古新,豪華落盡見真淳,南窗白日羲皇上,未害淵明是晉人。

"望帝春心托杜鵑",佳人錦瑟怨華年,詩家總愛西崑好,獨恨無人作鄭箋。

萬古文章有坦途,縱橫誰似玉川盧?真書不入今人眼,兒輩從教鬼畫符。

筆底銀河落九天,何曾憔悴飯山前,世間東抹西塗手,枉著書生待魯連。

東野窮愁死不休,高天厚地一詩囚,江山萬古潮陽筆,合在元龍百尺樓。

謝客風容映古今,發源誰似柳州深,朱弦一拂遺音在,却是當時寂寞心。

第四十一　貫雲石　周德清　喬吉

　　元代之文學批評專書，有《文説》《修辭鑒衡》《詩法家數》《木天禁語》《詩學禁臠》等書。《文説》陳繹曾撰，爲當時制舉而作。《修辭鑒衡》王構撰，摘取宋人詩話及文集説部爲之，不待論述。其餘三書，或托諸楊載，或托范德機，徒見冗雜，未具精義，亦不足論也。其他元人著述，除遺山、虛谷已經論及外，今略舉元人論曲者言之。

　　元曲爲共名，其中差別多端。燕南芝庵論曲曰："成文章曰樂府，有尾聲曰套數，時行小令曰葉兒。"此言得其梗概。或謂劇曲至元代特甚，以爲由蒙古與西方交通，間接影響於中國文壇，此言非也。元陶宗儀《輟耕録》云："稗官廢而傳奇作，傳奇作而戲曲繼，金季國初，樂府猶宋詞之流，傳奇猶宋戲曲之變，世謂之雜劇。"明徐渭《南詞敘録》，更推本南戲之始，謂宣和間已濫觴，其盛行則自南渡，號曰永嘉雜劇，又曰鶻伶聲嗽，其曲則宋人詞而益以里巷歌謠云。

　　關於元劇作法，後世復有一傳説。明萬曆中沈德符《顧曲雜言》云："元人未滅南宋時，以此定士子優劣，每出一題，任人填曲。"臧懋循《元曲選序》亦云："或謂元取士有填詞科，若今帖括然，取給風簷寸晷之下，故一時名士，雖馬致遠、喬夢符輩，至第四折，往往强弩之末矣。或又謂主司所定題目外，止曲名及韻耳，其賓白則演劇時伶人自爲之，故多鄙俚蹈襲之語。"臧氏此説以喬夢符爲例，夢符至正中始卒，與顧説滅宋以前者不合。考元太宗九年丁酉,初行科舉,分論及經義、詞賦三科,其後遂廢,又七十六年,至仁宗皇慶三年復行,時則宋滅五十四年矣,亦不聞填詞一科之說,則明人之謬已明。雜劇至第四折,往往力求簡練,喬夢符別有說,其言見後。蓋一代之文學,自有時人評論爲之標的,後代之言,往往不能中肯,多如此矣。

元代以蒙古入主中原,北自幽燕,南及交廣,同時淪陷,此自有史以來,未有之巨變也。于時臺省元臣,郡邑正官,皆蒙古及色目人爲之。中州人士,如關漢卿、馬致遠、宮大用、鄭德輝、張小山等,皆沈抑下僚,志不獲伸,而終生韋布,老死巖壑者尤多。於是以其有用之才,一寓之聲歌之末,以寫其抑塞不平,感慨無悝之氣。重以承是時俗文學大行之餘,所作益縱橫恣肆,無所不可矣。論曲之作,今舉貫雲石、周德清、喬吉三家之說於次。

一、貫雲石本名小雲石海涯,父名貫只哥,遂以貫爲氏,自號酸齋,工樂府。仁宗時拜翰林侍讀學士,知制誥,後遷江南,賣藥錢塘市中,有《陽春白雪序》:

> 蓋士嘗云:"東坡之後,便到稼軒。"茲評甚矣。然而北來徐子芳滑雅,楊西庵平熟,已有知者。近代疏齋媚嫵如仙女尋春,自然笑傲。馮海粟豪辣灝爛,不斷古今心事,又與疏翁不可同舌共談。關漢卿、庾吉甫造語妖嬌,適如少美臨杯,使人不忍對殢。僕幼學詞,輒知深度如此,近來職史,稍稍退頓,不能追前數士,愧矣。澹齋楊朝英選詞百家,謂《陽春白雪》,徵僕爲之一引。吁,陽春白雪久亡音響,評中數士之詞,豈非陽春白雪也耶? 客有審僕曰:"適先生所評,未盡選中,謂他士何?"僕曰:"西山朝來有爽氣。"

平熟嫵媚之境,詩詞中皆有之,"豪辣灝爛",則惟曲子始足當此。鬱勃怐傺,抑塞而不可語,泄之于曲。其境界爲"豪辣"。萬事萬象,森然畢具,狀難寫之情,傳不盡之意,發之于曲,則爲"灝爛"。酸齋此語,足爲後人之鍼藥矣。

二、周德清字挺齋,有《中原音韻》,後附《作詞十法》。按元人言曲,有燕南芝庵論唱,與挺齋之論,同爲僅存之完篇。芝庵姓名失傳,挺齋之書成於泰定甲子,引芝庵輒稱先輩,其時代略可推。其論注重唱法,今略。挺齋所言作詞十法:一知韻,二造語,三用事,四用字,五入聲作平聲,六陰陽,七務頭,八對偶,九末句,十定格。定格云者,列舉名作,定爲標格,其實九法而已。今略舉其言於次:

凡作樂府,古人云:"有文章者,謂之樂府。"如無文飾者,謂之俚歌,不可與樂府共論也。又云:"作樂府切忌有傷於音律,"且如女真風流體等樂章,皆以女真人音聲歌之,雖字有舛訛,不傷於音律者,不爲害也。大抵先要明腔,後要識譜,審其音而作之,庶無劣調之失。

造語:可作樂府語、經史語、天下通語——未造其語,先立其意,語意俱高爲上。短章辭既簡,意欲盡。長篇要腰腹飽滿,首尾相救。造語必俊,用字必熟。太文則迂,不文則俗,文而不文,俗而不俗,要聳觀,又聳聽,格調高,音律好,襯字無,平仄穩。不可作俗語,蠻語,謔語,嗑語,市語,方語,書生語,譏誚語,全句語,构肆語,張打油語,雙聲疊韻語,六字三韻語。

語病:如達不著主母機;有答之曰,"燒公鴨"亦可,似此之類切忌。

語澀:句生硬而平仄不好。

語粗:無細膩俊美之言。

語嫩:謂其言太弱,既庸且腐,又不切當,鄙猥小家而無大氣象也。

用事:明事隱使,隱事明使。

用字:切不可用生硬字,太文字,太俗字,襯墊字。

務頭:要知某調某句某字是務頭,可施俊語於其上。

周氏此論,于作曲用語之法至詳。又以入聲派入平、上、去三聲,平聲有陰有陽,上去無陰無陽,其説亦自《中州音韻》發之。務頭之説,尤爲後來聚訟所在。明王驥德《曲律》釋之云:"務頭系是調中最緊要句字,凡曲遇揭起其音而宛轉其調,如俗之所謂做腔處,每調或一句,或二三句,每句或一字,或二三字,即是務頭。"此言近是。今人或謂陽去與陰上相連,陰上與陽平相連,或陰去與陽上相連,陽上與陰平相連,相連之一二語,此即爲務頭處。此則更就周氏之論,廣爲演繹,周氏於上、去未分陰陽也。周氏又云:"如六字三韻語,前輩止于全篇中務頭上使,以別精粗,如衆星中顯一月之孤明也。"其言頗精。

　　三、喬吉字夢符,太原人,號笙鶴翁,能詞章,居江湖間,爲時所重,至正中卒,有《惺惺道人樂府》,其説略見於陶宗儀《輟耕録》。

　　　　喬夢符吉博學多能,以樂府稱。嘗云:"作樂府亦有法,曰鳳頭、豬肚、豹尾六字是也。"大概起要美麗,中要浩蕩,結要響亮。尤貴在首尾貫穿,意思清新。苟能若是,斯可以言樂府矣。

夢符此説,不僅限於曲中某一體言,短之爲一首小令,長之爲一本雜劇,無不如此,殆爲元曲中大小體制同具之不二章法也。起要美麗,爲人人所易知,中要浩蕩,與周挺齋所稱腰腹飽滿者相同。豹尾之説,重在響亮,在簡練,在緊湊,此論在劇曲作法中尤爲重要。戲劇之作,一劇中有最重要最吃緊之處,自今日言之,此爲高峰,在此高峰以前,一切結構,皆爲此而作,及此高峰既達以後,即當急轉直下,而全劇之精神始貫湊,始不至於拖沓,此則豹尾之説也。元曲至第四折,往往如此。昧者不知,輒以此爲强弩之末,誤矣。①

　　① 1933年講義下云:"法國有大戲曲家大仲馬者,一日其子以戲曲作法之祕訣叩之,大仲馬曰:易耳。戲劇之成功,在乎首折明白,末折簡短,而中間富於興趣耳。其言與鳳頭豬肚豹尾之説,有可以互相證明者。"

第四十二　高棅

南宋之末,江西派、四靈派、江湖派,三派鼎立,而江湖之勢最盛,冗雜繁碎,詩以大弊。宋社既屋,元人以新豔奇麗矯之,及其末流,妖冶儌詭,而詩道又大弊。此則宋元兩代之失也。元有楊士弘者,字伯謙,襄城人,選《唐音》十四卷,凡《始音》一卷,《正音》六卷,《遺響》七卷,書成於至正四年。《始音》惟録王、楊、盧、駱四家,《正音》則詩以體分,而以初唐、盛唐爲一類,中唐爲一類,晚唐爲一類。《遺響》則諸家之作咸在,而附以僧詩、女子詩。李白、杜甫、韓愈三家皆不入選,以世多有全集,故勿録焉。此書爲唐詩選本中之較爲完密者。

繼楊士弘而興,其端緒更爲完密,其影響更爲遠大,因而造成有明詩人之風會者,則有高棅。棅字彥恢,長樂人,永樂初,自布衣入翰林爲待詔,更名廷禮,別號漫士。没後門人林誌志其墓曰:"詩至唐爲極盛,宋失之理趣,元滯於學識,而不知由悟以入。自襄城楊士弘始編《唐詩正始遺響》,然知之者尚鮮。閩三山林膳部鴻,獨倡鳴唐詩,其徒黃玄、周玄繼之,先生與皆山王恭起長樂,頡頏齊名,而殘膏剩馥,沾溉者多。"明人之詩,首盛於閩,"由悟以入"一句,爲漫士之心傳。此則上承滄浪,下起漁洋者,故後來漁洋論詩,往往以嚴羽、高棅並稱。錢謙益《列朝詩集》曰:"自閩詩一派盛行,永、天之際,六十餘載,柔音曼節,卑靡成風,風雅道衰,誰執其咎?自時厥後,弘、正之衣冠老杜,嘉、隆之嚬笑盛唐,傳變滋多,受病則一。"牧齋論詩，於前後七子外，獨開宗派，此論正所以自申其説，未必計及何、李、李、王諸公之詩，不必盡從漫士來也。朱彝尊《曝書亭集・高棅傳》，謂"論者徒云其詩音節可觀，神理未足，而不知其學之專"，蓋爲牧齋之言而發也。

漫士之論，見於《唐詩品彙・總叙》。《品彙》所列，自貞觀至天祐，通得六百二十人，共詩五千七百六十九首，分爲九十卷，在唐詩選本中，可稱完本。《曝書亭集》稱終明之世，館閣宗之，其影響可見矣。《四庫全書提要》云："唐音之流爲膚廓者，此書實啓其弊。唐音之不絶於後世者，亦此書實衍其傳。功過並存，不能互掩，後來過毁過譽，皆門户之見。"亦持平之論也。漫士自言其學詩之經過，及其所以不滿於襄城而別爲選本者，語頗可味，録之於次：

> 余夙耽於詩，恒欲窺唐人之藩籬，首踵其域，如墮終南萬疊間，茫然弗知其所往。然後左攀右涉，晨躋夕覽，下上陟頓，進退周旋，歷十數年。厥中僻蹊通莊，高門邃室，歷歷可指數。故不自揆，竊願偶心前哲，采摭群英，芟夷繁蕪，裒成一集，以爲學唐詩者之門徑。……近代襄城楊伯謙氏《唐音集》，頗能別體制之始終，審音律之正變，可謂得唐人之三尺矣。然而李、杜大家不録，岑、劉古調微存，張籍、王建、許渾、李商隱律詩，載諸《正音》，渤海高適、江寧王昌齡五言，稍見《遺響》。每一披讀，未嘗不歎息於斯。

楊氏之書分《始音》、《正音》之別。漫士則首分詩爲五言古詩、五言律詩、五言絶句、五言排律、七言絶句、七言古詩、七言律詩等七類。次則以世次定品，目初唐爲正始；盛唐爲正宗，爲大家，爲名家，爲羽翼；中唐爲接武：晚唐爲正變，爲餘響；方外異人等爲傍流。間亦有一二成家特立自異者，則不以世次拘之，如以陳子昂與李白同列正宗，劉長卿、錢起、韋應物、柳宗元與高適、岑參，同列名家是也。正變二字，特指晚唐詩人之崛起一代，不與時人爲伍者。五言古詩《凡例》云："今觀昌黎之博大而文,鼓吹六經,搜羅百氏,其詩驋駕氣勢,嶄絶崛强,若掀雷抉電,千夫萬騎,橫騖別驅,汪洋大肆而莫能止者。又《秋懷》數首及《暮行河堤上》等篇,風骨頗類建安,但新聲不類,此正中之變也。東野之少懷耿介,齷齪困窮,晚擢巍科,竟淪一尉,其詩窮而有神,苦調淒涼,一發於胸中而無吝色,如古樂府等篇,諷詠久之,足有餘悲,此變中之正也。"觀於此而正變之義略可明,蓋視羽翼接武,尤爲難能而可貴也。今録各體之正宗、大家、名家、正變諸家於後,以見《品彙》之評騭。

五言古詩

　　正宗:陳子昂、李白。

　　大家:杜甫。

　　名家:孟浩然、王維、王昌齡、儲光羲、李頎、常建、高適、岑參、劉長卿、錢起、韋應物、柳宗元。

　　正變:韓愈、孟郊。

五言律詩

　　正宗:李白、孟浩然、王維、岑參、高適。

　　大家:杜甫。

　　正變:賈島、姚合、許渾、李商隱、李頻、馬戴。

五言絶句

　　正宗:李白、王維、崔國輔、孟浩然。

五言排律

　　正宗:王維、李白、孟浩然、高適。

　　大家:杜甫。

七言絶句

　　正宗:李白、王昌齡。

　　正變:李商隱、杜牧、許渾、趙嘏、温庭筠。

七言古詩

　　正宗：李白。

　　大家：杜甫。

　　正變：王建、張籍、韓愈、李賀。

七言律詩

　　正宗：崔顥、李白、賈至、王維、李憕、李頎、祖詠、崔曙、孟浩然、萬楚、張謂、高適、岑參、王昌齡。

　　大家：杜甫。

　　正變：李商隱、許渾、劉滄。

漫士對於唐詩之時代，劃分爲四：曰初唐、盛唐，則相當於《滄浪詩話》之唐初體、盛唐體；曰中唐，相當於《滄浪詩話》之大曆體，然滄浪注稱大曆體指大曆十才子之詩而言，此則兼包、韋、劉、皇甫、秦系諸公，範圍較廣；曰晚唐，相當於《滄浪詩話》之元和體及晚唐體，滄浪注稱元和指元、白諸公，此則兼包韓、柳、張、王，其範圍亦較廣。漫士《唐詩品彙·總叙》，於各時代中之風氣，言之甚明：

　　略而言之，則有初唐、盛唐、中唐、晚唐之不同。詳而分之，貞觀、永徽之時，虞、魏諸公稍離舊習，王、楊、盧、駱因加美麗，劉希夷有閨悼之作，上官儀有婉媚之體，此初唐之始製也。神龍以還，洎開元初，陳子昂古風雅正，李巨山文章宿老，沈、宋之新聲，蘇、張之大手筆，此初唐之漸盛也。開元、天寶間，則有李翰林之飄逸，杜工部之沈鬱，孟襄陽之清雅，王右丞之精緻，儲光羲之真率，王昌齡之聲俊，高適、岑參之悲壯，李頎、常建之超凡，此盛唐之盛者也。大曆、貞元中，則有韋蘇州之雅淡，劉隨州之閒曠，錢、郎之清贍，皇甫之沖秀，秦公緒之山川，李從一之臺閣，此中唐之再盛也。下暨元和之際，則有柳愚溪之超然復古，韓昌黎之博大其詞，張、王樂府得其故實，元、白叙事務在分明，與夫李賀、盧仝之鬼怪，孟郊、賈島之饑寒，此晚唐之變也。降而開成以後，則有杜牧之之豪縱，溫飛卿之綺靡，李義山之隱僻，許用晦之偶對，他若劉滄、馬戴、李頻、李群玉輩，尚能黽勉氣格，將邁時流，此晚唐變態之極，而遺風餘韻，猶有存者焉。

少陵之詩，在唐人中獨具面目，與盛唐諸公不類，與後來諸公亦不類，唐人選唐詩者，如《國秀集》《河岳英靈集》《中興間氣集》《才調集》等，多不見錄，蓋少陵與唐音，本隔一塵，宜乎葉水心稱杜詩既興而天下遂廢唐人之學也。自宋人祖述退之，推尊少陵，而後世人不敢多所訾嗷，然持論者猶不能心折。漫士茲選推少陵爲大家，而正宗二字，斷斷不肯相屬。其宗旨略可想見，此則自爲一說，與弘、正之衣冠老杜者，貌合神離。牧齋必以後來之病，歸罪前人，冤矣。今錄漫士七古七律之論於次，見其意指所在：

　　七言古詩正宗李白：太白天仙之辭，語多率然而成者，故樂府歌辭，或謂其始以《蜀道難》一篇見賞于知音，爲明主所愛重，此豈淺才者徼幸際其時而馳騁哉？不然也。白之所蘊非止是，今觀其《遠別離》《長相思》《烏棲曲》《鳴皋歌》《梁園吟》《天姥吟》《廬山謠》等作，長篇短韻，驅駕氣勢，殆與南山秋色爭高可也。雖少陵猶有讓焉，餘子瑣瑣矣。揭爲正宗，不亦宜乎？

　　七言律詩正宗崔顥、李白等：盛唐作者雖不多，而聲調最遠，品格最高。若崔顥律非雅純，太白首推其《黃鶴》之作，後至《鳳凰》而仿佛焉。又如賈至、王維、岑參早朝倡和之什，當時各極其妙，王之衆作，尤勝諸人。至於李頎、高適，當與並驅，未論先後，是皆足爲萬世程法。

　　七言律詩大家杜甫：少陵七言律法獨異諸家，而篇什亦盛，如《秋興》等作，前輩謂其大體渾雅富麗，小家數不可仿佛耳。

漫士於少陵排律特所推崇,故云:"排律之盛,至少陵極矣。諸家得其一概,少陵獨得其兼善者。"此則直躋少陵于諸人之右,蓋元微之《杜君墓系銘》一篇,先入而爲之主也。至其對於晚唐之詩,亦有見地,除韓、柳之詩以外,若晚唐之絕句,若義山、用晦之七律,亦確自有其不朽之價值,漫士一一指出,知其不僅僅以一味悟入語自蔽也。如云:

晚唐絕句之盛,不下數千篇,雖興象不同,而聲律亦未遠,如韋莊後出,其贈別諸篇尚有盛時之餘韻,則其他從可知矣。

元和後律體屢變,其間有卓然成家者,皆自鳴所長,若李商隱之長於詠史,許渾、劉滄之長於懷古,此其著也。今觀義山之《隋宮》《馬嵬》《籌筆驛》《錦瑟》等篇,其造意幽深,律切精密,有出常情之外者。用晦之《淩歊臺》《洛陽城》《驪山》《金陵》諸篇,與乎蘊靈之《長洲》《咸陽》《鄴都》等作,其今古廢興,山河陳跡,淒涼感慨之意,讀之可爲一唱而三歎矣。三子者雖不足以鳴乎《大雅》之音,亦變風之得其正者矣。

第四十三　李夢陽　何景明　徐禎卿
附李東陽①

　　明代文壇派別之紛雜，與兩宋相類似。自弘、正後，迄于隆、萬，其時主持壇坫者，則有前後七子，一呼百應，奔走天下，譽之者謂爲盛唐復生，漢魏不遠，而詆之者呼爲贋體，爲古人影子。此中諸人亦有異同，何、李有隙末之歎，李、謝有反唇之稽，則派別之中，復有派別矣。當後七子鼎盛時，震川伏處荒江，不爲所憚，專力古文，孤芳自賞，其論與唐、茅諸人相出入，則又有古文家之論焉。萬曆間崑劇興盛，而王伯良、呂勤之，皆於時成書，亦足以備一派之説。自是而後，竟陵、公安之派大張，論詩論文，漸入歧途，迨乎雲間燃王、李之死灰，虞山發茶陵之舊説，則滿族入關，明社亦屋矣。今總其大凡，略述於次。

　　前七子之説盛於弘治、正德間，而爲之卵翼者，則有李東陽。東陽字賓之，號西涯，茶陵人，天順八年進士，官至大學士。自明興以來，宰臣以文章領袖縉紳者，西涯一人而已，有《懷麓堂集》《懷麓堂詩話》。西涯于詩，大抵祖滄浪之説，故云："唐人不言詩法，詩法多出於宋，而宋人於詩無所得，所謂法者，不過一字一句對偶雕琢之功，而天真興致，則未可與道。

---

① 1933 年講義本節題作"李東陽　李夢陽　何景明　徐禎卿"，1937 年修訂本目録改作"李夢陽　何景明　徐禎卿　附李東陽"，修訂稿不存，但《大綱》已據改篇題。

其高者失之捕風捉影，而卑者坐于粘皮殨骨，至於江西詩派極矣。惟嚴滄浪所論，超離塵俗，真若有所自得，反覆譬説，未嘗有失。"又嘗舉詩有別材之説，而曰"論詩者無以易此"。

西涯論詩在虛字上用功夫，如云：

> 詩用實字易，用虛字難。盛唐人善用虛，其開合呼唤，悠揚委曲，皆在於此。用之不善，則柔弱緩散，不復可振，亦當深戒。此余所獨得者。①

李夢陽字獻吉，慶陽人，弘治進士，官至户部郎中，有《空同子集》，與何景明、邊貢、徐禎卿，稱爲弘正四傑。四人又與康海、王九思、王廷相稱爲前七子。王士禎云："明弘治間，李、何崛起中州，吴有昌谷爲之羽翼，相與力追古作，一變宣正以來流易之習，明音之盛，遂與開元、大曆同風。"

空同雖以復古爲幟，然對於詩人本原，識之不可謂不真，其言見於《詩集自序》，而得之于王叔武：

> 曹縣蓋有王叔武云，其言曰："夫詩者，天地自然之音也。今途咢而巷謳，勞呻而康吟，一唱而群和者，其真也，斯之謂風也。孔子曰：

---

① 1933年講義下云："其次則重音律，《懷麓堂詩話》中屢見之，如云：'古律詩各有音節，然皆限于字數，求之不難，惟樂府長短句，初無定數，最難調叠，然亦有自然之聲。古所謂聲依永者，謂有長短之節，非徒永也。故隨其長短，皆可以播之律吕，而其太長太短之無節者，則不足以爲樂。''詩必有具眼，亦必有具耳，眼主格，耳主聲，聞琴斷知爲第幾絃，此具耳也。月下隔窗辨五色線，此具眼也。''五七言古詩仄韻者上句末字類用平聲，惟杜子美多用仄，如《玉華宫》《哀江頭》諸作，概亦可見。其音調起伏頓挫，獨爲遒健，以别出一格，回視純用平字者，便覺萎弱無生氣。自後則韓退之、蘇子瞻有之，故亦健於諸作。此雖細故末節，蓋舉世歷代而不之覺也。'西涯之論又謂詩貴意，意貴遠不貴近，貴淡不貴濃，與後代神韻之説，有可以冥合者。又論律可間出古意，古不可涉律，指摘謝靈運'池塘生春草''紅藥當階翻'之句，以爲移於流俗而不自覺。其言亦有見地。至於逐字逐句摹仿古人，尤斥爲無以發人之情性，乃門下之李空同，反以此自憲，誠西涯所不及料也。"

‘禮失而求之野。’今真詩乃在民間，而文人學子顧往往爲韻言，謂之詩。……夫文人學子，比興寡而直率多，何也，出於情寡而工於詞多也。夫里巷蠢蠢之夫，固無文也，乃其謳也，咢也，呻也，吟也，行呫而坐歌，食咄而寤嗟，此唱而彼和，無不有比焉興焉，無非其情焉，斯足以觀義矣。故曰，詩者天地自然之音也。……”李子聞之懼且慚曰：“予之詩非真也，王子所謂文人學子韻言耳，出之情寡而工之詞多者也。”

《潛虬山人記》亦空同作，其論大抵歸於漢無騷，唐無賦，宋無詩，曰：“夫詩有七難，格古、調逸、氣舒、句渾、音圓、思沖，情以發之，七者備而後詩昌也，然非色弗神。宋人遺茲矣，故曰無詩。”其他如《缶音序》亦曰：“黃、陳師法杜甫，號大家，今其詞艱澀，不香色流動，如入神廟，座土木骸，即冠服與人等，謂之人可乎？夫詩比興錯雜，假物以神變者也。難言不測之妙，感觸突發，流動情思，故其氣柔厚，其聲悠揚，其言切而不迫，故歌之心暢而聞之者動也。宋人主理，作理語，於是薄風雲月露，一切鏟去不爲，又作詩話教人，人不復知詩矣。”空同之薄視宋人，要爲明代之常言，其批評論之較爲重要者，在其與何景明往復諸書中見之。

何景明字仲默，信陽人，弘治進士，正德間官至陝西提學副使，號大復山人，有《大復集》。大復初與空同相得甚歡，名成後互相詆諆，然天下語詩文，必並稱何、李。大復自述其詩源淵漢魏、初盛唐者，見於《海叟集序》，如云：

　　景明學詩，自爲舉子歷宦，於今十年，日覺前所學者非也。蓋詩雖盛于唐，其好古者自陳子昂後，莫如李、杜二家。然二家歌行近體，誠有可法，而古作尚有離去者，猶未盡可法之也。故景明學歌行近體，有取於二家，旁及唐初、盛唐諸人，而古作必從漢魏求之。

在此序中，大復對於李、杜歌行，尚認爲可法，至《明月篇序》，則更進一步

對於少陵歌詩,加以批評:

> 僕始讀杜子七言詩歌,愛其陳事切實,布辭沈著,鄙心竊效之,以
> 爲長篇聖於子美矣。既而讀漢魏以來歌詩,及唐初四子者之所爲,而
> 反復之,則知漢魏固承《三百篇》之後,流風猶可徵焉,而四子者雖工
> 富麗,去古遠甚,至其音節,往往可歌。乃知子美辭固沈著,而調失流
> 轉,雖成一家語,實則詩歌之變體也。夫詩本性情之發者也,其切而
> 易見者,莫如夫婦之間,是以《三百篇》首乎“雎鳩”,六義首乎風,而
> 漢魏作者,義關君臣朋友,辭必托諸夫婦,以宣鬱而達情焉,其旨遠
> 矣。由是觀之,子美之詩,博涉世故,出於夫婦者常少,致兼《雅》
> 《頌》,而風人之義或缺,此其調反在四子之下與?①

兩人往復論詩之書,今《空同集》存兩篇,《大復集》存一篇,度當時必更有
多篇,今已删佚。空同始則以柔澹沈著、含蓄典厚諸義,進規大復,以救其
俊亮之偏。大復覆書首言二家之别曰:“空同子刻意古範,鑄形宿鏌,而獨
守尺寸。僕則欲富於材積,領會神情,臨景構結,不仿形跡。《詩》曰:‘惟
其有之,是以似之。’以有求似,僕之愚也。……空同貶清俊響亮,而明柔
澹沈著、含蓄典厚之意,此詩家要旨大體也。然究之作者命意敷詞,兼于
諸義,不設自具。若閑緩寂寞以爲柔澹,重濁剡切以爲沈著,艱詰晦澀以
爲含蓄,野俚輳集以爲典厚,豈惟謬于諸義,亦並其俊語亮節而失之矣。”
　　大復《與空同論詩書》又謂:“今爲詩不推其極變,開其未發,泯其擬
議之跡,以成神聖之功,徒叙其已陳,修飾成文,稍離舊本,便自杌楻,如小

---

① 1932年講義下云:“大復評摘少陵歌詩,一、調失流轉。二、風人之義或缺。此兩項
中,或因或果,故名爲二者,實則一途。至以詩歌變體評之,認其歌行反在四子之下,此則獨
抒己見,足以引起後人之疑猜。然就其主張言,詩必本諸性情而後爲風,而後爲上,與空同所
謂真者相同,二人之言如出一轍。”

兒倚物能行,獨趨顛僕,雖由此即曹、劉,即阮、陸,即李、杜,且何以益於道化也?"其他以古人影子,以搖鞭鐸譏空同者,尚不一。至於書中論詩文不易之法者,則其言尤爲突兀:

> 僕嘗謂詩文有不可易之法者,辭斷而意屬,聯類而比物也。上考古聖立言,中微秦漢緒論,下采魏晉聲詩,莫之有易也。夫文靡于隋,韓力振之,然古文之法亡于韓。詩溺于陶,謝力振之,然古詩之法亦亡於謝。比空同嘗稱陸、謝矣,僕參詳其作,陸詩語俳,體不俳也,謝則體語俱俳矣。未可以其語似,遂得並例也。

大復菲薄陶、謝、昌黎,以爲詩文古法,自兹而亡,雖自申一家之説,不求共曉,然以辭斷意屬、聯類比物爲法,淺薄已甚,故空同詰之曰:

> 辭斷而意屬者,其體也,文之勢也。聯而比之者,事也。柔澹者思,含蓄者意也。典厚者義也。高古者格,宛亮者調,沈著雄麗,清峻閒雅者,才之類也,而發於辭。辭之暢者,其氣也。中和者,氣之最也。夫然,又華之以色,永之以味,溢之以香。是以古之文者,一揮而衆善具也。然其翕闢頓挫,尺尺而寸寸之,未始無法也,所謂圓規而方矩者也。

空同又言"不泥法而法常由,不求異而其言人人殊",其言似矣。然其與周祚書,又稱學不的古,苦心無益,則影子之譏,不爲無據。牧齋《列朝詩集》評爲粗材笨伯,乘運而起,雄霸詞盟,流傳訛種,蓋有所見。①

---

① 1932年講義下云:李、何之争,中分壇坫,學士文人左右袒護,然二人持論,往往不能自圓其説。艾南英《答夏彝仲論文書》曰:"古人往復辯難之書,有兩是而可以俱存者,如朱子於陸子静之無極太極,於陳同甫之王伯,柳子於劉禹錫之《天論》,是也。有兩非是而不足存者,則近日李、何之論文,如夢中人對人説夢是也。"其言或不無過當,亦何、李有以自取也。

徐禎卿字昌穀,吳縣人,弘治進士,官至國子博士,少與祝允明、唐寅、
文璧齊名,號吳中四才子,登第後與李、何遊,詩境一變,名亦相亞,年三十
三卒,有《迪功集》、《談藝錄》。漁洋《論詩絕句》曰:"'文章''煙月'語原
卑,一見空同迥自奇,天馬行空脫羈靮,更憐《談藝》是吾師。"即指是書。
其書述詩理,語簡言賅,誠爲吾國文學批評中有數之傑作,固非空同、大復
之論可得比擬也,略舉數節於次:

　　朦朧萌拆,情之來也。汪洋漫衍,情之沛也。連翩絡屬,情之一
也。馳軼步驟,氣之達也。簡練揣摩,思之約也。頡頏累貫,韻之齊
也。混沌貞粹,質之檢也。明儁清圓,詞之藻也。高才閒擬,濡筆求
工,發旨立意,雖旁出多門,未有不由斯户者也。至於《垓下》之歌,出
自流離,"煮豆"之詩,成於草率,命詞慷慨,並自奇工,此則深情素氣,
激而成言,詩之權例也。

　　郊廟之詞莊以嚴,戎兵之詞壯以肅,朝會之詞大以麗,公宴之詞
樂而則,夫其大義,固如斯已,深瑕重累,可得而言。崇功盛德,易誇
而之雅;華疏彩繪,易淫而去質;干戈車革,易勇而亡警;靈節韶光,易
采而成靡,蓋觀於大者神越而心遊,中無植幹,鮮不眩移,此宏詞之極
軌也。若夫款款贈言,盡平生之篤好,執手送遠,慰此戀戀之情,勗勵
規箴,婉而不直,臨喪挽死,痛旨深長,雜懷因感以詠言,覽古隨方而
結論,行旅迢遙,苦辛各異,遨遊晤賞,哀樂難常,孤蒦怨思,達人齊
物,忠臣幽憤,貧士鬱伊,此詩家之錯變而規格之縱橫也。然思或杇
腐而未精,情或零落而未備,詞或蹲缺而未博,氣或柔和而未調,格或
蒡亂而未叶,咸爲病焉。

昌穀之論,大意謂漢詩爲堂奧,魏詩爲門户,其論別漢、魏七子者,語亦精
整,然古人篇什,半就遺佚,摘瑕舉疵,不無少過。其言云:

　　漢、魏之交，文人特茂，然衰世叔運，終鮮粹才。孔融懿名，高列諸子，視臨終詩，大類銘箴語耳。應瑒巧思逶迤，失之靡靡。休璉《百一》，微能自振，然傷媚焉，仲宣流客，慷慨有懷，西京之餘，鮮可誦者。陳琳意氣鏗鏗，非風人度也。阮生優緩有餘，劉楨錐角重峭，割曳綴懸，並可稱也。曹丕資近美媛，遠不逮植，然植之才，不堪整栗，亦有憾焉。若夫重熙鴻化，蒸育叢材，金玉其相，縟哉有斐，求之斯病，殆寡已夫。

第四十四　楊慎

　　明人詩論，好言宗派，而宗派之說，有時不能盡合，如空同、大復皆出西涯門下，而其後論詩，顯相違忤者是。西涯之門，又有楊慎，慎字用修，號升庵，新都人，年二十四舉正德六年殿試第一，嘉靖中以議大禮杖謫永昌，嘉靖三十八年卒。升庵博洽，爲明代第一，詩文雜著至一百餘種。《四庫全書提要》稱"其詩含吐六朝，於明代獨立門户，文雖不及其詩，然猶存古法，賢于何、李諸家窒塞艱澀不可句讀者，蓋多見古書，薰蒸沈浸，吐屬自無鄙語，譬諸世禄之家，天然無寒儉之氣。"

　　《列朝詩集·楊慎小傳》云："用修垂髫賦《黄葉》詩，爲茶陵文正公所知，登第又出門下，詩文衣鉢，實出指授。及北地哆言復古，力排茶陵，海內爲之風靡，用修乃沈酣六朝，攬采晚唐，創爲淵博靡麗之詞，其意欲壓倒李何，爲茶陵別張壁壘，不與角勝口舌間也。援據博則舛誤良多，摹仿慣則瑕疵互見，竄改古人，假託往籍，英雄欺人，亦時有之。"竄改假託之病，於升庵論中時時見之，牧齋此論，不可不知。

　　升庵論文著文尚體要之說，其言云：

　　　　《書》曰："辭尚體要。"子曰："辭達而已矣。"《荀子》曰："亂世之徵，文章匿采。"楊子所云"説鈴""書肆"，正謂其無體要也。吾觀在昔，文弊于宋，奏疏至萬餘言，同列書生尚厭觀之，人主一日萬幾，豈能閱乎？其為當時行狀墓銘，如將相諸碑，皆數萬字。朱子作《張魏公浚行狀》四萬字，猶以為少，流傳至今，蓋無人能覽一過者，繁冗故也。……予謂古今文章，宋之歐、蘇、曾、王，皆有此病，視韓、柳遠不及矣。韓、柳視班、馬又不及，班、馬比三傳又不及，三傳比《春秋》又不及。予讀左氏書趙朔、趙同、趙括事，茫然如墮矇瞳，……讀《春秋》之經，則如天開日明矣。然則，古今文章，《春秋》無以加矣。《公》《穀》之明白，其亞也。《左氏》浮誇繁冗，乃聖門之荆棘，而後人實以為珍寶，文弊之始也。

升庵于明代理學家多所不滿，理學家自謂其文為布帛菽粟，升庵則嘲其陳陳相因，紅腐而不可食；理學家好稱宋人，升庵則並宋人而斥之曰：

> 今世學者失之陋，惟從宋人，不知有漢、唐前說也。宋人曰是，今人亦曰是，宋人曰非，今人亦曰非。高者談性命，祖宋人之語錄；卑者習舉業，抄宋人之策論。其間學為古文歌詩，雖知效韓文杜詩，而未始真知韓文杜詩也，不過見宋人嘗稱此二人而已。文之古者《左氏》、《國語》，宋人以為衰世之文，今之科舉以為禁約。詩之高者漢、魏、六朝，而宋人謂詩至《選》為一厄，而學詩者但知李、杜而已。高棅不知詩者，反謂由漢、魏而入盛唐，是由周、孔而入顔、孟也。如此皆宋人之說誤之也。

升庵之詩，由六朝入，故言《選》詩，語多精到，與後來李攀龍等不同。《升庵詩話》論庾信詩云：

> 庾信之詩，為梁之冠絕，啓唐之先鞭。史評其詩曰“綺豔”，杜子美稱之曰“清新”，又曰“老成”。“綺豔”“清新”，人皆知之，而其“老成”，獨子美能發其妙。余嘗合而衍之曰：“綺多傷質，豔多無骨，清易

近薄，新易近尖。子山之詩綺而有質，豔而有骨，清而不薄，新而不尖，所以爲老成也。若元人之詩非不綺豔，非不清新，而乏老成。宋人詩則强作老成態度，而綺豔清新，概未之有。若子山者，可謂兼之矣。不然，子美何以服之如此？”

馮班《古今樂府論》云：“沈佺期《盧家少婦》，今人以爲律詩。唐樂府亦用律詩，唐人李義山有轉韻律詩，白樂天、杜牧之集中所載律詩，多與今人不同。《瀛奎律髓》有仄韻律詩；嚴滄浪云，有古律詩。則古、律之分，今人亦不能全別矣。”其言于古人律詩，言之至辯，蓋唐人之律，與後人之律不盡同故也。升庵之説，認定唐人五言律詩出於六朝，故取六朝儷篇，輯爲一編，題曰《五言律祖》。自序云：“五言肇于《風》《雅》，儷律起於漢京。‘遊女’《行露》，已見半章，《孺子》‘滄浪’，亦有全曲，是五言起于成周也。北風南枝，方隅不惑，紅粉素手，彩色相宜，是儷律本於西漢也。豈得云切響浮聲，興于梁代，平頭上尾，創自唐人乎？”升庵又有《寄張禺山》一書，録梁簡文《春情曲》、後魏温子昇《擣衣》、陳後主《聽箏》、隋王無功《北山》諸詩，識云：“此四首聲調相類，七言律之濫觴也。往年欲選七言律爲一集，而以此先之，老倦不能，聊書以呈下覽。”此意與其編《五言律祖》之意同，皆欲於五七言律，爲探本窮源之作也。

　　升庵于老杜詩，不甚許可，其意見于《答劉嵩陽書》，而於《升庵詩話》暢言之，亦卓識敢言之士也：

　　　　竊有狂談異於俗論，謂詩歌至杜陵而暢，然詩之衰颯，實自杜始；經學至朱子而明，然經之拘晦，實自朱始。非杜、朱之罪也，玩瓶中之牡丹，看擔上之桃李，效之者之罪也。（《答劉嵩陽書》）

　　　　七律自初唐至開元，名家如太白、浩然、章、儲，集中不過數首，惟少陵獨多至二百首，其雄壯鏗鏘，過於一時，而古意亦少衰矣。譬之後世，舉業時文盛而古文衰廢，自然之理。（《升庵詩話》）

方虛谷謂"文之精者爲詩,詩之精者爲律",《升庵詩話》則謂"言之精者爲文,文之精者爲詩,絕句又詩之精者",《詩話》于晚唐絕句,推列極多,其言亦自有簡擇,如云:

> 學詩者動輒言唐詩,便以爲好,不思唐人有極惡劣者,如薛逢、戎昱,乃盛唐之晚唐。晚唐亦有數等,如羅隱、杜荀鶴,晚唐之下者,李山甫、盧延遜,又其下下者,望羅、杜又不及矣。其詩如"一個禰衡容不得",又"一領青衫消不得"之句,其他如"我有心中事,不向韋三說;昨夜洛陽城,明月照張八";又如"餓貓窺鼠穴,饑犬舐魚砧";又如"莫將閑話當閑話,往往事從閑話生";又如"水牛浮鼻渡,沙鳥點頭行";此類皆下淨優人口中語,而宋人方采以爲詩法,入《全唐詩話》。

升庵論詩大抵排斥宋人,如云:

> 唐人詩主情,去《三百篇》近,宋人詩主理,去《三百篇》却遠矣。匪惟作詩也,其解詩亦然。
>
> 宋人論詩云:"今人論詩往往要出處,'關關雎鳩'出在何處?"此語似高而實卑也,何以言之?聖人之心如化工,然後矢口成文,吐辭爲經。自聖人以下,必須則古昔,稱先王矣。若以無出處之語,皆可爲詩,則凡道聽塗說,街談巷語,酗徒之罵坐,里媼之罵雞,皆詩也,亦何必讀書哉?

此語針對朱晦庵之言而發,晦庵不以批評名家,然"即目所見","羌無故實",其語出自仲偉,固非晦庵一人之言也。至於街談巷語,原不必爲詩,亦不必非詩。"睅其目,皤其腹,于思于思,棄甲復來"之句,流傳千古;至若滄浪之歌,尤詩家之恒言,無待引證。持升庵此語與王叔武、李空同相較,其長短固可知矣。

升庵論明代之詩,語見《詩話》,自言得之于唐元薦:

> 弘治中文明中天,古學煥日;藝苑則李懷麓、張滄洲為赤幟,而和之者多失于流易;山林則陳白沙、莊定山稱白眉,而識者皆以為旁門。至李、何二子一出,變而學杜,壯乎偉矣,然正變雲擾而剽襲雷同,比興漸微而風騷稍遠。唐子應德,箴其偏焉。嘉靖初稍稍厭棄,更為六朝之調,初唐之體,蔚乎盛矣,而纖豔不逞,闉緩無當,作非神解,傳同耳食。陳子約之,議其後焉。

有明一代論詞之作,殊不多見,《升庵詞品》于兩宋諸家,擇尤摘録,于明人中獨具隻眼。《詞品》列舉《蝶戀花》《滿庭芳》《鷓鴣天》《菩薩蠻》諸調,言其得名所由,偶然疏忽,在所不免,至其論詞韻者,如云:

> 沈約之韻,未必悉合聲律,而今詩人守之如金科玉條。此無他,今之詩學李、杜,李、杜學六朝,往往用沈韻,故相襲不能革也。若作填詞,自可通變。如朋字與蒸同押,打字與等同押,卦字畫字與怪壞同押,中是臮舌之病,豈可以為法耶?元人周德清著《中原音韻》,一以中原之音為正,偉矣。然予觀宋人填詞,亦已有開先者,蓋真見在人心目,有不約而同者,俗見之膠固,豈能眯豪傑之目哉?

宋人詞韻,與詩韻本相出入,升庵之説是也。其後更衍為毛奇齡之説,一若全部詞韻,處處皆可通轉,此又變本加厲之言矣。

第四十五　謝榛　王世貞^①

嘉靖、隆慶之間，後七子之焰復熾。後七子者，李攀龍、王世貞、謝榛、宗臣、梁有譽、徐中行、吳國倫。諸人之中，攀龍之名最著，世貞之才最高，然其初實皆以謝榛爲魁。

榛字茂秦，臨清人，自號四溟山人，刻意爲歌詩，有聞於世。嘉靖間游京師，攀龍等方結社，尚論有唐諸家，茫無適從。茂秦曰："選李、杜十四家之最佳者，熟讀之以奪神氣，歌詠之以求聲調，玩味之以衷精華，得此三要，則造乎渾淪，不必塑謫仙而畫少陵也。"攀龍贈詩曰："向來燕市飲，此意獨飛揚，把袂看人過，論詩到爾長。世情搖白首，吾道指滄浪，去住俱貧病，風塵動渺茫。"其後諸人交惡，擯不與伍，然茂秦詩名自若，論詩之作，有《四溟詩話》。

茂秦之論，在於合初盛唐之長以爲一，故云：

　　自古詩人養氣，各有主焉，蘊乎内，著乎外，其隱見異同，人莫之辨也。熟讀初唐盛唐諸家所作，有雄渾如大海奔濤，秀拔如孤峰峭

　　① 1937 年修訂本目録此節改題"謝榛 李攀龍 王世貞"，修訂稿不存。1933 年本講義自批："應補李于鱗，《選唐詩序》（全）及其論元美及五唐諸家處"。另引李攀龍《送王元美序》，均録存於附録二。

壁，壯麗如層樓疊閣，古雅如瑶瑟朱弦，老健如朔漠横鵰，清逸如九皋鳴鶴，明净如亂山積雪，高遠如長空片雲，芳潤如露蕙春蘭，奇絕如鯨波蜃氣，此見諸家所養之不同也。學者能集衆長，合而爲一，若易牙以五味調和，則爲全味矣。

明人習氣諱言宋、元，故攀龍選《詩删》，唐後即數有明，至於二代，等諸自鄶以下。茂秦亦云：“《瀛奎律髓》不可讀。間有宋詩，純駁於心，發語或唐或宋，不成一家，終不可治。”又曰：“詩不可太切，太切則流于宋矣。”此皆見其擯斥宋人之意。①

茂秦之論，著力處盡在一字一句之間，較之宋人，所見尤小，王世貞評其詩如“大官舊庖，爲小邑設宴”者，非虚語也。其言如云：

> 歡紅爲韻不雅，子美“老農何有鑿交歡”，“娟娟花蕊紅”之類。愁青爲韻便佳，杜子美“澄江銷客愁”，“石壁斷老青”之類。凡用韻審其可否，句法瀏亮，可以詠歌矣。

由論字更進一步則更爲前人改詩，如云：

> 凡練句妙在渾然，一字不工，乃造物之不完。許渾《原上居》詩：“獨愁秦樹老，孤夢楚山遥。”此上一字欠工，因易爲“羈愁秦樹老，舊夢楚山遥。”釋無可《送裴明府》詩：“山春南去櫂，楚野北歸鴻。”此亦上一字欠工，因易爲“江春南去櫂，關夜北歸鴻。”劉長卿《別張南史》詩：“流水朝還暮，行人東復西。”此上二字欠工，因易爲“旅思朝還暮，生涯東復西。”周朴《塞上行》詩：“巷有千家月，人無萬里心。”此中二字欠工，因易爲“巷冷幾家月，人孤千里心。”諸作完其造物，以俟

---

① 1933 年講義批語將此節删去，《大綱》仍保留。

後之賞鑒者。

茂秦對於律詩,尤著意落脚字。論杜牧之《開元水閣寺》詩云:"三句落脚字皆自吞其聲,韻短調促而無抑揚之妙。"此言嚴去上之分,其論是矣。李天生云:"少陵自詡晚節漸於詩律細,曷言乎細?凡五七言近體,唐賢落韻共一紐者不連用,夫人而然,至於一三五七句用仄字,少陵必別用之,莫有疊出者,他人不爾也。"其論蓋發源於此。然茂秦改"深秋簾幕千家雨,落日樓臺一笛風",爲"深秋簾幕千家月,靜夜樓臺一笛風",則與全詩之寫晚景者違忤,宜乎爲《四庫全書提要》所譏也。《藝苑卮言》云:"謝山人謂'澄江淨如練','澄''淨'二字意重,欲改'秋江淨如練'。余不敢以爲然,蓋江澄乃淨耳。"後此漁洋《論詩絕句》云:"何因點竄'澄江練',笑殺談詩謝茂秦!"亦譏之也。大抵茂秦之論,其細碎可笑,有句無章者類此。

王世貞字元美,太倉人,自號鳳洲,又號弇州山人,嘉靖二十六年進士,後官至刑部尚書,移疾歸。其持論文必西漢,詩必盛唐,晚年始漸造平淡,有《弇州山人四部稿》《續稿》等。錢牧齋云:"元美始與李于鱗修復西京大曆以上之詩,以號令一世。元美著作日益繁富,而其地望之高,遊道之廣,聲力氣勢,足以翕張賢豪,吹噓才俊,於是天下咸望走其門,若玉帛職貢之會,莫敢後至,登壇設墠,近古未有。"其聲勢可知矣。今述元美之說於次,又牧齋別著其晚年定論,附見歸有光之說後。

弘治、正德間,李夢陽崛起北地,創爲不讀唐以後書之說,前後七子,率以此論相尚。李攀龍之于文,自許秦漢,詩則並唐人之古詩而斥之曰:"唐無古詩而自有其古詩。"元美《李于鱗先生傳》記其論云:

　　　于鱗既以古文辭創起齊魯間,意不可一世,而屬居曹無事,悉取諸名家言讀之,以爲紀述之文,厄于東京,班氏姑其佼佼者耳。不以規矩,不能方圓,擬議成變,日新富有。今夫《尚書》、《莊》、《左氏》、《檀弓》、《考功》、司馬,其成言班如也,法則森如也,吾撫其華而裁其

衷,琢句成辭,屬辭成篇,以求當于古之作者而已。……于鱗以詩歌,
自西京逮于唐大曆,代有降而體不沿,格有變而才各至,故於法不必
有所增損,而能縱其夙授神解於法之表。

要之前後七子之論,所謂詩亡舉大曆以下,文亡舉東京以下者,大抵相同。
明人論文,自宋濂以降至王、唐、茅歸,推尊八家,此一派也;前後七子進而
高論秦漢,此又一派也。就秦漢諸家中,于鱗、元美之所推崇,與昌黎《答
劉正夫書》所舉司馬相如、太史公、劉向、揚雄,亦略有異同。今錄元美論
文之説於次:

> 莊生之爲辭,洸洋焱忽,權譎萬變。列氏時出入而稍加裁。至漢而
> 《淮南子》出,其言不盡繇一人,其所著載,兼括道術事情,最號總雜而
> 文最雄。乃左氏則采輯《魯史》而自屬以己法,以爲《春秋》翼,蓋天下
> 之稱事辭者宗焉。漢又衰,浸淫而爲六代,彼六代者見以爲舍璞而露
> 琢,不知其氣益漓而益就衰。昌黎、河東氏之所謂振,振六代之衰,欲以
> 追四子而猶未逮也。宋則廬陵、臨川、南豐、眉山者,稍又變之,彼見以
> 爲舍筏而竟津,不知其造益易而益就下。(《古四大家摘言序》)
>
> 西京之文實。東京之文弱,猶未離實也。六朝之文浮,離實矣,
> 唐之文庸,猶未離浮也。宋之文陋,離浮矣,愈下矣。元無文。
>
> 《晉書》《南北史》《舊唐書》,稗官小説也。《新唐書》,贗古書也。
> 《五代史》,學究史論也。《宋》《元史》,爛朝報也。與其爲《新唐書》之
> 簡,不若爲《南北史》之繁;與其爲《宋史》之繁,不若爲《遼史》之簡。[1]

---

[1] 1932 年講義下云:"元美之論,自詡甚高,若法吏坐於堂上而斷堂下人之曲直,然其不
近人情之處亦可見。以庸陋二字蔽唐宋兩代之文,唐宋不能承也。《新唐書》刊削浮詞,易
招太簡之議。然南北史撫拾諸書,自致繁重,不以此見長。至於遼代,書籍記載,流入中原者
有禁,史傳簡闊,正病于文獻之不足徵,豈以是見貴哉?"

韓、柳氏，振唐者也，其文實。歐、蘇氏，振宋者也，其文虛。臨川
氏法而狹，南豐氏飫而衍。（以上《藝苑卮言》）

　　元美之論，謂八家不足以追秦漢，歐、蘇之虛不若韓、柳之實，持論甚
高，雖七子之文不足以起其意，至其所論，不可謂無所見也。元美于李、何
諸人，知之甚審，故贈李于鱗序謂"仲默沾沾，氣弗克充志，所長詩耳。昌
穀修麗靡弱，不習古文辭。北地生習古文詞而自張大，語錯出不雅馴。"
《李于鱗先生傳》亦謂"于鱗之文，駁與尊賞者相半，至於有韻之文，則心
服靡間言。"其後元美之弟敬美《與兄書》，亦稱其"諸小論稍質于歐、蘇而
微弱于韓、柳。"蓋前後七子，本不以文見長也。然元美于王慎中、唐順之
一派之依附道學揭櫫古文者，則攻擊備至。《贈李于鱗序》云：

　　　某者故二君子友也，其所持論與識，亡以長于鱗，則謂"吾李守文
　　大小出司馬氏，司馬氏不六經隸人乎哉？士於文當根極道理，亡所
　　蹈，奈何屈曲逐事變模寫相役也"。吾笑不答。於乎！古之爲詞者，
　　理苞塞不喻；假之詞，今之爲詞者，詞不勝，跳而匿諸理。六經固理區
　　藪也，已盡，不復措語矣。由秦而下，二千年事之變，何可勝窮也？代
　　不乏司馬氏，當令人舉遺編而躍如，胡至今竟泯泯哉？蔡子亡稱六經
　　乃已，蔡子而稱，六經具在，又寧作錄中語，喋喋而沾沾，繁固奚當也？

　　元美論詩，推重盛唐。《徐汝思詩集序》云："盛唐之於詩也，其氣完，
其聲鏗以平，其色麗以雅，其力沈而雄，其言融而無跡，故曰盛唐其則也。
今之操觚者，日嘵嘵然假元和、長慶之餘似而祖述之，氣則漓矣，意纖然露
矣，歌之無聲也，目之無色也，按之無力也。彼猶不自悟悔，而且高舉而闊
視曰：'吾何以盛唐爲哉？至少陵氏，直土苴耳。'汝思往與餘論詩，固甚恨
之。"序中所謂盛唐，兼包少陵而言，與嚴羽、高棅之指不盡同。故《藝苑卮
言》極推少陵，如云：

　　李、杜光焰千古，人人知之，滄浪並極推尊，而不能致辨。……五言古《選》體及七言歌行，太白以氣爲主，以自然爲宗，以俊逸高暢爲貴；子美以意爲主，以獨造爲宗，以奇拔沈雄爲貴。其歌行之妙，詠之使人飄揚欲仙者，太白也；使人慷慨激烈，歔欷欲絶者，子美也。《選》體、太白多露語率語，子美多稚語累語，置之陶謝間，便覺儉父面目，乃欲使之奪曹氏父子位耶？五言律、七言歌行，子美神矣；七言律，聖矣。五七言絶，太白神矣；七言歌行，聖矣，五言次之。太白之七言律，子美之七言絶，皆變體，間爲之可也，不足多法也。

　　十首以前，少陵較難入，百首以後，青蓮較易厭。揚之則高華，抑之則沈實，有色有聲，有氣有骨，有味有態，濃淡深淺，奇正開闔，各極其則，吾不能不服膺少陵。①

元美於宋人之詩，頗稱東坡、放翁，對於山谷，排斥特甚。山谷於詩，特重少陵夔州以後之作，而元美著眼，則重大曆以前，其見地迥異故也。《藝苑卮言》云：

　　詩格變自蘇、黃，固也。黃意不滿蘇，直欲凌駕其上，然故不如蘇也。何者？愈巧愈拙，愈新愈陳，愈近愈遠！魯直不足小乘，直是外道耳，已墮傍生趣中。南渡以後，陸務觀頗近蘇氏而粗，楊萬里、劉改之俱勿如也。

　　明人詩文，前後數變，元美有《答王貢士文禄書》略論之。至其評論大復、空同、于鱗、茂秦諸人之語，見《藝苑卮言》，録於次：

---

　　① 1932 年講義下云："元美評李長吉，謂'奇過則凡，老過則穉，此君所謂不可無一，不可有二'，其語至允。又謂'七言歌行長篇，須讓盧、駱，怪俗極於《月蝕》，卑冗極於《津陽》，俱不足法也。'評盧仝、鄭嵎，頗持雅正之論。歌行推盧、駱，何大復《明月篇序》之遺意也。"

　　國初諸公承元習，一變也，其才雄，其學博，其失冗而易。東里再變之，稍有則矣，旨則淺，質則薄。獻吉三變之，復古矣，其流弊蹈而使人厭。勉之諸公四變而六朝，其情辭麗矣，其失靡而浮。晉江諸公又變之爲歐、曾，近實矣，其失衍而卑。故國初之業，潛溪爲冠，烏傷稱輔；臺閣之體，東里辟源，長沙導流；先秦之則，北地反正，歷下造玄；理學之逃，新建肇基，晉江、毗陵藻梲；六朝之華，昌穀示委，勉之泛瀾，如是而已。（《答王貢士文祿書》）

　　詩：何仲默如朝霞點水，芙渠試風，又如西施、毛嬙，毋論才藝，却扇一顧，粉黛無色。李獻吉如金鷄擘天，神龍戲海，又如韓信用兵，衆寡如意，排蕩莫測。李于鱗如峨眉積雪，閬風蒸霞，高華氣色，罕見其比；又如大商舶，明珠異寶，貴堪敵國，下者亦是木難火齊。謝茂秦如大官舊庖，爲小邑設宴，雖事饌非奇，而飽飫不苟。

　　文：李獻吉如樽彝錦綺，天下瑰寶，而不無追蝕絲理之病。何仲默如雉翬五彩，飛不百步，而能鑠人目睛。李于鱗如商彝周鼎，海外瑰寶，身非三代人與波斯胡，可重不可議。（以上《藝苑卮言》）①

　　元美於空同、于鱗之病，皆能深知灼見。《藝苑卮言》云：“獻吉之于文，復古功大矣，所以不能厭服衆志者何居？一曰操撰易，一曰下語雜：易則沈思者病之，雜則顓古者卑之。”②于鱗詩文最爲後人所不滿者，在其摹仿剿

---

　　① 1932年講義此下云：“元美論文推空同、于鱗爲瑰寶，後世乃以贗體名之。蓋生於後代，遠摹古昔，非特不周於用而已也，至元美對於同時古文家之文，則云：‘王道思如京市中甲第，堂構華煥，巷徑宛轉，第匠師手不讀木經，中多可憾。’‘歸熙甫如秋潦在地，有時汪洋，不則一瀉而已。’語皆如此貶斥。”

　　② 1932年講義下又引“仲默才秀於李氏，而不能如其大，又義取師心，功期舍筏，以故有弱調而無累句”。“徐昌穀有六朝之才而無其學，楊用修有六朝之學而非其才。”後云：“有明一代，于鱗實爲笨伯，雖微吾長夜，自負不凡，而才同襪綫，貽譏良深。元美阿其所好，至云：‘七字爲句，字皆調美，八句爲篇，句乃穩暢，雖復盛唐，代不數人，人不數篇，古惟子美，今或于鱗。’良可駭矣。錄其分評于鱗諸體者于次，能見泰山而不能自見其睫，立論往往（轉下頁）

襲。元美《與張助甫書》，言之至切，如云："于鱗節奏上下，瞽師之按樂，亡勿諧者，其自得微少。優孟之爲孫叔敖，不如其自爲優孟也。"至其對於同時唐宋派古文家之文，則云："王道思如京市中甲第，堂構華焕，巷空宛轉，第匠師手不讀《木經》，中可多憾。歸熙甫如秋潦在地，有時汪洋，不則一瀉而已。"語皆加以貶斥。

《藝苑卮言》附録有《論詞曲》一卷①，論詞無精采，其論別南北曲者如次：

> 凡曲北字多而調促，促處見筋；南字少而調緩，緩處見眼。北則辭情多而聲情少，南則辭情少而聲情多。北力在弦，南力在板。北宜和歌，南宜獨奏。北氣易粗，南氣易弱。此吾論曲三昧語。②

元美于北曲推《西厢》壓卷，同時松江何元朗極稱鄭德輝，以爲在《西厢》上，元美駁之云：

> 何元朗極稱鄭德輝《㑳梅香倩女離魂》、《王粲登樓》，以爲出《西厢》之上。《㑳梅香》雖有佳處，而中多陳腐措大語，且套數出没賓

（接上頁）有所蔽者，常如此矣。'于鱗擬古樂府，無一字一句不精美，然不堪與古樂府並看，看則似臨摹帖耳。五言古出西京建安者，酷得風神。大抵其體不宜多作，多不足以盡變而嫌於襲。出三謝以後者，峭峻過之，不甚合也。七言歌行，初甚工於辭而微傷其氣，晚節雄麗精美，縱橫自如，燁然春工之妙。五七言律自是神境，無容擬議。絶句亦是太白、少伯雁行。排律比擬沈、宋，而不能盡少陵之變。誌傳之文，出入左氏、司馬，法甚高，少不滿者，損益今事以附古語耳。序論雜用《戰國策》《韓非》諸子，意深而詞博，微苦纏擾。銘辭奇雅而寡變，記辭古峻而太琢，書牘無一筆凡語。若以獻吉並論：于鱗高，獻吉大；于鱗英，獻吉雄；于鱗潔，獻吉冗；于鱗艱，獻吉率。令具眼者左右袒，必有歸也。'"

① 1932年講義于第四十三章述臧晉叔曲論後云："《藝苑卮言》初行時，中有論曲二卷，其後另行，然元美之才本不以論曲見長。晉叔《元曲選序》中抨之者不一，後此王驥德《曲律》亦謂元美談詩談文，具有可采，而談曲便不中窾。蓋人各有能不能，無足譏也。"

② 1932年講義批："此説本魏良輔《曲律》，《元曲選》序力攻之。"

白,全剽《西廂》;《王粲登樓》,事實可笑,毋亦厭常喜新之病歟?

何元朗論南劇以爲《拜月亭》在《琵琶記》上,元美以爲不然,後沈德符《顧曲雜言》又右元朗。錄元美之說於後:

> 則誠所以冠絶諸劇者,不惟其琢句之工,使事之美而已。其體貼人情,委曲必盡,描寫物態,仿佛如生,問答之際,了不見扭造,所以佳耳。至於腔調微有未諧,譬如見鍾王跡,不得其合處,當精思以求諧,不當執末以議本也。
>
> 《琵琶記》之下,《拜月亭》是元人施君美撰,亦佳,元朗謂勝《琵琶》,則大謬也。中間雖有一二佳曲,然無詞家大學問,一短也。既無風情,又無禅風教,二短也。歌演終場,不能使人墮淚,三短也。《拜月亭》之下,《荆釵》近俗而時動人,《香囊》近腐而不動人,五倫全備,是文莊元老大儒之作,不免腐爛。[1]

---

① 1937 年修訂本目録此節後增“王世懋 胡應麟”一章,修訂稿不存。講義批語多録二家所論,今輯于書末附録二。

第四十六　唐順之　茅坤[①]

艾南英《答陳子龍論文書》曰：“古文至嘉、隆之間，壞亂極矣。荆川、震川、遵巖三君子當其時，天下之言不歸王則歸李，而三君子寂寞著書，傲然不屑，受其極口醜詆，不稍易志。古文一線得留天壤，使後生尚知讀書者，三君子之力也。”三人主張唐宋，文字一歸於典實。王、唐時代較前，其時于麟、元美之焰尚未張，震川較後，其時元美主文盟已久矣。諸人之説，皆溯源于宋濂，今略述景濂之論於次。

明興，宋濂、劉基同以文鳴一代，景濂有《文原》、《文説》諸篇，以唐宋之文詔後學。其言云：

世之論文者有二，曰載道，曰紀事。紀事之文，當本之司馬遷、班固，而載道之文，舍六經吾將焉從？雖然，六籍者，本與根也，遷、固者，枝與葉也，此固近代唐子西之論，而予之所見，則有異於此也。六經之外，當以孟子爲宗，韓子次之，歐陽子又次之，此則國之通衢，無荆榛之塞，無蛇虎之禍，可以直趨聖賢之大道。去此則曲狹僻徑耳，犖确邪蹊耳，胡可行哉！（《文原》）

---

① 1937年修訂本目録此節改題“唐順之 茅坤 歸有光”，將下節“歸有光及‘弇州晚年定論’”删併入本節，修訂稿不存。

景濂之論推尊退之、永叔，此古文家正脈也，至其言文之用，亦大抵本諸二人，於後此蘇門言理之說，昧如也。其言見於《曾助教文集序》，而廓落無當，蓋有過於退之、永叔者：

> 天地之間，萬物有條理而弗紊者，莫非文？而三綱九法，尤爲文之著者。何也？君臣父子之倫，禮樂刑政之施，大而開物成務，小而禔身繕性，本末之相涵，終始之交貫，皆文之章章者也。所以唐虞之時，其文寓於欽天勤民、明物察倫之具，三代之際，其文見於子丑寅之異建，貢助徹之殊賦。載之於籍，行之於世，其大本既備而節文森然可觀。……秦、漢以下，則大異於斯，求文於竹帛之間，而文之功用隱矣。

王慎中字道思，號遵巖，晉江人，嘉靖五年進士，累官至河南參政，嘉靖三十八年卒。遵巖初亦高談秦、漢，既而悟歐、曾作文之法，乃盡焚舊作，一意師仿，尤得力於曾鞏。唐順之初不服其說，久乃變而從之，天下稱曰王唐。順之字應德，武進人，嘉靖八年進士，歷官至右僉都御史，巡撫鳳陽，嘉靖三十九年卒，有《荊川集》。學者稱荊川先生。景濂嘗言：“三代無文人，六經無文法：無文人者，動作威儀，人皆成文；無文法者，物理即文，而非法之可拘也。”荊川則進而言古人之法云：

> 漢以前之文，未嘗無法而未嘗有法，法寓於無法之中，故其爲法也密而不可窺。唐與近代之文，不能無法，而能毫釐不失乎法，以有法爲法，故其爲法也嚴而不可犯。密則疑於無所謂法，嚴則疑於有法而可窺。然而文之必有法，出乎自然而不可易者，則不容異也。且夫不能有法，而何以議於無法？有人焉，見乎漢以前之文，疑於無法而以爲果無法也，於是率然而出之，決裂以爲體，餖飣以爲詞，盡去自古以來開闔首尾、經緯錯綜之法，而別爲一種臃腫佶澀浮蕩之文，其氣

離而不屬，其聲離而不節，其意卑，其語澀，以爲秦與漢之文如是也。
豈不猶腐木濕鼓之音，而且詫曰："吾之樂合乎神!"嗚呼，今之言秦與
漢者，紛紛是矣，知其果秦乎漢乎否也?（《董中峰文集序》）

荆川言法，與景濂之言無法不相違，其言爲空同諸人高談秦、漢者而發也。
至論文章之要，則本李方叔之言而曰："文章之不可無者有四：一曰體，二
曰志，三曰氣，四曰韻。"其言較景濂之説爲明暢，而其所尤重者，則在本
色。本色者即爲真，有真性情、真事理，而後有真文章，荆川發明此諦，在
古文家中自具地位，非隨聲附和者可比也。其言見其《答茅鹿門知縣書》：

> 只就文章家論之，雖有繩墨佈置，奇正轉摺，自有專門師法，至於
> 中間一段精神命脈骨髓，則非洗滌心源，獨立物表，具古今雙眼者，不
> 足以與此。今有兩人，其一人心地超然，所謂千古雙眼人也，即使未
> 嘗操紙筆呻吟，學爲文章，但直據胸臆，信手寫出，如寫家書，雖或疏
> 鹵，然絶無煙火酸餡習氣，便是宇宙間一樣絶好文章。其一人猶然塵
> 中人也，雖其顋顋然學爲文章，其於所謂繩墨佈置，則儘是矣，然翻來
> 覆去，不過是這幾句婆子舌頭語，索其所謂真精神，與千古不可磨滅
> 之見，絶無有也，則文雖工而不免爲下格，此文章本色也。

論文而進一步求真精神、真識見，已舍外表而求內容，確爲一般文人所不
易及。唯其求真識見，於是並一切古文家談道論性之幌子一舉而空之，荆
川在明世以講學名，能作此論，亦可敬也。其語見前書：

> 唐、宋而下，文人莫不語性命、談治道，滿紙炫然，一切自托於儒
> 家，然非其涵養畜聚之素，非真有一段千古不可磨滅之見，而影響剿
> 説，蓋頭竊尾，如貧人借富人之衣，莊農作大賈之飾，極力裝做，醜態
> 盡露，是以精光枵焉，而其言遂不久湮廢。然則秦、漢而上，雖其老、

墨、名、法、雜家之說而猶傳，今諸子之書是也；唐、宋而下，雖其一切
語性命、談治道之說，而亦不傳，歐陽永叔所見唐《四庫書目》，百不存
一焉者是也。後之文人欲以立言爲不朽計者，可以知所用心矣。

舉荆川、鹿門並論，其見解之大小，議論之巨細，相去甚遠，然八大家之名，
至鹿門而始確定，其在文學界之影響至大，今附其說於此。

　　茅坤字順甫，號鹿門，歸安人，嘉靖進士，累官至廣西兵備僉事，遷大
名副使，論文宗唐順之，選《唐宋八大家文鈔》，其書盛行一時，鄉里小生無
不知有茅鹿門者。先是荆川著《文編》，自韓、柳、歐陽、三蘇、曾、王外，無
所取，鹿門因之，選《八大家文鈔》。《四庫全書提要》又稱，明初朱右已採
錄韓、柳等八家之文，爲《八先生文集》，實遠在鹿門之前，右書失傳，而鹿
門此集爲世傳習。後人論之，或謂三蘇實則一家，別無派別，不當稱爲八
家。劉開《與阮芸臺論文書》云："夫八家之稱何自乎？自歸安茅氏始也。
韓退之之才，上追揚子雲，自班固以下皆不及，而乃與蘇子由同列於八家，
異矣！韓子之文，冠於八家之前而猶屈，子由之文，即次於八家之末而猶
慚。使後人不足于八家者，蘇子由爲之也。使八家不遠于古人者，韓退之
爲之也。"此言亦於八家之稱，有所諍議。

　　鹿門之論直宗荆川，對於何、李一派，加以攻擊。《八大家文鈔總
序》曰：

　　　　我明弘治、正德間，李夢陽崛起北地，豪儁輻湊，已振詩聲，復揭
　　文軌，而曰："吾《左》吾《史》與《漢》矣。"已而又曰："吾黃初、建安
　　矣。"以予觀之，特所謂詞林之雄耳，其于古六藝之遺，得無湛淫滌濫
　　而互相剽裂已乎？予於是乎手掇韓公愈、柳公宗元、歐陽公修、蘇公
　　洵、軾、轍、曾公鞏、王公安石之文而稍批評之，以爲操觚者之券，題之
　　曰《八大家文鈔》。家各有引，條疏如左。嗟乎！之八君子者，不敢遽
　　謂盡得古六藝之旨，而予所批評，亦不敢自以得八君子者之深。要之

大義所揭,指次點綴,或於道不相鬒已。

鹿門《與蔡白石書》,稱"今人讀《遊俠傳》即欲舍生,讀《屈原賈誼傳》即欲流涕,讀《莊周魯仲連傳》即欲遺世,讀《李廣傳》即欲力鬬,讀《石建傳》即欲俯躬,讀《信陵平原君傳》即欲好士。若此者何哉?蓋各得其物之情而肆於心故也,而固非區區句字之激射者。昔人嘗謂善詩者畫,善畫者詩,僕謂其于文也亦然"。此節於《史記》之描寫入情處似能得之,又稱嘗夢共太史公抽書石室中,面爲指畫云云,與謝茂秦《四溟詩話》稱夢見杜少陵,勖以努力自成一家,其迂謬蓋相類。明人論文有鹿門,論詩有茂秦,迂闊陳腐,有可以相提並論者。

文統之説亦發自鹿門,《與王敬所書》云:

　　嘗就世之所稱正統者論之,六經者,譬則唐虞三王也,西京而下韓昌黎輩,譬則由漢而唐而宋,間及西蜀、東晉是也。世固有盛衰,文亦有高下,然于國之正統,或爲偏安,或爲播遷,語所謂寖微寖昌,不絶如帶是也。其他雖高如崔、蔡,藻如顏、謝,譬則草莽之裂土而王是已。況于近代閏人學士乎哉?

吾國人言道統,其論已不無可譏,至於文統,更無論矣。繼鹿門而言文統者,惟于清之阮元見之。芸臺之言,以駢體爲正統,《書文選後》云:"自齊、梁以後,溺於聲律,彥和《雕龍》,漸開四六之體,至唐而四六更卑,然文體不可謂之不卑,而文統不得謂之不正。自唐宋韓蘇諸大家,以奇偶相生之文爲八代之衰而矯之,於是昭明所不選者,反皆爲諸家所取,故其所著者非經即子,非子即史,求其合於昭明序所謂文者鮮矣。"此言與鹿門之説,在二百年中,遙遙相對,無獨有偶,於此見之。

第四十七　歸有光及"弇州晚年定論"①

　　明代中世以後，前後七子之議論，成爲當時文學批評之中心，然持反對之論者亦蜂起。當王元美睥睨一世之秋，力持異論者於言詩之方面，有七子中之謝榛。于言曲之方面，有臧懋循、王驥德。于言文之方面，有歸有光。紛亂之情形，與南宋之後相同。然有不同者，南宋之反江西派，人自爲戰，明季之反王元美，則一夫倡義，群衆同聲，雖宗旨不必盡似，而聲應氣求，初不相遠。徐渭持論，偏宕奇險，讀震川文則曰："今之歐陽子。"錢謙益本非震川嫡派，而序《震川先生文集》，稱爲"以庶幾體貳之才，好學深思，跂邪觝僞，刊削蕪敗，障斯文之末流"。蓋當世士人苦於弇州之論已久，群起而攻，固可見矣。

　　歸有光字熙甫，嘉靖間舉鄉試，上春官不第，徙居安亭，讀書講道，學者稱爲震川先生，嘉靖四十四年以進士授長興令，隆慶中爲南京太僕寺丞，卒官。有光爲古文，原本經術，好《太史公書》，得其神理，爲有明一代大家，有《震川集》《三吳水利錄》。

　　震川論文，揭出其文與時人所稱之古文不同者如次：

---

① 1937年修訂本目録此節删去，併入上節。

安定孟與時與余同年進士，而以余年差長，常兄事之。余好古文辭，然不與世之爲古文者合。與時獨心推讓之，出其意誠然也。(《送同年孟與時之任成都序》)

僕文何能爲古人？但今世相尚以琢句爲工，自謂欲追秦、漢，不過剽竊齊、梁之餘，而海内宗之，翕然成風，可謂悼歎耳。區區里巷童子强作解事者，此誠何足辨也。(《與沈敬甫》)

至其對於王元美之正面攻擊，則見於《項思堯文集序》，在當年不過爲里巷窮老之愁歎，然摧陷廓清之功，實以兹爲大，兹全録之：

永嘉項思堯與余遇京師，出所爲詩文若干卷，使予序之。思堯懷奇未試，而志于古之文，其爲詩可傳誦也。蓋今世之所謂文者難言矣，未始爲古人之學，而苟得一二妄庸人爲之鉅子，争附和之以詆訾前人。韓文公云："李杜文章在，光焰萬丈長，不知群兒愚，那用故謗傷，蚍蜉撼大樹，可笑不自量。"文章至於宋、元諸名家，其力足以追數千載之上而與之頡頏，而世直以蚍蜉撼之，可悲也。無乃一二妄庸人爲之鉅子，以倡道之歟？思堯之文，固無俟于余言，顧今之爲思堯者少，而知思堯者尤少。余謂文章天地之元氣，得之者其氣直與天地同流，雖彼之權足以榮辱毁譽於人，而不能以與于吾文章之事，而爲文章者，亦不得自製其榮辱毁譽之權於己，兩者背戾而不一也久矣。故人知之，過於吾所自知者，不能自得也。己知之，過於人之所知，其爲自得也，方且追古人于數千載之上矣。大音之聲，何期於《折楊》《皇華》之一笑，吾與思堯言自得之道如此。思堯果以爲然，其造于古也必遠矣。

此篇自得之道數語，皆足以見震川獨抒己見之精神，所謂妄庸鉅子者，即指王元美。《列朝詩集·歸有光小傳》云："弇州聞之曰：'妄誠有之，庸則未敢聞命。'熙甫曰：'惟妄故庸，未有妄而不庸者也！'""惟妄故庸"一語，真是當頭棒喝。然元美自有見地，以"庸"譏之，容爲過甚，當其早歲直爲于鱗一派裏人而不自覺，及乎晚年，於是有定論之説，語見後。

震川于文最好《史記》，後來方苞繼之，亦致力於此，雖歸、方一派，以起伏照應評論史公，不免爲後世所譏，然其傳授，固有可得而言者。震川《五嶽山人前集序》曰：

> 余固鄙野，不能得古人萬分之一，然不喜爲今世之文。性獨好《史記》，勉而爲文，不《史記》若也。玉叔好《史記》，其文即《史記》若也，信夫人之才力有不可强者。夫西子病心而矉其里，其里之醜人亦捧心而矉其里，其里之富人見之，堅閉門而不出，貧人見之，挈妻子去之而走。余固里之醜人耳，若有如西子者而爲西子之矉，顧不益美也耶？故曰，知美矉而不知矉之所以美。夫知《史記》之所以爲《史記》，則能《史記》矣。

震川論詩，遠不逮其論文，大率亦以擯斥李王一派爲宗。《沈少谷先生詩序》曰："夫詩之道豈易言者，孔子論樂，必放鄭、衛之聲，今世乃惟追章琢句，摸擬剽竊，淫哇浮豔之爲工，而不知其所爲，敝一生以爲之，徒爲孔子之所放已。"摸擬剽竊，誠爲當時通病，然動以孔子論樂爲宗，固已迂矣。

牧齋稱熙甫爲文，原本六經，而好《太史公書》，能得其風神脈理，其於八大家，自謂可肩隨歐曾，臨川則不難抗行。今觀震川小簡，自述其文品者，大指如下：

> 平生足跡不及天下，又不得當世奇功偉烈書之，增歎耳。(《與王子敬》)
>
> 《石老墓表》，敬甫想見。但文字難作，每一篇出，人輒異論，惟吾黨二三子解意耳。世無韓、歐二公，當從何處言之？(《與沈敬甫》)

舍中蓬蒿彌望，使人愴然，不能還矣。毛氏文想已見，作此文已，忽悟已能脫去數百年排比之習，向來亦不自覺，何况欲他人知之？爲之囅然一笑也。（同上）

曾見《顧恭人壽文》否？敬甫試取評騭，不知于曾子固何如？一笑。（同上）

昨爲《節婦傳》送陶氏，李習之自謂不在孟堅、伯喈之下也。得求郡中善書者入石，可搨百本送連城，使海内知有此奇節，亦知有此文也。（《與徐子檢》）

清劉開《與阮芸臺論文書》云："夫震川熟于《史》《漢》矣，學歐、曾而有得，卓乎可傳，然不能進于古者，時藝太精之過也，且又不能不囿於八家也。"明、清以來，古文與時藝關係至切，此爲讀中國文學史者所不可不知之事實。前乎震川者鹿門之《八大家文鈔》，本爲舉業而設。及至震川，言及制藝，亦醰然有餘味，《與沈敬甫》云："春闈文字誠自謂不愧，但徒爲市中浮薄子所訕笑，以是不出也。"又與敬甫有論當時制藝者云："盡有一篇好者，却排幾句俗語在前，便觸忤人，如好眉目，又著些瘡痍，可惡。"又云："近來頗好剪紙染采之花，遂不知有樹上天生花也，偶見俗子論文，故及之。"細觀震川之文，劉氏之言，誠確論也。

弇州晚年定論之説，起於震川没後，元美作《歸太僕贊》，序曰："先生于古文詞，雖出之自史漢，而大較折衷于昌黎、廬陵，當其所得意，沛如也，不事雕飾而自有風味，超然當名家矣。其晚達而終不得意，尤爲識者所惜云。"贊曰："風行水上，涣爲文章，當其風止，與水相忘。剪綴帖括，藻粉鋪張，江左以還，極于陳梁。千載有公，繼韓歐陽，余豈異趨，久而自傷。"此則一反《藝苑卮言》對於震川之評論。又《卮言》論李西涯古樂府太涉議論，及其晚歲《書西涯古樂府後》則云："余嚮者于李賓之先生《擬古樂府》，病其太涉議論，過爾剪抑，以爲十不得一。自今觀之，奇旨創造，名語疊出，縱未可被之管弦，自是天地間一種文字。若使字字求諧于房中、鐃吹之調,取其字句之斷爛者而摹仿之,如是則豈非西子之顰,邯鄲之步哉?余作《藝苑卮言》時,年未四十,方與于鱗輩是古非今,此長彼短,未爲定論,至於戲學世説,比擬形似,既不切相,又傷猥薄,行世已久,不能復秘,姑隨事改正,勿令多誤後人而已。"此亦一反其對於西涯之評論。又元美舊論,卑視宋人,自叙《弇州續集》,至謂猶勝子瞻,及其病亟,劉子威往視之,乃手子瞻集不置,此又一反。故牧齋《列朝詩集・王世貞小傳》取之,以爲晚年定論也。

第四十八　徐渭　臧懋循　沈德符[①]

　　北曲盛行，始于金元，至明初而南曲復盛，是後二者爭爲雄長，而南曲之邁進，迄非北曲所能比擬。至於中葉以後，崑曲完成，而南曲獨擅一時矣。[②] 明代嘉、隆以後，論曲者多，今節其緒餘，述諸此篇，以備諸家之論，其有完書者，於次篇述之。

　　明初有丹丘先生《涵虛子論曲》諸作，[③]其言多膚廓，不足述。至中葉後，始有徐渭，渭字文長，號天池生，山陰人，嘉靖之季，客總督胡宗憲幕，有《徐文長集》、《南詞叙録》等。文長論詩頗多別解，《答許北口論選詩》

---

　　① 1937年修訂本目録此節改題"徐渭　臧懋循　沈德符　吕天成"，殆將下節吕天成部分併入，修訂稿不存。

　　② 此節，1932年講義作："北曲盛行，始于金元，至明初而南曲復盛，是後二者爭爲雄長，而南曲之邁進，迄非北曲所能比擬。至於中葉以後，崑曲完成，而南曲獨擅一時矣。元人雜劇率以四折爲主，南曲演進有至數十折者，此其繁簡不同也。元劇之中，方言俚語，往往迭出，迄于明人，雖一面推爲行家，重其作品，而方言之勢已漸衰，迄不能振，綺語文言，代之而興，甚至賓白全用對偶，此則文質不同者又一也。論者或僅就文體一方，判別時代，而慨然於劇曲之漸漓，此言非也。文學作品，惟戲曲所受時代之影響爲最大，詩文之作，雖不獲見於當時，尚可取信於後世，故作者嘗有以自負，不易爲時代所左右。獨戲曲之與觀衆，其關係至切，無表演即無戲曲，凡不能取悦於觀衆者，其作品即無有流傳，故觀于元、明劇曲之變遷，而元、明兩代觀衆之情狀，略可知矣。"

　　③ 1933年講義批："寧王權。"

云：“試取所選者讀之，果能如冷水澆背，陡然一驚，便是興觀群怨之品。”又《與季友書》云：“韓愈、孟郊、盧仝、李賀詩，近頗閱之，乃知李、杜之外，復有如此奇種，眼界始稍寬闊。不知近日學王孟人，何故伎倆如此狹小，在他面前説李、杜不得，何況此四家耶？”其言偏宕而有奇趣。《南詞雜錄》論填詞處，語亦儁妙，如云：

> 填詞如作唐詩，文既不可，俗又不可，自有一種妙處，要在人領解妙悟，未可言傳。名士中有作者爲予誦之，予曰，齊、梁長短句詩，非曲子。何也？其詞麗而晦。

> 晚唐、五代填詞最高，宋人不及。何也？詞須淺近，晚唐詩文最淺，鄰於詞調，故臻上品。宋人開口便學杜詩，格高氣粗，出語便自生硬，終是不合格。其間若淮海、耆卿、叔原輩，一二語入唐者有之，通篇則無有。元人學唐詩，亦淺近婉媚，去詞不甚遠，故曲子絶妙。《四朝元》《祝英台》之在琵琶者，唐人語也。使杜子撰一句曲尚不可，況用其語乎。

文長於南北曲貶抑極甚，如云：

> 聽北曲使人神氣鷹揚，毛髮瀝淅，足以作人勇往之志，信胡人之善於鼓怒也，所謂其聲嘽殺以立怨是已。南曲則紆徐綿眇，流麗婉轉，使人飄飄然喪其所守而不自覺，信南方之柔媚也，所謂亡國之音哀以思是已。夫二音鄙俚之極，尚足感人如此，不知正音之感何如也？

> 今之北曲，蓋遼、金北鄙殺伐之音，壯偉狠戾，武夫馬上之歌，流入中原，遂爲民間之日用。宋詞既不可被弦管，南人亦遂尚此，上下風靡，淺俗可嗤，然其間九宮二十一調，猶唐、宋之遺也，特其止於三聲而四聲亡滅耳。至南曲又出北曲下一等，彼以宮調限之，吾不知其

何取也。

文長既不滿於南曲之宮調，則更進一步而推翻宮調之束縛，以求解脫。此論在當時實爲大膽之狂論，蓋高談驚坐，自是明人本色，特文長於論曲見之耳：

> 或以則誠"也不尋宮數調"之句爲不知律，非也。此正見高公之識。夫南曲本市里之談，即如今吳下《山歌》，北方《山坡羊》，何處求取宮調。必欲宮調，則當取宋之《絕妙詞選》，逐一按出宮商，乃是高見。彼既不能，盍亦姑安于淺近，大家胡說可也，奚必南九宮爲？

此種推翻宮調之精神，爲文長所獨具，故論南曲則推重《琵琶》《拜月》，而以句句本色，認爲高處。又云：

> 或言《琵琶記》高處，在《慶壽》《成婚》《彈琴》《賞月》諸大套，此猶有規模可尋，惟《食糠》《嘗藥》《築墳》《寫真》諸作，從人心流出。嚴滄浪言水中之月，空中之影，最不可到，如十八答，句句是常言俗語，扭作曲子，點鐵成金，信是妙手。

臧懋循字晉叔，萬曆進士，官南國子監博士，有《古詩所》《唐詩所》《元曲選》諸選。《詩所》割裂編比，頗爲後人所譏，《元曲選》則爲元曲中僅存之鉅集，然亦間有竄改，不盡元人之舊也。書成于萬曆三十五年，晉叔之論，悉見序中，大抵指摘南曲，謂去元人已遠，故有茲選，俾資取則。晉叔首稱作曲之難云：

> 詩變而詞，詞變而曲，其源本出於一，而變益下，工益難，何也？詞本詩而亦取材於詩，大都妙在奪胎而止矣。曲本詞而不盡取材焉，

如六經語、子史語、二藏語、稗官野乘語，無所不供其採掇，而要歸斷章取義，雅俗兼收，串合無痕，乃悅人耳，此則情詞穩稱之難。宇內貴賤妍蚩，幽明離合之故，奚啻千百其狀，而填詞者必須人習其方言，事肖其本色，境無旁溢，語無外假，此則關目緊湊之難。北曲有十七宮調，而南止九宮，已少其半，至於一曲中有突增數十句者，一句中有襯貼數十字者，尤南所絕無而北多以是見才，自非精審於字之陰陽，韻之平仄，鮮不勞調，而況以吳儂強效傖夫喉吻，焉得不至河漢，此則音律諧叶之難。

繼此則言名家行家之別云：

名家者出入樂府，文彩爛然，在淹通閎博之士，皆優爲之。行家者隨所妝演，無不摹擬曲盡，宛若身當其處，而幾忘其事之烏有，能使人快者掀髯，憤者扼腕，悲者掩泣，羨者色飛，是惟優孟衣冠，然後可與於此。故稱曲上乘，首曰當行。

晉叔所持標準，率以元人爲主，故對於明代作家，議論多示不滿。如云：

新安汪伯玉《高唐》《洛川》四南曲，非不藻麗矣，然純作綺語，其失也靡。山陰徐文長《禰衡》《玉通》四北曲，非不伉爽矣，然雜出鄉語，其失也鄙。豫章湯義仍庶幾近之，而識乏通方之見，學罕協律之功，所下句字，往往乖謬，其失也疏。他雖窮極才情而面目愈離，按拍者既無繞梁過雲之奇，顧曲者復無輟味忘倦之好，此乃元人所唾棄而戾家畜之者也。

沈德符字景倩，嘉興人，萬曆舉人，有《野獲編》《顧曲雜言》諸書，景倩稱《拜月亭》出《琵琶記》上，其語本何元朗。元朗松江人，家蓄聲伎，長於論曲，諸書中多及之。景倩云：

> 何元朗謂《拜月亭》勝《琵琶記》，而王弇州力爭以爲不然，此是王識見未到處。《琵琶》無論襲舊太多，與《西廂》同病，且其曲無一句可入弦索者。《拜月》則字字穩帖，與彈搊膠粘，蓋南曲全本可上弦索者惟此耳。至於《走雨》《錯認》《拜月》諸折，俱問答往來，不用賓白，固爲高手，即旦兒《鬢雲堆》小曲，摹擬閨秀嬌憨情態，活托逼真，《琵琶》《咽糠》、《描真》亦佳，終不及也。向曾與王房仲談此曲，渠亦謂乃翁持論未確。……若《西廂》才華富贍，北詞大本，未有能繼之者，然終是肉勝於骨，所以讓《拜月》一頭地。元人以鄭、馬、關、白爲四大家而不及王實甫，有以也。

景倩之論明人作家者，大略如左：

> 周憲王所作雜劇最夥，其刻本名《誠齋樂府》，至今行世，雖警拔稍遜古人，而調入弦索，穩叶流麗，猶有金元風範。……近年則梁伯龍、張伯起俱吳人，所作盛行於世，若以《中原音韻》律之，俱門外漢也。惟沈寧庵吏部後起，獨恪守詞家三尺，……可稱度曲申韓，然詞之堪入選者殊鮮。梅雨金《玉合記》，最爲時所尚，然賓白盡用駢語，餖飣太繁，其曲半使故事及成語，正如設色骷髏，粉捏化生，欲博人寵愛難矣。湯義仍《牡丹亭夢》一齣，家傳戶誦，幾令《西廂》減價，奈不諳曲譜，用韻多任意處，乃才情自足不朽也。

徐文長、湯義仍之曲，橫破格律，度越恒蹊，誠爲不易措論之作品。晉叔、景倩下筆論及，皆有啼笑俱非之感。後此有卓人月者，亦云：“作近體難於古體，作詩餘難於近體，作南曲難於詩餘，作北曲難於南曲。總之音調法律之間，愈嚴則愈苦耳。北如馬、白、關、鄭，南如《荊》《劉》《拜》《殺》，無論矣。入我明來，填詞者比比，大才大情之人，則大愆大謬之所集也。湯若士、徐文長兩君子，其不免乎。減一分才情，則減一分愆謬，張伯起、梁伯龍、梅禹金，斯誠第二流之佳者。"此言亦自有一得之見。

第四十九 呂天成 王驥德[1]

萬曆之間,戲曲大盛,其時作家之中,各樹一幟,均足領袖當代者,得二人焉,曰沈璟、湯顯祖。璟字伯英,號寧庵,吳江人,世稱詞隱先生,萬曆進士,官至光禄寺丞,精於音律,有傳奇十七種。王驥德《曲律》稱其于曲學,法律甚精,泛瀾極博,斤斤返古,力障狂瀾,中興之功,良不可没。[2]

湯顯祖字義仍,號若士,臨川人,萬曆進士,官禮部主事,所著《紫釵》《還魂》《南柯》《邯鄲》四記,世稱"臨川四夢"。若士之説與詞隱大異。《曲律》云:"臨川之於吳江,故自冰炭。吳江守法,斤斤三尺,不欲令一字乖律,而毫鋒殊拙。臨川尚趣,直是橫行,組織之工,幾與天孫争巧,而屈曲聱牙,多令歌者齚舌。吳江嘗謂'寧協律而不工,讀之不成句而謳之始叶,是爲中之之巧',曾爲臨川改易《還魂》字句之不叶者。呂吏部玉繩以致臨川,臨川不懌,復書吏部曰:'彼惡知曲意者? 余意所至,不妨拗折天下人嗓子。'其志趣不同如此。鬱藍生謂臨川近狂而吳江近狷,信然哉!"

---

① 1937 年修訂本目録此節改題"王驥德 附《填詞解》",殆以呂天成部分移歸前一節,以王驥德專成一節,新增有關《填詞解》內容,修訂稿不存。

② 1932 年講義下云:"又云:'詞隱生平爲挽回曲調計,可謂苦心。嘗賦《二郎神》一套,又雪夜賦《鶯啼序》一套,皆極論作詞之法。中《黄鶯兒》調,有"自心傷,蕭蕭白首,誰與共雌黄!"《尾聲》:"吾言料没知音賞,這《流水》《高山》逸響,直待後世鍾期也不妨。"'大抵詞隱之説於法至嚴。其徒至於終帙不用上去疊字,其境至苦而不甘矣。"

若士天才豪縱，而寧庵欲以繩束約之，其不能合，固已明矣。

萬曆時論曲著有成書者，曰吕天成之《曲品》，王驥德之《曲律》。《曲品》成于萬曆三十八年，《曲律》之成略後。二人相友善而持説略不同，吕則寧庵之弟子，而王曾受業于徐文長，故其論視吕説爲開展。

天成字勤之，又號鬱藍生，餘姚人，其父即《曲律》所稱吏部玉繩者也，其衡曲之説，出其舅祖。《曲品》云：

> 我舅祖孫司馬公謂予曰：“凡南曲第一要事佳，第二要悦目，第三要搬出來好，第四要按宮商，協音律，第五要使人易曉，第六要詞采，第七要善敷衍，淡處做得濃，閑處做得熱鬧，第八要各脚色派得勻妥，第九要脱套，第十要合世情、關風化。持此十要以衡傳奇，靡不當矣。”

《曲品》對於明代作品，斷爲新舊兩期，舊傳奇品分爲神品、妙品、能品、具品，叙目如次：

> 神品高則誠。妙品邵弘治、王濟。能品沈采、姚茂良。具品李開先、沈壽卿、丘濬。①

新傳奇品則分爲九等，詞隱、若士或稱當行，或擅本色，勤之並推二人爲上之上，而於序中調停其説云：

> 當行兼論作法，本色只指填詞。當行不在組織餖飣學問，此中自

有關節局概，一毫增損不得，若組織正以蠹當行。本色不在摹勒家常語言，此中別有機神情趣，一毫妝點不來，若摹勒正以蝕本色。今人不能融會此旨，傳奇之派，遂判而爲二：一則工藻繢以擬當行，一則襲樸澹以充本色，甲鄙乙爲寡文，此嗤彼爲喪質。殊不知果屬當行，則句調必多本色，果其本色，則境態必是當行。今人竊其似而相敵也，而吾則兩收之。

勤之論詞隱、若士二人者，則云：

　　嗟曲流之泛濫，表音韻以立防，痛詞法之榛蕪，訂全譜以辟路。……顧盼而煙雲滿座，咳唾而珠玉在豪，運斤成風，遊刃餘地。……此道賴以中興，吾黨甘爲北面。(《論沈璟》)

　　情癡一種，固屬天生，才思萬端，似挾靈氣。搜奇八索，字抽鬼泣之文，摘豔六朝，句疊花翻之韻。……麗藻憑巧腸而濬發，幽情逐彩筆以紛飛，邃然破羀夢於仙禪，曭矣鎖塵情於酒色。熟拈元劇，故琢調之妍媚賞心，妙選生題，致賦景之新奇悦目。不事刁斗，飛將軍之用兵；亂墜天花，老生公之説法。原非學力所及，洵是天資不凡。(《論湯顯祖》)①

　　王驥德字伯良，會稽人，自號方諸生，工詞曲，有《方諸館樂府》及《曲律》。伯良之言在曲論中，直爲一代巨眼，故于王元美斥爲"談不中窾"，于臧晉叔則謂其"躋《拜月》於《琵琶》，故是何元朗一偏之説，又謂臨川南

────────

①　1932年講義下云：今按《琵琶記》拗字纇句，在所不免，《曲律》論爲妙品，未足言神，其語當矣。至於沈、湯二人，才有偏至，不能合一，故伯良以場上之上者尚當虛左，其言亦允。至若分爲九品，略嫌煩碎，概加四六評語，亦欠深密。此皆《曲品》疵瑕之可指而言者，然推崇若士，稱爲上上，識度之廣，殊非晉叔、景倩等所及，而出自詞隱之門，尤可貴也。

曲絕無才情,夫臨川所詘者法耳,若才情正是其勝場,此言亦非公論",皆
見識力。又云:"《正音譜》中所列元人,各有品目,然不足憑。涵虛子于
文理原不甚通,其評語多足付笑,又前八十二人有評,後一百五人,漫無可
否,筆力竭耳,非真有所甄別於其間也。"至其評論北曲,則斥昔人關、鄭、
白、馬之説,以爲不及實甫,要非定論,而南戲《荆》《劉》《拜》《殺》四者並
列,尤不可曉,蓋明代之論曲者,至於伯良,如秉炬以入深谷,無幽不顯矣。

　　《曲律》第二十三云:"《曲律》以律曲也,律則有禁,具列以當約法。"
附録《曲禁》於此,平頭合脚之説,與沈約之論八病,可以參觀。蓋六代言
詩,重在聲律諧和,其原則不異也。

　　　　重韻(一字二三押,長套及戲曲不拘);

　　　　借韻(雜用傍韻,如支思又押齊微類);

　　　　犯韻(有正犯,句中字不得與押韻同音,如冬犯東類;有傍犯,句
　　　中即上去聲不得與平聲韻犯,如董凍犯東類);

　　　　犯聲(即非韻脚,凡句中字同聲俱不得犯,如上例);

　　　　平頭(第二句第一字不得與第一句第一字同音);

　　　　合脚(第二句末一字不得與第一句末一字同音);

　　　　上去疊用(上去字須間用,不得用兩上兩去);

　　　　上去去上倒用(宜上去不得用去上,宜去上不得用上去,活法見
　　　前論平仄條中);

　　　　入聲三用(疊用三入聲);

　　　　一聲四用(不論平上去入,不能疊用四字);

　　　　陰陽錯用(宜陰用陽字,宜陽用陰字);

　　　　韻脚多以入代平(此類不免,但不許多用,如純用入聲韻及用在
　　　句中者,皆不禁);

　　　　閉口疊用(凡閉口字只許單用,如用侵不得用尋,或又用監咸廉
　　　纖等字,雙字如深深、鈋鈋、慊慊類不禁);

　　疊用雙聲(字母相同如玲瓏、皎潔類,止許用二字不得連用至四字);

　　疊用疊韻(二字同韻如逍遥、燦爛,亦止許用二字,不許連用至四字);

　　開閉口韻同押(凡閉口如侵尋等韻,不許與開口韻同押);

　　陳腐(不新采);

　　生造(不現成);

　　俚俗(不文雅);

　　寒澀(不順溜);

　　粗鄙(不細膩);

　　錯亂(無次序);

　　蹈襲(忌用舊曲語意,若成語不妨);

　　沾唇(不脱口);

　　拗口(平仄不順);

　　方言(他方人不曉);

　　語病(聲不雅,如《中原音韻》所謂達不着主母機,或曰燒公鴨,亦可類);

　　請客(如詠春而及夏,題花而及柳類);

　　太文語(不當行);

　　太晦語(費解説);

　　經史語(如《西厢》"靡不有初,鮮克有終"類);

　　學究語(頭巾氣);

　　書生語(時文氣);

　　重字多(不論全套單隻,凡重字俱用檢去);

　　襯字多(襯至五六字);

　　堆積學問;

　　錯用故事;

　　宮調亂用；

　　緊慢失次；

　　對偶不整。

　　伯良論聲調之美，句法之美，皆有所見，如曰：“凡曲調欲其清不欲其濁，欲其圓不欲其滯，欲其響不欲其沈，欲其俊不欲其癡，欲其雅不欲其粗，欲其和不欲其殺，欲其流利輕滑而易歌，不欲其乖剌艱澀而難吐。”此論聲調者也。又云：“句法宜婉曲不宜直致，宜藻豔不宜枯瘁，宜溜亮不宜艱澀，宜輕俊不宜重滯，宜新采不宜陳腐，宜擺脫不宜堆垛，宜溫雅不宜激烈，宜細膩不宜粗率，宜芳潤不宜噍殺；又總之宜自然不宜生造。意常則造語貴新，語常則倒換須奇。”此論句法者也。①

　　伯良于古戲首推《西廂》，次許《琵琶》，而於《琵琶》之短，言之至當。如云：

　　　古戲必以《西廂》《琵琶》稱首，遞爲桓文，然《琵琶》終以法讓《西廂》，故當離爲雙美，不得合爲聯璧。《琵琶》工處甚多，然時有語病，如第二折引“風雲太平日”，第三折引“春事已無有”，三十一折引“也只爲我門楣”，皆不成語。又蔡別後，趙氏寂寞可想矣，而曰：“翠減祥鸞羅幌，香消寶鴨金鑪，楚館雲閑，秦樓月冷。”後又曰：“寶瑟塵埋，錦被羞鋪，寂寞瓊窗，蕭條朱戶”等語，皆過富貴，非趙所宜。二十六折

────────────

　　① 1932年講義下云：“毛以燧跋《詞律》，稱伯良一生鍾有情癡，故但涉情瀾，流連宛轉，盡態極妍，令人色飛腸斷。大抵伯良所見特重優美，故云：‘詞曲不尚雄勁險峻，只一味嫵媚閑豔，便稱合作。’又云：‘作曲如美人，須自眉目齒髮以至十笋雙鈎，色色妍麗，又自笄黛衣履，以至語笑行動，事事襯副，始可言曲。’惟其崇尚優美，故對于元人作品，特推《西廂》。顧伯良常言，北之沉雄，南之柔婉，可劃地而知。又曰：‘北人工篇章，以氣骨勝，南人工句字，以色澤勝。’然則，伯良所重於《西廂》者，殆以南人之長，求之於北劇者。”

　　1933年講義批：“應補論戲劇一段。”

《駐馬聽》《書寄鄉關》二曲，皆本色語，中著"啼痕纖處翠綃斑"，及
"銀鉤飛動彩雲箋"二語，皆不搭色，不得爲之護短。至後八折真儋父
語，或以爲朱教諭所續，頭巾之筆，當不誣也。

至於明代中葉作家，伯良亦有論及：

　　客問今日詞人之冠，余曰：於北詞得一人，曰高郵王西樓，俊豔
工煉，字字精琢。惜不見長篇。于南詞得二人，曰吾師山陰徐天池先
生，瓌瑋濃鬱，超邁絕塵，《木蘭》《崇嘏》二劇，剖腸嘔心，可泣神鬼，
惜不多作；曰臨川湯若士，婉麗妖冶，語動刺骨。獨字句平仄，多逸三
尺，然其妙處，往往非詞人工力所及。惜不見散套耳。
　　臨川湯奉常之曲，常置法字無論，盡是案頭異書。所作五傳，《紫
簫》《紫釵》，第修藻豔，語多瑣屑，不成篇章；《還魂》妙處種種，奇麗
動人，然無奈腐木敗草，時時纏繞筆端；至《南柯》《邯鄲》二記，則漸
削蕪纇，俯就矩度，布格既新，遣辭復俊，其掇拾本色，參錯麗語，境往
神來，巧湊妙合，又視元人別一蹊徑。技出天縱，匪由人造，使其約束
和鸞，稍閑聲律，汰其剩字累語，規之全瑜，可令前無作者，後鮮來喆，
二百年來，一人而已。[1]

<hr/>

[1] 1932 年講義下云："批判家之病，不在不知法，而在知法而不知法之外別有事在。觀
伯良之言曲禁，津津然有餘味，寧庵作《南九宮譜》，伯良躬與討論，且憾當時未請寧庵將各
宮調分細、中、緊三類，置諸卷中，其於曲中法律，知之熟矣。至於論曲，則斥寧庵爲出之頗
易，未免庸率，此亦愛而知其惡者。及論文長，稱爲曲子中縛不住，論若士，稱爲視元人別一
蹊徑，誠可謂知法而更知法之外別有事在者矣。以劇曲論，元、明兩代之作品，文質各異，誠
難軒輊。以論曲之作品而論，明人造詣，固非元人所能望其項背也。"

第五十　袁宏道[①]

　　有明中葉而後，士氣狂囂，敢於謾罵，其風自七子始，而大播于文學批評之中。前後七子之詆諆時人，及其互相詆諆者，無論矣。萬曆間王元美官南都，湯顯祖囊括獻吉、于鱗、元美文賦，標其中用事出處，及增減漢史唐詩字面，流傳白下，使元美知之。元美曰：“湯生標塗吾文，異時亦當有標塗湯生者。”與若士同時聲氣相應，同以攻擊李、王爲事，其後卒樹公安派之幟者，則有袁宏道。

　　宏道字中郎，號石公，公安人，與兄宗道伯修、弟中道小修齊名，而中郎名最盛，舉萬曆二十年進士，選吳縣知縣，罷官後遷禮部郎，調吏部，萬曆三十八年卒，年四十三。中郎論詩文，主於真而其病流於率，此則公安派之得失所在也。牧齋論之曰：“中郎之説出，王、李之雲霧一掃，天下之文人才士，始知疏瀹心靈，搜剔慧性，以蕩滌摹擬塗澤之病，其功偉矣。機鋒側出，矯枉過正，於是狂瞽交扇，鄙俚公行，雅故滅裂，風華掃地。”其言甚允。

　　中郎作文立論，皆率性而成，欲並自古之軌範，一切抉裂而後快。[②] 惟

---

　　① 1933 年本講義批：“應連三袁同論。”1937 年修訂本目録此節改題“李贄、袁宏道附袁宗道袁中道”，修訂稿不存。
　　② 1932 年講義下云：“《記百花洲》云：‘江進之問：“百花洲花盛開否，盍往觀（轉下頁）

其如此,其論文乃有出於恒蹊之外者。如云:

> 篋中藏萬卷書,書皆珍異,宅畔置一館,館中約真正同心友十餘
> 人,人中立一識見極高,如司馬遷、羅貫中、關漢卿者爲主,分曹部署,
> 各成一書,遠文唐宋酸儒之陋,近完一代未竟之篇,三快活也。(《與
> 龔惟長先生》)

> 少年工諧謔,頗溺《滑稽傳》。後來讀《水滸》,文字益奇變。《六
> 經》非至文,馬遷失組練。一再快西風,聽君酣舌戰。(《聽朱生説
> 〈水滸傳〉》)

> 新詩日日千餘言,詩中無一憂民字。……自從老杜得詩名,憂君
> 愛國成兒戲。言既無庸嘿不可,阮家那得不沈醉!(《顯慶宮》)

司馬遷與關漢卿並稱,始於嘉靖二年,韓邦靖殁時,其兄邦奇曰:“世安有
司馬遷、關漢卿之輩,能爲吾寫思弟痛弟之情乎?”自中郎後至有清而金人
瑞有“六才子”之説,小説戲曲,遂與史傳詩文,並占文壇一席地矣。至
《顯慶宮》詩,則于憂君愛國之調,一併推翻,自當世言之,同爲駭人聽聞之
論,然中郎自有其理論在。

中郎批評論之核心,在於確認古今之變。《雪濤閣集序》云:

> 文之不能不古而今也,時使之也。……夫古有古之時,今有今之
> 時,襲古人語言之跡,而冒以爲古,是處嚴冬而襲夏之葛者也。……
> 夫法因于敝而成於過者也,矯六朝駢麗饾飣之習者,以流麗勝。饾飣
> 者,固流麗之因也,然其過在輕纖,盛唐諸人以闊大矯之。已闊矣,又

(接上頁)之?”余曰:“無他物,惟有二三十糞艘,鱗次綺錯,氤氛數里而已矣。”《詠西湖》
云:‘一日湖上行,一日湖上坐。一日湖上住,一日湖上臥。’《偶見白髮》云:‘無端見白髮,欲
哭翻成笑。自喜笑中意,一笑又一跳。’此種文字,繩以規矩,皆不成爲詩文。”

因閣而生莽,是故續盛唐者以情實矯之。已實矣,又因實而生俚,是故續中唐者以奇僻矯之。然奇則其境必狹,而僻則務爲不根以相勝,故詩之道,至晚唐而益小。有宋歐、蘇輩出,大變晚習,於物無所不收,於法無所不有,於情無所不暢,於境無所不取,滔滔莽莽,有若江河。今之人徒見宋之不唐法,而不知宋因唐而有法者也。……近代文人始爲復古之說以勝之。夫復古是已,然至以剿襲爲復古,句比字擬,務爲牽合,棄目前之景,摭腐濫之詞,有才者詘於法而不敢自伸其才,無之者,拾一二浮泛之語,幫湊成詩。智者牽於習而愚者樂其易,一倡億和,優人騶從,共談雅道。吁,詩至此抑可羞哉!

復古之說始於空同,盛于王、李。復古往往爲革新之機,其說未必謬,復古而以剿襲爲尚,則其弊誠有如中郎所論者。中郎《與丘長孺書》,更言古今詩之所以不同而各有其價值者云:

大抵物真則貴,真則我面不能同君面,而況古人之面貌乎?唐自有詩也,不必《選》體也,初、盛、中、晚自有詩也,不必初盛也。李、杜、王、岑、錢、劉,下逮元、白、盧、鄭,各自有詩也,不必李、杜也。趙宋亦然,陳歐蘇黃諸人,有一字襲唐者乎? 又有一字相襲者乎? 至其不能爲唐,殆是氣運使然,猶唐之不能爲《選》,《選》之不能爲漢、魏耳。今之君子,乃欲概天下而唐之,又且以不唐病宋。夫既以不唐病宋矣,何不以不《選》病唐,不漢、魏病《選》,不《三百篇》病漢,不結繩鳥跡病《三百篇》耶? ……夫詩之氣,一代減一代,故古也厚,今也薄。詩之奇之妙之工之無所不極,一代盛一代,故古有不盡之情,今無不寫之景。然則,古何必高,今何必卑哉?

中郎于宋人詩文,最傾倒於東坡,如云:

　　蘇公詩無一字不佳者。青蓮能虛，工部能實，青蓮惟一於虛，故目前每有遺景；工部惟一於實，故其詩能人而不能天，能大能化而不能神。蘇公之詩，出世入世，粗言細語，總歸玄奧，忧惚變怪，無非情實，蓋其才力既高，而學問識見又迴出二公之上，故宜卓絕千古。至其道不如杜，逸不如李，此自氣運使然，非才之過也。(《答陶石簣編修》)

　　蘇公詩高古不如老杜，而超脫變怪過之，有天地來，一人而已。僕嘗謂六朝無詩，陶公有詩趣，謝公有詩料，餘子碌碌，無足觀者。至李、杜而詩道始大，韓、柳、元、白、歐，詩之聖也，蘇，詩之神也。彼謂宋不如唐者，觀場之見耳，豈真知詩爲何物哉？(《與李龍湖》)

中郎之言，皆爲推翻空同、于鱗、元美等一派之議論而發。推東坡以軼李、杜，誠不免爲偏宕之論，然必欲唾棄宋詩，則李、王之偏，亦自顯然。清代王漁洋《論詩絕句》亦云："耳食紛紛說開寶，幾人眼見宋元詩。"亦不滿於李、王之論也。

于鱗、元美，高唱文必欲準于秦漢，詩必欲準于盛唐，中郎《小修詩序》詰之云："曾不知文準秦漢矣，秦漢人曷嘗字字學六經歟？詩準盛唐矣，盛唐人曷嘗字字學漢魏歟？秦漢而學六經，豈復有秦漢之文？盛唐而學漢魏，豈復有盛唐之詩？惟夫代有升降，而法不相沿，各極其變，各窮其趣，所以可貴，原不以優劣論也。""各窮其趣"一語，深得古今詩文變遷之真意，誠非王、李所能知矣。中郎于李、王一派之惡聲，見於集中者如次：

　　且公所謂古文者，至今日而敝極矣。何也？優於漢，謂之文，不文矣。奴于唐，謂之詩，不詩矣。取宋、元諸公之餘沫而潤色之，謂之詞曲諸家，不詞曲諸家矣。大抵愈古愈近，愈似愈贋，天地間真文漸滅殆盡。(《與友人論時文》)

　　世人喜唐，僕則曰："唐無詩。"世人喜秦漢，僕則曰："秦漢無文。"世人卑宋黜元,僕則曰:"詩文在宋元諸大家。"昔老子欲死聖人,莊生譏毀孔子,然至今其書不廢。荀卿言性惡,亦得與孟子同傳。何者?見從己出,不曾依傍半個古人,所以他頂天立地。今人雖譏訕得,却是廢他不得。不然,……倚勢欺良,如今蘇州投靠家人一般,記得幾個爛熟故事,便曰博識,用得幾個現成字眼,亦曰騷人,計騙杜工部,囷縶李空同,一個八寸三分帽子,人人戴得,以是言詩,安在而不詩哉?不肖惡之深,所以立言亦自有矯枉之過。(《與張幼于》)

空同舉王叔武之言,謂"真詩乃在民間"。而自慚其詩之非真,此特其早年之論耳。中歲而後,直以不越古人規範爲法則,流弊所及,遂成贗體。中郎《答李子髯》詩云:"草昧推何李,聞知與見知,機軸雖不異,爾雅良足師。後來富文藻,詘理競修辭,揮斥薄大匠,裹足戒旁歧。模擬成俗狹,莽蕩取世譏。直欲凌蘇柳,斯言無乃欺?當代無文字,閭巷有真詩。却沽一壺酒,攜君德《竹枝》。"此言與空同初論合,而何李之爭及于鱗、元美之論,亦略述於此。

　　明代詩文中有一徐文長,自是盧仝、皇甫湜一流人,於大家中無可位置,而面目精悍,原有不可掩者。文長没後,中郎遊越,得其殘帙於故紙堆中,《與吳敦之書》推爲有明第一詩人。[1] 又作《徐文長傳》,述其詩之背景,語極有味:

　　　　文長既已不得志於有司,遂乃放浪麴蘖,恣情山水,走齊、魯、燕、趙之地,窮覽朔漠。其所見山奔海立,沙起雲行,雨鳴樹偃,幽谷大

---

　　[1] 1932 年講義下云:"推許過甚,非文長所能當也。《與馮侍郎書》云:'宏于近代得一詩人,曰徐渭,其詩盡翻窠臼,自出手眼,有長吉之奇而暢其語,奪工部之骨而脱其膚,挾子瞻之辯而逸其氣,無論七子,即何李當在下風。'從翻窠臼出手眼處推之,即此一語,具見中郎面目。"

都,人物魚鳥,一切可驚可愕之狀,一一皆達之於詩。其胸中又有勃然不可磨滅之氣,英雄失路,托足無門之悲,故其爲詩,如嗔如笑,如水鳴峽,如種出土,如寡婦之夜哭,羈人之寒起。雖其體格時有卑者,然匠心獨出,有王者氣,非彼巾幗而事人者所敢望也。①

---

　　① 1932年講義下云:"中郎又有《答徐見可書》云:'于鱗有遠體,元美有遠韻,然以摹擬損其骨,會稽徐文長稍自振脱,而體格位置,小似羊欣書。'此言評李、王、徐三家,頗爲持平。大抵中郎之論,每爲矯時而作,偏宕之極,至於忘反,固非批評家之準則也。然元美在當時,主持壇坫,雖雄才大略,自有過人,而叢謗府怨,蓋亦等于暴秦。及當時文士起而非之,中郎之摧堅陷鋭,亦陳勝、吳廣之亞。然有摧陷而無建樹,此公安派之所以不振也。"

第五十一　鍾惺　譚元春

　　繼中郎之後，有竟陵派代興，其説創于鍾惺、譚元春。惺字伯敬，萬曆庚戌進士，官至福建提學僉事，有《隱秀軒集》。元春字友夏，舉天啓丁卯鄉試第一，有《嶽歸堂集》。二人皆竟陵人，有合選《詩歸》五十一卷，凡《古詩》十五卷，《唐詩》三十六卷。《列朝詩集》云："《古今詩歸》盛行於世，承學之士，家置一編，奉之如尼丘之删定。"其在當時之盛可知。曾未幾時而底蘊畢露，有識之士，譏彈交至，故牧齋又謂其"如木客之清吟，如幽獨君之冥語，如夢而入鼠穴，如幻而之鬼國，浸淫三十餘年，俗易風移，滔滔不返"。顧炎武《日知録》曰："近世盛行《詩歸》一書，尤爲妄誕。魏文帝《短歌行》'長吟永歎，思我聖考'，聖考謂其父武帝也，改爲聖老，評之曰：'聖老字奇。'……此皆不考古而肆臆之説，豈非小人而無忌憚者哉？"朱彝尊《明詩綜》云："鍾、譚並起，伯敬揚歷仕途，湖海之聲氣猶未廣，藉友夏應和，派乃盛行。《詩歸》既出，紙貴一時，正如摩登伽女之淫咒，聞者皆爲所攝。正聲微茫，蚓竅蠅鳴，鏤肝鉥腎，幾欲走入醋甕，遁入藕絲。充其意不讀一卷書，便可臻于作者，此先文恪斥爲亡國之音也。"牧齋、亭林、竹垞諸公，皆有明遺民，目睹竟陵派之流弊，故斥之如此。

　　伯敬、友夏皆一時才士，惟其急於得名，遂不恤趨於旁蹊曲徑。其從者樂其幽眇深邃也，群起而爭誦之，而鍾、譚之名成矣。在公安、竟陵之前，歷下、婁東一派，獨擅大名，後之起者必爭相指摘以爲名高，其勢固然，而李于鱗之大言炎炎，亦有以自取。于鱗等論古詩，推崇漢魏，鄙視唐代，友夏則云：

> 唐人神妙全在五言古，而太白似多冗易，非痛加削除不可，蓋亦才敞筆縱所至。欵“漢魏”二字，誤却多少快才快筆耳。（評李白《送韓準裴政孔巢父還山》）

鍾伯敬又云：“譚語深有所謂，未易爲俗人言。”蓋爲友夏之排斥于鱗下一注脚。鍾氏論唐人五言古詩，亦力反于鱗之説而曰：

> 王、孟之妙在五言，五言之妙在古詩。今人但知其近體耳，每讀唐人五言古妙處，未嘗不恨李于鱗孟浪妄語。（評王維《哭殷遙》）

李于鱗取王昌齡《出塞》一首爲唐七言絶壓卷，鍾伯敬評之云：

> 詩但求其佳，不必問某首第一也。昔人問《三百篇》何句最佳，及《十九首》何句最佳，蓋亦興到之言。其稱某句佳者，各就其意之所感，非執此以盡全詩也。李于鱗乃以此首爲唐七言絶壓卷，固矣哉！無論其品第當否何如，茫茫一代，絶句不啻萬首，乃必欲求一首作第一，則其胸中亦夢然矣。①

歷下之論氣格，鍾、譚諸人斥之，於摧陷廓清之功，不爲無補。然鍾、譚之所主張者何若，不可不知，今節録二人之《詩歸序》於次：

---

① 1933 年本講義下云：“一代之中必求壓卷之句，此刻舟求劍之論，伯敬譏之是也。又評李頎《題盧五舊居》七律云：‘李頎本七言律佳手，而近人稱其妙者，推流澌臘月，黜物在人亡，請問其所爲妙者何居？’‘此首好而人反不稱，大要近人選七言律，以假氣格掩真才情。’”

　　詩文氣運，不能不代趨而下，而作詩者之意興，慮無不代求其高。
高者，取異於途徑耳。夫途徑者，不能不異者也，然其變有窮也：精
神者，不能不同者也，然其變無窮也。操其有窮者以求變，而欲以其
異與氣運爭，吾以爲能爲異而終不能爲高。其究途徑窮而異者與之
俱窮，不亦愈勞而愈遠乎？此不求古人真詩之過也。……真詩者精
神所爲也，察其幽情單緒，孤行靜寄於喧雜之中，而乃以其虛懷定力，
獨往冥游於寥廓之外，如訪者之幾於一逢，求者之幸於一獲，入者之
欣於一至，不敢謂吾之說，非即向者千變萬化不出古人之說，而特不
敢以膚者狹者熟者塞之也。（鍾序）

　　有教春者曰，公等所爲，創調也，夫變化盡在古矣。其言似可聽，
但察其變化，特世所傳《文選》、《詩刪》之類，鍾嶸、嚴滄浪之語，瑟瑟
然務自雕飾而不暇求于靈迥樸潤。抑其心目中別有凤物，而與其所
謂靈迥樸潤者，不能相關相對歟。夫真有性靈之言，常浮出紙上，決
不與眾言伍，而自出眼光之人，專其力，壹其思，以達于古人，覺古人
亦有炯炯雙眸，從紙上還矚人，想亦非苟然而已。……夫人有孤懷，
有孤詣，其名必孤行於古今之間，不肯遍滿寥廓，而世有一二賞心之
人，獨爲之咨嗟徬皇者，此詩品也。（譚序）

鍾、譚二人指摘世人不求真詩所在，指摘《文選》、《詩刪》、仲偉、滄浪，其
言非無可采者，然故作大言，亦欺人常態耳。至伯敬之言"幽情單緒"，友
夏之言"孤懷孤詣"，此則其宗旨所在矣。其論詩如此，其選詩亦如此。伯
敬評王季友詩云："余性不以名取人，其看古人亦然，每于古今詩文，喜拈
其不著名而最少者，常有一種別趣奇理，不墮作家氣。""別趣奇理"四字，
即爲竟陵派病根所在。評論詩文，必從此處着手，其弊不至鼠穴鬼國不
止，牧齋之言，蓋有見也。

　　竟陵言詩，好稱"靈迥樸潤"，好稱"樸素幽真"，其言至偏，即二人之
所成就，亦尚不足以與於此。然幽樸自是詩中一境，特爲拈出，亦有可取

之處,附録其論於次:

　　　坡公謂陶詩外枯中腴,似未讀儲光羲、王昌齡古詩耳。儲、王古
詩極深厚處,方能髣髴陶詩。知此則枯腴二字,俱説不著矣。古人論
詩文,曰朴茂,曰清深,曰雄渾,曰積厚流光。不朴不茂,不深不清,不
渾不雄,不厚不光,了此可讀陶詩。(鍾評陶詩)
　　　幽生於樸,清出於老,高本於厚,逸原於細,此陶詩也。讀此等
作,當自得之。(鍾評陶潛《癸卯歲始春懷古》《田舍》二首)
　　　次山諸樂府古詩,有朴素傳幽真意。(鍾評元結詩)
　　　中晚之異于初盛,以其俊耳。劉文房猶從朴入。然盛唐俊處皆
朴,中晚人朴處皆俊。文房氣有極厚者,語有極真者,真到極快透處,
便不免其厚。(鍾評劉長卿詩)

　　《四庫總目提要》謂鍾、譚力排選詩惜群之説,於連篇之詩,隨意割裂,古來
詩法,於是盡亡。今考《詩歸》,于曹植《贈白馬王彪》詩節録兩章,于左思
《詠史》詩僅録二首,他多類此,知《提要》之説不誣也。至其評論諸詩,往
往有大謬者。今即杜詩略舉一二。《前出塞》云:“我始爲奴僕,幾時樹功
勳?”此鬱伊無聊之語也。鍾評云:“熱中。”《新安吏》云:“送行勿泣血,僕
射如父兄。”此強顔相慰之語也。鍾云:“讀此語,僕射不得不做好人。”
《垂老别》云:“熟知是死别,且復傷其寒,此去必不歸,還聞勸加餐。”叮嚀
反復,此老人語態,傷心入骨之言也。鍾評後二句云:“此二語好,合上二
句看,反覺氣緩了些,不若單存上二句警策。”《課伐木》一序,頗病拙直,
杜本不以文稱,無傷也。鍾評云:“序奧甚,質甚,古甚,則甚,細甚,使誦者
不易上口,正其妙處。”諸語皆憒憒不足論。杜詩《覃山人隱居》一首,於
律詩爲拗體,語含諷刺,而以“高車駟馬帶傾覆,悵望秋天虚翠屏”二語,繳
出真意,在杜集中,本非上選。鍾云:“深心高調,老氣幽情,此七言律真詩
也。汨没者誰能辨之?”譚云:“此老杜真本事,何不即如此作律,乃爲《秋

興》、《諸將》之作,徒費氣力,煩識者一番周旋耶?"二人之言,如夢中對語,幾令人不知所謂"真詩"、"真本事"者,究作何物。蓋一意幽眇,其弊遂至於此。

綜竟陵之論觀之,身謝道衰,不爲無故,然其語亦盡有道著處,如云:

> 予嘗謂《三百篇》後,四言之法有兩種。韋孟諷諫其氣和,去《三百篇》近,而近有近之離。魏武《短歌》,其調高,去《三百篇》遠,而遠有遠之合。(鍾評韋孟詩)
>
> 讀晉、宋以後《子夜》《讀曲》諸歌,想六朝人終日無一事,只將一副精神時日,於情豔二字上體貼料理,參微入妙。其發爲聲詩,去宋、元塡詞途徑,甚近甚易。讀者當知其深妙處,有高於唐人一格者。然非唐人一反之,順手做去,則塡詞不在宋、元而在唐人矣。此物理世運人事起服頓挫之微,嘗與譚子反復感歎之。(鍾評晉詩)
>
> 漢、魏詩至齊、梁而衰,衰在豔,豔至極妙而漢、魏之詩始亡。唐詩至中、晚而衰,衰在澹,澹至極妙而初盛之詩始亡。不衰不亡,不妙不衰也。(鍾評中唐詩)
>
> 晚唐詩有極妙而與盛唐人遠者,有不必妙而氣脈神韻與盛唐人近者。"不必妙"三字甚難到,亦難言,妙不足以擬之矣。(鍾評晚唐詩)

第五十二　錢謙益

　　謙益字受之，號牧齋，常熟人，萬曆進士，官至禮部侍郎，坐事削籍歸，福王建號南京，召爲禮部尚書，多鐸南下後，牧齋迎降。有《初學集》百卷，刊於明代，《有學集》五十卷，則亡國後之作。至於《列朝詩集》，則仿元遺山之《中州集》而作，牧齋之文學批評論，大部見於此。

　　牧齋家世與王元美爲夙好，年十六七時，學爲古文，出於其門。及爲舉子，與李長蘅偕，始得知唐、宋大家與李、王迥別，及其所以然之故。四十後與湯義仍遊，義仍告以勿漫視宋景濂，始覃精苦思，刻意學唐宋古文。自後交袁小修，時已在萬曆三十七八年後①。牧齋《安雅堂集序》，自稱強仕以後，受教于鄉先生長者之流，聞臨川、公安之緒言，詩之源流利病，知之不爲不正。蓋其師友學問淵源如此。

　　牧齋對於唐人之詩，其著眼處認爲一整個的唐詩，而對於劃分時代，中間截斷者最不滿，坐是對於嚴羽、高棅，攻擊甚力。而於滄浪之悟入說，尤多辯難，前已備述，茲不更贅。

　　明人言古文者，可分兩派：前後七子好高而騖遠，則稱誦秦漢；遵巖、荊川、震川以下，直及牧齋，好精實而尚條達，則稱誦宋人。牧齋論東坡者

---

　　① 1933 年講義自批："此言誤，牧齋與小修交在萬曆三十七年（見《游居柿錄》二五五），中郎下世在三十八年（見同書四一〇）。"

前已見，①其論歐、曾者如次：

> 歐陽子，有宋之韓愈也，其文章崛起五代之後，表章韓子，爲斯文之耳目，其功不下於韓。《五代史記》之文，直欲跳班而補馬，《唐六臣》《伶人》《宦者》諸傳，淋漓感歎，綽有太史公之風。自弘、正以後，剽賊之學盛行，而知此者或罕矣。（《與杜蒼略書》）

> 臨川李塗曰："曾子固文學劉向。"余每讀子固之文，浩汗演迤，不知其所自來，因塗之言而深思之，乃知西漢文章，劉向自爲一宗。以向封事及《列女傳》觀之，信塗之知言也。（《讀南豐集》）

宋人之詩，牧齋最不喜黃魯直，宋人論詩，牧齋最不喜劉辰翁，見於《注杜詩略例》：

> 自宋以來，學杜詩者莫不善於黃魯直，評杜詩者莫不善於劉辰翁。魯直之學杜也，不知杜之真脈絡，所謂前輩飛騰、餘波綺麗者，而擬議其橫空排奡，奇句硬語，以爲得杜衣鉢，此所謂旁門小徑也。辰翁之評杜也，不識杜之大家數，所謂鋪陳終始、排比聲韻者，而點綴其尖新俊冷，單詞隻字，以爲得杜神髓，此所謂一知半解也。

牧齋持論，推崇李西涯以遏空同、于鱗、元美之流，故《書李文正公手書東祀錄略卷後》云："西涯之文，有倫有脊，不失臺閣之體。詩則原本少陵、隨州、香山，以迨宋之眉山，元之道園，兼綜而互出之，弘、正之作者，未能或之先也。李空同後起，力排西涯，以劫持當世，而爭黃池之長。試取空同

---

① 1932 年講義下云："稱其文字有得於《華嚴經》，事理法界，開遮湧現，無門庭，無牆壁，無差擇，無擬議，世諦文字固已蕩無纖塵，又何自而窺其淺深，議其工拙。語極透闢。"

之集,汰去其吞剥撏撦、吽牙齟齒者,而空同之面目,猶有存焉者乎? 西涯
之詩,有少陵,有隨州,有香山,有眉山、道園,要其自爲西涯者完然在也。"
後牧齋選《列朝詩集》,復取西涯弟子石寶、羅玘等六人之詩,列爲一卷,以
上配蘇門之六君子,實則擬非其倫,故王士禛《居易録》云:"虞山訾謷李
何,則並李、何之友而俱貶之;推戴李賓之,則並賓之門生而俱褒之。"其言
蓋譏之也。

　　空同等一派所持以號召者,曰,文必秦漢,詩必盛唐。牧齋《鄭孔肩
文集序》曰:"近世之僞爲古文者,其病有三:曰傚,曰剽,曰奴。"其語攻
擊空同,與湯義仍之簡括諸人文字,逐一標其出處者,用意正同。又《曾
房仲詩序》,則謂"學詩之法,莫善於古人,莫不善於今人。"又稱"空同
以學杜自命,聾瞽海内,生吞活剥,本不知杜,而曰'必如是乃爲杜',此
其所以不善也。"平心論之,空同之學杜,惟其太似,所以不似,降及于鱗
之《擬漢鐃歌》《後十九首》,乃至並其字句而擬之,其不足以折服後人,
無足怪矣。

　　《列朝詩集》對於空同、于鱗,攻擊最甚,且各附詩數首,一一舉其瑕
疵,吹毛索瘢,不遺餘力,今節録其語於次:

　　　　獻吉以復古自命,曰"古詩必漢、魏,必三謝;今體必初、盛唐,必
　　杜;舍是無詩焉。"牽率模擬,剽賊於聲、句、字之間,如嬰兒之學語,如
　　童子之洛誦,字則字,句則句,篇則篇,毫不能吐其心之所有。古之人
　　固如是乎? ……國家當日中月滿,盛極尊衰,粗材笨伯,乘運而起,雄
　　霸詞盟,流傳訛種,二百年以來,正始淪亡,榛蕪塞路,先輩讀書種子,
　　從此斷絶,豈細故哉? (《李夢陽小傳》)

　　　　《易》云:"擬議以成其變化",不云"擬議以成其臭腐也!"易五
　　字而爲《翁離》,易數句而爲《東門行》。《戰城南》盜《思悲翁》之句
　　而云:"烏子五,烏母六。"《陌上桑》竊"孔雀東南飛"之句而云:"西
　　鄰焦仲卿,蘭芝泣道隅。"影響剽賊,文義違反,擬議乎? 變化

乎？……《十九首》繼《國風》而有作，鍾嶸以爲“驚心動魄，一字千
金”。今也句摭字掇，行數墨尋，興會索然，神明不屬，被斷蓳以文
繡，刻凡銅爲追蠡，目曰《後十九》，欲上掩平原之十四，不亦愚乎？
（《李攀龍小傳》）

　　牧齋憎惡前後七子太甚，持論往往不得其平，選空同、大復詩，至於没其所
長，亦氣量之褊也。又徐禎卿與空同遊後，悔其所作，改趨漢、魏、盛唐，回
視少作，“文章江左家家玉，煙月揚州樹樹花”，真覺傖俗滿面。牧齋反謂
其“沈酣六朝，散華流豔，‘煙月’‘文章’之句，至今令人口吻猶香。”此則
所謂舞陽、絳、灌既貴後，稱其屠狗吹簫，以爲佳事者也。
　　震川之論，牧齋壯歲即已飫聞，故稱誦震川，不無過當，如云：

　　　如熙甫之《李羅村行狀》，《趙汝淵墓誌》，雖韓歐復生，何以過
此。以熙甫追配唐、宋八大家，其於介甫、子由，殆有過之，無不及也。
士生於斯世，尚能知宋、元大家之文，可以與兩漢同流，不爲俗學所漸
滅，熙甫之功，豈不偉哉？（《題歸太僕文集》）
　　　少年應舉，筆放墨飽，一洗俗爛，人驚其頡頏眉山，不知汪洋跌
盪，得之莊周者爲多。壯而其學大成，每爲文章，一以古人爲繩尺，蓋
柳子厚之論，所謂旁推交通以爲之文者，其他可知也。“參之孟荀以
暢其支，參之《穀梁》以屬其氣，參之太史以著其潔。”其暢也，其屬
也，其潔也，學者舉不能知，而先生獨深知而自得之，鉤摘搜獺，與古
人參會於豪芒杪忽之間。（《震川先生文集序》）①

<hr>

　　① 1932年講義下云：“牧齋早歲服膺元美，前已論及，迨中歲以後，議論一變。《答唐汝
諤論文書》，謂弇州之詩，無體不具，求其名章秀句，可諷可傳者，一卷之中，不得一二，其於文
卑靡冗雜，無一篇不倍背古人規矩。其規摹左史，不出字句，而字句之譌謬者，累累盈帙。此
言貶斥元美甚矣。又牧齋創爲元美晚年定論之說，見《列朝詩集》王世貞小傳，及《答唐汝諤
論文書》《安雅堂集序》等，直使李、王一派，無反啄之餘地，其言具見匠心。”

竟陵一派既興,攘公安之席而代之,牧齋作《劉司空詩集序》時,對於鍾、譚已有譙呵,《列朝詩集·鍾惺小傳》更加抨擊,如云:

> 當其創獲之初,亦嘗覃思苦心,尋味古人之微言奧旨,少有一知半見,掠影希光,以求絕出於時俗。久之見日益僻,膽日益粗,舉古人之高文大篇,鋪陳排比者,以爲繁蕪熟爛,胥欲掃而刊之,而惟其僻見之是師。其所謂深幽孤峭,如木客之清吟,如幽獨君之冥語,如夢而入鼠穴,如幻而之鬼國,浸淫三十餘年,風移俗易,滔滔不反。

牧齋對於文學批評之原理,大抵論詩者較多於論文,而其言亦較精。論文者則以論史家著作爲多,其言見於《再答杜蒼略書》①。至其論詩,語極精悍,大要在於截斷衆流,搜討古人之窟穴。《再與嚴武伯論詩書》云:

> 今之論詩者,亦知評量格律,講求聲病,搰搰焉以爲能事,由古人觀之,所謂口耳之間兼寸耳。人以兩輪卷葉爲耳,亦知有大人之耳,張兩耳以爲市,人以時會其上乎?人以一尺口齒爲面,亦知有無首之民,乳爲目,臍爲口,操干戚而舞乎?今之論詩,循聲響尺尺而寸寸者,兩輪之耳,一尺之面也。古人之詩,海涵地負,條風凱風,出納于寸管之中,大人之耳市,刑天之臍口也。今人窮老于詩,歐絲泣珠,沾沾焉以爲有得而自喜,知盡能索,終不出兩輪尺面之

---

① 1932年講義此下録《再答杜蒼略書》:"讀班、馬之書,辨論其同异,同當知其大段落大關鍵來龍何處,結局何處,手中有手,眼中有眼,一字一句,龍脈歷然。又當知太史公所以上下五千年,縱橫獨絶者在何處,班孟堅所以整齊《史記》之文,而瞠乎其後不可幾及者,又在何處。《尚書》《左氏》《國策》,太史公之粉本,捨此而求之,見太史公之面目焉。此真《史記》也。天漢以前之史,孟堅之粉本也,後此而求之,見孟堅之面目焉,此真《漢書》也。由二史而求之,千古之史法在焉,千古之文法在焉。"

間,不已遼乎?

耳市臍口,語頗詼詭,然詩之爲物,當然不僅在格律聲病,尺尺寸寸之中,牧齋不誤也。更進而求詩之所在,牧齋則曰:

> 今之譚詩者,必曰:"某杜某李,某沈某宋,某元白。"其甚者則曰:"兼諸人而有之。"此非知詩者也。詩者志之所之也,陶冶性靈,流連景物,各言其所欲言者而已。如人之有眉目焉,或清而揚,或深而秀,分寸之間而標緻各異,豈可以比而同之也哉?沈不必似宋也,元不必似白也,有沈、宋又有陳杜也,有李、杜又有高、岑,有王、孟也,有元、白又有劉、韓也,各不相似,各不相兼也。(《范璽卿詩集序》)

此言僅謂各家言其所欲言,而於詩本之說尚未明,至其《周元亮賴古堂合刻序》,始暢言之:

> 古之爲詩者有本焉。《國風》之好色,《小雅》之怨誹,《離騷》之疾痛叫呼,結轖于君臣夫婦朋友之間,而發作於身世逼側、時命連蹇之會,夢而囈,病而吟,春歌而溺笑,皆是物也,故曰有本。唐之李、杜,光焰萬丈,人皆知之,放而爲昌黎,達而爲樂天,麗而爲義山,譎而爲長吉,窮而爲昭諫,詭諑兀傲而爲盧仝、劉叉,莫不有物焉,魁壘耿介,槎枒於肺腑,擊撞於胸臆,故其言之也不慚,而其流傳也至於歷劫而不朽。今之爲詩,本之則無,徒以詞章聲病,比量於尺幅之間,如春花之爛發,如秋水之時至,風怒霜殺,索然不見其所有,而舉世咸以此相誇相命,豈不末哉?

牧齋之說,得之震川之門人,得之于湯義仍,得之于袁小修,而融會貫通,大振力出,則又有其自己之見解在,大率以攻擊前後七子之論爲骨幹,以詩外有詩之説爲精神。明人持論，龐雜紛紜，至牧齋而得一結束，如水赴壑，不可忽也。①

---

① 1932 年講義後云："要之明代人論詩文，往往有一真字之憧憬，往來于胸中，故空同自序謂真詩在民間，因自慊其詩之非真，中郎亦自謂當代無文字，閭里有真詩。乃至鍾伯敬序《詩歸》，謂當求古人真詩所在，語亦不謬。牧齋之言，夢囈病吟，春歌溺笑，與空同之説合。自此詩文貴真之一點論之，非獨牧齋不誤，空同、中郎、伯敬皆不誤也。自其相同者而言之，此種求真之精神，實彌漫於明代之文壇。空同求真而不得，則贗爲古體以求之；中郎求真而不得，則貌爲俚俗以求之；伯敬求真而不得，則探幽歷險以求之。其求之之道不必正，而所求之道無可議也。"

第五十三　馮班[①]

　　牧齋之論，一意排斥嚴羽、高棅、前後七子以及竟陵之説，負一世盛名。同邑後輩，大張其議，轉而倡道崑體，以力攻江西派者，則有馮舒、馮班兄弟。舒字己蒼，號默庵，有《默庵遺稿》。班字定遠，號鈍吟，有《定遠集》《鈍吟詩文稿》。二人評點《才調集》尤有名，爲學西崑體者必讀之書，與江西派之《瀛奎律髓》相埒。

　　二馮兄弟論詩門徑不相同。馮武云："默庵以杜樊川爲宗，而廣其道於香山、微之。鈍吟以温、李爲宗，而溯其源於騷選漢魏六朝。"即此一語，可以知矣。武又謂兩先生論詩法微有不合處。"默庵得詩法于清江范德機，有《詩學禁臠》一編，立十五格以教人，謂起聯必用破，頷聯則承，腹聯則轉，落句則或緊結，或遠結。鈍吟謂詩意必顧題，固爲喫緊，然高妙處正在脱盡起承轉合，但看韋君所取（《才調集》），何嘗拘拘成法，圓熟極則自然變化無窮爾。"今以二人評點之《才調集》論之，鈍吟之説較多，其立論亦較高，故獨取鈍吟，默庵之説從略。鈍吟論古樂府，語尤精悍無倫，後趙執信見其《鈍吟雜論》，至具朝服下拜於墓前。焚刺稱"私淑門人"，其爲人所傾倒如此。鈍吟之説，上承虞山，下啓秋谷，其在文學批評史上之地位可想矣。

---

① 1933 年本自批："重寫。"并摘録評點《才調集》凡例及多則批語。

《才調集》十卷，蜀韋縠編，二馮推爲崑體正宗。《四庫總目提要》譏之云：“縠生於五代文敝之際，故所選取法晚唐，以穠麗宏敞爲宗，救粗疏淺弱之習，未爲無見。至馮舒、馮班意欲排斥宋詩，遂引其書於崑體，推爲正宗，不知李商隱等，《唐書》但有‘三十六體’之目，所謂‘西崑體’者，實始于宋之楊億等，唐人無此名也。”此言亦允。實則江西諸人，自黃山谷、呂居仁以及方虛谷等，對於崑體之論，雖依違不盡同，而情非冰炭，鈍吟必欲舉崑體以攻江西，亦一偏之見也。

《才調集》編次，頗似凌亂，鈍吟謂此書，多以一家壓卷，殊有微意。馮武於《凡例》中申言之。武字簡緣，鈍吟之侄也，其言必有所承，今錄之：

> 《才調》一選，非專取西崑體也，蓋詩之爲道，固所以言志，然必有美辭秀致，而後其意始出，若無字句襯墊，雖有美意，亦寫不出。於是唐人必先學修辭而後論命意，其取材又必揀擇取捨，從幼熟讀《文選》《騷》《雅》、漢魏六朝，然後出言吐氣，自然有得于溫柔敦厚之旨，而不失《三百篇》之意也。韋君所取以此。故其爲書也，以白太傅壓通部，取其昌明博大，有關風教諸篇，不取其閒適小篇也；以溫助教領第二卷，取其比興遼密，新麗可歌也；以韋端己領第三卷，取其氣宇高曠，辭調整贍也；以杜樊川領第四卷，取其才情橫放，有符風雅也；以元相領第五卷，取其語發乎情，風人之義也；以太白領第七卷而以玉溪生次之，所以重太白而尊商隱也；以羅江東領第八第九卷，取其才調兼擅也。

簡緣之説雖辯，按之事實，亦多曲爲之辭，未必韋縠當日之意果爾也。又縠自叙稱及李、杜，集中無少陵詩，鈍吟云：“卷中無杜詩，非不取也，蓋是崇重杜老，不欲芟擇耳。”又云：“序言李、杜、元、白，今選太白，不選子美，杜不可選也，選李亦祇就此書體裁而已，非以去取爲工拙也。”其言皆强爲剖別。《四庫全書總目》云：“馮舒評此集，謂崇重老杜，不欲芟擇，然實以杜詩高古，與其書體例不同，故不採録，舒所説非也。"此言誤班爲舒，餘不誤。

鈍吟之説，以温、李爲主，於山谷則攻擊不遺餘力，如云：

> 温、李詩句句有出而文氣清麗，多看六朝書，方能作之。楊、劉以後絶響矣。元人效之終不近。（評温飛卿詩）

> 義山自謂杜詩韓文，王荆公言"學杜當自義山入"。余初得荆公此論，心謂不然，後讀山谷集，粗硬槎牙，殊不耐看，始知荆公此言，正以救江西派之病也。若從義山入，便都無此病。山谷用事瑣碎，更甚於崑體，然温、李、楊、劉，用事皆有古法，比物連類，妥貼深穩，山谷疏硬，如食生物未化，如吳人作漢語，讀書不熟之病也。崑體諸人甚有壯偉可敬處，沈、宋不過也。（評李商隱詩）

方回論詩，於情景虛實，起承轉合之間，言之醰醰有餘味。鈍吟譏之曰："方君所娓娓者，止在江西一派，觀其議論，全是執己見以繩縛古人，以古人無礙之才，圓變之學，曲合于拘方板腐之輩，吾恐其説愈詳而愈多所戾耳。"此論於《才調集》評中亦見之：

> 《律髓》之詩，大曆以後之法也。大略有是題，則有是詩，起伏照應，不差毫髮，清緊葱倩，峭而有骨者，大曆也。加以駘蕩，姿媚於骨，體勢微闊者，元和、長慶也。儷事櫛句，如錦江濯彩，慶雲麗霄者，開成以後也。清慘入骨，哀思動魂，令人不樂者，廣明、龍紀也。代各不同，文章體法則一。大曆以前，則如元氣之化生，賦物成形而已，今人初不知文章之法，謂詩可作八句讀，或一首取一句，或一句取一二字，互相神聖，豈不可哀！

《唐詩品彙》有排律之名，鈍吟斥之曰："長詩有叙置次第，此文章自然之勢,其妙處全不在此。《品彙》之作,高棅不解聲病,便以長詩爲排律,無識妄作。今人則'排'字已入骨矣,板拙不貫穿,只被'排'字誤了。"今按楊仲弘撰《唐音》,已有排律之名,不能以此盡責高氏也。

明人自前後七子以及鍾伯敬、譚友夏之徒,於樂府之意,每每妄生別解,漸入歧途。《鈍吟雜錄》有《古今樂府論》、《論樂府與錢頤仲》諸篇,於樂府源流,言之至爲詳審。列論自唐以來詩人爲樂府者,紛紛皆是,總而言之,要有七體,語見《古今樂府論》:

> 製詩以協于樂,一也;采詩入樂,二也;古有此曲,倚其聲爲詩,三也;自製新曲,四也;擬古,五也;詠古題,六也;並杜陵之新題樂府,七也;古樂府無此七者矣。唐末有長短句,宋有詞,金有北曲,元有南曲,今則有北人之小曲,南人之吳歌,皆樂府之餘也。樂府本易知,如李西涯、鍾伯敬輩都不解。

鈍吟評《才調集》,又論李、杜歌行,其語足以補《樂府論》之未及:

> 七言歌行盛于梁末,至天寶而變。杜子美新題樂府,前無古人,自開一體。李太白則自《小雅》《楚詞》,至於三祖樂府,漢人歌謠,鮑明遠之逋逸,徐、庾之綺麗,並而有之,奇變忽恍,以爲創格。凡一句一字皆有依據,以爲仿效古人,則又過於古人,真千古絶唱也。大略歌行之法,變于李、杜,亦成于李、杜,後人無能出其範圍矣。

《古今樂府論》深斥李、王、鍾、譚諸人之失,自今觀之,已成定論,亦諸人有以自取,非鈍吟之苛深也。今述其語於次,以見謬論之一蹶不振,馮氏與有力焉:

> 近代李于鱗取晉、宋、齊、隋《樂志》所載,章截而句摘之,生吞活

剝，曰擬樂府。至於宗子相之樂府，全不可通。今松江陳子龍輩效之，使人讀之笑來。王司寇《卮言》論歌行云："有奇句奪人魄者，直以爲歌行而不言此即是擬古樂府。"夫樂府本詞多平實，晉、魏、宋、齊樂府取奏，多聱牙不可通，蓋樂人采詩合樂，不合宮商者增損其文，或有聲無文，聲詞混填。至有不可通者，皆樂工所爲，非本詩如此也。漢代歌謠，承《離騷》之後，故多奇語。魏武文體，悲涼慷慨，與詩人不同。然史志所稱，自有平美者，其體亦不一。如班婕妤《團扇》，樂府也；"青青河畔草"，樂府也；《文選》注引古詩，多云枚乘樂府，則《十九首》亦樂府也。伯敬承于鱗之後，遂謂奇詭聱牙者爲樂府，平美者爲詩。其評詩至云："某篇某句似樂府，樂府某篇某句似詩。"謬之極矣！

第五十四　陳子龍^①吴偉業

公安、竟陵之焰既熄，牧齋與程孟陽等倡和于虞山，默庵兄弟自衍其說，要之俱爲虞山之派。與諸人同時者，華亭夏允彝、陳子龍，是爲雲間之派。太倉吴偉業又自爲婁東之派。雲間、婁東，皆導源於復社，始末具見偉業《復社紀事》。

子龍字人中，更字臥子，號大樽，崇禎進士，擢兵科給事中，命甫下而京師陷，後受魯王職，結太湖兵欲舉事，事露被擒，乘間投水死，有《安雅堂集》及《陳忠裕公遺集》。臥子年十九，詩歌古文，已傾一世。嘗與艾南英論文，艾旁睨之，以爲年少何所知，臥子不能忍，直前毆之，艾乃引去。今艾集中有《與陳人中》、《與夏彝仲論文書》，皆可見。臥子于文，早年服膺李、王，其後肆力六朝；詩則由右丞入，後乃摹擬太白。龔蘅圃謂當公安、竟陵之後，雅音漸亡，曼聲並作，臥子力返於正，剪其榛蕪荆棘，驅其狐狸貓貉，廓清之功，詎可藉口七子流派，並譏及焉？其語

---

①　1933年本自批："陳重寫。"批語據《安雅堂稿》卷一八録《答胡學博》："孝宗聖德，儷美唐虞，則有獻吉、仲默諸子，以爾雅雄峻之姿，振拔景運。世宗恢弘大略，過於周宣、漢武，則有于鱗、元美之流，高文壯采，鼓吹休明。當此之時，國靈赫濯，而士亦多以功名自見。至萬曆之季，士大夫偷安逸樂，百事墮懷，而文人墨客所爲詩歌，非祖述長慶，以繩樞甕牖之談爲清真，則學步《香奩》，以殘膏剩粉之資爲芳澤。是舉天下之人，非迂朴若老儒，則柔媚若婦人也。"

亦允。

卧子論文嘗云："唐後於漢，故唐文不及漢，宋後於唐，故宋文不及唐。"胸中橫此識見，自是李王積習，宜爲艾氏所譏。又卧子《答宋中彭秀才書》云：

> 鄙意嘗以作文之詞，徑情取達，則寡抑揚之姿；委折持態，則鮮雄峭之氣；干飾爲工，則以塗澤見誚；虛素成體，則以儉樸被嗤；要使曲直互理，文質錯陳，運用之功，亦非輕造。

"曲直互理，文質錯陳"二語，爲婁東、華亭取徑六朝之緜來。至於文章之道，則于其《彭燕又文稿序》見之：

> 文章之道，有涉獵而欣然自得者，有綴學追琢而漸進者，有可俟而不可求者。夫士苟負穎惠之姿，馳心文史，似古人之陳跡，可襲而取也，輒縱筆屬文，非不燦然，而其源不遠，其論不微，必無傳於後世。故學者先去其自得之鏡而可矣；既以審其失，則必準量而方矩，言旨法則，範於已經，語裁古而愈莊，字鑄雅而益密，可謂秩然紀律之師矣。然未化也，更有進焉者而不可求也。夫化如天地之生物，寒暑涼燠不爽其度，而若出於自然，此法度之至密也，豈放然無紀，惢違厥緒而謂之化哉？我又何求？ 自班、揚而下，皆自比於刻鏤，未嘗以爲化也。

《梅村詩話》謂卧子於少陵之詩，微有異同，今以其文考之，良然。卧子有《沈友夔詩稿序》，謂"大復之言深於風人之義，故古之作者義關君臣朋友，必假之於夫婦之際"。其論蓋出自大復《明月篇序》。其論詩之説，亦往往溯之前後七子，《宣城蔡大美古詩序》云：

詩自兩漢而後，至陳思王而一變，當其和平淳至，溫麗奇逸，足以追風雅而躡蘇、枚，若其綺情繁采，已隱開太康之漸。自後至康樂而大變矣，然而新麗之中，尚存古質，巧密之内，猶徵平典。及明遠以詭藻見奇，玄暉以朗秀自喜，雖欲不爲唐人之先聲，豈能自持者？在其當時，鍾記室之評詩也，于鮑則曰："險俗之士多附之。"于謝則曰："爲後進所嗟慕。"固已知其流漸矣。夫文采日富，清音更邈，聲音愈雄，雅奏彌失，此唐以後古詩所以益離也。今之爲詩者類多俚淺仄譎，求其涉筆于初盛者，已不可得，何況窺魏晉之藩哉？……故予嘗謂今之論詩者，先辨其形體之雅俗，然後考其性情之貞邪。假令有人操胡服胡語而前，即有婉戀之形，幽閑之致，不先駭而走哉？夫今之爲詩者，何胡服胡語之多也！

卧子于唐人古詩病其益離，即于鱗"唐無古詩"之説，此雲間一派導源李、王之又一證也。卧子之詞，爲明季一大家，故綜論詞人，語頗精到，于明代作家，獨推青田、新都、婁江三家，其言如次：

自金陵二主以至靖康，代有作者，或穠纖婉麗，極哀豔之情，或流暢澹逸，窮盼倩之趣，然皆境由情生，辭隨意啓，天機偶發，元音自成，繁促之中，尚存高渾，斯爲最盛也。南渡以還，此聲遂渺，寄慨者亢率而近于傖武，諧俗者鄙淺而入于優伶，以視周、李諸君，即有"彼都人士"之歎。元濫填詞，兹無論已。明興以來，才人輩出，文宗兩漢，詩儷開元，獨斯小道，有慚宋轍。其最著者爲青田、新都、婁江。然誠意音體俱合，實無驚魂動魄之處。用修以學問爲佳，便如明眸玉屑，纖眉積黛，只爲累耳。元美取境似酌蘇、柳間，然如鳳凰橋下語，未免時墮吳歌。此非才之不逮也，巨手鴻筆，既不經意，荒才蕩色，時竊濫觴，且南北九宮既盛，而綺袖紅牙，不復按度，其用既少，作者自希，宜其鮮工也。（《幽蘭草詞序》）

偉業字駿公,一字梅村,崇禎進士,康熙時,有司力迫入都,官至國子祭酒。尤長於詩,少時才華豔發,後經喪亂,遂多悲涼之作,有《梅村集》《梅村詩話》《太倉十子詩選》。《梅村詩話》述同時流輩,如宋九青、楊機部、陳臥子、龔孝升以及黃媛介、卞玉京之類,感懷往昔,多惻愴之辭,文亦婉麗可誦,於論詩宗旨無關,不述。

梅村少受業于張天如之門,與復社、幾社諸人,往還尤密。斯時牧齋已通籍,不與會,持論俯視李、王、鍾、譚。雲間諸子,如陳臥子及宋徵璧尚木等,方與牧齋犄扼。尚木發書同社,徵論詩之作,以廣聲氣,梅村有《與尚木論詩書》,即舉李、王、鍾、譚兩説而曰:

> 此二説者,今之大人先生有盡舉而廢之者矣,其廢之者是也,其所以救之者則又非也。古樂之失傳也,撞萬石之鐘,懸靈鼉之鼓,莫知其節奏,繁箏哀笛,靡靡之響,又不足以聽也,乃爲田夫婁婦,操作而歌吳歌,則審音者將賞之乎?且人有見千金之璧,識其瑕纇,必不以之易束帛者,以束帛非其倫也。今夫鴻儒偉人,名章鉅什,爲世所流傳者,其價非特千金之璧也,苟有瑕纇,與衆見之足矣,折而毀之,抵而棄之,必欲使之磨滅,而遊夫之口號,畫客之題詞,香奩白社之遺句,反以僻陋故存,且從而爲之説曰:"此天真爛漫,非猶夫剽竊摸擬者之所爲。"夫"剽竊摹擬"者固非矣,而此"天真爛漫"者,插齒牙,搖脣吻,鬥捷爲工,取快目前者耳,原其心,未嘗以之誇當時而垂後世,乃後之人過重而推高之。相如之詞賦,子雲之筆札,以覆酒醅,而淳于髡、郭舍人,詼諧調突之辭,欲駕而出乎其上,有是理哉?

書中"大人先生"即指牧齋,"遊夫畫客"則程嘉燧、李流芳之流,鴻儒、偉人、相如、子雲,皆指元美言,與竟陵一派無涉。牧齋又創爲弇州晚年定論之説,梅村更辭而辟之,語見《太倉十子詩序》:

　　輓近詩家好推一二人以爲職志，靡天下以從之，而不深惟源流之
得失。有識慨然，思拯其弊，乃訾謷排擊，盡以加往昔之作者，而豎儒
小生，一言偶合，得躐而躋於其上，則又何以稱焉？即以瑯瑯王公之
集觀之，其盛年用意之作，瑰詞雅響，既芟抹之殆盡，而晚歲頹然自放
之論，顧表而出之，以爲有合於道。絀申顛倒，取快異聞，斯可以謂之
篤論乎？

晚年定論之説，牧齋言之，鑿鑿有據。雖語似羅織，而事有根柢，梅村認爲
絀申顛倒，其語非也。甲申、乙酉之間，宗社鼎革，復社諸賢，零落殆盡，牧
齋、梅村皆轉徙兵間，益老去無聊賴，其後梅村有《龔芝麓詩序》，於牧齋之
論遂寬：

　　牧齋深心學杜，晚更放而之於香山、劍南，其投老諸什爲尤工。
既手輯其全集，又出餘力以博綜二百餘年之作，其推揚幽隱爲太過，
而矯時救俗，以至排詆三四鉅公，即其中亦未必自許爲定論也。誠有
見於後人之駁難必起，而吾以議論與之上下，庶幾疑信往復，同敝天
壤，而牧齋之於詩也，可以百世。

右序所謂"博綜二百餘年之作"者，當指《列朝詩集》，故知此序爲梅村入
清以後之作也。梅村又有《致孚社諸子書》，不知作於何時，書云：

　　弇州先生專主盛唐，力還大雅，其詩學之雄乎！雲間諸子，繼
弇州而作者也。……風雅一道，捨開元、大曆，其將安歸？至古文
詞，則規先秦者失之摹擬，學六朝者失之輕靡，震川、毗陵扶衰起
弊，崇尚八家，而鹿門分源晰委，開示後學。若集衆長而掩前哲，其
在虞山乎！

按全書語氣,當亦係清初作,故創爲折衷之論,而以詩文二道,分推弇州、牧齋兩公。于古文詞方面,勢不得不稍屈,豈非秦漢之弊,終成贗體,雖有賢俊,亦不能爲之諱乎?明代秦漢、唐宋兩派之争,至此大定。

第五十五　黃宗羲

　　明代遺民以大儒稱者，黃宗羲，王夫之，顧炎武。弘光既敗，南都瓦解，於是魯王監國於海上，永曆稱帝于嶺南，黃、王二君子，皆身與其役。既而朱明潛耀，新朝代興，炎武猶往來關隴，爲復興之計，功雖不成，其事偉矣。三人者皆以儒術著，其論文亦各有所見，不相掩也，疏列於此。

　　宗羲，餘姚人，字太沖，號梨洲，受業于戢山先生之門，魯王監國，以爲左僉都御史，海上既敗，乃奉母返里，潛心著述，康熙間累徵不起，三十四年卒，有《南雷文定》《明文案》《宋元明儒學案》等書數十種。梨洲于文，好言《史》《漢》之機軸，歐、曾之神理，故當時見者至謂二川以後，百年中無此作。先是浙東余君房、屠長卿之徒，襲李、王之說，君房直欲抹昌黎以下，至謂《詩》《書》二經，即吾夫子一部文選，此其中更何所有；長卿亦謂文至昌黎大壞，歐、蘇、曾、王之文，讀之不欲終篇，所以歸美六經者，僅僅在無纖穠佻巧之態；語見梨洲《高元發三稿類存序》。蓋浙東風氣如此。梨洲既出，一反其說，嘗與李杲堂言"文非學者所務，學者固未有不能文者"。又曰："但使讀書窮經，人人可以自見，高門鉅室終不庇汝，此吾浙東區區爲斐豹焚丹書之意也。"

　　梨洲《論文管見》二則，足見其論文之旨如次：

　　　　文必本之六經，始有根本，惟劉向、曾鞏多引經語，至於韓、歐融聖人之意而出之,不必用經,自然經術之文也。近見鉅子動將經文填塞,以希經術,去之遠矣。

　　盧陵志楊次公云:"其子不以銘屬他人而以屬修者,以修言爲可信也。"然則,銘之其可不信! 表薛宗道云:"後世立言者,自疑於不信,又惟恐不爲世之信也。"今之爲碑版者,其有能信者乎?

右二則皆見梨洲論文根本所在,立信之説,其後衍爲章實齋之論,此則浙東之遠胤也。宋儒論文好言道,好言理,梨洲則更言情,其論詩也亦然。此其與宋儒不同處,語見《論文管見》:

　　文以理爲主,然而情不至,則亦理之郭廓耳。盧陵之志交遊,無不嗚咽;子厚之言身世,莫不悽愴;郝陵川之處真州,戴剡源之入故都,其言皆能惻惻動人。古今自有一種文章,不可磨滅,真是"天若有情天亦老"者。而世不乏堂堂之陣,正正之旗,皆以大文目之,顧其中無可以移人之情者,所謂刳然無物者也。

梨洲《明文案序》,更謂明代諸家雖不及前代,而明代之文反過於前,而釋之曰:

　　夫其人不能及於前代而其文反過於前代者,良由不名一轍,惟視其一往情深,從而捃摭之。巨家鴻筆以浮淺受黜,稀名短句以幽遠見收。今古之情無盡,而一人之情有至有不至。凡情之至者,其文未有不至者也,則天地間街談巷語,邪許呻吟,無一非文,而游女田夫,波臣戍客,無一非文人也。

情之至者其文未有不至,反言之,則不必文人始有至文。故《論文管見》又云:

　　所謂文者,未有不寫其心之所明者也。心苟未明,劬勞憔悴於章
句之間,不過枝葉耳,無所附之而生。故古今來,不必文人始有至文。
凡九流百家,以其所明者,沛然隨地湧出,便是至文。故使子美而談
劍器,必不能如公孫之波瀾,柳州而叙宮室,必不能如梓人之曲盡。
此豈可强者哉?

梨洲認定古文之關鍵在唐,其説見於《南雷庚戌集自序》,文中又極論李、
何等之變:

　　余觀古文,自唐以後爲一大變。唐以前字華,唐以後字質;唐以
前句短,唐以後句長;唐以前如高山深谷,唐以後如平原曠野;蓋劃然
若界限焉,然而文之美惡不與焉。其所變者詞而已,其所不可變者雖
千古如一日也。得其所不可變者,唐以前可也,唐以後亦可也。不得
其所不可變而以唐之前後較其優劣,則終於憒憒耳。……夫明文自
宋、方以後,直致而少曲折,奄奄無氣,日流膚淺,蓋已不容不變。使
其時而變之者以深湛之思,一唱三歎而出之,無論沿其詞與不沿其
詞,皆可以救弊。乃北地欲以一二奇崛之語,自任起衰,仍不能脱膚
淺之習,吾不知所起何衰也。若以修辭爲起衰,盍思昌黎以上之八
代,除排偶之文之外,詞何嘗不修,非有如唐以後之格調也,而昌黎所
用之詞,亦即八代來相習之詞也。然則,後世以起衰之功歸昌黎者,
何故?

此論于明文之弊,及其所以不得不變之故,洞若觀火,而論定起衰之功,不
在修辭而在湛思,輕詞藻而重思想,爲梨洲識見高於一般明人處。至其對
於李、何、李、王之批評,亦不落於籠統,《明文案序》下篇云:

　　今之言四子者目爲一途,其實不然。空同沿襲《左》《史》,襲

《史》者斷續傷氣,襲《左》者方板傷格。弇州之襲《史》,似有分類套括,逢題填寫。大復習氣最寡,惜乎未竟其學。滄溟孤行,則孫樵、劉蛻之輿臺耳。四子所造不同途,其好爲議論則一,姑借大言以吊詭,奈何世之耳目易欺也?

《李呆堂文鈔序》於明代兩大派皆加呵斥,或曰由何、李以溯秦漢,或曰由二川以入歐、曾,梨洲皆譏以爲奴僕掛名于高門巨室之尺籍,但虛張其喜怒以恫喝田驄織子,高門巨室顧未嘗知有此奴僕也。至其綜論明代之文,則認爲:

> 有明之文,莫盛于國初,再盛於嘉靖,三盛於崇禎。國初之盛,當大亂之後,士皆無意於功名,埋身讀書,而光芒卒不可掩。嘉靖之盛,二三君子振起于時風衆勢之中,而鉅子嘵嘵之口舌,適足以爲其華陰之赤土。崇禎之盛,王、李之珠盤巳墜,邾莒不朝,士之通經學古者,耳目無所障蔽,反得以理既往之緒言。此三盛之由也。(《明文案序》上)

三盛之説,一盛于宋、方,再盛於兩川,三盛于虞山、千子,梨洲之文,于歐、曾之神理爲近,故其説如此。然終以爲明代作家,不能與古比,見解亦確。至其對於虞山、千子之論,如《魯韋庵墓銘》云:"錢牧齋掎摭當世之疵瑕,欲還先民之矩矱,而所得在排比鋪張之間,却是不能入情。艾千子論文之書,亦盡有到處,而所作模擬太過,只與模擬王、李者爭一頭面。"皆所謂"愛而知其惡"者,立論亦允。

梨洲論文,於本六經、尚情至之説以外,又有去陳言之説。《論文管見》解之云:"每一題必有庸人思路共集之處,纏繞筆端,剥去一層,方有至理可言,猶如玉在璞中,鑿開頑璞,方始見玉,不可認璞爲玉也。"此亦重思想而輕詞藻之説。又云:"叙事須有風韻,不可'擔板',今人見此遂以爲小説家伎倆,不觀《晉書》《南北史》列傳,每寫一二無關係之事,使其人之精神生動,此頰上三毫也。"

梨洲不以詩名,其論詩有可稱者,則有詩不當以時代論,與詩有情性而無古今之説。此則與其論文有可以互證者。《張心友詩序》云:

> 余嘗與友人言,詩不當以時代而論,宋、元各有優長,豈宜溝而出諸於外,若異域然。即唐之詩,亦非無蹈常習故,充其膚廓而神理蔑如者。故當辨其真與偽耳,徒以聲調之似而優之而劣之,揚子雲所言"伏其几,襲其裳,而稱仲尼"者也。……夫宋詩之佳者,亦謂其能唐耳,非謂舍唐之外,能自爲宋也。……且唐詩之論亦不能歸一,宋之長鋪廣引,盤折生語,有若天設,號爲豫章宗派者,皆源於少陵,其時不以爲唐也。……是故永嘉之清圓,謂之非唐不可,然必如是而後爲唐,則專固狹陋甚矣。豫章宗派之爲唐,浸淫於少陵,以極盛唐之變,雖有工力深淺之不同,而概以宋詩抹煞之,可乎?

至其論詩中情性之説,見於《黃孚先詩序》,而深慨於古今人情之厚薄,如次:

> 嗟夫,情蓋難言之矣。情者可以貫金石、動鬼神,古之人情與物相遊而不能相舍,不但忠臣之事其君,孝子之事其親,思婦勞人,結不可解,即風雲月露,草木蟲魚,無一非真意之流通,故無溢言曼詞以入章句,無諂笑柔色以資應酬。"唯其有之,是以似之。"今人亦何情之有? 情隨事轉,事因世變,乾嚏濕哭,總爲膚受,即其父母兄弟,亦若敗梗飛絮,適相遭於江湖之上。……由此論之,今人之詩,非不出於性情也,以無性情之可出也。

梨洲所處之地,爲孤臣孽子之境,所處之時,爲國破家亡之日,茹辛銜苦,泣血椎心,于《萬履安先生詩序》見之。大旨謂:"天地之所以不毀,名教之所以僅存者,多在亡國之人物。血心流注,朝露同晞,史於是而亡矣,猶幸野製遥傳,苦語難消,此耿耿者明滅於爛紙昏墨之餘,九原可作,地起沈香,庸詎知史亡而後詩作乎?"充是以論,故于《陳葦庵詩序》復曰:

> 漢之後,魏、晉爲盛;唐自天寶而後,李、杜始出;宋之亡也,其詩又盛。無他,時爲之也。即時不甚亂,而其發言哀斷,不與枯荄變謝者,亦必逐臣棄婦,孽子勞人,愚慧相傾,愔算相制者也,此則一人之時也。蓋詩之爲道,從性情而出,人之性情,其甘苦辛酸之變未盡,則世智所限,易容埋没。即所遇之時同,而其間有盡不盡者,不盡者終不能與盡者較其貞脆。

上論所指,有不儘然者,宋亡之後,自謝皋羽、鄭所南諸君以外,詩人寥落,未可謂盛。然孽子勞人,逐臣棄婦之説,所謂一人之時者,大指不謬。蓋其所動於中者至深,則發於外者至切,此則詩之所以貴真性情也。

第五十六　王夫之　顧炎武

夫之衡陽人，字而農，號薑齋，明崇禎舉人，瞿式耜薦于桂王，授行人，尋歸居衡陽之石船山，學者稱爲船山先生，所著《船山全集》三百餘卷。有《詩譯》一卷、《夕堂永日緒論內篇》一卷、《外篇》一卷，其尚論詩文者見於此。或合《詩譯》及《夕堂永日緒論內篇》爲《薑齋詩話》。

船山之論，首言琢字之陋。明孫鑛評點《考工》《檀弓》《公》《穀》諸書，剔出殊異語以爲奇峭，船山直謂諸書亦何奇峭之有，故云"文字至琢字而陋甚，以古人文其固陋，具眼人自和哄不得"。又云：

> "僧敲月下門"，祇是妄想揣摩，如說他人夢，縱令形容酷似，何嘗毫髮關心。知然者以其沉吟"推""敲"二字，就他作想也。若即景會心，則或"推"或"敲"，必居其一，因景因情，自然靈妙，何勞擬議哉？"長河落日圓"，初無定景；"隔水問樵夫"，初非想得；則禪家所謂"現量"也。

由琢字更進而論琢句，船山則謂作詩但求好句，已落下乘。又云：

> 聞之論弈者曰："得理爲上，受勢次之，最下者著。"文之有警句，猶棋譜中所注妙著也。妙著者求活不得，欲殺無從，投隙以解困厄，

拙棋之爭勝負者在此。若兩俱善弈,全局皆居勝地,無可用此妙著矣。非謂句不宜工,要當如一片白地光明錦,不容有一疵纇。自始至終,合以成章,意不盡於句中,孰爲警句? 孰爲不警之句者?

宋人論詩,好言句眼、詩眼,自山谷以降,二百年間,會心結意者皆在此,船山直以一笑置之,雖論詩不以反江西派得名,而自來論者,未能先之也。江西派論詩要出處,船山則斥之曰:"'落日照大旗,馬鳴風蕭蕭,'豈以'蕭蕭馬鳴,悠悠斾旌'爲出處耶? 用意別則悲愉之景,原不相貸,出語時偶然湊合耳。必求出處,宋人之陋也。"宋人好以情景立論,見於《瀛奎律髓》者,彰彰可考,船山則謂"情景名爲二而實不可離,神於詩者妙合無垠,巧者則有情中景、景中情。"至於起承轉合,八句四柱之論,船山則云:

> 起承轉收以論詩,用教作幕客,作應酬,或可,其或可者,八句自爲一首尾也。塾師乃以此作經義法,一篇之中,四起四收,非蠱蟲相銜,成青竹蛇而何? 兩間萬物之生,無有尻下出頭,枝末生根之理,不謂之不通,其可得乎?

大要船山於宋人之作,少所許可,於詩然,于文亦然。故《夕堂永日緒論》云:

> 學蘇明允猖狂謫躁,如健訟人強詞奪理。學曾子固如聰村老判事,止此沒要緊話,扳今掉古,牽曳不休,令人不奈。學王介甫如拙子弟效官腔,轉折煩而精神不屬。

船山論詩,上推於《三百篇》之興觀群怨,此爲其立論一大關鍵。如云:

> 漢魏以還之比興,可上通於《風》《雅》;《檜》《曹》而上之條理,

可近譯以三唐。元韻之機，坐在人心，流連跌宕，一出一入，均此情之哀樂，必永於言者也。故藝苑之士，不原本於《三百篇》之律度，則爲刻木之桃李；釋經之儒，不證合于漢魏、唐宋之正變，抑爲株守之兔罝。陶冶風情，別有風旨，不可以典册簡牘訓詁之學與焉也。

"賜名大國虢與秦"，與"美孟姜矣"、"美孟弋矣"、"美孟庸矣"一轍，古有不諱之言也。乃《國風》之怨而誹，直而絞者也。夫子存而勿删，以見衛之政散民離，人誣其上，而子美以得詩史之譽。夫詩之不可以史爲，若口與耳之不相爲代也久矣。

興、觀、群、怨，詩盡於是矣。經生家析《鹿鳴》《嘉魚》爲群，《柏舟》《小弁》爲怨，小人一往之喜怒耳，何足以言詩！"可以"云者，隨所以而皆可也。《詩》三百篇而下，唯《十九首》能然，李、杜亦彷彿遇之，然其能俾人隨觸而皆可，亦不數數也。又下或一可焉，或無一可者。故許渾允爲惡詩，王僧孺、庾肩吾及宋人皆爾。

自來詩文立一派別，成一名目，即有若干鈍才，依傍門户，其派之所以得成大名，即在此若干人之影響附會，而此輩之喧爭叫呶，亦往往足以舉其全派而傾之。此種風習，至明代而極盛，船山於《夕堂永日緒論》痛言之，上下千年，目光如炬，不憚辭費，迻錄於次：

建立門户，自建安始，曹子建鋪排整飾，立階級以賺人升堂，用此致諸趨附之客，容易成名，伸紙揮毫，雷同一律。……嗣是而興者如郭景純、阮嗣宗、謝客、陶公，乃至左太沖、張景陽，皆不屑染指建安之羹鼎，視子建蔑如矣。降而蕭梁宮體，降而王、楊、盧、駱，降而大曆十才子，降而溫、李、楊、劉，降而江西宗派，降而北地、信陽、琅琊、歷下，降而竟陵，所翕然從之者，皆一時和哄漢耳。宮體盛時，即有庾子山之歌行，健筆縱橫，不屑煙花簇湊。唐初比偶，即有陳子昂、張子壽扢揚大雅，繼以李、杜代興，杯酒論文，雅稱同調，而李不襲杜，杜不謀李，未嘗黨同伐異，畫疆墨守。沿及宋人，始爭疆壘，歐陽永叔亟反楊億、劉筠之靡麗，而矯枉已迫，還入於枉，遂使一代無詩，掇拾誇新，幾同觭令。胡元浮豔，又以矯宋爲工。蠻觸之爭，要於興觀群怨，絲毫未有當也。

至其論明代作家者，其語如次：

> 高廷禮、李獻吉、何大復、李于鱗、王元美、鍾伯敬、譚友夏，所尚異科，其歸一也。纔立一門庭，則但有其局格，更無性情，更無興會，更無思致，自縛縛人，誰爲之解者？昭代風雅，自不屬此數公。若劉伯温之思理，高季迪之韻度，劉彥昺之高華，貝廷琚之俊逸，湯義仍之靈警，絕壁孤騫，無可攀躋，人固望洋而返，而後以其亭亭嶽嶽之風神，與古人相輝映。次則孫仲衍之暢適，周履道之蕭清，徐昌穀之密贍，高子業之戌削，李賓之之流麗，徐文長之豪邁，各擅勝場，沈酣自得。正以不懸牌開市，充風雅牙行，要使光焰熊熊，莫能掩抑，豈與碌碌餘子爭市易之場哉？

顧炎武，崑山人，初名絳，字寧人，居亭林鎮，因號亭林，明諸生，魯王時與同里歸莊起兵，官至兵部職方郎中，明亡，周遊四方，所至輒墾田度地，以備有事，所著《日知錄》最爲精詣，其他凡數十種。有《救文格論》《論史家之誤》《論古人不以甲子名歲》《論史家追紀日月之法》《論年號地名姓名》《論古人必以日月繫年》等凡十數條，大旨爲史家而發也。其論文之作，見於《日知錄》卷十九。又卷二十一云：

> 《三百篇》之不能不降而《楚辭》，《楚辭》之不能不降而漢魏，漢魏之不能不降而六朝，六朝之不能不降而唐也，勢也。用一代之體，則必似一代之文，而後爲合格。

詩文之所以代變,有不得不變者。一代之文,沿襲已久,不容人
人皆道此語,今且千數百年矣,而猶取古人之陳言一一而摹仿之,以
是爲詩,可乎? 故不似則失其所以爲詩,似則失其所以爲我。李、杜
之詩,所以獨高於唐人者,以其未嘗不似,而未嘗似也。知此者可與
言詩也已矣。

《日知録》卷十九首言文須有益於天下,此爲亭林論文之主旨:

　　文之不可絶於天地間者,曰明道也,紀政事也,察民隱也,樂道人
之善也。若此者有益於天下,有益於將來,多一篇多一篇之益矣。若
夫怪力亂神之事,無稽之言,剿襲之説,諛佞之文,若此者有損於己,
無益於人,多一篇多一篇之損矣。

亭林此言,爲其著眼獨高處。《與人書》曰:"中孚爲其先妣求傳再三,終
已辭之,蓋止爲一人一家之事,而無關於經術政理之大,則不爲也。韓文
公起八代之衰,若但作《原道》《原毁》《爭臣論》《平淮西碑》《張中丞傳後
叙》諸篇,而一切銘狀,概爲謝絶,則誠近代之泰山北斗矣,今猶未敢許
也。"亭林此書,與前説同。
　　卷十九中痛論文人求古之病,文人摹仿之病。其論求古之病曰:"夫
今之不能爲二漢,猶二漢之不能爲《尚書》《左氏》,乃剿取《史》《漢》中文
法以爲古,甚者獵其一二字句,用之于文,殊爲不稱。"語至切當。其論摹
仿之病曰:"近代文章之病,全在摹仿,即使逼肖古人,已非極詣,況遺其神
理,而得其皮毛者乎?"《與人書》亦云:"君詩之病,在於有杜,君文之病,
在於有韓、歐,有此蹊徑於胸中,便終身不脱依傍二字,斷不能登峰造極。"
亭林此言,與船山之言,可以合參。蓋依傍古人,與依傍門户,其病正一
途也。
　　"修辭立其誠"一語,爲文學批評中不可磨滅之論。蓋文學之作,多以

抒寫情感；使情感而能作僞，則文辭直可投地。《日知録》文辭欺人一節，論之至切。明清之際，士人流品至雜，阮大鋮身爲匪人，《詠懷堂詩集》自比淵明，直可令人失笑，此則情辭之僞，無足置論者也。亭林云：

　　末世人情彌巧，文而不慚，固有朝賦《采薇》之篇，而夕有捧檄之喜者。苟以其言取之，則車載魯連，斗量王蠋矣，曰是不然，世有知言者出焉，則其人之真僞，即以其言辨之，而卒莫能逃也。《黍離》之大夫，始而“搖搖”，中而“如噎”，既而“如醉”，無可奈何而付之蒼天者，真也。汨羅之宗臣，言之重，詞之複，心煩意亂，而其詞不能以次者，真也。栗里之徵士，淡然若忘於世，而感憤之懷，有時不能自止而微見其情者，真也。其汲汲於自表暴而爲言者，僞也。《易》曰：“將叛者其辭慚，中心疑者其辭枝，失其守者其辭屈。”《詩》曰：“盜言孔甘，亂是用餤。”夫鏡情僞，屛盜言，君子之道，興王之事，莫先乎此。

第五十七　侯方域 魏禧[①]

　　清初作家,一時稱盛,侯方域、魏禧、毛奇齡、陳其年、朱彝尊、王士禎等,先後繼起,牧齋、梅村有聲前代者,尤無論矣。然溯諸人師承所在,多半出自明人,蓋承天啓、崇禎文盛之後,始克臻此,非無故也。今述侯、魏二家之説於此。

　　方域字朝宗,商丘人,明末與方以智、冒襄、陳貞慧號四公子,有稱於世,清人入關後,嘗一應舉,順治十一年卒,年三十七,有《壯悔堂集》。朝宗古文才氣奔放,與魏禧齊名,稱"侯魏"。其論文之説見集中《與任王谷書》:

　　　　……大約秦以前之文主骨,漢以後之文主氣。秦以前之文,若《六經》非可以文論也,其他如《老》《韓》諸子,《左傳》《戰國策》《國語》,皆斂氣於骨者也。漢以後之文,若《史》、若《漢》、若八家,最擅其盛,皆運骨於氣者也。斂氣於骨者,如泰華三峰,直與天接,層嵐危磴,非仙靈變化,未易攀陟,尋步計里,必蹴其趾。姑舉明文如李夢陽者,亦所謂"蹴其趾"者也。運骨於氣者,如縱舟長江大海間,其中煙

1933 年講義批:"應添出汪琬之説。"1937 年修訂本目録此節改題"侯朝宗 魏禧 汪琬",修訂稿不存。

嶼星島，往往可自成一都會，即颶風忽起，波濤萬狀，東泊西注，未知
所底，苟能操柁覘星，立意不亂，亦可自免漂溺之失，此韓、歐諸子所
以獨嵯峨于中流也。

書中又謂行文大旨，全在裁制，其言云："當其閑漫纖碎處，反宜動色而陳，
鑿鑿娓娓，使讀者見其關係，尋繹不倦。至大議論人人能解者，不過數語
發揮，便須控馭，歸於含蓄。若當快意時，聽其縱橫，必至一瀉無復餘地
矣。譬如渴虹飲水，霜隼搏空，瞥然一見，瞬息滅没，神力變態，轉更夭
矯。"彭士望《與魏冰叔書》，嘗評之爲最高之論，謂朝宗學《史記》寫生，全
在於此。然朝宗之文，文士之文也，其所得在此，其所言亦止於此。魏禧
等諸人，則有所謂志士之文，其持論往往突過朝宗。

禧字冰叔，號勺庭，寧都人，與兄際瑞、弟禮，並治古文，號"寧都三
魏"，而冰叔之文最高，人號曰魏叔子。明亡移家翠微峰，士友多往依之，
彭士望、林時益等亦至，世所稱爲易堂諸子者也。冰叔于文好《左氏傳》及
蘇洵，爲文主識議，凌厲怪傑，康熙十九年卒，年五十七，有文集、《左傳經
世》等書行世。彭士望《與冰叔書》，共期以爲志士之文，謂："文人之文與
志士之文，本末殊異。文人志在希世取名，即深自矜負，正其巧于容悅，間
或談世務，植名教，文焉已耳，以文固非此不傳也。……志士之文，如樂出
虛，如蒸成菌，有大氣以鼓之，一聽其天倪自動，其心與力之所至而言至
焉，其心與力之所不至而言亦至焉，其嬉笑怒罵以至痛哭流涕，無不有百
折不挫之愚誠，貫徹中際，其行文出没，無纂組雕削之勞，不知世目非笑之
爲非笑，此即立韓、歐、班、史於其前，肖之則賞，不肖則隨手刑，要亦不能
強其所不同以求必肖，況下此區區者乎？"此言深得冰叔論文之蘄向，所謂
百折不挫之愚誠，所謂不知非笑之爲非笑，皆志士之文與文人之文不
同處。

冰叔論文，以爲爲文之道，欲卓然自立於天下，在於積理而煉識，其說
見於《宗子發文集序》及《答施愚山書》，分述於次：

……文章格調有盡，天下事理日出而不窮。識不高於庸衆，事理不足關係天下國家之故，則雖有奇文，與《左》、《史》、韓、歐陽並立無二，亦可無作。古人具在而吾徒似之，不過古人之再見，顧必多其篇牘以勞苦後世耳目，何爲也？且夫理固非取辦臨文之頃，窮思力索以求其必得。……人生平耳目所見聞，身所經歷，莫不有其所以然之理。雖市儈優倡、大猾逆賊之情狀，竈婢丏婦，米鹽凌雜鄙褻之故，必皆深思而謹識之，醞釀蓄積，沉浸而不輕發，及其有故臨文，則大小淺深，各以類觸，沛乎若決陂池之不可禦。譬之富人積財，金玉布帛，竹頭木屑糞土之屬，無不豫貯，初不必有所用之，而當其必需，則糞土之用，有時與金玉同功。（《宗子發文集序》）

所謂練識者，博學于文而知之要，練於物務，識時之所宜。理得其要，則言不煩而躬行可踐，識時宜則不爲高論，見諸行事而有功。是故好奇異以爲文，非真奇也，至平至實之中，狂生小儒皆有所不能道，是則天下之至奇矣。（《答施愚山侍讀書》）

《宗子發文集序》謂“不關天下國家之故，雖有奇文，亦可無作”，此言與顧亭林之説合，至謂“古人具在而吾徒似之，不過古人之再見”，殊見識力。《冰叔日錄》又謂“吾輩生古人之後，當爲古人子孫，不可爲古人奴婢，蓋爲子孫則有得于古人真血脈，爲奴婢則依傍古人作活耳”。其意亦可見。至序中所稱“理”字，與晦庵一派理學家所稱之“理”字不同，而與蘇門諸人所言“明理”之説相近。

古今事理，隨物賦形，操識遇物，因人而異，理不必相同，識不容無異也。循是以論，則今人之文，不必與古人同，而古人之法，尤不足以盡賅今人之文。冰叔知之，故于《陸縣圃文叙》，首論文章之法曰：

……文章之法，譬諸規矩。規之形圓，矩之形方，而規矩所造，爲楕、爲鬐、爲眼、爲倨句磬折，一切無可名之形，紛然各出，故曰規矩者

> 方圓之至也。至也者，能爲方圓，能不爲方圓，能爲不方圓者也。
> ……今夫文何獨不然。故曰，變者法之至者也。此文之法也。

冰叔以變爲文之法，此其見解獨到處。其《答計甫草書》亦云："古人法度，猶工師規矩，不可叛也，而興會所至，感慨悲憤愉樂之激發，得意疾書，浩然自快其志，此一時也，雖勸以爵禄不肯移，懼以斧鉞不肯止，又安有左氏、司馬遷、班固、韓、柳、歐陽、蘇在其意中哉？"此言尤與彭士望之説合，蓋易堂諸子之公論也。

　　自來論文之家，每有文隨世降之説，以爲自唐虞而三代、兩漢，而魏晉、南北朝，而唐、宋、元、明，文章每隨世運而遞降。此論在慕古心理較深者，每每易爲所動。冰叔則謂古今文章，大變有二：自唐虞以至兩漢，此與世運遞降者也；自魏晉以迄於今，此不與世運遞降者也。此論前半尚有可議，後半殆成定論，其説見於《論文篇》：

> ……魏晉以來，其文靡弱，至隋唐而極，而韓愈、李翱諸人，崛起八代之後，有以振之，天下翕然敦古。梁、唐以來，無文章矣，而歐、蘇諸人崛起六代之後，古學於是復振。若以世代論，則李忠定之奏議，卓然高出於陸宣公，王文成之文章，又豈許衡、虞集諸人所可望。蓋天下之運必有所變，而天下之變必有所止；使變而不止，則日降而無升，自魏晉靡弱，更千數百年以至於今，天下尚有文章乎？故曰不與世運遞降者也。

冰叔論當時人之文字，語見《宗子發文集序》，大旨謂"好古者株守古人之法而中一無所有，其弊爲優孟之衣冠；天資卓犖者師心自用，其弊爲野戰無紀之師，動而取敗"。又《甘健齋軸園稿序》，有古文七弊之説，《日録》有三不必二不可之論，均録於次：

簡勁明切，作家之文也，波瀾激蕩，才士之文也，紆徐敦厚，儒者
之文也。爲儒者之文，當先去其七弊：可深樸而不可晦重，可詳復而
不可煩碎，可寬博而不可泛衍，可正大而不可方堵，可和柔而不可靡
弱，語可以不驚人而不可襲古聖賢之常言，其旨可原本先聖先儒，而
不可搖筆伸紙，輒以聖人大儒爲發語之端。(《甘健齋軸圜稿序》)

作論有三不必二不可：前人所已言，衆人所易知，摘拾小事無關
係處，此三不必作也；巧文刻深以攻前賢之短而不中要害，取新出異，
翻昔人之案而不切情實，此二不可作也。作論須先去此五病，然後乃
議文章耳。(《日録》)

計東嘗以汪琬之文質之冰叔，冰叔復書並論侯方域、姜宸英。諸人在當時
皆以古文名，故冰叔及之，所謂某公者即指汪，至冰叔謂諸人雖工，不過文
人能事，至於根本則又有説，此則自占地位處。《日録》又有論八家文字一
節，今不録，略摘《答計甫草書》於次：

韓子曰："及其醇也，然後肆焉。"侯肆而不醇，某公醇而未肆，姜
醇肆之間，惜其筆性稍馴，人易近而好意太多，不能割棄。然數君子
者，皆今天下能文之人，故其失可指而論。某公之不能肆，非不能肆，
不敢肆也。……某公文得力在歐、王之間，而碑志最工，法度謹嚴，于
碑志最得宜，是以冠于諸體；然禧所尤賞者，又在《復讎》一篇，韓、柳
有此作，能不相襲而其文甚類西京，此禧所以篤好而欲有以告之也。
雖然，此猶不過枝葉之論，蓋極其工，不過文人之能事，若夫文章根
本，則又有説也。

第五十八　毛奇齡　朱彝尊[①]

　　毛奇齡字大可,蕭山人,學者稱西河先生,明季諸生,明亡竄身山谷,
康熙中召試博學鴻詞,授檢討,著書甚富,喜爲駁辯以求勝,凡他人所已言
者必力反其詞,有集二百三十四卷。其評論詩詞者,有《西河詩話》、《西
河詞話》。《詩話》所載以瑣聞逸事爲主,記清初事尤多珍異,然於批評無
涉也,間有解釋前人作品者,如右丞之《陽關三疊》,少陵之《短歌行贈王
司直》,及香山《霓裳羽衣譜歌》等。書中最凌厲處,爲其對於宋詩之攻
擊,西河對於宋人,固已不滿,同時復因牧齋之稱道眉山、劍南,意氣激越,
遂有此論,蓋習氣使然也。《詞話》原四卷,缺後二卷,今《西河合集》所載
者,第一第二卷也,書中以論詞韻及詞曲變遷者爲特有見地。大率西河之
論,重意氣,尚攻擊,其破壞之工爲獨著。
　　宋明論詩好言格調,迨入清初,異議紛起,漁洋以神韻救格調之偏,此
一說也,西河之說則主氣,如云:

　　　詩最忌卑繭,揚子雲以雄詞爲賦,然其自言猶曰:"雕蟲小技,壯
　　夫不爲。"蓋文有士氣,有丈夫氣,舊人論詩極忌庸俗,以其無士氣也,

---

① 1933 年本《講義》此節題作《毛奇齡 朱錫鬯》,有鉛筆批:"西河可略。"1937 年修訂本
目録改題"毛奇齡 朱彝尊",《大綱》改題,修訂稿不存。

且又惡纖弱,以其無丈夫氣也。故凡言格言律,言氣言調,當以氣爲主。李白無律,然氣足張之,使無氣,則格律與調俱不可問矣。向學宋詩者椎陋惡劣,下者類田夫,上者類市儈,醜象已極,然尚有氣也。近一變而爲元詩,爲初明詩,力務修飾,爭采諸瑣細隱秘語字,裝綴行間,如吴下清客門巷,竹扉蕭蕭,又如貨郎兒攤都盛盤骨董,小有把弄,又如勾欄子弟,用膠清刷鬢,蹋研光襪,以自爲美好,士氣盡矣。此豈丈夫所爲者? 嗟乎,初不意累變至此!

漁洋記西河與汪蛟門論宋詩話,蛟門舉東坡"春江水暖鴨先知"之句,以爲不可及,西河怫然曰:"鵝也先知,豈獨鴨也!"《西河詩話》云:

詩以雅見難,若裸私布蔑,則狂夫能之矣;亦以涵藴見難,若反唇戛脣,則市井能之矣;又以不著厓際見難,若搬楦頭,翻鍋底,則獃兒能之矣。然則,爲宋詩者亦何難何能何才技,而以此誇人,吾不解也。故曰,爲臺閣不能,且爲堂皇,慎勿爲草野,況藩溷乎? 嘗在金觀察許,與汪蛟門舍人論宋詩。舍人舉東坡詩"春江水暖鴨先知,正是河豚欲上時",不遠勝唐人乎? 予曰,此正效唐人而未能者。"花間覓路鳥先知",唐人句也。覓路在人,先知在鳥,以鳥在花間故也,此"先","先"人也。若鴨則誰"先"乎? 水中之物,皆知冷暖,必"先"以鴨,妄矣! 且細繹二語,誰勝誰負,若以鴨字河豚字爲不數見,不經人道過,遂矜爲過人事,則江鰍土鱉,皆物色矣!

《西河詩話》又載西河席間遇一少年,入門即指其地曰:"假如即事詩,鮮有能道見前者,善爲宋詩之人能之。'緑草當門長似柴,中間留得一條街',不依然此境乎? 唐人籠統,焉能有此。"西河睨之,以爲不足答,及少年去,因謂生平凡即境偶有感發,每欲道一語必不得,唐人無不有,更列舉唐詩諸句以明其刻畫。其實適足以形其偏,蓋籠統未必盡非,刻劃何嘗足貴,《全唐詩》二千餘家四萬餘首,以西河之天資超邁,博覽强記,自當左右逢原,俯拾即是,此非唐人之無所不有,正以唐詩之易於取材故也。以是較唐宋之工拙,偏矣。

《西河詞話》謂詞本無韻,故宋人不製韻,任意取押,雖與詩韻相通不遠,然要是無限度者。又謂“支通於魚,魚通于尤,……至若真、文、元之相通而不通於庚、青、蒸,庚、青、蒸之相通而不通於侵,此在詩韻則然,若詞則無不通者。……其他歌之與麻,未必不通,寒之與鹽,未必不轉,但爲發端,尚俟踵事。至於入韻,則洶口揣合,方音俚響,皆許入押,……是一入聲而一十七韻展轉雜通,無有定紀。”其言泛溢無涯涘,戈載序《詞林正韻》譏之,以爲喪心病狂,且謂古人所作,豈無偶誤,要之誤者居其一,不誤者居其九,反借古人以爲文過,豈不可笑? 語極辯。

彝尊秀水人,字錫鬯,號竹垞,晚稱小長蘆釣師。康熙中舉博學鴻詞,授檢討。工古文,詩與王士禎稱南北兩大宗,又好爲詞,與陳其年稱“朱陳”。有《曝書亭全集》,又輯有《明詩綜》《詞綜》等。竹垞頗不滿於牧齋,對於宋詩亦多所排擊,與西河之論合,然持論有條貫,不以意氣用事,皆非西河所及。

竹垞《答胡司臬書》云:“僕之于文,不先立格,惟抒己之所欲言,辭苟足以達而止。恒自笑曰: 平生無大過人處,惟詩詞不入名家,文不入大家,庶幾可以傳於後耳。”《憶雪樓詩集序》亦云:“予每怪世之稱詩者,習乎唐則謂唐以後書不必讀,習乎宋則謂唐人不足師,一心專事規模,則發乎性情也淺。惟夫善詩者暢吾意所欲言,爲之不已,必有出於古人意慮之表者。”竹垞立論之根據如此。

清初論師,如侯、魏、西河諸人之論,皆縱橫放恣,不必盡中於繩墨,獨竹垞較爲純正,故其論文論詩,皆以經術爲本,其言見《與李武曾論文書》及《與高念祖論詩書》,語如次:

西京之文,惟董仲舒、劉向經術最純,故其文最爾雅,彼揚雄之徒，品行自詭于聖人，務綴奇字以自矜，安知所謂文哉？魏晉以降，學者不本經術，惟浮誇是務，文運之厄數百年，賴昌黎韓氏始倡聖賢之學，而歐陽氏、王氏、曾氏繼之，二劉氏、三蘇氏羽翼之，莫不原本經術，故能橫絕一世。蓋文章之壞，至唐始返其正，至宋而始醇。宋人之文亦猶唐人之詩，學者舍是不能得師也。北宋之文，惟蘇明允雜出乎縱橫之說，故其文在諸家中爲最下。南宋之文，惟朱元晦以窮理盡性之學出之，故其文在諸家中最醇。(《與李武曾論文書》)

　　古之君子，其歡愉悲憤之思感於中，發之爲詩，今所存三百五篇，有美有刺，皆詩之不可已者也。夫維出於不可已，故好色而不淫，怨悱而不亂，言之者無罪，聞之者足以戒。後之君子誦之，世事之汙隆，政事之得失，皆可考見，故不學者比之牆面，學者斯授之以政，使于四方，蓋詩之爲教如此。魏晉而下，指詩爲緣情之作，專以綺靡爲事，一出乎閨房兒女子之思，而無恭儉好禮、廉靜疏達之遺，惡在其爲詩也？(《與高念祖論詩書》)

明人論詩文，有秦漢與唐宋之争，至清初論詩，則又有唐與宋之争。少陵之詩，與其他諸唐人之詩不同派也，宋人言之矣，而後世則混而一之。東坡之詩，與魯直之詩不同，江西派與非江西派之詩不同，即江西派中之詩亦不盡同也，宋人自言之矣，後世又混而一之。以各各不同之唐詩，與各各不同之宋詩，較其長短曲直，而有所左右袒於其間，往往有非論理所能許者，於是言者則又自詭於無派，而意存偏袒，往往流露，不能自圓其說，如竹垞者亦其一矣。竹垞《馮君詩序》，自謂於詩無取乎人之言派，此言是矣，然《橡村詩序》及《書劍南集後》兩篇，則于宋詩攻擊甚力，如云：

　　今之言詩者多主于宋，黃魯直吾見其太生，陸務觀吾見其太縟，范致能吾見其弱，九僧四靈吾見其拘，楊廷秀、鄭德源吾見其俚，劉潛夫、方巨山、萬里吾見其意之無餘而言之大盡。(《橡村詩序》)

　　陸務觀《劍南集》句法稠疊，讀之終卷，令人生憎。……詩人多舍唐學宋，予嘗嫌務觀太熟，魯直太生，生者流爲蕭東夫，熟者降爲楊廷秀，蕭不傳而楊傳，効之者何異海畔逐臭之夫耶？（《書劍南集後》）

竹垞又有《寄查德尹編修書》，①謂"少陵自詡晚節漸於詩律細，曷言乎細？凡五七言近體，唐賢落韻共一紐者不連用，夫人而然，至於一三五七句用仄字，上去入三聲，少陵必隔別用之，莫有疊出者"。語極精闢，蓋得之李天生者。又竹垞《與王漁洋論明詩書》，于明代隆慶、萬曆兩朝作者，頗多推崇，而於牧齋之《列朝詩集》，則認爲不加審擇，甄綜寥寥，殊不以爲滿也。②

　　① 朱先生存 1937 年修訂本殘稿，自本句始。以下至書末均據修訂本改寫。于 1933 年本即後收入《大綱》有刊落者，加注予以說明。增補文字，不作說明。
　　② 此下 1933 年講義有論詞一節，修訂本移至《清初論詞諸家》一章下。

第五十九　王士禛　附翁方綱

　　清初詩人卓然成家,影響最大者,無如王士禛。士禛,新城人,字貽上,號阮亭,別號漁洋山人,順治進士,由揚州司理累官至刑部尚書,康熙五十年卒,年七十八,有《漁洋詩文集》《帶經堂集》《漁洋精華錄》《古詩選》《唐賢三昧集》《唐人萬首絕句選》《漁洋詩話》等數十種。後人輯其詩文雜著論詩之作,爲《帶經堂詩話》,凡三十卷。今述其論詩之語於次,其論詞者別見。

　　漁洋官揚州時,與牧齋、梅村等諸老輩往還最密。牧齋序其詩,稱爲"文繁理富,銜華佩實,感時之作惻愴于杜陵,緣情之什纏綿於義山",又謂"其談藝四言,曰典、曰遠、曰諧、曰則。'沿波討遠',平原之遺則也;'截斷衆流',杼山之微言也;'別裁衆體,轉益多師',草堂之金丹大藥也"。牧齋有詩贈漁洋云:"瓦釜正雷鳴,君其信所操,勿以獨角麟,儷彼萬牛毛!"其所以愛護之者可見。梅村讀漁洋《論詩絕句》,亦謂"上下千古,咸歸玉尺"。[①] 然漁洋論詩宗旨與牧齋不合,故於牧齋之序有所未安。又所著《居易錄》,直指《列朝詩集》"訾李、何則並李、何之友而俱貶之,推戴李賓之則並賓之門生而俱褒之",至謂其"欺天下後世",此責其議論之未公也。《蠶尾續文》又云:"牧齋先生不喜妙悟之論,公一生病痛正坐此。"於

---

① 1933年講義此下引"當今此事,非公孰能裁乎"二句,修訂本刪去。

二人派別相歧處，言之至明。

漁洋論詩，好言神韻，後人直揭其説，以爲出於明人之言格調。今以漁洋之論明詩者列之於次，其淵源所出，蓋可知也。①

吾鄉風雅，盛於明弘、正、嘉、隆之世，前有邊尚書華泉，後有李觀察滄溟。(《香祖筆記》)

明興至弘治百有餘年，李、何崛起中州，吳有昌谷徐氏爲之羽翼，相與力追古作，一變宣正以來流易之習，明音之盛，遂與開元、大曆同風。洎嘉靖之初，後生英俊，稍稍厭棄先矩，去而規初唐，于時作者數家，例乏神解，唯高子業繼起大樑，自寫胸情，掃絕依傍。州詩評謂昌谷如"白雲自流，山泉泠然，殘雪在地，掩映新月"；子業如"高山鼓琴，沉思忽往，木葉自脱，石氣自青"；譚藝家訖今奉爲篤論。(《蠶尾續文》)

右列諸條，具見漁洋對於明代詩人之評論，會心所在，獨在弘正四子。②《蠶尾文》又云："近世畫家專尚南宗，……是特樂其秀潤，憚其雄奇，予未敢以爲定論也。不思史中遷、固，文中韓、柳，詩中甫、愈，近日之空同、大

---

① 1933年講義此下有一節："漁洋之説則不主門户。漁洋文云：'近人言詩好立門户，某者爲唐，某者爲宋，李、杜、蘇、黃，强分畛域，如蠻觸氏之鬥於蝸角而不自知其陋也。唐詩三百年，一盛於開元，再盛於元和。退之《琴操》，上追三代。李觀之言曰："孟郊五言，其高處在古無上，其平處下顧二謝。"李翱亦云："蘇屬國、李都尉、建安諸子、南朝二謝，郊皆能兼其體而有之。"今人號爲學唐詩者，語以退之《琴操》、東野五言，能舉其目者蓋寡矣。歐、梅、蘇、黃諸家，其才力學識，皆足淩跨百代，使俯首而爲擣撦吞剥，禿屑俗下之調，彼遽不能耶？其亦有所不爲耶？'漁洋《論詩絕句》又云：'鐵崖樂府氣淋漓，淵穎歌行格盡奇，耳食紛紛説開寶，幾人眼見宋元詩？'于宋元作家，頗加稱許。至其論明代詩人者如云：'明詩莫盛於弘、正，弘、正之詩莫盛於四傑。……四傑之在弘正，其建安之陳思，元嘉之康樂歟！(《蠶尾續文》)'"修訂本删去。

② 1933年講義此下有"以漁洋與四傑較，無論自詩篇及論詩之立足點言，皆不相類，而推崇如此，不可解也"幾句，修訂本及《大綱》皆删去。

復,不皆北宗乎?"漁洋此論,不無地域之見,固自灼然。[①]

漁洋之詩,時人亦有謂其祧唐而祖宋者。見施閏章《漁洋山人續集序》。實則漁洋之論,前後數變,知乎此于漁洋之所以論唐說宋者,得其故貽。其門生俞兆晟序《漁洋詩話》嘗言之云:

> 先生晚居長安,位益尊,詩益老,每勤勤懇懇以教後學,時於酒酣燈灺,興至神王,輒從容言曰:"吾老矣,還念平生論詩凡屢變,而交游中,亦如日之隨影,忽不知其轉移也。少年初筮仕時,惟務博綜該洽,以求兼長,文章江左,煙月揚州,人海花場,比肩接迹,入吾室者俱操唐音,韻勝於才,推為祭酒。然而空存昔夢,何堪涉想。中歲越三唐而事兩宋,良由物情厭故,筆意喜生,耳目為之頓新,心思於焉避熟,明知長慶以後,已有濫觴,而淳熙以前,俱奉為正的。當其燕市逢人,征途揖客,爭相提倡,遠近翕然宗之。既而清利流為流利變為空疏,新靈寖以佶屈,顧瞻世道,忞焉心憂,於是以大音希聲,藥淫哇錮習,唐賢三昧之選,所謂乃造平淡時也,然而境亦從茲老矣。

《四庫總目提要》云:"國初多以宋詩為宗,宋詩又弊,士乃持嚴羽餘論,倡神韻之說以救之,故其推為極軌者,惟王、孟、韋、柳諸家。然《三百篇》尼山所定,其論詩一則謂歸於溫柔敦厚,一則謂可以興觀群怨,原非以品題泉石,摹繪煙霞。乎畸士逸人,各標幽賞,乃別為山水清音,實詩之一體,不足以盡詩之全也。"此語於漁洋神韻之說,得其癥結所在。

康熙初漁洋官揚州時,選唐五七言律絕,課其二子,名為《神韻集》,此

---

① 1933年講義此下有一節:"然於李于鱗等一派,矯揉造作,號稱復古者,亦深知其弊,故文中亦稱唐有詩,不必建安、黃初也,元和以後有詩,不必神龍、開元也,北宋有詩,不必李、杜、高、岑也,此語幾與公安一派同調矣。《答郎廷槐》云:'李滄溟詩名冠代,只以樂府摹擬割裂,遂生後人詆毀。'意亦顯然可見。"修訂本皆刪去。

爲標舉"神韻"兩字得名之始,至二十七年撰《唐賢三昧集》成而其說大
定。《三昧集序》云:

> 嚴滄浪論詩云:"盛唐諸人,唯在興趣,羚羊掛角,無跡可求,透徹
> 玲瓏,不可湊拍,如空中之音,相中之色,水中之月,鏡中之象,言有盡
> 而意無窮。"司空表聖論詩亦云:"味在酸鹹之外。"康熙戊辰春杪,歸
> 自京師,居於宸翰堂,日取開元、天寶諸公之篇什讀之,於二家之言,
> 別有心會,錄其尤雋永超詣者,自王右丞以下四十二人爲《唐賢三昧
> 集》,厘爲三卷。合《文粹》《英華》《間氣》諸選詩,通爲《唐詩十選》
> 云。不錄李、杜二公者,仿王介甫《百家》例也。

三昧二字梵語,此言正定,自宋以來論詩者已屢言之,而言人人異,迄無定
義。今以漁洋之語考之,三昧之内容當如次:

> 越處女與勾踐論劍術曰:妾非受於人也,而忽自有之。司馬相
> 如答盛覽曰:賦家之心,得之於内,不可得而傳。雲門禪師曰:汝等
> 不記己語,反記吾語,異日稗販我耶? 數語皆詩家三昧。(《漁洋
> 詩話》)
> 《林間録》載洞山語云,語中有語,名爲死句;語中無語,名爲活
> 句。予嘗舉似學詩者。今日門人鄧州彭太史來,問余選《唐賢三昧
> 集》之旨,因引洞山前語語之。(《居易録》)
> 南城陳伯璣善論詩,昔在廣陵評予詩,譬之昔人云,偶然欲書。
> 此語最得詩文三昧。今人連篇累牘,牽率應酬,皆非偶然欲書者也。
> 坡翁稱錢唐程奕筆云,使人作字不知有筆。此語亦有妙理。(《香祖
> 筆記》)
> 《新唐書》如近日許道寧輩畫山水,是真畫也。《史記》如郭忠恕
> 畫,天外數峯,略有筆墨,然而使人見而心服者,在筆墨之外也。右王

楸《野客叢書》中語,得詩文三昧。司空表聖所謂"不著一字,盡得風流"者也。(《香祖筆記》)

《漁洋詩話》云:"余于古人論詩,最喜鍾嶸《詩品》、嚴羽《詩話》、徐禎卿《談藝錄》。"諸書以外,尚有司空圖之《詩品》。漁洋于鍾嶸《詩品》獨賞"羌無故實"一節,①故《論詩絕句》云:"五字'清晨登隴首','羌無故實'使人思,定知妙不關文字,已是千秋幼婦詞。"又漁洋詩話,歷舉唐宋論詩之語,其賞心處在此,神韻論之精意亦在此,迻錄如左:

戴叔倫論詩云:"藍田日暖,良玉生煙。"司空表聖云:"不著一字,盡得風流,神出古異,澹不可收。""采采流水,蓬蓬遠春。""明漪見底,奇花初胎。""晴雪滿林,隔溪漁舟。"劉蛻《文塚銘》云:"氣如蛟宮之水。"嚴羽云:"如鏡中之象,水中之月","如羚羊掛角,無迹可求。"姚寬《西溪叢語》載《古琴銘》云:"山高溪深,萬籟蕭蕭,古無人蹤,惟石嶕嶢。"東坡《羅漢贊》云:"空山無人,水流花開。"王少伯詩云:"空山多雨雪,獨立君始悟。"

漁洋論詩言三昧,又言神韻。三昧二字,不可定執,神韻一語,稍落迹象,至方詮釋神韻,則有清遠之義,此更爲粗迹矣。漁洋云:

汾陽孔文谷天胤云:詩以達性,然須清遠爲尚。薛西原論詩,獨取謝康樂、王摩詰、孟浩然、韋應物。言白雲抱幽石,綠篠媚清漣,清也;表靈物莫賞,蘊真誰爲傳,遠也;何必絲與竹,山水有清音;景昃鳴禽集,水木湛清華。清遠兼之也。總其妙在神韻矣。神韻二字,予向

---

① 此句,1933 年講義作"漁洋於鍾嶸《詩品》三品論詩處,不無諍論,語見前,其賞心處獨在'羌無故實'一節",修訂本從簡省。

論詩首爲學人拈出,不知先見於此。(《池北偶談》)

滄浪立論以禪喻詩,牧齋已辭而辟之矣,漁洋之論,則謂"舍筏登岸,禪家以爲悟境,詩家以爲化境,詩禪一致,等無差別",此與滄浪心契者也。《香祖筆記》云:"唐人五言絕句,往往入禪,有得意忘言之妙。觀王、裴《輞川集》,及祖詠《終南殘雪》詩,雖鈍根初機,亦能領悟。"其他所舉,如王維之"雨中山果落,燈下草蟲鳴","明月松間照,清泉石上流",以及太白"却下水精簾,玲瓏望秋月",常建"松際露微月,清光猶爲君",孟浩然"樵子暗相失,草蟲寒不聞",劉眘虛"時有落花至,遠隨流水香"。皆認爲妙諦微言,通其解者可語上乘。

漁洋又嘗舉五七言詩之例云:

> 張道濟手題王灣"海日生殘夜,江春入舊年"一聯于政事堂。王元長賞柳文暢"亭皋木葉下,隴首秋雲飛",書之齋壁。皇甫子安、子循兄弟論五言,推馬戴"猿啼洞庭樹,人在木蘭舟",以爲極則。又若王籍"蟬噪林逾靜,鳥鳴山更幽",當時稱爲文外獨絕。孟浩然"微雲澹河漢,疎雨滴梧桐",羣公咸閣筆,不復爲繼。司空表聖自標舉其詩曰:"回塘春盡雨,方響夜深船。"玩此數條,可悟五言三昧。(《香祖筆記》)

> 七言律聯句神韻天然,古人亦不多見。如高季迪"白下有山皆郭,清明無客不思家",楊用修"江山平遠難爲畫,雲物高寒易得秋",曹能始"春光白下無多日,夜月黃河第幾灣",近人"節過白露猶餘熱,秋到黃州始解涼","瓜步江空微有樹,秣陵天遠不宜秋",釋讀徹"一夜花開湖上路,半春家在雪中山"。皆神到不可湊拍。(《香祖筆記》)

漁洋論詩,專從禪悟神韻一方立論,其言是也,而不可謂之不偏。其徒洪

昇問詩法于施閏章,先告以漁洋言詩大指。閏章曰:"子師言詩,如華嚴樓
閣,彈指即現,又如仙人五城十二樓,縹渺俱在天際。"其言得之矣。《四庫
總目提要》亦謂:"宋人惟不解温柔敦厚之義,故意言並盡,流而爲鈍根;士
又不究興觀群怨之原,故光景流連,變而爲虚響。"於漁洋論詩之蹈空,皆
得其病根所在。

　　張宗柟《帶經堂詩話・纂例》云:"古詩中五言七言分界,與平仄抑揚
字例,自來詩話鮮有詳者,惟漁洋發前賢所未發。"今以其言求之,漁洋不
特於古詩五七言之別,言之甚明,於五絶七絶之別,亦復瞭然,至於平仄抑
揚,自爲一事,另詳。

　　七言之體制,漁洋首舉王子猷之言以明之。《世説》記謝公問王子猷:
"云何七言詩?"答曰:"昂昂若千里之駒,泛泛若水中之鳧。"漁洋認爲已
盡歌行之妙。劉大勤問:"五言古、七言古章法不同,如何?"漁洋答曰:
"章法未有不同者,但五言著議論不得,用才氣馳騁不得;七言則須波瀾壯
闊,頓挫激昂,大開大闔耳。"又問:"五言忌著議論,然則題目有應用議論
者,只可以七言古言之,便不宜用五言體耶?"漁洋又答:"亦自看題目何
如,但五言以蘊藉爲主,若七言則發揚蹈厲,無所不可。"漁洋之説,於詩中
著議論,多所不滿,説本嚴滄浪,要主於不即不離,不黏不脱,故又告劉大
勤曰:"議論叙事,自别是一體,故僕嘗云:'五七言詩有二體,田園邸壑當
學陶韋,鋪叙感慨當學杜子美《北征》等篇也。'"言外之意,與《唐詩品彙》
杜甫不入正宗之指相同。①

　　劉大勤又問:"七言絶、五言絶作法不同如何?"漁洋答云:"五言絶近
於樂府,七言絶近於歌行,其言最難於渾成故也,要皆有一倡三歎之意乃
佳。"至其對於絶詩作家,則于初唐獨推王勃,于盛唐獨推王維,又云:"李
白氣體高妙,崔國輔源本齊梁,韋應物本出右丞,加以古澹;後之爲絶詩
者,於此數家求之可矣。"語見《萬首絶句選・凡例》,其論七言絶句,見於

---

① 自"漁洋之説,於詩中議論"以下一節,爲《大綱》補出。

是書序文者如次：

> 弇州先生曰："七言絕句盛唐主氣，氣完而意不必工，中晚唐主
> 意，意工而氣不必完。"予反復斯集，益服其立言之確。毋論李供奉、
> 王龍標暨開元、天寶諸名家，即大曆、貞元間，如李君虞、韓君平諸人，
> 蘊借含蓄，意在言外，殆不易及。元和而後，劉賓客、杜牧之、李義山、
> 溫飛卿、唐彦謙諸作者，雖用意微妙，猶可尋其針縷之跡。有所作輒
> 欲效之，然終不能近也。

漁洋論五言古詩流變者，語見《漁洋文》：

> 夫古詩難言也。《詩》三百篇中"何不日鼓瑟"，"誰謂雀無角"，
> "老馬反爲駒"之類，始爲五言權輿，至蘇李《十九首》，體制大備。自
> 後作者日眾，惟曹子建、阮嗣宗、左太沖、郭景純數公，最爲挺出。江
> 左以降，淵明獨爲近古，康樂以下其變也。唐則陳拾遺、李翰林、韋左
> 司、柳柳州，獨稱復古，少陵以下，又其變也。綜而論之，則劉勰所謂
> "結體散文，直而不野"，漢人之作，不可追。"慷慨""磊落"，"清峻"
> "遙深"，魏晉作者，抑其次也。"極貌寫物，窮力追新"，宋初以還，文
> 勝而質衰矣。

何大復謂初唐四子之作，往往可歌，反在少陵之上，漁洋以爲其言誠韙，而
不足以概七言之正變。要之漁洋於少陵五古，雖非所宗尚，於其七言，則
無異辭，如云：

> 詩至工部，集古今之大成，百代而下，無異詞者。七言大篇，尤爲
> 前所未有，後世莫及，蓋天地元氣之奧，至杜而始發之。

漁洋答劉大勤問,指東坡爲"千古一人"。《香祖筆記》亦云:"從來學杜者
無如山谷,山谷語必己出,不屑稗販杜語,後山、簡齋之屬,都未夢見。"于
蘇、黄皆示推崇。後人謂漁洋主張宋詩者指此。《池北偶談》又論後人之
學杜云:

> 宋、明以來,詩人學杜子美者多矣,予謂退之得杜神,子瞻得杜
> 氣,魯直得杜意,獻吉得杜體,鄭繼之得杜骨,他如李義山、陳無己、陸
> 務觀、袁海叟輩,又其次也,陳簡齋最下。《後村詩話》謂簡齋以簡嚴
> 掃繁縟,以雄渾代尖巧,其品格在諸家之上,何也?①

後於漁洋數十年而有翁方綱,方綱,大興人,字正三,號覃谿,乾隆進
士,官至内閣學士,有《復初齋全集》,其中《神韻論》《格調論》諸篇,於漁
洋之説,有所發明,又有《七言詩三昧舉隅》,見《清詩話》。覃谿言詩主肌
理,自謂欲以救神韻之虚,其言未盡,今不舉。

覃谿謂神韻之説,出於格調,故曰:"漁洋變格調曰神韻,其實即格調耳。
而不欲復言格調浙,漁洋不敢議李、何之失,又唯恐後人以李何之名歸之,是
以變而言神韻,則不比講格調者之滋弊矣。"《三昧舉隅》又云:"神韻者,格
調之別名耳。雖然,究竟言之,則格調實而神韻虚,格調呆而神韻活,格調有
形而神韻無迹。"此言於漁洋之所以異於李、何者,得其大要。

《唐賢三昧集》不取李、杜,論者甚多,覃谿之言,獨盡其致,其説見
《三昧舉隅》:

> 漁洋選《唐賢三昧集》,不録李、杜,自云仿王介甫《百家詩選》之

---

① 1933年講義此下云:"今按簡齋之句:'客子光陰詩卷裏,杏花消息雨聲中。'蘊藉之
致,初不易得。'四年風露悲遊子,十月江湖吐亂洲',亦不在'黄河水繞漢宫牆'之下,今故
意薄之,非也。"

例,此言非也。先生平日極不喜介甫《百家詩選》,以爲好惡拂人之性,焉有仿其例之理。以愚竊窺之,先生之意,有難以語人者,故不得已爲此託詞云爾。先生於唐賢,獨推右丞、少伯以下諸家得三昧之旨,蓋專以沖和淡遠爲主,不欲以雄鷙奧博爲宗。若選李、杜而不取其雄鷙奧博,可乎? 吾窺先生之意,固不得不以李、杜爲詩家正軌也,而其沉思獨往者,則獨在沖和淡遠一派,此固右丞之支裔,而非李、杜之嗣音矣。

漁洋獨以神韻爲三昧,所見甚偏,覃谿發其覆,其言得之;至謂神韻之非一端,則推類過甚之詞矣。録其説於次:

> 平實叙事者,三昧也,空際振奇者,亦三昧也,渾涵汪茫,千彙萬狀者,亦三昧也,此乃謂之萬法歸原也。若必專舉寂寥沖淡者以爲三昧,則何萬法之有哉! 漁洋之識力無所不包,漁洋之心眼抑別有在。(《七言詩三昧舉隅》)
>
> 吾謂神韻即格調者,特專就漁洋之承接李、何、王、李而言之耳。其實神韻無所不該,有於格調見神韻者,有於音節見神韻者,亦有於字句見神韻者,非可執一端以名之也。有於實際見神韻者,亦有虛處見神韻者,有於高古渾樸見神韻者,亦有於情致見神韻者,非可執一端以名之也。(《神韻論》)

第六十　吳喬　趙執信①

　　李、何言格調，漁洋言神韻，格調之説變而爲枵響，神韻之説流而爲蹈空，兩説均不能無弊。② 與漁洋並世而立論違反者，則有吳喬、趙執信。

　　喬字修齡，崑山人，有《圍爐詩話》、《西崑發微》、《答萬季野詩問》。執信稱其論詩甚精，嘗三客吳門，遍求其《詩話》不得，以爲憾事。執信自稱鈍吟私淑弟子，故以宗派言，二人皆與清初之西崑派有淵源。漁洋《古夫于亭雜録》云："《鈍吟雜録》，多拾宗伯牙慧，極詆空同、滄溟，於弘、正、嘉靖諸名家，多所訾謷，其自爲詩，但沿香奩一體耳，教人則以《才調集》爲法。余見其兄弟所評《才調集》，亦卑之無甚高論，乃有皈依頂禮，不啻鑄金呼佛者，何也？"此言明斥鈍吟，陰攻秋谷，有手揮目送之妙。③ 而語未盡諦。

　　漁洋言悟入，其説導源於滄浪，修齡則云：

---

　　① 1933 年講義批："吳要重寫。"

　　② 1933 年講義此下云："翁方綱《三昧舉隅》合二説而言曰：'神韻者格調之別名耳。雖然，究竟言之，則格調實而神韻虛，格調呆而神韻活，格調有形而神韻無跡'，此則調和二家之間者也。"修訂本刪去。

　　③ 有手揮目送之妙，1933 年講義下有"而語未盡諦"句，《大綱》1944 年本刪去此句，僅存"而語未盡諦"句；1939 年講義則存前句而刪後句。

作詩者於唐人無所悟入，終落宋、明死句。貴悟之言是也，但不言六義，從何處下手而得悟入。彼實無見於唐人，作玄妙恍惚說耳。且道理之深微難明者，以事之粗淺易見者譬而顯之。禪深微，詩粗淺，嚴氏以深微者譬粗淺，既已顛倒，而所引臨濟、曹洞等語，全無本據，亦何爲哉？

右論上溯牧齋、鈍吟，本出一轍，然錢、馮之論，所指在古人，而吳氏之論，所指則在時人。漁洋言宋詩，修齡即從宋詩攻之。萬季野問："今人忽尚宋詩如何？"修齡答曰：

爲此說者，其人極負重名，而實是清秀李于鱗，無得于唐。唐詩如父母然，豈有能識父母，更認他人者乎？宋之最著者蘇、黃，全失唐人一唱三歎之致，況陸放翁輩乎？但有偶然撞著者。如明道云："未須愁日暮，天際是輕陰。"忠厚和平，不減義山之"夕陽無限好，只是近黃昏"矣。唐人大率如此，宋詩鮮也。宋人皆欲人人知我意，明人皆欲人人說好，故不相入。然宋詩亦非一種，如梅聖俞却有古詩意，陳去非得少陵實落處，不知今世學宋詩者，尊尚誰人也。子瞻、魯直、放翁，一瀉千里，不堪咀嚼，文也非詩矣。

修齡論唐宋明之別，以爲在賦比興之間。《圍爐詩話》云：

問曰：詩在今日，以何者爲急務？答曰：有有詞無意之詩，二百年來，習以成風，全不覺悟。無意則賦尚不成，何況比興？葉文敏公論古文，余曰：以意求古人則近，以詞求古人則遠。公深然之，詩不容有異也。唐詩有意而託比興以雜出之，其詞婉而微，如人而衣冠。宋詩亦有意，惟賦而少比興，其詞徑以直，如人而赤體。明之瞎盛唐詩，字面煥然，無意無法，直是木偶被文繡耳。此病二高萌之，宏嘉大盛。

修齡嘗謂讀杜詩無可學之理。又云：是子美之人，方可作子美之詩。此詩中有人之說也。《圍爐詩話》云：

> 問曰：先生每言詩中須有人，乃得成詩，此說前賢未有，何自而來？答曰：禪者問答之語，其中必有人，不知禪者不自覺耳。余以此知詩中亦有人也。人之境遇有窮通，而心之哀樂生焉。夫子言詩，亦不出於哀樂之之情也。詩而有境有情，則自有人在其中。如劉長卿之“得罪風霜苦，全生天地仁”；“青山數行淚，白首一窮鱗”；王鐸爲都統詩曰：“再登上相慚明主，九合諸侯愧昔賢。”有境有情，有人在其中也。子美《黑白鷹》、曹唐《病馬》亦然。魚玄機《詠柳》云：“枝迎南北鳥，葉送往來風。”黃巢《咏菊》曰：“堪與百花爲總領，自然天賜赭黃袍。”蕩婦反賊詩，亦有人在其中。故讀淵明、康樂、太白、子美集，皆可想見其心術行己，境遇學問。劉伯温、楊孟載之集亦然。惟弘、嘉詩派，濃紅重綠，陳言剿句，萬篇一篇，萬人一人，了不知作者爲何等人，謂之詩家異物，非過也。①

論詩之家，一面卑視宋人，一面又薄前後七子之高談漢魏、貌襲盛唐者而不爲，②不得不出於晚唐之一途，此則鈍吟、修齡諸人，所以折入《西崑》，

---

① 1933 年講義此下有云：“修齡持論以爲學詩當嚴絶宋元明，取法乎唐，然前後七子亦取法盛唐，故修齡不得不嚴盛唐與明人之辨，其言如次：‘三唐與宋元易辨，而盛唐與明人難辨。讀唐人詩集，知其性情，知其學問，知其立志。明人以聲音笑貌學唐人，論其本力，尚未及許渾、薛能，而皆自以爲李、杜、高、岑，故讀其詩集，千人一體，雖紅紫雜陳，絲竹競響，唐人能事渺然，一望黃葦白茅而已。唐、明之辨，深求於命意佈局寄託，則知有金矢之別，若惟論聲色，則必爲所惑。夫唐無二盛，盛唐亦無多人，而明自弘嘉以來，千人萬人，孰非盛唐，則鼎之真贋可知矣。’”

② 修訂本此處刪去“其惟一斬向”五字。

勢也。① 修齡自解云:"二十歲以前,鼻息拂雲,何屑作中晚耶? 二十歲以後,稍知唐、明之真偽,見盛唐體被明人弄壞,二李已不堪,學二李以爲盛唐者,更自畏人,深愧前非,故舍之耳。……寒士衣食不充,居室同於露處,可謂至貧且賤矣,而此身不屬於人,刁家奴侯服玉食,交遊卿相,然無奈其爲人奴也。二李刁家奴,學二李又重僮矣。"②

　　《圍爐詩話》謂于李、杜後,能別開一面、自成一家者,惟韓退之一人;于李、杜、韓後,能別開生面、自成一家者,惟李義山一人。其推重義山者可知。《西崑發微》更論義山《無題》諸詩,以爲義山辭義縹緲,適遇令狐之扼,得極其比興風騷之致,因力闢後人艷情之説,以爲非是。修齡之言,世或以附會譏之,然衆口之囂囂,不能廢一士之諤諤,節録《西崑發微》序於次:

　　　　甲午春,偶憶《唐詩紀事》云:錦瑟,令狐丞相青衣也,恍若有會。取詩繹之,而義山、楚、絢二世恩怨之故,了然在目。併悟《無題》同此,絕非艷情,七百年來,有如長夜。蓋唐之末造,贊皇與牛李分黨,鄭亞、王茂元贊皇之人,令狐楚牛、李之人。義山少年受知於楚,而復受王、鄭之辟,絢以爲恨,及其作相,惟宴接款洽以侮弄之,不加攜拔。義山心知見疏,而冀幸萬一,故有《無題》諸作。至流離藩府,終不加

---

　　① 1933 年講義此處原作"所以折入《才調》《西崑》,理也亦勢也"。
　　② 修訂本刪去 1933 年講義一段文字,改録吳喬推重義山一節。刪去文字仍存如下:
"修齡《與友人書》云:'詩之中須有人在。'秋谷服膺以爲名言。其他如論佈局命意,以爲晚唐雖不及盛唐,而命意佈局俱在。宋人多是實話,失《三百篇》之六義。所謂佈局者,修齡分爲古詩律絕言之,論五律氣脈須從五古中來,尤爲深入:'古詩如古文,其佈局千變萬化。七律頗似八比,首聯如起講起頭,次聯如中比,三聯如後比,末聯如束題,但八比前中後一定,詩可以錯綜出之,爲不同耳。七絕偏師也,或鬭山上,或鬭地下,非必堂堂之陣,正正之旗者也。五律氣脈須從五古中來,初、盛皆然,中唐鮮矣,明人多以七律餘材成之,是以悉不中觀。五絕最易成篇,却難得好。五古須通篇無偶句,漢魏則然,晉、宋漸有偶句,履霜堅冰,至唐人遂成律。明之選唐詩者,"中原還逐鹿","秋氣集南磵",皆置古詩中,盲矣!'"

恩,乃發憤自絕,九日題詩于綺廳,綺遂大恨,兩世之好決然矣。《無題詩》十六篇,託爲男女怨慕之詞,而無一言直陳本意,不亦風騷之極致哉!

趙執信字伸符,號秋谷,晚號飴山老人,益都人,康熙進士,官右贊善,罷官時,年未三十,至八十三始卒,有《因園集》《飴山文集》。秋谷之詩,以思路鑱刻爲主,本爲漁洋所器重,後因事相詬厲,所著《談龍録》力排漁洋。《四庫總目提要》以爲"神韻之説,不善學者往往流爲浮響,秋谷此書,未始非豫防流弊之切論。"先是二人論詩,漁洋以爲詩如神龍,見其首不見其尾,或雲中露一鱗一爪而已,秋谷則謂神龍屈伸變化,固無定體,第指其一鱗一爪而龍之首尾完好,故宛然在。此《談龍録》之所由名也。

漁洋之説遠宗司空表聖,然心契所在,僅得一體。秋谷則云:"觀其所第二十四品,設格甚寬,後人得以各從其所近,非第以'不著一字,盡得風流'爲極則也。"此其指摘漁洋者一。漁洋《唐賢三昧集》標舉所在,惟在興會,秋谷則云:"唐賢詩學,類有師承,非如後人第憑意見。竊嘗求其深切著明者,莫如陸魯望之叙張處士也,曰:'元和中作宮體小詩,辭曲豔發,輕薄之流,合譟得譽,及老大稍窺建安風格,讀樂府録,知作者本意,短章大篇,往往間出,講諷怨譎,與六義相左右。'……觀此可以知唐人之所尚,其本領亦略可窺矣。不此之循而蔽于嚴羽囈語,何哉?"此其指摘漁洋者二。漁洋之詩以風流相尚,秋谷則云:"詩之爲道也,非徒以風流相尚而已。《記》曰:'温柔敦厚,詩教也。'馮先生恒以規人。《小序》曰:'發乎情,止乎禮義。'余謂斯言也,真今日之針砭矣夫。"此其指摘漁洋者三。其他次要之點,不更贅述。

吳修齡發詩中有人之説,本不僅爲漁洋立論,秋谷則云[1]:"詩特傳舍而字句爲過客。"其言深中當時之病,亦不特一漁洋也。

---

[1] 秋谷則云,1933 年講義作"秋谷歷指漁洋之詩,以實其詩中無人。他如云"。

　　司寇昔以少詹事兼翰林侍講學士奉使祭告南海,著《南海集》,其
首章《留別相送諸子》云:"蘆溝橋上望,落日風塵昏,萬里自兹始,孤
懷誰與論?"又云:"此去珠江水,相思寄斷猿。"不識謫宦遷客,更作
何語? 其次章《與友夜話》云:"寒宵共杯酒,一笑失窮途。""窮途"定
何許? 非所謂詩中無人者耶?①

　　《談龍録》又攻漁洋,以爲"酷不喜少陵,特不敢顯攻之,每舉楊大年
'村夫子'之目以語客,又薄樂天而深惡羅昭諫。餘謂昭諫無論已,樂天
《秦中吟》《新樂府》而可薄,是絶《小雅》也。若少陵有聽之千古矣,余何
容置喙"。今按漁洋《唐賢三昧集》不取杜陵,托于王介甫以自解,然介甫
選本,②故秋谷此説,大抵近是。
　　漁洋於古詩音調抑揚高下有所得,每不肯以示人。秋谷發憤探討,著
《聲調譜》,是爲古近體詩聲調著録之始。其後翟翬有《聲調譜拾遺》之
作,後人更有《聲調四譜圖説》,蓋踵其事而增繁者也,于文學批評皆無當,
不贅。

---

① 1933年講義此下云:"漁洋、竹垞在當時同負詩名,秋谷推許二人,恰如其分,其言如
次: 或問于余曰:'阮翁其大家乎?'曰:'然。''孰匹之?'余曰:'其朱竹垞乎? 王才美于朱而
學足以濟之,朱學博于王而才足以舉之,是真敵國矣。他人高自位置,强顔耳。'曰:'然則,
兩先生殆無可議乎?'余曰:'朱貪多,王愛好。'嘗與天章、昉思論阮翁,可謂'言語妙天下'者
也。余憶敖陶孫之目陳思王云:'如三河少年,風流自賞。'馮先生以爲無當,請移諸阮翁。"
② 1933年講義此下有"漁洋斥爲不近人情,何至躬自蹈之"二句。

第六十一　葉燮

　　葉燮字星期，號已畦，嘉善人，康熙進士，官寶應知縣，被劾歸，居吳縣之橫山，學者稱爲橫山先生，有《原詩》，《已畦詩文集》。《原詩》有《內篇》《外篇》，其説以不蹈襲前人，能自立言爲主，深源於正變盛衰之所以然，清人之言詩者，未之能先也。同時吳郡汪琬字苕文，號堯峰，與橫山之論最不合，橫山取汪文十篇彈詰之，號爲《汪文摘謬》，其議論略見於此。

　　堯峰《唐詩正序》，述《詩序》之言，謂《風》《雅》有正變，而指正變以其時非以其人。《摘謬》曰：

　　昔夫子刪《詩》，未聞有正變之分，自漢儒紛紜之説起，而《詩》始分正變，宋儒往往有非其説者。……《三百篇》之後，群然推爲五言之祖而奉以爲正者，必曰漢之建安，彼其時何時也？權奸竊國，賊弒帝后，而詩家稱曹氏父子爲詩典型，其時正耶變耶，其詩正耶變耶？……有唐三百年，詩有初、盛、中、晚之分，論者皆以初、盛爲詩之正，中、晚爲詩之變，所謂以時云云也。然就初而論，在貞觀則時之正而詩不能反陳、隋之變，永徽以後，武氏篡唐，爲開闢以來未有之奇變，其時作者如沈、宋、陳、杜諸人之詩，爲正耶？爲變耶？盛唐則開元之時正矣，而天寶之時爲極變，其時李、杜、王、孟、高、岑諸人，生於開寶之間，其詩將前半爲正，後半爲變耶？

舊説以正爲尚，以變爲不得已，横山破之，以爲正變無系乎盛衰，而謂詩之爲道，相續相禪，其學無窮，其理日出，此其立説之大綱也。故嘗推論正變而駁李于鱗之説云：

歴考漢魏以來之詩，循其源流升降，不得謂正爲源而長盛，變爲流而始衰，惟正有漸衰，故變能啓盛。如建安之詩，正矣盛矣，相沿久而流于衰，後之人力大者大變，力小者小變，六朝諸詩人間能小變而不能獨開生面，唐初沿其卑靡浮豔，句櫛字比，非古非律，詩之極衰也，迨開寶諸詩人始一大變。彼陋者亦曰："此詩之至正也。"不知實正之積弊而衰也。盛唐諸詩人惟能不爲建安之古詩，吾乃謂唐有古詩。若必摹漢魏之聲調字句，此漢魏有詩而唐無古詩矣。且彼所謂"陳子昂以其古詩爲古詩"，正惟子昂能自爲古詩，所以爲子昂之詩耳。然吾猶謂子昂古詩尚蹈襲漢魏蹊徑，竟有全似阮籍《詠懷》之作者，失自家體段，猶訾子昂不能以其古詩爲古詩，乃翻勿取其自爲古詩，不亦異乎？

于鱗謂"唐無古詩"，[1]横山謂惟其不爲建安而唐始有古詩，真痛快切至之論。横山又云："不讀《明良》《擊壤》之歌，不知《三百篇》之工也；不讀《三百篇》，不知漢魏詩之工也；不讀漢魏詩，不知六朝之工也；不讀六朝詩，不知唐詩之工也；不讀唐詩，不知宋與元詩之工也。"此言謂不學古人，乃正所以深學古人，其意在此。《原詩·内篇》又稱詩可學而能，然而多讀古人之詩以求工於詩則不能；"詩之可學而能者，盡天下之人，皆能讀古人之詩而能詩，今天下之稱詩者是也，而求詩之工而可傳者，則不在是。何則？大凡天姿人力，次序先後，雖有生學困知之不同，而欲其詩之工而可傳，則非就詩以求詩者也。"此言與虞山詩外有詩之説亦合。

----

① 1933 年講義下有"爲世訾薄久矣"一句。

堯峰《吳公紳芙江唱和詩序》云："凡物細大莫不有法,而況詩乎?善學詩者,必先以法爲主。"此自古之恒言也,《摘謬》力糾其失,《原詩·內篇》又云:

> 稱詩者不能言法所以然之故,而嘵嘵曰法,吾不知其離一切以爲法,將有所緣以爲法乎?離一切以爲法,則法不能憑虛而立;有所緣以爲法,則法仍托他物以見矣,吾不知統提法者之於何屬也!彼曰:"凡事凡物皆有法,何獨於詩而不然?"是也,然法有死法,有活法。……若曰活法,法既活而不可執矣,又焉得泥於法?而所謂詩之法,得無平平仄仄之粘乎?村塾曾讀《千家詩》者亦不屑言之!若更有進,必將曰:"律詩必首句如何起,三四如何承,五六如何接,末句如何結,古詩要照應,要起伏,析之爲句法,總之爲章法。"此三家村詞伯相傳久矣,不可謂稱詩者獨得之秘也!

橫山之論,重在流變,故首言《三百篇》一變而爲蘇、李,再變而爲建安、黃初。又云:"《十九首》止自言其情,建安、黃初之詩,乃有獻酬、紀行、頌德諸體,遂開後世種種應酬等類,則因而實爲創,此變之始也。"其于唐代之詩,則認定少陵、退之之詩爲兩大變,其言見於《原詩》者如次:

> 杜甫之詩,包源流,綜正變,自甫以前,如漢魏之渾樸古雅,六朝之藻麗穠纖,澹遠韶秀,甫詩無一不備,然出於甫皆甫之詩,無一字句爲前人之詩也。自甫以後,在唐如韓愈、李賀之奇崛、劉禹錫、杜牧之雄傑,劉長卿之流利,溫庭筠、李商隱之輕豔,以至宋、金、元、明之詩家稱巨擘者,無慮數十百人,各自炫奇翻異,而甫無一不爲之開先,此其巧無不到,力無不舉,長盛於千古,不能衰,不可衰者也。今之人固群然宗杜矣,亦知杜之爲杜,乃合漢魏六朝並後代千百年之詩人而陶鑄之者乎?

　　唐詩爲八代以來一大變，韓愈爲唐詩之一大變，其力大，其思雄，崛起突爲鼻祖，宋之蘇、梅、歐、蘇、王、黃，皆愈爲之發其端。而俗儒且謂愈詩大變漢魏，大變盛唐，格格而不許，何異居蚯蚓之穴，習聞其長鳴，聽洪鐘之響而怪之，竊竊然議之也！且愈豈不能擫其鼻，肖其吻，而效俗儒爲建安、開寶之詩乎哉？

滄浪論詩，斷自大曆，謂“漢魏、盛唐爲第一義，大曆以還，則小乘禪也，已落第二義矣。”以禪喻詩，後人屢糾其失，然大曆、貞元、元和之詩，自與開元、天寶劃然兩截，橫山盛稱中唐，雖毀譽別執一詞而斷限所在，與滄浪之説合。《已畦集・百家唐詩序》亦言此，歷數作者，上及劉長卿、錢起，知其意兼大曆也：

　　吾嘗上下百代，至唐貞元、元和之間，竊以爲古今文運詩運，至此時爲一大關鍵也。是何也？三代以來，文運如百谷之川流，異趣爭鳴，莫不紀極；迨貞元、元和之間，有韓愈氏出，一人獨力而起八代之衰，自是而文之格之法之體之用，分條共貫，無不以是爲前後之關鍵矣。三代以來，詩運如登高之日上，莫可復逾，迨至貞元、元和之間，有韓愈、柳宗元、劉長卿、錢起、白居易、元稹輩出，群才競起而變八代之盛，自是而詩之調之格之聲之情，鑿險出奇；無不以是爲前後之關鍵矣。

持論之士，稱唐説宋，往往不免於固陋，於是論者欲合唐宋而一之。又往往適成其爲鄉愿。何則？彼固未知唐之必變而爲宋，理可以兩是而不可混一也。橫山論詩，獨明流變之説，于唐之變論既如彼，其論宋則推重東坡而曰：

　　宋人之心手日益以啓，縱橫鈎致，發揮無餘蘊，非故好爲穿鑿也，譬諸石中有寶,不穿之鑿之,則寶不出,且未穿未鑿以前,人人皆作模棱皮相之語,何如穿之鑿之之實有得也。如蘇軾之詩,其境界皆開闢古今之所未有,天地萬物,嬉笑怒罵,無不鼓舞於筆端,而適如其意之所欲出,此韓愈後之一大變也,而盛極矣!

横山之論,不言法而言理、事、情三者,自謂"開闢以來,天地之大,古今之變,萬彙之賾,日星河嶽,賦物象形,兵刑禮樂,飲食男女,于以發爲文章,形爲詩賦,其道萬千,余得以三語蔽之:曰理,曰事,曰情,不出乎此而已"。詩人之言主於情性,此言是也。若一切以事與理繩之,無以盡含蓄無垠,思致微渺之境,横山設爲此難而解之曰:

> 子之言誠是也,子所以稱詩者深有得乎詩之旨者也,然子但知可言可執之理之爲理,而抑知名言所絶之理之爲至理乎? 子但知有是事之爲事,而抑知無是事之爲凡事之所出乎? 可言之理,人人能言之,安在詩人能言之? 可徵之事,人人能述之,又安在詩人之述之? 必有不可言之理,不可述之事,遇之于默會意象之表,而理與事無不燦然於前者也。

《原詩》又歷舉杜甫《玄元皇帝廟》"碧瓦初寒外",《宿左省》"月傍九霄多",《夔州雨濕不得上岸》"晨鐘雲外濕",及《摩訶池泛舟》"高城秋自落"諸句,以證其説,而繼之曰:"要之作詩者實寫理、事、情,可以言言,可以解解,即爲俗儒之作。惟不可名言之理,不可施見之事,不可徑達之情,則幽渺以爲理,想象以爲事,惝恍以爲情,方爲理至、事至、情至之語。"其言甚辯。

理、事、情之外,又有一爲之條貫者,横山名之曰氣,曰:"得是三者而氣鼓行於其間,絪緼磅礴,隨其自然,所至即爲法,此即天地之至文也。"數者之外,横山又舉才、膽、識、力四者,以爲所以窮盡此心之神明,凡形形色色,音聲狀貌,無不待於此而爲之發宣昭著,語不贅。

流變之說既明,故言復古而不知變古者,爲橫山所痛斥,學晚唐、學宋、學元者,爲所不齒。至其痛論清初之詩人者,亦見於《原詩》,其論極刻,如云:

> 大抵近時詩人,其過有二。其一奉老生之常談,襲古來所云忠厚和平,渾樸典雅,陳陳皮膚之語,以爲正始在是,元音復振,動以道性情托比興爲言,其詩也非庸則腐,非腐則俚,其人且復鼻孔撩天,搖脣振履,面目與心胸,殆無處可以位置,此真虎豹之鞟耳。其一好爲大言,遺棄一切,掇采字句,抄集韻腳,睹其成篇,句句可畫,諷其一句,字字可斷,其怪戾則自以爲李賀,其濃抹則自以爲李商隱,其澀險則自以爲皮陸,其拗拙則自以爲韓、孟,土苴建安,弁髦初盛,後生小子,詫爲新奇,競趨而效之。所云牛鬼蛇神,夔蚿罔兩,揆之風雅之義,風者真不可以風,雅者則已喪其雅。尚可言耶?

第六十二　清初論詞諸家

清初詞家以雲間爲最盛，及王士禛官揚州司理，主持東南風雅，其時則有董以寧、鄒祗謨、彭孫遹等和之，皆得盛名。既而漁洋入朝，位高望重，絕口不言倚聲，①而羨門亦悔其少作，不欲人知矣。同時朱彝尊、陳維崧並世齊名，合刻《朱陳村詞》，流傳天下。竹垞之論，又衍爲浙派，及乎紹述於樊榭，振響於頻伽，時則已爲清之中世矣。附識於此，不另錄。

詞話之作，清初亦極盛，士禛有《花草蒙拾》，以寧有《蓉渡詞話》，祗謨有《遠志齋詞衷》，孫遹有《金粟詞話》，其他如毛奇齡之《西河詞話》，沈雄之《柳塘詞話》，賀裳之《皺水軒詞筌》，劉體仁之《七頌堂詞繹》，徐釚之《詞苑叢談》，皆有名。《詞苑叢談》專輯詞家故實，《四庫總目提要》稱其"采摭繁富，援據詳明，足爲論詞者總匯，大都徵引舊文，未盡注其出處，頗爲時人所議"，兹不贅述。

一、雲間一派，宋徵璧、徵輿兄弟最有名，持論皆推重北宋，薄視南宋。徵璧字尚木，崇禎進士，清潮州府知府，其論見《詞苑叢談》：

　　吾於宋詞得七人焉：曰永叔，其詞秀逸；曰子瞻，其詞放誕；曰少游，其詞清華；曰子野，其詞娟潔；曰方回，其詞新鮮；曰小山，其詞聰

---

① 1933 年講義下有"視《花間》《草堂》等於雕蟲小技"。

俊;曰易安,其詞妍婉。他若黃魯直之蒼老而或傷于頹,王介甫之鑱
削而或傷于拗,晁無咎之規檢而或傷于樸,辛稼軒之豪爽而或傷于
霸,陸務觀之蕭散而或傷於疏,此皆所謂我輩之詞也。苟舉當家之
詞:如柳屯田哀感頑豔而少寄託,周清真婉娧流美而乏陡健,康伯可
排叙整齊而乏深邃,其外則謝無逸之能寫景,僧仲殊之能言情,程正
伯之能壯采,張安國之能用意,万俟雅言之能疊字,姜白石之能琢句,
蔣竹山之能作態,史邦卿之能刷色,黃花庵之能選格,亦其選也。詞
至南宋而變,亦至南宋而弊,作者紛如,難以概述。夫各因其姿之所
近,苟去前人之病而務其所長,必賴後人之力也夫。

尚木此論,頗爲漁洋等所不滿,論詞之風一變。然漁洋等雖言南宋,未能
有所宗主,去真知灼見者尚隔一塵。其所自作,亦多高自期許,互相神聖,
後人未能信也。

　二、漁洋之論,見於《花草蒙拾》,其言云:

　　近日雲間作者論詞,有曰:"五季猶有唐風,入宋便開元曲。"故專
意小令,冀復古音,屏去宋調,庶防流失。僕謂此論雖高,殊屬孟浪,
廢宋詞而宗唐,廢唐詩而宗漢魏,廢唐宋大家之文而宗秦漢,然則,古
今文章一畫足矣,不必三墳八索,至六經三史,不幾贅疣乎!

　　雲間諸公論詩,持格律,崇神韻,然拘于方幅,泥於時代,不免爲
識者所少,其於詞亦不欲涉南宋一筆,佳處在此,短處亦坐此。

　　宋南渡後,梅溪、白石、竹屋、夢窗諸子,極妍盡態,反有秦、李未
到者,雖神韻天然處或減,要自令人有觀止之嘆。正如唐絕句至晚唐
劉賓客、杜京兆妙處,反進青蓮、龍標一塵。

漁洋評《花間》《草堂》二選曰:"或問《花間》之妙,曰:蹙金結繡而無痕
跡。問《草堂》之妙,曰:采采流水,蓬蓬遠春。"其論皆與漁洋論詩之説

相合。

竹垞《魚計莊詞序》謂小令宜師北宋，慢詞宜師南宋，此言殆爲雲間詞論之反響，即在漁洋、程村之論，亦已逗其意，述鄒、彭等諸人之説於次。①

三、鄒祗謨字訏士，號程村，武進人，順治進士，有《遠志齋集》《麗農詞》及《詞衷》，其言與漁洋之説相發明，如云：

> 余常與文友論詞，謂小調不學《花間》，則當學歐、晏、秦、黃，《花間》綺琢處於詩爲靡，而於詞則如古錦紋理，自有黯然異色。歐、晏蘊藉，秦、黃生動，一唱三歎，總以不盡爲佳。清真樂章以短調行長調，故滔滔莽莽處，如唐初四傑作七古，嫌其不能盡變，至姜、史、高、吳而融篇、練句、琢字之法，無一不備。今惟合肥兼擅其勝，正不如用修好入六朝麗字，似近而實遠也。
>
> 長調惟南宋諸家才情踸踔，盡態極妍。

四、彭孫遹字駿孫，號羨門，順治進士，康熙中舉博學鴻詞第一，授編修，歷官吏部右侍郎，有《松桂堂》《南往》等集，少時有《延露詞》，漁洋稱爲豔詞專家，程村亦謂詞至金粟，一字之工，能生百媚。

羨門之説亦主南宋，《金粟詞話》云：“南宋詞人如白石、梅溪、竹屋、夢窗、竹山諸家之中，當以史邦卿爲第一。昔人稱其分鑣清真，平睨方回，紛紛三變行輩，不足比數，非虛言也。”

《延露詞》以豔麗爲本色，其説亦見《金粟詞話》，如云：

> 詞以豔麗爲本色，要是體制使然，如韓魏公、寇萊公、趙忠簡，非不冰心鐵骨，勳德才望，照映千古，而所作小詞，有“人遠波空翠”，“柔情不斷如春水”，“夢回鴛帳餘香嫩”等語，皆極有情致，盡

---

① 以上二節見《大綱》。修訂稿於節目有所調整，此二節亦無，今仍存不删。

態極妍,乃知廣平梅花,政自無礙,豎儒輒以爲怪事耳。司馬溫公亦有“寶髻鬆鬆”一闋,姜明叔力辨其非,此豈足以誣溫公,真贗要可不論也。

南宋以後詞人之作,多有以書卷爲詞者,羨門既主南宋,其論自隨之轉移,故云:“詞雖小道,非多讀書則不能工。”又云:“詞以自然爲宗,但自然不從追琢中來,便率然無味,如所云‘絢爛之極,乃造平淡’耳。若使語意澹遠者,稍加刻畫,鏤金錯繡者,漸近天然,則駸駸乎絕唱矣。”

五、劉體仁字公甬戈,潁州人,順治進士,歷官吏、刑二部郎中,有詩名,與汪堯峰、王漁洋等唱和,時號十才子,有《蒲庵集》《七頌堂集》。其《七頌堂詞繹》,持論縝密,在當時諸作之上。

《詞繹》之論,首重詩詞之界,如云:

　　詞中境界,有非詩之所能至者,體限之也,大約自古詩“開我東閣門,坐我西閣床”等句來。

　　詩之不得不爲詞也,非獨“寒夜怨”之類,以句之長短擬也,老杜《風雨見舟前落花》一首,詞之神理備具,蓋氣運所至,杜老亦忍俊不禁耳。觀其標題曰“新句”,曰“戲爲”,其不敢偭背大雅如是。古人真自喜。

　　“夜闌更秉燭,相對如夢寐。”叔原則云:“今宵剩把銀釭照,猶恐相逢是夢中”,此詩與詞之分疆也。

　　文長論詩曰:“陡然一驚,便是興觀群怨。”應是爲傭言借貌一流人說法。“溫柔敦厚”,詩教也。“陡然一驚”,正是詞中妙境。

宋人之詞,皆施諸管弦,明清以後,遂僅作文字觀,此中消息,正有不可盡言者。《詞繹》亦云:“古詞佳處,全在聲律見之,今止作文字觀,正所謂‘徐六擔板’。”又其論云:“詞須上脫《香奩》,下不落元曲,乃稱作手。”此則於詩、詞、曲之界限,更確定之。①

尤侗序《詞苑叢談》,謂:"唐詩有初盛中晚,宋詞亦有之,約而次之,小山、安陸其詞之初乎,淮海、清真其詞之盛乎,石帚、夢窗似得其中,碧山、玉田風斯晚矣。"其言以宋代爲限,《詞繹》之說,大抵與此相合,其言如次:

> 詞亦有初盛中晚,不以代也。牛嶠、和凝、張泌、歐陽炯、韓偓、鹿虔扆輩,不離唐絕句,如唐之初,未脫隋調也,然皆小令耳。至宋則極盛,周、柳、張、康,蔚然大家。至姜白石、史邦卿,則如唐之中。而明初比唐晚,蓋非不欲勝前人,而中實楞然,取給而已,於神味處全未夢見。

六、明人一代,詞學中衰,及竹垞既起,遂有浙派之稱。龔翔麟嘗刻竹垞及李良年、沈皞日、李符、沈岸登與翔麟之詞爲《浙西六家詞》,此浙派之所以名也。論者謂其崇尚清靈,欲以救嘽緩之病,洗淫曼之陋,及其流弊所及,遂爲餖飣寒乞。竹垞選《詞綜》,其凡例云:"世人言詞必稱北宋,然詞至南宋始極其工,至宋季而始極其變,姜堯章氏最爲傑出。"又其序《岸登黑蝶齋詞》首云:"詞莫善於姜夔,宗之者張輯、盧興皋、史達祖、吳文英、蔣捷、王沂孫、張炎、周密、陳允平、張翥、楊基,皆具夔之一體。"于浙派宗主所在,言之已無餘蘊。其他如云:

---

① 1933年講義下有一節,修訂本刪去,録如次:"公戥於詞之作法,屢屢言之,真深得其中甘苦者,録如次:'"惟片言而居要,乃一篇之警策。"詞有警句,則全首俱動,若賀方回非不楚楚,總拾人牙慧,何足比數。''詞起結最難,而結尤難於起,蓋不欲轉入別調也。"呼翠袖,爲君舞";"倩盈盈翠袖搵英雄淚",正是一法。然又須結得有"不愁明月盡,自有夜珠來"之妙乃得。美成《元宵》云:"任舞休歌罷",則何以稱焉?''中調長調轉換處不欲全脫,不欲明黏,如畫家開闔之法,須一氣而成,則神味自足,以有意求之,不得也。''長調最難工,蕪累與癡重同忌。襯字不可少,又忌淺熟。詞中對句,正是難處,莫認作襯句。至五言對句,七言對句,使觀者不作對疑,尤妙。'"

曩予與同里李十九武曾論詞于京師之南泉僧舍,謂小令宜師北宋,慢詞宜師南宋,武曾深然予言。(《魚計莊詞序》)

予少日不喜作詞,中年始爲之,爲之不已,且好之,因而瀏覽宋元詞集,幾二百家。竊謂南唐北宋,惟小令爲工,若慢詞至南宋始極其變,以是語人,人輒非笑,獨宜興陳其年謂爲篤論,信乎同調之難也!(《書東田詞卷後》)

大要浙派所宗,在於姜、張,間及中仙,竹垞同時諸人如龔翔麟之《柘西精舍詞序》、李符之《紅藕莊詞序》,其言皆可考也。至康熙之季而有樊樹。

七、厲鶚字太鴻,號樊樹,錢塘人,康熙五十九年舉人,視金人瑞、李漁、方苞年輩較後,以其論詞上承清初諸家,故述於此。樊樹有《宋詩紀事》、《遼史拾遺》及《樊樹山房集》,於詩直追宋人,然諱言派別,語見《樊樹山房續集自序》。其序查蓮坡《蔗塘未定稿》,亦云"詩不可以無體,而不當有派",其意可見。然其論詞則亦主南宋,徐逢吉紫山序其《秋林琴雅》,稱爲"如入空山,如聞流泉,真沐浴于白石、梅溪而出之者"。吳焯尺鳧序之云:"夫詞南唐爲最豔,至宋而華實異趣,大抵皆格於倚聲,有疊有拍有換,不失銖黍,非不咀宮嚼商而才氣終爲法縛。臨安以降,詞不必盡歌,明庭淨几,陶詠性靈,其或指陳時事,博徵典故不竭,其才不止。且其間名輩斐出,斂其精神,鏤心雕肝,切切講求於句字之間,其思泠然,其色熒然,其音錚然,其態亭亭然,至是而極其工,亦極其變,苟舍是無或取焉。今太鴻之詞,不必梔其貌,蠟其言,抽其關鍵,拔其轅,上下五百年,居然獨樹一標壇矣。"其言於浙派之導源南宋處,言之甚明,而浙派之所以不及南宋處,其消息亦可見。蓋竭其精神於句字之間,以博徵典故、指陳時事爲才,此固非南宋諸賢之旨也。[1]

_____

① "而浙派之所以"以下數句,爲《大綱》補入,今仍存之。

　　漁洋論詩,以畫家之南北宗爲喻,樊榭論詞亦然。① 樊榭《張今涪紅螺詞序》云:"嘗以詞譬之書畫家,以南宗勝北宗。稼軒、後村諸人,詞之北宗也,清真、白石諸人,詞之南宗也。"此言于南北宗之別已逗出。其序吳尺鳧《玲瓏簾詞》,更暢言之,蓋樊榭與徐紫山、吳尺鳧最密,酬倡最多故也,其言云:

　　　　兩宋詞派推吾鄉周清真,婉約隱秀,律呂諧協,爲倚聲家所宗。自是里中之賢,若俞青松、翁五峰、張寄閑、胡葦杭、范藥莊、曹梅南、張玉田、仇山村諸人,皆分鑣競爽,爲時所稱。元時嗣響則張貞居、凌柘軒。明瞿存齋稍爲近雅,馬鶴窗闌入俗調,一如市伶語,而清真之派微矣。本朝沈處士去矜號能詞,未洗鶴窗餘習,出其門者波靡不返,賴龔侍御蘅圃起而矯之,尺鳧《玲瓏簾詞》,蓋繼侍御而暢其旨者也。

樊榭有《紅蘭閣詞序》,於詞之門徑,言之尤明,如云:

　　　　近日言詞者推浙西六家,獨柘水沈岸登善學白石老仙,爲朱檢討所稱。張君龍威於岸登爲後輩,其詞清婉深秀,擯去凡近,如《詠宋故宮芙蓉石》云"指一抹牆角斜陽,不照蓬萊舊城闕";《詠秋柳》云"莫再問靈和,剩禿發鬇鬡如此";《詠蘆花》云"有誰能畫出楚天秋晚"等句,直與白石爭勝於毫釐。

樊榭有《論詞絕句》十二首,今錄其六於此:

　　　　美人香草本《離騷》,俎豆青蓮尚未遙。頗愛《花間》斷腸句,"夜船吹笛雨瀟瀟"。

---

① 1933 年講義下有"蔽于方域之見,同爲無當也"二句。

　　張柳詞名枉並驅，格高韻勝屬西吳。可人"風絮墮無影"，"低唱
淺斟"能道無？

　　舊時月色最清妍，香影都從授簡傳。贈與小紅應不惜，賞音只有
石湖仙。

　　玉田秀筆溯清空，淨洗花香意匠中，羨殺時人喚春水，源流故自
寄閑翁。

　　《中州樂府》鑒裁別，略仿蘇黃硬語爲。若向詞家論風雅，錦袍翻
是讓吳兒！

　　寂寞湖山爾許時，近來傳唱六家詞，"偶然燕語人無語"，心折小
長蘆釣師。

　　八、郭麐，吳江人，字祥伯，號頻伽，嘉慶間貢生，有《靈芬館詞話》。
頻伽嘗作《詞品》，自序云："余少就倚聲，爲之未暇工也。中年憂患交迫，
廓落尠歡，用復以此陶寫，入之稍深。遂習觀百家，博涉衆趣，雖曰小道，
居然非麤鄙可了。因弄墨餘閑，仿表聖《詩品》，爲之標舉風華，發明逸
態。"共得《幽秀》《高超》《雄放》《委曲》《清脆》《神韻》《感慨》《奇麗》《含
蓄》《遒峭》《穠豔》《名雋》十二則。其後楊夔生有《續詞品》，亦頻伽之亞
也。《靈芬館詞話》論古來詞派云：

　　　　詞之爲體，大畧有四。風流華美，渾然天成，如美人臨妝，却扇一
　　顧，《花間》諸人是也，晏元獻、歐陽永叔諸人繼之。施朱傅粉，學步習
　　容，如宮女題紅，含情幽豔，秦、周、賀、晁諸人是也，柳七則靡曼近俗
　　矣。姜、張諸子一洗華靡，獨標清綺，如瘦石孤花，清笙幽磬，入其境
　　者，疑有仙靈，聞其聲者，人人自遠。夢窗、竹窗，或揚或沿，皆有新
　　雋，詞之能事備矣。至東坡以橫絕一代之才，凌屬一世之氣，間作倚
　　聲，意若不屑，雄詞高唱，別爲一宗，辛、劉則粗豪太甚矣。其餘么弦
　　孤韻，時亦可喜，溯其派別，不出四者。

第六十三　金人瑞

　　明季以來，批評戲曲及小説之風漸盛，逮明社既屋，其風不衰，而金人瑞、李漁二人之論，遂爲一代之高峰。自兹以降，間有述作，莫能與之伍矣。述金人瑞之論于次，李漁別見。

　　人瑞一名喟，字聖歎，長洲人。本姓張，名采，字若采。爲人狂傲有奇氣，後以哭糧案被殺。嘗言天下才子之書有六，一《莊》，二《騷》，三馬《史》，四杜律，五《水滸》，六《西廂記》，因作各書批評，成者《水滸》、《西廂》，所評杜詩，見聖歎集，又有《天下才子必讀書》，節評《左傳》《國語》《國策》《史記》以及後代文字，凡百餘篇，所以教子弟者，雖頗有見到處，大體與文學批評無涉。

　　聖歎批評《西廂》《水滸》，其長處在於認識主角之人格，瞭解全書之結構。《西廂記·讀法》云："譬如文字則雙文是題目，張生是文字，紅娘是文字之起承轉合。譬如藥則張生是病，雙文是藥，紅娘是藥之炮製。若更仔細算時，《西廂記》亦止爲寫得一個人，一個人者，雙文是也。"至其論《水滸》則直將一部大書，析爲林沖傳、武松傳、花榮傳、宋江傳、李逵傳、盧俊義傳及其他諸傳，盧傳復插入李固、燕青兩傳，則大傳之中又有小傳，每一傳即有一主角，聖歎于此主角，批點明白，往往有頰上三毫之妙。至論全書，聖歎於《西廂》則認定草橋店一夢爲止，不容復續，於《水滸》則認定石碣受天文爲止，不容不斷，皆於結構大處落眼。

聖歎書《水滸傳》三十三回云：“吾觀元人雜劇，每一篇爲四折，每折止用一人獨唱，而同場諸人，僅以科白從旁挑動承接之。此無他，蓋昔者之人，其胸中自有一篇絕妙文字，篇各成文，文各有意，有起有結，有開有闔，有呼有應，有頓有跌，特無所附麗，則不能以空中抒寫，故不得已托古人生死離合之事，借題作文，彼其意期於後世之人見吾之文而止，初不取古人之事得吾之文而見也。自雜劇之法壞，而一篇之事，乃有四十餘折，一折之辭，乃用數人同唱，於是辭煩節促，比於蛙鼓，句斷字歇，有如病夫，又一似古人之事，全在後人傳之，而文章在所不問也者，而冬烘學究、乳臭小兒，咸搖筆灑墨，來作傳奇矣。”聖歎此言，雖於戲劇之演變，一筆抹殺，然於元人雜劇之神理，得其所在。至就《西廂記》詞句，任意刪改，聖歎此舉，往往爲後人疵議，故梁廷枏《藤花主人曲話》云：“聖歎以文律曲，故每於襯字刪繁就簡，而不知其腔拍之不協，至一牌畫分數節，拘腐最爲可厭，所改縱有妥適，存而不論可也。”

金批《西廂》論文字有極微妙處，如云：

　　文章最妙，是此一刻被靈眼覷見，便於此一刻放靈手捉住，蓋於略前一刻亦不見，略後一刻便亦不見，恰恰不知何故，却於此一刻忽然覷見，若不捉住，便更尋不出。今《西廂記》若干文字，皆是作者于不知何一刻中，靈眼忽然覷見，便疾捉住，因而直傳到如今。細思萬千年以來，知他有何限妙文，已被覷見，却不曾捉得住，遂總付之泥牛入海，永無消息。

《西廂記》以鶯鶯爲主角，聖歎認定此義，故於評語中處處抬高鶯鶯之身分。書《賴簡》前云：“《西廂》如此寫雙文，真是寫盡又嬌稚、又矜貴、又多情、又靈慧千金女兒，不是洛陽對門女兒也。”總之由聖歎觀之，鶯鶯自有其完整之人格，此人格之表現，則爲聰慧矜莊，凡《西廂記》寫鶯鶯有與此人格不相容者，聖歎必爲之解釋，萬不得已，即加刪改，亦所不恤。《酬簡》

一出，爲全書中最吃緊處，聖歎極力申述，見鶯鶯之越禮，乃正鶯鶯之萬不得已、無可奈何處，於是其完整之人格，仍不失其爲完整。至關漢卿之續本，聖歎斥爲不可暫近，約而言之，蓋有兩端：畫蛇添足，破壞全書之結構一也；節外生枝，破壞人格之完整二也。要之《酬簡》《拷豔》兩出，爲全部之高峰，既達此點，便當急轉直下，草橋一夢，直是全書結穴所在，筆酣墨飽，語意矯健。《驚夢・鴛鴦煞》結尾云："除紙筆，代喉舌，千種相思對誰説。"正是一筆放下處。世傳《張君瑞慶團圞》雜劇，與王實甫無涉，後人併爲一談，聖歎詆之是也。或者又謂五劇登場人物首尾關節，悉本《董西廂》，不得指最後之團圓爲蛇足，此又固哉高叟之見，可不置論。

聖歎《水滸序》推施耐庵與莊、屈、史、杜並列，前已言及，又云：

> 天下之文章，無有出《水滸》右者，天下之格物君子，無有出施耐庵先生右者。學者誠能澄懷格物，發皇文章，豈不一代文物之林？然但能善讀《水滸》，其爲人已綽綽有餘也。《水滸》所叙，叙一百八人，人有其性情，人有其氣質，人有其形狀，人有其聲口。夫以一手而畫數面，則將有兄弟之形，一口而吹數聲，斯不免再哇也，施耐庵以一心所運，而一百八人各自入妙者，無他，十年格物而一朝物格，是以一筆而寫百千萬人，固不以爲難也。(《序》三)

> 某嘗道《水滸》勝似《史記》，人都不肯信，殊不知某却不是亂説。其實《史記》是以文運事，《水滸》是因文生事。以文運事，是先有事生成如此如此，却要算計出一篇文字來，雖是史公高才，也畢竟是吃苦事。因文生事即不然，只是順着筆性去，削高補低都由我。(《讀法》)

明人《水滸》原有百回、百二十回等諸本，七十回以前之《水滸》，與七十回以後之《水滸》，其人物之思想行動矛盾衝突處，不一而足，聖歎窺破此點，認後半爲後人續貂，遂毅然以七十回爲斷，其識力可見。平心論之，一部

《水滸》當然以宋江爲主角中之主角,七十回後之宋江,責燕青之射雀,飲李逵以藥酒,直是頭巾身分,與七十回前全無交代。就前半部論,潯陽題句,直寫陰狠果斷之人格,聖歎認爲《宋江全傳》綱領者在此。第二十五回前卷聖歎更以宋江與同時諸人相較,而認定其爲狹人、甘人、駁人、歹人、厭人、假人、呆人、俗人、小人、鈍人,欲求此人格之完整,聖歎即以此法讀《宋江全傳》,偶值不洽,勢必改竄,一切托古改制,多以此爲因。然亦有改竄不盡者,如十六回原書云:"王矮虎一時被宋江以禮義縛了。"聖歎評云:"禮義可以縛人,乃至可以縛王矮虎,而何世之不用之也?"

聖歎認定宋江陰賊險狠,故于宋江自稱忠孝處,更爲點出,謂爲"作者正深寫宋江權詐,乃至於忍欺其至親,而自來讀者皆歎宋江忠孝,真不善讀書人也!"尤甚者則創宋江弒晁蓋之說,認爲晁蓋打曾頭市,江未嘗發一言,而蓋亦遂死於是役,至欲引許世子不嘗藥之經,斷宋江爲弒晁蓋。今以舊本觀之,則晁蓋此行,宋江苦勸不聽,金書依託古本,于宋江之言,一概抹去,皆聖歎認定宋江陰賊險狠以後,不恤改竄舊本以求人格完整處。他如盧俊義活捉史文恭一節,改竄之痕跡亦顯然,不更絮述。要之讀金本《水滸傳》者,不妨當作聖歎自作,一切聖歎對於小說之見地,處處可窺,至其對於文學之價值,雖有獨見,對於批評之使命,則欠忠實,此亦無可諱者。

《水滸》因文生事,有春雲舒卷之妙,例如東郭争功一回,本爲後文生辰綱重托楊志地步,以至欲寫宋江出走,則先寫張文遠爲閻婆惜出力,由宋江傳轉入武松傳,則先寫武二病癒,皆爲全書小結構處,聖歎一一指出。至如書中文字之妙,亦經歷數,皆聖歎以評點時文之法評點小說處。

《水滸傳》與其他說部不同者,在於登場之人物太多,故一番發放後,便有一番結束,此爲全書大結構處。火併王倫以後一結;花榮、秦明上山後又一結;三打祝家莊後分配任務,又一結;至石碣受天文,則全書一百八人至此一齊總結,爲全書之高峰。聖歎云:"一部書,七十回,可謂大鋪排,此一回可謂大結束,讀之正如千里群龍,一齊入海,更無絲毫未了之憾。

笑殺羅貫中橫添狗尾，徒見其醜也。"實則以全書論，六十回後不如人意處已多，聖歎於此改竄尤勤，故入七十回後，即以盧俊義一夢作結。然文字餘波未盡，收束亦突兀，後人于金本《西廂》之異議較少，于金本《水滸》之異議較多，殆以此也。

第六十四　李漁

　　聖歎評《西廂》，全是文人見地，于戲曲之甘苦，未能深知。至李漁則以戲曲家而論戲曲，其中甘苦，言之娓娓，此則吾國文學批評中僅有之人才也。漁字笠翁，錢塘人，康熙時流寓江寧，著《一家言》，有《風箏誤》等傳奇十種。其論戲曲之作，見《閑情偶寄》，笠翁頗以自負，與朋輩書札中往往及之。

　　笠翁與聖歎同時，然於聖歎之論，即已不勝其傾倒，如云："施耐庵之《水滸》，王實甫之《西廂》，世人盡作戲文小說看，金聖歎特標其名曰'五才子書'、'六才子書'者，其意何居？蓋憤天下之小視其道，不知爲古今來絕大文章，故作此等驚人語以標其目，噫，知言哉！"至其對於聖歎之評《西廂》，其論如次：

　　　　聖歎之評《西廂》，可謂晰毛辨髮，窮幽極微，無復有遺議於其間矣。然以予論之，聖歎所評，乃文人把玩之《西廂》，非優人搬弄之《西廂》也。文字之三昧，聖歎已得之，優人搬弄之三昧，聖歎猶有待焉。如其至今不死，自撰新詞幾部，由淺及深，自生而熟，則又當自火其書而別出一番詮解。甚矣，此道之難言也！

　　　　聖歎之評《西廂》，其長在密，其短在拘，拘即密之已甚者也。無一字一句不遞溯其源，而求命意之所在，是則密矣，然亦知作者于此，

有出於有心,有不必盡出於有心者乎? 心之所至,筆亦至焉,是人之
所能爲也,若夫筆之所至,心亦至焉,則人不能盡主之矣。且有心不
欲然而筆使之然,若有鬼物主持其間者,此等文字,尚可謂之有意
乎哉?

笠翁于古劇亦推《元人百種》,然會心獨在元人語意顯淺,丰神搖曳處,對
於明人則推湯若士,于明末作者則推吳炳。炳字石渠,號粲花主人,有《療
妒羮》《西園》《畫中人》《綠牡丹》《情郵》五劇。笠翁評之云:

> 《粲花五種》,才鋒筆藻,可繼《還魂》,其稍遜一籌者,則在氣與
> 力之間耳。《還魂》氣長,《粲花》稍促,《還魂》力足,《粲花》略虧。
> 雖然,湯若士之《四夢》,求其氣長力足者,惟《還魂》一種,其餘三劇,
> 則與《粲花》比肩。使粲花主人及今猶在,奮其全力,另製一種新詞,
> 則詞壇赤幟,豈僅爲若士一人所攫哉!

自明以來,論曲者多從散曲立論,即言戲曲,大都摘字擷句,於全局未能遽
及。《閑情偶寄》論詞曲,共分結構、辭采、音律、賓白、科諢、格局六目,其
言結構、辭采、賓白三段,尤多前人所未發,略述於次。

結構一目,共分戒諷刺、立主腦、脫窠臼、密針線、減頭緒、戒荒唐、審
虛實七款。笠翁首云:

> 填詞首重音律而予獨先結構。……作傳奇者不必卒急抽毫,袖
> 手於前,始能疾書於後,有奇事方有奇文,未有命題不佳而能出其錦
> 心、揚爲繡口者也。嘗讀時髦所撰,惜其慘淡經營,用心良苦,而不得
> 被管弦、付優孟者,非審音協律之難,而結構全部規模之未善也。

主腦爲一部戲曲中心,當作者下筆時,心目中僅僅有此一人,有此一事,其

餘一切悲歡離合,皆由此人此事而起。一部《琵琶記》止爲蔡伯喈一人,而蔡伯喈一人又止爲重婚牛府一事,笠翁於此,言之至詳,力戒斷線之珠,無梁之屋。至於蹈襲窠臼,尤爲戲曲家所必戒。其密針線一款則云:"凡是劇中有名之人,關涉之事,與前此後此所説之話,節節俱要想到,寧使想到而不用,勿使有用而忽之。"又云:

> 吾觀今日之傳奇,事事皆遜元人,獨於埋伏照應處,勝彼一籌,非今人之太工,以元人之所長不在此也。若以針線論,元曲之最疏者,莫過於《琵琶》,無論大關節目,背謬甚多,如子中狀元三載,而家人不知;身贅相府,享盡榮華,不能自遣一僕,而附家報於路人;趙五娘千里尋夫,隻身無伴,未審果能全節與否,其誰證之。諸如此類,皆背理妨倫之甚者。

詞采一目,共分貴顯淺、重機趣、戒浮泛、忌填塞四款。笠翁所重,尤在顯淺一款。元曲之顯淺,本爲特色,入明以後,自《香囊記》出,以藻采爲之,於是另開文字家一派,《玉合》《玉玦》諸作,益工修辭,馴致科白對話,捶句皆雙,而文蔽之風又極。王驥德《曲律》云:"過施文采,以供案頭之積,亦非計也。"此言可見。笠翁之説,則以顯淺救之,如其評《還魂記·驚夢》一折云:

> 《驚夢》首句云:"嫋晴絲吹來閒庭院,搖漾春如線。"以遊絲一縷,逗起情絲,發端一語,即費如許深心,可謂慘淡經營矣。然聽歌《牡丹亭》者,百人之中,有一二人解出此意否?若謂製曲初心,並不在此,不過因所見以起興,則瞥見遊絲,不妨直説,何必曲而又曲,由晴絲而説及春,由春與晴絲而悟其如線也。若云作此原有深心,則恐索解人不易得矣。索解人既不易得,又何必奏之歌筵、俾雅人俗子,同聞而共見乎?其餘"停半晌,整花鈿,没揣菱花偷人半面",及"良

辰美景奈何天,賞心樂事誰家院,遍春山啼紅了杜鵑"等語,字字皆費經營,字字皆欠明爽。此等妙語,止可作文字觀,不得作傳奇觀。至於末幅"似蟲兒般蠢動把風情煽",與"恨不得肉兒般團成片,也逗得個日下胭脂雨上鮮"。《尋夢曲》云:"明放著白日青天,猛教人抓不到夢魂前,是這答兒壓黃金釧區。"此等曲則去元人不遠矣。

臧晉叔《元曲選序》謂元曲賓白則演劇時伶人自爲之,故多鄙俚蹈襲之語。以《元刊戲曲三十種》考之,盡多有曲無白者,則晉叔之説,不爲無因。笠翁論曲,特于賓白致力,此爲其見解突出古人處,如云:

> 嘗謂曲之有白,就文字論之,則猶經文之於傳注;就物理論之,則猶棟樑之於榱桷;就人身論之,則如肢體之於血脈,非但不可相無,且覺稍有不稱,即因此賤彼,竟作無用觀者。故知賓白一道,當與曲文等視,有最得意之曲文,即當有最得意之賓白,但使筆酣墨飽,其勢自能相生,常有因得一句好白而引起無限曲情,又有因填一首好詞而生出無窮化境者,此系作文恒情,不得幽渺其説而作化境觀也。

賓白一目,共分聲務鏗鏘、語求肖似、詞別繁減、字分南北、文貴精潔、意取尖新、少用方言、時防漏孔八款。賓白之繁,笠翁自承作俑之咎,認爲千古文章,總無定格,有創始之人,即有守成不變之人,有守成不變之人,即有大仍其意,小變其形,自成一家,而不顧天下非笑之人。且云:"笠翁手則握筆,心却登場,全以身代梨園,復以神魂四繞,考其關目,試其聲音,好則直書,否則擱筆。"其見地固自不同也。

雜劇之作,前後四折,登場之後,轉眼易盡,及至崑劇,又沿南戲之遺,往往長至四十餘折,昏時登場,達旦始竟,使聽者欠伸魚睍,不能終席而去,此自爲劇本之病。笠翁爲之計云:

　　與其長而不終,無寧短而有尾,故作傳奇付優人,必先示以可長可短之法,取其情節可省之數折,另作暗號記之,遇清閒無事之人,則增入全演,否則拔而去之。此法是人皆知,在梨園亦樂於爲此。

此等計較,具見作者苦心。笠翁又云:"全本太長,零齣太短,酌乎二者之間,當仿《元人百種》之意而稍稍擴充之,另編十折一本,或十二折一本之新劇,以備應付忙人之用。"其說尤爲得當,惜笠翁未能完成此業也。

第六十五　方苞　劉大櫆

清初古文家侯方域、魏禧，皆天才縱恣，不屑屑拾古人唾余。汪琬文稍質厚，然其《答陳藹公論文書》，亦謂古人爲文，其中各有所主。① 蓋清初之人，席前明余習，其議論固如此。及桐城派代興而論大變。

桐城派以方苞爲初祖，苞字靈皋，號望溪，桐城人，康熙四十五年進士，累官禮部侍郎，乾隆十四年卒，年八十二，論學以宋儒爲宗，有《周官集注》、《禮記析疑》及《望溪文集》。韓、歐作文皆好言道，其論往往爲宋儒所不滿，考之《朱子語類》者，彰彰可見。望溪之説則欲冶韓、歐、程、朱而一之，自期以學行繼程、朱之後，文章在韓、歐之間。沈廷芳《方望溪先生文集後序》云：“先生品高而行卓，其爲文非先王之法弗道，非先聖之旨弗宜，其義峻遠，其法謹嚴，其氣蕭穆，而味淡而醇，湛於經而合乎道，洵足以繼韓、歐諸公矣。”其言不無溢美。

廷芳嘗因大櫆謁望溪，望溪告之曰：“生欲登吾門，當以治經爲務。”語見廷芳《書方先生傳後》。傳亦言望溪與弟子講論，肫肫以六經之言質諸行，大抵望溪之説，在乎併經術與古文爲一。集中《答申謙居書》云：“若古文則本經術而依於事物之理，非中有所得，不可以爲僞，故自劉歆承父

---

① 1933 年講義下云：“有假文以明道者，有因文以求道者，有知文而不知道者，又謂文之所以有寄託者，意爲之也，其所以有力者，才與氣爲之也，於道果何與哉？”

之學,議禮稽經而外,未聞奸僉汙邪之人,而古文爲世所傳述者。韓子有言:'行之乎仁義之途,游之乎詩書之源。'兹乃所以能約六經之旨以成文,而非前後文士所可比並也。"此爲其立論之骨幹。

方氏爲文,始言義法,而義法所在,則推崇《左》《史》,其于後代作者,則推退之、永叔、介甫三家,語如次:

> 古文所從來遠矣,六經、《語》、《孟》,其根源也,得其枝流而義法最精者,莫如《左傳》《史記》。(《古文約選序例》)
>
> 退之、永叔、介甫俱以志銘擅長,但序事之文,義法備于《左》《史》,退之變《左》《史》之格調,而陰用其義法,永叔摹《史記》之格調,而曲得其風神,介甫變退之之壁壘,而陰用其步伐。(同上)
>
> 碑記墓誌之有銘,猶史有贊論,義法創自太史公,其指意辭事,必取之本文之外。班史以下,有括終始事迹以爲贊論者,則于本文爲複矣,此意唯韓子識之。……歐陽公號爲入韓子之奧突,而以此類裁之,頗有不盡合者。介甫則近之矣,而氣象則過隘。夫周秦以前,學者未嘗言文,而文之義法,無一之不備焉,唐、宋以後,步趨繩尺,猶不能無過差。(《書韓退之平淮西碑後》)

義法二字,爲桐城派之法印,師師相傳,同於瓌寶,然僅僅以碑記墓誌與銘辭爲斷,則所謂義法者亦有限。望溪《書貨殖傳後》云:"《春秋》之制義法,自太史公發之,而後之深于文者亦具焉,義即《易》之所謂'言有物也',法即《易》之所謂'言有序也',義以爲經而法緯之,然後爲成體之文。"此語以有物有序二語以當義法。又其《書史記十表後》云:

> 十篇之序,義並嚴密而辭微約,覽者或不能遽得其條貫,而義法之精密,必於是乎求之,始的焉其有準焉。歐陽氏《五代史志考序論》,遵用其義法,而韓、柳書經子後語,氣韻亦近之,皆其淵源之所漸也。

此文所言,義較精密,然論《左》《史》義法所在,究不能深入顯出。錢大昕《與友人書》,論方氏之文,波瀾意度,頗有韓、歐陽、王之規廱,而深惜其未喻古文之義法,于望溪心滿意得處,一筆抹倒。錢氏又云:“方所謂‘古文義法’者,特世俗選本之古文,未嘗博觀而求其法也。法且不知而義於何有? 昔劉原父譏歐陽公不讀書,原父博聞,誠勝於歐陽,然其言未免太過,若方氏乃真不讀書之甚者。……王若霖言靈皋‘以古文爲時文,却以時文爲古文’,方終身病之。若霖可謂洞中垣一方癥結者矣。”此語於望溪之義法,評論最刻。

　　實則望溪論文,根源所在,不過澄清雅潔一語。《古文約選·序例》云:“古文氣體,所貴清澄無滓,澄清之極,自然而發其光精,則《左傳》《史記》之瓌麗濃鬱是也。”望溪之言以澄清求瓌麗,爲必不可得之事,其不能追及《左》、《史》、昌黎者在此。沈廷芳《書方先生傳後》,又記望溪嘗告以“南宋、元、明以來,古文義法不講久矣,吳越間遺老尤放恣,或雜小説,或沿翰林舊體,無一雅潔者。古文中不可入語録中語,魏晉六朝人藻麗俳語,漢賦中板重字法,詩歌中雋語,南北史佻巧語”。皆以澄清之説教人者也。

　　劉大櫆字才甫,又字耕南,號海峰,晚官黟縣教諭,有《海峰集》。海峰嘗以文謁望溪,望溪大驚服,語人曰:“某何足算,邑子劉生乃國士耳。”其于文喜學《莊子》,尤力追昌黎,然後之論文者少。吳敏樹《與筱岑書》,論桐城三大家,以爲姚氏特呂居仁之比爾,劉氏更無所置之。曾國藩與吳書,亦謂惜抱于劉才甫不無阿私,又云:“劉氏誠非有過絶流輩之詣。”其實自文學批評言之,海峰之論,盡有突過望溪者。

　　昌黎《答劉正夫書》,貴怪異非常之文,其後皇甫持正、孫可之等主之,此爲韓門正傳。千載之後,海峰更發昌黎之遺緒而昌言之,其言見於《論文偶記》。海峰謂文貴高、貴大、貴遠、貴簡、貴疏、貴變、貴瘦、貴華、貴參差、貴去陳言,尤貴品藻。其言品藻者曰:“文章品藻最貴者,曰雄曰逸。歐陽子逸而未雄,昌黎雄處多,逸處少;太史公雄過昌黎,而逸處更多於雄

處,所以爲至。"貴奇、貴變之論,尤與昌黎説合,録於次:

> 文貴奇,所謂珍愛者必非常物。然有奇在字句者,有奇在意思者,有奇在筆者,有奇在丘壑者,有奇在氣者,有奇在神者。字句之奇不足爲奇,氣奇則真奇矣。讀古人文,於起滅轉接之間,覺有不可測識處,便是奇氣。
>
> 文貴變,《易》曰:"虎變文炳,豹變文蔚。"又曰:"物相雜故曰文。"故文者變之謂也。一集之中篇篇變,一篇之中段段變,一段之中句句變,神變、氣變、境變、音變、節變、句變、字變、惟昌黎能之。

古人論文好言氣,海峰則進而言神,神氣之跡見之於音節,於是更進而言音節。古文家之論文,至海峰而其旨益明,望溪、措抱於海峰皆重視之,其後遂衍爲因聲求氣之説。録海峰之言於次。

> 行文之道,神爲主,氣輔之。曹子桓、蘇子由論文,"以氣爲主",是矣。然氣隨神轉,神渾則氣灝,神遠則氣逸,神偉則氣高,神變則氣奇,神深則氣靜,故神爲氣之主。至專以理爲主,則未盡其妙,蓋人不窮理讀書,則出詞鄙倍空疏,人無經濟,則言雖累牘,不適於用。故義理、書卷、經濟者,行文之材料,神氣、音節者,行文之能事也。
>
> 文章最要氣盛,然無神以主之,則氣無所附,蕩乎不知其所歸。神氣者文之最精處也,音節者文之稍粗處也,字句者文之最粗處也。然予謂論文而至於字句,則文之能事盡矣。蓋音氣者神氣之迹也,字句者音節之規也。神氣不可見,於音節見之,音節無可準,於字句準之。
>
> 音節高則神氣必高,音節下則神氣必下,故音節爲神氣之迹。一句之中,或多一字,或少一字,一字之中,或用平聲,或用仄聲,同一平字仄字,或用陰平、陽平、上聲、去聲、入聲,則音節迴異,故字句爲音

節之矩。積字成句，積句成章，積章成篇，合而讀之，音節見矣，歌而詠之，神氣出矣。近人論文，不知有所謂音節者，至語以字句，必笑以爲末事。此論似高實謬，作文若字句安頓不妥，豈復有文字乎！

　　凡行文字句短長，抑揚高下，無一定之律，而有一定之妙，可以意會，而不可以言傳。學者求神氣而得之音節，求音節而得之字句，思過半矣。其要只在讀古人文字時，設以此身代古人説話，一吞一吐，皆由彼而不由我，爛熟後，我之神氣即古人之神氣，古人之音節，都在我喉吻間。合我喉吻者，便是與古人神氣音節相似處，自然鏗鏘發金石。

第六十六　姚鼐　劉開

　　姚鼐字姬傳，桐城人，乾隆進士，散館主事，遷郎中，告歸主講鍾山書院，年八十五卒，有《惜抱軒全集》《九經説》《三傳補注》等書，學者稱爲惜抱先生。嘗撰集《古文辭類纂》及《今詩選》以教後進，而《古文辭類纂》尤有名。

　　吳敏樹《與歐陽筱岑書》，論及惜抱，比之于吕居仁，曾國藩以爲譏評少過。平心論之，桐城派之名，至惜抱而定，其與居仁相同者在此；以其在本派地位言之，居仁自是南宋作家，然比之黄、陳，不逮甚遠，至於惜抱，較之方、劉，殆有過之。吳德旋《初月樓古文緒論》云：“姚惜抱享年之高，殆如海峰，而好學不倦，遠出海峰之上，故當代罕有倫比，揀擇之功，雖上繼望溪，而迂迴蕩漾，餘味曲包，又望溪之所無也。”方東樹《昭昧詹言》亦云：“愚嘗論方、劉、姚三家，各得才、學、識之一，望溪之學，海峰之才，惜翁之識，使能合之，則直與韓、歐並響矣。”二人之言，于方、劉、姚間，品評略當。

　　李習之《與朱載言書》，謂文、理、義三者兼并，乃能獨立於一時而不泯滅于後代。惜抱於文亦有義理、文章、考據三者之論，其言見於《復秦小峴書》及《述庵文鈔序》：

　　　　鼐嘗謂天下學問文章之事，有義理、文章、考據之分，異趨而同爲

不可廢。……凡執其所爲而毗其所不爲者，皆陋也，必兼收之，乃足爲善。(《復秦小峴書》)

余嘗論學問之事有三端焉，曰義理也，考證也，文章也。是三者，苟善用之，則皆足以相濟，苟不善用之，則皆至於相害。今夫博學強識而善言德行者，固文之貴也，寡聞而淺識者，固文之陋也，然而世有言義理之過者，其辭蕪雜俚近，如語録而不文，爲考證之過者，至繁碎繳繞而語不可了，當以爲文之至美而反以爲病者，何哉？其故由於自喜之太過，而智昧於所當擇也。夫天之生才雖美，不能無偏，故以能兼長者爲貴，而兼之中又有害焉，豈非能盡其天之所與之量，而不以才自蔽者之難得與？(《述庵文鈔序》)

上論所云義理，略當於是時之宋學，考證則略當漢學。然桐城一派，依附程、朱，于漢、宋之間，有所軒輊。惜抱《贈錢獻之序》，亦譏宗漢之士，獵其細而遺其鉅。實則惜抱於宋儒之學，亦未能深入，曾國藩謂其名爲闢漢學而未得宋儒之精密，故有序之言雖多而有物之言則少，深得其病原所在。

《古文辭類纂》分古文爲十三類，條理井然，爲選家所宗。曾氏《經史百家雜鈔》分十一類，亦隱宗其法。惜抱於序目後，復論古文八要與摹擬古人之法，其言甚精，録之於次：

凡文之體類十三，而所以爲文者八，曰：神理氣味，格律聲色。神理氣味者，文之精也，格律聲色者，文之粗也，然苟舍其粗，則精者亦胡以寓焉。學者之于古人，必始而遇其粗，中而遇其精，終則御其精者而遺其粗者。文士之效法古人，莫善於退之，盡變古人之形貌，雖有摹擬，不可得而尋其跡也。其他雖工於學古，而跡不能忘，揚子雲、柳子厚於斯，蓋尤甚焉，以其形貌之過於似古人也，而遽擯之，謂不足與於文章之事，則過矣，然遂謂非學者之一病，則不可也。

古文陰陽剛柔之說，創自惜抱，至曾氏而有古文四象之說。惜抱《海愚詩鈔序》云："吾嘗以謂文章之原，本乎天地，天地之道，陰陽剛柔而已，苟有得乎陰陽剛柔之精，皆可以爲文章之美，陰陽剛柔並行而不容偏廢，有其一端而絕亡其一，剛者至於僨强而拂戾，柔者至於頹廢而暗幽，則必無與於文者矣。"其次見於《復魯絜非書》，說尤完密，語如次：

　　　　鼐聞天地之道，陰陽剛柔而已。文者天地之精英，而陰陽剛柔之發也。惟聖人之言，統二氣之會而弗偏，然而《易》《詩》《書》《論語》所載，亦間有可以剛柔分矣，值其時其人，告語之體，各有宜也。自諸子而降，其爲文無有弗偏者。其得于陽與剛之美者，則其文如霆如電，如長風之出谷，如崇山峻崖，如決大川，如奔騏驥，其光也如杲日，如火，如金鏐鐵；其於人也，如憑高視遠，如君而朝萬衆，如鼓萬勇士而戰之。其得於陰與柔之美者，則其文如昇初日，如清風，如雲，如霞，如煙，如幽林曲澗，如淪，如漾，如珠玉之輝，如鴻鵠之鳴而入寥廓；其於人也，漻乎其如歎，邈乎其如有思，暖乎其如喜，愀乎其如悲。觀其文，諷其音，則爲文者之性情形狀，舉以殊焉。且夫陰陽剛柔，其本二端，造物者糅而氣有多寡，進絀則品次億萬，以至於不可窮，萬物生焉。故曰："一陰一陽之爲道。"夫文之多變，亦若是也，糅而偏勝可也，偏勝之極，一有一絕無，與夫剛不足爲剛，柔不足爲柔者，皆不可以言文。

　　惜抱之徒，梅曾亮、管同、劉開、方東樹最著。東樹有《昭昧詹言》，品評詩家最贍悉，梅、劉二人初皆以駢文著，其後乃爲古文。開字明東，號孟塗，桐城人，諸生，天才閎肆，光氣煜爚，有《孟塗詩文集》。《與王子卿論駢體書》，《與阮芸臺論文書》兩篇，深得駢散文體之關鍵。孟塗之文，兼通駢散，又值阮氏父子別樹赤幟，欲奪古文一席之時，故力主文無所謂古今，亦無分於駢散。《與王子卿書》云："夫辭豈有別於古今，體亦無分於

疏整。"又云："駢之與散,並派而爭流,殊塗而合轍。千枝競秀,乃獨木之
榮;九子異形,本一龍之産。故駢中無散,則氣壅而難疏;散中無駢,則辭
孤而易瘠。兩者但可相成而不能偏廢。"其後李兆洛序《駢體文鈔》,深惜
乎歧奇偶而二之者之毗於陰陽,其説與孟塗合。

　　《與阮芸臺書》論文章之變,至八家而盛,文章之道,亦至八家而衰,與
明人之論,有可以參證者,如云:

> 文章之變,至八家而極盛,文章之道,至八家齊出而始衰。謂之
> 盛者,由其體之備於八家也,爲之者各有心得,而後乃成爲八家也。
> 謂之衰者,由其美之盡於八家也,學之者不克遠溯,而亦即限於八
> 家也。

東坡稱昌黎之文起八代之衰,孟塗勘破昌黎并不盡廢八代,此爲其天資獨
絶處。然明人艾南英亦以天下稱韓之奇而不知歐之化爲異,其見地與孟
塗正相同,特左右各有所祖耳。孟塗《與阮芸臺書》又云:

> 韓退之取相如之奇麗,法子雲之閎肆,故能推陳出新,徵引波瀾,
> 鏗鏘鍠石,以窮極聲色。柳子厚亦知此意,善於造煉,增益辭采,而但
> 不能割愛。宋儒則洗滌盡矣。夫退之起八代之衰,非盡掃八代而去
> 之也,但取其精而汰其粗,化其腐而出其奇,其實八代之美,退之未嘗
> 不備有也。宋諸家疊出,乃舉而空之,子瞻又掃之太過,於是文體薄
> 弱,無復沉浸穠鬱之致,瓌奇壯偉之觀,所以不能追古者,未始不由乎
> 此。夫體不備不可以爲成人,辭不足不可以爲成文,宋賢於此不察,
> 而祖述之者,並西漢瓌麗之文而皆不敢學,此其失三也。

望溪告沈廷芳云:"老生所閱,《春秋》三傳、《管》、《荀》、《莊》、《騷》、《國
語》、《國策》、《史記》、《漢書》、《三國志》、《五代史》、八家文。"其取徑在

此。至孟塗之取徑更闊，《與阮氏書》則於典謨訓誥、《國風》、《離騷》、《左氏》、《國語》、《大戴記》、《考工記》、荀卿、揚雄之餘，又云：

> 　　如是而又以爲未足也，則有老氏之渾古，莊周之駘蕩，列子之奇肆，管夷吾之勁直，韓非之峭刻，孫武之簡明，可以使之開滌智識，感發志趣。如是術藝既廣，而更欲以括其流也，則有《呂覽》之賅洽，《淮南》之瓌瑋，合萬物百家以汎濫厥詞，吾取其華而不取其實。如是衆美既具，而更欲以盡其變也，則有《山海經》之怪豔，《洪範傳》之陸離，《素問》《靈樞》之奧衍精微，窮天地事物以錯綜厥旨，吾取其博而不取其侈。凡此者，皆太史公所遍觀以資其業者也。

合望溪、孟塗之論觀之，桐城派先後所取之塗徑，其廣狹不同，顯然可見。

第六十七　紀昀

　　紀昀字曉嵐,晚號石雲,獻縣人,乾隆進士,累遷侍讀學士,坐事戍烏魯木齊,尋釋還,後官至協辦大學士,任《四庫全書》總纂,校訂整理,一生精力,悉注於此,年八十二卒,有《紀文達公遺集》。曉嵐論析詩文源流正偽,語極精,今見於《四庫全書提要》,自古論者對於批評用力之勤,蓋無過紀氏者。

　　曉嵐對於文學批評之貢獻,最大者在其對於此科,獨具史的概念,故上下千古,累累如貫珠,其語見於嘉慶丙辰、壬戌兩科《會試策問》,節錄於次:

　　　　齊、梁綺靡,去李、杜遠甚,而杜甫以陰鏗比李白,又自稱"頗學陰何",其故何也?蘇、黃為元大宗,元好問《論詩絕句》指為"滄海橫流",其故又何也?王、孟清音,惟求妙悟,於美刺無關,而論者謂之上乘;元、白諷諭,源出變雅,有益勸懲,而論者謂之落言詮,涉理路;然歟否歟?《擊壤》流為濂洛風雅,是不入詩格者也,然據理而談,亦無以難之;《昌穀集》流為《鐵崖樂府》,是破壞詩律者也,然嗜奇者衆,亦不廢之,何以救其弊歟?北地、信陽以摹擬漢唐,流為膚濫,然因此禁學漢唐,是盡古人之規矩也;公安、竟陵以"荜甲新意",流為纖佻,然因此惡生新意,是錮天下之性靈也,又何以酌其中歟?(《嘉慶丙辰

會試策問》）

　　問屈、宋以前，無以文章名世者，枚、馬以後，詞賦始多，《典論》以後，論文始盛，至唐、宋而門户分，異同競矣。齊、梁、陳、隋，韓愈以爲"衆作等蟬噪"；杜甫則云："頗學陰何苦用心。"李白觸忤權幸，杜甫憂國忠君，而朱子謂"李、杜祗是酒人"。韓愈《平淮西碑》，李商隱推之甚力，而姚鉉撰《唐文粹》，乃黜韓而仍録段文昌作。元稹多綺羅脂粉之詞，固矣；白居易詩如十首《秦吟》，近正聲者原自不乏，杜牧乃一例詆之。蘇、黃爲宋代巨擘，而魏泰《東軒筆録》詆黃爲"當其拾璣羽，往往失鵬鯨"；元好問《論詩絕句》亦曰："只知詩到蘇黃盡，滄海橫流却是誰?"凡此作者論者，皆非淺學，其牴牾必有故焉，多士潛心文藝久矣，其持平以對。（《嘉慶壬戌會試策問》）

以文學批評史策士，在當時自屬創格，故壬戌三場會試，四千人中除一卷外，於此條無置答者。其他曉嵐以文學史發問者尚多，不更贅述。

　　歷代以還，文學上之轉變，曉嵐以兩語蔽之，曰"風尚"，曰"氣運"，見於《愛鼎堂文集序》。首謂"史莫善於班馬，而班、馬不能爲《尚書》《春秋》，詩莫善於李、杜，而李、杜不能爲《三百篇》，此關乎氣運者也"。至論及風尚，則有趨風尚、變風尚之不同，其言如次：

　　　　大抵趨風尚者三途，其一厭故喜新，其一巧投時好，其一循聲附和，隨波而浮沈。變風尚者二途，其一乘將變之勢，鬭巧爭長，其一則於積壞之餘，挽狂瀾而反之正。若夫不沿頹敝之習，亦不願黨同伐異，啓門户之爭，孑然獨立，自爲一家，以待後人之論定，則又於風尚之外，自爲一途焉。

鍾嶸《詩品》論後代詩人，出於《小雅》《國風》《楚詞》三派，曉嵐則謂流別所自，正變遞乘，不出兩途：

　　分支於《三百篇》者爲兩漢遺音,沿波于屈宋者爲六朝綺語。上下二千餘年,刻骨鏤心,千匯萬狀,大約皆此兩派之變相耳。末流所至,一則標新領異,盡態於江西,一則抽秘騁妍,弊極於《玉臺》《香奩》諸集,左右斷斷,更相笑也。余謂西河卜子,傳《詩》於尼山者也,《大序》一篇,確有授受,不比諸篇《小序》,爲經師遞有增加,其中“發乎情,止乎禮義”二語,實探《風》《雅》之大原。後人各明一義,漸失其宗,一則知“止乎禮義”而不必其“發乎情”,流而爲金仁山《濂洛風雅》一派,使嚴滄浪輩激而爲“不涉理路,不落言筌”之論。一則知“發乎情”而不必其“止乎禮義”,自陸平原一語引入歧途,其究乃至於繪畫橫陳,不誠已甚歟!(《雲林詩鈔序》)

　　曉嵐論文章流變,語已見前,至論後人學古,亦謂不出擬議、變化兩途。《鶴街詩稿序》云:“從擬議之說最著者無過青丘,仿漢魏似漢魏,仿六朝似六朝,仿唐似唐,仿宋似宋,而問青丘之體裁如何,則莫能答也。從變化之說最著者無過鐵崖,怪怪奇奇,不能方物,而卒不能解文妖之目,其亦勞而鮮功乎?”實則後人之作,不變體裁,無以制勝,宋人之詞,元人之曲,皆能千古,而其詩卒不能與唐人抗衡者,體裁爲之也。曉嵐窺破此難,故云:“古人爲詩,似難尚易,今人爲詩,似易實難。”又自稱年將八十,瑟縮不敢作一語,“檢點得意之作,大抵古人所已道,其馳騁自喜,又往往皆古人所撝呵。撚鬚擁被,徒自苦耳”。皆識力過人處。

　　清初晚唐、宋詩二派,中分天下,推演遞嬗,迄未能定。紀氏之論,于晚唐一派,頗多見諒,如《書韓致堯集後》云:“詩至五代,駸駸乎入詞曲矣,然必一切繩以開寶之格,則由是以上,將執漢魏以繩開寶,執詩騷以繩漢魏,而《三百》以下,且無詩矣,豈通論哉!”又如《書八唐人集後》云:“二馮《才調集》海内風行,雖自偏鋒,要亦精詣,其苦心不可没也,第主張太過,欲舉一切而廢之,是其病耳。”至其對於江西派,則議論略別,故當時有人謂其詆諆江西者,其論黃、陳二家之語如次:

　　涪翁五言古體，大抵有四病，曰腐，曰率，曰雜，曰澀，求其完篇，十不得一，要之力開突奧，亦實有洞心而駴目者，別擇觀之，未嘗無益也。

　　涪翁五言古律，皆多不成語，殆長吉所謂"強回筆端作短調"耶？五六言絕，大抵皆粗莽不成詩。

　　涪翁七言絕，佳者往往斷絕孤迥，骨韻天拔，如側徑峭厓，風泉泠泠然；粗莽支離，十居七八，又作平調率無謂。人固有所不能耳。（以上《書黃山谷集後》）

　　平心而論，其（後山）五言古劖削堅苦，出入於郊、島之間，意所孤詣，殆不可攀，其生硬杈椏，則不免江西惡習。七言古多效昌黎，而間雜以涪翁之格，語健而不免粗，氣勁而不免直，喜以拗折為長，而不免少開合變動之妙，篇什特少，亦自知非所長耶？五言律蒼堅瘦勁，實逼少陵，其間意僻語澀者，亦往往自露本質，然胎息古人，得其神髓而不自掩其性情，此後山所以善學杜也。七言律湊崎磊落，矯矯獨行，惟語太率而意太竭者，是其短。五七言絕則純為少陵遣興之體，合格者十不一二矣。大率絕不如古，古不如律，律又七言不如五言，棄短取長，要不失為北宋巨手。（《後山集鈔序》）

綜論明代詩人者，以牧齋之《列朝詩集》為最完密，然牧齋之論，能見其大而不能無所偏，竹垞、漁洋皆從而議其後，牧齋無以難之也。紀氏《遺集》論明代時文者，如《壬戌會試錄序》《積精逸先生經義序》，論明詩者如《四百三十二峰草堂詩鈔序》《冶亭詩介序》等，皆得其源流所在，而《愛鼎堂遺集序》，持論尤為簡盡，附錄於次：

　　明二百餘年，文體亦數變矣。其初金華一派，蔚為大宗，由三楊以逮茶陵，未違古格。然日久相沿，群以庸濫腐廓，為臺閣之體。於是乎北地、信陽出焉，太倉、歷下又出焉，斯皆一代之雄才也。及其弊也，以詰屈聱牙爲高古，以抄撮餖飣爲博奧，餘波四溢，滄海橫流。歸太僕齗齗爭之，弗勝也。公安、竟陵乘間突起，么弦側調，僞體日增，而汎濫不可收拾矣。

第六十八　沈德潛①

　　沈德潛字確士,號歸愚,乾隆間舉鴻博未遇,後成進士,累官至禮部侍郎,有《歸愚詩文鈔》《古詩源》《唐詩別裁》《明詩別裁》及《清詩別裁》,其論詩之說,見《説詩晬語》。

　　歸愚少時受業橫山之門,然其持論略異,則環境不同爲之也。汪堯峰喜言詩法,橫山力斥其謬,至歸愚亦言法,但以死法爲戒。《晬語》云:

　　　　詩貴性情,亦須論法,亂離而無章,非詩也。然所謂法者,行所不得不行,止所不得不止,而起伏照應,承接轉換,自神明變化於其中。若泥定此處應如何,彼處應如何,不以意運法,轉以意從法,則死法矣。試看天地間水流雲在,月到風來,何處著得死法?

與歸愚並世,同負盛名而議論相左者,首推樊榭。樊榭論詩,雖諱言派別,而心香所在,則在宋賢。《蒲褐山房詩話》論爲攟宋詩之精詣者以此。歸愚持論,盛推漢魏盛唐,故詆樊榭爲沿宋習而敗唐風,其間壁壘,顯然可見,衡以流變之説,同爲未盡。歸愚盛推漢魏盛唐,故會心所在,乃屬明代之何、李、李、王諸公,《明詩別裁》之撰以此。《説詩晬語》云:

---

① 1933 年本講義批:"應提出詩教之説。"

　　永樂以還,崇臺閣體,諸大老倡之,眾人應之,相習成風,靡然不覺。李賓之力挽頹瀾,李、何繼之,詩道復歸於正。

　　李獻吉雄渾悲壯,鼓蕩飛揚;何仲默秀朗俊逸,迴翔馳驟;同是憲章少陵,而所造各異,駸駸乎一代之盛矣。錢牧齋信口掎摭,謂其摹擬剽賊,同于嬰兒學語,至謂讀書種子,從此斷絕。此爲門戶起見,後人勿矮人看場可也。

　　王元美天分既高。學殖亦富,自珊瑚木難及牛溲馬勃,無所不有,樂府古體,卓爾成家,七言近體亦規大方,而鍛煉未純,且多酬應牽率之態。李于鱗擬古詩,臨摹已甚,尺寸不離,固足招詆諆之口,而七言近體,高華矜貴,脫去凡庸,正使金沙並見,自足名家。過於回護,與過於培擊,皆偏私之見耳。

歸愚之説,遥推何、李、李、王,①于其對方各派,一律呵斥,故論明末之詩,斥爲"一變爲袁中郎之詼諧,再變爲鍾伯敬、譚友夏之僻澀,三變爲陳仲醇、程孟陽之纖佻"。又云:"論者獨推孟陽,歸咎王、李,而並刻論李、何爲作俑之始,其然,豈其然乎?"此言蓋爲牧齋而發。②

　　歸愚論詩,主張最力者,則爲其温柔敦厚之説,以此復引起袁枚之諍論。沈、袁之爭,乾隆年間詩壇一大事也。歸愚之論,謂詩貴温柔,不可説盡,又必關係人倫日用。又云:

　　　事難顯陳,理難言罄,每托物連類以形之,鬱情欲舒,天機隨發,每借物引懷以抒之。比興互陳,反覆唱歎,而中藏之歡愉慘戚,隱躍

---

　　① 何、李、李、王,1933 年講義作"李、何、何、王"。
　　② 1933 年講義其下有以下一節:"明清之交,詩家兩派,雖有西崑、江西之不同,其不滿於前後七子則一。歸愚論《才調集》云:'如《會真詩》及"隔牆花影動"等作,亦采入太白、摩詰之後,未免雅鄭同奏,奈何闡揚其體以敦當世?'論《瀛奎律髓》云:'去取評點,多近凡庸,特便於時下捉刀人耳,學者以此等爲始基,汩没靈臺,後難洗滌。'於兩派同加貶詞。"

欲傳，其言淺，其情深也。倘質直敷陳，絕無蘊蓄，以無情之語而欲動
人之情，難矣。王子擎好《晨風》而慈父感悟，裴安祖講《鹿鳴》而兄
弟同食，周盤誦《汝墳》而爲親從征，此三詩別有旨也，而觸發乃在君
臣父子兄弟，惟其可以興也。讀前人詩而但求訓詁，獵得詞章記問之
富而已，雖多奚爲？

　　少陵《新婚別》云：“嫁女與征夫，不如棄路傍。”近於怨矣，而“君
今往死地”以下，層層轉換，勉以努力戎行，“發乎情，止乎禮義”也。
《羌村》首章與《綢繆》詩“今夕何夕，見此良人”，“見此粲者”，《東
山》詩“有敦瓜苦，烝在栗薪”，同一神理。（以上《說詩晬語》）

　　詩之爲道也，以微言通諷喻，大要援此譬彼，優游婉順，而人自得
於意言之餘。三百以來，代有昇降，旨歸則一也。惟夫後之爲詩者，
哀必欲涕，喜必欲狂，豪必縱放，而戚若有亡，麤厲之氣盛而忠厚之道
衰，其於詩教，日以偭矣。（《施覺庵考功詩序》）

　　夫詩三百篇爲韻語之祖，而韓子云：“詩正而葩。”則知詩之旨也，
葩其韻之流也，未有舍正而可言葩者。是以漢魏盛唐，遞相沿述，其
號稱正宗者，必推蘇、李、曹、阮、陶、謝、李、杜、王、韋諸家。此諸家
者，不必盡同，類皆隨時隨地，寄興寫懷，可喜可愕，可泣可歌，言人之
所難言，而總無戾於溫柔敦厚之旨，故足尚也。（《曹劍亭詩序》）

　　《詩》本六籍之一，王者以之觀民風，考得失，非爲豔情發也。雖
《三百》以後，《離騷》興美人之詩，平子有《定情》之賦，然詞則托之男
女，義實關乎君臣友朋。自《子夜》《讀曲》，專詠豔情，而唐末《香
奩》，抑又甚焉，去風人遠矣。集中所載，間及夫婦男女之詞，要得好
色不淫之旨，而淫哇私褻，概從闕如。（《唐詩別裁凡例》）

歸愚言詩教，本於《禮記・經解》之說，而歸於喜怒哀樂，不可說盡。循是
以論，詩人之言，不無平庸凡近之病，未爲得也。即考之詩三百五篇，亦不
盡合。獨其不取艷情之詩，實爲有故，其編《清詩別裁》，亦不載王次回詩。

袁枚與之書云:"聞《別裁》中獨不選王次回詩,以爲豔體不足垂教,僕又疑焉。夫《關雎》即豔詩也,以求淑女之故,至於展轉反側。使文王生於今,遇先生,危矣哉!"袁書立言至巧而其實大謬,詳後。

《説詩晬語》評次古今詩人,大都前人所已言,論陸士衡通贍自足而絢彩無力,遂開出排偶一家,降至齊梁,專工隊仗,邊幅復狹,未必非陸氏爲之濫觴,其語祖何景明。至論少陵之詩,有倒插法、反接法、突過法、透過一層法等,亦殊凡近。録其論作法之有可采者於次:

> 五言古長篇難於鋪叙,鋪叙中有峰巒起伏,則長而不漫;短篇難於收斂,收斂中能含蘊無窮,則短而不促。又長篇必倫次整齊,起結完備,方爲合格;短篇超然而起,悠然而止,不必另綴起結。苟反其位,兩者俱偵。

> 歌行起步,宜高唱而入,有"黄河落天走東海"之勢,以下隨手波折,逐步換形,自有灰線蛇踪,蛛絲馬跡,使人眩其奇變,仍服其警嚴。至收結處紆徐而来者,防其平衍,須作斗健語以止之;一往峭折者,防其氣促,不妨作悠揚摇曳語以送之;不可以一格論。

> 文以養氣爲歸,詩亦如之。七言古或雜以兩言、三言、四言、五六言,皆七言之短句也,或雜以八九言、十餘言,皆伸以長句,而故欲振盪其勢,回旋其姿也。其間忽疾忽徐,忽翕忽張,忽停瀠,忽轉掣,乍陰乍陽,屢遷光景,莫不有浩氣鼓蕩其機,如吹萬之不窮,如江河之滔瀁而奔放,斯長篇之能事極矣。四語一轉,蟬聯而下,特初唐人一法,所謂"王楊盧駱當時體"也。

第六十九　袁枚

　　清代詩人聲氣最廣者,康熙之時必推王士禛,乾隆之時必推袁枚,其議論主張足以爲一代之中心者,勢亦相埒。枚字子才,號簡齋,錢塘人,少負才名,乾隆初試鴻博報罷,旋成進士,出知江寧等縣。年四十即告歸,築室小倉山下,榜曰隨園,世稱隨園先生。好賓客,四方人士投詩文無虛日,卒年八十有二。有《小倉山房集》《隨園隨筆》《隨園詩話》等書。

　　隨園持論,嘗自許以爲“雙眼自將秋水洗,一生不受古人欺”。每值盤根錯節,輒能以一語破之。與沈歸愚論詩,謂《戴記》“溫柔敦厚”之語不足據,惟《論語》“興觀群怨”之語爲足據,且云:“僕讀詩嘗折衷於孔子,故不得不小異于先生。”《答李少鶴書》亦云:

　　　　《禮記》一書,漢人所述,未必皆聖人之言,即如“溫柔敦厚”四字,亦不過詩教之一端,不必篇篇如是。二《雅》中之“上帝板板,下民卒癉”,“投畀豺虎”,“投畀有北”,未嘗不裂眥攘臂而呼,何敦厚之有? 故僕以爲孔子論《詩》可信者,“興觀群怨”也;不可信者,“溫柔敦厚”也。或者夫子有爲言之也,夫言豈一端而已,亦各有所當也。

古文家好言道,自唐人至清之桐城派皆如此,隨園亦以古文自負,然于道

統文統之争,則以一笑置之。《答友人論文第二書》,直抉自古因文見道之真相言之,其言如次:

> 三代後聖人不生,文之與道離也久矣,然文人學士必有所挾持以占地步,故一則曰明道,再則曰明道,直是文章家習氣如此,而推究作者之心,都是道其所道,未必果文王、周公、孔子之道也!夫道若大路然,亦非待文章而後明者也。"仁義之人,其言藹如",則又不求合而合者。若矜矜然認門面語爲真諦,而時時作學究塾師之狀,則持論必庸,而下筆多滯,將終其身得人之得而不自得其所得矣。

惟其如此,故隨園論古文,其見到處有爲人所不能及者。《答友人論文第二書》,昌言文章家各適其用,古之文不知所謂駢與散也,又謂俗儒震于昌黎"起八代之衰"一語,而不知八代固未嘗衰。其言云:

> 文章之道,如夏、殷、周之立法,窮則變,變則通。西京渾古,至東京而漸漓,一二文人,不得不以奇數之窮,通偶數之變。及其靡曼已甚,豪傑代雄,則又不屑雷同,而必挽氣運以中興之。徐、庾、韓、柳,亦如禹、稷、顏子,易地則皆然者也。……然韓、柳琢句,時有六朝餘習,皆宋人之所不屑爲也,惟其不屑爲,亦復不能爲,而古文之道終焉。

隨園此論,與後此劉孟塗之言,可以互證。至其論詩,尤出論文之上,大要主於流變,其説蓋出自葉橫山。

隨園論詩之骨幹,在有工拙而無古今一語。歸愚論詩主漢魏、盛唐,隨園與之書云:

　　自葛天氏之歌至今日,皆有工有拙,未必古人皆工,今人皆拙,即
《三百篇》中頗有未工不必學者,不徒漢、晉、唐、宋也;今人詩有極工
極宜學者,亦不徒漢、晉、唐、宋也。然格律莫備于古,學者宗師,自有
淵源,至於性情遭際,人人有我在焉,不可貌古人而襲之,畏古人而拘
之也。

是時施蘭垞見此書,因致書隨園,相約昌宋詩以立教。隨園復書,直指其
惑爲更甚於歸愚,且云:

　　夫詩無所謂唐、宋也,唐、宋者,一代之國號耳,與詩無與也,詩者
各人之性情耳,與唐、宋無與也。若拘拘然持唐、宋以相敵,是子之胸
中有已亡之國號,而無自得之性情,於詩之本旨已失矣!

隨園立論,不嫥嫥于尊唐黜宋,故教人古風須學李、杜、韓、蘇,近體須學
中、晚、宋、元諸名家,又云“七律始于盛唐,如國家締造之初,宮室粗備,故
不過粗立架子,創建規模,而其中之洞房曲室,網户罘罳,尚未齊備,至中、
晚而始備,至宋、元而愈出愈齊”,語見《隨園詩話》。《與洪稚存論詩書》,
深推蕭子顯“若無新變,不能代雄”之說,而謂自古學杜者無慮數千百家,
其傳者唐之昌黎、義山、牧之、微之,宋之半山、山谷、後村、放翁,皆其不似
杜者,其言深有所得,而《宋儒論》之言尤奇。自昔言文或尚模擬,或尚變
化,其號爲大家者,則皆先模擬而後變化。隨園《宋儒論》獨云:“夫創天
下之所無者,未有不爲天下之所尊者也。古無箋注,故鄭、馬尊;古無詞賦
策論,故鄒、枚、鼂、董尊;古無圖太極而談心性者,則宋儒安得而不尊。”其
言至有味。①
　　論者謂何、李喜言格調,漁洋喜言神韻,至於隨園則言性靈,性靈之説

---

　　① 自“而《宋儒論》之言尤奇”以下一節,《大綱》刪去。

與格調神韻,皆不相合,非也。隨園於詩不言格調,其説出於誠齋。其攻擊格調之説,見於《甌北集序》者如次:

> 或惜雲崧詩雖工,不合唐格,余尤謂不然。夫詩寧有定格哉?《國風》之格,不同乎《雅》《頌》,皋禹之歌,不同乎《三百篇》,漢魏六朝之詩,不同乎三唐,談格者將奚從? 善乎楊誠齋之言曰:"格調是空間架,拙人最易藉口。"周櫟園之言曰:"吾非不能爲何、李格調以悦世也,但多一分格調者,必損一分性情,故不爲也。"玩此二公之言,益信。

格調之説,與性情不並立。性情之所發則爲神韻,然隨園之言神韻,專主性情,與阮亭之言神韻略異。《再答李少鶴書》又云:

> 足下論詩講體格二字,固佳。僕意神韻二字,尤爲要緊,體格是後天空架子,可仿而能,神韻是先天真性情,不可强而至。木馬泥龍,皆有體格,其如死矣不能用何?

性情二字,在隨園用語中,與性靈同義。《隨園詩話》又云:

> 楊誠齋曰:"從來天分低拙之人,好談格調而不解風趣。何也? 格調是空架子,有腔口易描,風趣專寫性靈,非天才莫辨。"余深愛其言,須知有性情便有格律,格律不在性情外。《三百篇》半是勞人思婦率意言情之事,誰爲之格? 誰爲之律? 而今之談格調者,能出其範圍否?

詩既爲性情中事,人人有性情,即人人有詩,故其爲境至寬。隨園之論于古文甚嚴,所謂"劃今之界不嚴,則學古之辭不類"者,語見《答友人論文書》。至其論詩,則持論大異。《隨園詩話》云:"詩境最寬,有學士大夫讀破萬卷,窮老盡氣而不能得其閫奧者;有婦人女子,村氓淺學,偶有一二句,雖李杜覆生必爲低首者,此詩之所以爲大也。作詩者必知此二義,而後能求詩於書中,得詩於書外。"①

　隨園論詩言性情,與誠齋之説合,然其立論有與誠齋異者,試更舉其言以證之。

　　　詩者,人之性情也。近取諸身而足矣。其言動心,其色奪目,其味適口,其音悦耳,便是佳詩。孔子曰:"不學詩,無以立。"又曰:"詩可以興。"兩句相應,惟其言之工妙,所以能使人感發而興起,倘真率庸腐之言,能興者其誰耶?(《隨園詩話》)

　　　詩文之道,總以出色爲主,譬如眉目口耳,人人皆有,何以女美西施,男美宋朝哉?無他,出色故也。余嘗謂人不和平不享福,文不奇峭不動目。(《答孫俌之》)

　　　明珠非白,精金非黃。美人當前,爛如朝陽。雖抱仙骨,亦由嚴粧。匪沐何潔,匪薰何香?西施蓬髮,終竟不臧。若非華羽,曷別鳳皇?(《續詩品·振采》)

右列諸語,實隨園持論不盡同於誠齋之鐵證。誠齋之説,重在描寫自然,流露性靈;隨園之説,已陷入藻飾自然,彫刻性靈之境地。論詩之病,正在此工巧出色諸義,隨園知以修飾病漁洋,而不知正蹈其覆轍也。

　隨園論詩之失,②在特重男女狎褻之情。歸愚摒王次回詩,以爲豔體不足垂教,隨園爭之,以爲《關雎》即爲豔詩,又曰:"《易》曰:'一陰一陽之謂道。'又曰:'有夫婦然後有父子。'陰陽夫婦,豔詩之祖也。"其説甚辯,

---

① 1933 年講義批:"應增其與誠齋不同處。"
② "隨園論詩之失"句,1933 年講義作"隨園之言性情,是也,其失則在"云云。

然以次回《疑雨集》，與《隨園詩話》所舉隨園、香亭兄弟之詩論之，非特與男女性情之得其正者無當，即贈芍采蘭，亦不若是之繪畫裸陳也。章學誠《文史通義‧婦學》篇斥爲“洪水猛獸”，言雖過當，持之蓋有故。性情之説，本爲國人舊論，若因風趣二字，遂使次回一派，以孽子而爲大宗，固不可矣。

隨園于古人之詩，深好誠齋而不好山谷。《隨園詩話》云：“《世説》稱‘王平北相對，使人不厭，去後亦不見思。’我道是梅聖俞詩。‘王夷甫太鮮明’，我道是東坡詩。‘張茂先我所不解’，我道是山谷詩。”浙派之詩，專學宋人，隨園對之，亦多不滿，語見《答沈大宗伯論詩書》、《答施蘭垞第二書》，《詩話》中亦屢言之。《答施書》中論宋詩之弊而浙派尤甚者云：“不依永故律亡，不潤色故采晦，又往往疊韻，如蝦蟆繁聲，無理取鬧，或使事太僻，如生客闌入，舉座寡歡，其他禪障理障，皆遠乎性情。”語皆得當。

康熙朝古文宗匠則推望溪，詩家則推漁洋。隨園評之云：“一代正宗才力薄，望溪文集阮亭詩。”恰如其分。其他論漁洋者毀譽不一，皆甚精當，雜錄於次：

> 阮亭先生自是一代名家，惜譽之者既過其實，而毀之者亦損其真，須知先生才本清雅，氣少排奡，爲王、孟、韋、柳則有餘，爲李、杜、韓、蘇則不足也。
>
> 阮亭主修飾不主性情，觀其到一處必有詩，詩中必用典，可以想見其喜怒哀樂之不真矣。
>
> 或問明七子摹仿唐人，王阮亭亦摹仿唐人，何以人愛阮亭者多，愛七子者少？余告之曰，七子擊鼓鳴鉦，專唱宮商大調，易令人厭；阮亭善爲角徵之聲，吹竹彈絲，易入人耳。然七子如李空同，雖無性情，尚有氣魄；阮亭於性情氣魄，俱有所短，此其所以能取悦中人，而不能牢籠上智也。（以上《隨園詩話》）

阮亭一味修容飾貌,所謂假詩是也,惟其假,故不喜杜、白兩家之真。(《再答李少鶴》)①

---

① 1933 年講義其下尚有一節:"隨園於同時諸人之作,甚重胡天游、蔣士銓二家,語如次:'稚威之文,以四六爲第一,散文次之,詩又次之。四六沈博絶麗,如《禹陵碑》、《秋霖賦》等作,上掩六朝。散文宗唐,不屑爲北宋之文,未免偏宕。詩則專喜孟郊,過於蹊刻,讀者鮮歡,然如《烈女李三行》一篇,雖樂府《孔雀東南飛》無以過也。'(《與阮芸臺宗伯》)'君有所餘於詩之外,故能有所立於詩之中,其搖筆措意,横出鋭入,凡境爲之一空,如神獅怒蹲,百獸慴伏,如長劍倚空,星辰亂飛。鐵厚一寸,射而洞之,華岳萬仞,驅而行之,目巧之室,自爲奥阼,袒而搏戰,前徒倒戈。人且羡且妒,且駭且却走,且訾嗷,無不有也。然而學之者,非折脅即絶臏矣,非壺哨即鼓儳矣。故何也?則才之奇,不可襲而取也。'(《蔣心餘藏園詩序》)"

第七十　趙翼

　　與隨園同時以詩名者，曰趙翼、蔣士銓。翼字雲松，號甌北，陽湖人，乾隆進士，累官至貴西道，有《廿二史劄記》《陔余叢考》《甌北詩集》《甌北詩話》。方甌北刻集時，或評其詩曰："雖不能及杜子美，已過楊誠齋矣。"甌北傲然曰："吾自爲趙詩耳，安知唐、宋。"其持論可見一般。①

　　袁、趙論詩，有一共同之點，在其立論皆不甘落人後，認定推陳出新，爲後代詩人惟一出路；故隨園著《宋儒論》，謂創天下之所無，必爲天下之所尊；甌北亦謂"大凡才人，必創前所未有而後可以傳也"。此種精神，實爲吾國文學史中所僅見。《甌北詩話》又云："元遺山《論詩》云：'蘇門果有忠臣在，肯放坡詩百態新。'此言似是而實非也。新豈易言，意未經人説過則新，書未經人用過則新，詩家之能新，正以此耳。若反以新爲嫌，是必拾人牙後，人云亦云，否則抱柱守株，不敢踰限一步，是尚得成家哉？尚得成大家哉？"語亦深切。

　　《甌北詩話》共列太白、少陵、昌黎、香山、東坡、放翁、遺山，及明之高青丘，清之吳梅村、查初白十家，家各一卷，抉其所長論之，語長而意盡，爲詩話中創格。此十人者，甌北認爲一代作家者也，然猶未遍。甌北云："錢、吳二老，爲海内所推，入國朝稱兩大家，顧謙益已仕我朝，其人已無足

----

① 自"方甌北刻集時"以下數句，《大綱》删去。

觀,詩亦奉禁,固不必論也。"詳其語意,於牧齋、梅村間,本無軒輊,蓋鑒於
《清詩別裁》,因牧齋詩蒙毀板改訂之禍故也。初白入選,説見後。至於山
谷,本爲北宋大宗,不與此選者,甌北云:"北宋詩推蘇、黄兩家,蓋才力雄
厚,書卷繁富,實旗鼓相當,然其間亦自有優劣。東坡隨物賦形,信筆揮
灑,不拘一格,故雖瀾翻不窮,而不見有矜心作意之處。山谷則專以拗峭
避俗,不肯作一尋常語,而無從容游泳之趣。"又云:"山谷務爲峭拔,不肯
隨俗爲波靡,此其一生命意所在也。究而論之,詩果意思沈著,氣力健舉,
則雖和諧圓美,何嘗不沛然有餘,若徒以生僻争奇,究非大方家耳。"大抵
不喜江西派詩,袁、趙持論略同,至於列論諸家,條理井然,袁固不如趙也。

　　太白、少陵、退之爲唐人大宗,甌北以杜韓比之太白云:"一則用力而
不免痕跡,一則不用力而著手成春,此仙與人之別也。"又云:"詩家好作奇
句警語,必千錘百煉而後成。青蓮則不然,如'撫頂弄盤古,推車轉天輪,
女媧戲黄土,摶作愚下人,散在六合間,濛濛如沙塵。''舉手弄清淺,誤攀
織女機。''一風三日吹倒山,白浪高於瓦官閣。'皆奇警極矣,而以揮灑出
之,全不見其錘煉之跡。"語極當。

　　甌北論少陵真實本領處,語極深入,節錄如次:

　　　　其真本領仍在少陵詩中"語不驚人死不休"一句,蓋其思力沉厚,
　　他人不過説到七八分者,少陵必説到十分,甚至有十二三分者,其筆
　　力之豪勁,又足以副其才思之所至,故深人無淺語。微之謂其薄《風》
　　《雅》,該沈、宋,奪蘇、李,吞曹、劉,掩顏、謝,綜徐、庾,足見其牢籠萬
　　有。秦少游並謂其不集諸家之長,亦不能如此,則似少陵專以學力集
　　諸家之大成。明李空同諸人,遂謂李太白全乎天才,杜子美全乎學
　　力,此真耳食之論也。思力所到,即其才分所到,有不如是則不快者,
　　此非性靈中本有是分際而盡其量乎? 出於性靈所固有,而謂全以學
　　力勝乎?

中唐之世,韓、孟、元、白同稱大家,韓、孟以奇險勝,元、白以平易勝。甌北之論,則謂元、白勝韓、孟,其言有足稱者,録於次:

　　韓昌黎生平所心摹力追者,惟李、杜二公。顧李、杜之前未有李、杜,故二公才氣橫恣,各開生面,遂獨有千古。至昌黎時,李、杜已在前,縱極力變化,終不能再闢一徑,惟少陵奇險處尚有可推擴,故一眼覷定,欲從此闢山開道,自成一家,此昌黎注意所在也。然奇險處亦自有得失,蓋少陵才思所到,偶然得之,而昌黎則專以此求勝,故時見斧鑿痕跡,有心與無心異也。其實昌黎自有本色,仍在文從字順中,自然雄厚博大,不可捉摸,不專以奇險見長,恐昌黎亦不自知。

　　韓、孟尚奇警,言人所不敢言,元、白尚坦易,務言人所共欲言。試平心論之,詩本性情,當以性情爲主。奇警者,猶第在辭句間爭難鬥險,使人蕩心駭目,不敢逼視,而意味或少焉。坦易者,多觸景生情,因事起意,眼前景,口頭語,自能沁人心脾,耐人咀嚼。此元、白較勝於韓、孟,世徒以輕俗訾之,此不知詩者也。

甌北論東坡之詩:“天生健筆,有必達之隱,無難顯之情,其絶人處在乎議論英爽,筆鋒精鋭,舉重若輕,讀之似不甚用力而力已透十分。”又以東坡與昌黎、放翁相比云:

　　昌黎好用險韻以盡其鍛煉,東坡則不擇韻,而但抒其意之所欲言。放翁古詩,好用儷句以炫其絢爛,東坡則行墨間多單行,而不屑於對屬。且昌黎、放翁多從正面鋪張,而東坡則反面旁面,左縈右拂,不專以鋪叙見長。昌黎、放翁使典亦多正用,而東坡則驅使書卷入議論中,穿穴翻簸,無一板用者。此數處似東坡較優,然雄厚不如昌黎而稍覺輕淺,整麗不如放翁而稍覺率略。

放翁近體之工,人所皆知,甌北尤贊其古體,謂爲"才氣豪健,議論開闢,引
用書卷,皆驅使出之,而非徒以數典爲能事,意在筆先,力透紙背,有麗語
而無險語,有豔詞而無淫詞,看似華藻,實則雅潔,看似奔放,實則謹嚴,此
古體之工力更深於近體也"。又蘇、陸品第,言者多推東坡,王弇州至謂子
瞻爲千古一人,葉橫山亦推東坡以配杜、韓。甌北之説,則謂後人震于東
坡之名,往往謂蘇勝於陸,而不知陸實勝蘇。推其原因,列舉兩端:放翁
心閑則易觸發,而妙緒紛來,時暇則易琢磨,而微疵盡去,此其詩之易工者
一。又論東坡徒使讀者知其詩外尚有事在:

> 放翁則轉以詩外之事,盡入詩中。時當南渡之後,和議已成,廟
> 堂之上,方苟幸無事,諱言用兵,而士大夫新亭之泣,固未已也,於是
> 以一籌莫展之身,存一飯不忘之誼,舉凡邊關風景,敵國傳聞,悉入於
> 詩,雖神州陸沉之感,已非時事所急,而人終莫敢議其非,因得肆其才
> 力,或大聲疾呼,或長言永歎,命意既有關係,出語自覺沈雄,此其詩
> 之易工一也。

此則純就環境及感情言。今以東坡之詩觀之,其沉鬱熱烈,固較放翁爲
遜,甌北獨就此點立論,自不同凡響也。

　　明清之交,臥子、牧齋、梅村皆爲大家,牧齋之詩既觸禁網,至於臥子,
甌北則稱爲沈雄瑰麗,實未易才,意理粗疏處,尚未免英雄欺人,故獨推梅
村。甌北舉其詩之最工者,《臨江參軍》《松山哀》《圓圓曲》《茸城行》諸
篇,以爲題既鄭重,詩亦沉鬱蒼涼。又論其古詩轉韻,極得神理,其言
如次:

> 梅村古詩勝於律詩,而古詩擅長處,尤妙在轉韻,一轉韻則通首
> 筋脈,倍覺靈活。如《永和宮詞》,方敘田妃薨逝,忽云:"頭白宮娥暗
> 顰蹙,誰知朝露非爲福? 宮草明年戰血腥,當時莫向西陵哭!"又如

《王郎曲》,方叙其少時在徐氏園中作歌伶,忽云:"十年芳草長洲綠,主人池館空喬木,王郎三十長安城,老大傷心故園曲。"《雁門尚書行》已叙其全家殉難,有幼子漏刃,其兄來秦攜歸,忽云:"回首潼關廢壘高,知公於此葬蓬蒿。"益覺回顧蒼茫。此等處關柁一轉,自有往復回環之妙,其秘訣實從《長慶集》得來,而筆情深至,自能俯仰生姿,又天分也。

梅村以後,愚山、荔裳、漁洋、竹垞並稱,甌北評爲愚山稍嫌腐氣,荔裳無深厚之力,漁洋但可作絶句,不足八面受敵,竹垞初學盛唐,格律堅勁,中歲以後,頹唐自恣,究非風雅正宗,因推查初白以繼唐宋諸賢之後。當時即有謂不然者,甌北則謂初白自有真實本領,未可以榮古虐今之見,輕爲訾議,因列舉初白古體諸作及近體諸作,以明其說,而其所以推重之者,仍就環境立論。語略如次:

今試平心閱初白詩,當其少年隨黔撫楊雍建南行,其時吴逆方死,餘孽尚存,官軍恢復黔滇,兵戈殺戮之慘,民苗流離之狀,皆所目擊,故出手即帶慷慨沈雄之氣,不落小家。入京以後,角逐名場,奔走衣食,閱歷益久,鍛煉益深,氣足則調自振,意深則味有餘,得心應手,幾於無一字不穩愜,其他摹寫景物,脱口渾成,猶其餘技也。

初白近體詩最擅長,放翁以後,未有能繼之者。當其年少氣鋭,從軍黔楚,有江山戎馬之助,故出手即沈雄踔屬,有幽并之氣。中年遊中州,地多勝跡,益足以發抒其才思,登臨懷古,慷慨悲歌,集中此數卷爲最勝。

第七十一　章學誠

　　章學誠字實齋,會稽人,乾隆進士,官國子監典籍,邃于史學,以纂修方志爲時所重,有《文史通義》《校讎通義》《實齋文鈔》。①

　　劉子玄論史家,謂才、學、識三者缺一不可,實齋指爲此猶文士之識,非史識也,未足以盡其理。《史德》篇云:"能具史識者必知史德,德者何?謂著書者之心術也。"又謂:"欲爲良史者,當慎辨於天人之際,盡其天而不益以人也;盡其天而不益以人,雖未能至,苟允知之,亦足以稱著述者之心術矣。"其言較之子玄,更進一步。子玄又論古史六家,而《春秋》《尚書》各居其一,實齋則謂六經皆史。《易教》篇云:"六經皆史也,古人未嘗離事而言理,六經皆先王之政典也。"其言亦從高處立論。《書教》篇又論古今載籍云:

　　　　《易》曰:"蓍之德圓而神,卦之德方以智。"間嘗竊取其意,以概古今之載籍,撰述欲其圓而神,記注欲其方以智也。夫智以藏往,神以知來,記注欲往事之不忘,撰述欲來者之興起,故記注藏往似智,而撰述知來擬神也。藏往欲其賅備無遺,故體有一定,而其德爲方;知

　　① 1933年講義此下有云:"《文史通義》爲文學批評中有數之作,于當時詩文家多所評騭,而論史諸作,尤稱精詣。"

來欲其抉擇去取,故例不拘常,而其德爲圓。《周官》三百六十,天人官曲之故,可謂無不備矣,然諸史皆掌記注,而未嘗有撰述之官,則傳世行遠之業,不可拘于職司,必待其人而後行。非聖哲神明,深知二帝三王精微之極致,不足以與此。此《尚書》之所以無定法也。

《詩教》篇謂三代文質出於一,典章存於官守,情志和於聲詩:"典章散而諸子以術鳴,故專門治術,皆爲官禮之變也。情志蕩而處士以橫議,故百家馳説,皆爲聲詩之變也。"實齋謂後世之文,其體皆備于戰國,而解之云:

子史衰而文集之體盛,著作衰而辭章之學興。文集者,辭章不專家而萃聚文墨,以爲蛇龍之菹也,後賢承而不廢者,江河導而其勢不容府過也。經學不專家而文集有經義,史學不專家而文集有傳記,立言不專家而文集有論辨。後世之文集,捨經義與傳記、論辨之三體,其餘莫非辭章之屬也,而辭章實備于戰國,承其流而代變其體制焉。

其言又云:

學者惟拘聲韻之爲詩,而不知言情達志、敷陳諷諭、抑揚涵泳之文,皆本於詩教。是以後世文集繁,而紛紜承用之文,相與沿其體,而莫由知其統要也。至於聲韻之文,古人不盡通於詩,而後世承用詩賦之屬,亦不盡出六義之教也,其故亦備於戰國。是故明於戰國升降之體勢,而後禮樂之分可以明,六藝之教可以別,七略九流諸子百家之言可以導源而溯流,兩漢、六朝、唐、宋、元、明之文可以畦分而塍別,官曲術業,聲詩辭説,口耳竹帛之遷變,可坐而定矣。

《文史通義·原道》篇,推原文章與道相通之説,其言有別開蹊徑者,如云:

　　《易》曰:"神以知來,智以藏往。"知來陽也,藏往陰也,一陰一陽,道也。文章之用,或以述事,或以明理。事溯已往,陰也;理闢方來,陽也。其至焉者,則述事而理以昭焉,言理而事以範焉,則主適不偏,而文乃衷於道矣。遷、固之史,董、韓之文,庶幾哉有所不得已於言者乎。不知其故而但溺文辭,其人不足道已,即爲高論者,以謂文貴明道,何取聲情色采以爲愉悦,亦非知道之言也。

《文德》篇備言劉勰本陸機之説,昌論文心;蘇轍本韓愈之説,昌論文氣,可謂愈推而愈精。然而未有論文德者,因謂"凡爲古文詞者,必敬以恕。臨文必敬,非修德之謂也;論古必恕,非寬容之謂也。敬非修德之謂者,氣攝而不縱,縱必不能中節也。恕非寬容之謂者,能爲古人設身而處地也。嗟乎! 知德者鮮,知臨文之不可無敬恕,則知文德矣"。《質性》篇則更進而言文性,人生毗陰毗陽,勢不能無所偏,因勢而利導之,各有以盡其理。實齋云:

　　　　夫情本於性也,才率於氣也,累於陰陽之間者,不能無盈虛消息之機,才情不離乎血氣,無學以持之,不能不受陰陽之移也。陶舞慍戚,一身之内,環轉無端而不自知,苟盡其理,雖夫子憤樂相尋,不過是也。其下焉者,各有所至,亦各有所通,大約樂至沉酣而惜光景,必轉生悲;而憂患既深,知其無可如何,則反爲曠達。屈原憂極,故有輕舉遠遊、餐霞飲瀣之賦;莊周樂至,故有後人不見天地之純、古人大體之悲。此亦倚伏之至理也。

實齋之論,好言文理,《辨似》篇言文固所以載理,文不備則理不明,因謂經傳聖賢之言,未嘗不以文爲貴,而譏伊川"工文則害道"之語爲陋儒不學,然于歸、方一派,師師相傳之古文真秘,則目笑存之。《文理》篇譏歸、方評點《史記》云:

惟歸、唐之集，其論説文字，皆以《史記》爲宗，而其所以得力於《史記》者，乃頗怪其不類。蓋《史記》體本蒼質，而司馬才大，故運之以輕靈。今歸、唐之所謂疏宕頓挫，其中無物，遂不免於浮滑，而開後人以描摩淺陋之習。故疑歸、唐諸子得力於《史記》者，特其皮毛，而于古人深際，未之有見。今觀諸君所傳五色訂本，然後知歸氏之所以不能至古人者，正坐此也。

劉知幾《史通》云：“夫三傳之説，既不習于《尚書》，兩漢之詞，又多違于《戰策》，足以驗氓俗之遞改，知歲時之不同，而後來作者，通無遠識，記其當時口語，罕能從實而書，方復追效昔人，示其稽古，今古以之不純，真僞由其相亂。”此言實爲確論。實齋因有古文公式之篇，論文章可用古法，而公式必遵時制，以爲不可以秦漢之衣冠，繪後人之圖像。因論蘇軾《表忠觀碑》，篇首“臣抃言”三字，篇末“制曰可”三字，非宋時奏議上陳，制旨下達之體，而蘇氏揣摩秦人“丞相臣斯昧死言”，及“制曰可”等語太熟，不免如知幾之所譏，“貌同而心異”也。

實齋之學出於朱筠，筠之兄珪，嘗論古文十弊，語見隨園《覆家實堂書》。實齋亦有《古文十弊》之論，曰：剜肉爲瘡，八面求圓，削趾適屨，私署頭銜，不達時勢，同里銘旌，畫蛇添足，優伶演劇，井底天文，誤學邯鄲。其語有極深明文章竅要者，雜録如次：

　　文人固能文矣，文人所書之人，不必盡能文也。叙事之文，作者之言也，爲文爲質，惟其所欲，期如其事而已矣。記言之文，則非作者之言也，爲文爲質，期於適如其人之言，非作者所能自主也。

　　古人文成法立，未嘗有定格也，傳人適如其人，述事適如其事，無定之中有一定焉。知其意者，旦暮遇之，不知其意，襲其形貌，神勿肖也。

　　時文可以評選，古文經世之業，不可以評選也。前人業評選之，

則亦就文論文可耳。但評選之人，多非深知古文之人。夫古人之書，
今不盡傳，其文見於史傳，評選之家多從史傳採錄，而史傳之例，往往
刪節原文，以就隱括，故於文體所具，不盡全也。評選之家不察其故，
誤謂原文如是，又從而爲之辭焉：於引端不具而截中徑起者，詡謂發
軔之離奇；于刊削餘文而遞入正傳者，詫爲篇終之鞿峭。於是好奇而
寡識者，轉相歎賞，刻意追摹，殆如左氏所云"非子之求而蒲之覓"矣。

隨園論詩，偏於風趣，《詩話》一編，遍録女弟子之作，遂使江南閨閫，競趨
聲勢。① 實齋攻之，一見於《丁巳劄記》，再見於《婦學》篇、《婦學篇書
後》、《詩話》、《書坊刻詩話後》、《論文辨僞》諸篇。《婦學》篇云："夫才須
學也，學貴識也。才而不學，是爲小慧；小慧無識，是爲不才。不才小慧之
人，無所不至，以纖佻輕薄爲風雅，以造飾標榜爲聲名，炫耀後生，狷披士
女，人心風俗，流弊不可勝言矣。"又云："彼不學之徒，無端標爲風趣之目，
盡抹邪正貞淫、是非得失，而使人但求風趣，甚至言采蘭贈芍之詩，有何關
係，而夫子録之，以證風趣之説。無如男女；頓忘廉檢，從風波靡，是以六
經爲導欲宣淫之具，則非聖無法矣。"②

---

① 1933 年講義下有"重以裙屐雜選，實有不可爲訓者"二句。
② 1933 年講義此下有"其攻擊隨園，亦隨園之繪畫褻狎，有以自取之也"三句。

第七十二　阮元①

　　乾隆、嘉慶之間，主張駢體，與古文家争文章之正統者，則有阮元。元字伯元，號芸臺，儀徵人，乾隆進士，道光時官至大學士，有《揅經室集》。芸臺早歲受知于孫梅，梅字松圃，號春浦，烏程人，乾隆進士，官太平府同知，有《四六叢話》。

　　《四六叢話·總論叙》云："文之時義遠矣，侈言博物，積卷增長，刻意爲文，清言入妙。尚心得者遺雕偽，以爲堆垛無工；富才情者忽神思，則曰空疏近陋。各競所長，人更相笑，僕以爲'齊既失之，楚亦未爲得也'。夫一畫開先，有奇必有偶；三統遞嬗，尚質亦尚文。剪綵爲花，色香自别，惟白受采，真宰有存。西漢之初，追蹤三古，而終軍有奇木白麟之對，兒寬攄奉觴上壽之辭，胎息微萌，儷形已具。迨乎東漢，更爲整贍，豈識其爲四六而造端歟？"《叙騷》又謂古文與四六本無二源，大要立言之旨，不越情與人而已。要之春浦之論，謂古文四六，初無軒輊。至其從游者，持論更切。程杲《四六叢話序》云："俗儒執韓子'文起八代之衰'，遂謂四六不逮古遠甚，不知國家制策表箋，有必不能廢此體者，即如柳、歐、蘇、王，文與韓埒，其集中典麗雄偉，何嘗不與古文並傳？甚矣，夏蟲不足以語冰也！"此語至

---

　　① 1937年修訂本目録此節改題"阮元 焦循"，復圈去"焦循"。1961年講義有論焦循一節，録存於附録二。

芸臺而益推闡之。

《揅經室集》有《文言説》《書梁昭明太子文選序後》《與友人論古文書》《四六叢話序》及《學海堂文筆策對》。《文言説》首以古人之説，立文章義界，語略如次：

> 許氏《説文》：“直言曰言，論難曰語。”《左傳》曰：“言之無文，行之不遠。”此何也？古人以簡策傳事者少，以口舌傳事者多，以目治事者少，以口耳治事者多，故同爲一言，轉相告語，必有愆誤，是必寡其詞，協其音，以文其言，使人易於記誦，無能增改，且無方言俗語雜於其間，始能達意，始能行遠。此孔子於《易》所以著《文言》之篇也。古人歌詩箴銘諺語，凡有韻之文，皆此道也。《爾雅·釋訓》主于訓蒙，“子子孫孫”以下，用韻者二十條，亦此道也。孔子於乾坤之言，自名曰“文”，此千古文章之祖也。爲文章者，不務協音以成韻，修辭以達遠，使人易誦易記，而惟以單行之語，縱橫恣肆，動輒千言萬字，不知此乃古人所謂直言之言，論難之語，非言之有文者也，非孔子之所謂文也。

《文言説》篇末又云：“千古之文，莫大於孔子之言《易》，孔子以用韻比偶之法，錯綜其言，而自名曰‘文’。何後之人必欲反孔子之道而自命曰‘文’，且尊之曰‘古’也？”大抵阮氏立論，要以六朝文筆之別爲定見，因是上引《文言》以爲依歸。實則六朝文筆之界，不盡如《學海堂文筆對》所云云，彥和《總術》一篇，概可知矣。至於尚論古昔，寡其詞，協其音，使人易於記誦，自爲顛撲不破之論，然而不能以古人之已然，斷後人之必然。何則？時代遞遷，無一定不變之理故也。且文之言古，以先秦兩漢單行之古，對晉宋六代駢儷之今而言，今與古相待而成者也，必以稱古薄之，又將何稱？此則阮氏之言，固有未可通者。《文選序書後》，更進而爭文統，其言云：

　　言必有文,專名之曰"文"者,自孔子《易·文言》始。傳曰:"言之無文,行之不遠。"故古人言貴有文。孔子《文言》,實爲萬世文章之祖,此篇奇耦相生,音韻相和,如青白之成文,如《咸》《韶》之合節,非清言質説者比也,非振筆縱書者比也,非詰屈澀語者比也。是故昭明以爲經也子也史也,非可專名之爲文也,專名爲文,必沉思翰藻而後可也。自齊梁以後,溺於聲律,彦和《雕龍》,漸開四六之體,至唐而四六更卑,然文體不可謂之不卑,而文統不得謂之不正。自唐宋韓、蘇諸大家,以奇偶相生之文爲八代之衰而矯之,於是昭明所不選者,反皆爲諸家所取。故其所著者,非經即子,非子即史,求其合於昭明所謂文者,鮮矣,合于班孟堅《兩都賦序》所謂文章者,更鮮矣!

　　芸臺《四六叢話序》又云:"考夫魏文《典論》,士衡《文賦》,摯虞析其《流別》,任昉溯其《原起》,莫不謹嚴體制,評騭才華;豈知古調已遥,矯枉或過,莫守彦和之論,易爲真氏之宗矣。"此言亦就文統立論。

　　《昭明文選序》自稱于經史諸子之作,概置勿録,然賈誼《過秦》、魏文《典論》二篇,闌入《選》中,論者已有改子爲集之譏。芸臺遠紹昭明之説,《文選序書後》及《四六叢話序》云:

　　　　今人所作之古文,當名之爲何? 曰,凡説經講學,皆經派也,傳志記事,皆史派也,立意爲宗,皆子派也,惟沉思翰藻,乃可名之爲文也。非文者尚不可名爲文,況名之曰古文乎? (《書梁昭明太子文選序後》)

　　　　自周以來,體格有殊,文章無異,若夫昌黎肇作,皇、李從風;歐陽自興,蘇、王繼軌,體既變而從今,文乃尊而稱"古"! 綜其議論之作,並升荀、孟之堂,核其叙事之辭,獨步馬、班之室。拙目妄譏其紕繆,儉腹徒襲爲空疏,此沿子史之正流,循經傳以分軌也。(《四六叢話序》)

芸臺之説，繼體昭明，簡別文體，義例至嚴。然如《文選序書後》又云：“四書排偶之文，真乃上接唐宋四六爲一脈，爲文之正統。”實則試場之文，亦稱經義，今謂經義爲文家正統，而黜説經講學之作以爲經派，不得稱“文”，此又進退失據者也。章實齋謂“子史衰而文集之體盛，著作衰而辭章之學興”，其言于文章之流變，所得深矣。

　　大抵芸臺之言，蓋有鑒於當時古文家之空疏，故起而與争文章之正統。《與友人論古文書》云：“近代古文名家，徒爲科名時藝之累，于古人之文有益時藝者，始競趨之。”其鄙不與伍之意，可以想見。近代劉師培立論，大抵宗阮氏，其《論文雜記》，列舉後人之所以學韓、歐者三端云：“一以六朝以來，文體日卑，以聲色辭華相矜尚，欲矯其弊，不得不用韓文。一以兩宋鴻儒，喜言道學，而昌黎所言，適與相符，遂目爲文能載道，既宗其道，復法其文。一以宋代以降，學者習于空疏，枵腹之徒，以韓、歐之文便於蹈虚也，遂群相效法，而韓、歐之文，遂爲後世古文之正宗矣。”劉氏又謂世有正名之聖人，知言之君子，其唯易“古文”之名爲雜著，此則推源阮氏之論而揚其餘波者。

第七十三　惲敬　包世臣

繼桐城派古文而興者有陽湖派，而爲之宗主者，惲敬、張惠言二家。惲、張之學古文，皆由桐城派入。惠言《送錢魯斯序》云："魯斯大喜，顧而謂余，吾嘗受古文法于桐城劉海峰先生，顧未暇以爲，子儻爲之乎？余愧謝未能。已而余游京師，思魯斯言，乃盡屏置曩時所習詩賦若書不爲，而爲古文三年，乃稍稍得之。"陸繼輅《七家文鈔序》，亦謂惲敬之學古文，以魯斯之言起，然二家之説，有與桐城派不同者。桐城派好言義法，好言宋人之學，其文字思想之背景如是，至於惲、張，則別開門徑，《七家文鈔序》又謂皋文研精經傳，其學從源而及流，子居泛覽百家之言，其學由博而反約。其思想境地，皆與桐城派諸家不同。

敬字子居，乾隆舉人，歷知富陽、江山二縣，遷江西吳城同知，以事去官，自言其學非漢非宋，不主故常，治古文得力于韓非、李斯，有《大雲山房文稿》。子居有《上曹儷笙侍郎書》，歷評明清諸家，而深慨於才與學二者之不足以副其文，其論遵巖、震川、雪苑、勺庭、堯峰者如次：

　　蓋遵巖、震川，嘗有意爲古文者也，有意於古文，而平生之才與學，不能沛然于所爲之文之外，則將依附其體而爲之，依附其體而爲之，則爲支、爲敝、爲體下，不招而至矣。是故遵巖之文贍，贍則用力必過，其失也少支而多敝；震川之文謹，謹則置詞必近，其失也少敝而

多支;而爲容之失,二家緩急不同,同出於體下。集中之得者十有六
七,失者十而三四焉,此望溪之所以不滿也。……蓋雪苑、勺庭之失,
毗於遵巖而銳過之,其疾徵于三蘇氏;堯峰之失,毗於震川而弱過之,
其疾徵于歐陽文忠公。歐與蘇二家所蓄有餘,故其疾難形,雪苑、勺
庭、堯峰所蓄不足,故其疾易見。噫,可謂難矣。

望溪嘗言古文雖小道,失其傳者七百年,于明清諸家皆不能滿,子居深求
其故,又稱云:

　　後與同州張皋文、吳仲倫,桐城王悔生遊,始知姚姬傳之學出於
劉海峰,劉海峰之學出於方望溪,及求三人之文觀之,又未足以饜其
心所欲云者。由是由本朝推之於明,推之于宋、唐,推之于漢與秦,斷
斷然析其正變,區其長短,然後知望溪之所以不滿者,蓋自厚趨薄,自
堅趨瑕,自大趨小,而其體之正,不特遵巖、震川以下未之有變,即海
峰、姬傳,亦非破壞典型、沈酣淫詖者,不可謂傳之盡失也。若是則所
謂爲支、爲敝、爲體下,皆其薄、其瑕、其小爲之,如能盡其才與學以從
事焉,則支者如山之立,敝者如木之去腐,體下者如負青天之高,於是
積之而爲厚焉,斂之而爲堅焉,充之而爲大焉,且不患其傳之盡失也。
然所謂才與學者何哉? 曾子固曰:“明必足以周萬事之理,道必足以
適天下之用,智必足以通難知之意,文必足以發難顯之情”,如是
而已。

子居《大雲山房文稿二集自序》云:“後世百家微而文集行,文集敝而經義
起,經義散而文集益漓。”其語極明,而推究其所以衰之故,則認定爲思想
貧乏,故持論以爲“百家之敝,當折之以六藝;文集之衰,當起之以百家”。
與阮芸臺之堅持昭明舊說,以爲文集當屏除一切經派、史派、子派之著作,
惟沉思翰藻乃可名文者,其言正相反。《大雲山房文稿二集自序》又云:

　　學者少壯至老,貧賤至貴,漸漬于聖賢之精微,闡明於儒先之疏證,而文集反日替者,何哉？蓋附會六藝,屏絕百家,耳目之用不發,事物之賾不統,故性情之德不能用也。敬觀之前世,賈生自名家縱橫家入,故其言浩汗而斷制;晁錯自法家兵家入,故其言峭實;董仲舒、劉子政自儒家、道家、陰陽家入,故其言和而多端;韓退之自儒家、法家、名家入,故其言峻而能達;曾子固、蘇子由自儒家、雜家入,故其言溫而定;柳子厚、歐陽永叔自儒家、雜家、詞賦家入,故其言詳雅有度;杜牧之、蘇明允自兵家、縱橫家入,故其言縱屬;蘇子瞻自縱橫家、道家、小說家入,故其言逍遙而震動。至若黃初、甘露之間,子桓、子建氣體高朗,叔夜、嗣宗情識深微,始以輕雋爲適意,時俗爲自然,風格相仍,漸成軌範,於是文集與百家判爲二途。熙寧、寶慶之會,時師破壞經說,其失也鑿;陋儒襞積經文,其失也膚。後進之士,竊聖人遺說,規而畫之,睨而斷之,於是經義與文集並爲一物。太白、樂天、夢得諸人自曹魏發情,靜修、幼清、正學諸人自趙宋得理,遞趨遞下,卑冗日積。

子居論賈生、晁錯等諸家入手處,其言不盡售,蓋見其文章所成就,而推究其所自出而已。子居又有《與紉之書》,推論辭達之旨。先是蘇子瞻《與謝民師書》,言"辭至於能達,則文不可勝用",及子居之言,乃更條暢,其言如次:

　　孔子曰:"辭達而已矣。"孟子曰:"詖辭知其所蔽,淫辭知其所陷,邪辭知其所離,遁辭知其所窮。"古之辭具在也,其無所蔽、所陷、所離、所窮四者,皆達者也,有所蔽、所陷、所離、所窮四者,皆不達者也。然而是四者,有有之而于達無害者,列禦寇、莊周之言是也,非聖人之所謂達也;有時有之、時無之、而于達亦無害者,管仲、荀卿之書是也,亦非聖人之所謂達也。聖人之所謂達者何哉？其心嚴而慎者其辭端，其神遲而愉者其辭和，其氣灝然而行者其辭大，其知通於微者其辭無不至。言理之辭，如火之明，上下無不灼然，而跡不可求也；言情之辭，如水之曲行旁至，灌渠入穴，遠來而不知所往也；言事之辭，如土之壒壤鹹瀉而無不可用也，此其本也。蓋猶有末焉，其機如弓弩之張，在乎手而志則的也；其行如挈壺之遞下而微至也；其體如宗廟圭琮之不可雜置也，如毛髮肌膚骨肉之皆備而運於脈也，如觀於崇岡深巖，進退俯仰，而橫側喬墮無定也，如是其可謂能于文者乎！

與子居同時而持論相合者有包世臣。世臣字慎伯，涇人，嘉慶舉人，官新喻知縣。其論文之作有《文譜》、《與楊季子論文書》、《再與楊季子書》、《摘抄韓呂二子題詞》、《書韓文後》上下篇，皆見《藝舟雙楫》。

慎伯《與楊季子論文書》，斥離事與理而虛言道者之無當，因曰：

> 夫事無大小，苟能明其始卒，究其義類，皆足以成至文，固不必悉本忠孝，攸關家國也。凡是陋習染人爲易，而熙甫、順甫乃欲指以爲法，豈不謬哉！文類既殊，體裁各別，然惟言事與記事爲最難。言事之文，必先洞悉所事之條理原委，抉明正義，然後述現事之所以失，而條畫其補救之方。記事之文，必先表明緣起，而深究得失之故，然後述其本末，則是非明白，不惑將來。凡此二類，固非率爾所能，而古今能者必宗此法，機勢萬變，樞括無改。

《再與楊季子書》論選學與八家，尤足以通八家之藩而得其竅要。其言云：

> 自周秦以及齊梁，本非一體，八家工力至厚，莫不沉酣於周秦兩漢子史百家，而得體勢于《韓非子》、《呂覽》者爲尤深，徒以薄其爲人，不欲形諸論說，然後世有識，飲水辨源，其可掩耶！自前明諸君泥

子瞻文起八代之言，遂斥選學爲別裁僞體。良以應德、順甫、熙甫諸
君，心力悴於八股，一切誦讀，皆爲制舉之資，遂取八家下乘，橫空起
議，照應鉤勒之篇，以爲準的。小儒目眯，前邪後許，而精深閎茂，反
在屏棄。於是有反其道以求之者，至謂八家淺薄，務爲藻飾之詞，稱
爲選學，格塞之語，詡爲先秦。夫六朝雖尚文采，然其健者則緩急疾
徐，縱送激射，同符《史》《漢》，貌離神合，精彩奪人。至于秦漢之文，
莫不洞達駘宕，劌目怵心，間有語不能通，則由傳寫譌誤及當時方言，
以此爲師，方爲善擇！退之酷嗜子雲，碑版或至不可讀，而《書說》健
舉渾厚，宜爲宗匠。子厚勁屬無前，然時有摹擬之迹，氣傷縝密。永
叔奏議，怵怛明暢，得大臣之體，翰札紆徐易直，真有德之言，而序記
則爲庸調。明允長于推勘辨駁，一任峻急。介甫詞完氣健，饒有遠
勢。子固茂密安和，而雄強不足。子瞻機神敏妙，比及暮年，心手相
忘，獨立千載。子由差弱，然其委婉敦縟一節獨到，亦非父兄所能掩。

慎伯自言早歲學兵家、農家及法家之言，故其文刻深，而好《韓非》、
《呂氏春秋》尤甚。其言未必盡是，而其起諸子以救文弊之意，則與子居
合。錄其《摘抄韓呂二子題詞》於次：

文之奇宕至韓非，平實至呂覽，斯極天下能事矣。其源皆出於荀
子。蓋韓子親受業，而呂子集論諸儒，多荀子之徒也。荀子外平實而
內奇宕，其平實過孟子，而奇宕不減孫武，然甚難學，不如二子之門徑
分而塗轍可循也。蒯通、貫生出於韓，晁錯、趙充國出於呂，至劉子政
乃合二子而變其體勢，以上追荀子，外奇宕而內平實，遂爲文家鼻祖。
蓋文與子分，自子政始也。孔才得其刻露，而失其駿逸，子厚、永叔、
明允、介甫、子瞻俱導源焉，後遂無問津者。

第七十四　張惠言　周濟

　　張惠言,字皋文,武進人,少爲詞賦,惲子居嘗以爲自相如、枚乘没後,二千年無此作。既而與子居同爲古文,遂爲陽湖派鉅子。其學深于《易》《禮》,嘉慶中以進士官編修卒,有《周易虞氏易》《儀禮圖》及《茗柯詩文集》等作。皋文持論,如《七十家賦目録序》等,皆有條貫,然其《詞選》之作,開常州一派,尤爲其成功之大者。嘉慶初,皋文與弟琦翰風録唐宋詞四十四家一百十六首爲二卷,論者病其去取之苛而推其選擇之精,至有謂其識見過竹垞《詞綜》十倍者。其後張氏外孫董毅子遠,復爲《續詞選》,凡五十二家一百二十二首,義例盡同。

　　詞至宋後,文人之作日多,寄託之説愈盛,所謂"'瓊樓玉宇',天子識其忠言;'斜陽煙柳',壽皇指爲怨曲;造口之壁,比之詩史;太學之詠,傳其主文。"作者皆確有寄託,讀者亦確能認識,然牙板金尊,不必盡言忠愛,而雙枕墮釵、香囊羅帶之詞亦間作。皋文之説欲逆挽頹波,返諸寄託,此爲《詞選》成書之中心思想,故其叙云:

　　　　詞者,蓋出於唐之詩人,采樂府之音,以製新律,因繫其詞,故曰詞。《傳》曰:"意内而言外謂之詞。"其緣情造端,興於微言,以相感動,極命風謡里巷男女哀樂,以道賢人君子幽約怨誹不能自言之情,低佪要眇,以喻其致。蓋《詩》之比興,變《風》之義,騷人之歌,則近之矣。然以其文小，其聲哀，放者爲之，或跌盪靡麗，雜以倡狂俳優。然要其至者，莫不惻隱盱愉，感物而發，觸類條鬯，各有所歸，非苟爲雕琢曼詞而已。

張氏又云："義有幽隱，並爲指發，幾以塞其下流，道其淵源，無使風雅之士，懲於鄙俗之音，不敢與詩賦之流，同類而風誦之也。"其宗旨蓋如此。至其所指發者，如論韋端己《菩薩蠻》四章，王碧山詠物諸篇，推闡幽隱，皆能深得作者意境。然如論歐陽永叔之《蝶戀花》，以爲殆爲韓范相繼斥逐而作，論東坡之《卜算子》，以爲與《考槃》詩極相似，已嫌過於推索，未必即詞人本意。至論溫飛卿《菩薩蠻》十四章，以爲感士不遇，逐章推闡，殊非定論。況周頤《蕙風詞話》云："詞貴有寄託，所貴者流露於不自知，觸發於弗克自已，身世之感，通于性靈，即性靈，即寄託，非二物相比附也。橫亘一寄託于搦管之先，此物此志，千首一律，則是門面語耳，略無變化之成言耳。……夫詞如唐之《金荃》，宋之《珠玉》，何嘗有寄託，何嘗不卓絶千古？"此言正可爲皋文之説，下一轉語。

皋文叙中略論唐宋詞人源流，遠尊李白，不無爲花庵所誤，薄視夢窗，後人亦多置議。其詞云：

　　自唐之詞人，李白爲首，其後韋應物、王建、韓翃、白居易、劉禹錫、皇甫松、司空圖、韓偓亦有述造，而溫庭筠最高，其言深美閎約。五代之際，孟氏、李氏君臣爲謔，競作新調，詞之雜流，由此起矣，至其工者，往往絶倫，亦如齊梁五言，依託魏晉，近古然也。宋之詞家號爲極盛，然張先、蘇軾、秦觀、周邦彦、辛棄疾、姜夔、王沂孫、張炎，淵淵乎文有其質焉。其蕩而不反，傲而不理，枝而不物，柳永、黃庭堅、劉過、吳文英之倫，亦各引一端以取重於當世。而前數子者，又不免有一時放浪通脱之言，出於其間，後進彌以馳逐，不務原其指意，破析乖剌，壞亂而不可紀。

周濟字保緒,一字介存,晚號止庵,荊溪人,嘉慶進士,官淮安府教授,有書數種,以《晉略》爲最著。止庵學詞,少與董士錫游,既而師之。士錫,皋文、翰風之甥也,故止庵辨説,大抵與張氏之論相近,間亦不無出入,有《宋四家詞選》及《詞辨》二卷。其評論見於《宋四家詞選序論》及《介存齋論詞雜著》。

　　雲間一派好言北宋,然每每未得真意所在,及浙派興,始折而言南宋。止庵序論於南北之別,言之甚明,如云:

　　　北宋主樂章,故情景但取當前,無窮高極深之趣;南宋則文人弄筆,彼此爭名,故變化益多,取材益富。然南宋有門徑,有門徑,故似深而轉淺;北宋無門徑,無門徑,故似易而實難。初學琢得五七字成句,便思高揖晏、周,殆不然也。北宋含蓄之妙,逼近溫、韋,非點水成冰時,安能脱口即是。

止庵又言雅俗真僞之辨,頗有深詣,如云:

　　　周、柳、黄、晁,皆喜爲曲中俚語,山谷尤甚,此當時之軟平勾領,原非雅音。若托體近俳,而擇言尤雅,是名本色俊語,又不可抹煞矣。
　　　雅俗有辨,生死有辨,真僞有辨,真僞尤難辨。稼軒豪邁是真,竹山是僞,碧山恬退是真,姜、張皆僞。味在酸鹹之外,未易爲淺嘗人道也。

夢窗之詞,張叔夏薄之爲七寶樓臺,拆下不成片段。皋文於夢窗有貶詞,止庵則云:“皋文不取夢窗,是爲碧山門徑所限耳。夢窗立意高,取徑遠,皆非餘子所及,惟過嗜餖飣,以此被議,若其虛實並到之作,雖清真不過也。”《宋四家詞選》特立周、辛、王、吳四人爲大宗,以兩宋詞人爲之輔,而序之云:“清真集大成者也;稼軒斂雄心,抗高調,變溫婉,成悲涼;碧山饜心切理，言近指遠，聲容調度，一一可循；夢窗奇思壯采，騰天潛淵，返南宋之清泚，爲北宋之穠摯；是爲四家，領袖一代，余子犖犖，以方附庸。"又云："問塗碧山，歷夢窗、稼軒，以還清真之渾化，余所望于世人者蓋如此。"

叔夏論詞，導源白石，創清空之説，止庵則創由空求實之論。《論詞雜著》云："初學詞求空，空則靈氣往來；既成格調求實，實則精力彌滿。"其論詞于白石、叔夏皆不滿，摘録如左：

稼軒鬱勃故情深，白石放曠故情淺，稼軒縱橫故才大，白石局促故才小，惟《暗香》《疏影》二詞，寄意題外，包蘊無窮，可與稼軒伯仲，餘俱據事直書，不過手意近辣耳。白石以詩法入詞，門徑淺狹，如孫過庭書，但便後人模仿。（《介存齋論詞雜著》）

玉田才本不高，專恃磨礱雕琢，裝頭作脚，處處妥當，然人翕然宗之，然如《南浦》之賦春水，《疏影》之賦梅影，逐韻湊成，毫無脈絡，而户誦不已，真耳食也！（《宋四家詞選序論》）

玉田，近人所最尊奉，才情詣力亦不後諸人，終覺積穀作米，把纜放船，無開闊手段，其清絶處自不易到。叔夏所以不及前人處，只在字句上著功夫，不肯換意，若其用意佳者，即字字珠輝玉映，不可指摘。近人喜學玉田，亦爲修飾字句易，換意難。（《介存齋論詞雜著》）

止庵自謂退蘇進辛，糾彈姜、張，刺陳、史，芟夷盧、高。糾彈姜、張者已見，至其詆陳西麓爲鄉愿，斥史梅溪爲纖曲，謂蒲江窘促，等諸自鄶，竹屋硜硜，亦凡響耳，語皆切至。其論蘇、辛者略云：

蘇辛並稱：東坡天趣獨到處，殆成絶詣，而苦不經意，完璧甚少；稼軒則沈着痛快，有轍可尋，南宋諸公無不傳其衣缽，固未可同年而語也。稼軒由北開南，夢窗由南追北，是詞家轉境。（《宋四家詞選序論》）

稼軒不平之鳴，隨處輒發，有英雄語，無學問語，故往往鋒穎太露,然其才情富豔,思力果銳,南北兩朝,實無其匹,無怪流傳之廣且久也。世以蘇辛並稱,蘇之自在處,辛偶能到之,辛之當行處,蘇必不能到,二公之詞不可同日語也。後人以麤豪學稼軒,非徒無其才,并無其情。稼軒固是才大,然情至處,後人萬不能及。(《介存齋論詞雜著》)

皋文論詞,創爲寄託之說,立論甚高,而案之事實,不能盡當,故止庵創非寄託不入、專寄託不出之說以救之。《介存齋論詞雜著》云:"初學詞求有寄託,有寄託則表裏相宜,斐然成章,既成格調,求無寄託,無寄託則指事類情,仁者見仁,智者見智。北宋詞下者在南宋下,以其不能空,且不知寄託也;高者在南宋上,以其能實,且能無寄託也。"《宋四家選序》言之尤詳,語如次:

　　夫詞非寄託不入,專寄託不出。一物一事,引而伸之,觸類多通,驅心若遊絲之緜飛英,含毫如郢匠之斫蠅翼,以無厚入有間。既習已,意感偶生,假類畢達,閱載千百,譬欬弗違,斯入矣。賦情獨深,逐境必窹,醞釀日久,冥發妄中,雖鋪敘平淡,摹績淺近,而萬感橫集,五中無主。讀其篇者臨淵窺魚,意爲魴鯉,中宵驚電,罔識東西,赤子隨母笑啼,鄉人緣劇喜怒,抑可謂能出矣。

第七十五　曾國藩

　　有清叔季之間，以事業文章著者，無踰曾國藩右。國藩字滌笙，道光進士，累官禮部侍郎，丁憂歸，再起治兵事，負天下重望，以大學士任兩江總督，卒于任，謚文正，有《曾文正全集》。曾氏治古文於桐城派中衰之後，一以雄肆變其紆緩，王先謙《續古文辭類纂序》云："曾文正以雄直之氣，宏肆之識，發爲文章，冠絕古今。其於惜抱遺書，篤好深思，雖聲欬不親，而塗跡並合。"其言可謂得之。

　　滌笙有《歐陽生文集序》，論桐城派之原委甚悉，至其評論歸、方、姚三家，語見《日記》者如次：

　　　　明惟震川，近惟望溪，不受八家牢籠。震川爲人疏通知遠，蓋得力于《尚書》，而爲文根源，全出《史記》；望溪爲人嚴氣正性，蓋得力於《三禮》，而爲文根源出於管、荀，故文章整飾嚴峻。二人皆性情醇古，每出一語，真氣動人，其發于親屬叙述，家常文字，尤質樸懇至，使人生孝弟之心，此真《六經》之裔也。姚惜抱文略不道家常，意在避俗求雄，然惜抱性情蕭疏曠遠，至於質樸淳厚，實不及歸、方，即便效之，亦不能工。惜抱文別創風韻一宗，然却受震川牢籠，其高者可追《史記》，得其風趣，其下者修辭飾雅，僅比元人。蓋惜抱名爲闢漢學而未得宋儒之精密，故有序之言雖多，而有物之言則少。

桐城派席韓、歐之餘習,每並文與道爲一談,至惜抱更舉義理、考證、文章爲學問三事。曾氏於古文及言道二者,知其不可强合,故《覆吳南屏書》云:"僕嘗謂古文之道,無施不可,但不可説理耳。"《與劉霞仙書》言之更切,如云:

> 自孔孟以後,惟濂溪《通書》、橫渠《正蒙》,道與文可謂兼至交盡;其次如昌黎《原道》、子固《學記》、朱子《大學序》,寥寥數篇而已。此外則道與文,竟不能不離而爲二。鄙意欲發明義理,則當法經説理窟及各語録劄記;欲學爲文,則當掃蕩一副舊習,赤地新立,將前此所業,蕩然若喪其所守,乃始別有一番文境。望溪所以不得入古人之閫奥者,正爲兩下兼顧,以至無可怡悦。

滌笙《家訓》又云:"凡大家名家之作,必有一種面貌,一種神態,與他人迥不相同。……若非其貌其神,敻絶群倫,不足以當大家之目。"語與前書所稱之"掃蕩舊習,赤地新立"者相同。其論古文諸家者,亦多從此著眼,《日記》云:

> 退之以揚子雲化《史記》,子厚以《老》《莊》《國語》化六朝,介甫以周秦諸子化退之,子固以三《禮》化西漢,老蘇以賈長沙、晁家令化《孟子》《國策》,東坡以《莊子》《孟子》化《國策》。於此可求脱胎之法,即可求變化之法。若拘步一家之文,即能與之並,不能成一家言。朱子之文傑出,尚不免爲子固所掩,況其他乎? 八家惟韓、歐、東坡門徑最大,故變化處多。老蘇惟《權書》能化,子厚惟辨諸子、記山水能化,子固惟《目録序》能化,以其與生平文格不相似,而實能深入古人妙處。

曾氏持論,主駢散相通,故庚申三月《日記》云:"古文之道,與駢體相通。"

《覆吳子序書》云："弟嘗勸人讀《漢書》《文選》,以日漸於腴潤。"《送周荇農南歸序》言之尤切,其《家訓》亦言之。

自漢以來,爲文者莫善於司馬遷,遷之文,其積句也皆奇,而義必相輔,氣不孤伸,彼有偶焉者存焉。其他善者,班固則毗於用偶,韓愈則毗於用奇,蔡邕、范蔚宗以下,如潘、陸、沈、任等比者,皆師班氏者也。茅坤所稱八家,皆師韓氏者也。……韓氏有言,孔子必用墨子,墨子必用孔子,不相用不足爲孔墨。由是言之,彼其於班氏相師而不相非,明矣。耳食者不察,遂附此而抹摋一切。(《送周荇農南歸序》)

世人論文家之語圓而藻麗者,莫如徐陵、庾信,而不知江淹、鮑照則更圓,進之沈約、任昉則亦圓,進之潘岳、陸機則亦圓,又進而溯之東漢之班固、張衡、崔駰、蔡邕則亦圓,又進而溯之西漢之賈誼、晁錯、匡衡、劉向則亦圓。至於馬遷、相如、子雲三人,可謂力趨險奧,不求圓適矣,而細讀之,亦未始不圓。至於昌黎,其志意直欲凌駕子長、卿、雲三人,戞戞獨造,力避圓熟矣,而久讀之,實無一字不圓,無一句不圓。

姚氏《古文辭類纂》爲古文家衣鉢,曾氏則有《經史百家雜鈔》,併姚氏之十三類爲九,而增叙記、典志二類,此則史家之作也。曾氏又謂"纂錄古文,不復上及《六經》,名爲尊經,然舍經以相求,是猶言孝者敬其父祖而忘其高曾"。又云:"姚氏不載史傳,以爲不可勝錄,然其書奏議類中錄《漢書》三十八首,詔令類中錄《漢書》三十四首,果能屏諸史而不錄乎?"皆其識見突過前人處。滌笙又有《古文四象》一書,太倉唐先生論其書:"目次頗多率略,又古人文之膾炙人口者,如韓昌黎《張中丞傳後叙》(陽剛之至美者),歐陽永叔《瀧岡阡表》(陰柔之至美者),皆未入選,意者其未成之書歟!"今不贅。滌笙之言陰陽剛柔,本於惜抱,略錄其説如次:

　　吾嘗取姚姬傳先生之說，文章之道，分陽剛之美，陰柔之美。大抵陽剛者氣勢浩瀚，陰柔者韻味深美，浩瀚者噴薄而出之，深美者吞吐而出之。就吾所分十一類言之，論著類、詞賦類宜噴薄，序跋類宜吞吐，奏議類、哀祭類宜噴薄，詔令類、書牘類宜吞吐，傳志類、敘記類宜噴薄，典志類、雜記類宜吞吐。其一類中微有區別者，如哀祭類雖宜噴薄，而祭郊社祖宗則宜吞吐；詔令類雖宜吞吐，而檄文則宜噴薄；書牘類雖宜吞吐，而論事則宜噴薄；此外各類，皆可以是意推之。（《日記》）

　　西漢文章，如子雲、相如之雄偉，此天地遒勁之氣，得于陽與剛之美者也，此天地之義氣也；劉向、匡衡之淵懿，此天地溫厚之氣，得于陰與柔之美者也，此天地之仁氣也。東漢以還，淹雅無慚于古，而風骨少隤矣。韓、柳有作，盡取揚、馬之雄奇萬變，而內之于薄物小篇之中，豈不詭哉！歐陽氏、曾氏皆法韓公，而體質于匡、劉爲近。文章之變，莫可窮詰，要之不出此二途，雖百世可知也。（《聖哲畫象記》）

滌笙《日記》有古文八字訣，所謂雄、直、怪、麗、澹、遠、茹、雅是也。後以音響節奏，須一和字爲主，因將澹字改作和字。最後定爲陽剛之美曰雄、直、怪、麗，陰柔之美曰茹、遠、潔、適，各作十六字贊之，錄於次：

　　雄　劃然軒昂，盡棄故常。跌宕頓挫，捫之有芒。

　　直　黃河千曲，其體仍直。山勢如龍，轉換無跡。

　　怪　奇趣橫生，人駭鬼眩。《易》《玄》《山經》，張韓互見。

　　麗　青春大澤，萬卉初葩。《詩》《騷》之韻，班揚之華。

　　茹　衆義輻湊，吞多吐少。幽獨咀含，不求共曉。

　　遠　九天俯視，下界聚蚊。寤寐周孔，落落寡群。

　　潔　冗意陳言，類字盡芟。慎爾褒貶，神人共監。

　　適　心境兩閒，無營無待。柳記歐跋，得大自在。

姚、曾論文,同主陰陽剛柔之説。惜抱所得,於陰柔尤深,《與王鐵夫書》嘗言"文章之境,莫佳於平淡",蓋其自言者如此。滌笙《覆吳南屛書》論惜抱之文,爲世所稱誦者,皆"義精而詞俊,復絶塵表,其不厭人意者,惜少陽直之氣,驅邁之勢,姚氏固有偏於陰柔之説,又嘗自謝爲才弱矣"。曾氏則不然,其所得者於陽剛爲近,故屢言好雄奇瓌瑋之文,而所以求之於行氣、造句、選字、分段落者,言之尤縈縈,略述於次。

余近年頗識古人文章門徑,而在軍鮮暇,未嘗偶作一吐胸中之奇。爾若能解《漢書》之訓詁,參以《莊子》之詼詭,則余願償矣。至行氣爲文章第一義,卿、雲之跌宕,昌黎之倔强,尤爲行氣不易之法,爾宜先於韓公倔强處揣摩一番。

雄奇以行氣爲上,造句次之,選字又次之,然未有字不古雅而句能古雅,句不古雅而氣能古雅者,亦未有字不雄奇而句能雄奇,句不雄奇而氣能雄奇者。是文章之雄奇,其精處在行氣,其粗處全在造句選字也。余好古人雄奇之文,以昌黎爲第一,揚子雲次之。二公之行氣,本之天授,至於人事之精能,昌黎則造句之工夫居多,子雲則選字之工夫居多。

余觀漢人詞章,未有不精于小學訓詁者,如相如、子雲、孟堅,于小學皆專著一書,《文選》於此三人之文,著録最多。余于古文,志在效法此三人,并司馬遷、韓愈五家,以此五家之文,精于小學訓詁,不妄下一字也。(以上《家訓》)

爲文全在氣盛,欲氣盛全在段落清。每段分束之際,似斷不斷,似咽非咽,似吞非吞,似吐非吐,古人無限妙境,難於領取,每段張起之際,似承非承,似提非提,似突非突,似紓非紓,古人無限妙用,亦難領取。(《辛亥日記》)

《日記》中論《史記》及韓文諸篇,分析評較,皆有條貫,語繁不更録。滌笙

又有《十八家詩鈔》，與《經史百家雜鈔》，同爲有名選本。《聖哲畫象記》
云："於古今詩家，篤守四人，唐之李、杜，宋之蘇、黄。"要之其神感所屬，仍
于宋人爲近，故《日記》稱七律專讀黄庭堅，七絶專讀陸游。滌笙鈔古文，
分氣勢、識度、情韻、趣味之屬；鈔古今詩，別增一機神之屬。《日記》中釋
機神二字，語至永，然《十八家詩鈔》列氣勢、識度、情韻諸目，別增工律之
屬，而無趣味、機神之稱，豈其意中變乎？錄機神之説於次。

　　機者，無心遇之，偶然觸之。姚惜抱謂："文王周公繫《易》象辭
爻辭，其取象亦偶觸於其機，假令《易》一日而爲之，其機之所觸少變，
則其辭之取象亦少異矣。"余嘗歎爲知言。神者，如佛書之有偈語，其
義在可解不可解之間。古人有所托諷，如阮嗣宗之類，故作神語以亂
其辭，唐人如太白之豪，少陵之雄，龍標之逸，昌穀之奇，及元、白、張、
王之樂府，亦往往多神到機到之語。即宋世名家之詩，亦皆人巧極而
天工錯，徑路絶而風雲通。蓋必可與言機，可與言神，而後極詩之
能事。

第七十六　陳廷焯

自常州派之興數十年後而有莊、譚。莊棫字中白，號蒿庵，丹徒人；譚獻字仲修，號復堂，仁和人。蒿庵叙《復堂詞》曰："夫義可相附，義即不深，喻可專指，喻即不廣。托志帷房，眷懷君國，溫、韋以下，有跡可尋，然而自宋及今，幾九百載，少游、美成而外，合者鮮矣。又或用意太深，辭爲義掩，雖多比興之旨，未發縹緲之音。近世作者，竹垞擷其華而未芟其蕪，茗柯溯其源而未竟其委。"又曰："自古詞章皆關比興，斯義不明，體制遂舛，狂呼叫囂，以爲慷慨，矯其弊者，流爲平庸，風詩之義，亦云渺矣。"

復堂之詞，與莊蒿庵齊名，其持論略見《復堂日記》。于文則主不分駢散，不就當時古文家範圍，亦不必有意抉此藩籬。於詩則爲明前後七子張目，謂李夢陽質有其文，始終條理，匪必智過其師，亦足當少陵之史；謂李于鱗高亮深秀，正不易得；謂王弇州古詩樂府，才氣橫逸，出于鱗上。《復堂詞》錄附《論詞》一卷，未刊。《復堂日記》云："填詞至嘉慶，俳諧之病已淨，即蔓衍闒緩，貌似南宋之習，明者亦漸知其非。常州派興，雖不無皮傅，而比興漸盛。故以浙派洗明代淫曼之陋而流爲江湖，以常派挽朱、厲、吳、郭佻染餖飣之失而流爲學究。近時頗有人講南唐北宋，清真、夢窗、中仙之緒既昌；玉田、石帚漸爲已陳之芻狗。周介存有從有寄託入、無寄託出之論，然後體益尊，學益大。"

陳廷焯字亦峰，丹徒人，于莊蒿庵爲戚鄰，故得其説爲多，有《白雨齋詞話》。清人之詞,至莊、譚而局勢大定,莊、譚論詞無完書,故以亦峰之説終焉。

亦峰論詞,首貴沉鬱,其説本于皋文,所謂"低佪要眇以喻其致"者也。亦峰之言曰:"作詞之法,首貴沉鬱,沉則不浮,鬱則不薄。"又云:

> 詩詞一理,然亦有不盡同者。詩之高境亦在沉鬱,然或以古樸勝,或以沖淡勝,或以鉅麗勝,或以雄蒼勝,納沉鬱於四者之中,固是化境,即不盡沉鬱,如五七言大篇,暢所欲言者,亦別有可觀。若詞則舍沉鬱之外,更無以爲詞,蓋篇幅狹小,倘一直説去,不留餘地,雖極工巧之致,識者終笑其淺矣。
> 所謂沉鬱者,意在筆先,神餘言外,寫怨夫思婦之懷,寓孽子孤臣之感,凡交情之冷淡,身世之飄零,皆可於一草一木發之,而發之又必若隱若見,欲露不露,反復纏綿,終不許一語道破,匪獨格體之高,亦見性情之厚。飛卿詞如"懶起畫蛾眉,弄妝梳洗遲",無限傷心,溢於言表。又"春夢正關情,鏡中蟬鬢輕",淒涼哀怨,真有欲言難言之苦。又"花落子規啼,綠窗殘夢迷",又"鸞鏡與花枝,此情誰得知",皆含深意。

亦峰論兩宋名家,有"詞中四聖"之説,或去少游,別稱"詞壇三絕"。錄其説於次:

> 詞法莫密于清真,詞理莫深于少游,詞筆莫超于白石,詞品莫高於碧山,皆聖於詞者。而少游時有俚語,清真、白石間亦不免,至碧山乃一歸雅正,後之爲詞者,首當服膺勿失。
> 詞法之密無過清真,詞格之高無過白石,詞味之厚無過碧山,詞壇三絕也。

亦峰論清真云：“詞至美成，乃有大宗，前收蘇、秦之終，後開姜、史之始，自有詞人以來，不得不推爲巨擘，後之爲詞者，亦難出其範圍。然其妙處，亦不外沉鬱頓挫，頓挫則有姿態，沉鬱則極深厚。既有姿態，又極深厚，詞中三昧，亦盡於此矣。”常州派如周止庵于白石頗有貶詞，亦峰之言，本不盡守常州派師説，即其論皋文《詞選》者，亦約略可見。亦峰論美成、白石云：

> 美成、白石，各有至處，不必過爲軒輊。頓挫之妙，理法之精，千古詞宗，自屬美成，而氣體之超妙，則白石獨有千古，美成亦不能至。
>
> 美成詞於渾灝流轉中，下字用意，皆有法度。白石則如白雲在空，隨風變滅，所謂各有獨至處。

《白雨齋詞話》瓣香所在，獨數碧山，即下二則觀之，略見其故：

> 詞有碧山而詞乃尊，否則以爲詩之餘事，遊戲之爲耳。必讀碧山詞，乃知詞所以補詩之闕，非詩之餘也。
>
> 少陵每飯不忘君國，碧山亦然，然兩人負質不同，所處時勢又不同。少陵負沉雄博大之才，正值唐室中興之際，故其爲詩也悲以壯；碧山以和平中正之音，却值宋室敗亡之後，故其爲詞也哀以思。推而至於《國風》、《離騷》，則一也。

論詞之家，於東坡本無定論，《宋四家詞選》至列東坡於稼軒之下。[①]　亦峰獨反其説，論蘇、辛云：“蘇、辛並稱，然兩人絶不相似。魄力之大，蘇不如辛；氣體之高，辛不逮蘇遠矣。東坡詞寓意高遠，運筆空靈，措語忠厚，其獨至處，美成、白石亦不能到。昔人謂東坡詞非正聲，此特拘於音調言之，而不究本原之所在，眼光如豆，不足與之辨也。”又謂“東坡詩文縱列上品，

---

① 1933 年講義下有“入於附庸之列”一句。

亦不過爲上之中下,若詞則幾爲上之上矣,此老生平第一絕詣,惜所傳不多耳"。語最精悍。

亦峰于元明詞人皆置不論,于清初作家獨推竹垞、迦陵、樊榭三家,而於三家之詞,皆不能滿,列其說於次:

> 陳以雄闊勝,可藥纖小之病;朱以雋逸勝,可藥拙滯之病;厲以幽峭勝,可藥陳俗之病;不可謂之正聲,不得不謂之作手。
>
> 學古人詞,貴得其本原;舍本求末。終無是處。其年學稼軒,非稼軒也;竹垞學玉田,非玉田也;樊榭取徑于《楚騷》,非《楚騷》也;均不容不辨。
>
> 迦陵雄勁之氣,竹垞清雋之思,樊榭幽豔之筆,得其一節,亦足自豪;若兼有衆長,加以沉鬱,便是詞中聖境。

三人之中,亦峰獨推迦陵爲巨擘,謂迦陵《題珂雪詞》"萬馬齊暗蒲牢吼"七字,直似自品其詞。又云:"迦陵詞沈雄俊爽,論其氣魄,古今無敵手,若能加以渾厚沈鬱,便可突過蘇、辛,獨步千古。"要之亦峰之說,主于沉鬱,而深憾於迦陵詞,以爲不患不能沉,患在不能鬱,不鬱則不深,不深則不厚,發揚蹈厲而無餘蘊,究屬粗才。至竹垞之詞,獨追南宋,當時以爲在迦陵上,亦峰論之,大指謂竹垞所知,特玉田之表,師玉田而不師其沉鬱,是爲買櫝還珠。至其論樊榭者則云:"樊榭詞拔幟于陳、朱之外,窈曲幽深,自是高境,然其幽深處在貌而不在骨,絕非從《楚騷》來,故色澤甚饒,而沉厚之味,終不足也。"大抵亦峰之論三家,每每有刻深過當者,至於板橋、頻伽,則更不屑措論矣。

亦峰之學,遙本常州,故論皋文之詞,以爲沉鬱疏快,最是高境,陳、朱雖工詞,未必到此地步;又論翰風,以爲飛行絕跡,不逮皋文,而宛轉纏綿,時復過之。其平生推挹者則在莊、譚;二人之中,尤重蒿庵。其語如次:

　　詞至國初而盛,至毗陵而後精。近時詞人,莊中白夐乎不可尚矣,譚氏仲修駸駸與古爲化,鹿潭稍遜臯文、莊、譚之古厚,而才氣甚雄,亦鐵中錚錚者。

　　復堂詞品骨甚高,源委悉達,窺其胸中眼中,下筆時匪獨不屑爲陳、朱,盡有不甘爲夢窗、玉田處,所傳雖不多,自是高境。余嘗謂近時詞人莊中白尚矣,蔑以加矣,次則譚仲修。

　　無論詩古文詞,推到極處,總以一誠爲主,杜詩韓文所以大過人者在此;求之於詞,其惟碧山乎。然自宋迄今,鮮有知者。知碧山者惟蒿庵,即臯文尚非碧山真知己也,知音不亦難哉?

　　碧山有大段不可及處,在懇摯中寓溫雅,蒿庵有大段不可及處,在怨悱中寓忠厚,而出以沉鬱頓挫則一也,皆古今絶特之詣。

蒿庵嘗語亦峰,悟得碧山而後,可以窮極高妙。亦峰論其詞,以爲發源于《國風》《小雅》,胎息于淮海、大晟,而寝饋於碧山者,此也。《白雨齋詞話》又云:"詞至元、明,猶詩至陳、隋,茗柯、蒿庵,猶陳射洪、張曲江也。嗣後誰爲太白,收前古之終,誰爲杜陵,別出旗鼓以開來學哉?"其言於詩詞正變,言之極明,渺渺之懷,所思遠矣。

附録一 《大綱》與歷次講義章節異同表[①]

1932 年講義		1933 年講義		1937 年殘稿及目録		1939 年本（即《大綱》）	
1	文學批評	1	緒言	1	緒言	1	緒言
2	先秦批評	2	古代之文學批評	2	孔子、孟子、荀子及其他諸家	2	孔子、孟子、荀子及其他諸家
				3	《詩》三百五篇及《詩序》	3	《詩》三百五篇及《詩序》
3	兩漢批評	3	漢代之文學批評一	4	西漢之文學批評	4	西漢之文學批評
		4	漢代之文學批評二	5	東漢之文學批評	5	東漢之文學批評
4	建安批評	5	建安時代之文學批評	6	建安時代之文學批評	6	建安時代之文學批評

---

① 本表根據朱先生自存三份講義及一份殘稿，以及《大綱》1944 年本編製而成，以《大綱》章節爲序。第一欄爲 1932 年初次講義之章節，第二欄爲 1933 年講義章節，第三欄爲 1937 年修訂本殘稿首附目録。另 1933 年講義目録存先生自批勾改，接近殘稿目録，稍有不同，亦附注第三欄下。《大綱》章節爲第四欄。

（續表）

1932 年講義		1933 年講義		1937 年殘稿及目錄		1939 年本（即《大綱》）	
5	陸機　陸雲	6	陸機　陸雲	7	陸機　陸雲①	7	陸機　陸雲
6	摯虞　李充	7	摯虞　李充	8	皇甫謐　左思 摯虞附李充	8	皇甫謐　左思 摯虞　附李充
7	葛洪	8	葛洪	9	葛洪	9	葛洪
		9	范曄　蕭子顯 裴子野	10	范曄　蕭子顯 附裴子野	10	范曄　蕭子顯 附裴子野
8	沈約	10	沈約	11	沈約	11	沈約
9	劉勰	11	劉勰	12	劉勰	12	劉勰
10	鍾嶸	12	鍾嶸	13	鍾嶸	13	鍾嶸
11	蕭氏父子	13	蕭統　蕭綱 蕭繹	14	蕭統　蕭綱 蕭繹	14	蕭統　蕭綱 蕭繹
12	顏之推	14	顏之推	15	顏之推	15	顏之推
13	隋代之文學批評及文中子	15	隋代之文學批評及文中子	16	隋代之文學批評及文中子②	16	隋代之文學批評及文中子
14	唐初史家之批評	16	唐初史家之批評	17	唐初史家之文學批評	17	唐初史家之文學批評
15	劉知幾	17	劉知幾	18	劉知幾	18	劉知幾
				19	初唐及盛唐時代之詩論	19	初唐及盛唐時代之詩論
18	白居易　元稹	20	白居易　元稹	20	白居易　元稹③	20	白居易　元稹
16	韓愈	18	韓愈	21	韓愈	21	韓愈

① 講義目錄批改此節作"陸機　陸雲　附摯虞"，下節"摯虞　李充"刪。

② 講義目錄批改此節括去。

③ 講義目錄批改此節前擬增"殷璠　高仲武"。

（續表）

	1932 年講義		1933 年講義		1937 年殘稿及目録		1939 年本（即《大綱》）
17	柳冕 柳宗元 李翱 皇甫湜	19	柳冕 柳宗元 李翱 皇甫湜	22	柳冕 柳宗元 李翱 皇甫湜 李德裕	22	柳冕 柳宗元 李翱 皇甫湜 李德裕
19	皎然詩式及司空圖詩品	21	皎然詩式及司空圖	23	司空圖 附唐人論詩雜著①	23	司空圖 附唐人論詩雜著
20	歐陽修	22	歐陽修	24	歐陽修 曾鞏	24	歐陽修 曾鞏
21	王安石 蔡絛 葉少藴	23	王安石 蔡絛 葉少藴	25	王安石 蔡絛 葉夢得	25	王安石 蔡絛 葉夢得
22	蘇軾	24	蘇軾	26	蘇軾 蘇轍 張耒	26	蘇軾 蘇轍 張耒
23	蘇轍、張耒及惠洪	25	蘇轍 張耒				
24	黃庭堅	26	黃庭堅	27	黃庭堅	27	黃庭堅
25	後山詩話及范仲温	27	後山詩話及范仲温	28	陳師道 范温	28	陳師道 范温
26	吕本中 韓駒	28	吕本中 韓駒	29	吕本中 韓駒	29	吕本中
		30	張戒	30	張戒	30	張戒
28	楊萬里 姜夔	31	楊萬里 姜夔	31	楊萬里 姜夔 陸游	31	楊萬里 姜夔 陸游
29	葉適	32	葉適	32	葉適	32	葉適
30	朱熹	33	朱熹	33	朱熹 附道學家文論	33	朱熹 附道學家文論
				34	自《詩本義》至《詩集傳》	34	自《詩本義》至《詩集傳》

① 講義目録批改此節作"司空圖 附皎然《詩式》"。

（續表）

1932 年講義		1933 年講義		1937 年殘稿及目錄		1939 年本（即《大綱》）	
31	嚴羽	34	嚴羽	35	嚴羽	35	嚴羽
32	劉克莊	35	劉克莊	36	劉克莊①	36	劉克莊
33	晁補之 李清照 黃昇	36	晁補之 李清照 黃昇	39	宋人詞論之先驅	37	晁補之 李清照 黃昇
34	沈義父張炎	37	沈義父張炎	40	沈義父 張炎②	38	沈義父 張炎
27	方回	29	方回	37	方回	39	方回
				38	劉辰翁		
35	王銍 謝伋	38	王銍 謝伋	41	王銍 謝伋③		
36	元好問	39	元好問	42	王若虛 元好問	40	元好問
37	元代之文學批評	40	貫雲石 周德清 喬吉	43	貫雲石 周德清 喬吉	41	貫雲石 周德清 喬吉
38	高棅	41	高棅	44	高棅	42	高棅
39	李東陽 李夢陽 何景明 徐禎卿	42	李東陽 李夢陽 何景明 徐禎卿	45	李夢陽 何景明 徐禎卿 附李東陽	43	李夢陽 何景明 徐禎卿 附李東陽
		43	楊慎	46	楊慎	44	楊慎
40	謝榛 王世貞	44	謝榛 王世貞	47	謝榛 李攀龍 王世貞	45	謝榛 王世貞
				48	王世懋 胡應麟		
41	唐順之 茅坤	45	唐順之 茅坤	49	唐順之 茅坤 歸有光④	46	唐順之 茅坤

---

① 講義目錄批改此節下注"戴石屏 方岳"。
② 講義目錄批改此節初將黃昇括去,旁注"王灼"。復以兩節併合,旁注"宋代論詞諸家"。
③ 講義目錄批改此節括去。
④ 講義目錄批改此節作"王慎中 唐順之 茅坤 歸有光",又批"另一章,王世懋 胡應麟"。

（續表）

	1932 年講義		1933 年講義		1937 年殘稿及目錄		1939 年本（即《大綱》）
42	歸有光及"弇州晚年定論"	46	歸有光及"弇州晚年定論"			47	歸有光及"弇州晚年定論"
43	徐渭　臧懋循　沈德符	47	徐渭　臧懋循　沈德符	50	徐渭　臧懋循　沈德符　吕天成	48	徐渭　臧懋循　沈德符
44	吕天成　王驥德	48	吕天成　王驥德	51	王驥德附填詞解①	49	吕天成　王驥德
45	袁宏道	49	袁宏道	52	李贄　袁宏道 附袁宗道、袁中道	50	袁宏道
		50	鍾惺　譚元春	53	鍾惺　譚友夏	51	鍾惺　譚元春
46	錢謙益	51	錢謙益	54	錢謙益	52	錢謙益
		52	馮班	55	馮班②	53	馮班
		53	陳子龍　吳偉業	56	陳子龍　吳偉業	54	陳子龍　吳偉業
		54	黃宗羲	57	黃宗羲	55	黃宗羲
		55	王夫之　顧炎武	58	王夫之　顧炎武	56	王夫之　顧炎武
		56	侯方域　魏禧	59	侯朝宗　魏禧 汪琬	57	侯方域　魏禧
		57	毛奇齡　朱錫鬯	60	毛奇齡　朱彝尊	58	毛奇齡　朱彝尊
		58	王士禛	61	王士禛 附翁方綱	59	王士禛
		59	吳喬　趙執信	62	吳喬　趙執信③	60	吳喬　趙執信

① 講義目録批改此節作"王驥德附吕天成及填詞解"。

② 講義目録批改此節下注"賀裳　吳喬"。

③ 講義目録批改此節刪去，于王士禛下注"附翁方綱、趙執信。"

（續表）

1932 年講義		1933 年講義		1937 年殘稿及目錄		1939 年本（即《大綱》）	
		60	葉燮	63	葉燮	61	葉燮
		61	清初論詞諸家	64	清初論詞諸家①	62	清初論詞諸家
		62	金人瑞	65	金人瑞	63	金人瑞
		63	李漁	66	李漁	64	李漁
		64	方苞 劉大櫆	67	方苞 劉大櫆	65	方苞 劉大櫆
		65	姚鼐 劉開	68	姚鼐 劉開②	66	姚鼐 劉開
		66	紀昀	69	紀昀	67	紀昀
		67	沈德潛	70	沈德潛	68	沈德潛
		68	袁枚	71	袁枚	69	袁枚
		69	趙翼	72	趙翼	70	趙翼
		70	章學誠	73	章學誠	71	章學誠
		71	阮元	74	阮元③	72	阮元
		72	惲敬	75	惲敬 包世臣	73	惲敬
		73	張惠言 周濟	76	張惠言 周濟	74	張惠言
		74	曾國藩	77	曾國藩④	75	曾國藩
		75	陳廷焯	78	陳廷焯	76	陳廷焯

---

① 講義目錄批改此節下括注"亦王、朱、厲、郭言之"。

② 講義目錄批改于姚鼐下加"梅曾亮"。

③ 殘稿目錄原作"阮元附焦循"，後將"附焦循"三字括去。講義目錄批改增注"焦循"。

④ 講義目錄批改于曾國藩下注"附張、吳"。殘稿目錄缺寫"曾國藩""陳廷焯"二目，今據殘稿正文補。

附録二　歷次講義刪存及
　　　　《大綱》再版後記

一、1932 年本講義節存

題　　記

　　中國文學批評史,現時惟有陳鐘凡著一種。觀其所述,大體略具,然倉卒成書,罅漏時有。略而言之,蓋有數端。荀卿有言,遠略近詳。故劉知幾曰:"史之詳略不均,其爲辨者久矣。"又曰:"國阻隔者,記載不詳;年淺近者,撰録多備。"今陳氏所論,唐代以前殆十之七,至於宋後不過十三。然文體繁雜,溯自宋元,評論銓釋,後來滋盛,概從闊略,掛漏必多。此則繁略不能悉當者一也。又尺有所短,寸有所長,震於盛名,易爲所蔽。杜甫一代詩人,後來仰鏡,至於評論時流,撫拾浮譽,責以名實,殊難副稱。葉適《讀杜詩絶句》曰:"絶疑此老性坦率,無那評文太世情。若比乃翁增上慢,諸賢那得更垂名。"而陳氏所載杜甫之論,累紙不能畢其詞。此則簡擇不能悉當者又一也。又文學批評,論雖萬殊,對象則一。對象惟何? 文學而已。若割裂詩文,歧別詞曲,徒見繁碎,未能盡當。有如呂本中之《童蒙訓》,劉熙載之《藝概》,撰述之時,應列何等? 況融齋之書,其指有歧,寧能逐節分章,概予羅列。然中土撰論,大都各有條貫,詩話詞品,曲律文論,粲然具在,朗若列眉,分別陳述,亦有一節之長。此則分類不盡當而不妨置之者又一也。述兹三者,略當舉隅,旨非譏訶,無事殫悉。今兹所撰,概取簡要,凡陳氏所已詳,或從闕略,義可互見,不待複重。至於成書,請俟他日。

第一　緒言

文學批評一語,古無定名。《隋書·經籍志》于《文章流別志論》《翰林論》《文心雕龍》等諸書,皆附列總集之後,所謂解釋評論,總于此編者也。《舊唐書》因之。《新唐書·藝文志》別立文史類,凡四家四部十八卷,其不著錄者又若干。《宋史》因之,凡九十八部六百卷,然如《艇齋詩話》《苕溪漁隱叢話》等又別入小說類,則分部別居,蓋有未盡者。《明史·藝文志》亦有文史類,凡四十八部二百六十卷,其錯入小說類者未見,蓋視《宋史》爲加謹矣。《四庫總目》始別有詩文評類,然亦不能盡賅文學批評,如《樂府指迷》《詞苑叢談》之附入詞曲類者是也。大率近人分類雖視古益精,而文學批評一語之成立,翻待至西洋文學接觸而後。

高斯(Edmund Gosse),英國有名之文學批評家也,其論批評曰:"批評一語,出自希臘語裁判之字,所以判定文學上或美術上的對象之性質及價值之藝術也。第一對于任何事物之性質,先須成立其判決并發表之。埃諾德曰:'批評者,一種無所爲而爲之之努力,對于世間最佳之思想及知識,自覺覺人者也。'因此復有第二義,即對于文學或美術之創作,分析其特點及性質,公之於世,而其自身復成爲一種獨立之文學也。至於指批評爲索瘢求疵之作,言之者雖多,其言絕無所據。……真正之批評既無勝義,亦無劣義,其作用在屏除私見及偏見,而發爲公正之判定而已。"

高氏又曰:"自歷史的方面言之,亞里多德殆爲文學批評之始祖。其他批評之著作,視亞氏時代儘有更遠者,自亞里多德之 *Poetics* 及 *Rhetorit* 出而後文學批評始入確定之境界。其時文學在一方面極爲繁富,在又一方面則又極爲缺乏。盛世保列(Saintsbuay)論之,謂亞里多德之論詩,則以其時小説尚未成立,不無遺憾。其論散文,則又以雄辯術獨擅一時,不無偏重。此言誠有見也。蓋古代之批評大抵如斯矣。"①

右述兩節,論極持平,其他證引,不待更述。然中國所爲文者,與西方之論不必盡合,茲就文之廣義舉之。《易·賁卦》象曰:"觀乎天文以察時變,觀乎人文以化成天下。"《左傳》記仲尼曰:"志有之,言以足志,文以足言。不言誰知其志。言之無文,行之不遠。"《白虎通德論》曰:"質法天,文法地,故天爲質,地受而化之,奉而承之,故曰文。"《典論》曰:"文章經國之大業,不朽之盛事。"《北齊書·文苑傳序》曰:"達幽顯之情,明天人之際,其在文乎!"李華《崔孝公文集序》,首稱文者貫道之器。周敦頤《通書》,亦稱文所以載道也。綜斯諸論,遠則究於天人之際,近則窮於言行之郊,經國載道,煥然畢陳。文學之性質既屢遷,則文學批評之對象亦遞嬗,推移無形,固難盡究矣。

文學批評與批評文學,二名並懸,詁訓兩異。文學批評之義,略如前陳,批評文學則指其中之尤雅飭整齊者而言。隻詞單句不成片段者,固無論矣,即摭拾剩語,勉成完書者,亦非其倫。舉此以繩,自《文心雕龍》、鍾嶸《詩品》、《史通》、《原詩》、《文史通義》等諸書以外,可得而數者,蓋無幾矣。今茲所論,固不限此。

或者又謂文學批評之盛衰,每視文學之升降爲轉移,斯又不然。魏晉六朝之文學,以太康間爲極盛,而劉、鍾成書,翻在齊梁。唐人之詩,標新領異,恢廣疆土,包毓靈異,而唐人論詩,自司空圖《詩品》以外,未中肯綮。妙觀逸響之句,獨標奧義,詩眼響字之論,備言音律,此皆出自宋人,遠邁當代。宋人之詞,千年獨擅,然宋人論詞,或造詩餘之論,辭而闢之,翻在近日。至於東坡之空靈,碧山之沉鬱,推少游爲詞心,闢劉、蔣爲外道,此

---

① 1932年本講義旁批記引高斯兩段引文之來源,其一"見《英文百科全書》",其二見《文學評論之原理》(有譯本)。

論惟於《白雨齋詞話》得之。戲曲肇自金元，小說盛於明代，而評論戲曲，批判小說，則探幽鉤深，出色當行者，蓋猶有待。然則，謂文學批評之與文學同時升降者，誤矣。

然於此中有當知者，則對於某項文學之批評，其成熟之時，必在其對象已經完成以後。有違此例，必多乖舛。昔摯虞持論，謂雅音之韻，四言爲正，其餘雖備曲折之體，而非音之正，至於五言七言，但於俳諧倡樂用之。此言若令六朝以後聞之，寧不成爲笑柄。高斯曰："自今觀之，昔日之批評家確定規律，執一繩萬，其病常在所不免，正規之批評中，常爲此種規律太嚴之病所乘，而創造的想象所成之作品，常以不合當代之規律而見斥，如勃萊克、基慈，乃至彌爾敦之詩是矣。"此言可以證也。

至於中國文學批評之分類，《四庫總目·詩文評類提要》云："文章莫盛於兩漢，渾渾灝灝，文成法立，無格律之可拘。建安、黃初，體裁漸備，故論文之說出焉，《典論》其首也。其勒爲一書傳於今者，則斷自劉勰、鍾嶸。勰究文體之源流而評其工拙，嶸第作者之甲乙而溯厥師承，爲例各殊。至皎然《詩式》，備陳法律；孟棨《本事詩》，旁采故實；劉攽《中山詩話》，歐陽修《六一詩話》，又體兼說部。後所論著，不出此五例中矣。"舉此五端以當文學批評，範圍較狹，而詩話、詞話雜陳瑣事者，尤非文學批評之正軌。然前代文人評論之作，每散見於集中，爬羅剔抉，始得其論點所在，正不可以詩文評之類盡之也。至若東坡之論蘇李贈答，晦庵之辨《詩》大、小《序》，此則自爲考訂一派，西人亦有之，要皆逸出文學批評之常軌以外。森世保列著《文學批評史》，於此派之議論，多所異同，至於撰述，概從闕略，良有以也。

第二　先秦批評[①]

《虞書》曰："詩言志，歌永言，聲依永，律和聲。"自古述詩多稱道之，其詳不可得而知矣。《左傳》襄公二十九年吳公子札聘於魯，傳稱其論斷

---

① 1933 年本講義改題"古代之文學批評"。

之詞,略曰:

> 吳公子札來聘,請觀於周樂。使工爲之歌《周南》《召南》,曰:
> "美哉,始基之矣,猶未也,然勤而不怨矣。"爲之歌《邶》《鄘》《衛》,
> 曰:"美哉淵乎,憂而不困者也。吾聞衛康叔武公之德如是,是其衛風
> 乎?"爲之歌《王》,曰:"美哉,思而不懼,其周之東乎?"爲之歌《鄭》,
> 曰:"美哉,其細已甚,其民弗堪也,是其先亡乎?"爲之歌《齊》,曰:
> "美哉,泱泱乎大風也哉,表東海者,其太公乎,國未可量也。"爲之歌
> 《豳》,曰:"美哉蕩乎,樂而不淫,其周公之東乎?"爲之歌《秦》,曰:
> "此之謂夏聲,夫能夏則大,大之至也,其周之舊乎?"爲之歌《魏》,
> 曰:"美哉,渢渢乎,大而婉,險而易行,以德輔此,則明主也。"爲之歌
> 《唐》,曰:"思深哉,其有陶唐氏之遺民乎,不然,何憂之遠也,非令德
> 之後,誰能若是?"爲之歌《陳》,曰:"國無主,其能久乎?"自《鄶》以
> 下,無譏焉。爲之歌《小雅》,曰:"美哉,思而不貳,怨而不言,其周德
> 之衰乎,猶有先王之遺民焉。"爲之歌《大雅》,曰:"廣哉,熙熙乎,曲
> 而有直體,其文王之德乎?"爲之歌《頌》,曰:"至矣哉,[①]直而不倨,曲
> 而不屈,邇而不偪,遠而不攜,遷而不淫,復而不厭,哀而不愁,樂而不
> 荒,用而不匱,廣而不宣,施而不費,取而不貪,處而不底,行而不流,
> 五聲和,八風平,節有度,守有序,盛德之所同也。"

季札論詩,評騭殆遍,然所論者爲辭爲聲,則言者猶未定。杜注:"美其
聲。"孔穎達《正義》曰:"先儒以爲季札所言,觀其詩辭而知,故杜顯而異
之。"《文心雕龍‧樂府篇》云:"詩爲樂心,樂爲詩體,季札觀辭,不直聽聲
而已。"故知杜預之言,不盡可信也。

《論語》論《關雎》曰:"《關雎》樂而不淫,哀而不傷。"古人以爲言其

---

① 1932 年講義引至此,下據 1933 年本補足。

音律諧適,使人聞之中和且平,而不至於淫且傷焉。至云:"《詩三百》,一言一蔽之,曰:思無邪。"①又曰:"《詩》可以興,可以觀,可以群,可以怨。邇之事父,遠之事君,多識於鳥獸草木之名。"

《禮記・經解》篇云:"孔子曰:'入其國,其教可知也。其爲人也温柔敦厚,《詩》教也。……《詩》之失愚。……其爲人也温柔敦厚而不愚,則深於《詩》者也。'"《正義》曰:"《經解》一篇總是孔子之言,記者録之以爲經解者。……温柔敦厚《詩》教也者,温謂顏色温潤,柔謂性情和柔,《詩》依違諷諫,不指切事情,故云温柔敦厚是《詩》教也。……《詩》之失愚者,《詩》主敦厚,若不節制,則失在於愚。"

《禮記》出自漢初經生,所述孔子之言不可盡信。然温柔敦厚之説,則深中于人心,此則以儒家思想支配中國社會,人人不敢有所違異故也。中國詩詞每作委婉之辭,不敢有所指斥,兢兢焉恐失詩人忠厚之旨,皆出於《禮記》一語也。臣之於君,義主忠諫,則託之於詩。《漢書・王式傳》,稱式爲昌邑王師,昌邑王嗣立,以行淫亂廢,式繫獄當死,治事使者責問曰:"師何以亡諫書?"式對曰:"臣以《詩》三百五篇朝夕授王,至於忠臣孝子之篇,未嘗不爲王反復誦之也。至於危亡失道之君,未嘗不流涕爲王深陳之也。臣以三百五篇諫,是以亡諫書。"其一例也。至於清弘曆之叙《清詩別裁集》,則更昌言之曰:"詩者何,忠孝而已耳,離忠孝而言詩,吾不知其爲詩也。"此則直欲以文學作品爲專制君主劫持臣下之具,其爲荒誕,尤可駭笑。對于《禮記》一語,自古多有懷疑者,顧炎武《日知録》曰:

　　詩之爲教,雖主于温柔敦厚,然亦有直斥其人而不諱者。如曰:"赫赫師尹,不平謂何?"如曰:"赫赫宗周,褒姒滅之。"如曰:"皇父卿士,番維司徒,家伯家宰,仲允膳夫,聚子内史,蹶維趣馬,

---

① 以上一段,1932 年本講義作"《論語》論詩自思無邪一語以外",今據 1933 年本補足。

橘維師氏，豔妻煽方處。"如曰："伊誰云從，維暴之云。"則皆直斥其官族名字，古人不以爲嫌也。《楚辭》："余以蘭爲可恃兮，羌無實而容長。"王逸《章句》謂懷王少弟司馬子蘭。"椒專佞以慢慆兮"，《章句》謂楚大夫子椒。洪興祖補注《古今人表》有令尹子椒。如杜甫《麗人行》："賜名大國虢與秦，慎莫近前丞相嗔。"近於《十月之交》詩人之義矣。

同時王夫之《薑齋詩話》亦曰：

> 《小雅·鶴鳴》之詩，全用比體，不道破一句，三百篇中創調也。要以俯仰物理而咏歎之，用見理隨物顯，唯人所感，皆可類通，初非有所指斥一人一事，不敢明言而姑爲隱語也。若他詩有所指斥，則皇父、尹氏、暴公，不憚直斥其名，歷數其慝，而且自顯其爲家父，爲寺人孟子，無所規避。詩教雖云溫厚，然光昭之志，無畏於天，無恤於人，揭日月而行，豈女子小人半含不吐之態乎？《離騷》雖多引喻，而直言處亦無所諱。[1]

顧炎武、王夫之皆經生，故對于溫柔敦厚之説，雖不盡信，亦不盡斥也。清袁枚《答沈大宗伯論詩書》："所云詩貴溫柔，不可説盡，又必關係人倫日用，此數語有襃衣大袑氣象，僕口不敢非先生而心不敢是先生。何也？孔子之言，戴經不足據也，惟《論語》爲足據。子曰：可以興，可以群，此指含蓄者而言之，如《柏舟》《中谷》是也。曰可以觀，可以怨，此指説盡者而言之，如艷妻煽方處，投畀豺虎之類是也。曰邇之事親，遠之事君，此詩之有關係者也。曰多識於鳥獸草木之名，此詩之勿關係者也。"袁氏所言，直舉

---

[1]　王夫之語，1933 年講義僅存"詩教雖云溫厚，然光昭之志，無畏於天，無恤於人，揭日月而行，豈女子小人半含不吐之態乎"一段。

《論語》以駁《禮記》,此則操矛攻盾,尤爲切至者矣。①

　　《詩序》作者之姓氏,爲自昔聚訟所在。陸德明《毛詩音義》:"沈重云,案鄭《詩譜》意,大序是子夏作,小序是子夏、毛公合作,卜商意有未盡,毛更足成之。"《隋·經籍志》又謂先儒相承謂《毛詩序》子夏所創,毛公及衛敬仲更加潤益。《詩序辯説》云:"《詩序》之作,説者不同,或以爲孔子,或以爲子夏,或以爲國史,皆無明文可考。惟《後漢書·儒林傳》,以爲衛宏作《毛詩序》一語,今傳於世,則序乃宏作明矣,然鄭氏又以爲諸序本自合爲一編,毛公始以寘諸篇之首,則是毛公之前,其傳已久,宏特增廣而潤色之耳。"故知子夏作《詩序》云者,要爲漢人臆説,非定論也。其論詩之起原者,具見陳書所引。至其論《風》《雅》《頌》者,附具於此:

　　　　上以風化下,下以風刺上,主文而譎諫,言之者無罪,聞之者足以戒。至王道衰,禮義廢,政教失,國異政,家殊俗,而變風、變雅作矣。國史明乎得失之跡,傷人倫之廢,吟詠情性以風其上,達於事變而懷其舊俗者也。故變風發乎情,止乎禮義。發乎情,民之性也;止乎禮義,先王之澤也。是以言一國之事,繫一人之本,謂之《風》。言天下之事,形四方之風,謂之《雅》。《雅》者正也,言王政之所由廢興也,政有小大,故有《小雅》焉,有《大雅》焉。《頌》者,美盛德之形容,以其成功告於神明者也。是謂四始,《詩》之至也。

此節詮釋《風》《雅》《頌》者如此,陳氏謂其分詩爲三類,則義本相因,辭非獨創,遽以歸美,所未敢承。至於後人論詩,尤多引申序説。陸德明述《毛詩》注解傳述人云:"詩者,所以言志,吟詠性情以諷其上者也。"此則更揚漢人之餘波,舉一偏以概全,假令諷上爲義,則商周三頌,所諷伊誰,言之率爾,滋多疵累,後之論者,所當慎矣。

---

① 1933 年講義下錄《樂記》一節,1937 年本及《大綱》均移至第三章。

第二十三　蘇轍、張耒及惠洪

惠洪，宋僧，宜豐彭氏子，名覺範，故人或稱爲洪覺範，有集名《石門文字禪》，又著《冷齋夜話》、《天厨禁臠》。惠洪游於東坡、山谷間，能爲詩及小詞，皆有致。許顗《彦周詩話》至謂其詩有可與山谷並驅者，未免過譽。《冷齋夜話》論述時人詩詞處，大體可觀。至《天厨禁臠》標舉詩格，舉唐宋舊作爲六，如列杜甫《寒食對月》詩爲偷春格之類，《四庫全書提要》譏爲强立名目，旁生枝節，其言甚允。

惠洪論文與文潛同，皆主明理，《跋東坡仇池録》云：

> 歐陽文忠公以文章宗一世，讀其書，其病在理不通，以理不通，故心多不能平，以是後世之卓絶穎脱而出者，皆目笑之。東坡蓋五祖戒禪師之後身，以其理通，故其文涣然如水之質，漫衍浩蕩，則其波亦自然而成文，蓋非語言文字也，皆理故也。自非從般若中來，其何以臻此。其文自孟軻、左丘明、太史公而來，一人而已。

《王直方詩話》云：“東坡平日最愛樂天之爲人，故有詩云：‘我甚似樂天，但無素與蠻。’又‘我似樂天君記取，華顛賞徧洛陽春。’”東坡之不薄樂天可知。又山谷於崑體詩不盡廢，於晚唐人中尤愛唐彦謙詩，彦謙即學義山者也。惠洪於樂天、義山皆不謂然，故論唐末之詩近於鄙俚則歸罪於白傅，又謂詩到義山，謂之文章一厄，則其人雖從蘇、黄游，亦不盡隨人俯仰者。其論詩體又云：

> 詩者，妙觀逸想之所寓也，豈可限以繩墨哉！如王維作畫雪中芭蕉，自法眼觀之，知其神情寄寓于物，俗論則譏以爲不知寒暑。……坡在儋耳作詩曰：“平生萬事足，所欠惟一死。”豈可與世俗論哉！予嘗與客論至此，而客不然予論，予作詩自誌其略曰：“東坡醉墨浩琳

琅,千首空餘萬丈光。雪裏芭蕉失寒暑,眼中騏驥略玄黄。"

妙觀逸想一語,別具會心,詩眼所見,不可限以繩墨,其言至可翫味。惠洪嘗春深獨行溪上,作小詩云:"小溪倚春漲,攘我夜月灣。新晴爲不平,約束晚來還。銀梭時撥刺,破碎波中山。整釣背落日,一葉嫩紅間。"又嘗暮歸見白鳥,作詩曰:"剩水殘山慘澹間,白鷗無事小舟閑。簡中著我添圖畫,便似華亭落照灣。"其詩楚楚有致,具見詩眼,宜山谷之見賞矣。

惠洪論詞極推重秦少游,稱爲小詞奇麗,詠嘆之想見其神情在絳闕道山之間。又拈少游《踏莎行·郴州旅舍》一首曰:"東坡絕愛其尾兩句,自書其扇,曰:'少游已矣,雖萬人莫贖。'"此則少游没後,東坡北歸時之論也。

第三十五　王銍　謝伋

六代以降,駢偶肇興,至於唐代,其用益繁,故令狐楚有表奏之法,樊南有四六之集。五代之間,漸趨工巧,羅隱《賀昭宗更名表》有云:"右則虞舜之全文,左則姬昌之半字。"當時以爲警策。至於有宋,四六名家則北宋有王禹偁、楊億、夏竦、歐陽修、蘇軾、王安石,南宋有汪藻、洪邁、周必大、綦崇禮、孫覿諸人。《後山詩話》云:"國初士大夫例能四六,然用散語與故事爾。楊文公刀筆豪贍,體亦多變,而不脱唐末與五代之氣,又喜用古語,以切對爲工,乃進士賦體爾。歐陽少師始以文體爲對屬,又善叙事,不用故事陳言而文益高。"此則尚論北宋者也。

宋人評論四六之作,散見各書,如《後山詩話》《鶴林玉露》以及《誠齋詩話》《容齋隨筆》等等,至於宋末復有周密之《浩然齋雅談》、劉壎之《隱居通議》。其以專書稱者,僅有王銍之《王公四六話》,及謝伋之《四六談塵》。如王應麟之《辭學指南》,則瑣屑過甚,無關旨要。今舉王銍、謝伋之説,以見宋人評論四六之語。

　　王銍，王素子，汝陰人，字性之，自稱汝陰老民，記問賅洽，長於宋代故事，嘗撰《七朝國史》，紹興初給札奏御，爲樞密院編脩官，會秦檜當國而止。有《雪溪集》《補侍兒小名録》《默記》《王公四六話》等。《四六話》自序云：

　　　　先君子少居汝陰鄉里，長而游學四方，學文於歐陽文忠公，而授經於王荆公、王深父、常夷父。既仕，從滕元發、鄭毅父論作賦與四六，其學皆極先民之淵藴。銍每侍教誨，當語以爲文爲詩賦之法。且言賦之興遠矣，唐天寶十二載，始詔舉人策問外，試詩賦各一首，自此八韻律賦始盛。其後作者如陸宣公、裴晉公、吕溫、李程猶未能極工，逮至晚唐，薛逢、宋言及吴融出於場屋，然後曲盡其妙，但山川草木雪風花月，或以古之故實爲景題賦，於人物情態爲無餘地。若夫禮樂刑政、典章文物之體，畧未備也。國初名輩，猶雜五代衰陋之氣，似未能革。至二宋兄弟，始以雄才奧學，一變山川草木人情物態，歸於禮樂刑政典章文物，發爲朝廷氣象，其規模閎達深遠矣。……世所謂箋題表啓號爲四六者，皆詩賦之苗裔也。

性之評騭北宋作者，略云：

　　　　先公言本朝自楊劉四六彌盛，然尚有五代衰陋氣象。至英公表章，始盡洗去。四六之深厚廣大，無古無今，皆可施用者，英公一人而已，所謂四六集大成者。至王岐公、元厚之四六，皆出於英公。王荆公雖高妙，亦出英公，但化之以義理而已。

《四庫全書提要》云："銍之所論，亦但較勝負於一聯一字之間，至周必大等承其餘波，轉加細密，終宋之世，惟以隸事切合爲工，組織繁碎，而文格日卑，皆銍等之論導之也。"《四六話》中所舉，常在字句之末，誠如《提要》

所論。如云：

　　鄧左轄温伯三入翰林，前後幾二十年，高文大册，每號稱職。其
立哲宗爲皇太子制，首曰："父子一體也，惟立長可以圖萬世之安；國
家大器也，惟建儲可以係四海之望。"末云："離明震長，綿帝祚於億
年；解吉渙亨，灑天人於萬宇。"天下誦之。
　　元厚之作王介甫再相麻，世以爲工，然未免偏枯。其云：忠氣貫
日，雖金石而爲開；讒波稽天，孰斧戕之敢闕。上句忠氣貫日則可以襯
雖金石而爲開，下句讒波稽天則於斧戕了無干涉，此四六之病也。元厚
之取古今傳記佳語作四六，雖金石而爲自開，《西京雜記》載揚雄語也；日
華明潤，李德裕《唐武宗畫像贊》也。四六尤欲取古人妙語以見功耳。

　　性之又云："四六貴出新意，然用景太多而氣格低弱，則類俳矣。唯用
景而不失朝廷氣象，語劇豪壯而不怒張，得從容中和之道，然後爲工。"又：
"四六格句須襯者，相稱乃有工，方爲造微。蓋上四字以喚下六事也，此四
六正格也。"此二語皆可甄味。《王公四六話》又載互換格一則，雖無特
識，然論文章相資之事，頗得其意。所舉蘇明允文，亦剛健剽悍，寓散體於
四六之中，遂錄於此以廣見聞。

　　文章有彼此相資之事，有彼此相須之對，有彼此相須而曾不及當
時事，此所以助發意思也。唐人方有此格，謂之互換格，然語猶拙，至
後人襲用講論，而意益妙。如楊汝士《陪裴晉公東雜夜宴》詩曰："昔
日蘭亭無艷質，此時金谷有高人。"止於此而已。至永叔《和杜岐公》
詩曰："元劉事業時無取，姚宋篇章世不知。二美惟公所兼有，後生何
者欲攀追。"其後蘇明允《代人賀永叔作樞密啓》曰："在漢之賈誼，談
論俊美，止於諸侯相，而陳平之屬，定爲三公。唐之韓愈詞氣磊落，終
於京兆尹，而裴度之倫，實在相府。"然陳平、裴度未免謂之不文。而

韓愈、賈生亦嘗悲於不遇，蓋人之於世，美惡必自有倫，而天之於人，賦予亦莫能備。此又何嘗出藍更青，研朱益丹也。

謝伋，上蔡人，良佐玄孫，字景思，官至太常少卿，有《四六談麈》。按伋書稱陳去非草制云："去非仕高宗朝。"以此度之，景思當是高宗、孝宗時人。《四庫全書總目提要》稱，其論多以命意遣詞分工拙，視王銍《四六話》所見較深，其言頗允。景思之論首言：

四六經語對經語，史語對史語，詩語對詩語，方妥帖。

此言與荆公論律詩相同，然詩句重在神思，四六貴於組麗，故景思之言正是當行與荆公不同也。

宣和以後，作者好以長句爲對，此法後人頗有非議。景思亦云：

四六施于制誥表奏文檄，本以便于宣讀，多以四字六字爲句，宣和間多用全文長句爲對，習尚之久，至今未能全變，前輩無此體也。
四六之工，在於裁剪，若全句對全句，亦何以見工？

按東坡有云："匪伊垂之而帶有餘，非敢後也而馬不進。"此聯膾炙人口，則運用全句，亦未始不可，惟過事堆砌，自是一蔽。《隱居通議》歷舉宋末四六而論之曰："其短處在砌疊全句，以求典實之工，不知全句太多，反傷重滯而無神化之妙。作四六自有法度，不用全句固不可，純用全句亦不可。"此言頗爲折衷之談。

《四六談麈》云："宣和間，掌朝廷牋奏者朝士常十數人，主文盟者集衆長，合而成篇，多精奇對而意不屬，知舊事者往往倣之。韓似夫樞密《謝故相儀國公賜世濟厚德御書碑額表》，令數客爲之，報行者前一段用伋所爲，後一段用胡承公作。"此則足見宋人四六有句無章之病，四六之興數百餘年,中間以此名家者凡若干人,其後文體愈敧散不振,蓋有故也。

楊廷秀《誠齋詩話》中論四六之作者數則,其言則甚切當者,如云:

> 本朝制誥表啓用四六,自熙豐至今,此文愈盛。……中書舍人張
> 安國知撫州,自撫移蘊,謝上表云:"雖自西徂東,周爰執事,然以小易
> 大,是誠何心。"增"雖然"二字,而兩州東西小大乃甚的切。王履道
> 《賀唐秘校及第啓》云:"得知千載,上賴古書;作吏一行,便廢此事。"
> 前二語用淵明詩:"得知千載事,上賴古人書。"剪去兩字;後二句用嵇
> 康書:"一行作吏,此事便廢。"而皆倒易二字。東坡《答士人啓》云:
> "塊無琴瑟旨酒,以樂我嘉賓;所喜直諒多聞,真古之益友。"此雖增損
> 五六字,而特圓美。……紹興間,金人歸我河南地,洪景伯賀表云:
> "宣王復文武之土,可謂中興;齊人歸鄆讙之田,不失舊物。"屬聯工
> 夫,然去一境字,便覺難讀。

洪邁,鄱陽人,字景盧,自幼過目成誦,知贛州,徙婺州,以端明殿學士
致仕卒。有《史記法語》《容齋隨筆》至《五筆》,及《夷堅志》。《隨筆》至
《五筆》隨手札記,間涉評論,景盧博覽獨步南宋,排比鈎纂,極有可採。後
人稱其論四六諸則爲《容齋四六話》,其語多見《容齋三筆》。景盧云:"四
六駢儷,於文章家爲至淺,然上自朝廷命令詔册,下而縉紳之間牋書祝疏,
無所不用,則屬辭比事,固宜警策精切,使人讀之激昂,諷味不厭,乃爲得
體。"此其宗旨之所在也。

二、1933 年本講義題記

二十年度授中國文學批評史。編次講稿,上起先秦,迄於明代。次年
續編至清末止,略舉諸家,率以時次,或有派別相屬、論題獨殊者,亦間加
排比,不盡以時代限也。凡七十五篇,目如次。

三、1937 年修訂本佚稿擬增文本推測

第四十七　謝榛 李攀龍 王世貞[①]

以余觀於文章,國朝作者無慮十數家稱於世,即北地李獻吉輩其人也,視古修辭,寧失諸理。今之文章,如晉江毘陵二三君子,豈不亦家傳户誦,而持論太過,動傷氣格,憚於修辭,理勝相掩。(《送王元美序》)

唐無五言古詩,而有其古詩,陳子昂以其古詩爲古詩,弗取也。七言古詩,唯杜子美不失初唐氣格,而縱橫有之;太白縱橫,往往彊弩之末,間雜長語,英雄欺人耳。至如五七言絶句,實唐三百年一人,蓋以不用意得之,即太白亦不自知其所至而工者,顧失焉。五言律、排律諸家,概多佳句。七言律體,諸家所難,王維、李頎頗臻其妙,即子美篇什雖衆,隤焉自放矣。作者自苦,亦惟天實生才不盡。後之君子,乃兹集以盡唐詩,而唐詩盡於此。(《滄溟集》卷一五《選唐詩序》)

第四十八　王世懋 胡應麟[②]

用修集六朝詩爲《五言律祖》,然當時體制,尚未盡諧,規以隱侯三尺,失粘上尾等格,篇篇有之,全章吻合,惟張正見《關山月》及崔鴻《寶劍》、邢巨《游春》,又庾信《舟中夜月》詩四首,真唐律也。

六朝五言合律者,楊所集四首外,徐摛《咏筆》、徐陵《鬥雞》、沈氏“彩毫”,雖間有拗字,體亦近之。若陳後主“春砌落芳梅”,江總“百花疑吐夜”,陳昭《昭君詞》,祖孫登《蓮調》,沈炯《天中寺》,張正見《對酒當歌》、

---

① 1933 年本講義自批:“應補李于鱗,《選唐詩序》(全)及其論元美及五唐諸家處。”另引李攀龍《送王元美序》,今據存。

② 此據 1933 年本講義批語録二家詩詞論述。

《衡陽秋夕》,何處士《春日別才法師》,王由禮《招隱》十餘篇,皆唐律而楊不收。(胡應麟《詩藪內編》卷四)

　　用修取梁簡文、隋王績、溫子升、陳後主四章爲七言律祖,而中皆雜五言體,殊不合。余遍閱六朝,得庾子山"促柱調弦"、陳子良"我家吳會"二首,雖音節未甚諧,體實七言律也。而楊不及收。四詩載楊《千里面談》。又隋煬《江都樂》,前一首尤近,楊亦未收。(《詩藪內編》卷五)

　　用修云:"薦者,祭之名,士無田則薦是也。未聞送人省親,而曰好薦北堂親也。夜郎在貴州,而今送人官廣西,恒用之。孟諸在齊東,而送人之荊楚襲用之。泄瀉者,穢言也,寫懷而改曰泄瀉,是口中暴痢也。館甥,女婿也,上母舅詩而自稱館甥,是欲亂其女也。真如,諸天禪家語也,而用之道觀,遠公、大顛,禪者也,而以贈道人。送人屢下第,而曰批鱗書幾上。本不用兵,而曰戎馬豺虎。本不年邁,而曰白髮衰遲。未有興亡之感,而曰麋鹿姑蘇。寄雲南官府,而曰百粵伏波。試問之曰:不如此不似杜,是可笑也。此皆近日號爲作手,遍刻廣傳者,後生效之,益趨益下矣。謂近日詩勝國初,吾不信也。而且互相標榜,不慚大言,造作名字,掩滅前輩,是可以世道嘅,豈獨文藝之末乎。"百粵伏波,是仲默寄黥國詩,何害其美。(胡應麟《少室山房筆叢》乙部《藝林學山》五《近人詩誤》)

　　詳此條語意,皆譏李獻吉。好薦北堂親,批鱗書幾上,山連夜郎密,麋鹿上姑蘇,戎馬豺虎,白髮衰遲,悉李詩也。楊說甚拘而可笑,然亦李勸人勿讀書,有以致之。子玄所謂時無英雄,易爲王霸者哉!

　　《詞品》云:"辭名多取詩句,如《蝶戀花》則取梁元帝'翻堦蛺蝶戀花情',《滿庭芳》則取吳融'滿庭芳草易黃昏',《點絳唇》則取江淹'白雪凝瓊貌,明珠點絳唇',《鷓鴣天》則取鄭嵎'春遊雞鹿塞,家在鷓鴣天',《惜餘春》則取太白賦語,《浣溪沙》則取少陵詩意,《青玉案》則取《四愁詩》語,《菩薩蠻》西域婦髻也,《蘇幕遮》西域婦帽也,《尉遲杯》,尉遲敬德飲酒必用大杯,故以名曲。蘭陵王每入陣破先必,故歌其勇。《生查子》,查古樨字,張騫乘槎事也。《西江月》,衛萬詩'只今惟有西江月,曾照吳王宮裏人'之句也。《瀟湘逢故人》,柳渾詩句也。《粉蝶兒》毛澤民辭'粉蝶兒共花同活'句也。餘皆類推,不能悉載。"

詞名如《點絳唇》《青玉案》等,或若所言,餘率偶合,豈必盡自詩中哉! 如"滿庭芳草易黃昏",唐人本形容淒寂,詞名《滿庭芳》,豈應出此。《生查子》如用修解,意義殊不通,可一笑也。(《少室山房筆叢》乙部《藝林學山》三《辭名多取詩句》)

今世五尺之童,纔拈聲律,便能薄棄晚唐,自傅初、盛,有稱大曆以下,色便赧然然,使誦其詩,果爲初邪盛邪,中邪晚邪。大都取法固當上宗,論詩亦莫輕道。詩必自運而後,可以辨體,詩必成家而後,可以言格。晚唐詩人如溫庭筠之才,許渾之致,見豈五尺之童下,直風會使然耳。覽者悲其衰運可也。故予謂今之作者,但須真才實學,本性求情,且莫理論格調。

詩有必不能廢者,雖衆體未備,而獨擅一家之長,如孟浩然洮洮易盡,止以五言雋永千載,並稱王孟。我明其徐昌穀、高子業乎,二君詩大不同,而皆巧于用短。徐能以高韻勝,有蟬蜕軒舉之風;高能以深情勝,有秋閨愁婦之態。更千百年,李何尚有廢興,二君必無絕響,所謂成一家言,斷在君采稚欽之上,庭實而下,益無論矣。

我朝越宋繼唐,正以有豪傑數輩,得使事三昧耳。第恐數十年後,必有厭而掃除者,則其濫觴末弩爲之也。(王世懋《藝圃擷餘》)

第七十四　阮元[①]

焦循是清中期的一位經學家,但是他對於一般文學,尤其是戲曲,有

---

① 1937 年修訂本目録此節改題"阮元 焦循",復圏去"焦循"。1961 年講義有論焦循一節,録出。

他特到的成就。所著《劇説》及《花部農譚》都收入《戲曲論著集成》。因
爲他是對於一般文學的發展有所認識,所以在《易作籯録》發"一代有一
代之勝"的主張:"夫一代有一代之所勝,舍其所勝以就其所不勝,皆寄人
籬下者耳。余嘗欲自楚辭以下,至明八股,撰爲一集,漢則專取其賦,六朝
至隋則專録其五言詩,唐則專録其律詩,宋專録其詞,元專録其曲,明專録
其八股,一代還其一代之所勝。"《花部農譚》是一部特出的叙述。清朝中
葉,兩淮鹽務例備雅、花兩部,以備大戲。雅部指昆山腔,這是當時的正
統;花部爲京腔、秦腔、弋陽腔、梆子腔、羅羅腔、二簧調,統謂之亂彈。這
是當時的地方戲,不能和昆腔取得同等地位的。焦循自序説:"梨園共尚
吳音。花部者,其曲文俚質,共稱爲亂彈者也,乃余獨好之。蓋吳音繁縟,
其曲雖極諧於律,而聽者使未覩其本文,無不茫然不知所謂。其《琵琶》
《殺狗》《邯鄲夢》《一捧雪》十數本外,多男女猥褻,如《西樓》《紅梨》之
類,殊無足觀。花部原本於元劇,其事多忠孝節義,足以動人;其詞直質,
雖婦孺亦能解;其音慷慨,血氣爲之動盪。郭外各村於二八月間,遞相演
唱,農叟漁父聚以爲歡,由來久矣。"焦循對於戲劇,和王驥德、李漁以作家
身分加以評論者不同。但是從這篇序裏,我們可以看到三點:一、重視地
方戲。二、重視元劇富於社會意義的傳統。三、對於男女猥褻的戲曲,有
所不滿。

四、1939 年本講義題記

　　民國二十一年,余授中國文學批評史,寫定講義初稿。翌年稍事訂
補,爲第二稿。二十五年,復删正爲第三稿,次秋付印,至一百二十二頁,
而吾校西遷。積稿留鄂,不可驟得,又書籍既散,難於掇拾,不得已仍就第
二稿補印。排版爲難,略有删節,校對匪易,不無舛奪,可慨也。二十八
年,朱世溱識。

五、1957 年版《大綱》後記

這本書是 1944 年由開明書店出版的。寫作的時候,我看到材料的不够充實,經過幾年以來的學習,更看出還有許多不正確的,甚至錯誤的觀點。一本書的寫成,和寫作的時代有關,因此在不同的時代裏,對於這種的著作,已經是另寫而不是改訂的問題。謝謝古典文學出版社的盛意,這本書獲得和讀者大衆重行見面,作爲提供一種參考資料的機會。因工作與時間的限制,除了對於個別的刊誤,加以訂正以外,不及另加修訂,這是十分抱歉的。

朱東潤

1957 年 10 月

六、1983 年版《大綱》再版後記

承蒙上海古籍出版社的好意,我的這本書再一次獲得向讀者請益的機會。在這次重印中,我只訂正一些錯字,沒有作其他的更改。時間已經過去了四十年,這本書基本上還保持原來的面目,希望廣大讀者給予批評和指正。

東潤自識於師友琅琊行館

1981 年 7 月

附録三　中國文學批評史授課試題^①

其　　一

十七日交卷,任作一題,以二千字完篇。

盛唐、大曆詩論述略。

白居易論李、杜謂不得《風》《雅》遺意,果有當耶,試就《風》《雅》之旨辨之。

論劉勰、鍾嶸與齊梁時代之關係。

其　　二

讀《談藝録》書後。

元明雜劇綜述。

論公安、竟陵兩派之得失。

廿六日。

---

① 所見凡三份,其一、其二皆用國立武漢大學便箋手書,夾於 1933 年講義中,估計是 1933 年至 1937 年所試。其三爲油印,他人字迹,夾於 1939 年講義間,估計爲 1939 年至 1942 年間試題。

其　三

一、蕭子顯云：“若無新變，不能代雄。”此文章貴新之説也。元好問云：“蘇門果有忠臣在，肯放坡詩百態新。”若有不滿於新者，何也？能折衷於其間耶？李德裕論文章，“譬諸日月，雖終古常見而光景常新”，果有是耶？所謂常新者又何指，試抒所見。

二、楊萬里、陸游言詩，由江西派入，其後各成一家，試舉其論詩之説。

三、嚴羽論詩爲有宋名家，而後人病其浮光掠影，何也？試舉其論詩要旨而略評之。

四、述李夢陽、何景明論詩異同。

五、唐順之論文章重在本色，其語何指？今人之文，能本色者多矣，而其文未必足重者，何也？將順之之言有未盡耶，抑本色之外更有可貴者耶？試舉所見而暢論之。

　　任作三題（但標題次，不須抄題）

附録四　朱東潤先生研治中國文學批評史的歷程
——以先生自存講義為中心

　　朱東潤先生是中國文學批評史學科奠基人之一。他的《中國文學批評史大綱》一書,1944年由開明書店出版,雖然時間略後于郭紹虞先生和羅根澤先生的著作,但郭著1934年僅出版上册,下册則遲至1947年方問世。羅著最初僅寫到六朝,1943年增訂後也僅至隋唐五代。可以説,朱著是最早的一部文學批評通史。而朱著出版雖晚,但從1931年授課,1932年形成首部講義,其後數加修訂,正式出版著作也并非最終的寫定本,有關情況,先生本人在《大綱·自序》中略有説明。對其中原委的研究,至今也僅見周興陸教授根據上海圖書館藏先生題贈老友鄭東啓先生的一册講義,所撰《從〈講義〉到〈大綱〉》一文,有一粗略的介紹和分析。

　　筆者近日因受委託編纂先生文集的機緣,承朱邦薇女士信任,得以閲讀先生本人保存的有關中國文學批評史的歷次講義和手稿,可以較詳盡準確地梳澤先生一生研究的軌迹。特撰本文,俾便學者參考瞭解,并紀念先生逝世二十五周年。

一、先生自存批評史講義和 手稿的基本情況

所見講義和手稿計有以下若干種。

甲、國立武漢大學鉛排綫裝本《中國文學批評史講義》,署"朱世溙東潤述",凡雙面 169 頁,單頁 13 行,每行 38 字,總約 17 萬字。卷首有題記,無目録,無印行年月。經鑒定爲 1932 年講義。

乙、國立武漢大學鉛排綫裝本《中國文學批評史講義》,卷首無署名,有題記和目録。《緒論》前署"朱世溙東潤述"。凡雙面 261 頁,單頁 13 行,每行 38 字,總約 26 萬字。無印行年月,經鑒定爲 1933 年講義。

丙、國立武漢大學鉛排散頁《中國文學批評史講義》,署"朱世溙東潤述",凡雙面 122 頁,單頁 13 行,每行 38 字,總約 12 萬字。卷首無題記,無目録,版頁末括記"武 42 二十六年印"。知爲 1937 年講義前半部之校樣。

丁、國立武漢大學鉛排綫裝本《中國文學批評史講義》,卷首有二十八年題記和目録,《緒論》前署"朱世溙東潤述"。凡雙面 268 頁,單頁 13 行,每行 38 字,總約 27 萬字。前 122 頁末括記"武 42 二十六年印"。目録及 123 頁後皆括記:"樂 48 二十七年印。"知爲 1939 年在樂山所引講義。

戊、藍格毛邊稿紙剪貼 1933 年版講義及新增改文稿,爲 1937 年《講義》增訂本下半部的部分殘稿。

己、上海公裕信夾工業社文件夾裝訂手稿,無總題,但附有 1960—1961 年度排課表一紙,顯示爲中國文學批評史課之講義。凡毛邊紙手稿雙面 164 頁,單面 16 行(後半爲 14 行),每行 35 字,總字數約 17 萬字。

上述講義和手稿,時間跨度約三十年,可以反映先生在中國文學批評史領域從篳路藍縷的開拓中,不斷完善修訂、精益求精的治學探索。

二、《中國文學批評史講義》 1932 年初稿

先生于 1929 年 4 月由陳西瀅介紹，到武漢大學任特約講師，初授英文。因文學院長聞一多建議，自 1931 年起講授中國文學批評史課程，1932 年始任中文系教授。

先生《大綱·自序》云："1931 年，我在國立武漢大學授中國文學批評史。次年夏間，寫成《中國文學批評史講義》初稿。"這份《講義》初稿，由武漢大學校内印刷，先生自存兩册，一册有較多批語。書首有題記云：

> 中國文學批評史，現時惟有陳鐘凡著一種。觀其所述，大體略具，然倉卒成書，舛漏時有。略而言之，蓋有數端。荀卿有言，遠略近詳。故劉知幾曰："史之詳略不均，其爲辨者久矣。"又曰："國阻隔者，記載不詳；年淺近者，撰録多備。"今陳氏所論，唐代以前殆十之七，至於宋後不過十三。然文體繁雜，溯自宋元，評論詮釋，後來滋盛，概從闊略，掛漏必多。此則繁略不能悉當者一也。又尺有所短，寸有所長，震於盛名，易爲所蔽。杜甫一代詩人，後來仰鏡，至於評論時流，掫拾浮譽，責以名實，殊難副稱。葉適《讀杜詩絶句》曰："絶疑此老性坦率，無那評文太世情。若比乃翁增上慢，諸賢那得更垂名。"而陳氏所載杜甫之論，累紙不能畢其詞。此則簡擇不能悉當者又一也。又文學批評，論雖萬殊，對象則一。對象惟何？文學而已。若割裂詩文，歧别詞曲，徒見繁碎，未能盡當。有如吕本中之《童蒙訓》，劉熙載之《藝概》，撰述之時，應列何等？況融齋之書，其指有歧，寧能逐節分章，概予羅列。然中土撰論，大都各有條貫，詩話詞品，曲律文論，粲然具在，朗若列眉，分别陳述，亦有一節之長。此則分類不盡當而不妨置之者又一也。述兹三者，略當舉隅，旨非譏訶，無事殫悉。

今茲所撰，概取簡要，凡陳氏所已詳，或從闕略，義可互見，不待複重。至於成書，請俟他日。

可知在先生以前，僅有陳鐘凡《中國文學批評史》（中華書局 1927 年）一種，全書七萬餘字，分十二章，前三章討論文學義界與文學批評，後九章按時代排列，僅能粗具大概。先生對此書曾有所參酌，肯定其"大體略具"，也見其"倉卒成書，罅漏時有"，并就繁略、簡擇、分類三端提出批評，一是詳于唐以前而忽略宋代以後，二以杜甫爲例指其堆砌材料而缺乏鑒別，三則指其在各代批評中喜區分文體而羅列批評。凡此諸端，雖屬批評陳著，亦欲表達己著之努力目標，即遠略近詳，將以較大篇幅論述宋以後之文學批評史；重視簡擇，盡量選取各代最具代表性的論述加以介紹；以人爲目，以時代爲序，以文學爲批評對象，不作文體的分別論述，以免割裂之嫌。

　　此《講義》初本凡分四十六章。首章《文學批評》，首舉隋唐書志至《四庫》詩文評類之成立，認爲"大率近人分類雖視古益精，而文學批評一語之成立，翻待至與西洋文學接觸而後。"特別列舉英國學者高斯在《英文百科全書》對批評之定義爲"判定文學上或藝術上美的對象之性質及價值之藝術"，并藉此闡明文學批評之性質、對象與分類，批評與文學盛衰之關係，以及文學批評文獻之取資。此後以先秦、兩漢、建安各爲一章，六朝則列八章，隋唐七章，宋十六章，金元二章，明九章，止于錢謙益。

　　本稿多處可見凡陳著已詳即"從缺略"的痕迹。如《先秦批評》於"詩言志"從略而詳述季札觀禮，於《論語》則云"思無邪"外另有興觀群怨說，《兩漢批評》則云："司馬遷之論《離騷》，推賾索隱，無愧於後世印像派之論者，既陳書所具錄，茲略之。"

　　可以説，在初期授課基礎上形成的《講義》第一稿，先生初步完成了明以前中國文學批評史的建構，爲這一學科的成立奠定了最初的基石。

三、《講義》1933 年增訂本

　　從 1931 年初開始,先生在武漢大學新創辦的《文哲季刊》上連續發表中國文學批評的專題論文,到 1935 年共先後刊出《何景明批評論述評》《述錢牧齋之文學批評》《述方回詩評》《袁枚文學批評論述評》《滄浪詩話參證》《李漁戲劇論綜述》《司空圖詩論綜述》《王士禛詩論述略》《古文四象論述評》等九篇,後結集爲《中國文學批評論集》,1940 年由開明書店出版。此組論文可以見到先生在重大文學批評專題研究方面的深入探討。先生晚年自述"在寫作中,無論我的認識是非何若,我總想交代出一個是非來,以待後人的論定"(1970 年撰《遺遠集叙錄》,未刊,此據稿本)。諸文皆有獨到之論説,如認爲司空圖、嚴羽、王士禛三人皆脱離現實,司空論詩真諦在"思與境偕",嚴倡妙悟,不過襲江西遺論,王則承嚴論更"汪洋無崖畔";認爲方回、錢謙益人品無取,才識各具,方論詩宗旨在格高、字響、句活,錢論詩"精悍之氣見於眉宇";認爲桐城派以陰陽剛柔之説論古文始於姚鼐而成於曾國藩,對其太陽、少陽、太陰、少陰四象説論列尤詳。

　　在專題研究深入展開,批評文獻充分發掘的基礎上,先生對《講義》初稿作了兩次大幅度的增訂。先説 1933 年的修訂。此本《講義》按前述版式印出,凡得七十五章,總約二十六萬字,較初版增寫二十九章,增加九萬字。卷首題記:

　　　　二十年度授中國文學批評史。編次講稿,上起先秦,迄于明代。次年續編至清末止,略舉諸家,率以時次,或有派別相屬、論題獨殊者,亦間加排比,不盡以時代限也。凡七十五篇,目如次。

始授課在民國二十年度,即 1931 年,編次講稿并付印則爲 1932 年事。"次年續編"則爲 1933 年事。其中清代部分增寫二十四章,爲重心所在。

其他部分的增改，也有一定幅度。就章節來説，此稿將首節《文學批評》改爲《緒言》，將《先秦批評》改爲《古代之文學批評》，將《兩漢批評》分爲兩章，六朝部分增加范曄、蕭子顯、裴子野等人，宋代則增加了張戒。從内容來説，則改變初稿與陳著交集處從簡的體例，如孔子詩論補入述《關雎》和"思無邪"的論述，漢代補出司馬遷，以形成完整獨立的著作。

四、1937 年增訂本的完成與厄運

從 1936 年開始，先生對《講義》作了較大幅度的增訂，并于 1937 年秋付排。但就在這時，日軍侵華規模擴大，全國範圍的抗日戰爭爆發。到 1938 年春，武漢已經成爲全國抗戰的中心，武漢大學也奉命西遷到四川樂山。先生的個人命運和著述工作也卷入此一風暴之中。先生在 1937 年末寒假開始後，因惦念已經三個多月未通音問的家人，以及家中正在營造的居宅，即取道長沙、廣州、香港、上海返回泰興老家。在家近一年，至 1938 年末接武漢大學電報，乃于 12 月 2 日啓程，經上海、香港、河内、昆明、重慶，至 1939 年 1 月 13 日抵達樂山。可以確定的是，在 1937 年末返家以前，《講義》第三稿的增訂工作已經接近完成，但并未全部印出。《講義》1939 年本題記云："二十五年，復删正爲第三稿，次秋付印，至一百二十二頁，而吾校西遷。"《大綱·自序》云："1936 年再行删正，經過一年時間，完成第三稿。1937 年秋天開始排印。這時對外的抗日戰爭爆發了，烽火照遍了全國，一切的機構發生障礙，第三稿印成一半，只得擱下，其餘的原稿保存在武漢。"所叙内容是一致的。此稿文本，目前可以見到三份書稿。

其一，先生自存 1937 年《講義》排印本前半部分校樣兩份，均無題記，署"朱世溱東潤述"。均僅 118 頁，至第三十三《朱熹附道學家文論》止。版頁末括記："武 42 二十六年印。"我推斷此爲先生離開武漢時隨身攜歸，并攜入蜀中者。

其二、1939 年版《講義》。其中正文前 122 頁版頁末括記："武 42 二十六年印。"卷首目録四頁和 123 頁後版頁末均括記："樂 48 二十七年印。"知此本併合兩次排印本而成。其中武漢所印部分，較自存校樣多 4 頁，而 123 頁至 124 頁爲《自〈詩本義〉至〈詩集傳〉》章之後半，爲 1937 年增訂時新寫章節。

其三、1937 年增訂本最後十八章之手稿。詳見下節所述。

前述周興陸教授《從〈講義〉到〈大綱〉》一文，由于僅見 1933 年版《講義》，其所作《大綱》定稿過程及與《講義》的比較分析，主體其實是 1937 年版《講義》前半部對 1933 年版删訂增補的考察。他的看法是：一、《講義》常引述西人理論，作中西比較；《大綱》則予以删除，并强調民族精神。二、和《講義》相比，《大綱》立論更平妥、嚴謹。舉鍾嶸、劉勰部分論述爲例。三、"有些地方還可以看出朱東潤先生對問題研究的深化。"以司空圖、王士禎爲例。四、文獻考辨更爲慎重，并補充新見到的《文鏡祕府論》關于八病之論述。這些都是深入研讀的結論，我都贊同。

就我對 1937 年版《講義》前半部與 1933 年版比讀的結果，確認此次修訂的幅度很大。先秦部分分爲二章，增加了孟、荀的內容，對《三百篇》和《詩序》的論述，則融入己著《讀詩四論》的心得，認爲《詩序》影響後世最大者爲風雅頌之説、風刺説、變風變雅説等。六朝增加了皇甫謐，唐代增加了李德裕，并增加《初唐及盛唐之詩論》，又在司空圖下增加《唐人論詩雜著》部分。宋代則增加了曾鞏、陸游等人，朱熹下增附《道學家文論》，另增《自〈詩本義〉至〈詩集傳〉》一章，表彰宋儒治《詩》之創見。而各章節下內容，少數保持原貌，如范曄一章，多數則改動幅度很大，如劉勰、鍾嶸等部分，幾乎將原稿全部改寫。

五、1937 年增訂本殘稿之分析

對于 1937 年增訂本全本的合璧，先生是抱有很大的期待的。《大綱・自序》:"承朋友們的好意,要我把這部書出版,我總是遲疑。我想待第三稿的下半部收回以後,全部付印,因此又遷延了若干時日。事實終于顯然了,我的大部的書籍和手寫的稿件都沒有收回的希望。所以最後決定把第三稿的上半部和第二稿的下半部并合,略加校定,這便是這部《中國文學批評史大綱》的前身。"這是 1944 年的表述,這時抗日戰爭在最後決戰時期,戰爭何時結束正未可期。1946 年 6 月從重慶回南京途中經過武漢時,曾"順便去武漢大學看看老朋友和寄在武漢的三隻大木箱",木箱裝的是書和文稿。(《朱東潤自傳》306 頁)

　　近期查檢先生遺稿,發現有一疊大藍格毛邊稿紙抄寫的書稿,經鑒別應該就是先生 1937 年《講義》增訂本的部分殘稿。殘稿首有目錄一紙,正反兩面抄寫,經核對,其前三十四章與《大綱》前三十四章全合,其後四十二章目錄,應即遺失的後半部的目錄,惟缺寫最末《曾國藩》、《陳廷焯》二目。正文則自第六十章末段"竹垞又有《寄查德尹編修書》"始,至全書之末。殘稿採取以 1933 年本剪貼增寫的方式,其中改動較多者,均就藍格毛邊稿紙上粘貼增寫,若改動不多者,則仍改動于 1933 年本散頁上。所存爲藍格毛邊稿紙 16 頁,兩面書寫;1933 年本散頁增訂稿 45 頁,每頁亦各分兩面。總字數約 8 萬字。殘稿上已經做有部分付排的説明。應屬即將完成的增訂本最後部分,但仍稍存一些倉卒的痕迹。我比較傾向的判斷,是先生此次修訂,爲逐次完成付排者。很可能在 1937 年末學期結束時,上半部校樣已經排出,故得取到攜歸以閲正,第二部分已經交稿付排,故原稿未得保存。最後部分已經接近完成,尚未及付排,故得以保存。

　　以殘稿本與 1933 年本《講義》比讀,可以見到如葉燮、金人瑞、李漁、方苞、姚鼐、紀昀、趙翼、章學誠、阮元、陳廷焯諸家改動較少,或僅改訂誤字,潤飾文意。而于王士禛、吳喬、沈德潛、袁枚、劉大櫆、曾國藩諸家改動甚大,《清初論詞諸家》則幾乎全部重寫。另新增郭麐、翁方綱、包世臣諸人的論述。

　　殘稿本於 1933 年本《講義》改動較大部分有王士禛、吳喬、劉大櫆、沈德潛、袁枚、曾國藩諸節，皆清代文論之大節所在。其中大多有較多文獻之增加，於各家之批評亦多增新說。如王士禛，即增寫"漁洋論詩，好言神韻，後人直揭其說，以爲出於明人之言格調。今以漁洋之論明詩者列之於次，其淵源所出，蓋可知也。""漁洋之詩，時人亦有謂其祧唐而祖宋者，見施閏章《漁洋山人續集序》。實則漁洋之論，前後數變，知乎此，于漁洋之所以論唐說宋者，得其故矣。""漁洋論詩言三昧，又言神韻。三昧二字，不可定執，神韻一語，稍落迹象。至於詮釋神韻，則有清遠之意，此更爲粗迹矣。"皆體會有得，可補前說之未及。再如《吳喬》，改動也很大，增加"修齡論唐宋明之別，以爲在賦比興之間"，"謂杜詩無可學之理"，李、杜後"能別開生面自成一家者"爲韓退之、李義山諸節。《袁枚》章則增加"隨園論詩言性情，與誠齋之說合，然其立論有與誠齋異者"一段。《曾國藩》一章，則增加"曾氏持論主駢散相通"，"姚、曾論文同主陰陽剛柔之說"等內容。《沈德潛》章于其詩教說亦有很大增補，則與先生在 1934 年 12 月《珞珈》二卷四期發表《詩教》一文表達的見解有關。

《清初論詞諸家》，1933 年本述鄒祇謨、彭孫遹、劉體仁、厲鶚四家，殘稿本增至八家。1933 年本初述雲間宋征璧（字尚木）之論，殘稿本改爲第一家，引其說後增按斷云："尚木此論，頗爲漁洋等所不滿，論詞之風氣一變。然漁洋等雖言南宋，未能有所宗主，去真知灼見者尚隔一層。其所自作，亦多高自期許，互相神聖，後人未能信也。"以漁洋爲第二家，仍錄批評雲間二語，另增評南渡諸家一節。其次仍爲鄒祇謨、彭孫遹、劉體仁，內容不變。其六爲朱彝尊，將原述朱詩文論述末一節挪至此，改寫評語云："大要浙派所宗，在于姜、張，間及中仙。竹垞同時諸人如龔翔麟之《柘西精舍詞序》、李符之《紅藕莊詞序》，其言皆可考也。"其七爲厲鶚，以郭麐爲殿，則完全新寫，全錄如下：

　　郭麐，吳江人，字祥伯，號頻伽，嘉慶間貢生，有《靈芬館詞話》。頻伽嘗作《詞品》，自序云："余少就倚聲，爲之未暇工也。中年憂患

交迫，廓落勘歎，用復以此陶寫，入之稍深，遂習覽百家，博涉眾趣，雖
曰小道，居然非麀鄙可了。因弄墨餘閑，仿表聖《詩品》，爲之標舉風
華，發明逸態。"共得《幽秀》《高超》《雄放》《委曲》《清脆》《神韻》
《感慨》《奇麗》《含蓄》《遒峭》《穠艷》《名雋》十二則。其後楊夔生有
《續詞品》，亦頻伽之亞也。《靈芬館詞話》論古來詞派云："詞之爲
體，大略有四。風流華美，渾然天成，如美人臨粧，却扇一顧，《花間》
諸人是也，晏元獻、歐陽永叔諸人繼之。施朱傅粉，學步習容，如宮女
題紅，含情幽豔，秦、周、賀、晁諸人是也，柳七則靡曼近俗矣。姜、張
諸子一洗華靡，獨標清綺，如瘦石孤花，清笙幽磬，入其境者，疑有仙
靈，聞其聲者，人人自遠，夢窗、竹窗，或揚或沿，皆有新雋，詞之能事
備矣。至東坡以橫絕一代之才，淩厲一世之氣，間作倚聲，意若不屑，
雄詞高唱，別爲一宗，辛、劉則麤豪太甚矣。其餘么絃孤韻，時亦可
喜，溯其派別，不出四者。"

新寫部分另有翁方綱、包世臣等。翁方綱附王士禎後，闡發其"神韻之説，
出於格調"之見解。包世臣附惲敬後，録其《與楊季子論文書》謂"斥離事
與理而虛言道者之無當"，録《再與楊季子書》，"論選學與八家，尤足以通
二者之藩而得其窾要"，又録其摘抄韓、呂二子題詞，以見其"起諸子以救
文弊"。凡此皆見先生於清代文學批評之補充。

殘稿目録阮元下增焦循，復圈去。對焦循，1961 年講義有論述，可以
作爲此時斟酌的補充，引如下：

焦循是清中期的一位經學家，但是他對于一般文學，尤其是戲
曲，有他特到的成就。所著《劇説》及《花部農譚》都收入《戲曲論著
集成》。因爲他是對于一般文學的發展有所認識，所以在《易作籥
録》發"一代有一代之勝"的主張："夫一代有一代之所勝，舍其所勝
以就其所不勝，皆寄人籬下者耳。余嘗欲自楚辭以下，至明八股，撰

爲一集,漢則專取其賦,魏晉六朝至隋則專錄其五言詩,唐則專錄其律詩,宋專錄其詞,元專錄其曲,明專錄其八股,一代還其一代之所勝。"《花部農譚》是一部特出的叙述。清朝中葉,兩淮鹽務例備雅、花兩部,以備大戲。雅部指崑山腔,這是當時的正統;花部爲京腔、秦腔、弋陽腔、梆子腔、羅羅腔、二簧調統謂之亂彈。這是當時的地方戲,不能和崑腔取得同等地位的。焦循自序説:"梨園共尚吳音。花部者,其曲文俚質,共稱爲亂彈者也,乃余獨好之。蓋吳音繁縟,其曲雖極諧於律,而聽者使未覩其本文,無不茫然不知所謂。其《琵琶》《殺狗》《邯鄲夢》《一捧雪》十數本外,多男女猥褻,如《西樓》《紅梨》之類,殊無足觀。花部原本於元劇,其事多忠孝節義,足以動人;其詞直質,雖婦孺亦能解;其音慷慨,血氣爲之動盪。郭外各村於二八月間,遞相演唱,農叟漁父聚以爲歡,由來久矣。"焦循對於戲劇,和王驥德、李漁以作家身分加以評論者不同。但是從這篇序裏,我們可以看到三點:一、重視地方戲。二、重視元劇富于社會意義的傳統。三、對于男女猥褻的戲曲,有所不滿。

六、1937 年增訂本缺失部分鈎沉

由于戰亂,先生 1937 年完成的第三稿增訂本下半部,除前節介紹殘稿部分十八章外,其他二十四章,除了出現奇蹟,可能永遠也找不到了。但就缺失的這部分來説,仍保存一些綫索可資考索。綫索一,是前述殘稿首頁録存的增訂本目録;綫索二,是先生自存手批 1933 本卷首目録存增訂本的部分綫索,部分批語也保存了增訂的預想。

殘稿目録第三十七章《方回》,手批本目録同,皆將 1933 年本第二十九章鈎改至《劉辰翁》前,《大綱》復改至第三十九,在詞論二章後,内容大體仍沿 1933 年本,但删去章末"綜虛谷詩評言之"後一段,約 500 字。

殘稿目録第三十八章《劉辰翁》,手批本目録同,此章爲新補,《大綱》無。

　　1933 年本第三十六《晁補之李清照黃昇》，殘稿目録作《宋人詞論之先驅》，列三十九，手批本目録作《宋代論詞諸家》，删黃昇，補王灼，并將《沈義父張炎》合併。此爲最初預想，寫定時仍分兩章。1939 年本、《大綱》大體仍沿 1933 年本，但删去李清照論詞下的一段評語："易安於南唐北宋詞家，評騭殆遍，抉取利病，得其窾要，似較無咎更高一著。胡仔評之曰：'易安歷評諸公歌詞，皆摘其短，無一免者，此論未公，吾不憑也。其意蓋自謂能擅其長，以樂府名家者。退之詩云："不知群兒愚，那用故謗傷。蚍蜉撼大樹，可笑不自量。"正爲此輩設也。'譏彈過甚，殆非公論。"

　　殘稿目録第四十章《沈義父張炎》，1939 年本、《大綱》大體同 1933 年本，但删去"伯時於四聲之中揭出去聲之要"一節約 300 字。

　　1933 年本第三十八《王銍謝伋》，殘稿目録列第四十一，手批本目録括去，《大綱》不取。殆去取曾有猶豫，《大綱》終決定不存。

　　殘稿目録第四十二《王若虛元好問》，較 1933 年本增加王若虛。1939 年本、《大綱》大體同 1933 年本，但删去"《新軒樂府引》論東坡詞"一節約 350 字。

　　以下《貫雲石周德清喬吉》、《高棅》二節、1939 年本、《大綱》皆同 1933 年本，僅述時事云"元代以蒙古入主中原，北自幽燕，南及交廣，同時淪陷，此自有史以來未有之鉅變也"，改"中原"爲"中國"，改"有史"爲"有中國"，存寄意時政之慨。

　　1933 年本第四十二《李東陽李夢陽何景明徐禎卿》，殘稿目録第四十五改作《李夢陽何景明徐禎卿附李東陽》，手批本目録同，1939 年本、《大綱》皆改題，并删去 1933 年本云東陽"重音律"一節約 350 字，僅存祖滄浪而重虛字的内容，寄貶抑之意。

　　其後《楊慎》諸本無變化。而《謝榛王世貞》節，殘稿目録第四十八作《謝榛李攀龍王世貞》，手批本目録同，正文在王世貞上批："應補李于鱗。《選唐詩序》（全）及其論元美及五唐諸家處。"又據《卮言》引于鱗語："詩可以怨。一有嗟歎，即有永歌，言危則性情峻潔，語深則意氣激烈，使人有孤臣孽子擯棄而不容之感，遁世絕俗之悲。泥而不滓，蛻脫污濁之外者，詩也。"可略知欲補之大概。

　　殘稿目錄第四十九《王世懋胡應麟》，手批本目錄："另一章《王世懋胡應麟》。"1939 年本、《大綱》皆未增加。1933 年本于王世貞末引王世懋《藝圃擷餘》："今世五尺之童，纔拈聲律，便能薄棄晚唐，自傅初、盛，有稱大曆以下，色便赧然。然使誦其詩，果爲初耶盛耶，中耶晚耶，大都取法固當上宗，論詩亦莫輕道。……予謂今之作者，但須眞才實學，本性求情，且莫理論格調。""我朝越宋繼唐，正以有豪傑數輩，得使事三昧耳。第恐數十年後，必有見而掃除者，則其濫觴末流爲之也。"知欲補世懋詩論之大旨。

　　1933 年本第四十五《唐順之茅坤》、第四十六《歸有光及〈弇州晚年定論〉》，手批本目錄合併作《王愼中唐順之茅坤歸有光》，殘稿目錄同，但又將王愼中三字圈去。1939 年本、《大綱》仍同 1933 年本。增訂本所作調整，一是曾擬提陞王愼中，將原附帶述及者列首。1933 年本批云："愼中有《曾南豐文集序》。"但終仍圈去。二是貶抑歸有光。1933 年本批語引方苞《書歸震川文集後》、曾國藩《日記》批評歸文之語，略存遺意。

　　1933 年本第四十七《徐渭臧懋循沈德符》，第四十八《吕天成王驥德》，殘稿目錄則作第五十《徐渭臧懋循沈德符吕天成》，第五十一《王驥德附填詞解》；手批本目錄則前節不變，後節作《王驥德附吕天成及〈填詞訓〉》。凡此變化，皆執意尊王而輕吕。1939 年本、《大綱》雖略存 1933 年本之原文，但于吕下刪去論高則誠一節、評議吕論沈、湯二家語約 300 字，王下刪去"毛以燧跋《曲律》"一節，章末談"批評家之病"一節約 460 字。1933 年本批語："吕略。多應另寫。""應補論劇戲一段。"知于此節頗存不滿。所謂《填詞訓》，當爲《吳騷合編》卷首《曲論》之第一節，後人或另刊入《衡曲麈譚》，今人考定爲張楚叔撰。先生認爲此篇談戲曲理論有創見，特予揭出，惜未見具體論述。

　　1933 年本第四十九《袁宏道》,批云:"應連三袁同論。"目録及殘稿目録皆作《李贄袁宏道附袁宗道袁中道》。1939 年本、《大綱》僅刪 1933 年本引中郎"記百花洲"以下約百餘,無增補。手批本引李贄《藏書紀傳總目前論》、《雜説論西廂記》,又云:"小修之評見《游居柿録》九七八。""小修之説見《游居柿録》九八四。"略存欲補之遺痕。

　　1933 年本第五十《鍾惺譚友夏》以下八章,殘稿目録改動較少,僅《侯方域魏禧》改爲《侯朝宗魏禧汪琬》,即增汪琬一人。手批本目録同,手批云:"侯可略。應添出汪琬之説。"正文已云魏禧等"持論往往突過朝宗",故曾擬刪其一段,後未果。手批本目録另有兩處變化:一、《馮班》一節擬增賀裳、吳喬,而將 1933 年本中《吳喬趙執信》節刪去。殘稿本此節仍保留,賀裳也未補入。二、《王夫之顧炎武》改爲《王夫之附顧炎武》,殘稿本目録未改。另《馮班》章手批"重寫",《陳子龍吳偉業》章批"陳重寫",《毛奇齡朱錫鬯》章批"西河可略",又批朱"增論詞説"。至 1939 年本、《大綱》此數章刪改痕迹,僅《鍾惺譚友夏》章刪伯敬譏壓卷一節,餘皆未變。

七、《講義》1939 年本與《大綱》

　　先生于 1939 年 1 月 13 日抵達樂山武漢大學任教,繼續開設文學批評史課程。今存 1939 年樂山印《講義》,前半標明爲在武漢所印,基本保持 1937 年增訂本前半的原貌。卷首增加了目次,并有一段題記:

　　　　民國二十一年,余授中國文學批評史,寫定講義初稿。翌年稍事訂補,爲第二稿。二十五年,復刪正爲第三稿,次秋付印,至一百二十二頁,而吾校西遷。積稿留鄂,不可驟得,又書籍既散,難于掇拾,不得已仍就第二稿補印。排版爲難,略有刪節,校對匪易,不無舛奪,可慨也。二十八年,朱世溱識。

就本文第五章所揭經逐章核對的結果,此次《講義》自 124 頁第三十五章《嚴羽》以後的部分,基本仍沿 1933 年本的原文,僅有少數的刪節,未作大的改動與增補。

《講義》改題《中國文學批評史大綱》,由開明書店出版是 1944 年的事,先生《自序》則作于 1943 年 2 月,説明在《講義》初稿完成後,郭、羅二位的批評史陸續出版,"在和諸位先生的著作顯然相同的地方,我不曾作有心的抄襲;在和諸位先生的著作顯然不同的地方,我也不曾作故意的違反"。先生并説明己著的三方面特點,一是"這本書的章目裏祇見到無數的個人,没有指出這是怎樣的一個時代,或者這是怎樣的一個宗派";二是"對于每個批評家,常把論詩論文的主張放在一篇以内而不給以分别的叙述";三是"特别注重近代的批評家"。經與 1939 年本的篇目和部分章節核對,可以確認《大綱》就是以 1939 年本《講義》交付出版的,除個别文字校訂,在結構和内容上没有作大的改動。

1957 年 10 月,《大綱》由古典文學出版社新版,先生後記云"除了對于個别的刊誤,加以訂正以外,不及另加修訂"。經對校,除了涉及對曾國藩事功評價等幾處極少數的改動外,全書没有作大的修訂。

在 1943 年《自序》中,先生曾很强烈地希望在收回留在武漢大學的 1937 年增訂本後半部後再作修訂,現知至少當時先生是存有 1946 年從武漢取回的部分章節的,仍没有補入,不知是否與 1957 年下半年的政治氣氛有關,也可能僅因當時系務教務忙碌而無暇增補。

至 1981 年上海古籍出版社再出新版,全書"基本上還保留原來的面目"。2009 年武漢大學新版,則據 1981 年版付印。

八、1961 年《中國文學批評史》授課講義

1960 年下半年到 1961 年上半年,先生爲中文系五年級學生講授《中國文學批評史》課程,今存手書較完整的講義。全稿目録如下:《導論》。

一、《孔子 孟子 荀子及其他》。二、《墨子 莊子 韓非子》。三、《揚雄、桓譚及王充》。四、《曹丕 曹植和陸機》。五、《范曄 沈約 蕭子顯》。六、《劉勰》。七、《鍾嶸》。八、《蕭統 蕭綱 蕭繹及顏之推》。九、《劉知幾》。十、《初唐及盛唐的一些詩論》。十一、《白居易及元稹》。十二、《韓愈 柳宗元》。十三(原題一)、《司空圖》。十四(原題十五)、《北宋的詩文革新》(本講存另一稿題作《歐陽修與詩文革新》)。十五(原題十六)、《王安石和蘇軾》。十六、《江西詩派的文學理論和陸游的創作主張》。十七、《嚴羽詩論批判》。十八、《明代的擬古主義和反擬古主義的鬥爭》。十九、《從神韻論到性靈論》。二十、《桐城派及陽湖派》。二十一、《清代詞論的發展》。二十二、《戲曲、小説理論中的兩條道路》。二十三、《早期改良主義者的文學理論：梁启超》。二十四、《近代詩歌理論批評：黃遵憲》。二十五、《王國維》。二十六、《魯迅的早期文學思想》。

　　由于在特定年代爲開設課程而作講義，本稿適應了當時的政治氛圍和開課需要，也還保留了講義未最後寫定的面貌。前引原稿中的章節部分錯亂，估計是學期交替的痕迹。先生在後記中説明：“這裏必須知道編書的必須採用一般人共同接受的看法，但是教書的却必須把自己所得到的一點認識交給學生。”正是突出“自己所得到的一點認識”，本稿雖然有許多對《大綱》舊説的歸納和一般認識的叙述，但仍然保存許多先生當年獨到的見解。

　　本次講義第六章《劉勰》，作者稍後曾另外寫成專文，擬單獨發表，并在 1970 年左右所寫類似本人學案的《遺遠集叙録》一文中，將其作爲學術代表作給以説明，認爲“本來決定對于講稿概不發表的，因爲劉勰在中國文學批評史内占有獨特的地位，近十年内對于劉勰的價值，又曾經有過意外的估計，因此抽出這一講來，提供個人的看法”。“意外的估計”何指？先生説 30 年代曾有人提出“讀中國文學批評，祇讀一部《文心雕龍》就够了”，而到 50 年代後期，則有人鼓吹劉勰“是一個辯證唯物論者”，因爲

"他在《知音》篇所說的'事義',就是事物,這是他的唯物辯證論的内在的鐵證"。此一觀點彌漫全國,"氣燄之盛,聲氣之廣,幾乎使人没有開口的餘地"。先生認爲有加以澄清的必要,因此而加以檢討。先生認爲劉勰在撰寫《文心雕龍》前曾協助名僧僧祐編纂定林寺經藏提要《出三藏記集》十五卷,在《文心雕龍》撰述中在定林寺出家,改名慧地,成了道道地地的僧侣,怎麽可能具有唯物主義的世界觀呢? 在廓清時人誤區的同時,先生對劉勰文學批評的貢獻重新加以分析。他認爲《文心雕龍》的出現是與兩晉以來形式主義文學鬪争的産物,劉勰提出衡斷文學的標準則是復古。復古"不是回到没有文化、没有進步意義的社會去,而是回到更樸素、更接近於自然,而不以脩飾打扮爲美的社會去。"先生對作爲《文心雕龍》總綱的前三篇的解讀,也體現這一精神。他解釋《原道》的道"止是自然存在的現象",《宗經》《徵聖》是"把當代的文學和古代的文學聯繫起來","以復古爲革新"。先生特别强調《文心雕龍》下編創作論和批評論的開拓意義,"體大思精","真是獨探驪珠,目無今古"。給以高度禮賛。與《大綱》比較,先生對劉勰的認識有了新的提升。有鑒於此,我據手稿將本文整理出來,在本期學報首度發表。

　　另外值得註意的是,本次講義之下限爲現代,增加了《大綱》未加論列的近現代文學批評内容。對于梁啓超爲代表的改良派,先生稱賛他們是"比較及早有所覺悟的一群","抓住詩歌、小説、戲曲,爲他們的政治主張服務"。他特别揭出梁對小説所起作用的四點。對夏曾佑《小説原理》,也有特别的表彰。他對王國維的分析圍繞《紅樓夢評論》《宋元戲曲考》《人間詞話》展開,强調他的美學理論主要根據叔本華學説,認爲"生活的本質是欲,有了欲就有追求,滿足了這個追求就是厭倦,不能滿足這個追求便是苦痛"。他就此而認爲《紅樓夢》是"宇宙的大著述",具有"人類全體之性質"。先生説:"唯有王國維才認識到典型的意義。"對《宋元戲曲考》則分析其自然説,《人間詞話》則關註境界説,都是應有之説,先生則認爲"王國維所説的自然,不是現實生活在文學中的反映,而是他所設想

的天才作者的才能。因爲有了這個才能,遂能寫出胸中的成立和時代的
情狀"。對《人間詞話》實境虛境之説,隔與不隔之論,先生是贊賞的,但
對憂生憂死與赤子之心的評述,則有所保留:"尤其可怪的王國維認爲李
後主儼然有釋迦、基督擔負人類罪惡之意,這是一般人所無從瞭解的。"魯
迅一章,則主要介紹《摩羅詩力説》的見解。先生認爲"摩羅就是撒但,是
反抗"。"既然反抗是爲了生存,因此止要有壓迫存在,就必然有戰争"。
在當時的中國是有提出反抗和戰争的必要,但魯迅所期待的則是天才詩
人的大聲疾呼,先生認爲魯迅"身處風雨飄摇之中","混亂的現象"使他
産生錯覺,"把偶然的現象作爲永恒的現象,使他過分重視天才而看輕群
衆",不免受困於時代。

九、餘論

　　以上就目前所見朱東潤先生自存批評史講義各文本,簡略回顧了從
1931 年開始在武漢大學授課并形成講義,疊經增訂,最後出版略有遺憾的
《大綱》一書的過程,可以看到先生在此一學科建設方面開拓進取的過程。
相信以上叙述對于研究現代學術史當有若干借鏡的意義。就朱先生本人
的學術貢獻來説,我以爲可以有幾點提出討論。
　　中國傳統詩文之學在被現代大學教育容納以後,有一逐漸轉變的過
程,即從傳統辭章之學向現代觀念之文學的轉變。文學批評史學科之成
立,雖然可以溯源到孔子詩説或宋元以降的詩文評著作,但其著作之學術
理念則是淵源自西方的文學研究史,而其研究對象則以傳統詩文批評爲
主體。故凡批評史之研究學者,必須具備此兩方面之條件,方能勝任而有
成就。先生早年于傳統四部之學浸潤頗深,留學英國的經歷讓他對歐洲
特別是英國的文學觀念有深刻之認識,在從事批評史研究前曾擔任英文
教師逾十五年,因此具備了擔綱此一學科奠基的能力。
　　我國最早的一部文學批評史,是 1927 年陳鐘凡所著,但很單薄,還不

成熟。1934 年先後出版方孝岳《中國文學批評》(世界書局)、郭紹虞《中國文學批評史》上冊(商務印書館)、羅根澤《中國文學批評史》第一冊(人文書店),顯示當時在此一學科研究的成績。羅著僅述至南北朝,郭著亦僅至唐代,雖各具體系,但都還沒有完成。朱先生的著作則初成于 1932 年,在 1933 年、1937 年分別作了重大的修訂,雖然正式出版遲至 1944 年,是第一部寫到清末的文學批評通史。就本文之考察,這一文本在 1937 年其實已經寫定,在朱先生則始終感到作爲講義的不成熟,希望完成多次修訂後再正式出版。儘管由于戰爭的原因,1937 年的寫定本并沒有完整保存下來,也因爲希望全稿寫定而推遲了出版,但其獨立的學術意義則是無可懷疑的。特別是略遠詳近的編纂原則,以及以批評家個人爲單元的分析立場,特別是對宋以後文學批評文獻的首次全面勾稽,是朱著最鮮明的成就和特色。

　　朱先生的文學批評史研究,除了前述各項外,我認爲最重要的特點,是始終堅持知人論世的原則,始終堅持文學創作與文學批評相結合的原則,對于文學批評文獻則始終堅持由表及裏、獨特創造的選擇,因此而顯示著作的特達精神。比方杜甫詩文中確實有許多評論時賢詩文的議論,先生認爲不是把這些議論全部堆砌出來就盡了寫史的責任,而要知道這些評價緣何而寫,是否恰當,因此而作出選擇。他引葉適《讀杜詩絕句》"絕疑此老性坦率,無那評文太世情。若比乃翁增上慢,諸賢那得更垂名",是很有趣的例子。杜甫祖父杜審言傲睨同時文人,有"久壓公等"之自負。杜甫則于同時詩文,常不免過譽,所謂"世情",即隨順時俗而作過譽,先生認爲"評論時流,撠拾浮譽,責以名實,殊難副稱",不能完全採信。這一立場,貫穿在他對歷代批評家的甄選和評論中,讀者當可細心體悟。

　　朱先生是一位治學極其勤勉,在諸多領域有突出成就的學者。他研治中國文學批評史,主要是在 30 年代前中期,且結合教學而形成著作,在他自存《講義》的每一稿中,都保存有大量的眉批和夾注,可以看到他不斷發掘文獻、修訂舊説、補充新見的記録,這些記録又分別爲下一次修訂所採據。對于重要文學批評家,則有系列論文作深入探討。這一工作一直持續到 60 年代,除了當時的講義,還有《〈滄浪詩話〉探故》等論文寫出,并有《中國文學批評論集續集》編纂的設想。

　　及門　陳尚君　2013 年 8 月 15 日於復旦大學光華樓

（刊《復旦學報》2013 年第六期）